KB253953

전등삼종 (하)

前燈三種

Three Books of Cutting Candle Romance

지은이 구우(瞿佑, 1347~1433)는 원말명초의 격동기를 살았던 문인이다. 錢塘(절강성 항주) 사람으로 자를 宗吉이라 한다. 어려서 재주를 보여 주목을 받았으나 과거시험에 실패하여 지방에서 訓導나 敎諭를 지내다가 후에 南京太學의 助敎와 修國史를 맡았다. 그러다 周憲王府의 右長史가 되었지만 뜻밖에 詩禍를 입어 하북성 保安에서 귀양살이를 하다가 18년 만에 사면되었다. 87세를 일기로 杭州에서 죽었다. 저술이 거의 없어지고『存齋遺稿』·『樂府遺音』·『歸田詩話』등을 남기고 있으며 만년에 손수 교정한 전기소설『剪燈新話』가 널리 전해져 그의 명성이 천하에 알려졌다.

지은이 이정(李禎, 1376~1452)은 자를 昌祺라고 한다. 廬陵(강서성 吉安) 사람인데 永樂 초기에 進士 급제하고 翰林庶吉士로 발탁되어『영락대전』편찬에도 참여했다. 하지만 곧 京師에서 밀려나 廣西布政使가 되었고 다시 모종의 원인으로 하북 房山으로 좌천된다. 이러한 역경 속에서 그는 전기소설을 접하게 되고 자신의 포부와 울분을 드러낸다.『柔柔傳』을 읽고『賈雲華還魂記』를 지었고『剪燈新話』에 자극받아『剪燈餘話』를 완성하였다.「剪燈二種」은 합본으로 간행되어 널리 퍼졌다. 후에 스스로 벼슬에서 물러나 고향에 은둔하다가 77세를 일기로 죽었다.

지은이 소경첨(邵景詹)은『覓燈因話』의 서문에만 그 이름이 나오기 때문에 상세한 생애를 알 수 없다. 萬曆 연간의 문인으로 필명이 自好子였으며 자신의 서재 遙靑閣에서『전등신화』를 읽고 뒤를 이을 전기소설이란 의미로 명명하였다고 했다.

교주자 주릉가(周楞伽)는 현대소설 작가로서 고전소설의 정리와 연구에도 많은 성과를 남겼다.『剪燈新話外二種』이외에『西湖二集』·『裴鉶傳奇』·『唐代小說選譯』등이 있다. 그는 상해사변을 배경으로 장편소설『煉獄』을 1935년 말에 발표하여 큰 반향을 얻은 바 있다.

옮긴이 최용철(崔溶澈)은 고려대학교 중문과를 졸업하고 國立臺灣大學에서『청대 紅樓夢學 연구』로 박사학위를 취득했다. 현재 고려대학교 중어중문학과 교수로 있다. 저술로는『중국소설사의 이해』(공저)·『鍾離葫蘆』(번역)·『金鰲新話의 판본』(편저) 등이 있다.

전등삼종 (하)

1판 1쇄 발행 2005년 10월 30일
1판 2쇄 발행 2007년 09월 30일

지은이 / 구우 · 이정 · 소경첨
교주자 / 주릉가
옮긴이 / 최용철
펴낸이 / 박성모
펴낸곳 / 소명출판
출판고문 / 김호영
등록 / 제13-522호
주소 / 137-878 서울시 서초구 서초동 1621-18 (란빌딩 1층)
대표전화 / (02) 585-7840
팩시밀리 / (02) 585-7848
somyong@korea.com / www.somyong.co.kr

ⓒ 2005, 한국학술진흥재단

값 38,000원

ISBN 89-5626-183-0 94820
ISBN 89-5626-181-4 94820(전2권)

전등삼종(하)

前燈三種

Three Books of Cutting Candle Romance

최용철 옮김

소명출판

최용철(崔溶澈) 교수의 『전등삼종(剪燈三種)』이 다년간의 연구와 번역 작업 끝에 마침내 출간되었다. 전공자의 한 사람으로서 여간 반가운 일이 아니다. 최용철 교수는 일찍이 1990년 『청대홍학연구(清代紅學研究)』로 중국에서 이른바 '홍학(紅學)'이라고 불리는 『홍루몽(紅樓夢)』의 전통적인 연구에다 한국·일본 등의 홍학 자료를 보태어 새롭게 추가함으로써 국제적인 명성을 얻은 바 있다. 이후 최교수는 간단(間斷) 없이 중국소설 연구에 몰입하면서 특히 중국 명대의 전기소설(傳奇小說)인 『전등신화(剪燈新話)』류의 연구에 관심을 기울이다 일차적 소득으로 크게 얻어진 것이 『금오신화(金鰲新話)』 초간본인 소위 '조선간본(朝鮮刊本)'의 발굴이다. 조선간본이 세상에 햇빛을 보기 전까지는 일본에서 간행된 소위 '내각본 (內閣本)'이 『금오신화』의 귀중한 초간본의 역할을 담당해 왔다. 그러므로 최교수의 『금오신화』 조선간본의 발굴이야말로 일본으로부터 한국의 자존심을 한껏 세워 놓은 것이고, 이를 중심으로 『금오신화』의 '조선간본(尹春年刊本) → 내각본(承應本) → 대총본(大塚本, 明治本)'의 판본 계열을 조직화하여 『금오신화의 판본』을 온전하게 이룩할 수 있도록 하였던 것

이다.[1)

　이번에 소명출판에서 간행되는『전등삼종』은 전기소설의 일종인 구우
(瞿佑)의『전등신화』와 이정(李禎)의『전등여화(剪燈餘話)』및 소경첨(邵景詹)
의『멱등인화(覓燈因話)』를 통칭하는 합성 명칭이다. 명대(明代) 초기에 구
우의『전등신화』가 나오면서 당시 문단에 커다란 반향을 일으켰고 곧이
어 이정의『전등여화』가 지어지고 다시 만력(萬曆) 연간에 소경첨의『멱
등인화』가 뒤를 이으면서 중국에서 이 세 작품은 동시에 묶여지기 시작
하였다.

　최교수의『전등삼종』은 이들 세 작품을 차례대로 우리말로 옮겨 놓았
고 각 작품마다 원문과 주석을 꼼꼼히 덧붙여 놓아 전공 연구자들도 편
리하게 활용할 수 있게 하였다. 별도로 작성한 방대한 편폭의 '작품 해
설'에서『전등삼종』의 창작과 전파의 항목을 설치하여 우선 중국 명대
의 전기소설의 부흥 상황을 밝히고 각 작품의 작자 및 주제와 사상, 창
작 동기, 판본의 간행과 전파 등에 관하여 구체적으로 서술하였다. 또한
『전등삼종』의 전파와 영향에 관련된 상세한 연표를 제시하면서 한국과
일본 및 베트남에서의 전파와 수용, 간행, 영향 등의 사항을 일일이 밝
혀 놓아『전등신화』를 중심으로 동아시아 전기소설의 전파 양상을 일목
요연하게 살펴볼 수 있게 안배하였고 관련 자료를 영인으로 첨가하여
연구자를 위한 좋은 참고가 될 수 있도록 하였다.

　본서 출간의 중요한 의의는 우선 일반 독자를 위한『전등삼종』의 번
역에 있지만 또한 전공자를 위해 친절하게 제시한 원문과 난해한 구절
에 대하여 관련 자료를 일일이 찾아 첨가한 주석도 소중한 성과라고 할
수 있다.『전등신화』의 경우는 국내에서 기존에 번역본이 있었지만『전
등여화』와『멱등인화』의 경우는 처음으로 번역 발표되는 작품이어서 더
욱 의미가 있을 것으로 본다.

---

1) 최용철 편,『금오신화의 판본』, 국학자료원, 2003 참조.

앞으로 본서의 정보를 통하여 『전등신화』를 구심점으로 중국의 전기소설은 물론 한국의 『금오신화』, 일본의 『오도기보코(伽婢子)』, 베트남의 『쥬엔끼 만룩(傳奇漫錄)』 등과 종으로 횡으로 연계된 것을 감안하여 보다 다양한 연구의 폭이 넓게 이루어질 것을 기대할 수 있다.

『전등신화』의 강렬한 충동으로 한국에서는 김시습(金時習)의 『금오신화』가 이루어져 한국소설사의 첫 장을 장식하게 되었고, 이어 『전등신화』의 방대한 주석도 역시 한국에서 나와 윤춘년(尹春年)과 임기(林芑)의 『전등신화구해(剪燈新話句解)』로 이루어져 이들은 다시 임진왜란 중에 일본으로 전출되어 아사이 료이(淺井了意)의 『오도기보코(伽婢子)』와 우에다 아키나리(上田秋成)의 『우게츠 모노가타리(雨月物語)』로 이루어졌을 뿐만 아니라 베트남에서도 역시 전기소설의 시발인 응우엔 즈(阮嶼)의 『쥬엔끼 만룩(傳奇漫錄)』을 이루게 한 것을 생각할 때, 이번에 본서의 출간은 또한 그 의의가 적지 않다고 할 수 있을 것이다.

본서는 번역본으로서 중국 전기소설의 감상에 관심 있는 일반 독자들에게도 뜻이 있지만, 본서의 중심인 『전등신화』가 한국·일본·베트남 등 동아시아를 폭넓게 휘감은 것을 생각한다면 중국 소설의 전공자는 물론 한국 소설 및 일본 소설의 전공자 내지는 비교 문화에 관심 있는 분까지도 깊은 관심을 기울일 만하다고 본다.

을유년 가을
고려대학교 명예교수 정규복(丁奎福)

1.

 전기(傳奇)소설은 당(唐)나라 중기에 흥기하였다가 당대 이후에는 점차 쇠퇴하였다. 송(宋)나라에 이르러 비록 계속 지어지기는 했지만 그 솜씨가 전혀 당나라 사람 같지는 않았다. 원(元)나라 때는 전기소설 작가가 겨우 손을 꼽을 만하여 청강(清江) 송매동(宋梅洞)의 『교홍기(嬌紅記)』정도가 정통 전기소설에 속했고 나머지는 대부분 필기(筆記)소설에 불과하였다. 그러다 명(明)나라 초기에 이르러 전기소설은 다시 흥성하기 시작하였다. 산양(山陽) 혹은 전당(錢塘) 출신으로 불리는 구우(瞿佑, 자 宗吉)의 『전등신화(剪燈新話)』가 우선 앞길을 열었고 이어서 여릉(廬陵)의 이정(李禎 : 자는 昌祺)의 『전등여화(剪燈餘話)』가 바로 그 뒤를 이었다. 그들의 작품은 제목이나 분위기에서 비록 모두가 당대 전기소설을 모방하고자 하였으나 예술 기교면에서는 최고의 수준에 이르지 못했다. 노신(魯迅)이 말한 대로 "문장이 길고 취약하여 비할 바가 못 되었다"고 하는 것이다. 그러나 내용상으로 모두 연분(煙粉)이나 영괴(靈怪) 이야기에 속하고 당시 빈번했던 문자옥(文字獄)의 삼엄한 정세와 문단의 냉랭한 분위기 속에서 이러한 작품이 나올 수 있었다는 것은 당시 독자들의 이목을 집중하기에 충분하였으며 따라서 적잖은 환영을 받았다. 이에 따라 통치권의 위정자들은 인심을 미혹시킨다는 우려 속에서 이를 금지하지 않을 수 없게 되었던 것이다. 가정(嘉靖) 연간 초기에 이르러 문자옥의 통제가 다소 느슨해지자 문단은 다시 활기를 되찾기 시작하여 전기소설의 작자들이 곳곳에서 나타났다. 그러나 『종정려집(鍾情麗集)』과 같은 작품들은 내용이 외설적이고 격조가 고상하지 못하며 문필력 또한 용렬하여 『전등』 이종(二種)의 뒤를 따르기에는 역부족이었다. 다만 만력(萬曆) 연간에 소경첨(邵景詹)에 의해 만들어진 『멱등인화(覓燈因話)』는 비록 문사가 약간 떨어지기는 하지만 문필력은 나름대로 소박하고 힘 있는 데가 엿보이므로 한번 묶어볼 수 있을 것이다. 이 세 가지 전기소설은 위로는 당송 전기의 전통을 이어받고 아래로는 (청대) 『요재지이(聊齋志異)』를 이끌어내는 교량적인 역할을 담당하였으므로 문학사상 분명한 위치를 점할 수 있을 것으로 보인다.

2.

『전등신화』의 작자인 구우는 별호를 존재(存齋)라고 하는데 일찍부터 시(詩)로써 이름을 날렸다. 그는 『전등신화』 이외에도 『시경(詩經)』과 『춘추(春秋)』, 『통감(通鑑)』, 악부(樂府), 사곡(詞曲) 등에도 나름대로의 연구가 있어서 수많은 저술과 시집을 남기고 있다. 하지만 지금은 『귀전시화(歸田詩話)』, 『천기운금(天機雲錦)』, 「영물시(詠物詩)」 등 몇 가지 저술만이 세상에 전하고 있다. 일설에는 그가 열네 살 되는 해의 일화를 다음과 같이 전하고 있다. 그의 부친과 가까운 친구인 장언복(章彦復)[1]이 복건(福建)에서 찾아와서 닭 잡고 술을 차려 대접하고 있는데 그가 막 서당에서 돌아왔다. 장언복은 그의 재주를 시험하고자 술상에 올라있는 닭을 가리키며 시 한 수를 지어보라고 명하였다. 그는 즉석에서 이렇게 읊었다.

宋宗窓下對談高,　　송처종(宋處宗)과 창가에서 마주보며 고담준론하였으니[2]

五德名聲五彩毛.　　다섯 가지 덕(德)의 명성 오색(五色)의 깃털에 깃들었네.[3]

自是范張情誼重,　　옛부터 범식(范式)과 장소(張劭)의 정의(情誼)는 두터웠거늘[4]

割烹何必用牛刀.　　닭 잡는데 어찌 굳이 소 잡는 칼이 필요하리오.[5]

이 네 구절의 시에는 각각 닭에 관한 네 가지 전고(典故)가 들어 있다. 장언복은 무릎을 치고 탄복하면서 직접 계화꽃 한 가지를 그리고 그 위에 시를 한 수 써서 선물로 주었다. 시에서는 다음과 같이 노래했다.

瞿君有子早能詩,　　구선생의 아드님이 어린 나이에 시를 잘 지으니

風采英英蘭玉姿.　　풍채는 뛰어나고 자태는 구슬과 난초 같도다.

天上麒麟原有種,　　하늘에 기린은 원래 종자가 있는 법이리니

---

1) 周楞伽의 원문에서는 張彦復으로 쓰고 있으나 이 고사가 수록된 구우의 『歸田詩話』(卷下)의 「折桂枝」 대목에서 보면 章彦復으로 되어 있다. 원문의 첫 대목은 "章彦復子福建省檢校回杭過鄞. 先君置酒待之. 予適自學舍歸, 彦復卽席指鷄爲題命賦詩. 予勉成四句以呈云."이다. 『歷代筆記小說集成』(明代筆記小說, 河北敎育出版社)

2) 鷄窓:『藝文類聚』(卷91)에 인용된 『幽明錄』의 고사. 晉나라 克州刺史 宋處宗이 닭 한마리를 사서 특별히 아껴 항상 창가에 두고 마주보고 얘기를 나누었는데 닭이 급기야 사람의 말을 할 수 있게 되고 서로 담론을 나누게 되어 송처종의 언변이 크게 늘었다고 하였다. 후에 계창은 서재의 의미로 쓰였다.

3) 五德:『韓詩外傳』(卷2)에서 옛부터 닭에는 文武勇仁信의 다섯 가지 덕이 갖춰져 있다고 했다.

4) 范張:東漢의 范式과 張劭를 병칭한 표현이다. 友誼가 깊어서 목숨을 걸고 信義를 지키는 친구 사이를 지칭한다. 周楞伽 글에서는 情義라고 되어 있지만 원문은 情誼라고 되어 있어서 여기에서 바로 잡았다.

5) 牛刀:『論語・陽貨』에 "割鷄焉用牛刀"에서 유래한다.

料應高折廣寒枝.　　　언젠가는 마땅히 광한궁 계수나무 꺾을 날 있으리라.

　그의 부친은 마음이 흡족하여 새로 집을 마련하고 전계당(傳桂堂)이라고 명명했다. 이는 장언복이 계화꽃을 선사한 일을 기념하면서 또한 자식이 장차 계수나무를 꺾어 과거에 합격하기를 기원하는 뜻도 담겨 있었다.
　당시에 저명한 문인이었던 양유정(楊維楨)은 그의 숙조(叔祖)인 구사형(瞿士衡)과 막역한 사이였다. 하루는 양유정이 구사형을 만나러 전계당으로 찾아왔다. 구우는 그의 「향렴팔영(香奩八詠)」을 보고 즉석에서 이에 화답하는 시를 지었다. 뛰어난 시구가 연달아 터져나오니 양유정이 크게 칭찬하면서 구사형을 보고 말했다. “이 아이는 그대 가문의 천리구(千里駒)6)가 되겠소이다.” 이로부터 구우의 이름은 더욱 널리 퍼지게 되었다.
　이처럼 젊은 시절 다재다능했던 구우는 그러나 일생 동안 제대로 뜻을 펴지 못하고 불우하게 지내면서 겨우 지방의 교유(敎諭)나 훈도(訓導) 등의 학관을 역임하였다. 더욱이 영락(永樂) 연간에는 마침내 시(詩)로 인해 화(禍)를 입어 옥살이를 해야 했고 하북성 보안(保安)으로 수자리를 가서 십 년이나 귀양살이를 하기도 하였다.
　『전등여화(剪燈餘話)』의 작자인 이창기(李昌祺)는 관직이 구우보다 훨씬 높았다. 그는 영락 계미년(癸未年) 진사에 급제하여 한림원(翰林院) 서길사(庶吉士)를 지내고 『영락대전(永樂大典)』을 편찬하는 데에도 참여하였다. 또한 예부(禮部)주객(主客)낭중(郎中)권지부사(權知部事)로서 지방으로 전출되어 광서(廣西)포정사(布政使)와 하남(河南)포정사를 지내기도 하였다.『명사(明史)』에도 그의 열전이 들어 있는데 그의 작품으로는『전등여화』외에『운벽만고(運甓漫稿)』와『용슬헌초(容膝軒草)』,『교암시여(僑庵詩餘)』등이 있다. 이창기는 확실히 구우에게 푹 빠져 있던 사람이 분명하였다. 그의『전등여화』는 거의 모두『전등신화』를 모방하여 창작한 것이다.

---

6) 千里駒는 곧 千里馬다. 재능이 뛰어난 우수한 젊은이를 일컫는 말로도 쓰인다.

두 책의 편수가 동일할 뿐만 아니라 작품의 소재도 매우 유사한 상태다. 다만 다른 것은 장편의 서사시로 된 「지정기인행(至正妓人行)」과 제5권에 별도로 안배한 비교적 장편의 전기소설 「가운화환혼기(賈雲華還魂記)」가 있다는 점이다. 이러한 작품유형은 『전등신화』에서 보이지 않는 것이다. 또 한 가지 구우와 다른 점이 있다면 이창기는 비교적 자신의 재학(才學)을 드러내기를 좋아했다는 점일 것이다. 작품 속에 삽입되어 있는 본문과는 특별한 관련이 없는 수많은 시사(詩詞) 작품이 이를 증명한다. 그러므로 작품의 편수로는 『전등신화』와 비슷한데도 글자수로 따지면 거의 배에 가까운 분량을 보이고 있다. 그는 전인(前人)들의 시구를 모으는데 능란한 기술을 가진 인물이다. 안반(安磐)은 그의 『전등여화』 속에 모은 집구(集句)가 볼 만한 것이 있다고 지적하면서 예를 들면 "'지분으로 얼굴색을 칠하지 않고 오로지 검은 색을 물들인 옷을 한스러워 하네', '한 나라 높은 관리는 모두 무덤 속에 들어가고 위나라의 산과 강은 절반이 석양에 물들었네'라는 구절은 아주 자연스런 대구를 이룬다"고 했다. 이는 결코 과장이 아니며 실제에 부합한다고 할 수 있다.

　이창기는 구우처럼 미관말직이 아니고 비교적 높은 관직에 머물렀던 관계로 『전등여화』 중 '아녀자의 지분이야기나 염정담'은 당시 일부 도학자들로부터 옥에 티라는 비난을 받기도 하였다. 『열조시집(列朝詩集)』에서는 그가 죽은 뒤에 "지역의 사당에 제사지내는 일을 논의하는데 향인(鄕人)들이 그 점을 문제삼아서 모시지 않기로 했다고 하니 하얀 백옥에 작은 티끌일 뿐, 다만 한가한 정을 잠시 풀어본 것이거늘 어찌 그렇게 할 수 있는가"라고 언급하고 있다. 도목(都穆)의 『도공담찬(都公談纂)』에서도 "경태(景泰 : 1450~1456) 연간에 한옹(韓雍)이 강서(江西)순무(巡撫)로 있을 때 여릉(廬陵)지방의 선현(先賢)을 학궁(學宮)에 모셔 제사지내고자 하였는데 이창기는 『전등여화』를 지었다는 이유로 포함되지 못했다. 저술을 신중하게 하지 않을 수 없는 일이다"라고 했다. 이는 모두 당시 봉건사회의 일반적인 도학자들이 소설 같은 통속문학을 적대시하고 있었음을 보여주는 사례라고 할 수 있다.

『멱등인화(覓燈因話)』의 작자는 소경첨(邵景詹)이다. 하지만 그의 생애와 사적은 알 길이 없다. 그가 쓴 소인(小引)의 자서(自敍)에 따르면 이 책은 만력(萬曆) 20년(壬辰年), 서기 1592년에 지은 것으로 되어 있다. 모두 두 권으로 되어 있고 여덟 편의 작품이 들어 있다. 문장은 비교적 소박하고 문학적인 꾸밈과 수식이 적은 편이다. 대체로 이 시기에는 문체가 이미 팔고문(八股文)의 분위기에 젖어 있었다고 할 수 있다. 방포(方苞)가 명나라 융경(隆慶), 만력(萬曆) 시기의 문장에 대해 "생기가 없고 무기력하다[氣體茶然]"고 지적한 바, 이 작품 역시 그러하다고 할 수 있다.

이상 세 가지 전기소설은 천계(天啓) 연간의 의화본(擬話本)소설 작자들에게 상당한 영향을 끼치게 되었으며 '삼언(三言)'이나 '이박(二拍)'에는 이들 작품에서 소재를 취한 백화소설이 적지 않다.

3.

『전등(剪燈)』 이종(二種)은 중국에서 일찍부터 완전한 판본이 전해지지 않았다. 명나라 고유(高儒)의 『백천서지(百川書志)』에 저록된 『전등신화』의 편수는 완전한 수였으나 청나라 건륭(乾隆) 연간에 나온 방각본(坊刻本)에서 『전등여화』는 겨우 14편만 수록되어 있었다. 동치(同治) 연간에 출판된 『전등총화(剪燈叢話)』에 실린 이 두 책은 각각 두 권씩만 실려서 편수도 부족한 상태였다. 그러나 일본(日本)에는 경장(慶長), 원화(元和) 연간에 간행된 활자본이 남아있고 또 편수도 완비되어 있어 송분실주인(誦芬室主人)이 이를 번각하여[7] 마침내 이 두 책은 온전하게 중국으로 복귀할 수 있게 되었다. 1931년 상해 화통서국(華通書局)에서 현대식 연활자

로 인쇄 간행하였지만 지금은 찾기 어려운 희귀본이 되었고 1935년 정
진탁(鄭振鐸)이 생활서점(生活書店)에서 편찬한 『세계문고(世界文庫)』에는
이 두 책을 제6권에서 제9권까지 포함시킨 바 있다. 이때『전등여화』는
건륭본으로 교감하였으나 단행본으로 간행된 바는 없었다. 신중국 이후
인 1958년 상해도서관에서는 문물창고에서『전등』이종의 명말간본 세
책을 찾아냈는데 완전하지 않은 결본이었다. 이보다 앞서서는 아무도
중국내에 명대 간본이 남아있는 줄 몰랐다. 이 세 책의 잔본은 모두 복
건 건양(建陽)판본이었으며 전체의 후반부에 해당하는 것이었다.『전등
여화』두 책에는 「무평영괴록」에서 「지정기인행」까지 들어 있으며 「지
정기인행」에는 여러 사람들의 발문이 들어 있는데 다른 판본에 없는 것
을 특별히 전부 추출하여 이곳에 실었으니 참고하기 바란다. 다만 건양
의 마사(麻沙)판본은 원문을 제멋대로 고쳐서 비속하고 뜻이 통하지 않
는 곳이 많아 실로 교감의 저본으로 삼기에는 적절하지 않다.

4.

이 책은 송분실간본을 저본으로 삼았으며 『멱등인화』는 『전등총화』
에 수록된 것인데 세상에 잘 알려지지 않은 작품이기에 이 책의 권말에
포함시켰다.
　『전등신화』의 부록 중에는 「추향정기(秋香亭記)」 외에 필자(즉 周楞伽)가
따로 「기매기(寄梅記)」 한 편을 덧붙여 넣었다. 이 전기소설 작품은 『고

---

7) 誦芬室主人은 董康이며 간행한 연도는 1917년(丁巳仲夏誦芬室刊)이다.『전등신화』
　 는 "剪燈新話四卷, 校日本慶長活字本", 『전등여화』는 "剪燈餘話五卷, 校日本元和活
　 字本"으로 제목을 달았다.

금도서집성(古今圖書集成)·규원전(閨媛典)』에 실려 있는 것으로 구우의 작품이다. 명말 첨첨외사(詹詹外史)가 편찬한 『고금정사류찬(古今情史類纂)』[8]에는 『전등』 이종의 작품들이 포함되어 있는데 「기매기」도 들어 있다. 또 『서호이집(西湖二集)』은 이 작품을 소재로 채택하여 일부 내용을 늘려서 의화본으로 만들었는데 「기매화귀요서각(寄梅花鬼鬧西閣)」이라는 제목을 달았다. 이렇게 본다면 이를 『전등신화』의 부록으로 삼는데 큰 무리는 없을 것으로 보인다. 그러나 문체를 살펴보면 구우의 다른 작품들과 아무래도 다른 분위기인 것 같다.[9]

독자들의 문언문 해독 능력과 전고에 대한 이해력을 고려하여 매 작품마다 일부 주석을 달아놓았다. 이러한 주석작업은 실로 품이 많이 드는 작업이지만 또한 누락이나 착오가 있음을 면키 어려울 것이니 독자 제현의 질정을 바라는 바이다.

주릉가(周楞伽)
1980년 10월,
1957년 초판본 원고를 근거로 다시 쓰다.[10]

---

8) 이 책의 실제 제목은 『情史』, 혹은 『情史類略』, 『情天寶鑑』 등이다. 周楞伽가 언급한 『古今情史類纂』의 제목은 어디에 근거한 것인지 알 수 없다.

9) 周楞伽의 개인적 판단에 의해 「寄梅記」가 『전등신화』의 부록으로 포함되었지만 최근의 연구 결과 이 작품이 瞿佑의 작품이라는 근거는 미약하기 때문에 본 번역본에서는 제외시켰다. 「秋香亭記」는 작자 자신의 경험담을 그리고 있는 작품으로 처음부터 작자에 의해 부록으로 추가된 작품이다. 실제로 周楞伽 자신도 문체상의 기법에서 瞿佑의 작품과는 다름이 있다고 실토하고 있다.

10) 이 前言은 周楞伽의 언급대로 古典文學出版社版의 前言을 근거로 새로 쓴 것인데 전체적인 체제와 내용에는 차이가 없고 일부 문투가 달라진 정도다. 당시 서명은 周夷로 하였고 시기는 1957年 5月이었다.

1. 이 책은 『剪燈新話·外二種』(明 瞿佑 等著, 周楞伽 校注, 上海古籍出版社, 1981)을 저본으로 하였으며 전체 서명은 『剪燈三種』으로 고쳐 달고 분량을 고려하여 상권에 『전등신화』와 『멱등인화』를 함께 싣고 하권에 『전등여화』를 실었다.
2. 이 책에 번역된 작품은 『전등신화』 21편, 『전등여화』 22편, 『멱등인화』 8편 등 총 51편이다. 저본에 수록된 『剪燈新話』의 「寄梅記」 1편은 교주자 周楞伽의 임의적인 판단으로 추가한 것이며 瞿佑의 원작으로 볼 수 없다는 학계의 견해에 따라 제외하였다.
3. 이 책에 실린 『전등신화』의 서문은 저본에 4편만이 들어있지만 우리나라 奎章閣本 『剪燈新話句解』와 일본 內閣文庫本 『剪燈新話句解』에서 발췌하여 서문 5편과 발문 6편의 전문을 모두 수록하고 번역하였다.
4. 이 책의 수록 체제는 번역문을 앞에 두고 원문을 각 편의 뒤에 안배하였다. 작품 제목은 원문과 함께 번역문을 병기하였다. 번역문에서는 한자를 괄호 속에 병기하였으나 원문의 주석에서는 대부분 국한문 혼용을 하였다.
5. 이 책의 작품 원문은 周楞伽 교주본을 저본으로 하였으나 필요한 경우 奎章閣本 『전등신화구해』와 董康의 誦芬室刊本 『전등신화』, 『전등여화』에 근거하여 교감을 가하였다.
6. 이 책은 번역문에서 일부 필요한 경우에만 역주를 각주로 달았으며, 대부분의 경우 원문에서 저본인 周楞伽 原注를 번역하였다. 저본인 『주릉가교주본』은 [周], 규장각본 『전등신화구해』의 주석을 번역할 때는 [句]로 표기하며, 별도로 역자주는 [譯]으로 표시하였다. 주석은 간혹 중복되더라도 다른 작품의 경우에는 새로 간략하게 밝혔다.
7. 원문에 대한 校勘은 【校】로 표시하였고, 자주 인용되는 원전판본이나 주석서는 대부분 인물명이나 소장처의 이름을 중심으로 다음과 같은 줄임말을 사용하였다. 『剪燈新話句解』의 경우 교감에서 『규장각본』은 [奎], 『內閣文庫本』은 [內], 『董康本』은 [董]으로 표시했다.
8. 한자의 표기는 번역문에서 괄호 속에 넣었고 주석에서는 대부분 드러내고 간혹 어려운 글자는 괄호 속에 한글음을 넣었다. 고유명사의 독음은 한국 한자음으로 달았으며 몽고사람의 이름이라도 원음을 모르는 경우에는 '속가실리(速哥失里)'처럼 우리 한자음을 달았고 널리 알려진 경우에는 '쿠빌라이(忽必烈)'처럼 원음을 달기도 하였다.

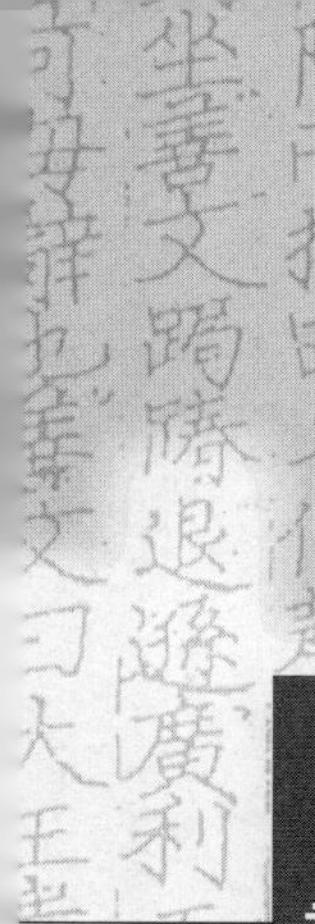

전등삼종(하)

剪燈三種

부록

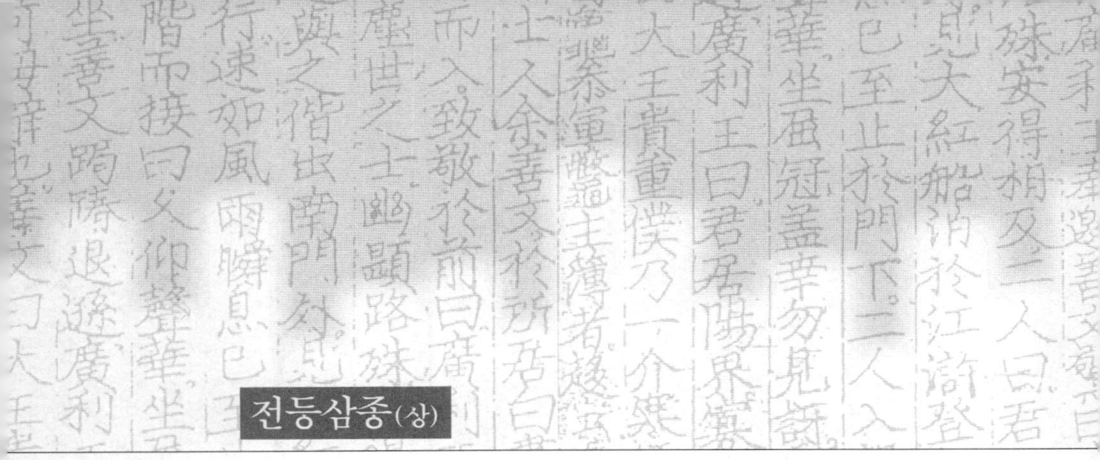

전등삼종(상)

멱등인화(覓燈因話)__소경첨(邵景詹)

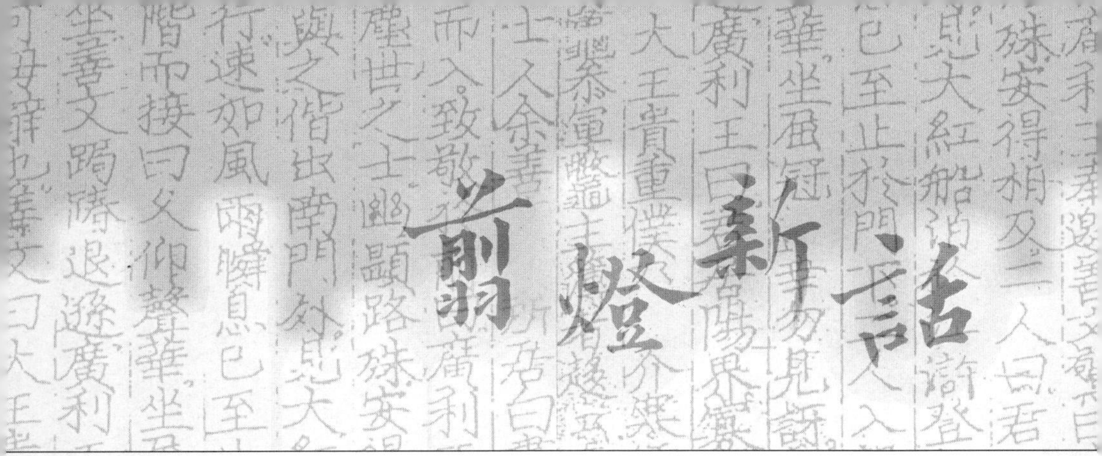

작품 해설

전등여화 剪燈餘話

이창기 李昌祺

작자소전(作者小伝)

주릉가(周楞伽)

이창기(李昌祺)의 이름은 이정(李禎)이며 보통 자(字)로 불린다. 여릉(廬陵) 사람이고 영락(永樂) 2년(1404)에 진사에 급제하여 서길사(庶吉士)로 선발되었다. 『영락대전(永樂大全)』의 예비 편찬을 맡았으며 희귀한 책이나 의심나는 사건에 대해서는 사람들이 대부분 그에게 문의하곤 했다. 예부낭중(禮部郎中)으로 발탁되어 광서(廣西) 좌포정사(左布政使)를 지냈고 사건에 연루되어 잠시 수자리를 살았으나 곧 풀려나 귀환하였다. 홍희(洪熙) 원년에 하남(河南)의 좌포정사로 부임하였다. 당시 우포정사인 소성(蕭省)과 더불어 몸소 지방 토호와 교활한 자들을 다스리고 탐욕스럽고 잔혹한 자들을 몰아냈으며 해결 안 된 일들을 처리하고 버려진 인물을 찾아 추천하고 재난과 빈궁을 구제하기 위해 애썼다. 몇 달이 지나자 교화가 잘 이루어졌는데 친상(親喪)을 당하여 귀향하게 되었다. 선종(宣宗)은 [그 직책을] 시랑(侍郎)인 위원(魏源)에게 대신하도록 하였다. 하지만 당시 하남 지방에 큰 가뭄이 들어 고통을 받고 있었는데 조정 신료들은 이창기가 청렴결백하고 관대하여 하남 백성들이 널리 그리워한다는 이유를 들어 이창기를 다시 기용할 것을 청하였다. 이에 따라 상중(喪中)임에도 불구하고 관직에 부임하도록 명하여 백성을 어루만져 구휼(救恤)하도록 했다. 정통(正統) 원년이 되자 황제에게 세 가지 일에 대해 상소하였는데 모두 윤허를 받았다. 정통 4년 벼슬을 그만두고 귀향하여 이십여 년 간 집에 머물며 자취를 감추고 공무(公務)에 나아가지 않았다. 그러므로 겨우 비바람을 막을 정도의 집에서 지내면서 삼복과 섣달은 제대로 보내지 못한 상태로 살았다. 경태 2년에 죽었다(『明史·本傳』 참조).

이정은 자가 창기(昌祺)이며 여릉 사람이다. 부친의 이름은 백규(伯葵), 호는 반곡조수(盤谷釣叟)라 하며 시로 이름이 나 있었다. 창기가 아직 약관(弱冠)이었을 때 글 솜씨로 이름이 났는데 그 명성은 증계(曾棨) 등과 엇비슷했다. 영락 계미년 진사 출신으로 한림원 서길사를 지내고 『영락대전』 수찬에도 참여했다. 동료들이 그의 해박한 지식을 믿고 희귀본 책이나 알기 어려운 사건에 대해 찾아가 문의하면 반드시 소득을 얻고 돌아갔다. 예부(禮部) 주객낭중(主客郞中)을 제수받고 인종(仁宗)시에는 명권지부사(命權知部事)가 되었는데 지방 관원에 결원이 생겨 재주와 명망으로 특별히 발탁되어 광서(廣西) 포정사(布政使)로 부임하였다. 그 후 부친상으로 귀향하였다가 상복을 벗은 후에 하남(河南)의 포정사로 부임했다. 다시 모친상을 당하여 복을 입었으나 선종은 탈상을 명하고 임지에 부임하여 백성을 구휼하도록 했다. 풍질(風疾)이 극성하자 정년을 기다리지 않고 결연히 사직을 요청하여 관직에서 벗어나 귀향하였다. 그는 한평생 동안 강직하고 곧은 삶을 살았으며 관직에서 지낼 때도 가는 곳마다 일정한 규범을 잘 지키고 의복과 식사를 청렴하고 간소하게 하여 공무에 피해를 끼치지 않으려고 노력하였다. 재주와 감정이 풍부하여 적지 않은 저술을 펴냈으며 구종길(瞿宗吉)의 『전등신화』를 모방하여 『전등여화』 한 책을 편찬하면서 자신의 심중에 남아 있던 하고 싶은 말들을 표현하였다. 그가 죽자 사당에 제사를 올리는 문제에 대해 향인(鄕人)

들이 의론하였는데 이 책의 저술을 문제삼아서 올리지 못하게 하였다. 백옥에도 작은 흠이 있는 것처럼 오직 한가한 정에 부(賦) 하나 붙였을 뿐인데 그렇게 할 수 있단 말인가. 안반(安磐)이 말했다. "『전등여화』의 기사는 볼 만하다. 집구(集句)의 경우도 뛰어난데 예를 들면 '지분으로 얼굴색을 덧칠하지 않고, 오직 검은색으로 하얀 옷을 물들인다네'라든 가, '한(漢)나라의 벼슬아치 모두가 땅에 묻히고, 위(魏)나라 산과 강물이 절반은 석양에 젖어 있다네'와 같은 것은 그 대구가 더할 수 없이 자연 스러워서 가히 취할 만하다는 것이다."(『列朝詩集』 참조)

서문(序文)

1. 증계(曾棨)의 「전등여화서(剪燈餘話序)」

   최근에 전당(錢塘)의 구우(瞿佑)라는 분이 『전등신화(剪燈新話)』를 지으셨는데 새롭고 기이하며 희귀하고 이상한 이야기들을 모두 끌어 모아 사람들이 그것을 입으로 전하고 즐겨 말하여 그러한 이야기들이 세상에 유행하게 되었다. 광서(廣西) 포정사(布政使)로 있던 내 친구 이창기(李昌祺) 선생이 그 뒤를 이어 요즘에 보고 들은 이야기들을 모아 한 질로 엮어서 그 이름을 『전등여화(剪燈餘話)』라고 했다. 내가 그것을 구해 한 번 보았으나 처음에는 미처 자세히 생각할 겨를도 없이 그냥 지나갔다. 어느 날 저녁 큰 초에 불을 밝히고 그 책을 읽었는데 날이 새도록 잠자리에 들지 못하고 이야기의 자초지종을 알게 되자 그 이야기를 남들에게 전하는 것이 습관이 되었을 정도였다. 어느 날 저녁식사를 마치고 함께 있던 사람들에게 그 말을 하니 모두들 기뻐하고 놀라워하면서 이렇게 말했다.

"어서 빨리 가까운 시일 내에 그 기이한 책을 얻어야겠소이다. 어떻게 그처럼 신기한 이야기를 그렇게 하실 수 있습니까?"

그 후에 이창기(李昌祺) 선생이 내게 서문을 부탁하였다. 무릇 책에 담겨 있는 성현의 경전과 법도는 모두 이미 대대로 전해져 사람들의 입에 오르내리고 있지만 또한 불가사의(不可思議)하고 지식의 폭을 넓혀주거나 담소거리가 될 만한 이야기들 역시 없어지지 않을 것이다. 이 선생은 배움이 넓고 사고가 영민하고 넉넉하니 물이 솟구치고 산이 높은 것에 비할 만하다. 그렇기에 그 책은 크게 빛나고 대단히 풍성하며, 그 문체는 찬란히 빛이 난다. 그래서 그 책을 읽노라면 반드시 수염과 눈썹에 기쁨이 나타나게 될 것이며 아주 재미있어 결코 물리지도 않을 것이다. 그 통쾌함이란! 이 선생은 나와는 사돈지간이 되고 과거(科擧)에서 동년(同年) 급제생으로 친한 사이이기에 이 책을 읽고 마침내 서문을 썼다.

영락 경자년(1420) 윤정월 하순 한림시학사 봉훈대부 겸 수국사 영풍 증계(曾棨) 쓰다.

「剪燈餘話序一」[1]

近時錢塘瞿氏, 著『剪燈新話』, 率皆新奇希異之事, 人多喜傳而樂道之, 由是其說盛行於於世. 余友廣西布政李君昌祺, 於旅寓之次, 取近代之事得於見聞者, 匯爲一帙, 名之曰『剪燈餘話』. 余得而觀之, 初未暇詳也. 一夕, 燃巨燭翻閱, 達旦不寐, 盡得其事之始終, 言之次第, 甚習也. 一日, 退食, 輒與同列語之, 則皆喜且愕曰 : "邇日必得奇書也, 何所言之事神異

---

1) 서문의 제목은 周楞伽本을 따름. 日本刊本(七卷本, 1692)에는 「新篇剪燈餘話序」로 되어 있음.

若此耶?” 旣而昌祺以屬余序. 夫聖賢之大經大法, 載之於書者, 蓋已家傳
人誦; 有不可思議, 有足以廣材識、資談論者, 亦所不廢. 昌祺學博才高,
其文思之敏贍, 不啻泉之涌而山之積也. 故其所著, 穠麗豊蔚, 文采爛然;
讀之者莫不爲之喜見鬚眉, 而欣然不厭也. 又何其快哉! 昌祺於余爲姻家,
且有同年之好, 因觀是編之作, 遂爲之序焉.

　　永樂庚子春閏正月下澣, 翰林侍讀學士奉訓大夫兼修國史永豊曾棨書.

2. 왕영(王英)의 「전등여화서(剪燈餘話序)」

　　나는 여릉(廬陵) 이창기(李昌祺) 선생이 지은 『전등여화』를 읽었다. 그것
은 귀신이나 저승세계의 인물 혹은 신선과 요괴의 이야기를 담고 있는데
이창기 선생의 넓은 견문과 고매한 식견, 유려한 작문 기법 또한 마음속
으로 좋아하게 되었다. 간혹 사람들이 나에게 힐난하여 이렇게 말한다.
　　“일을 도모하는 데 그윽하고 애매하며 몽롱한 것은 군자가 믿지 않는
바이거늘 그대는 어이하여 그러한 것을 좋아하고 있는가?”
　　나는 이렇게 대답한다.
　　“그렇지 않다! 경서(經書)는 도(道)를 싣고 있으며 역사(歷史)는 사실을
기록하고 있다. 그리고 다른 제자(諸子)들도 문사에 의탁하여 사건을 비
유하면서 분분하게 글을 쓰고 있다. 또 백가(百家)의 설에는 예전에 오랫
동안 전해오는 이야기를 담고자하는 데 뜻이 있다. 이들은 그 시대의
이야기와 우스개와 신기한 말들과 더불어 세상에 전해지는데 그 옳고
그름과 이해득실은 각각 다르겠지만 취할 만한 바가 어찌 전혀 없겠는
가. 다만 면밀히 살피고 선별하면 되는 일이다. 이러한 까닭에 말이 지
나치거나 근거가 없는 것은 내버려두었고, 사건을 고찰하여 그 말이 헛

되지 않고 세교(世敎)에 도움이 되면 기록으로 남기는 것이다. 이 책에도 또한 취할 바가 있다고 나는 생각한다. 그 서술한 내용을 보면 당나라 제왕(諸王)의 교만과 음란, 담씨(譚氏) 부인이 죽음으로 지키는 절개, 조난 난(趙鸞鸞)과 왕경노(王瓊奴)가 지키는 의리 등이 있는데 모두 독자들에게 권선징악의 의미를 강조하는 효과가 있다고 할 수 있다. 이밖에 다른 작품들도 그 글쓰기의 기법과 담겨진 함의와 혹은 열고 닫음과 억양을 만들어낸 것이 또한 가히 취할 만한 것이 있으므로 내가 좋아하게 된 것이다. 그렇지 않다면 예전에 이런 얘기를 듣지 못했던가? 왕충(王充)의 저술이 채옹(蔡邕)에게 칭송받고, 장화(張華)의 박식함이 완적(阮籍)에게 찬 미 받고, 간보(干寶)의 글쓰기가 유회(劉恢)에게 정평이 났었다는 얘기 말 이다. 붓을 잡고 저술하는 것을 일로 삼는 문사에 대해서는 예로부터 소중하게 여겨왔다. 옛 사람이 모두 중히 여겼는데, 내가 어찌 감히 고 인들을 따르지 않으며, 여기에서 취하지 않을 까닭이 있겠는가?”

이렇게 말을 하니 힐난하던 여러 말들이 다들 물러났다. 이에 글을 써서 권두에 서문으로 붙이니 세상 사람에게 이창기 선생의 재주와 학 식의 넓음을 알리고 그의 저술이 기이하다고 하여 이상히 여길 것이 없 다는 것을 말하고자 함이다. 이 선생이 지은 시사(詩詞)가 또한 극히 많 으니 여기 이 책은 그의 유희(遊戲)일 따름이다. 처음에는 예부낭중(禮部 郎中)을 지냈고, 지금은 광서(廣西) 좌포정사(左布政使)로 있는데 나와는 동 년(同年)에 진사(進士)가 되었던 분이다.

영락 18년(1420) 봄 정월 열엿새 날 한림시강 임천의 왕영(王英)이 쓰다.

 「剪燈餘話序二」[2]

---

2) 서문의 제목은 周楞伽本을 따름. 日本刊本(七卷本, 1692)에는 「剪燈餘話後序」로 되 어 있음.

余讀盧陵李君昌祺所著 『剪燈餘話』, 所載皆幽冥人物靈異之事, 竊喜昌祺之博聞廣見, 才高識偉, 而文詞製作之工且麗也. 或有詰余者曰 : "某事幽昧恍惚, 君子所未信, 子何爲而喜耶?" 余曰 : "不然! 經以載道, 史以紀事; 其他有諸子焉, 託詞比事, 紛紛藉藉, 著爲之書; 又有百家之說焉, 以志載古昔遺事, 與時之叢談、詼語、神怪之說, 并傳於世; 是非得失, 固有不同, 然亦豈無所可取者哉! 在審擇之而已. 是故言之泛溢無據者置之; 事核而其言不誣, 有關於世敎者錄之. 余於是編, 蓋亦有所取也. 其間所述, 若唐諸王之驕淫, 譚婦之死節, 趙鸞、瓊奴之守義, 使人讀之, 有所懲勸; 至於他篇之作, 措詞命意, 開闔抑揚, 亦多有可取者, 此余之所以喜也. 抑豈不聞之, 昔者王充之著論, 嘆賞於蔡邕; 張華之博洽, 稱美於阮籍; 而干寶之撰記, 見稱於劉恢乎? 操觚執翰, 以著述爲任者, 人之所難能也. 古之人蓋重之, 余何敢不企慕古人, 而無所取於斯耶?" 於是詰者乃退. 因書以序其端, 俾世之士皆知昌祺才識之廣, 而勿訝其所著之爲異也. 昌祺所作之詩詞甚多, 此特其遊戲耳. 初爲禮部郎中, 今仕爲廣西左布政使, 蓋與余爲同年進士云.

永樂十八年春正月旣望, 翰林侍講臨川王英書.

3. 나여경(羅汝敬)의 「전등여화서(剪燈餘話序)」

『전등여화』는 네 권으로 모두 스무 편으로 되어 있으며 광서 포정사인 이창기(李昌祺) 공이 전당(錢塘) 구우(瞿佑)의 작품을 계승하여 지어낸 것이다. 공(公)은 일찍이 명경(明經)으로 입신양명하였으며 진사(進士)가 되어 한림원 편수로서 뛰어난 변론과 박식함이 평소에 정평이 나 있었다. 따라서 그가 쓰는 문장은 현저히 뛰어난 것이 많았다. 모두 족히 생각과 의지를 깊게 만들고 견문을 넓혀주며 학식에 보탬을 주는 것이었다. 때로는 기이한 것을 찾아내고 괴이한 것을 골라내어 그것을 자세히 말하거나 갖추어 기록하니 또한 어찌 의도하는 바가 없겠는가. 혹자는 그것이 신비롭고 괴이한 내용을 많이 담았기 때문에 우리 유학자들은 믿을 수 없다고 말한다. 하지만 나는 이렇게 말하겠다.

"그렇지 않다. 무릇 성현(聖賢)이 남기신 경전(經傳)이 후세에 드리워 세운 규범은 세도(世道)를 지키기 위한 것으로 진실로 숭상하지 않을 수가 없다. 패관(稗官), 소설(小說), 복서(卜筮), 농포(農圃) 등이나 속세의 임기응변적 대응, 종횡술수의 책 등은 모두 시대에 도움이 되지 않는 것이 없다. 하물며 여기에 기록한 고사(故事)는 더욱 그러하여서 예컨대 떡장수[餠師婦] 아내의 정절이나 담씨(譚氏) 부인의 절개, 하사명(何思明)의 청렴하고 강직함, 길부경(吉復卿)의 우정과 의리, 가봉래(賈蓬萊)와 조씨(祖氏)네 두 딸의 우아함과 지조, 진본무(眞本無)와 문고허(文固虛) 두 서생의 시대를 아는 뛰어난 감각 등을 들 수가 있다. 모두 풍속을 교화하는 것과 관련된 내용을 천거하였으니 족히 세상에 권할 만한 것이다. 예전에 『제해기(齊諧記)』나 『유명록(幽冥錄)』, 『수신기(搜神記)』, 『이견지(夷堅志)』 등의 기록은 오로지 황당하고 허황한 것을 추구하는 것으로 어찌 이를 논의할 수 있겠는가? 지금 포정공(布政公)이 쓴 내용은 모두 검증해보면 확인할 수 있고 이치를 헤아리면 헛되지 않을 것이다. 정치하는 사람이 즐겨 말하는 것은 우리도 즐겨 듣는 내용이니 어찌 신비로운 것이라고 할 수 있으랴! 또한 내가 듣건대 창려(昌黎) 한유(韓愈)의 「모영전(毛穎傳)」과 「혁화전(革華傳)」에 대해 선인들은 '진귀한 과일 중에서도 꿀배'와 같다고 말하면서 특별히 맛있는 것으로 등급을 매겼는데 나도 이 책을 그렇게 평가하고 싶다."

그렇게 말하니 그 사람은 알았다고 끄덕였다. 그리하여 서문을 편말에 부치니 한림원에서의 고담준론에 한 번 웃음의 재료가 되기를 바라노라.

영락19년(1421) 정월 초하루 한림 수찬 공부우시랑 동년 나여경(羅汝敬)
쓰다.

 「剪燈餘話序三」

　『剪燈餘話』凡四卷, 計二十篇, 廣西布政使昌祺李公繼錢塘瞿氏之作
也. 公嘗以明經擢高第, 又嘗以名進士纂修中秘書, 其雄辯博洽, 蓋有素
矣. 故其發爲文章, 昭諸翰墨, 皆足以廣心志, 擴見聞, 而資益學識, 往往
搜奇剔異, 詳書而備錄之, 亦豈無意乎! 而或者乃謂所載多神異, 吾儒所
未信. 余曰 : "不然! 夫聖經賢傳之垂憲立範, 以維持世道者, 固不可尙矣.
其稗官、小說、卜筮、農圃, 與凡捭闔籠罩, 縱橫術數之書, 亦莫不有裨於
時. 矧玆所記, 若餅師婦之貞, 譚氏婦之節, 何思明之廉介, 吉復卿之交
誼, 賈祖兩女之雅操,3) 眞、文二生之俊傑識時, 擧有關於風化, 而足爲世
勸者. 彼其『齊諧』之『記』, 『幽冥』之『錄』, 『搜神』、『夷堅』之『志』述, 務爲
荒唐虛幻者, 豈得一經於言議哉? 若布政公之所記, 徵諸事則有驗, 揆諸
理則不誣, 政人人所樂道, 而吾黨所喜聞者也, 神異云乎哉! 且余聞之 :
昌黎韓公傳『毛穎』、『革華』, 先正謂其'珍果中之査梨', 特以備品味爾; 余
於是編亦云." 或者唯唯. 因次第之於簡末, 庶資薇垣4)高議之一噱焉.
　永樂十八年正月朔吉, 翰林修撰行在工部右侍郞同年友羅汝敬書.

---

3) 賈祖兩女(가조양녀) : 높은 정조를 보인 여인으로서의 賈氏는 「連理樹記」에 등장하
　는 賈蓬萊로 보이며 祖氏는 「鳳尾草記」에 나오는 이름이 밝혀지지 않은 여인으로 다
　만 祖氏집의 막내 딸이라고 하고 있다.
4) 薇垣은 당나라 때 중서성의 별칭임. 여기서는 한림원을 말하는 것임.

4. 유경(劉敬)의 「전등여화서(剪燈餘話序)」

홍희(洪熙) 연간 초에 내가 성은(聖恩)을 입어 영남(嶺南)에서 돌아와 여릉(廬陵)의 옛 충절의 땅을 방문하였을 때 어떤 이가 『원백유음(元白遺音)』을 들고 찾아와 보여주면서 말했다.

"「지정기인행(至正妓人行)」은 나와 동년인 광서포정사 이정(李禎)이 방산(房山)에 기거할 적에 지은 것인데 한림(翰林)의 여러 학사들이 발문을 지어주더이다."

내가 받아서 읽어보니 과연 감동적이었다. 나 또한 그와 뜻을 같이하여 그 사람들과 더불어 함께 발문을 쓰기로 하고 읊조리고 감탄하는 글을 지어서 그 글의 뒤에 부쳐 가지고 돌아가게 했다.

그리고 훗날 다시 그가 엮은 『전등여화』를 받아 보았다. 권두에는 한림의 높은 문사의 서문이 있었는데 이미 세 편이나 있었다. 이 책은 모두 네 권 짜리로 스무 편의 작품이 들어 있는데 모두 강호(江湖)의 기이한 이야기와 고금의 이문(異聞)들이다. 작품들은 예원(藝苑)의 향기로운 윤기로 씻은 것 같고 사림(詞林)의 풍월을 시원하게 뿜은 듯하며 수놓은 비단결 같은 마음과 입으로 그림같이 그려낸 명문이었다. 그리하여 선한 일을 칭송하거나 악한 일을 비판하는데 도끼처럼 위엄이 있고 화표(華表)를 세우듯 찬양하기도 하였다. 사람의 착한 마음은 더욱 움직여 드러나게 하였고 사람의 방종함은 응징하여 이를 상세히 살피는 자는 마음에서 절로 일게 하고 이를 듣는 자는 스스로 경계로 삼기에 족하도다. 이것이 어찌 [꿈에서 본 인상을 가지고 부열(傅說)을 찾았다고 하는 황당한] 부암(傅岩)의 얘기에 가깝다고 하지 않겠는가. 이는 실로 미원(薇垣) 즉 한림원에서 만들어낸 뛰어난 작품이라고 해야 할 것이다. 즐겁게 읊고 자세히 살펴보며 연일 밤을 새워 새벽녘에 이르니 놀람과 기쁨이 그치지 않기에 그것을 두고 감탄하기를 "우리 이공이 방산(房山)에 머물며 보냈던 여가에 힘을 다해 글을 쓴 것이 어찌하여 이와 같이 기이함에 이르렀을까?"라고 하였다.

옛사람이 말하기를 역사를 쓰려면 세 가지 장점이 있어야 한다고 했는데 그것은 재능과 학문과 식견이다. 지금 이공을 보건대 그 재주가 뛰어나 시대를 앞서가는 지혜가 마치 맑은 가을밤 은하수가 밝게 비치는 것 같고 바라볼 수 있어도 그곳에 이를 수가 없는 것과도 같다. 그 학문의 해박함과 식견의 정통함은 냇물이 모여 강으로 흘러들고 사해의 바닷물이 한 군데로 모여드는 듯 하니 허공을 살피고 형평을 가늠하여 촛불을 밝히지 않아도 그 이치가 밝게 드러나는 것과도 같다. 세 가지의 장점을 모두 갖추었으니 이공의 능력이 뛰어남을 알 만하도다. 성현(聖賢)의 학문을 근본으로 하고 있으니 어떤 말인들 못하겠으며 어떤 책인들 못 쓰겠는가. 여기에서는 특히 잠시의 불만과 회포를 풀고 흉중의 신기함을 토하였으나 그저 유희(遊戲)의 문장일 뿐 어찌 이공이 이에 지극한 데 이르렀다 하리오 일반 선비들이야 어찌 이공을 바라리오 아아! 이공의 석학과 명망으로 잠시 지방관으로 나가 시험하였으니 정치가 훌륭하게 다스려졌도다. 그를 언젠가 묘당(廟堂)에 오르게 하여 임금을 보필하도록 하여 도를 논하고 나라를 경륜하고 임금의 계책을 더욱 빛내게 하면 어떨지 모르겠다. 이 책은 『전등여화』라고 이름하였는데 즉 밝은 날 좋은 말을 논하기에도 부족하여 해가 지도록 이어가고 그 실마리를 풀어간다는 의미이니 그리하면 사람의 이목을 깨우치고 혼미함을 씻어내는데 도움이 되지 않겠는가.

이 책은 세상에 드리워 풍속을 가르치려는 경전(經典)과는 비록 서로가 다르지만 그러나 선비란 진실로 밥 한 끼 먹을 때라도 그 임금을 잊지 않는다고 했다. 생각건대 임금께서는 오로지 밤낮으로 정사에 골몰하시고 궁중의 일이나 나라의 만사를 다스림에 조석으로 바쁘신 분이다. 언젠가 이 책이 임금께 알려지면 일시 성총(聖聰)이 흐려질지는 모르지만 그러나 또한 『태평어람(太平御覽)』의 한 대목보다 못하지는 않을 것

이니 그리하면 구름 위 하늘가 용안의 기쁜 얼굴을 하는데 조금은 도움
이 될 수도 있을 것이다.

나 유경(劉敬)은 천성이 불민하여 그 전체를 기록하여 간행하고자 하
였으나 이루지 못하였다. 그런데 선덕(宣德) 계축년(癸丑年, 1433) 여름에
건녕부(建寧府) 건녕현의 지현인 우강(盱江) 장광계(張光啓)공이 이 책을 널
리 전하고 싶은 마음이 간곡하게 일어나 이의 간행을 추진하였다. 마침
내 그 시말을 써서 서문으로 삼고 이 책에 『원백유음(元白遺音)』을 부록
으로 덧붙여 함께 간행하였다. 그 해 7월 초하루의 일이었다.

영락 갑신년 진사출신 전 한림원서길사 승직낭추관주사 문강 유경(劉
敬) 자흠(子欽)이 쓰다.

「剪燈餘話序四」

洪熙初, 余蒙恩歸自嶺表,[5] 訪舊於廬陵忠節之邦. 客有以『元白遺音』
來示曰 : "『至正妓人行』, 乃吾同年廣西布政使李公禎寓房山時所作, 曁
翰林諸先生所跋也." 讀而感之, 慨我同志, 遂因其人, 卽其事, 致其詠嘆
之意, 書其後而歸之. 明日又得其『剪燈餘話』之編, 首閱玉堂大手筆諸公
之序, 凡三首; 其卷四, 其編二十, 皆湖海[6]之奇事, 今昔之異聞; 漱藝苑
之芳潤, 暢詞林之風月, 錦心繡口, 繪句飾章; 於以美善, 於以刺惡; 或凜
若斧鉞, 或褒若華袞; 可以感發人之善心, 可以懲創人之佚志; 省之者足
以興, 聞之者足以戒; 斯豈傅岩之近詞, 實乃薇垣之佳制也. 快吟而細讀
之, 連日達曙, 驚喜不已, 爲之嘆曰 : "何吾李公於房山之暇, 得肆其力於
翰墨如是哉!"昔人謂作史有三長, 曰才、學、識. 今觀公之卓冠時髦, 如玉

---

5) 영표(嶺表) : 곧 嶺南을 말함.
6) 호해(湖海) : 곧 강호. 세상이라는 뜻.

宇澄秋, 雲漢昭回, 可望而不可及; 而其學問之該博, 識鑒之精通, 又不
啻如川匯河輸, 而四海一委; 鑒空衡平, 而理無不燭也. 有是哉, 公之能
事乎! 兼是三者之長, 而本之以聖賢之學, 抑何言之不立, 何書之不著耶;
然此特以泄其暫爾之憤懣, 一吐其胸中之新奇, 而游戲翰墨云爾, 豈公之
至哉? 亦豈士之望於公哉? 嗟乎! 以公之碩學令望, 暫試於方面, 已善其
治矣. 使其異日登庸廟堂, 職專輔弼, 則其論道經邦, 黼黻皇猷,[7] 又當何
如也? 雖然, 謂之『剪燈餘話』,則日論嘉言之不足, 於以繼其曇, 而續其緒
餘, 抑豈不有以醒人之耳目而滌其昏困耶? 是編也, 侔諸垂世立教之典,
雖有徑庭, 然士固有一飯不忘其君者. 伏惟皇上宵旰圖治,[8] 九重萬幾,
日昃不遑; 異時斯言倘獲上聞, 一塵聖聰, 亦未必不如『太平御覽』之一
端, 以少資五雲天畔之怡顏也. 敬不敏, 什襲所錄, 欲刊而未能. 宣德癸
丑夏, 知建寧府建寧縣事旴江張公光啓, 銳意欲廣其傳, 書來, 謂子所錄
得眞, 請壽諸梓; 遂序其始末, 以此本幷『元白遺音』附之, 以同其刊云.
是歲七月朔旦也.

賜永樂甲申進士, 前翰林庶吉士承直郎秋官主事文江劉敬子欽書.

5. 장광계(張光啓)의 「전등여화서(剪燈餘話序)」

이 『전등여화(剪燈餘話)』는 고매한 유학자이신 이방백(李方伯)께서 저
술하신 것이다. 공이 학문에 해박하고 문장에 뛰어난 것은 널리 알려
져 있다. 잠시 틈을 내서 전당(錢塘)의 구씨(瞿氏)가 지은 『전등신화』를

---

7) 황유(皇猷) : 임금의 길, 임금의 계책
8) 소간(宵旰) : 임금이 정사에 부지런히 힘쓴다는 것을 말함. 未明에 일어나 正服을 입
   고 해가 진 후에 저녁밥을 한다는 뜻인 宵衣旰食에서 온 말.

읽고는 그 글의 표현은 아름답지만 그것이 풍속 교화에 기여하는 것이 적음을 애석하게 여기고 고금의 신기하고 기이한 이야기들을 수집하여 인륜과 절의에 충실한 것들을 시문(詩文)으로 지어 책으로 편찬하였다. 이름을 『전등여화』라 정하니 이 이름에는 구씨의 저술을 넘어서려는 뜻이 담겨있는 것이다. 책으로 묶은 후에 책장 속에 넣어 두어 강호(江湖)의 호사가(好事家)들이 모두 보고 싶어 했지만 읽을 수가 없었다고 한다. 나 또한 그를 유감으로 여겼다. 그리하여 마침내 나의 스승이신 문강(文江) 유자흠(劉子欽) 선생께 보여 줄 것을 청하였다. 책을 빌려 수차례 열어보니 차마 손에 뗄 수가 없었다. 문장을 읽고 그 뜻을 음미하니 갈수록 더욱 심오함을 느끼게 되었다. 진실로 이방백이 도를 높이 쌓고 실천하며 흉중에는 비단 같은 학문이 가득함을 느낄 수 있다. 아! 이 책의 찬술이 비록 경전의 뜻에 근본을 삼은 것은 아니지만 선한 것은 따르고 악한 것은 경계하며 절개와 의리를 드러내고 풍속을 갈고 닦으며 인륜의 일을 돈독히 하는 일은 들어 있으니 세상의 교화에 도움이 되는 바 없지 않을 것이다. 옥당(玉堂)의 거공(巨公)들이 지은 서문과 함께 이방백의 훌륭한 작품을 읽으면 그 웅장한 문사와 미려한 구절이 마치 천지가 운행하고 일월이 빛나듯 하는 점을 분명히 볼 수 있도다. 내 이를 높이 평하여 각공(刻工)에 명하여 간행하고 널리 전하여 강호의 호사가들이 보도록 한다. 여기에 근체시 여덟 구를 지어 말미에 덧붙인다.

四海相傳新話工,	세상에 전하기를 『신화』가 잘 됐다지만
若觀餘話逈難同.	만약 『여화』를 본다면 동의하기 어려워라
搜尋神異希奇事,	신비하고 기이한 이야기 다 찾아 모으고
敦尙人倫節義風.	사람의 도리와 의리와 풍속을 숭상하네
一火鍛成金現色,	한 번 불로 구워내어 지금의 금빛 내니
幾宵細剪燭搖紅.	며칠 밤을 촛불 밝혀 불꽃을 흔들었을까

笑余刻棗非狂僭,　　책을 판각한 나를 미치지 않았나 비웃어도
化俗寧無小補功!　　풍속교화에 작은 공이라도 세운 것 아닐까

후생(後生) 장광계(張光啓)가 삼가 적다

 「剪燈餘話序五」

　右『剪燈餘話』一帙, 乃大儒方伯[9]李公之所撰也. 公學問該博, 文章政事, 大鳴於時. 暇中因覽錢塘瞿氏所述『剪燈新話』, 公惜其措詞美而風敎少關, 於是搜尋古今神異之事, 人倫節義之實, 著爲詩文, 纂集成卷, 名曰『剪燈餘話』, 蓋欲超乎瞿氏之所作也. 旣成, 藏諸笈笥, 江湖好事者, 咸欲觀而未能, 余亦憾焉! 遂請與我師文江子欽劉先生以之示余. 開合數四, 不能釋手, 玩文尋義, 益究益深, 誠足以見方伯公道積厥躬, 而胸敷錦繡也. 吁! 是編之作, 雖非本於經傳之旨, 然其善可法, 惡可戒, 表節義, 礪風俗, 敦尙人倫之事多有之, 未必無補於世也. 及觀玉堂巨公之序文, 方伯先生之佳作, 其雄詞麗句, 則旋轉如乾坤, 輝映如日月者, 亦有之矣. 余甚嘉之, 命工刻梓, 廣其所傳, 以副江湖好事者觀覽. 因之偶成近體八句, 幷贅於後云:

四海相傳新話工, 若觀餘話迥難同.
搜尋神異希奇事, 敦尙人倫節義風.
一火鍛成金現色, 幾宵細剪燭搖紅.
笑余刻棗非狂僭, 化俗寧無小補功!

晩生張光啓謹題

---

9) 방백(方伯) : 지방장관을 지칭함. 李禎이 광서 포정사를 역임하였으므로 이렇게 이름.

6. 이정(李禎)의 「전등여화서(剪燈餘話序)」

예전에 내가 장간사(長干寺)에서 동역(董役)으로 일을 하고 있을 때 목인(睦人) 계형(桂衡)이 지은 『유유전(柔柔傳)』을 구해 보게 되었다. 그 작품을 보면서 그 재주와 생각이 뛰어나고 작품의 뜻이 완곡하고 언어가 정교함을 늘 부러워했다. 그래서 그를 모방하여 「환혼기(還魂記)」 한 편을 지은 적이 있었다. 그로부터 칠 년 후 나는 또 방산(房山)으로 좌천되어 부역 중이었는데 주변에서 누군가가 전당(錢塘) 구우(瞿佑)의 『전등신화(剪燈新話)』를 구해주었다. 나는 즐겨 읽고 나서 이를 흉내내고 싶어졌다. 비록 분주하고 바쁜 나날 속에서 마음은 황량했으나 여전히 재주를 뽐내고 싶은 마음은 그치지 않았다. 맡은 일이 한가한 틈을 타서 세간에 알려진 이야기들을 두루 모아 이십 권으로 엮어 『전등여화(剪燈餘話)』로 이름지었다. 그리고 「환혼기」도 권말에 붙였다. 하지만 오랫동안 타향살이에서 기억에만 의존하였고 참고할 만한 책도 없었으므로 여러 가지 엇갈리고 모순된 점이 많아 감히 남에게 드러내 보일 수가 없었다. 그래서 노끈으로 묶어 놓아두고 순성문(順城門) 객사에서 기거하고 있었다. 마침 학사(學士)인 증계(曾棨)선생이 지나가다 찾아와서 우연히 보고서는 손뼉을 치며 좋아했다. "이것이 이른바 문장을 유희로 삼은 것이 아닌가?"라고 했다. 그리곤 서문을 지어주었는데 작품의 농려함과 아름다움, 문체의 화려함과 풍성함을 칭찬하였다. 이로 인해 차츰차츰 사람들이 알게 되었고 필사본을 구하려고 다투어 찾아오게 되자 시급히 불에 태워 없애버려야겠다는 마음이 일었다. 허나 구하려는 사람이 잇따르고 그 기세를 쉽게 막을 수가 없었다. 그래서 옛 성인의 말이 생각났다. "종일 배불리 먹기만 하고 다른 일에는 아무 관심이 없다면 어찌하는가. 도박이라도 있지 않은가? 그것이 그래도 낫지 않겠는가?" 게다가 나에게는 두 가지 시름이 더 있었다. 나는 배불리 먹는 날이 적었고 도박하는 것은 좋아하지 않았다. 그리하여 책과 종이와 먹에 의지하여 읊어내지 않는다면 무엇으로 터질 듯한 가슴을 풀어보며 괴롭고 답답한 마음을 드러내겠는가? 비록 그것이 익살스럽고 해학적인 것에 가깝다고는 하지만 몸이 아프면 절로 신음 소리가 나오는 것과 같은 이치이니 저어할 필요가 있겠는가? 비록 「고당부(高堂賦)」나 「낙신부(洛神賦)」라고 해도 그 의미는 언외(言外)의 뜻이 있는 것이다. 모두 여가가 있을 때 쓰여진 것이니 그 정수와 상세함을 고찰하면 수사가 화려하여 천여 년 이래로 널리 사람의 입에 오르내렸다. 나의 경우에는 무료함을 견디고 잠시 스스로 한가한 마음을 보내기 위한 것이었으니 처음부터 무단히 만들어 고상하고 우아한 세상을 비꼬려고 한 것은 아니니 이를 배부르고 난 뒤에 도박 노름이나 하는 것과 비교하면 그래도 괜찮은 편이 아니겠는가. 이런 생각에 마침내 원고를 불사르지 않고 만들어진 연유를 적어서 권말에 두고자 하는 것이니 스스로를 돌아보고 전날의 근심을 잊지 않으며 끝내 잘될 것을 다짐하고자 한 것이다. 호사가들이 보고 그저 한 번 웃으면 그만이리니 굳이 그 사연의 실존여부를 따져 무엇하리오

영락 경자년(1420) 여름 5월 초에 여릉(廬陵)의 이정(李禎) 창기(昌祺)가 쓰다.

「剪燈餘話序六」

往年余董役[10]長干寺, 獲見睦人桂衡所製『柔柔傳』, 愛其才思俊逸, 意婉詞工, 因述『還魂記』擬之. 後七年, 又役房山,[11] 客有以錢塘瞿氏『剪

---

10) 동역(董役) : 부역을 감독하는 일. 李禎은 모종의 원인으로 좌천되어 이러한 일을 맡았다.
11) 방산(房山) : 북경 근처. 李禎이 모종의 원인으로 좌천되어 귀양간 곳이지만 곧 『전등여화』의 발생지이기도 하다.

燈新話』貽余者, 復愛之, 銳欲效顰; 雖奔走埃氛, 心志荒落, 然猶技痒弗已. 受事之暇, 捃摭謏聞, 次爲二十篇, 名曰『剪燈餘話』, 仍取『還魂記』續於篇末. 以其成於羈旅, 出於記憶, 無書籍質證, 慮多牴牾, 不敢示人. 旣釋徽纆, 寓順城門客舍, 學士曾公子棨過余, 偶見焉, 乃撫掌曰: "茲所謂以文爲戲者非耶?" 輒冠以叙, 稱其穠麗豐蔚, 文采爛然. 由是稍稍人知, 競求抄錄, 亟欲焚去以絶迹, 而索者踵至, 勢不容拒矣. 因思在昔聖人謂: "飽食終日, 無所用心. 不有博弈者乎? 爲之猶賢乎已!" 矧余兩涉憂患, 飽食之日少, 且性不好博弈, 非藉楮墨吟弄, 則何以豁懷抱, 宣鬱悶乎? 雖知其近於滑稽諧謔, 而不遑恤者, 亦猶疾痛之不免於呻吟耳, 庸何諱哉? 雖然, 『高唐』、『洛神』, 意在言外, 皆閑暇時作, 宜其考事精詳, 修辭縟麗, 千載之下, 膾炙人口; 若余者, 則負譴無聊, 姑假此以自遣, 初非平居有意爲之, 以取譏大雅, 較諸飽食、博弈, 或者其庶乎? 遂不復焚, 而幷識其造作之由於編末, 俾時自省覽, 以毋忘前日之虞, 而保其終吉. 好事者觀之, 可以一笑而已, 又何必泥其事之有無也哉?

永樂庚子夏五初吉, 廬陵李禎昌祺甫叙.

장안야행록(長安夜行録)

장안의 밤길에 만난 영혼

　　명(明)나라 홍무(洪武) 초 탕명지(湯銘之)와 문원길(文原吉) 두 사람은 모두 경험이 많고 학문이 심원하여 정사(政事)와 문장에서 당시 사람들에게 존경을 받았다. 얼마 후 진왕(秦王)인 주상(朱樉)이 봉지로 가게 되어 탕명지는 우상의 직을 받고 문원길은 좌상을 맡아 수행하였다. 당시 천하는 태평하여 인물이 많고 물자가 풍부하였으며 또한 관중(關中) 지방은 한나라와 당나라 때의 도읍지로서 유적이 남아 있었다. 탕공과 문공은 진왕을 도와 업무를 보고 난 여가에 시를 짓고 술을 마시거나 높은 데 올라서 멀리 산천을 보았으며 그렇지 않으면 고적과 명승지를 찾아다니며 서로 잠시라도 떨어지는 일이 없었다.

　　하루는 문공이 탕공에게 제안을 했다.

　　"한대(漢代)의 여러 제왕들의 능이 모두 여기에 있고 우리들은 다행히 고생스러운 공무도 없어 한가로운 날에 높은 데 올라 시를 지을 수 있으니 지금이 바로 그때가 아니겠소?"

그러자 낙양 출신의 부료(府僚)인 무마기인(巫馬期仁)이 말했다.

"한 고조 유방(劉邦)의 장릉(長陵)과 한나라 혜제(惠帝) 유영(劉盈)의 안릉(安陵), 한 경제(景帝) 유계(劉啓)의 양릉(陽陵) 그리고 소제(昭帝) 유불릉(劉弗陵)의 평릉(平陵)이 모두 위수(渭水) 북쪽, 함양(咸陽)의 들판에 있는데 높이가 12장(丈)이고 둘레가 127보(步)입니다. 무릉(茂陵)만이 흥평현(興平縣) 동북쪽 70리에 있는데 높이 14장에 둘레 140보로 그 형상이 네모 반듯하여 말[斗]을 엎어놓은 것과 같습니다. 그 동쪽은 장군 위청(衛靑)의 묘이고 또 조금 더 동쪽으로 가면 곽거병(霍去病)의 묘로 소위 기련산(祁連山)을 닮았다고 하는 곳입니다. 서북쪽은 공손홍(公孫弘)의 묘이고 서쪽으로 1리 정도 가면 이부인(李夫人)의 묘이지요. 산천이 웅장하고 수려한 것이 다른 곳과는 다릅니다. 공께서 만약 돌아보고자 하신다면 마땅히 이를 먼저 보셔야 될 것입니다. 또 흥평은 여기서 18리이니 하루면 갈 수가 있습니다."

두 사람은 그 말을 듣고 다음날 길을 떠났다. 무마기인이 뒤를 따랐는데 때는 9월 20일이었다. 다 둘러보고 돌아오는 길에 한 절반 가량 왔을 무렵 무마기인의 말이 지치는 바람에 두 공을 뒤쫓아 갈 수 없게 되었다. 그래서 말고삐를 늦추고 천천히 가는데 어느덧 날이 어두워졌다. 길은 멀고 날은 어두워져 시간은 이경(二更)이 되어갔다. 새가 날아가면서 울고 여우와 토끼가 길가로 뛰쳐나오니 두려운 마음이 일어나 은근히 떨면서 길을 갔다. 조금 뒤 멀리 바라보던 중 은은한 불빛이 보였다. 인가가 멀지 않다고 생각하고 말을 재촉해 앞으로 달려갔다. 도착해보니 과연 민가가 있었는데 대문은 활짝 열려 있었고 등불은 아직 꺼져 있지 않았다. 기인은 말에서 내려 정원의 나무에 말고삐를 묶고 손님방에 들어가 앉았다. 한참 동안 적막하여 감히 문을 두드리지 못하고 단지 여러 번 기침 소리를 내어 사람이 왔다는 것을 알리려 했다. 조금 있자 머슴 하나가 옆문으로부터 나와 어디서 왔는가 물어보았다. 기인이 사실대로 고하자 하인은 "예, 예" 하고는 들어갔다. 얼마 있지 아니하여 주인이 나왔는데 젊은 사람으로 가죽 허리띠와 포의를 입은 수수한 차림에 분위기는 온화하고 순수해 보였다. 그 언사는 간명하고 적절하여 노고(勞苦)만 물을 뿐이었다. 차를 다 마시자 중당(中堂)으로 안내하였다. 집안은 아늑하고 꽃에서는 좋은 향기가 풍겼으며 탁자와 자리는 깨끗하였다. 자리에 앉자 젊은이는 아내를 불러 인사하게 하였다. 얼핏 바라보니 거의 경국지색(傾國之色)이었다. 나이는 스무 살 가량으로 옅은 화장에 평상복으로 차려 입고 연지는 바르지 않았는데 향연(香烟)과 촉영(燭影) 사이를 오고 가니 아름답고 고운 것이 마치 선녀 같았다. 기인은 속으로 저 사람은 평범한 사람인데 그 처가 이토록 아름다우니 뭔가 이상하다고 생각하였지만 물어보지는 않았다. 이윽고 술자리가 차려지고 술잔과 접시가 내어져 왔는데 비록 풍성하지는 않았지만 기이하면서 맛도 좋고 정갈한 것이 인간세상의 음식이 아니었다. 그 사람이 술을 권하는 데에도 정이 매우 은근하였다. 술자리가 무르익자 내외가 함께 일어나 절을 하며 말했다.

"나리께선 귀인으로 앞길이 원대하실 겁니다. 제게 조그만 바램이 있는데 나리의 힘을 빌어 세상에 알리고 싶습니다."

"그대들은 뉘시며 또 바라는 바는 무엇이오?"

"나리께서 두려워하지 않으신다면 마땅히 진실을 고하겠나이다. 저는 당나라 때의 사람으로 이곳에 자리를 잡은 지 이미 700여 년이 되었는데 그 동안 아무도 여기에 온 사람이 없었습니다. 지금 나리께서 왕림하셨으니 자못 하늘의 뜻인가 합니다. 저희는 세상에 반드시 알려야 할 사연이 하나 있습니다."

"무엇인지 듣고 싶습니다."

남자는 부끄러운 기색으로 고개를 숙인 채 말을 하려다가 멈추었다. 그러자 그 아내가 나섰다.

"무엇을 부끄러워하십니까. 제가 말씀드리지요. 저의 남편은 개원(開元) 연간에 장안에서 떡을 팔았습니다. 양황제(讓皇帝)께서 영왕(寧王)이셨을 때 홍경방(興慶坊)에 사저를 지으셨는데 마침 저희 집이 그 근처에 있었지요. 남편은 본래 유생으로 안사(安史)의 난이 일어날 것을 미리 알아 숨어서 떡을 팔며 스스로 몸을 숨겼던 것입니다. 저 역시 몸소 절구를 찧고 그릇을 씻으며 화로를 살폈지만 이를 부끄럽다고 여기지 않았습니다. 왕이 지나가다가 저를 보고 마음에 들어하는 바람에 남편은 저를 지키지 못하고 마침내 빼앗기게 되었지요. 왕의 사저에 들어간 때부터 저는 죽으리라 맹세하고 종일토록 먹지 않고 아무 말도 하지 않았습니다. 왕이 사람을 시켜 백방으로 회유하려 했으나 돌아보지도 않았답니다. 어느 날 저녁 저를 불렀지만 정희(程姬)의 병을 핑계 삼아 면할 수 있었지요. 이렇게 한 달 여가 지났습니다. 왕도 어떻게 할 수가 없자 고함을 치고는 그대로 집으로 돌려보냈습니다. 당시의 사관(史官)들은 저희 부부의 성명을 몰라 기록하지는 않았으나 다만 『본사집(本事集)』이라는 곳에서만 이렇게 기록되어 있지요. '당 영왕의 저택 옆에 떡 파는 자의 아내가 아름다워 왕이 데리고 와 일 년을 지냈다. 왕이 떡장수가 보고 싶으냐고 물어보고는 불러서 만나게 하였더니 비 내리듯 눈물을 흘렸다. 왕이 불쌍히 여기고 돌려보냈다.' 하지만 제가 왕궁에 들어간 지 모두 합해 겨우 한 달인데 1년을 지냈다고 했으며 또 제가 죽기를 작정하고 거기를 빠져나올 수 있었는데도 남편을 불러서 만나게 하였다고 하고 있지요. 왕은 실로 제게 물어보지도 않았고 또 남편을 불러서 오게 한 적도 없었습니다. 그런데 이토록 허황하니 어찌 참을 수 있겠습니까? 그리고 세상에 시인 묵객들이 「병사부음(餠師婦吟)」을 지어 저에 관한 일을 읊고 있는데 또한 모두 자신의 재주를 드러내느라 형용에 지나친 나머지 심지어 '당시에 남편이 가볍게 한 번 승낙하여 두 사람 멀리 떨어져 버렸네'라는 시구까지 나왔습니다. 아! 당시의 일을 회상해 보면 그 일은 저를 강제로 끌고 간 것인데 하늘을 찌르는 세도에 저의 남편이 어찌 숨소리조차 제대로 낼 수 있었겠습니까? 그런데 가볍게 한 번 허락했다는 말로 남편에게 죄를 덮어씌우니 어찌 억울하지 않을 수 있겠습니까? 공께 부탁드릴게 있다는 말은 바로 이것입니다.”

무마기인이 말하였다. “그대가 의리를 지켰다면 실로 가상한 일로서 반드시 글을 바로잡아 풍속을 경계해야 하겠지요 그런데 이를 아무도 모르게 한다면 어찌 구천(九泉)에서 한을 품지 않을 것이며 백 세 동안 통탄하지 않을 수 있겠소? 내 비록 불민하지만 문사(文辭)로 제법 이름이 났으니 그대들을 위해서 명백히 밝히겠소 하지만 전해지는 이야기가 이미 오래되었고 사람들이 듣고 본 것은 굳어버린지라 일단 바로 잡는다 하더라도 사람들의 의혹을 면치 못할 것입니다. 원컨대 그대들의 이름을 드러내어 이로써 사관들이 빠뜨린 부분을 보충해 줄 수만 있다면 괜찮지 않겠습니까?”

그러자 남자는 근심스러운 표정을 지었다.

“만약 이름을 인간 세상에 드러낸다면 부끄러움이 더 끝이 없을 터이니 이는 실로 바라는 바가 아닙니다.”

“그렇다면 어떻게 하는 것이 좋겠습니까?”

“이전에 사람들이 말한 바를 바로 잡아 주시기만 하면 족하겠습니다.”

“역사에서 영왕은 천기(天機)를 미리 알고 태자의 지위를 사양했으며 종친 중에서도 걸출한 인물로 불렸다고 하는데 그런 무도한 일을 했습니까?”

“이는 그의 평상시의 행동이니 이상할 것이 뭐가 있겠습니까? 그러나 당시 여러 왕들 중에서 가장 공부를 많이 하고 학문을 좋아하였으며 비록 황제의 총애만 믿고 탐욕스러운 모습을 보이기는 했으나 제 아내가 예로써 스스로를 지키는 것을 보고 끝내 차마 범하지는 못했습니다. 그러니 기타 다른 종실들의 행위는 더욱 말할 것이 못됩니다. 예를 들어 기왕(岐王) 같은 이는 밥을 내올 때 상을 차리지 않고 여러 기녀들에게 각기 그릇 하나씩 받들게 하고 맛을 보았습니다. 신왕(申王) 같은 이는 추위가 와도 불을 피운 적이 없으며 기녀들의 품속에 두 손을 넣어서

손을 녹였는데 잠시 동안에 여러 명을 갈아치우기도 하였지요. 설왕(薛
王)같은 이는 나무를 깎아 미인의 형상을 만들어 푸른 옷을 입혔는데 밤
에 잔치를 열면 그것을 놓아두게 하고는 촛대를 잡게 하였고 여자 악공
(樂工)들은 떠들썩하게 노래하고 춤추었습니다. 그 촛불이라는 것이 요상
하여 남자가 음탕한 짓을 하려고 하면 갑자기 칠흑같이 꺼졌다가 일이
끝난 다음에야 저절로 밝아졌는데 도무지 무슨 술수인지 모른답니다.
이와 같은 일들은 이루 다 열거할 수가 없을 지경인데 사치와 음탕함을
극도로 하며 예의와 법도를 버리지 않은 사람이 없었습니다. 만약 제
아내가 그들의 손아귀에 떨어졌다면 어찌 다시 나올 수가 있었겠습니
까? 그러니 영왕이 어질다고 알아주지 않을 수는 없는 것이지요.”

술자리가 끝나자 부부가 각기 시를 지어 올렸다. 남편의 시는 이러하
였다.

少年十五十六時,	젊은 나이 열대여섯 살 적에
隱身下混屠販兒.	시정의 장사 무리 속에 몸을 숨겼네
乍可無營坐晦迹,	돈벌지 않고 자취 감춤을 옳게 여기고
不說有學行求知.	학문으로 알아줌을 구하지 않았네
四時活計看爐鰲,	사시사철 화로 보며 생계를 꾸렸으나
八節歡情對酒巵.	언제나 기쁜 마음 술잔을 마주했네
紫糖旋瀉光滴乳,	붉은 엿은 납차(臘茶)같이 윤기 흐르고
白麵新和軟截脂.	흰 가루는 절지(截脂)같이 희고 부드럽네
大堪納吉團遮筥,	큰 것은 혼례용으로 바구니에 얹어두고
小可充盤圓疊棋.	작은 것은 쟁반 위에 바둑알처럼 담아두네
火中幻出不虧缺,	불 속에서 나와도 어그러지지 않고
素手纖纖擎日月.	섬섬옥수로 해와 달을 들 듯 하네
漢賢逃難親曾賣,	한나라 어진 조기(趙岐) 난을 피해 떡장사 했고
今我和光還自匿.	지금 나는 세상에 맞춰 스스로를 숨기었네
室中萊婦知同調,	방안엔 내부(萊婦)같은 아내가 내조(內助)하고
窓下儒仲敦高節.	창 아래 유중(儒仲)은 높은 절개 돈독히 했네

自從結髮共糟糠, 　　서로가 부부 되어 조강(糟糠)을 함께 하고
長能擧案供薇蕨. 　　언제나 공손히 접대하며 고사리를 올렸네
怡怡伉儷其難保, 　　화목한 부부 사이 진실로 지키기 어렵나니
布服荊釵有人悅. 　　무명치마 가시나무 비녀의 아내를 좋아했네
樂昌明鏡一朝分, 　　악창(樂昌)의 명경(明鏡)이 하루아침에 갈리니
奉倩寸腸中夜絶. 　　봉천(奉倩) 순찬(荀粲)의 애간장 밤중에 끊어지네
內家非是少明眸, 　　궁 안에는 절세미녀 결코 적지 않건만
外舍寒微豈好逑. 　　집 밖의 한미한 몸 어찌 좋다 구하는가
寶位鴻圖旣云讓, 　　높다란 천자 자리 이미 양위 하였어도
柳姿蒲質底須留. 　　포류 자질 약한 여인 굳이 잡아 두려는가
貧賤只知操井臼, 　　가난하고 천하여 물긷고 절구질만 알며
凡庸未解事王侯. 　　범속하여 왕후 섬길 줄 모른 다오
去劍俄然得再合, 　　갈라졌던 보검이 홀연히 합쳐지고
覆流信矣可重收. 　　쏟아진 물 진실로 다시 담을 수 있었네
願揮董筆祛疑惑, 　　원컨대 동호(董弧)의 붓 휘둘러 의혹을 없애고
聊爲陳人洗愧羞. 　　진인(陳人)을 위하여 수모를 씻어주오

그 아내의 시는 이러하다.

妾家閥閱本尋常, 　　저희 집안 가문은 본래 평범하여
茆屋衡門環堵牆. 　　띠 집에 대문이 있고 담을 둘렀네
辛勤未暇事妝飾, 　　부지런히 일하며 치장할 틈 없지만
婉娩惟知佩禮章. 　　정숙한 몸가짐에 예의범절 알았네
前年嫁得東鄰子, 　　지난해 동쪽으로 이웃아들에 시집가니
博學多才貫經史. 　　박학다식하고 경사(經史)를 꿰뚫었네
致身不願取功名, 　　세상에 부귀공명 얻기를 원치 않고
鬻餠寧甘溷闤里. 　　거리에 숨어살며 떡 팔기를 원하였네
朝朝日出肆門開, 　　아침마다 해가 뜨면 가게 문 열어놓고
童子高僧雜遝來. 　　애들에서 스님까지 손님들이 오고갔지
得錢卽已隨閉戶, 　　어느만큼 돈을 벌면 문을 닫아 걸어두고

促席相看同擧杯.　　자리 당겨 마주보며 술잔을 기울였네
何期忽作韓憑別,　　어찌 알았으리, 문득 한빙(韓憑)의 이별 올 줄
赴水墜樓心已決.　　물에 빠지고 뛰어내려 죽을 독한 맘 먹었네
紅蓮到處潔難汙,　　붉은 연꽃 어디서도 깨끗하게 간직하고
白璧歸來完不缺.　　하얀 구슬 완전하게 무사히 돌아왔네
當代豪華久已亡,　　당대의 호화로움 오래 전에 사라지고
貞魂萬古抱悲傷.　　정절 곧은 혼백은 만고에 비통하여라
煩公一掃荒唐論,　　당부의 말씀이니 황당한 얘기 일소하고
爲傳梁鴻與孟光.　　양홍(梁鴻)과 맹광(孟光)의 이야기나 전해주오

기인은 서너 번 살펴보고 나서 주머니 속에 넣었다. 남자는 하인에게 손님을 동쪽 곁채로 모셔 침실에 들게 하였다. 조금 있자 먼 곳 절의 종소리가 울리고 가까운 마을의 닭 울음소리가 들렸다. 새벽빛이 희미하게 밝아오고 새벽 노을이 붉게 물들기 시작했다. 눈을 떠보니 몸은 여전히 이슬에 젖어 있고 말은 계속해서 풀을 뜯고 있는 것이었다. 사방을 둘러보아도 고요하고 적막하여 아무 것도 보이는 것이 없었다. 그 시를 두 공(公)에게 올리니 모두 칭찬을 하고 진실로 당대(唐代)의 시체(詩體)를 얻었다 여기고는 고을 동쪽에 그것을 새겨 길이 전하게 하였다. 무마기인은 이후 과연 학문으로 벼슬이 한림원(翰林院)까지 오르고 89세로 수(壽)를 마치니 마침내 '앞길이 원대하다'라는 말은 맞아떨어진 것이다. 탕공(湯公)은 후에 강서성 길안(吉安)의 수령이 되었는데 여러 차례 사람들에게 그 이야기를 상세하게 들려준 바가 있다.

長安夜行錄

洪武初, 湯公銘之與文公原吉, 俱以老成練達, 學問淵源, 政事文章,推重當代. 未幾而秦邸[1]之國,[2] 湯公拜右輔,[3] 文公拜左輔, 隨從以行. 時天下太平, 人物繁庶, 關中[4]又漢、唐故都, 遺跡俱在, 二公導翊[5]之暇, 惟從容于詩酒中, 臨眺于山川, 訪古尋幽, 未嘗相舍. 一日, 文公謂湯公曰："漢代諸陵, 盡在于此, 吾徒幸無案牘之勞, 且有休退之日, 登高能賦, 此其時乎?" 府僚洛陽巫馬期仁對曰："長陵[6]・安陵[7]・陽陵[8]・平陵,[9] 皆在渭北咸陽原上, 高十二丈, 百二十七步. 惟茂陵[10]在興平縣[11]東北十七里, 高十四丈, 百四十步, 其形方正, 狀類覆斗; 陵東爲衛將軍青墓; 又[12]稍東爲霍去病墓, 所謂象祁連山[13]者; 西北, 爲公孫弘[14]墓, 西一里爲李夫人[15]墓;" 山川雄秀, 與他處異. 公若欲遊, 宜先于是. 且興平去此十八

---

1) 秦邸(진저)：朱元璋의 차남인 朱樉을 가리키는데 洪武 3년(1370) 秦王으로 봉해졌고 11년에는 西安의 藩王으로 있다가 洪武 28년(1395)에 죽었다. 邸는 제후왕의 칭호에 沿用한다. [周]

2) 之國(지국)：封建時代 藩王이 자신이 봉해진 領地로 가는 것을 이른다. [周]

3) 輔(보)：宰相. 여기서는 秦王의 좌우 승상을 말하며 조정의 재상을 가리키는 것이 아니다.

4) 關中(관중)：陝西省을 가리킨다. 그 지역이 函谷關, 武關, 散關, 蕭關 등 네 개의 關門 중간에 있으므로 그렇게 칭한다. [周]

5) 導翊(도익)：보좌하여 모시는 것이다. [周]

6) 長陵(장릉)：漢 高祖 劉邦의 능묘 [周]

7) 安陵(안릉)：漢 惠帝 劉盈의 능묘 [周]

8) 陽陵(양릉)：漢 景帝 劉啓의 능묘 [周]

9) 平陵(평릉)：漢 昭帝 劉弗陵의 능묘 [周]

10) 茂陵(무릉)：漢 武帝 劉徹의 능묘 [周]

11) 興平縣(흥평현)：陝西省 咸陽市의 서쪽에 있음. [周]

12) 【校】：[董]에는 少라고 되어 있다.

13) 祁連山(기련산)：天山을 이른다. 甘肅省 張掖縣 서남쪽에 있는데 匈奴가 하늘을 祁連이라고 불렀기에 이렇게 칭하게 되었다. [周]

14) 公孫弘(공손홍)：漢代 사람. 젊어서 집안이 가난하여 해변에서 남의 집 돼지를 치고 살았다. 마흔 살이 되어서야 『春秋』 잡설을 배우게 되었다. 武帝 초년에 賢良 對策의 일등으로 뽑혀 元朔 연간에 승상이 되고 平津侯로 봉해졌다. [周]

15) 李夫人(이부인)：漢나라 때 李延年의 누이로 아름다운 용모로 歌舞에 능하였다. 이연년이 漢 武帝의 총애를 받자 그녀도 平陽公主로 칭해지고 무제의 총애를 받았으나 일찍 죽었다. 무제는 甘泉宮에 그녀의 모습을 그려놓고 늘 그리워하였다. 齊 땅의 方士인 李少翁이 혼백을 불러오는 술법을 가지고 있어 그녀의 혼령을 불러오게 할 수 있다고 하면서 밤에 휘장을 치고 등불을 놓아두어 무제로 하여금 또 다른 휘장을

里, 一日可到." 二公然之, 翌日遂往, 期仁從焉, 時九月二十日也. 暨歸, 至半途, 期仁馬乏, 追公不及, 因緩轡徐行, 不覺暝矣; 路遙天黑, 將近二更, 禽鳥飛鳴, 狐免充斥, 心甚恐, 且畏且行. 俄而望中隱隱有火光, 意謂人家不遠, 策馬以進, 至則果民舍也, 雙戶洞開, 燈猶未滅. 期仁下馬, 拴于庭樹之上, 入坐客次,[16] 良久寂然, 不敢叩門; 惟屢謦欬,[17] 使其家知之. 少頃, 蒼頭自便戶出, 問客何來, 期仁以實告, 蒼夫唯唯而去. 未幾, 主人出, 乃一少年, 韋布[18]翛然, 狀貌溫粹, 揖客與語, 言辭簡當, 問勞而已. 茶罷, 延入中堂, 規制幽雅可愛, 花卉芬芳, 几席雅潔. 坐定, 少年呼其妻出拜, 視之, 國色也, 年二十餘, 靚妝常服, 不屑朱鉛, 往來于香煙燭影中, 綽約若仙姝神女. 期仁私念彼尋常人, 而妻美若此, 必怪也; 亦不敢問. 逡巡, 設酒饌, 杯豆羅列, 雖不甚豐腆, 而奇美精致,[19] 適[20]非人間飲食. 少年相勸, 意甚殷勤. 酒半, 夫妻俱起拜曰:"公貴人, 前程遠大. 某有少懇, 欲託公以白于世." 期仁曰:"子夫婦爲誰? 所懇者何事?" 少年曰:"公無恐, 當以誠告. 某唐人, 處此已七百余年, 未嘗有至此者. 今公臨降, 殆[21]天意歟? 某白于世, 必矣." 期仁曰:"顧[22]卒聞之." 少年羞赧低回, 欲說復止. 其妻曰:"何害! 我則言之. 妾夫開元[23]間長安鬻餠師也, 讓皇帝[24]爲寧王[25]時, 建第興慶坊, 吾家適近王邸; 妾夫故儒者, 知有

설치해 놓고 멀리서 바라보게 하니 과연 한 명의 미모의 여인이 마치 그녀와도 같았다고 한다. [周]

16) 客次(객차) : 응접실. [譯]
17) 謦欬(경해) : 기침하다. 가벼운 기침을 謦이라 하고 심한 기침을 欬라고 한다. [周]
18) 韋布(위포) : 부드러운 가죽으로 만든 허리띠와 무명 옷. 남루함을 비유한다. [周]
19) 【校】 : [董]에는 緻라고 되어 있다.
20) 【校】 : [董]에는 迨라고 되어 있다.
21) 【校】 : [董]에는 迨라고 되어 있다.
22) 【校】 : [董]에는 願이라고 되어 있다.
23) 開元(개원) : 唐 玄宗(李隆基)의 연호(713~741). [周]
24) 讓皇帝(양황제) : 唐 玄宗(李隆基)의 長兄 寧王 李憲을 가리킨다. 황제자리를 양보하고 나아가지 않았으므로 死後에 시호가 讓皇帝로 봉해졌다. [周]
25) 寧王(영왕) : 唐 睿宗(李旦)의 長子 李憲으로 황제자리를 양보하여 讓皇帝로 추증되었다. 玄宗이 즉위한 후 이헌을 太尉로 봉하고 식읍 千戶를 주었으나 固辭하자 황제

安·史26)之禍, 隱于餠以自晦; 妾亦躬操井臼, 滌器當壚,27) 不敢以爲恥
也. 王過, 見而悅之, 妾夫不能庇其伉儷, 遂爲所奪; 從入邸中, 妾卽以死
自誓, 終日不食, 竟日不言, 王使人開諭百端, 莫之顧也. 一夕, 召妾, 託
以程姬之疾,28) 獲免, 如此者月余, 王無奈何, 叱遣歸家. 當時史官旣失
妾夫婦姓名, 不復登載, 惟『本事集』29)云 : '唐寧王宅畔, 有賣餠者妻美,
王取之經歲, 問曰 : 頗憶餠師否? 召之使見, 淚下如雨, 王憫而還之.' 殊
不知妾入王宮中, 首尾只一月, 而謂經歲; 妾求死而得出, 而謂召之使見;
王實未嘗問妾, 亦未嘗召妾夫至也; 厚誣若此, 何以堪之? 而世之騷人墨
客有賦『餠師婦吟』, 詠妾事者, 亦皆逞其才思, 過于形容, 至有句云 : '當
時夫壻輕一諾, 金屋茆簷雨迢遞.30)' 嗚呼! 回思爾時, 事出迫奪, 薰天之
勢, 妾夫尚敢喘息耶? 今以輕一諾爲妾夫罪, 豈不冤哉? 所謂有懇託公者,
此也." 期仁曰 : "若爾守義, 實爲可嘉, 正須直筆, 以勵風俗, 而使之昧昧
無聞, 安得不飮恨于九原, 抱痛于百世哉? 期仁不敏, 濫以文辭稱, 當爲

가 다시 開府儀同三司 揚州大都督의 직을 주고 寧王으로 봉하였다. [周]

26) 安史(안사) : 唐 天寶 14년(755)에 平盧, 范陽, 河東節度使인 安祿山이 擧兵하여 洛
陽을 함락하고 長安을 공격하며 燕帝라고 칭하였다. 玄宗은 四川으로 피난하고 그의
아들 肅宗(李亨)이 靈武에서 즉위하였다. 至德 2년(757)에 안록산은 자신의 아들 安慶
緖에게 살해당하였다. 乾元 2년(759)에 안록산의 수하 장수였던 史思明이 안경서를 죽
이고 스스로 燕帝에 올랐다. 그러나 上元 2년(761) 사사명도 다시 그의 아들 史朝義에
게 살해되었다. 代宗(李豫) 廣德 元年(763)에 이르러서야 난이 평정되니 전후 9년 간에
걸친 혼란이었다. [周]

27) 當壚(당로) : 원래는 술을 판다는 뜻. 漢代 司馬相如가 卓文君에게 술을 팔게 하고
자신은 짧은 잠뱅이를 입고 길가에서 그릇과 술잔을 씻었다는 고사에서 연유한다. 여
기서 당로는 떡을 파는 것을 가리킨다. [周]

28) 程姬之疾(정희지질) : 『漢書』에 "長沙 定王 發의 모친 唐姬는 원래 程姬의 시비였다.
황제가 정희를 부르시자 정희는 피해야 할 바가 있어 시비인 唐兒를 꾸며서 들여보냈
다. 황제는 술에 취하여 정희로 잘못 알고 그녀를 총애하였다(長沙定王發母唐姬, 故程
姬侍者. 帝召程姬, 程姬有所避, 飾侍者唐兒以進)"라는 문장이 보인다. 정희의 병과
그녀가 피한 바는 여자의 月經으로 同寢할 수 없었다. [周]

29) 本事集(본사집) : 『本事詩』를 말하는 것으로 唐 孟棨가 撰하였다. 역대시인의 敍事詩
를 취하여 그에 얽힌 故事를 설명한 것으로 7가지로 분류하였으며 여기서 말하는 餠師
妻의 고사도 수록되어 있다. [周]

30) 迢遞(초체) : 멀리 떨어지다. [周]

子表而出之. 但恐相傳已久, 膠于見聞, 一旦釐正, 不免人疑, 願得子姓字, 以補史氏之缺, 可乎?" 少年愀然不樂, 曰: "若顯余姓名人間, 則負愧愈無盡矣, 非所願也." 期仁曰: "然則如之何?" 少年曰: "乞以前所云者, 釐正足矣." 期仁復問曰: "史稱寧王明炳機先, 固讓儲副,31) 號稱宗英,32) 乃亦爲是不道耶?" 少年曰: "此是其常態, 尙足怪乎? 然在當時諸王中, 最爲讀書好學, 雖其負恃恩寵, 昧于自見, 然見余拙婦以禮自持, 終不忍犯. 其他宗室所爲, 猶不足道. 若岐王33)進膳, 不設几案, 令諸妓各捧一器, 品嘗之. 申王34)遇冷不向火, 置兩手于妓懷中, 須臾間易數人. 薛王35)則刻木爲美人, 衣之靑衣, 夜宴則設以執燭, 女樂紛紜, 歌舞雜遝, 其燭又特異, 客欲作狂, 輒暗如漆, 事畢復明, 不知其何術也. 如此之類, 難以悉擧, 無非窮極奢淫, 滅棄禮法, 設若墮其手中, 寧復得出? 則王之賢又不可不知也." 酒罷, 夫婦各贈一詩, 其夫詩云:

　少年十五十六時, 隱身下混屠販兒; 乍可無營坐晦迹,36) 不說有學行求知.
　四時活計看壚鏊, 八節歡情對酒卮; 紫糖旋瀉光滴乳, 白麵新和軟截脂; 大堪
　納吉37)團遮筥,38) 小可充盤圓疊棋.39) 火中幻出不虧缺, 素手纖纖擎日月; 漢

---

31) 儲副(저부) : 봉건시대에 황위 계승을 하게 될 태자를 가리킨다. [周]
32) 宗英(종영) : 宗室 중에서 걸출한 인물을 말한다. [周]
33) 岐王(기왕) : 玄宗(李隆基)의 아우 李范. 처음에는 鄭王에 봉해졌다가 衛王이 되고 다시 岐王으로 봉해졌다. 太常卿과 幷州大都督, 左羽林大將軍 등을 역임하였고 玄宗이 太平公主를 처단하는데 공을 세웠다. 후에 任州刺史와 太子太傅를 지냈다. 開元 14년(726)에 죽었다. [周]
34) 申王(신왕) : 玄宗의 작은형 李撝(이휘). 처음 恒王으로 봉해졌다가 衡陽王이 되었다. 睿宗(李旦)이 즉위하자 申王으로 봉해졌다. 右衛大將軍과 金吾大將軍을 지냈고 司徒에 올라 益州大都督을 겸했다. 네 차례 州刺史가 되었다. 開元 8년(720)에 刺史에서 물러나고 다시 司徒를 지내다가 죽었다. [周]
35) 薛王(설왕) : 현종의 막내아우 李業. 처음 越王으로 봉해졌다가 中山王으로 강등되었다. 都水使者를 제수받고 陳州刺史를 겸했으며 薛王으로 승급하였다. 羽林大將軍, 荊州大都督을 지낸 바 있고 開元 초에 太子少保가 되고 다시 太保가 되었다. 여러 차례 州刺史가 되었고 開元 22년(734)에 죽었다. [周]
36) 【校】: [董]에는 跡으로 되어 있다.
37) 納吉(납길) : 옛날 혼인예절의 하나로서 본래 六禮의 하나였는데 후에 納幣로 대체되

賢逃難40)親曾賣, 今我和光41)還自匿; 室中萊婦42)知同調, 窓下儒43)仲44)敦高
節. 自從結髮45)共糟糠,46) 長能擧案供薇蕨;47) 怡怡伉儷其48)難保, 布服荊
釵49)有人悅; 樂昌明鏡一朝分, 奉倩50)寸腸中夜絶. 內家非是少明眸, 外舍寒

었다. [周]
38) 筥(거, jǔ) : 쌀을 담는 둥근 모양의 기구. [周]
39) 【校】: [董]에는 某라고 되어 있다.
40) 漢賢逃難(한현도난) : 後漢의 趙岐가 난을 피해 北海로 도망가서 떡 장사를 하며 살
　　았다고 한다. [周]
41) 和光(화광) : 재간을 드러내지 않고 세속과 화합하다. [周]
42) 萊婦(래부) : 春秋時代 楚나라 老萊子가 蒙山 아래서 농사짓고 있을 때 초왕이 찾
　　아와서 관직에 나오기를 권하자 노래자가 이에 응했다. 초왕이 돌아간 후에 老萊子
　　의 妻가 이렇게 말하였다. "당신은 왜 관직에 나가려고 합니까? 남의 술과 고기를 얻
　　어먹는 사람은 또한 남의 매를 맞는 법인데 당신에게 관직을 준 왕은 당신의 목을 벨
　　수도 있을 것입니다. 당신이 굳이 벼슬을 하겠다면 마음대로 하세요. 전 남의 구속을
　　받기가 싫습니다." 그리고는 길을 떠나 江南으로 갔다. 老萊子도 그 처를 따라 길을
　　떠났다. [周]
43) 【校】: [董]에는 孺라고 되어 있다.
44) 儒仲(유중) : 後漢 王覇의 字. 왕패는 젊은 시절 고상한 절개를 가졌다. 같은 고을에
　　사는 令狐子伯이 초나라 재상이 되자 그 아들 역시 고을의 벼슬자리를 얻게 되었는데
　　부친의 편지를 가지고 왕패를 찾아왔다. 수레와 말과 시종들이 성대하고 화려하였다.
　　그때 왕패의 아들은 밭에서 일을 하다가 이를 보고 남만 같지 못한 자신의 처지를 생
　　각하여 실망과 부끄러움에 괭이를 내던지고 집으로 돌아왔다. 왕패가 아들의 그러한
　　모습을 보고 또한 부끄러운 심정을 감출 수 없게 되자 그의 처가 이렇게 말하였다. "당
　　신은 여지껏 고상한 절개를 지키고 살아왔는데 (고작) 철없는 아이의 모습을 보고 평소
　　의 지조를 잊고 부끄러워하십니까?" 왕패가 벌떡 일어나 "그렇군"하면서 처와 함께 은
　　거하여 종신토록 세상에 나오지 않았다. [周]
45) 結髮(결발) : 부부를 비유한다. 옛날에 부부가 혼례를 치른 저녁에 남녀 두 사람의 좌
　　우의 머리카락을 합하여 하나의 상투(낭자)를 만들었다. 이러한 연유로 結髮이라고 하
　　였음. [周]
46) 糟糠(조강) : 아내를 일컫는다. 後漢 宋弘에서 비롯된다. 당시 光武帝(劉秀)는 누이를
　　송홍에게 시집보내려 하면서 송홍에게 처를 버릴 것을 종용하였다. 송홍은 "가난하였
　　을 때의 벗은 잊을 수가 없고 조강을 먹으며 고생을 같이한 처는 버릴 수 없습니다"고
　　하였다. 糟糠은 지게미와 쌀겨다. [周]
47) 薇蕨(미궐) : 고비와 고사리. [周]
48) 【校】: [董]에는 眞으로 되어 있다.
49) 荊釵(형차) : 가시나무 비녀. 後漢 梁鴻의 처 孟光은 가시나무 비녀를 꽂고 무명치마
　　를 입었다. 후에 사람들이 자신의 아내에 대한 겸칭으로 荊이라 하였는데 가령 拙荊,
　　山荊과 같은 것이다. [周]
50) 奉倩(봉천) : 晉나라 荀粲의 字. 그의 처가 죽자 아직 염을 하기 전에 傅嘏(부하)가 조

微⁵¹⁾豈好逑; 寶位鴻圖⁵²⁾旣云讓, 柳妾⁵³⁾蒲質⁵⁴⁾底須留? 貧賤只知操井臼, 凡
庸未解事王侯; 去劍俄然得再合,⁵⁵⁾ 覆流信矣可重收.⁵⁶⁾ 願揮董筆⁵⁷⁾祛疑感,
聊爲陳人⁵⁸⁾洗愧羞.

문을 갔는데 그는 哭도 하지 않고 정신이 나가 있었다고 한다. [周]

51) 外舍寒微(외사한미): 六朝 宋나라 明帝 劉彧(유욱)은 궁중에서 큰 잔치를 열고 부인
들의 옷을 벗겨 알몸을 구경하였다. 황후가 부채로 얼굴을 가리니 명제가 노하여 말하
였다. "변변치 못한 집안에 있던 당신을 불러와 함께 즐기자고 하였거늘 어찌하여 보지
않는단 말이요?" 황후가 대답하기를 "저희 外舍(친정집)의 즐거움은 실로 이런 것과는
다릅니다"라고 하였다. [周]

52) 寶位鴻圖(보위홍도): 황제의 지위와 광대한 판도 [周]

53) 【校】: [董]에는 姿라고 되어 있다.

54) 柳姿蒲質(유자포질): 허약한 체질을 말한다. 晉나라 顧悅이 簡文帝에게 한 말. 훗날
여자가 자신의 용모가 아름답지 못하다고 겸양하여 이르는 말로 쓰인다. [周]

55) 去劍再合(거검재합): 延平劍合의 이야기. 雷煥은 豊城 감옥에서 龍泉과 太阿 두 보
검을 파냈는데 용천검은 干將을 위해 만든 것이고 태아검은 莫邪를 위해 만든 것이었
다. 뇌환은 용천검은 張華에게 주고 태아검은 자신이 가졌다. 후에 장화가 賈充에게
살해되자 용천검은 襄城의 물 속으로 날아 들어갔다. 얼마 후 뇌환 또한 죽었다. 뇌환
의 아들이 태아검을 차고 延平津(福建省 南平縣의 동쪽. 일명 劍津)을 건너는데 검이
갑자기 스스로 물 속으로 뛰어들었다. 사람을 시켜 건져내려 했으나 두 마리 龍이 하나
는 앞에 하나는 뒤에 헤엄쳐 가는 것만이 보였다. [周]

56) 覆流重收(복류중수): 이혼한 처를 다시 받아들이다. 『類林』에는 다음과 같은 내용이
보인다. 太公望(呂尙, 姜太公)의 少婿 馬氏가 늙어 아내로부터 내침을 당했다. 후에 齊
땅에 封해져 동으로 길을 떠나 領地로 가는데 길에서 울고 있는 한 부인을 만났다. 알
고 보니 바로 자신의 전처였다. 그녀는 再拜하면서 다시 합할 수 있기를 원했다. 공은
한 대야의 물을 땅에 쏟아 부으며 다시 담도록 하니 오직 약간의 진흙뿐이었다. 그가
다시 말하기를 "만약 헤어졌다 다시 합할 수 있다면 엎질러진 물도 응당 주어 담을 수
있을 것이오"라고 하였다. 이후에 漢나라 朱買臣의 이야기로 알려졌다. [周]

57) 董筆(동필): 董狐의 붓. 동호는 춘추시대 晉나라 史官이다. 晉靈公이 趙盾을 죽이려
하자 조순이 도망쳤다. 아직 국경을 넘기 전에 趙穿이 영공을 죽였다. 조순은 귀환하였
으나 난적을 치지 않았다. 동호는 이 대목의 역사를 기록하면서 "조순이 그 임금을 시
해하였다"라고 썼다. 孔子는 후에 동호를 훌륭한 사관이라고 말했다. [周]

58) 陳人(진인): 陳靈公과 그의 大夫 孔寧과 儀行父(의행보)가 모두 夏徵舒의 모친 夏姬
와 사통하여 조정에서도 서로 농을 하여 군신간의 체통이 전혀 서지 않았다. 靈公 15
년 君臣 세 사람이 함께 하희의 집에서 술을 마시다가 영공이 두 사람을 보고 놀리며
"징서의 얼굴이 자네들을 닮았어"라고 말하였다. 두 사람도 질 새라 "主公과도 흡사하
더이다"라고 대꾸하였다. 하징서가 밖에서 이 말을 듣고 크게 노하여 영공이 술자리를
파하고 나올 때 마구간 문 앞에서 활로 쏘아 살해하였다. [周]

其妾[59]詩曰：

　　妾家閥閱本尋常, 茆屋衡門環堵墻; 辛勤未暇事妝飾, 婉娩惟知佩禮章. 前
年嫁得東鄰子, 博學多才貫經史; 致身不願取功名, 鬻餅寧甘溷閭里. 朝朝日
出肆門開, 童子高僧雜遝來; 得錢卽已隨閉戶, 促席相看同擧杯. 何期忽作韓
憑[60]別, 赴水隆樓心已決; 紅蓮到處潔難汙, 白璧歸來完不缺. 當代豪華久已
亡, 貞魂萬古抱悲傷; 煩公一掃荒唐論, 爲傳梁鴻與孟光.[61]

　　期仁玩之再四, 收拾囊中. 少年卽命蒼頭導客東廳就榻. 斯須,[62] 遠寺
鍾敲, 近村鷄唱, 曙色熹微, 晨光晻靄, 開目視之, 但見身沾露以猶濕, 馬
齕草而未休, 四顧闃然, 咸無所覩. 乃以詩呈二公, 皆加賞異, 以爲眞得
唐體, 命刻之郡東, 以永其傳. 期仁果以文學, 陞至翰苑, 八十九而終, 遂
符遠大之說. 湯公後守吉安,[63] 屢爲人道其詳如此云.

---

59) 【校】: [董]에는 妻라고 되어 있다.
60) 韓憑(한빙) : 戰國時代 宋나라 대부. 何氏를 아내로 삼았는데 용모가 아주 뛰어났다.
宋 康王이 그의 처를 빼앗고 한빙을 죽여 버렸다. 하씨는 몰래 자신의 옷을 헤어지게
하고는 강왕과 함께 누대에 올라 경치를 감상하다가 자살하려고 뛰어내렸다. 강왕이
다급하게 그녀의 옷자락을 잡았으나 옷은 찢어지고 허리띠만 하나 잡혔다. 거기에 글
자가 있어 읽어보니 죽은 뒤에 한빙과 합장시켜달라는 내용이었다. 강왕은 화가 나서
서로 마주 바라보는 곳으로 나누어 묻어 버렸다. 하룻밤이 지나자 두 무덤에서 홀연 나
무가 자라나 뿌리는 아래서 합쳐지고 가지는 위에서 이어졌다. 사람들은 이 나무를 連
理樹하고 불렀다. [周]
61) 梁鴻孟光(양홍맹광) : 梁鴻은 字가 伯鸞, 後漢 平陵 사람으로 같은 마을 孟氏의 딸을
아내로 맞이하였다. 그녀가 화려하게 장식한 옷을 입고 오자 7일 동안이나 양홍은 그녀
에게 눈길 한 번 주지 않았다. 그녀가 무명옷으로 바꾸어 입고 머리를 아무렇게나 묶고
서 가까이 오니 양홍이 비로소 기뻐하며 "이제야 나의 아내답구만"이라고 하였다. 후에
그녀의 이름을 孟光이라고 하였고 字를 德曜라 하였다. 후에 부부가 함께 覇陵山으로
들어가 밭을 갈고 베를 짜며 세월을 보냈다. [周]
62) 斯須(사수) : 잠시, 잠깐을 가리킨다. 잠시 후의 의미. [周]
63) 吉安(길안) : 강서성 吉安府. 李禎의 고향인 廬陵은 바로 吉安府에 속해 있었다. [周]

청경원기(聽経猿記)

불경에 심취한 원숭이

    강서성 여릉(廬陵)의 속읍(屬邑)인 길수(吉水)에 동산(東山)이 있는데 밑의 둘레가 100리나 되는 산으로 이 지역의 한 쪽 진산(鎭山)으로서 산세가 수려하고 고요하여 멀리서 바라보면 마치 한 폭의 그림과 같았다. 오대(五代) 후당(後唐) 천성(天成) 연간에 수선사(修禪師)라는 이가 산꼭대기에 험한 절벽 끝에 띠 풀로 엮어 만든 암자에서 수행을 하고 있었다. 숲이 울창하고 빽빽하며 산길은 울퉁불퉁 험하여 몇 년이 흘러도 사람의 발길이 닿지 않는 곳이었다. 다만 나무꾼들만이 산 속 깊이 들어왔다가 선사가 소나무 아래 앉으면 그때마다 한 무리의 새들이 입에 과일을 물어와 그 앞에 모아 놓고 선사가 하나하나 집어먹고 다 먹고 나면 새들이 날아가는 것을 보았다. 그 나무꾼들이 이러한 일들을 다른 사람들에게 얘기했고 호사가들은 뒤를 이어 그 장면을 보려고 선사를 찾아 암자로 왔다. 선사가 때마침 코를 골며 자고 있었는데 토끼는 발을 따뜻하게 해주고 있었고 사슴은 침대 주위를 호위하고 있었다. 사람들은 그것

을 매우 기이하게 여기고 앞다투어 땅을 고르고 목재를 수집하여 큰 사
찰을 하나 지으려고 하였다.

공사를 시작할 즈음 선사는 일꾼들을 불러모아 그들을 타이르며 말
했다. "너희들 장인들은 필시 술을 마시고 고기를 먹을 것이지만 이곳
의 산신인 호랑이는 매우 사나우니 경솔히 실례를 범해서는 아니 된다.
그러니 어찌할 것인가?"

그러자 일꾼들은 일제히 대답했다.

"고기와 술을 끊고 일을 하겠습니다."

선사가 고개를 끄덕이며 허락했다. 한 달쯤 지난 후 한 일꾼이 문득
고기 생각이 나는 것을 참을 수가 없었다. 그래서 산을 내려가 며칠 후
에 다시 돌아왔다. 때마침 나무를 베고 있는데 호랑이 두 마리가 뛰어
나와 그 일꾼 앞에 서서 좌우를 둘러보더니 포효하며 소리를 질러댔다.
그 사람은 너무 놀라며 두려워했다. 선사가 나서서 말했다.

"필시 너는 계율을 어겼을 것이니 사실대로 얘기하는 것이 좋을 게
다. 그리하면 내가 마땅히 호랑이를 물러가게 하겠다."

일꾼은 허리춤에 있던 주머니를 풀어 선사에게 건네주며 말했다.

"마침 주막을 지나다가 익힌 쇠고기 한 덩어리를 사 가지고 와 반찬
으로 쓰려고 한 것일 뿐 다른 것은 없습니다."

선사가 말했다.

"됐다."

선사는 고기를 두 덩어리로 나누어 호랑이에게 먹인 다음 등을 쓰다
듬으며 말했다.

"산자(山子)는 이제 물러가거라."

말이 끝나자 호랑이는 사라졌다. 사람들은 더더욱 놀라워하며 선사를
공경하였다. 이러한 일이 있은 이후로는 금은과 비단 등의 시주가 골짜
기 물이 하천으로 흘러들고 바다로 모이듯이 들어와서 장엄한 절의 모
습이 오래지 않아 완성되었다.

사찰이 다 완성되자 선사는 설법으로 시주에 대해 보답을 하였는데 신묘한 불법을 말하니 하늘에서 꽃비가 내렸다. 잠시 후 선당 아래서 홀연히 다섯 개의 우물이 용솟음쳤고 우물 속에는 쌀, 면(麵), 기름, 소금, 채소가 가득 저장돼 있었다. 이것들을 가지고 밥을 지어 사람들에게 먹였는데 많지도 적지도 않은 것이 딱 충분하였다. 선사가 말했다.

"이것은 오방(五方)의 용왕이 궁핍한 자들을 구제하라고 보낸 헌납이니 이 산의 이름을 용제산(龍濟山)이라 하고 이 사찰의 이름을 청량사(清凉寺)라 부르는 것이 좋겠다."

지금 네 군데의 우물은 이미 매몰되었지만 하나는 아직도 남아 있다. 암자에는 큰 나무들이 많아서 하늘을 가로막고 해를 가렸다. 나무 밑에 평평하고 큰돌이 있어서 선사는 항상 그 위에 앉아서 불경을 외웠는데 나날이 이와 같이 하여 일상이 되어 버렸다. 나무 사이를 오가며 사는 원숭이 한 마리가 선사가 불경을 외는 것을 몰래 듣다보니 선사를 보는 것이 눈에 익숙해졌다. 하루는 선사가 우연히 자리를 비우자 원숭이가 나무에서 내려와 가사(袈裟)를 입고 돌 위의 불경을 들고 읽었다. 선사가 곧 돌아와 이를 보자 원숭이는 황급히 도망갔지만 선사는 묻지도 않고 또 다른 승려들에게 알리지도 않았다. 다만 마음속으로 '이 원숭이는 이미 불법을 깨달은 모양이구나'라고 생각하였다. 다음 날 과연 협주(峽州)로부터 원씨 성을 가진 수재(秀才)가 와서 배알하고자 하였다. 선사는 미리 알고 들어올 것을 청했다. 그는 검은 옷을 입고 검은 두건을 썼으며 그 풍모가 질박하고 촌스러웠는데 예를 갖추고 선사에게 말했다.

"저의 성은 원(袁)이고 이름은 손(遜)이며[1] 자는 문순(文順)이고 협주 사람입니다. 집안이 크고 번성하였지만 관리가 되어 출세하길 좋아하지 않았습니다. 오직 저만이 홀로 공명에 뜻을 두어 경사(京師)에서 관리가 되고자 하였으나 당시 황제인 후당(後唐)의 명종(明宗, 즉 李嗣源)이 말년에

---

1) 원손(袁遜): 이름을 원손이라 한 것은 원숭이를 나타내는 猿과 猻을 동시에 드러내고자 한 것이다.

노쇠하고 혼미해지니 뛰어나고 우수한 인재들은 하나도 관직에 진출할 수 없게 되었고 몇 년을 지냈지만 결국 이룬 것이 없습니다. 저를 아는 자가 있어 단주(端州)의 순찰관으로 추천했습니다. 그러나 제가 생각건대 그곳은 습하고 더운 땅의 풍토병인 장독(瘴毒)이 있는 좋지 않은 지역이라서 실은 가고 싶지 않았습니다만 그는 또 저에게 이렇게 말했습니다. '자네는 이렇듯 처지가 곤궁하면서도 아직 지방을 따질 여유가 있는가?' 저는 하는 수 없이 가족들을 데리고 가서 즉시 부임했습니다. 그러나 일 년도 지나지 않아 처첩과 자식들이 모두 죽고 이 몸 홀로 남게 되었습니다. 그래서 저는 다시는 벼슬하지 않고 강호에 묻혀 산수를 찾으며 어지러운 명리(名利)의 세상을 떠나 도를 묻고 참선(參禪)을 행하며 불가의 공(空) 사상을 담론하기로 하였습니다. 이곳에 한 고승이 큰 법당을 지었다는 말을 듣고 길이 멀지만 이곳까지 와서 정토(淨土)에 의탁하기를 바라는 것입니다. 세상사를 싫어하여 눈살을 찌푸리고 콧대를 찡그리지만 진실로 술을 좋아했던 도연명(陶淵明) 정도는 아니며 시 짓기를 좋아하니 퇴고(推敲)를 거듭하며 고음(苦吟)한 가도(賈島)와 비슷하다고 하겠습니다. 만약 물리치지 않으신다면 다시 더 무엇을 바라겠습니까?"

그리고는 처음 인사 여쭙는 상견례로서 지계(贄啓)를 한 장 써서 선사에게 바쳤다.

생각건대 한줌 몽환(夢幻)의 몸으로 태어난 것은 악업(惡業)에 의한 것이요 연하(烟霞) 그윽하게 긴 삽협(三峽)의 길에 익숙한 것도 또한 선연(善緣)에 의한 것입니다. 무릇 천지간에 거하는 것은 모두 윤회의 수레바퀴 안에 있다는 것을 알았습니다. 용제산의 주인이신 수공(修公) 대선사께서는 성품이 밝은 달과 같이 환하고 두 눈에는 헛된 생각을 모두 지우셨습니다. 넘쳐나는 법술은 도징(圖澄)보다 훌륭하고 늠름함과 신통함은 배도(杯渡)보다 낫습니다. 보리(菩提)가 본래 나무가 아니라고 갈파하시니 불경 강의의 기봉(機鋒)이 어찌 다른 동료에 뒤지겠습니까. 솔과 측백을 잘라 장작으로 썼도다 하시면서 공허한 세상을 물거품과 그림자같이 여기십니다. 시방[十方]세계 대중들이 모두 우러러

보고 사부(四部)대중 중생들이 다함께 귀의합니다. 저 같은 자들은 천지의 털끝에 지나지 않고 오직 산 속에서나 종적을 남기고 있습니다. 슬프면 나무를 끌어안고 있을 뿐이니 어느 누가 저를 활에 맞은 새처럼 불쌍히 여길 것입니까! 궁하고 다급하여 숲 속으로 달려들었으니 나무를 가려가며 의지할 여유가 있겠습니까? 돌아갈 집은 없고 부처님만이 있어 의탁할 수 있습니다. 처자식을 잃어 애통해 하면서도 공명을 이루고자 하는 허망함에 빠져 있었습니다. 사람을 만나 칼을 휘두르기도 하였으나 본래 타고난 재능은 아니었습니다. 절 앞을 지나다 시를 한 수 읊다보니 홀연히 산 속으로 돌아가려는 마음이 일었습니다. 하늘과 땅은 돌고 도는데 무단히 일어나는 변화는 몇 번이나 잠기었던지. 봄이 가면 가을이 오듯이 모든 번성함에는 그에 따르는 쇠퇴함이 관여하고 있습니다. 남보다 재능이 뛰어나고자 한다면 망령됨을 버리고 진실에 귀의하지 않으면 안 됩니다. 선사께서는 저를 잘못된 길에서 꺼내어 인도하여 주시고 열반의 길로 들 수 있도록 해주십시오 깨달음의 언덕으로 영도해주시고 지혜의 배에 오를 수 있도록 해주십시오 오직 선사님의 자비로움을 원하오니 저의 예를 자비로운 마음으로 거두어 주십시오

선사는 다 읽은 후에 그에게 이렇게 말했다.
"참으로 훌륭한 문장이고 또한 불경에도 통달하였소이다. 이곳을 누추하다고 여기지 않으니 우리 절의 영광이올시다. 다만 한 가지 마땅치 않은 점이 있으니 차마 알려주지 않을 수가 없소이다."
원손이 말했다.
"무슨 일이옵니까? 엎드려 가르침을 청합니다."
선사가 말했다.
"그대가 만약 두건을 쓰고 머리를 묶고 수행한다면 우리 불가에서는 '원숭이에게 목욕시키고 관을 씌우는 격'이라고 말할 것이며 만약 그대를 삭발시키고 승복을 입힌다면 그대의 유가에서는 '유가의 이름으로 묵가의 행위를 하는 격'이라고 말할 것이니 이 두 가지를 장차 어찌 하는 것이 좋겠소?"
원손은 말을 망설이고 주저하면서 한참 동안 부끄러운 기색이 있었

다. 얼마가 지난 후 비로소 얘기를 꺼냈다.

"오직 마음이 선종(禪宗)을 향해 있는데 그런 세속의 몸차림이 무슨 상관이겠습니까? 원컨대 그런 겉모습에 구애받지 말아 주시길 바랍니다. 만약에 남이 먹다 남은 고구마 반쪽을 먹었다면 장원(長源) 이필(李泌)도 당연히 속인(俗人)일 것이고 만약에 완전히 옮겨 쓰지 못한 불경을 보완하려 했다면 차율(次律) 방관(房琯)도 어찌 도인(道人)이 아니겠습니까? 불문이라는 것은 넓고 큰 것이라 어느 누구라도 다 포용해 줄 수 있는 것이 아닙니까?"

선사가 이를 듣고 말했다.

"그대의 말은 참으로 조삼모사(朝三暮四)에 이르는 것이라 할 만합니다."

"어찌 그다지 말씀이 지나치십니까?"

"우연히 그러하다는 말씀이올시다."

그리하여 선사는 원손을 서관(西館)에 묵게 하고 어린 중들을 가르치도록 하였다. 원손은 비록 총명함을 타고났고 글재주가 민첩하였지만 대들보 위에서 펄쩍펄쩍 뛰어다니고 어린아이처럼 놀기를 좋아하였다. 어떤 때는 책상 위에서 가부좌를 틀고 앉아 이불로 머리를 푹 뒤집어쓰고는 승려들에게 절을 하라고 하기도 하고 "이것이 바로 백의(白衣) 관음보살의 현세모습이니라"라고 너스레를 떨기도 했다. 어떤 때는 불단 한가운데서 두 다리를 쭉 뻗고 마치 곡식 까부는 키처럼 앉아서 짙은 감색의 칠을 얼굴에 바르고는 주방 사람들에게 경의를 표하게 하고서 "이는 홍산대성(洪山大聖)의 조왕신이니라"라고 하기도 했다. 또 어떤 때는 뱀을 밥그릇 속에 집어넣고 법력으로 용을 항복시킨 것이라고도 하였고 혹은 고양이를 자리 밑에 묶어 놓고서는 법력으로 호랑이를 굴복시킨 것이라고도 했다. 그런 일이 한두 번이 아니었다. 승려들은 그를 매우 혐오스러워 하였고 마침내 선사에게 이러한 사실을 모두 알려 주었다. 선사는 웃으면서 말했다.

"이것은 예전에 하던 버릇에 불과하니 잘 봐주도록 하라."

모두들 이에 대해서 감히 두 번 다시 얘기하지 못했고 원손은 여전히 태연자약하였다. 그러나 산중의 경치와 사물에 대해서 그가 지어 쓴 시가와 문장들은 상당히 많았다. 너무 많아서 전부를 기록해 오진 못했지만 여기에 그중 특별히 잘 된 일부를 조금 채록하였다.

「題解空寺」

古塔凌空玉筍高,	고탑(古塔)이 하늘 찌르니 옥순이 솟구친 듯
斜陽半壓水嘈嘈.	기우는 햇살 반쯤 잠기고 흐르는 물 졸졸졸
老禪掩却殘經坐,	늙은 선사 헤진 경전을 덮고 앉아 있나니
靜聽松聲沸海濤.	고요한 솔 바람소리는 바다 물결 밀려오듯

「書方丈」

幾曲風琴響暗泉,	거문고 소리 바람결에 우물가를 맴돌고
亂紅飛墜佛龕前.	붉은 꽃잎 어지러이 불감(佛龕) 앞에 흩어지네
白雲深護高僧榻,	흰 구름 모여들어 고승 누운 평상 지키니
不許人間俗客眠.	인간 세상 물든 나그네를 잠 못 들게 하여라

「送僧出山」

松翠侵衣屐印苔,	솔빛은 옷에 배고 나막신엔 이끼자국
杖藜幾度此徘徊.	지팡이를 짚고서 몇 번이나 오고 갔나
山僧忘却山中好,	산에 사는 스님은 산중 호사 모르나니
去入紅塵不再來.	세상으로 들어가더니 다시는 돌아오지 않네

「詠鶴」

遠辭華表傍玄關,	화표를 멀리 떠나오니 산문이 가까워라
別却浮丘伴懶殘.	부구를 버리고 나잔과 함께 하는도다
金磬數聲秋日晚,	풍경소리 들려오는 늦은 가을 저녁에
雙飛帶得白雲還.	쌍쌍이 짝을 지어 구름 함께 돌아오네

「贈僧」
一瓶一鉢一袈裟,　　물 한 병에 밥 한 그릇 가사 한 벌 가지고
幾卷楞嚴到處家.　　능엄경을 지니고서 가는 곳이 바로 내 집
坐穩蒲團忘出定,　　부들자리 가만히 앉아 세상 잊고 무아지경
滿身香雪墜曇華.　　온몸 가득 내리는 눈 우담화처럼 향기롭네

「布袋和尙」
童子牽衣也不管,　　아이들이 옷자락 끌어도 묵묵히 상관 않고
放下布袋打鼾睡.　　포대 자루 던져 놓고 코를 골며 잠을 자네
縈纏只是貪嗔癡,　　속박이란 그저 탐진치(貪嗔癡)일 뿐이요
解脫無過戒定慧.　　해탈이란 오직 계정혜(戒定彗)에 불과한 걸

「毛女圖」
衣紉槲葉不須裁,　　옷은 그저 떡갈나무 잎 재단이 필요 없고
蘿月秋懸寶鏡開.　　여라에 걸린 가을 달은 명경을 걸어놓은 듯
鶴背幾隨王母去,　　학의 등에 타고 여러 번 서왕모 따라 갔으며
蛾眉曾識祖龍來.　　여인은 일찍이 진시황 오고 있음 알았다네
蟠桃結子三回熟,　　반도 복숭아에 열매 맺어 세 번이나 익었고
若木爲薪十度摧.　　서해 약목(若木) 땔감으로 열 번이나 꺾었었지
回首同時金屋伴,　　머리를 돌려보니 같이 금옥에서 짝했으나
重泉玉匣葬寒灰.　　구천의 옥갑(玉匣)에는 차가운 재만 묻는구나

「落葉」
萬片霜紅照日鮮,　　수만 조각 붉은 단풍 햇빛 받아 선명한데
飛來塔下復苔磚.　　계단 아래 휘날려서 이끼 끼인 벽돌 덮네
等閑不遣僧童掃,　　아서라, 생각 없이 동자승에 쓸라하여
借與山中麋鹿眠.　　산중 노루 잠자리로 빌려주진 부디 마오

「方丈巢燕」
花正開,　　　　　꽃은 막 피어나고

雨霽春欲回.　　　비 개이니 봄은 돌아가려 하는데
緝壘成雙到,　　　둥지 지어놓고 짝을 이뤄 와서는
穿簾作對來.　　　주렴 안으로 나란히 날아드네
飛上下,　　　　　오르락내리락 날고
上下去又還.　　　날아갔다가는 다시 돌아오면서
白門辭王謝,　　　백문의 드높은 나리들 집을 떠나
出入傍禪關.　　　산문에 들어와 스님거처 찾아 드네
鐘梵定,　　　　　범종 소리 멈추고
長廊淸晝靜.　　　긴 복도에는 한낮의 정적 가득한데
遠近雛學飛,　　　원근에 새끼 제비 날개 짓을 배우고
呢喃語堪聽.　　　지지배배 우는소리 듣기도 좋아라
棲寺好,　　　　　절 안에 깃들기를 잘했네
畫棟雕梁巢莫保.　귀한 집 용마루와 들보에는 둥지 남기 어렵나니
秋去春復來,　　　가을에 돌아갔다 봄 오면 다시 오리
永伴山僧老.　　　언제까지 산 속 스님 더불어 살리라

「山中四景」
門逕苔深客到稀,　　문 앞에 이끼 깊어 손님 발길 드물고
游絲低逐軟紅飛.　　아지랑이 낮게 깔려 꽃을 쫓아 날아가네
松梢零落飄金粉,　　소나무 가지에선 금빛 송화 가루 날고
童子枝頭曬衲衣.　　동자는 가지 끝에 옷을 걸어 말리누나

風敲窗竹驚僧定,　　바람은 대나무를 흔들어 스님 참선 깨우고
鳥觸殘花墜澗香.　　새들은 지는 꽃잎 물어다 냇물가에 떨구네
圓覺半函看已了,　　원각경 반 상자를 이미 반쯤 읽고 나서
紉針自補舊衣裳.　　실과 바늘 끌어다가 가사 장삼 꿰매노라

幾點歸鴉幾杵鐘,　　종소리 울리는데 까마귀는 점점이 돌아가니
紛紛涼月在孤峰.　　서늘한 가을 달 외로운 봉우리 위에 솟는다
淸霜獨染千林樹,　　찬 서리 홀로 천만그루 나무를 물들이니

明月漫山一片紅.　　밝은 달빛 비춘 산은 붉은 빛에 젖어 있네

十笏房清百衲溫,　　청정한 방안에선 스님들 따뜻이 잠들고
名香長是夜深焚.　　좋은 향을 언제까지 밤늦도록 사르네
道人愛看梅梢月,　　도인은 매화 가지에 걸린 달을 사랑하여
分付山童莫掩門.　　동자에게 이르노니 문을 닫지 말아다오

　하루는 선사가 문득 대청에 올라 시동에게 원수재(袁秀才)를 불러오게 해서 조용히 말했다.
　"선달 그믐이 되었소이다."
　원손이 대답했다.
　"저도 알고 있습니다."
　그러자 선사가 게송(偈頌)을 지어 보여 주었다.

萬法千門總是空,　　만법과 천문이 모두 헛되거늘
莫思嘯月更吟風.　　달 노래하고 바람 읊을 생각 아예 말아라
這遭打個翻筋斗,　　이러할 때 박차고 일어나서
跳入毘盧覺海中.　　비로자나불 깨달음의 바다로 뛰어 들진저

말이 떨어지자 원손은 곧 크게 깨닫고 역시 게송 두 수를 지어 답했다.

泉石煙霞水木中,　　천석과 연하와 수목 가운데서
皮毛雖異性靈同.　　가죽과 터럭이 달라도 성령은 매 한가지
勞師爲說無生偈,　　스님께서 무생게를 들려 주시오니
悟到無生始是空.　　무생이 비로소 공임을 이제서야 깨달았네

萬種嘍囉林大節,　　만 가지로 떠들던 임대절과
千般伎倆木巢南.　　천 가지의 재주 가진 목소남
從今踏破三生路,　　이제부터 삼생의 길을 답파하리니

　노래를 다 부르고 난 다음 원손은 단정히 앉아 원적(圓寂)에 들었다. 선사는 승려들을 모아서 말했다.

　"이 사람은 기이하고 남다른 점 있으니 너희들은 적당히 넘겨보지 말고 반드시 자세히 관찰하도록 하여라."

　승려들은 이 말에 그를 둘러싸고 세심히 관찰하였는데 알고 보니 한 마리 원숭이였다. 선사는 비로소 승려들에게 이전에 있었던 일들을 설명해주었더니 승려들은 모두 찬양하고 슬퍼하였으며 그의 기이함을 칭찬하였다. 장작과 마른풀에 불을 붙여 그를 화장할 때 선사는 친히 그의 머리를 어루만지며 말했다.

　"이 100년이 지난 뒤에 돌아오면 다시 받아 주겠노라."

　그리고 나서 남송(南宋) 말기에 이르러 한 백성의 집안에 여인이 임신을 하여 곧 해산을 앞두고 있었다. 홀연히 꿈속에서 원숭이 한 마리가 방안으로 들어오는 것을 보고 사내아이를 낳았는데 모습이 원숭이와 매우 닮았다. 그가 자라서 성인이 되었으나 이상하게도 혼인을 하려고 하지 않았다. 출가를 하여 승려가 되기를 단호히 요구하였고 그의 부모는 그의 뜻을 따라서 그를 용제산으로 보내어 출가시켰다. 법명은 종무(宗鍪)라 불렀다. 그 후 그는 불도를 수행하는 방면에서 명성과 인망이 매우 높았는데 종종 호랑이가 시중을 들기도 하고 원숭이가 따르기도 하였으니 변화가 신기하여 예측할 수 없었음은 이루 다 말할 수가 없었다. 세상 사람들은 그를 육신보살이라 여겼다. 종무는 과연 능히 절을 개수(改修)하고 불법을 크게 펼쳤다. 나산의 접대암(接待庵), 영녕교(永寧橋) 등이 모두 그가 완성시킨 것이다. 그의 법호가 지운(支雲)인 까닭에 사원 안에서도 그를 지운무선공이라 불렀다. 열 권의 어록과 네 권의 문집이 있는데 그 중 「사예설(蛇穢說)」은 문장이 특히 뛰어나 각지에서 유행하였다. 지금도 용제산의 사당에서는 여전히 그를 개산(開山)의 중창조사(重創

祖師)로 모시고 있다. 그의 기일이 되면 아직도 호랑이 무리들이 보탑을
둘러싸는 영험하고 기이한 일이 생기고 있다. 후세 사람들이 그가 태어
난 연도를 추산하니 수공(修公)선사의 예언과 정확히 부합하였는데 이
또한 진실로 신기한 일이 아닐 수 없다.

聽經猿記[2]

廬陵[3]之屬邑吉水, 有東山焉, 根盤百里, 作鎭一方, 秀麗淸奇, 望之
如畫. 後唐天成[4]間, 有修[5]禪師者, 結草庵于山之絶處, 樹木蒙密, 路
徑崎嶇, 曠歲彌年, 人跡罕至, 惟樵夫深入, 時見師坐松下, 輒有群鳥銜
果集于前, 師一一取食; 食訖, 飛去. 樵夫間以語人, 好事者相率造庵訪
之, 師方齁睡, 撲握[6]暖足, 伊尼[7]衛床; 衆異之, 競爲除地集材, 建大蘭
若.[8]
　興工之始, 師召匠戒之曰: "汝手作人, 必飮酒食肉, 此處山神[9]利害,

---

2) 聽經猿記(청경원기):『孤本元明雜劇』제4권에 작자미상의 「龍濟山野猿聽經」이란
　잡극이 있는데 본 작품과 동일한 소재를 다루고 있다. [周]

3) 廬陵(여릉): 郡의 명칭. 三國시대 吳나라 때 세워졌고 옛 성은 지금의 강서성 吉安縣
　서남쪽에 있었으나 唐나라 때는 지금의 吉水縣 동쪽으로 옮겨졌다. [周] 작자 李禎의
　고향으로서 그의 저술에 貫籍으로 사용되고 있다. [譯]

4) 後唐(후당): 五代 중의 하나. 沙陀人(사타인) 李克用의 아들 李存勗(이존욱)이 세웠
　으며 四代 13년 간(923~935) 통치하였다. 天成은 後唐 明宗(李嗣源)의 연호다(926~
　930). [周]

5) 修(수):『孤本元明雜劇』에서는 '修公'이라 되어 있다. [周]

6) 朴握(박악): 토끼를 말함. 蘇軾 詩에 "싸늘한 창가에서 발이 따뜻해지니 토끼가 온
　것이로다(寒窓暖足來朴握)"라는 구절이 있다. [周]

7) 伊尼(이니): 사슴을 말함. 黃庭堅 詩에 "들불을 태워 사슴을 얻었다(燒野得伊尼)"는
　구절이 있다. [周]

8) 蘭若(난야): 승려들이 사는 사찰. 梵語 阿蘭若의 약칭. 적막하고 고요한 곳이라는 의
　미다. [周]

9) 山神(산신): 호랑이를 가리킨다. 山君으로 불리기도 한다. [周]

不可輕犯, 如何?" 匠齊應曰 : "請斷葷酒以從事." 師許之. 經月餘, 一
匠忽思肉不可忍, 因下山數日復來. 政踏削間, 兩虎踰垣而入, 立匠者
前, 左右視, 作哮吼聲. 其人驚怖. 師曰 : "必汝犯戒, 首實爲宜, 吾當遣
去也." 匠者解腰間布囊付師, 曰 : "適過醪橋市中, 買熟牛肉一塊, 帶來
作下飯, 無他也." 師曰 : "是矣." 因截作二段喂虎, 撫其背曰 : "山子10)
且去." 言訖, 虎隱. 人愈敬之, 由是金帛之施, 川匯河輸, 棟宇莊嚴, 不
日而就. 旣落成, 師說法以報檀施,11) 講演妙義, 諸天12)雨花.13) 俄而堂
下湧出五井, 皆滿貯米·麵·油·鹽·蔬荣, 取以飯衆, 不欠不餘. 師
曰 : "此五方龍王獻供, 以濟匱乏, 可名此山曰龍濟, 寺曰淸涼." 今四井
已湮, 惟一尙在.

　師庵前喬木千章, 蔽翳雲日, 樹下磐石坦平, 師每據之誦經, 日以爲常.
有老猿棲樹間, 潛聽, 且窺師熟. 一日, 師偶出, 猿下著袈裟, 取經石上,
閱之. 師還望見, 猿跟蹌走去, 師不問, 亦不以告諸僧, 但心識之曰 : "此
已解悟矣." 明日, 果有峽州14)袁秀才來謁, 師知之, 請入相見, 緇衣玄巾,
風致朴野. 敍禮竟, 白師曰 : "遜, 姓袁, 字文順,15) 峽中人也. 族大以蕃,
不樂仕進. 獨遜有志功名, 求官輦下;16) 明宗胡人,17) 暮年昏惑, 賢士良

---

10) 山子(산자) : 역시 호랑이를 가리킨다. 실제로 근거는 없으나 대체로 호랑이에 대해
　　한 등급 낮추어 부르는 호칭이다. [周]
11) 檀施(단시) : 檀越, 施主. 모두 승려와 불교를 신봉하여 布施(보시)하는 자들에 대한
　　호칭. [周]
12) 諸天(제천) : 불교용어. 불경에서 三界 28天을 제천이라 함. [周]
13) 雨花(우화) : 불가의 전설. 부처가 설법을 하는데 하늘에서 꽃비가 내려 꽃이 모든 보
　　살들 앞에 내려와 떨어졌다고 한다. 『維摩經』에 보임. [周]
14) 峽州(협주) : 지금의 湖北省 宜昌市이다. 본래 六朝 梁나라 때는 宜州였는데 北周에
　　이르러 협주로 이름이 바뀌고 隋나라 때 폐지되었다가 唐나라 때 다시 설치되었다. 그
　　러나 여기서는 실제로 廣東省 淸遠縣 동쪽의 峽山寺를 가리키는데 그곳에는 원숭이
　　동굴이 있어 원숭이가 많기로 유명하다. [周]
15) 文順(문순) : 『孤本元明雜劇』에는 '字舜夫'라 되어 있다. [周]
16) 輦下(연하) : 옛날에 수도를 輦轂之下라고 표현하였다. 천자의 수레바퀴 아래라는 뜻
　　이다. [周]
17) 明宗胡人(명종호인) : 명종은 李嗣源을 가리킨다. 호인은 그가 沙陀部落人이라는 것
　　을 가리킨다. 그러나 실제로 이사원은 李克用의 養子였고 본래는 代北人이었다. [周]

才, 莫得而進, 留滯數年, 竟無所就. 有知己者, 薦爲端州[18]巡官, 念瘴鄉
惡土, 實不願行; 彼又勸之曰 : ‘子蹇困如此, 尙暇擇地哉?’ 不得已挈家
抵任, 未踰年, 妻妾子女喪盡, 憔悴一身, 遂不復仕. 往來江湖間, 惟尋山
望水, 謝擾擾于名場, 問道參禪, 談空空于釋部.[19] 側聞尊宿建大法幢,
不憚遠來, 求依淨社.[20] 攢眉蹙頞,[21] 固非嗜酒之淵明;[22] 擧手推敲,[23]
頗類苦吟之賈島. 如蒙不棄, 夫復何求." 卽取書一幅呈師, 乃贄[24]啓也.
其詞曰 :

　　竊以生一拳夢幻之身, 蓋由惡業; 熟三峽烟霞之路, 亦自善緣.[25] 凡居覆

沙陀(沙坨)는 모래더미 즉 사막을 말한다. 代北은 代州以北을 말하며 지금의 산서성과
하북성의 북부일대를 지칭한다. [譯]

18) 端州(단주) : 지금의 광동성 高要縣이다. 이 지방에서 생산되는 벼루가 유명하여 端硯
이라고 부른다. [周]

19) 談空空於釋部(담공공어석부) : 空空은 佛家에서 말하는 ‘色卽是空, 空卽是色’이다.
釋部는 바로 佛經을 말한다. 이 구절은 실제로 六朝 때 孔稚圭의 「北山移文」에 나오
는 말이다. [周]

20) 淨社(정사) : 땅을 예전에는 社라 했다. 淨社는 바로 淨土를 말하는 것인데 이는 불가
에서 보살이 사는 세계를 일컫는 말이다. [周]

21) 頞(알, e) : 鼻莖(비경). 즉 콧대의 우뚝한 줄기다. [周]

22) 淵明(연명) : 陶潛(도잠). 晋나라 때 潯陽 사람. 그는 일찍이 彭澤縣令을 지냈는데 한
번은 군에서 督郵가 파견되어와서 서리가 "마땅히 허리띠를 매고 가서 알현해야 합니
다"라고 하자 그는 탄식하면서 "내 정녕 五斗米의 녹봉을 위해 허리를 굽힐 수는 없
다"라고 하였다. 그리고 관직을 버리고 귀향하여 산수를 유람하며 술 마시고 유유자적
했다. [周]

23) 推敲(퇴고) : 唐나라 賈島는 字가 閬仙(낭선)이고 范陽 사람인데 일찍이 長江主簿를
지낸 적이 있어 사람들이 그를 賈長江이라 불렀다. 그가 서울로 과거에 응시하러 갈
때 나귀를 타고 가면서 "중이 달 아래서 문을 두드린다(僧推月下門)"라는 시 구절을
생각해냈는데 推자를 敲자로 고치고 싶어 推와 敲자를 번갈아 써보았지만 결정을 할
수가 없었다. 그러다 우연히 京兆尹 韓愈의 행차와 부딪쳤다. 한유는 그가 어째서 앞
을 잘 보지 못했는지 이상하게 여기자 그가 推자를 敲자로 고치고 싶어 고민했으며 어
떤 글자로 쓰는 것이 좋을 지를 물었다. 한유는 "敲자가 좋을 듯하오"라고 답해주었고
두 사람은 함께 말을 타며 시를 논하였다. [周]

24) 贄(지) : 처음 뵐 때 드리는 예물. [周]

25) 善緣(선연) : 雙關語. 『埤雅』에 "猿通臂善緣"이라는 구절이 있는데 이 말은 원숭이가
높은 곳에 잘 기어오른다는 뜻이다. 善緣은 善行이로도 풀이할 수 있으므로 앞의 惡業
과 對句가 된다. [周]

載26)之間, 悉在輪迴之內. 恭維龍濟山主, 修公大禪師坐下 : 性融朗月, 目
泯空花;27) 衍術數則尤過于圖澄,28) 逞神通則端逾于杯渡.29) 菩提本無樹,30)
機鋒肯讓于同袍; 松柏31)摧爲薪,32) 泡影等觀于浮世. 十方瞻仰, 四衆歸依.
若33)如遜者, 天地毫毛, 山林踪跡, 悲來抱樹, 誰憐悽惻其傷弓; 窮則投林,
疇昔從容于擇木. 無家可返, 有佛堪依. 痛茲妻子之渝亡, 坐此功名之汨沒
: 逢人舞劍, 素非通臂之才; 過寺題詩, 忽動歸山之興. 乾旋坤轉, 無端變化
幾湮沉; 春去秋來, 管得繁華有枯槁. 伊欲出類而拔萃, 除非捨妄以歸眞.
指示迷途, 使入涅槃34)之路; 引登覺岸, 遄登般若35)之舟. 惟願慈悲, 和
南36)攝受!

師覽畢, 謂之曰 : "絶好俊才, 兼通內典,37) 辱公不鄙, 壯觀山門.38) 第

---

26) 覆載(복재) : 天覆地載 즉 "하늘이 만물을 뒤덮고 땅이 모든 것을 싣고 있다"는 뜻으
　로 天地를 가리킴. [周]
27) 空花(공화) : 空華, 헛된 생각, 空想과 같은 뜻이다. [譯]
28) 圖澄(도징) : 佛圖澄은 晋나라 때 인도의 고승. 石勒이 그를 매우 존경하여 믿고 따랐
　으며 그를 大和尙이라 칭했다 그에 관한 전기는 『晉書』 권95에 보인다. 그는 신비한
　술법을 잘 부렸기에 그와 관련된 기이한 설화는 매우 많다. 『幽明錄』 제89조목에는 도
　징과 석륵에 관한 기록이 보인다. [周] 石勒은 五胡十六國 중의 後趙의 창시자, 羯人
　이다. [譯]
29) 杯渡(배도) : 『傳燈錄』에 "杯渡和尙이란 그 성과 이름은 모르지만 일찍이 나무 술잔
　을 타고서 강을 건넜다 하는데서 그 이름이 유래되었다(杯渡和尙, 不知其姓名, 嘗乘木
　杯渡河, 故以爲名)"고 되어 있다. [周]
30) 菩提本無樹(보리본무수) : 불교 『六祖壇經』에는 "보리는 원래 나무가 아니고 명경은
　또한 대가 아니라네. 본래 하나의 물건도 없는 것이니 어느 곳에 먼지가 끼일 수 있으
　리오(菩提本無樹, 明鏡亦非臺, 本來無一物, 何處著塵埃)"라는 문장이 보인다. [周] 六
　祖 慧能의 偈다. [譯]
31) 【校】 : [董]에는 栢으로 되어 있음.
32) 松柏摧爲薪(송백최위신) : 이 구절은 『孤本元明雜劇』에 '明鏡亦非臺'로 되어 있다.
　[周]
33) 【校】 : [董]에는 若이 빠져 있다.
34) 涅槃(열반) : 梵語로 不生不滅의 문에 들어가는 것을 이른다. 사람은 賢愚를 막론하
　고 모두 늙고 죽는데 다만 佛家에서는 죽음은 幻體이며 본성은 불생불멸이라고 한
　다. [周]
35) 般若(반야) : 梵語로 지혜를 가리킨다. 일설에는 망상으로부터 벗어나 청정함에 이르
　는 것을 말한다. [周]
36) 和南(화남) : 승려가 합장하고 예를 행하는 것을 말한다. [周]

有一事未便, 不敢不以相聞." 遜曰 : "何事? 伏請見喩." 師曰 : "公若頂巾束髮, 在我敎謂之沐猴而冠;[39] 遽使削髮被緇,[40] 在公敎謂之儒名墨行;[41] 若斯二者, 何以處之?" 遜跼蹐,[42] 若有慚色, 久之, 乃曰 : "但使心向禪宗, 何妨俗扮, 願勿以形跡見拘也. 倘得食已殘之芋, 長源[43]自是俗人; 補未了之經, 次律[44]豈非道者? 法門廣大, 何所不容?" 師曰 : "若公之言, 眞所謂朝三而暮四[45]者也." 遜曰 : "何見譏之深也!" 師曰 : "偶然耳."

---

37) 內典(내전) : 불경. [周]

38) 山門(산문) : 사찰의 바깥문이다. 넓은 의미로 사찰. [周]

39) 沐猴而冠(목후이관) : 원숭이에게 목욕시켜 옷을 입히고 관을 씌워도 역시 사람 같지 않다. 『史記』에 "楚人은 원숭이에게 옷 입히고 관 씌운 것일 뿐이라고 사람들이 말한다(人言楚人沐猴而冠耳)"라는 문장이 보인다. [周]

40) 削髮被緇(삭발피치) : 머리를 깎고 검은 색 옷을 입다. 중이 되다. [周]

41) 儒名墨行(유명묵행) : 묵자의 학설은 불가와 비슷하다. 유명묵행이란 곧 유가의 명분과 묵가의 행동을 말한다. [周]

42) 跼蹐(축적) : 공손하며 불안해하는 모양이다. [周]

43) 長源(장원) : 李泌을 말한다. 唐 京兆 사람이다. 일곱 살 때 문장에 능하였는데 玄宗(李隆基)이 궁궐로 불러들이고는 奇童이라 칭찬하였다. 장성한 후에 학문이 더더욱 심원하고 넓어졌다. 肅宗(李亨)이 靈武에서 즉위하여 그를 손님과 벗과 더불어 초대하고는 국가의 대사와 계획, 책략 등은 모두 그와 의논하자 李輔國의 질투를 받게 되어 물러나 衡山에 은거하였다. 代宗(李豫)이 즉위하여 그를 불러 입궐하도록 하자 또한 元載 등의 질투를 받게 되어 楚州와 杭州 刺史로 옮겨갔다. 德宗(李適)이 황위를 잇게 되자 다시 그를 불러 中書侍中, 同平章事로 임명하였는데 나라의 모든 대소사에 도움을 주어 鄴侯로 봉해졌다. [周]

44) 次律(차율) : 즉 房琯, 唐代 河南 사람이다. 安綠山의 반란 후에 그는 사절로 봉해져서 靈武로 가 李亨을 肅宗으로 책립하였다. 숙종은 그가 평소 훌륭한 명망을 가지고 있었기에 곡절히 접대하였더니 차율은 자진해서 장수와 병사를 청하여 적을 평정하겠노라고 하였다. 그러나 그는 紙上談兵의 이론만 알고 그나마 제대로도 알지 못하였다. 군사가 陳濤斜에 이르러 적과 대치하게 되자 춘추 戰車전법을 사용했으나 대패하여 도망가게 되자 죄를 청하게 되었다. 숙종은 그를 용서했다. 훗날 악공인 董琴蘭이 죄를 얻었는데 그가 숨겨주었고 이를 有司가 탄핵하자 숙종이 大怒하여 그를 해임시키고 太子少師가 되었다가 결국 刑部尙書로 마쳤다. 그의 前身은 승려였다고 전해지는데 佛經을 쓰다가 다 완성하지 못하자 房琯의 몸을 빌려 태어나 보충하여 쓰려고 했다는 것이다. 그들의 글자체가 똑같았다고 한다. 蘇軾의 시에 "좌경이 어찌 돌아온 학이던가. 차율이 설마 과거의 스님은 아니겠지(佐卿豈是歸來鶴, 次律寧非過去僧)"라는 구절이 있다. [周]

45) 朝三暮四(조삼모사) : 간사한 꾀로 남을 농락함을 이르는 말. 『莊子』에 다음과 같은 내용이 보인다. 宋나라 때 狙公이 원숭이들에게 먹이를 아침에 세 개, 저녁에 네 개씩

遂留之西館,46) 俾敎行童.

　遜雖性識聰明, 文詞敏捷. 然戲舞跳梁, 好爲兒態. 有時跏趺47)床上, 以被蒙頭, 使僧徒禮拜, 曰 : ‘此白衣觀音見身也.’ 有時箕踞竈中, 以靛塗面, 令廚人致敬, 曰 : ‘此洪山大聖48)監齋49)也.’ 或納蛇鉢中, 謂之降龍; 或縛猫座下, 謂之伏虎; 如此者不一. 僧頗苦之, 以白于師. 師笑曰 : "故態也, 善視之." 衆遂不敢言, 遜亦自若也. 然山中景物, 經其題詠者甚衆, 多不悉錄, 約50)其一二尤者焉.

　　「題解空寺」
　　古塔凌空玉笛高, 斜陽半壓水嘈嘈; 老禪掩却殘經坐, 靜聽松聲沸海濤.

　　「書方丈」
　　幾曲風琴響暗泉, 亂紅飛墜佛龕前; 白雲深護高僧榻, 不許51)人間俗客眠.

　　「送僧出山」
　　松翠侵衣展印苔, 杖藜幾度此徘徊? 山僧忘却山中好, 去入紅塵不52)再來.

　　「詠鶴」

주겠노라하니 원숭이들이 크게 불평하자 그러면 아침에 넷, 저녁에 셋씩 하자하니 여러 원숭이들이 좋아하였다고 한다. 狙는 원숭이류이다. 여기서는 袁遜이 원숭이에 속함을 풍자하는 말이다. [周]

46) 西館(서관) : 빈객이 묵는 행랑채. 훈장이 묵는 서당을 말한다. [譯]
47) 跏趺(가부) : 불교의 坐法. 두 종류가 있는데 하나는 먼저 오른쪽 발로 왼쪽 허벅지를 누르고 또 다시 왼쪽 발로 오른쪽 허벅지를 누르는 것으로 降魔坐라고 한다. 다른 하나는 우선 왼쪽 발로 오른쪽 허벅지를 누른 후에 다시 오른쪽 발로 왼쪽 허벅지를 누르는 것이며 양쪽 발바닥을 양 허벅지의 위쪽을 향하게 하는데 이를 吉祥坐라고 한다. [周]
48) 洪山大聖(홍산대성) : 절에서는 홍산대성을 모셔서 監齋하는데 푸른 얼굴에 붉은 머리카락의 모습을 가졌다. [周] 洪山大聖은 미상임. [譯]
49) 監齋(감재) : 절이나 도관에서 齋를 올리는 일을 관장하는 직책이다. [譯]
50) 【校】 : [董]에는 紀라고 되어 있음.
51) 【校】 : [董]에는 與라고 되어 있음.
52) 【校】 : [董]에는 莫으로 되어 있음.

遠辭華表[53]傍玄[54]關,[55] 別却浮丘[56]伴懶殘,[57] 金磬數聲秋日晚, 雙飛帶得白雲還.

「贈僧」

一瓶一鉢一袈裟, 幾卷楞嚴[58]到處家; 坐穩蒲團忘出定, 滿身香雪墜曇華.[59]

「布袋和尙[60]」

童子牽衣也不管, 放下布袋打鼾睡; 縈纏只是貪嗔癡,[61] 解脫無過戒定慧.[62]

「毛女[63]圖」

---

53) 華表(화표) : 大路 위에 세워둔 나무기둥나 돌기둥. 옛날 묘의 앞에 세운 석주도 화표라고 하였다. [周]
54) 【校】 : [董]에는 禪으로 되어 있음.
55) 玄關(현관) : 佛敎용어로 道에 들어가는 문을 가리킴. 여기서는 사찰을 의미한다. [周]
56) 浮丘(부구) : 신화 전설 속의 고대 仙人. 설이 일치하지는 않으나 여기서는 周 靈王 때 왕태자 晋과 함께 笙簧을 불고 鶴을 타고 嵩山을 노닐었다는 浮丘公을 일컫는다. [周]
57) 懶殘(나잔) : 唐나라 때 衡岳寺의 중 明瓚禪師. 성품이 게으르고 남은 음식을 먹었으므로 나잔이라 했다. 李泌이 만나러 갔을 때 불 속을 뒤져 군고구마를 꺼내 먹다가 남은 절반을 이필한테 주면서 "아무한테도 말하지 말라. 그대가 십 년 간 재상노릇 하게 해줄 테니"라고 말했다 한다. [周]
58) 楞嚴(능엄) : 佛經의 이름. 唐人에 의하여 번역되었으며 마음의 본체를 밝히는 경전으로 大乘秘密部에 속해 있음. [周]
59) 曇華(담화) : 피자마자 떨어지는 꽃. 불가에서는 우담바라(優曇鉢花, Udumbara)라고 함. 『法華經』에 다음과 같은 구절이 있다. "부처님께서 사리불에게 고하시기를 이와 같은 것이 묘한 불법이요 우담바라와 같은 것이니 한 순간에 드러날 뿐이로다(佛告舍利佛, 如是妙法, 如優曇鉢華, 時一現耳)." [周] 인도에서 轉輪聖王이 나타날 때 핀다는 상상의 꽃. 삼천 년에 한번 핀다고도 하여 매우 드문 일임을 상징하기도 한다. [譯]
60) 布袋和尙(포대화상) : 『傳燈綠』에 기록이 있음. 明州 奉化縣에 포대화상이 있는데 남루한 차림에 말을 함부로 내뱉고 아무 곳에서나 잠을 자며 지팡이에 자루 하나와 낡은 자리를 메고 다닌다. 일체의 생활용품들이 자루 속에 다 들어 있었다 한다. [周]
61) 貪嗔癡(탐진치) : 인간이 떨쳐버려야 할 탐욕과 성냄과 어리석음을 말한다. [周]
62) 戒定慧(계정혜) : 불자가 닦아야 하는 戒律과 禪定과 智慧를 말한다. 三學이라고 한다. [譯]
63) 毛女(모녀) : 자를 玉美라 하는 陝西省 華陰山에 사는 산중 여인. 漢나라 때 사냥꾼이 종종 그녀를 보았는데 온몸이 털로 덮였으며 스스로 말하기를 秦나라가 망할 때 입산하여 도사의 가르침으로 솔잎을 먹어 배고픔과 추위를 모르고 몸이 가볍다고 하였

衣紉槲64)葉不須裁, 蘿月秋懸寶鏡開. 鶴背几隨王母去, 蛾眉65)曾識祖龍66)來.
蟠桃結子三回熟, 若木67)爲薪十度摧. 回首同時金屋伴, 重泉玉匣葬寒灰!

「落葉」
萬片霜紅照日鮮, 飛來堦下覆苔磚; 等閑不遣僧童掃留, 借與68)山中麂69)鹿眠.

「方丈巢燕」
花正開, 雨霽春欲回, 緝壘成雙到, 穿簾作對來. 飛上下, 上下去又還, 白
門70)辭王謝,71) 出入傍禪關. 鍾梵定, 長廊淸晝靜, 遠近雛學飛, 呢喃語堪聽.
棲寺好. 畫棟雕梁巢莫保, 秋去春復來, 永伴山僧老.

「山中四景」
門逕苔深客到稀, 游絲低逐軟紅飛; 松梢零落飄金粉, 童子枝頭曬衲衣.
風敲窗竹驚僧定, 鳥觸殘花墜澗香; 圓覺72)半函看已了, 紉針自補舊衣裳.
幾點歸鴉幾杵鐘, 紛紛涼月在孤峰;73) 淸霜獨74)染千林樹. 明月漫山一片紅.
十笏75)房淸百衲溫, 名香長是夜深焚; 道人愛看梅梢月, 分付山童莫掩門.

다. [周]
64) 槲(곡, hu) : 떡갈나무를 가리킴. 낙엽이 교목에 버금가며 높이가 2 내지 3장(丈)이나
 되며 잎이 크고 열매가 있는데 둥글며 껍데기가 있으며 맛은 없다고 한다. [周]
65) 蛾眉(아미) : 누에나방의 더듬이로 가늘고 길며 구부러져 있어 옛날 여인의 눈썹을 비
 유하는 말로 쓰였으며 후세에 여인의 대명사로 간주되었다. [周]
66) 祖龍(조룡) : 秦始皇을 일컬음. 祖는 始를, 龍은 皇을 뜻하여 始皇을 나타내는 일종의
 은어다. [周]
67) 若木(약목) : 해가 지는 서쪽 바다에 심는다고 하는 상상의 나무. 李白의 詩에 “서해
 바다에는 약목을 심고 동해바다에는 부상을 심는다(西海栽若木, 東溟植扶桑)”라는 구
 절이 있다. [周]
68) 【校】: [董]에는 留借로 나와있음.
69) 麂(궤) : 노루. 가죽이 부드러워 장갑과 신발을 만들 수 있다. [周]
70) 白門(백문) : 江蘇省 南京市의 별칭. [周]
71) 王謝(왕사) : 육조시대의 王氏와 謝氏의 두 집안. 대대로 名望있던 귀족 집안으로 가
 문이 매우 훌륭하였다. [周]
72) 圓覺(원각) : 대승 불경의 이름. 圓覺은 깨달은 바의 道가 평등하고 원만하여 한치의
 부족함이 없는 것을 이른다. [周]
73) 【校】: [董]에는 松으로 되어 있음.
74) 【校】: [董]에는 夜로 되어 있음.

師一日忽升堂, 命侍者召袁秀才來, 告之曰 : "秀才, 臘月三十日到矣."
遜曰 : "某亦知之." 師卽唱偈示之曰 :

萬法千門總是空, 莫思嘯月更吟風. 這遭打個翻筋斗, 跳入毘盧76)覺海中.

遜言下大悟, 亦作二偈以答師, 曰 :

泉石煙霞水木中, 皮毛雖異性靈同; 勞師爲說無生77)偈, 悟到無生始是空.
萬種嘍囉林大節, 千般伎倆木巢南;78) 從79)今踏破三生路, 有甚禪機更要參?

唱訖, 端坐而化. 師集大衆曰 : "此人有異, 汝等不可草草, 須要諦視."
僧乃群聚細觀, 則一猿也. 師始爲說前事, 衆皆嗟異! 擧火 荼毘80)之際,
師親摩其頂曰 : "二百年後, 還汝受用."

至宋南渡末, 有民家婦, 懷妊將産, 夢猿入室, 而誕一男, 貌與猿肖. 及
長, 不樂婚娶, 堅求出家, 父母從之, 送入龍濟爲僧, 名宗鑒. 其後道價高
重, 虎侍猿隨, 變幻神奇, 不可勝述, 世稱爲肉身菩薩. 果能重修梵宇, 大
轉法輪,81) 如吉之螺山接待庵·永寧橋, 皆其所建. 號支雲, 叢林稱爲支

---

75) 十笏(십홀) : 홀을 열 개 넣을 수 있을 정도의 넓이. 홀은 조정 관원이 들고 조회를 할
  때 쓰는 물건. 여기서는 방이 넓지 않음을 말하는 것으로 보인다. [譯]
76) 毘盧(비로) : 부처님의 이름. 비로자나불(毘盧遮那佛). 스님이 불사를 행할 때 쓰던 큰
  모자인데 그 위에 비로불의 작은 상이 있으므로 毘盧帽라 하였다. [周]
77) 無生(무생) : 佛法에서는 空을 근본으로 하므로 그 법을 無生之敎라 한다. 불교도는
  본래 옛 경전을 喪門이라 이르는데 死滅의 門에서 나온 것은 즉 無生이다. 鳩摩羅什
  은 桑門으로 번역하였고 僧禪는 다시 沙門으로 고쳤다. [周]
78) 林大節(임대절), 木巢南(목소남) : 『樹萱錄』에 다음과 같은 내용이 보인다. 唐나라 王
  縉이 嵩陽觀에서 책을 읽고 있었는데 어느 날 술병을 든 네 사람이 찾아와 함께 고담
  준론을 나누고 술을 흥건하게 마셨다. 그들은 각자 임대절, 목소남, 孫文蔚(손문울),
  石媚蚪(석미규)라고 이름을 밝혔는데 취하고 나니 원숭이로 변하여 돌아갔다. [周]
79) 【校】 : [董]에는 儂으로 되어 있음.
80) 荼毘(도비, tupi) : 다비[茶毗]. 범어 jhapita로 火葬을 일컫는다. [周]
81) 轉法輪(전법륜) : 佛敎용어. 즉 불교의 설법은 수레바퀴의 회전과도 같아서 능히 중생
  일체의 미혹됨을 타파할 수 있다. [周]

雲鼇禪公. 有語錄十卷, 文集四卷, 其蛇穢說, 尤行四方. 迨今龍濟奉爲
重開山祖師. 忌日, 猶有群虎繞塔之異. 後人以鼇生時計之, 正協修公所
記, 亦神矣哉!

월야탄금기(月夜弾琴記)

달밤에 타는 거문고

절강성 사명(四明)의 오사도(烏斯道)는 박식하고 사물에 막힘이 없는 군자였다. 홍무(洪武) 초에 길안(吉安)의 영신현(永新縣) 지현(知縣)으로 제수되었다. 임지에 가서 사흘째 되던 날 향교에 선현을 참배하러 갔다가 기둥 초석 옆에 은은히 사람의 형상이 있는 것을 보고는 이상한 생각이 들어서 물어보았다. 선비 하중선(賀仲善)이 아뢰었다.

"이것은 송(宋)나라 담씨(譚氏) 집안의 절부(節婦) 조씨(趙氏)의 자국입니다. 이곳은 원(元)나라가 강남으로 내려오자 점령되었다가 승상 문천상(文天祥)이 왕실을 돕기 위해 군사를 일으켜 다시 수복하였지요. 그 뒤 곧 유반(鎦燮)이 원나라 군대를 끌고 들어와 성을 함락시켰을 때 성안에서 죽은 사람이 태반이었습니다. 담씨 일가 또한 황급히 향교로 들어가 난을 피하게 되었는데 절부는 대성전(大成殿)에 숨었습니다. 포악한 군사들이 쫓아와서 그녀가 젊고 미모가 있는 것을 보고는 범하려 하자 부인이 소리쳐서 '나는 귀한 집안의 딸이며 명문가의 부녀로 어찌 너희 개돼지 같은 놈들과 짝할 수 있겠느냐? 더구나 내 시아버님도 너희 손에 죽었고 내 시어머님 또한 너희에게 죽었으니 너희 몸뚱이를 만 갈래로 찢어 까마귀와 수리에게 먹이지 못함이 한스러울 뿐이다. 내 죽으면 죽었지 어찌 너희같은 개돼지와 짝을 할 수 있겠느냐!'라며 크게 꾸짖자 병사들이 노하여 품에 안고 있던 한 살 박이 아이와 함께 죽여 버렸습니다. 그 핏자국이 벽돌 위에 박혀 들어가 송, 원 이래로 지금에 이르기까지 모래로 문지르고 뜨거운 불로 태워도 더욱 선명해져서 사람들이 의롭게 여기고 제사를 지내오고 있습니다."

오공(烏公)이 사당의 위치를 묻자 하중선이 안내하였다. 그곳에 도착해 보니 쥐가 구멍을 뚫어서 벽은 허물어지고 이끼는 끼어서 계단은 황량했다. 세월이 흘러 열부(烈婦)의 혼도 잊혀지고 시대가 변해 오래된 사당만 남아 있을 뿐이었다. 이에 공이 탄식하며 말했다.

"이는 내 수령된 자의 책임이로다."

그리고 봉록(俸祿)을 들여 학궁 옆에 집을 새로이 꾸미고 그 모습을 비석의 뒤에 새겼다. 또 몸소 글을 지어 처마 아래에 새기니 이를 읽는 사람들은 모골이 송연해지고 눈물을 흘릴 정도였으며 절부의 이름이 크게 빛나게 되었다. 공에게는 오희(烏熙)라는 아들이 있었는데 자(字)는 집지(緝之)였다. 풍류를 좋아했으며 또한 거문고(琴)에도 뛰어났다. 절부의 일을 보자 탄식과 흠모를 금치 못하고 「정송조(貞松操)」를 지어 거문고에 써넣었다.

하늘에는 휘영청 달이 밝고 밤 공기는 서늘한 어느 날 저녁 조용한 가운데 홀로 앉아 거문고 줄을 고르고 있는데 홀연 아름다운 여자가 밖에서 들어오는 것이었다. 오집지는 놀라 물었다.

"어떤 여인이기에 이렇게 홀연히 찾아왔소?"

그러자 그 여자는 옷섶을 추스리며 절을 올렸다.

"소첩의 성은 종(鍾), 이름은 벽도(碧桃)로서 송나라 담절부(譚節婦) 님의 시녀입니다. 마님께서 정절을 지키니 상제께서 이를 아름답게 여기시었고 마님은 이미 높은 신선의 지위를 받고 남악(南嶽)의 위부인(魏夫人) 처소에 배정 받아 천상의 즐거움을 누리고 계십니다. 태상(太上)께서 그 핏자국이 하계에 머물러 있어 사람들에게 더럽혀질까 걱정하시고는 장차 육정(六丁)에게 명하여 이를 거두어들여 의복과 관을 씌우고 자리에 앉혀서 동천(洞天)에 숨겨두려고 하셨습니다. 그러자 문창(文昌) 충효사(忠孝司)가 말하길 '그림자가 대성전에 있어 그 드리워진 것을 지금 반드시 거두어들이려 하지만 (만약 그렇게 한다면) 바람이 불고 벼락이 쳐서 공자(孔子)를 놀라게 할 것입니다. 이는 도를 중히 여기고 유가를 높이는 바가 아닙니다. 오히려 인간세계에 남겨두어 길이 귀감이 되게 함으로써 세교(世敎)에 결코 적지 않은 도움이 되게 함만 못하옵니다'라고 말씀드렸지요. 태상께서 옳게 여기시고 현추성(玄樞省)에 있는 풍도(酆都)로 명을 내려 향교의 지신이 그곳의 수호를 맡고 뇌부(雷部)는 때때로 이를 감독하라고 하셨습니다. 지금 명사(冥司)에서는 음양의 도에서 의심스러운 부분을 멀리하는 것을 높이 사고 있고 이곳 향교의 지신은 다만 바깥만 보호할 수 있으니 친하게 여기면서 가까이 할 이는 마땅히 옛 사람을 써야 한다고 건의하였습니다. 첩이 다행히 죄와 잘못이 없고 예전에 그 분들을 모셨던 까닭에 박직(薄職)을 받아 삼가 보위하게 하였습니다. 하지만 일을 맡은 이후로 거처할 곳이 없어 향교의 토지신 사당에 들어가 외람되게도 남신(男神) 옆에 있게 되니 심히 편치 못합니다. 그래서 마님의 자리 옆에 따로 자리 하나를 마련하여 '고시아종씨신주(故侍兒鍾氏神主)'라고 써 주시기를 부탁드리고자 합니다. 그러면 이 몸은 고생스럽지 않게 거처할 수 있는 곳을 얻게 되는 것이며 머물 곳이 생겼으니 다른 무리들과 함께 섞여 지내는 것을 면할 수 있을 것입니다. 불쌍히 여기시어 속히 시행해주셨으면 합니다."

오집지는 이를 허락하고 다시 물어 보았다.

"절부께선 남악에 머무르면서 자주 사당에 들리시는지요?"

"오지 않으십니다. 나리의 아버님께서 수리해주신 후에 잠시 한 번

내려오셨습니다. 그날 저녁 만물은 조용하고 달빛은 낮과 같이 밝았지요. 마님께서는 옛 고향 땅에 산천은 변함없지만 사람들은 달라진 것을 굽어보시고는 한줌의 흙과 한줄기 풀에도 나무 한 그루와 풀 한 포기에도 정령위(丁令威)의 화표의 감개를 이기지 못해 「비풍(悲風)」 한 곡조를 거문고로 뜯으셨답니다. 그것을 듣자 처연해져 눈물이 비오듯 하였습니다. 마님께서 돌아보시며 '너는 아직 이름이 귀적(鬼籍)에 남아 있으니 너를 위로해 줄 수 없구나. 지필(紙筆)을 가져오너라'라고 하셨습니다. 첩이 그 말씀대로 종이와 붓을 올렸더니 먹물에 붓을 찍어 옛 칠언 근체시 스무 수를 모아서 내리시고는 하늘로 올라가셨습니다."

"시는 지금 어디에 있소?"

"소첩이 그것을 보물같이 받들고 있으니 원본은 드리지 못합니다. 비록 드린다 하더라도 도교의 부적과 같은 글씨체로 되어 있어 공께서는 알지 못하십니다. 다만 읊어드리겠으니 받아 적으시지요"

花壓欄干春晝長,	난간에 꽃잎 가득하니 봄날은 길어라
淸歌一曲斷君腸.	맑고 고운 노래 소리 애간장이 끊어지네
雲飛雨散知何處,	구름 날고 비 흩어지니 그곳이 어디인가
天上人間兩渺茫.	천상세계 인간세상 아득히 멀기만 해라
已托焦桐傳密意,	거문고 소리에 기대어 은밀한 뜻 전하니
不將淸瑟理霓裳.	또다시 비파로 예상곡일랑 타지 마오
江南舊事休重省,	강남의 옛일 다시 돌아본들 무엇하리
桃葉桃根盡可傷.	복사꽃잎 도화 뿌리조차 슬퍼한다오

魂歸溟漠魄歸泉,	혼과 백이 어두운 황천에 돌아가나니
却恨靑娥誤少年,	젊은 시절 허송 세월 보낸 것 한스러워라
自是桃花貪結子,	이로부터 복사꽃은 열매를 맺고
只應梅蘂故依然.	매화 꽃 꽃수술은 예전과 다름없네
風流肯落他人後,	풍류를 어찌 남에게 뒤질 까닭 있으랴
哀樂猶驚逝水前.	절수가에서 기쁨과 슬픔 함께 하였네

何事黃昏尙凝睇,　　무슨 일로 저녁 무렵 눈물지으며
孤燈挑盡未成眠.　　등불 심지 다 타도록 잠 못 이루나

寒蛩喞喞樹蒼蒼,　　귀뚜라미 울어대고 나무는 푸릇푸릇
城上高樓接大荒.　　성 위의 높은 누각 들판으로 향해있네
午夜漏聲催曉箭,　　자정(子正)의 물시계 소리 새벽을 재촉하고
六街晴色動秋光.　　번화가의 새벽녘엔 가을 빛이 넘쳐나네
滿庭詩景飄紅葉,　　시정(詩情)넘치는 뜨락에는 단풍 날리고
此地悲風愁白楊.　　차가운 가을 바람에 백양나무 근심이네
舞袖弓鞋渾忘卻,　　춤추는 소매는 가죽신도 잊어버리고
人間惟有鼠拖腸.　　인간 세상에는 쓸쓸한 모습만 남아 있구나

雲想衣裳花想容,　　구름은 님의 옷자락 꽃은 님의 얼굴
靑春已過亂離中.　　꽃다운 청춘은 난리 통에 가 버렸네
功名富貴若長在,　　부귀공명은 강물처럼 흘러가 버리고
得喪悲歡盡是空.　　희노애락 모두 부질없네
窓裡日光飛野馬,　　창안에 비치는 햇빛 아지랑이 피어나고
巖前樹色隱房櫳.　　바위 앞 나무 빛깔 창에 숨어든다
身無彩鳳雙飛翼,　　이 몸엔 봉황의 두 날개 없으니
油壁香車不再逢.　　칠하고 향기로운 벽거 다시 못 만나리

應笑無成反薜蘿,　　이룬 것 하나 없이 은둔하니 우습구나
年年惆悵是春過.　　해마다 쓸쓸하게 지나는 봄이로다
時攀芳樹愁花盡,　　때때로 꽃나무에 지는 꽃잎 서러워라
寒戀重衾覺夢多.　　차가운 이불 속 꿈을 깨고 못 이루네
桂嶺瘴來雲似墨,　　계령에 나쁜 기운 오니 구름은 먹빛이요
蜀江風澹水如羅.　　촉강에 바람 자니 물결은 비단 같네
人生富貴須回首,　　인생의 부귀에서 고개 돌려 봐야 하니
世事無幾奈爾何.　　세상사 그것을 도대체 어찌하리오

家在寒塘獨掩扉,　　차가운 못 가 집은 홀로 사립문만 닫아도
高情雅澹世間稀.　　높은 정취 아담함은 세상에 드문 바라
不將脂粉涴顔色,　　연지와 분으로 얼굴 꾸미지 않고
惟恨緇塵染素衣.　　먼지에 흰 옷 더럽힐까 근심하네
歸目并隨回雁盡,　　고향을 그리는 눈 기러기를 쫓아가고
離魂潛逐杜鵑飛.　　혼백은 몸을 떠나 두견새를 따라 간다
東風吹淚對花落,　　동풍에 눈물 뿌리고 지는 꽃 바라보며
惆悵朱顔不復歸.　　돌아오지 않는 님 그리니 슬픔 가득하여라

有時顚倒著衣裳,　　어떤 때는 옷을 거꾸로 입기도 하고
萬轉千回懶下床.　　천만 번 뒤척이며 일어나기 싫어하네
艶骨已成蘭麝土,　　아름다운 뼈는 이미 난사토가 되고
蓬門未識綺羅香.　　천한 몸 비단 향기 알지 못하였네
漢朝冠蓋皆陵墓,　　한(漢)나라 호걸들은 진토 되었고
魏國山河半夕陽.　　위(魏)나라 산하는 석양에 잠겼네
滿眼波濤終古事,　　눈에 가득 파도에 옛 일 생각나니
離人到此倍堪傷.　　님 떠나 여기오니 슬픔은 더해라

一寸相思一寸灰,　　간절한 그리움에 마음은 재가되고
且將團扇暫徘徊.　　부채를 손에 들고 이리저리 배회하네
月明古寺客初到,　　달 밝은 옛 절에 과객이 찾아드니
風靜寒塘花正開.　　바람 잠든 한당(寒塘)에 꽃이 막 피었구나
綠水靑山雖似舊,　　녹수와 청산은 예전과 같건마는
紅顔白髮遞相催.　　홍안은 어느새 백발이 다 되었네
無情不似多情苦,　　무정은 다정만큼 괴롭지 않으리니
肯信愁腸日九廻.　　수심 가득한 이 마음은 구절양장 같아라

形容變盡語音存,　　그 모습은 다 변하고 소리만 남았으나
地廻難招自古魂.　　땅도 달라지니 고혼을 부르기 어려워라
閑結柳條思遠道,　　한가롭게 버들 묶어 먼 길 떠난 님 생각

欲書花葉寄朝雲.　　꽃잎에 편지 써서 아침구름에 부치고자
窓殘夜月人何在,　　저녁 달 창가에 머무는데 님은 어디 계시는가
樹蘸蕪香鶴共聞.　　나무에는 향기 나고 학의 울음 들려오네
今日獨經歌舞地,　　춤추고 노래하던 곳 오늘 혼자 지나보니
娟娟霜月冷侵門.　　서리 같은 달빛만이 문안으로 들어오네

風火年年根虜塵,　　풍화(風火) 그치지 않음은 오랑캐 때문
每回回首卽長矉.　　매번 고개 돌려 눈살을 찌푸리네
明眸皓齒今何在,　　눈과 이가 예쁜 미인 지금 어디 있나
異服殊音不可親.　　옷 다르고 말 다르면 친해지기 어려워라
幾樹好花閑白晝,　　나무와 꽃들은 한낮에는 한가롭건만
數株殘柳未勝春.　　늘어진 버들만이 봄을 못 이기는 듯
狂風落盡深紅色,　　모진 바람에 붉은 꽃잎 다 떨어지고
水遠山長愁殺人.　　물은 멀고 산은 깊어 정녕 걱정이로다

絃管遙聽一半悲,　　멀리서 들려오는 가락에 근심에 잠겨
羅衾滴盡淚胭脂.　　눈물에 젖은 연지가 치마 위에 떨어지네
鳥啼花落人何在,　　새는 울고 꽃 지는데 님은 어디 계시는가
節去蜂愁蝶未知.　　절기가 지나도 벌의 근심을 나비는 모르리
鵬上塵烟纔一日,　　붕새가 날아가도 이는 먼지는 겨우 하루
雲殘鳱鵲亦多時.　　조각 구름 새매 까치 얼마나 머무르리
綠雲斜軃金釵墜,　　삼단 같은 머리에서 비녀는 떨어지는데
獨立蒼茫自詠詩.　　홀로 서서 망연자실 시 한 수를 읊는다

烟郊西望夕陽曛,　　안개 자욱한 성 밖에서 어스름 석양을 바라보고
世路干戈惜暫分.　　길은 난리 통에 애석해라 갈라졌네
內屋金屛生色畵,　　방안의 금병풍엔 생동하는 그림이 있고
粉霞紅綬藕絲裙.　　노을 같은 붉은 색의 허리끈과 연실 치마
蒹葭淅瀝含秋雨,　　갈대는 쓸쓸히 가을비를 머금어 있고
銅雀荒凉鎖暮雲.　　동작은 황량히 저녁 구름에 잠겨 있네

舊業已隨征戰盡,　　옛일은 전쟁통에 모두 사라지고
獨留靑塚向黃昏.　　푸른 무덤만 홀로 남아 황혼을 바라보네

愁心一倍長離憂,　　근심스런 마음은 이별 걱정 더하고
到處明知是暗投.　　어디로 가시거나 몰래 찾아가리다
雨盡香魂弔書客,　　비 그치자 향기로운 혼은 나그네 찾아가고
夜深燈火上樊樓.　　밤이 깊자 불을 밝혀 누대위에 오르네
山中老宿依然在,　　산 속의 고승은 의연히 있건만
檻外長江空自流.　　난간 밖 강물은 부질없이 절로 흐르네
明月易低人亦散,　　밝은 달 넘어가고 사람들은 흩어지고
寒鴉飛盡水悠悠.　　까마귀는 날아가고 물은 유유히 흐르네

葉滿苔階杵滿城,　　계단에는 낙엽 가득 성안에는 다듬이 소리
登高望遠自傷情.　　높이 올라 먼 곳 보니 절로 상심에 젖네
瓊枝璧月春如昨,　　나뭇가지 걸린 달에 어제 같은 봄이건만
冰簟銀床夢不成.　　차가운 잠자리서 홀로 잠 못 이루네
往事悠悠增浩歎,　　지난 일에 새로운 탄식 더해가고
淸愁苒苒掃餘醒.　　근심 속에 취기도 말끔히 가셔지네
豈知一夕秦樓客,　　어찌 알리! 하루 저녁 진루의 그 나그네
腸斷綠荷風雨聲.　　푸른 연잎 위에 이는 바람에 애간장이 녹을 줄을

芙蓉肌肉綠雲鬢,　　부용 같은 살결에 삼단같은 머리카락
泣雨傷春翠黛殘.　　비에 울고 봄날이 슬퍼 화장이 얼룩졌네
歌管樓臺人寂寂,　　흥겹던 누대에는 사람은 간 데 없고
山川龍戰血漫漫.　　산천은 난리 속에 핏빛으로 물들었네
千年別恨調琴懶,　　오랜 이별의 고통으로 거문고 뜯기도 힘겨워
幾載幽情欲話難.　　짧은 시간 깊은 정은 말하기도 어려워라
回首舊游眞是夢,　　예전 놀던 곳 돌아보니 모두 꿈이요
寒潮惟帶夕陽還.　　차가운 조수는 석양을 따라 돌아가네

一見淸明一改容,　　청명절 올 때마다 얼굴모습 달라지니
每驚時節恨飄蓬.　　흘러가는 세월이 한스럽기 그지없네
風塵荏苒音書絶,　　풍진(風塵)이 계속되니 소식도 끊기고
人物蕭條市井空.　　사람들 떠나가니 시정(市井)은 비었네
荒埭暗雞催曉月,　　황량한 언덕에 닭 울음은 새벽을 재촉하고
野花黃蝶領春風.　　들꽃과 호랑나비 봄바람을 타는구나
玉環飛燕皆塵土,　　양귀비와 조비연은 모두가 진토 되고
只有襄王憶夢中.　　초나라의 양왕(襄王)의 꿈에만 남았네

處處斜陽草似苔,　　곳곳에 석양 드니 이끼 같은 풀빛이고
野塘晴暖獨徘徊.　　날이 개인 들판에서 연못가를 배회하네
侍臣最有相如渴,　　신하들은 사마상여 같은 욕망 있지만
欲賦慚非宋玉才.　　송옥의 시부(詩賦) 재주 없어서 부끄럽네
絲管變成山鳥弄,　　거문고 피리는 산새의 놀이감 되었고
屧廊空信野花埋.　　길고 긴 회랑(回廊)은 들꽃에 묻혔어라
情知到處身如寄,　　분명히 알겠노라 어디에다 몸 맡긴들
莫遣黃金謾作堆.　　헛되이 황금 쌓아 남겨두진 마시오

落落疎星滿太淸,　　드물게 성긴 별이 하늘에 퍼져 있고
寒江近戶漫流聲.　　문밖에는 찬 강물이 천천히 흘러간다
長疑好事皆虛事,　　호사(好事)는 모두 허사(虛事)이고
道是無情還有情.　　무정(無情)이 오히려 유정(有情)일세
且盡酴醾消積恨,　　좋은 술 마셔서 쌓인 한을 씻어내고
休將文字占時名.　　글로 이름이나 내는 건 그만두게
秋來見月多歸思,　　가을날 달을 보니 고향생각 그리워
斜倚薰籠坐到明.　　난로 덮개에 기대어 밤을 지새웠네

繞門淸槿絶塵埃,　　문 둘러싼 무궁화엔 티끌하나 없고
白石蒼蒼半綠苔.　　흰 돌엔 이끼가 푸릇푸릇 덮여 있네
酒力漸消風力軟,　　술기운은 점점 사라지고 바람도 잦아드니

桃花淨盡菜花開.　　　복숭아꽃 지고 채화가 피는 구나
一泓海水杯中瀉,　　　바닷물을 길어다 술잔에 쏟아 붓고
萬里銘旌死後來.　　　만리에 걸친 명정 죽은 뒤에 오도다
世上英雄本無主,　　　세상의 영웅은 본래 주인 없는 법
爭敎紅粉不成灰.　　　붉은 분을 어찌 재가 되지 않게 하랴

門前不改舊山河,　　　문 앞에는 변함없이 그때 그 산하건만
蓮渚愁紅蕩碧波.　　　연못엔 붉은 꽃잎 푸른 물에 흔들흔들
墜葉飄花難再復,　　　떨어진 잎과 꽃이 다시 붙기 어렵고
浮雲流水竟如何.　　　뜬구름과 흐르는 물 이를 어찌하리오
魚龍寂寞秋江冷,　　　어룡이 적막하고 가을 강은 차디차며
鴻雁不來風雨多.　　　기러기 오지 않고 풍우는 몰아치네
窮巷悄然車馬絶,　　　막다른 골목 적막하게 발길 끊어지고
磬聲深夏出烟蘿.　　　한여름 풍경소리 안개 긴 덩굴에서 나오네

받아 적기를 마치자 각 시구의 아래를 가리키면서 자세히 출전과 작자의 이름을 달게 하였는데 기이하기 그지없었다. 그리고 물어보았다.

"절부께서 신선세계에 기거하신다는 것은 이미 들었소만 그 시아버지와 시어머니, 그 남편은 어찌 되셨소?"

"천의(天醫)가 현주(玄洲)에서 나는 불사의 고약을 붙이고 원래의 몸을 되찾게 하는 부적을 하사하자 일문(一門)의 모든 사람들은 제선국(梯仙國)으로 갔습니다."

"제선국이라니요?"

"무릇 처음 득도한 사람은 모두 이곳에 보내 수행을 합니다. 그런 연후에 점차로 품위가 올라가는데 그것이 마치 사다리를 오르는 것과 같다고 하여 제선국이라고 부르는 것입니다."

오집지는 또 물었다.

"그대는 어찌 함께 가지 않았소?"

"저는 전세에 여자 의원이었는데 사람에게 약을 잘못 써서 귀태(貴胎)를 상하게 하였습니다. 이 때문에 재세(再世)에는 그 벌로 여자가 되어 대가를 치르게 되었습니다. 이 일로 해서 죄가 다소 풀렸습니다만 아직도 두 번 인간 세상에 태어나야만 합니다."

"그러면 그대 또한 양가집의 여식(女息)이었소?"

"첩이 어릴 때 부모님께서 가난하신 까닭에 저를 조씨 집안에 팔았습니다. 조씨는 옛 송나라의 종실이지요 저를 사서 아가씨의 시중을 들게 했습니다. 그 아가씨가 바로 절부시랍니다. 첩과는 동년배였는데 형제와 같이 저를 아껴 주셨지요 담씨에게 시집가게 되어 제가 따라오게 된 것입니다. 당시에 담씨 집안은 흥성하고 높은 벼슬이 계속되었지요 이 불에는 부용꽃을 수놓아 부귀영화를 다하고 벼루에 금정(金井)의 물을 차게 해서 수많은 주옥같은 글을 써냈습니다. 보고 듣는 것 모두 예가 아닌 것이 없었으며 나이든 사람이나 어린 사람이나 모두 재주가 뛰어 났습니다. 마님께서는 또 총명하고 어질어 규방을 나서지 않으셨으며 가사를 잘하고 글씨에도 뛰어나셨습니다. 매번 읊은 것이 있으면 기록 하여 부군(夫君)께 보였는데 한 번 읽고 나면 그 시고(詩稿)를 태워버리셨 답니다. 대개 이것이 아녀자의 일이 아닌지라 다른 사람들이 알기를 원 치 않으셨기 때문이었습니다. 나리께서도 재주와 지혜가 뛰어나셨으며 뜻이 크고 풍류를 즐기시며 기개가 있으셨습니다. 문장은 물처럼 솟아 나 삼협(三峽)의 사원(詞源)을 거꾸러뜨렸으며 의론은 바람이 일 듯하여 사연(四筵)의 웅변(雄辯)을 놀라게 하였지요 저는 주위에서 모시다가 그 가르치심의 말씀을 익히 들어 비록 미천한 일을 하고 있었지만 자못 시 와 문을 익히게 되었습니다. 그러나 불행히도 송(宋)나라의 운명이 다하 고 원(元)의 운이 바야흐로 흥성하니 초야에서 영웅이 일어나 안타깝게 도 나라를 구하려는 문천상(文天祥)의 노력은 헛되이 되고 말았으며 천 하가 구름과 안개로 어두워지니 한스럽게도 유반(鎦絅)이 나라를 팔아 버리고 말았습니다. 마님께서는 몸을 깨끗이 하시고 죽으셨으나 저는 부끄러움을 참고 목숨을 붙여 이리저리 떠돌아다니며 숲 속이나 풀 속에 몸을 숨겼습니다. 결초보은의 마음을 품었으나 주인의 은혜를 갚을 길 없었고 아녀자인지라 쉽게 죽고 말아 결국 예상(翳桑)의 귀신이 되고 말았습니다. 세상의 인심은 쇠하고 다 끝난 것을 꺼려하니 뉘라서 벽옥(碧玉)의 유혼을 불러주겠습니까? 나의 길은 고난에 속하니 그 누가 녹주(綠珠)의 유골을 묻어주겠습니까? 천만 마디 말로도 다 할 수는 없으나 대개는 이와 같습니다. 유명(幽明)은 서로 길이 달라 이제 더 이상 머물지 못하겠군요.”

그리고 일어나 자리를 떴다. 다음날 오집지는 이 사실을 아버지에게 아뢰었다. 오공은 시는 비록 기묘하나 일이 괴상하고 불경하다고 하여 허락하지 않았다.

두 달이 지난 어느 저녁 오집지는 술기운에 잠을 이루지 못해 일어나서 방에서 나와 집 앞을 이리저리 거닐며 단계(丹桂)의 향을 맡아보고 달빛을 감상하고 있었다. 얼마 있자니 앞서 나타났던 그 여인이 다가와 절을 하며 말했다.

“제가 전날 부탁한 것을 나리께선 다행히도 허락해주시기에 어지신 분이라 의로운 일을 보고는 용감히 행하실 것이라 생각하였습니다. 하지만 귀를 기울여봐도 시간만 흐를 뿐 시행된다는 소릴 듣지 못했습니다. 군자는 다른 사람을 도와주어야 하는 것이거늘 무엇을 꺼리어 결단을 내리지 못하시는 겁니까?”

“아버님께서 그대를 믿지 않으시니 어찌 한단 말이오? 당시에 사람들이 모르는 한두 가지 일을 나에게 말해주어 내 이를 아버님께 고한다면 증거가 될 터이니 그러면 일이 성사될지도 모르겠소”

“문승상께서 군사를 일으켰을 때 영신(永新)의 유명한 집안 일곱이 모두 참여하였는데 저희 나리와 동문(東門)의 장어대(張御帶)께서 앞장 서셨지요. 성이 수복된 날 사람들이 모두 서로 경축하였건만 마님께서 유독 근심스러운 빛을 띠면서 주인 나리께 ‘성이 비록 수복됐다고는 하나 오랑캐들이 반드시 다시 와서 성안의 사람들이 필시 독수(毒手)를 맞게 될 것입니다. 우리 부부의 생사는 알 수 없으나 만일 일이 불행하게 된다면 오직 죽을 뿐 맹세코 욕을 당하지 않겠습니다'라고 말씀드렸습니다. 그러자 주인 나리께서는 마님을 위해 좋은 말로 마음을 풀어주려 하였으나 마님은 들으려 하지 않으셨지요. 주인 나리께서 또 사마광(司馬光)의 말을 들어 '하늘이 만약 송(宋)나라에 복을 내린다면 그럴 일이 결코 없을 것이다'라고 말씀하셨으나 마님은 머리를 흔들어 길게 몇 차례 탄식을 하고는 옷을 가져다가 그 위에 시 열 수를 써넣으셨는데 역시 고시(古詩)였습니다.

高鬢雲鬢宮樣妝,　　높은 상투 구름 같은 쪽은 궁중 차림새
嫁來長在舅姑傍.　　시집 와서 늘 시부모님 옆에 있었지
寧知草動風塵起,　　어찌 알았으리, 세파에 휩쓸리게 될 줄
墜素飄紅各自傷.　　희고 붉은 꽃잎 날리니 절로 마음 아프네

雙鬢慵整玉搔頭,　　쪽진 머리에 옥비녀 장식하기도 게으르고
百感中來不自由,　　갖은 생각에 마음만 심란하네
富貴繁華何處在,　　부귀와 영화는 어디에 있는가
夕陽西下水東流.　　해는 서산에 지고 강은 동으로 흐르네

夫子紅顔我少年,　　님은 아직 홍안 나는 이팔청춘
嫁來不省出門前.　　시집와선 문 밖에 나서지도 않았네
于今抛擲長街裏,　　지금 거리에 내던져진 신세
萬古知心只老天.　　만고에 이 마음 알아줄 이는 하늘 뿐

殘妝滿面淚欄干,　　얼룩진 화장에 난간서 눈물 흘리나니
鬢亂釵橫特地寒.　　어지러운 머릿결 빗긴 비녀 유독 차갑네
不見玉顔空死處,　　내 님 헛되이 죽은 곳 보이지 않고
故園東望路漫漫.　　동쪽으로 고향을 보니 길은 막막해라

潮生蒼海野棠春,　　푸른 바다에 조수 일고 해당은 봄이건만
劍逐驚波玉委塵.　　칼은 파도에 빠지고 옥은 물 속에 떨어졌네
靑血化爲原上草,　　한 맺힌 피는 들판의 풀이 되었나니
人生莫作婦人身.　　사람은 여자의 몸으로 태어나지 말지어다

百年世事不勝悲,　　백년의 세상사 슬픔에 겨워하나니
大廈原非一木支.　　큰집은 원래 나무 하나로 지탱할 수 없는 법
慷慨西風淚橫臆,　　서풍에 강개한 마음 눈물 떨구는데
此心惟有老天知.　　이 마음 오직 하늘만 아시리라

血迸金槍臥鐵衣,　　창과 갑옷에는 홍건한 핏자국 남고
江山猶是昔人非.　　산천은 의구한데 인물은 간 데 없네
舊時王謝堂前燕,　　옛날 대가집 드나들던 제비는
更傍誰家門戶飛.　　지금은 누구의 집에서 날아다니고 있나

不見人烟空見花,　　밥 짓는 연기는 보이지 않고 꽃만 피어 있고
烟籠寒水月籠沙.　　물안개는 찬 강을 덮고 달빛은 모랫벌에 가득
人生自古誰無死,　　사람으로 나서 자고로 그 누가 죽지 않았던가
莫怨春風當自嗟.　　봄바람 원망하며 스스로 탄식하지 말지어다

側垂高髻揷金鈿,　　높이 딴 머리 옆으로 늘어뜨려 금비녀 꽂고
閑過春風六六年.　　한가로이 봄바람 지나기 삼십육 년
今日亂離俱是夢,　　오늘의 이 난리는 모두가 꿈이려니
英雄無策庇嬋娟.　　영웅도 미인 지킬 계책 하나 없구나

起看天地色凄凉,　　일어나 보니 천지의 빛 처량한데
塵夢那知鶴夢長.　　티끌세상 어찌 학(鶴) 같은 신선의 유장함 알리오
血汗游魂歸不得,　　피로 얼룩진 떠도는 혼백 돌아가지 못하고
新墳空葬舊衣裳.　　새 무덤에 헛되이 옛 옷가지에 묻혀있네

주인 나리께서 이것을 읽으시고는 '만약 그러하다면 내 무엇을 한하리오?'라고 하셨습니다. 이윽고 마님께서 도련님을 안으면서 '우리가 죽더라도 이 아이는 어찌합니까?'라고 하니 주인 나리께서는 '내 어찌 알겠소 하늘에 맡기는 수밖에'라고 하시면서 금전(金錢)을 아이의 목에 묶어주고 얼리면서 '흉포한 사람을 만나면 아이는 이것으로 목숨을 구할 수 있을 것이오'라고 하셨습니다. 그리고는 서로 마주보고 우는데 눈물이 소매를 적셨답니다. 후에 해를 당하던 날 금전은 어디로 갔는지 모르게 되고 핏자국이 동전 모양을 이루어 아이의 옆에 찍혔습니다. 하지만 사람들이 자세히 보지 않아서 모르고 있습니다. 시 또한 오직 저만 알고 있는 일이지요. 이 두 가지 일은 세상에서 아무도 모르는 일이랍니다."

오집지는 이를 기록하여 아버지에게 올렸으나 오공은 그래도 내심 믿지를 못하였다. 곧바로 사람을 시켜서 말을 타고 문묘로 가 물을 떠서 벽돌을 씻어 살펴보게 하니 아이의 자국 옆에 금전(金錢)의 흔적이 완연히 있는 것이었다. 사람들은 비로소 경악해 마지않았다. 공은 이에 신주를 하나 써서 절부 옆에 두었고 집지가 술과 안주로써 제사지냈다. 그날 저녁 그 여인이 찾아와서 깊이 사례하였다.

"신위(神位)도 만들어 주시고 또 제사까지 지내 주셨는데 보답할 것이 없군요. 공께서 평소에 거문고를 좋아하시니 세상에서 오래도록 실전(失傳)된 「광릉산(廣陵散)」이라는 곡을 제가 주인나리께 배워 아직 기억하고 있으니 이것을 전수해 드리겠습니다."

그리고는 그 악보를 소매에서 꺼내어 주면서 말했습니다.

"나리께서는 부디 자애(自愛)하십시오 저는 다시 오지 않겠습니다."

이렇게 작별을 고하고 홀연 사라져 버렸다. 이로부터 집지는 거문고 실력이 크게 진전되어 절강(浙江)지방에서 독보적인 자리를 차지하였는데 그 곡을 숨기어 다른 사람에게는 전하지 않았다. 집지가 죽자 그 악보도 마침내 전해지지 않게 되었다.

月夜彈琴記

四明烏斯道,[1] 博洽君子也; 洪武初, 除吉安[2]永新知縣, 到任三日, 祗謁先聖于邑庠,[3] 顧見殿楹礎邊, 隱隱有人形, 怪而問之. 儒士賀仲善進曰: "此宋譚節婦趙氏[4]影也. 元下江南, 此地旣歸附, 文丞相天祥起兵勤王[5], 復之; 未幾, 鎦[6]槃[7]引元兵陷城, 城[8]中死者大半. 譚氏一家亦倉卒避難于學, 節婦匿大成殿,[9] 亂兵追及, 見其年少色美, 欲犯之, 婦大罵曰: '吾貴宗[10]女, 名家婦, 豈汝犬彘耦哉? 且吾舅死于汝, 吾姑又死于汝, 恨不磔汝肉萬段喂烏鳶. 吾有死而已, 豈耦汝犬彘哉?' 兵怒, 幷其懷抱一歲兒殺之, 血沁入磚之上, 自宋, 元至今, 磨以沙石, 煆以烈火, 愈見明瑩, 邑人義而祀之." 烏公問祠安在? 仲善導至其所, 但見鼠穿敗壁, 苔繡空階,[11] 谷變陵遷, 悵貞魂之已遠; 時殊事異, 慨老屋之僅[12]存. 公乃嘆曰: "此吾爲令者之責也." 乃捐俸, 新其堂于泮池[13]之上, 刻其影于碑石之

---

1) 烏斯道(오사도): 字는 繼善, 明나라 慈谿사람으로 洪武 初에 石龍縣의 知縣을 지내다 永新縣으로 옮겼다. 후에 定遠으로 귀양갔다 오래지 않아 귀환했다. 저서에 『春草齋集』이 있고 『明史·文苑傳』에 傳이 있다. 『趙壎傳』에 부록으로 보임. [周]

2) 吉安(길안): 江西省에 있으며 元代는 吉安路, 明淸代는 吉安府였다. 永新縣을 관할하고 있었다. [周]

3) 邑庠(읍상): 鄕校. 庠은 학교이름. 邑庠은 科擧時代에 縣學을 이른다. [周]

4) 宋譚節婦趙氏(송담절부조씨): 『宋史·列女傳』 卷二에 「譚氏婦趙氏傳」이 있고 『新元史·列女傳上』에도 「譚節婦傳」이 있다. [周]

5) 勤王(근왕): 병사를 일으켜 왕실을 구원하다. [周]

6) 【校】: [董]에는 劉라고 되어 있다.

7) 鎦槃(유반): 원래 宋나라 江西運使였다. 후에 元에 투항하여 元兵을 이끌고 永新을 함락시켰다. [周]

8) 【校】: [董]에는 城자가 빠져 있다.

9) 大成殿(대성전): 文廟의 전각. 宋나라 崇寧 3년(1104)에 孔子廟에 大成殿의 이름을 하사했는데 元代에도 그대로 따랐다. [周]

10) 貴宗(귀종): 宋나라 황제혈통의 趙氏를 말하며 節婦가 송나라 宗室의 소생이었으므로 자칭 귀종이라 한 것이다. [周]

11) 【校】: [董]에는 容堦로 되어 있다.

12) 【校】: [董]에는 厪으로 되어 있다.

陰, 仍親作文, 刊諸廡下, 讀者爲之毛髮森竦, 涕泗交頤, 而節婦之名彰
著矣.

公之子熙, 字緝之, 尤尙風槪,14) 且精于琴; 見節婦事, 嘖嘖歎慕, 作貞
松操, 寫之絲桐.15) 一夕, 天空月明, 夜涼人靜, 獨坐軒中, 拂琴拭徽,16)
調絃轉軫;17) 忽有美姬自外入. 緝之訝曰 : "何物女子, 輒此來耶?" 姬
斂18)袵拜曰 : "妾姓鍾, 名碧桃, 宋譚節婦侍兒也. 主母貞節, 上帝嘉之,
已位高仙, 見蒞19)南嶽左右魏夫人20)所, 享天上之樂矣. 太上以其影留下
界, 恐人褻慢, 將命六丁21)取之, 使之衣服冠而坐,22) 藏諸洞天. 文昌23)
忠孝司言 : '影在孔子禮殿, 託得其所, 今必取之, 未免隨以風雷, 驚駭宣
聖,24) 非所以重道崇儒也.25) 莫若留在人間, 永爲激勸, 其于世敎, 甚非
小補.' 太上可之, 命玄樞省下酆都, 令本學地靈,26) 常加守護, 雷部27)按

---

13) 泮池(반지) : 學宮의 연못. 옛날 학궁에 입학하는 생원을 入泮이라고 하였다. [周]
14) 【校】: [董]에는 槩라고 되어 있다.
15) 絲桐(사동) : 즉 거문고[琴]를 이름. 桓譚의 『新論』에 "신농씨가 처음 오동나무를
    깎아 琴을 만들고 실을 엮어 弦을 만들었다(神農氏始削桐爲琴, 繩絲爲弦)"고 하였
    다. [周]
16) 徽(휘) : 琴 위에 음[宮商]의 高下를 정하는 마디로 標識하는 곳을 휘라고 이른다. 현
    에는 모두 13개의 휘가 있다. [周]
17) 軫(진) : 거문고[琴] 아래에 줄을 감는 곳을 말한다. [周]
18) 【校】: [董]에는 歛으로 되어 있다.
19) 【校】: [董]에는 涖라고 되어 있다.
20) 魏夫人(위부인) : 晉나라 魏舒의 딸로 이름은 華存, 자는 賢安이다. 어려서부터 도를
    좋아하고 신선을 흠모하여 일찍이 衡山에 살았으며 仰天峰 白雲潭에 그녀의 유적이
    있다. 후에 칼에 의탁하여 변신하여 南嶽夫人이 되었다. 陶弘景의 『眞誥』에 나오는 南
    眞은 바로 그녀를 가리킨다. [周]
21) 六丁(육정) : 도교의 神 이름. 곧 六甲중의 丁神. 고대 五行사상에서는 丙과 丁으로
    火를 대표하였다. [周]
22) 【校】: [董]에는 일곱 글자가 빠져 있다.
23) 文昌(문창) : 도교의 神이름. 세칭 文昌帝君이라 하며 梓潼帝君이라고도 한다. [周]
    별자리에서의 文昌星은 학문을 관장하는 별이다. [譯]
24) 宣聖(선성) : 즉 孔子를 말한다. 宣은 諡號. [周]
25) 【校】: [董]에는 이 문장 앞에 앞에서 빠진 使之衣服冠而坐 일곱 자가 들어 있다.
26) 地靈(지령) : 땅의 신령으로 즉 土地를 가리킨다. [周]
27) 雷部(뇌부) : 우레를 관장하는 신. [周]

臨, 以時稽審. 今冥司建議, 以爲陰陽之道, 貴遠嫌疑, 本學地靈, 但可外
護, 若其親近, 宜用舊人, 以妾幸無罪戾, 夙侍敎言, 授以薄職, 俾敬衛焉.
但視事以來, 依棲無所, 寄寓學宮士地祠. 猥厠男神, 甚不便當, 欲乞于
節婦坐側, 別設一位, 題曰故侍兒鍾氏神主, 則身無所苦, 獲燕雀之帡
幪;[28] 鬼有所歸, 免魚龍之混雜. 如蒙矜憫, 卽賜施行." 緝之許焉, 因問
曰 : "節婦仙居南嶽, 亦頗至祠中否?" 姬曰 : "不來也, 自尊公大君子修葺
之後, 暫一下降. 是夜, 萬籟無聲, 月色如晝, 主母臨眤舊鄕, 人非物是,
黃塵淸水, 塊土樵蘇,[29] 不勝令威華表[30]之感! 因援琴鼓悲風一曲, 妾聽
之淒然, 雙淚雨落. 主母顧謂曰 : '汝尙淹滯鬼籙,[31] 無以相慰, 可取紙筆
來.' 妾如言以進, 卽濡毫集古句七言近體詩二十首以賜, 擲筆凌空而去."
緝之曰 : "詩何所在?" 姬曰 : "妾寶之若珙璧,[32] 元本不可得, 縱以相付,
仙書雲篆,[33] 公亦不能識也, 但可誦耳, 宜卽錄焉. 詩曰 :

花壓欄干春晝長(『唐音』[34]溫飛卿[35]), 淸歌一曲斷君腸(『唐音』沈雲卿[36]).

---

28) 帡幪(병몽) : 덮어서 가린다는 의미. 장막이 옆에 쳐져 있는 것을 帡이라 하고 위에 있
   는 것을 幪이라 한다. [周]
29) 樵蘇(초소) : 땔나무를 하는 것을 樵라 하고 풀을 뽑는 것을 蘇라 한다. [周]
30) 令威華表(위령화표) : 令威는 漢나라 때 遼東사람인 丁令威를 말한다. 그는 靈虛山
   에서 도를 배우고 학이 되어 遼東으로 돌아와서 華表 기둥위에 앉아서 "새가 되었구
   나. 새가 되었구나, 丁令威여! 집 떠난 지 천년만에 비로소 돌아왔네. 성곽은 옛 모습이
   나 백성들은 같지 않으니 어찌 神仙의 도를 배우지 않으리오"라고 읊었다고 한다. [周]
31) 【校】: [董]에는 錄으로 되어 있다.
32) 珙璧(공벽) : 큰 옥. 拱璧이라고 쓰기도 함. [周]
33) 仙書雲篆(선서운전) : 도교의 부적과 같은 글씨체. [譯]
34) 唐音(당음) : 책이름으로 元代 楊士宏이 편찬하였다. 唐詩를 모은 것으로『始音』1권,
   『正音』6권,『遺響』7권 등으로 되어 있다. 朝鮮朝에 선비사회와 민간에 널리 유행하
   였다. [譯]
35) 溫飛卿(온비경) : 溫庭筠을 말한다. 본명은 岐이며 唐 太原 사람이다. 詞章과 小賦에
   능했으며 李商隱과 이름을 나란히 하여 溫·李라 일컬어졌다. 여덟 번 깍지를 끼고 賦
   를 완성하였다 하여 溫八叉라고도 한다. 당시 세상에 거스르는 일이 많아 종신토록 뜻
   을 얻을 수 없었다. 方城의 縣尉로 강등되었다가 죽었다. [周]
36) 沈雲卿(심운경) : 沈佺期를 말한다. 唐 內黃 사람. 武則天 시대에 修文館 學士를 지
   냈고 宋之問과 함께 저명한 작가로 여겨졌다. [周]

雲飛雨散知何處(唐溫飛卿), 天上人間兩渺茫(『鼓吹』37)宋邕38)).

已託焦桐傳密意(『鼓吹』胡宿39)), 不將清瑟理霓裳(『鼓吹』宋邕).

江南舊事休重省(『草堂詩餘』40)李玉41)詞), 桃葉桃根盡可傷(『詩統』42)宋庠43))

魂歸溟漠44)魄歸泉(『三體』45)朱褒46)), 却恨青娥誤少年(『鼓吹』無名氏).

自是桃花貪結子(『唐音』王建47)), 只應梅蕊故依然(『詩統』陳簡齋48)).

風施49)肯落他人後(唐李白50)), 哀樂猶驚逝水前(『鼓吹』許渾51)).

---

37) 鼓吹(고취) : 金나라 元好問이 편찬한 『唐詩鼓吹』를 말한다. 鼓吹는 樂府詩의 또 다른 명칭이다. 漢나라 음악에서 殿庭에서 행해진 것을 鼓吹라 일컫는다. 연회 때 여러 군신들과 왕이 식사시에 이를 연주하게 한다. [周]

38) 宋邕(송옹) : 宋雍이라고도 쓴다. 처음에는 어떠한 명성도 없었으나 눈을 다치고 난 후에 비로소 유명해졌다. 어떤 사람이 그의 시 구절 "푸른 버들가지 빗속에서도 바라볼 수 있어라(綠楊宜向雨中看)"를 보고 웃으며 눈은 없지만 안목 있는 시를 썼다고 하였다. [周]

39) 胡宿(호숙) : 宋나라 사람. 『宋史』에 傳이 있는데도 『唐詩鼓吹』, 『全唐詩』에서는 모두 唐나라 사람이라고 잘못 기록하였다. [周]

40) 草堂詩餘(초당시여) : 책이름. 모두 4권으로 編者이름을 밝히지 않고 武陵逸史라고만 했다. 전에는 南宋 사람이 편찬했다고 전해졌다. 詞에서 小令, 中調, 長調의 구분은 이 책에서 비롯된 것이다. [周]

41) 李玉(이옥) : 宋나라 사람으로 그의 事迹이 분명하지 않다. 이 구절은 그의 「賀新郞」 詞에 있다. 黃花菴(황화암)이 이르기를 "李君의 詞는 많지 않지만 그 풍류와 함축적인 운치는 이 작품에서 다 보여준다"고 하였다. [周]

42) 詩統(시통) : 책이름. 南宋 陳仁玉(德公)이 편찬하였다. 지금 전해지지 않는다. [周]

43) 宋庠(송상) : 初名은 郊이며 字가 公序, 宋 安陸사람이다. 후에 雍丘로 옮겨 살았다. 그의 아우 宋祁와 함께 문학으로 이름나 二宋이라 일컬었다. 天聖(1023~1032)초에 進士에 급제하여 관직이 兵部尙書, 同平章事, 樞密使까지 이르렀다. [周]

44) 溟漠(명막) : 『全唐詩』에는 '寥廓'으로 되어 있다. [周]

45) 三體(삼체) : 즉 『三體唐詩』. 宋나라 周弼이 편찬하였으며 모두 6권이다. [周]

46) 朱褒(주포) : 唐 永嘉 사람으로 詩文에 뛰어났다. 때마침 농민들이 봉기하여 州를 점거하자 同姓으로써 朱全忠을 도와 溫州刺史를 수여받고 靜海軍使를 맡았다. [周] 이때의 농민봉기는 黃巢의 난을 말한다. [譯]

47) 王建(왕건) : 字는 仲初이며 唐 潁川 사람이다. 樂府에 능했으며 張籍과 이름을 나란히 하였다. 大曆(766~779) 연간에 進士에 급제했으며 관직이 陝州司馬까지 올랐다. [周]

48) 陳簡齋(진간재) : 陳與義를 가리킴. 字는 去非이고 宋 洛陽 사람이다. 詩에 능했으며 『簡齋集』을 남기고 있다. [周]

49) 【校】 : [董]에는 流로 되어 있다.

50) 李白(이백) : 字는 太白이며 號는 青蓮居士다. 唐나라의 大詩人. [周]

何事黃昏尙凝睇(『鼓吹』崔珏52)), 孤燈挑盡未成眠(唐白樂天53)).

寒蛩喞喞樹蒼蒼(『三體』李涉54)), 城上高樓接大荒(『鼓吹』柳宗元).

午夜漏聲催曉箭(唐杜甫55)), 六街56)晴色動秋光(『鼓吹』張泌57)).

滿庭詩景飄紅葉(『三體』雍陶58)), 此地悲風愁白楊(唐李白).

舞袖弓鞋59)渾忘却(屛上畵美人詩), 人間惟有鼠拖腸(宋歐陽修60)).

雲想衣裳花想容(唐李白), 靑春已過亂離中(『唐音』劉文房61)).

功名富貴若長在(唐李白), 得喪悲歡盡是空(唐溫飛卿).

窓裏日光飛野馬(『鼓吹』韓偓62)), 巖前樹色隱房櫳(『唐音』王維63)).

---

51) 許渾(허혼): 字가 用晦이며 唐 睦州 사람이다. 大和(827~835) 연간에 進士에 올랐고 大中(847~859) 연간에 監察御史가 되었고 虞部員外郎과 睦州와 郢州의 刺史를 역임했다. 詩에 능했고 『丁卯集』이 있다. [周]

52) 崔珏(최각): 字는 夢之이며 大中 연간에 進士에 급제하였다. [周]

53) 白樂天(백락천): 白居易. 號는 香山居士이며 唐나라 大詩人이다. 『白氏長慶集』71권이 있다. [周]

54) 李涉(이섭): 唐 洛陽 사람이다. 처음에는 그의 아우 李渤과 함께 廬山에 은거하였으며 후에 나라의 부름에 응하였다. 憲宗(李純) 때 太子通事舍人이 되었으며 얼마 되지 않아 좌천되어 陜州司倉參軍이 되었다. 大和 연간에 太學博士가 되었으며 또 다시 康州로 유배를 갔다. 스스로 淸溪子라 칭하였다. [周]

55) 杜甫(두보): 字는 子美. 스스로 杜陵布衣라 칭했으며 또 少陵野老라고도 했다. 唐나라 大詩人이다. 만년에는 劍南을 떠돌며 유랑하면서 嚴武에게 의탁하였다. 嚴武가 그에게 檢校工部員外郎을 주었으므로 세칭 杜工部라 하였다. [周]

56) 六街(육가): 원래 長安의 여섯 개 중심도로. 서울의 번화한 거리를 지칭한다. [譯]

57) 張泌(장필): 字는 子澄이며 淮南 사람이다. 五代 南唐 때에 句容縣尉가 되었으며 後主(李煜)가 監察御史로 임명하였고 관직이 內史舍人까지 이르렀다. 후에 李煜을 따라 宋으로 귀속되어 史館에 들어갔으며 郎中으로 승진하였다. [周]

58) 雍陶(옹도): 字는 國鈞, 唐 成都 사람이다. 大和 연간에 進士가 되었으며 大中 연간에 國子毛詩博士에서 簡州刺史가 되었다. [周]

59) 弓鞋(궁혜): 중국부인들의 전통 가죽신발. [譯]

60) 歐陽修(구양수): 字는 永叔이고, 宋나라 廬陵 사람이다. 進士甲科에 합격하였고 慶曆(1041~1048) 연간에 知諫院이 되었으며 다시 右正言, 知制誥가 되었고 滁州, 揚州, 潁州 등지의 知州로 나갔다가 다시 翰林學士가 되었다. 嘉祐(1056~1063) 연간에 參知政事가 되어 韓琦와 함께 정사를 보좌하였다. 熙寧(1068~1077) 초에 王安石과 不合하여 太子少師로 벼슬을 물러났다. [周]

61) 劉文房(유문방): 劉長卿을 이름. 唐 河間 사람이다. 開元 연간에 進士에 합격했다. 성품이 강직하여 세상에 거스르며 살았기에 관직은 隨州刺史에 그쳤다. [周]

62) 韓偓(한악): 字는 致堯. 어릴 적 字는 冬郎이었다. 唐 萬年 사람으로 香奩體詩에 능

身無彩鳳雙飛翼(『鼓吹』李商隱64)), 油壁65)香車不再逢(『詩統』晏殊66)).

應笑無成返薜蘿67)(『鼓吹』譚用之68)), 年年惆悵是春過(『鼓吹』羅鄴69)).
時攀芳樹愁花盡(『鼓吹』溫飛卿), 寒戀重衾覺夢多(唐溫飛卿).
桂嶺瘴來雲似墨(『鼓吹』柳宗元), 蜀江風澹水如羅(唐溫飛卿).
人生富貴須回首(唐薛能70)), 世事無幾奈爾何(『鼓吹』司空圖71)).

家在寒塘獨掩扉(『唐音』劉文房), 高情雅澹世間稀(『鼓吹』劉夢得72)).

했다. 龍紀(889)중에 進士에 합격하였으며 昭宗(李曄) 때에 관직이 兵部侍郎, 翰林學士 承旨에 이르렀다. 朱全忠이 그를 싫어했기 때문에 鄧州司馬로 폄적되었다. 天祐(904~907) 연간 중에 원직으로 복직하였으나 朱全忠(훗날 五代 梁太祖)이 절개를 지키지 않는 것을 싫어하여 조정에 나가지 않았다. 福建으로 피신하여 王審知에게 의탁하여 살다가 죽었다. [周]

63) 王維(왕유): 字가 摩詰, 唐 祁 사람이다. 아우 縉과 이름을 나란히 하였다. 開元 초에 進士에 급제하여 일찍이 監察御史, 尙書右丞이 되었다. [周]

64) 李商隱(이상은): 字가 義山, 號는 玉溪生. 唐 河內 사람이다. 開成(836~840) 연간에 進士에 올랐으며 관직이 工部員外郞에 이르렀다. 詩에 있어 溫庭筠과 이름을 나란히 하였다. [周]

65) 【校】: [董]에는 璧으로 되어 있다.

66) 晏殊(안수): 字는 同叔, 宋 臨川 사람이다. 眞宗(趙恒)이 直史館으로 명하였으며 左庶子로 옮겼다. 仁宗(趙禎) 때에 관직이 同中書門下平章事에 이르렀다. [周]

67) 薜蘿(벽라): 덩굴 뻗는 풀, 隱者의 옷. [譯]

68) 譚用之(담용지): 字가 藏用, 五代 末 사람이다. 詩에 능했으나 이름을 내지 못했다. [周]

69) 羅鄴(나업): 羅隱과 同宗이며 唐 余杭 사람이다. 詩에 능했다. 여러 차례 進士시험에서 떨어졌다. 光化(898~901) 연간에 韋莊의 주청으로 進士급제를 追賜받고 관직을 받았다. [周]

70) 薛能(설능): 字가 大拙이며, 唐 汾州 사람이다. 會昌 6년(846)에 進士에 급제했다. 大中 8년(854)에 書判으로 입등되어 盩厔尉(주질위)가 되었다가 太原, 陝, 虢(괵), 河陽 등지의 관직을 받았다. 咸通(860~874) 연간에 監部로서 嘉州刺史를 대행하였다. 여러 번 자리를 옮겨 工部尙書의 직위에 이르렀다. [周]

71) 司空圖(사공도): 字는 表聖이고, 唐 虞鄕 사람이다. 여러 차례 禮部員外郞, 知制誥를 역임하였다. 난을 피하여 中條山 王官谷에 은거하였으며 休休亭을 짓고 號는 耐辱居士라 했다. 朱全忠(五代 梁太祖)이 왕위를 찬탈하고 그를 禮部尙書로 불렀으나 응하지 않았다. 『詩品』二十四則이 있다. [周]

72) 劉夢得(유몽득): 劉禹錫을 이름. 唐 中山 사람이다. 貞元(785~805) 연간에 進士, 弘詞二科에 올랐으며 監察御史를 지냈다. 王叔文을 따랐다는 이유로 朗州司馬로 좌천

不將脂粉浣顔色(唐杜甫), 惟恨緇塵染素衣(『詩統』陳簡齋).

歸目幷隨回雁盡(『鼓吹』柳宗元), 離魂潛逐杜鵑飛(『鼓吹』韋莊73)).

東風吹淚對花落(『鼓吹』趙嘏74)), 惆悵朱顔不復歸(『鼓吹』宋邕).

有時顚倒著衣裳(唐杜甫), 萬轉千回懶下床(唐崔鶯鶯75)).

艶骨已成蘭麝土(『鼓吹』皮日休76)), 蓬門未識綺羅香(『鼓吹』秦韜玉77)).

漢朝冠蓋皆陵墓(『三體』唐彦謙78)), 魏國山河半夕陽(『鼓吹』李益79)).

滿眼波濤終古事(『鼓吹』薛逢80)), 離人到此倍堪傷(『鼓吹』羅鄴).

되었다. 후에 조정에서 불러 다시 돌아갔다. 武宗 會昌(841~846) 연간에 檢校 禮部尙
書가 되었다. [周]

73) 韋莊(위장) : 字는 端己로 전에 蜀 杜陵 사람이었다. 어려서부터 시에 능했다. 唐 乾
寧(894~898) 연간에 進士에 급제했으며 左補闕宣諭西川으로 蜀에 머물며 王建이 수
하로 벼슬을 했다. [周]

74) 趙嘏(조하) : 字는 承祐로, 唐 山陽 사람이다. 會昌 연간에 進士로 올랐으며 벼슬은
渭南尉에 그쳤다. [周]

75) 崔鶯鶯(최앵앵) : 字는 雙文. 唐 貞元 연간에 모친을 따라 蒲東 佛寺에 잠시 살았는
데 張生과 정을 나누었다. 元稹은 傳奇小說『會眞記』(鶯鶯傳)에 그들의 이야기를 전
하였다. 혹자는 張生이 곧 元稹 자신을 반영한 인물이라고 하기도 한다. [周] 최앵앵은
소설인물이지만 옛날에는 실제 역사인물로 보고 있다. [譯]

76) 皮日休(피일휴) : 字는 襲美, 또 다른 자는 逸少. 唐 襄陽 사람이다. 咸通 연간에 進
士에 급제하였고 관직은 太常博士에 이르렀다. 전하는 바에 의하면 黃巢가 長安을
함락하고 그를 翰林學士에 봉하여 그에게 讖文을 짓도록 하였으나 그가 쓰기를 "성
인의 성을 알려고 하거든 田八二十一. 성인의 이름을 알고자 하거든 果頭三屈律"이
라고 하였다. 황소는 머리카락이 매우 적었으므로 그가 자신을 농락한 것으로 생각하
고는 그를 죽였다. 어떤 이들은 그가 吳越에서 죽었으므로 황소의 일과는 무관하다고
말하였다. [周] 讖文에서 '田八二十一'은 黃자의 破字이며 '果頭三屈律'은 巢자의
破字다. [譯]

77) 秦韜玉(진도옥) : 字는 仲明, 唐 京兆 사람이다. 시를 아주 잘 지었으나 품격은 그다
지 높지 않았다. 당시의 權臣인 田令孜(전령자)는 그를 매우 좋아하였다. 僖宗(李儇)이
四川으로 몽진을 가자 田令孜는 그를 工部侍郞으로 끌어 주었다. 中和 2년(882)에 進
士급제를 하사했다. [周]

78) 唐彦謙(당언겸) : 字가 茂業. 唐 幷州 사람이다. 咸通 말년에 進士가 되었다. 中和
(881~885) 연간에 河中從事가 되고 節度副使와 晋州와 絳州의 刺史까지 지냈다. 시
를 溫庭筠에게 배워서 풍격이 그와 유사하다. [周]

79) 李益(이익) : 字는 君虞, 唐 姑臧 사람이다. 大曆 4년 進士에 올랐으며 鄭縣尉에 임
명되었다. 幽州 劉濟가 그를 從事로 불렀고 憲宗(李純)이 그를 集賢殿學士로 불렀다.
唐人 傳奇小說인『霍小玉傳』중의 주인공 李十郞이 바로 李益이다. [周]

一寸相思一寸灰(『鼓吹』李商隱), 且將團扇暫徘徊(『唐音』王少伯[81]).

月明古寺客初到(『鼓吹』項斯[82]), 風靜寒塘花正開(『鼓吹』劉滄[83]).

綠水靑山雖似舊(『鼓吹』耿湋[84]), 紅顔白髮遞相催(『鼓吹』薛逢).

無情不似多情苦(『草堂』晏殊詞), 肯信愁腸日九迴(『鼓吹』崔魯[85]).

形容變盡語音存(『詩統』蘇東坡), 地迴難招自古魂(『鼓吹』韓偓).

閑結柳條思遠道(『詩統』范鎭[86]), 欲書花葉寄朝雲(『鼓吹』李商隱).

窗殘夜月人何在[87](『鼓吹』胡曾[88]), 樹蘸蕪香鶴共聞(『鼓吹』陸龜蒙).

今日獨經歌舞地(『三體』趙嘏), 娟娟霜月冷侵門(『草堂』康伯可[89]詞).

---

80) 薛逢(설봉) : 字는 陶臣, 唐 河東 蒲州 사람이다. 會昌 연간에 進士에 올랐으며 巴州
刺史로 갔다. 그가 지은 어느 시가 楊收를 풍자한 것이라 하여 蓬, 縣 二州刺史로 강
등되었고 秘書監에 그쳤다. [周]

81) 王少伯(왕소백) : 王昌齡. 唐 江寧 사람이다. 開元 15년 進士에 올라 秘書郎이 되었
으며 또한 弘詞科에 합격하였다. 세심히 수행하지 못했기에 龍標尉로 강등되었다. 亂
이 일어나 고향으로 돌아갔는데 刺史인 閭丘曉에 의해 살해되었다. [周]

82) 項斯(항사) : 字는 子遷으로 唐 江東 사람이다. 처음에는 그 어느 누구도 그를 몰랐으
나 후에 그가 쓴 시를 楊敬之에게 보내서 보게 하니 그가 매우 좋아하여 시를 주며 이
르기를 "여러 차례 보아도 시마다 너무 좋고 標格을 보아하니 詩보다도 훌륭하다. 평
생 남의 善行을 숨기지 않으니 도처에 사람 만나면 項斯를 말하는구나"라 하였다. 오
늘날 남의 장점을 말하는 것을 項斯를 얘기한다고 한 것도 모두 이 이야기에서 유래된
것이다. [周]

83) 劉滄(유창) : 字는 蘊靈이며, 唐 大中 8년(854)에 進士에 급제했다. 詩는 매우 淸麗하
며 句法은 趙嘏의 것과 상당히 비슷하다. [周]

84) 耿湋(경위) : 唐 河東 사람으로 寶應(762) 연간에 進士에 올랐고 일찍이 右拾遺를 역
임했다. [周]

85) 崔魯(최노) : 唐 大中 연간에 進士에 올랐으며 저서로는 『無譏集』 4권이 있다. [周]

86) 范鎭(범진) : 字는 景仁으로, 宋 成都 사람이다. 進士에 급제하여 禮部의 일인자가 되
었다. 仁宗(趙禎) 때에 知諫院이 되었다. 熙寧 초에 王安石의 신법이 좋지 않다고 말
하고는 사임하고 潁昌으로 돌아갔다. 元祐(1086~1094) 초에 조정의 부름을 받았으나
나아가지 않자 蜀郡公으로 봉해졌다. [周]

87) 在(재) : 『全唐詩』에는 '處'로 쓰여 있으나 판본에 의해 '在'자로 고쳤다. [周]

88) 胡曾(호증) : 唐 邵陽 사람으로 咸通 연간에 進士에 응시하였으나 뽑히지 않았다. 漢
南從事를 지냈다. [周]

89) 康伯可(강백가) : 康與之를 말한다. 字는 叔聞이고, 號는 退軒이다. 宋 滑州 사람으
로 嘉禾에서 거주했다. 建炎 초에 中興十策을 올린 것으로 아주 유명하다. 秦檜가 정
권을 장악하자 줄을 대어 구직 운동을 통해 台郎으로 발탁되었다. 후에 應制詩로 아첨
하는 詩詞에만 전념하여 명성이 땅에 떨어졌다. 秦檜가 죽자 檜黨에 연루되어 좌천되

風火年年根90)虜塵(『三體』李嘉祐91)), 每回回首卽長響(『鼓吹』李群玉).

明眸皓齒今何在(唐杜甫), 異服殊音不可親(『鼓吹』柳子厚92)).

幾樹好花閑白晝(『鼓吹』吳融93)), 數株殘柳未勝春(『唐音』劉禹錫).

狂風落盡深紅色(唐杜牧之94)), 水遠山長愁殺人(『三體』李遠95)).

弦管遙聽一半悲(『鼓吹』司空曙96)), 羅衾滴盡淚胭脂(『草堂』康伯可詞).

鳥啼花落人何在(『鼓吹』崔珏), 節去蜂愁蝶未知(『三體』鄭谷97)).

鵬上塵烟98)纔一日(『三體』許渾), 雲殘鵁鶄亦多時(唐杜甫).

綠雲斜嚲金釵墜(『草堂』晏殊詞), 獨立蒼茫自詠詩(唐杜甫).

煙郊西99)望夕陽曛(『鼓吹』陳尙美100)), 世路干戈惜暫分(『鼓吹』李商隱).

內屋金屛生色畵(『唐音』李賀101)), 粉霞紅綬藕絲裙(『唐音』李賀).

었다. [周]

90) 【校】: [董]에는 報라고 되어 있다.

91) 李嘉祐(이가우): 字는 從一이며 唐 趙州 사람이다. 天寶 7년에 進士에 급제하고 秘書正字의 직책을 除授받았다. 후에 일에 연루되어 鄱江令으로 좌천되었으며 다시 中台郎이 되었다. 大曆 연간에 袁, 台 二州刺史를 역임하였다. [周]

92) 柳子厚(유자후): 柳宗元. 字는 子厚, 唐 河東 사람이다. 進士로 監察御史를 지냈으며 후에 永州司馬로 폄적되고 柳州刺史로 좌천되었다. [周]

93) 吳融(오융): 字는 子華이며 唐 越州 사람이다. 龍紀 연간에 進士에 급제하여 翰林學士를 지냈으며 中書舍人이 되었다. 昭宗(李曄) 때에 長安으로 돌아와 戶部侍郎이 되었으며 翰林承旨를 지내다가 죽었다. [周]

94) 杜牧之(두목지): 杜牧. 唐 京兆 사람이다. 大和 2년 進士에 올랐으며 또한 制科에 올랐다. 會昌 연간에 考功郎中, 知制誥로 시작하여 中書舍人에 그쳤다. [周]

95) 李遠(이원): 字는 求古, 唐의 蜀 사람. 大和 연간에 進士에 합격하였다. 宣宗(李忱) 때에 建州刺史를 역임하였다. [周]

96) 司空曙(사공서): 字는 文明으로 唐 廣平 사람이다. 韋皐가 劍南西川節度使로 있을 때 虞部郎中의 벼슬을 지냈다. [周]

97) 鄭谷(정곡): 字는 守愚이며 일곱 살 때부터 시에 능했다. 光啓(885~888) 연간에 進士에 급제하였다. 乾寧(894~898) 연간에는 都官郎中이 되었다. [周]

98) 【校】: [董]에는 承塵으로 되어 있다.

99) 【校】: [董]에는 四라고 되어 있다.

100) 陳尙美(진상미): 陳上美라 쓰기도 함. 唐 開成 2년(837)에 進士에 올랐다. 『全唐詩』에 그가 지은 「咸陽有懷」가 실려 있는데 이 구절은 그 마지막 구절이다. [周]

101) 李賀(이하): 字는 長吉이고 唐朝 종실이다. 일곱 살 때에 辭章에 능하였다. 憲宗(李純) 때 協律郎이 되었으나 스물일곱 살에 요절했다. 사람들이 그를 鬼才라 일컫는다. [周]

蒹葭淅瀝含秋雨(『鼓吹』柳宗元), 銅雀荒凉鎖暮雲(『鼓吹』溫飛卿).
舊業已隨征戰盡(『唐音』), 獨留靑塚102)向黃昏(唐杜甫).

愁心一倍長離憂(『三體』李端103)), 到處明知是暗投(『鼓吹』鄭谷).
雨盡香魂弔書客(唐李賀), 夜深燈火上樊樓(『詩統』劉子翬104)).
山中老宿依然在(『詩統』東坡), 檻外長江空自流(『唐音』王勃105)).
明月易低人亦106)散(『詩統』東坡), 寒鴉飛盡水悠悠(『三體』嚴維107)).

葉滿苔階杵滿城(『鼓吹』盧弼108)), 登高望遠自傷情(洪邁109)『唐千家詩』武元
衡110)作).

---

102) 靑塚(청총) : 王昭君의 무덤을 말한다. [譯]
103) 李端(이단) : 唐 趙州 사람이다. 大曆 5년(770)에 進士에 오르고 校書郞을 역임하였
다. 관직은 杭州司馬에 이르렀다. [周]
104) 劉子翬(유자휘) : 字는 彦沖이며 宋 崇安 사람이다. 父親의 공으로 判興化軍이 되었
다. 삼십 세에 부친 劉韐(유겹)이 목을 매어 자살했다는 소식을 전해 듣고 슬픈 나머지
병이 생겨 다시는 判公事를 하지 않았고 관직을 사임하고는 武夷山으로 돌아가 講學
하였다. [周]
105) 王勃(왕발) : 字는 子安으로 唐 琅琊(낭야) 사람이다. 麟德(664) 연간에 對策에 합격하
여 朝散郞을 수여 받고 후에 虢州(괵주)參軍이 되었다. 재능만 믿고 남을 무시하곤 했
는데 일에 연루되어 除名당했다. 그의 부친 王福時(왕복치)가 그에 연좌되어 交趾令으
로 좌천되었다. 그는 부친을 만나러 가는 길에 南海를 건너다가 물에 빠져 죽었다. [周]
106) 【校】 : [董]에는 易으로 되어 있다.
107) 嚴維(엄유) : 字는 正文으로 唐 越州 山陰 사람이다. 至德 2년(757)에 進士에 올랐으
며 暨縣尉에 임명되었고 河南幕府에서 일하다 秘書省校書郞으로 마쳤다. [周]
108) 盧弼(노필) : 盧汝弼. 進士에 급제하였으며 禮部員外郞, 知制誥로서 昭宗(李曄)을 따
라 洛陽으로 천도하였다. 후에 李克用에게 가서 의탁하였는데 李克用은 節度副使를
내려주었다. [周] 李克用은 五代 後唐의 창시자다. 초대 황제 莊宗(李存勗)은 그의 아
들이다. [譯]
109) 洪邁(홍매) : 字는 景盧이며 宋나라 鄱陽 사람이다. 紹興 연간에 詞科에 합격하였고
左司員外郞이 되었다. 명을 받아 金나라에 使臣으로 가서 욕되지 않게 돌아왔다. 贛州
(공주) 知州를 제수받고 婺州 知州로 옮겼다. 후에 敷文閣待制로 발탁되었다가 端明
殿學士로서 사임하고 죽었다. [周]
110) 武元衡(무원형) : 字는 伯蒼으로 唐나라 河南 사람이다. 建中 4년(783)에 進士에 합
격하였다. 元和 2년(807)에 門下侍郞平章事로서 劍南節度使가 되어 갔다. 元和 9년
에 조정에 들어가 정권을 잡았다. 元和 10년 어느 날 새벽에 도적에 의하여 살해당했
다. [周]

瓊枝璧月春如昨(『草堂』張仲宗[111]詞), 冰簟銀床夢不成(唐溫飛卿).
往事悠悠增浩歎(『鼓吹』薛能), 清愁苒苒掃餘醒(宋蘇子由[112]).
豈知一夕秦樓客(『唐音』李義山), 腸斷綠荷風雨聲(『唐音』吳商浩[113]).

芙蓉肌肉綠雲鬟(『唐音』元稹), 泣雨傷春翠黛殘(『唐音』王貞白[114]).
歌管樓臺人寂寂(宋王介甫[115]), 山川龍戰血漫漫(『鼓吹』胡曾).
千年別恨調琴懶(『鼓吹』譚用之), 幾載[116]幽情欲話難(『鼓吹』薛逢).
回首舊游眞是夢(『詩統』東坡), 寒潮惟帶夕陽還(唐皇甫茂政[117]).

一見淸明一改容(『鼓吹』鄭準[118]), 每驚時節恨飄蓬(『三體』來鵬[119]).
風塵荏苒音書絶(唐杜甫), 人物蕭條市井空(『鼓吹』張泌).
荒埭暗鷄催曉月(『詩統』王介甫), 野花黃蝶領春風(『唐音』王仲初[120]).

---

111) 張仲宗(장중종) : 張元幹을 이름. 宋 長樂 사람이다. 紹興 연간(1131~1162)에 胡銓과
李綱에게 보내는 詞를 지었다가 秦檜의 노여움을 사서 除名당했다. [周]

112) 蘇子由(소자유) : 蘇轍을 이름. 蘇東坡의 아우로서 형과 함께 進士科에 합격하였고
또한 함께 策制擧에 올랐으며 商州軍事推官을 제수받았다. 宋 神宗(趙頊) 때 王安石
의 신법을 반대했다가 河南推官이 되어 갔다. 哲宗(趙煦)이 왕위를 잇자 右司諫으로
불러 尙書右丞으로 임명하였고 門下侍郎으로 들어갔다. 머지않아 관직을 잃고 汝州知
事로 갔고 雷州安置로 폄적되었다. 후에 循州로 옮겨갔다. 徽宗(趙佶)이 帝位에 오르
자 永州, 岳州로 옮겨갔다가 다시 大中大夫로 복직하고는 사임하였다. [周]

113) 吳商浩(오상호) : 唐朝 詩人으로 사적이 자세하지 않다. 『全唐詩』에 그의 시 九首가
수록되어 있는데 이 구절은 이 九首 안에는 없다. [周]

114) 王貞白(왕정백) : 字가 有道이며 唐 永豊 사람이다. 乾寧 2년(895)에 진사에 오르고 7
년에 처음으로 校書郎을 除授 받았다. [周]

115) 王介甫(왕개보) : 王安石으로 宋 臨川 사람이다. 神宗(趙頊) 때에 재상이 되어 荊國
公으로 봉해졌다. 정치를 개혁하고자 도모하고 新法을 행하였다가 보수파의 반대에
부딪치는 바람에 아무 효과를 보지 못했다. 그리하여 마침내 外職를 구하다가 죽었
다. [周]

116) 【校】 : [董]에는 許라고 되어 있다.

117) 皇甫茂政(황보무정) : 皇甫冉. 唐 丹陽 사람이다. 天寶 말년에 進士에 올라 無錫尉를
역임하였고 拾遺를 지냈다. [周]

118) 鄭準(정준) : 字가 不欺로 乾寧 때에 進士에 오르고 荊南節度使 成汭의 推官을 맡았
다. 후에 成汭(성예)와 不和하여 그에 의하여 해를 당했다. [周]

119) 來鵬(내붕) : 唐 豫章 사람이다. 咸通 연간에 進士에 응했으나 낙방하였다. 福建의 韋
岫 尙書가 그의 才學을 총애하여 딸을 시집보내려 했지만 뜻을 이루지 못했다. 후에
四川을 유람하다가 죽었다. [周]

玉環飛燕皆塵土(『草堂』辛稼軒121)詞), 只有襄王憶夢中(『唐音』李義山).

處處斜陽草似苔(『鼓吹』韓偓), 野塘晴暖獨徘佪(『鼓吹』韓偓).
侍臣最有相如渴(唐李義山), 欲賦慚非宋玉才(唐溫飛卿).
絲管變成山鳥弄(『三體』李遠), 屧廊122)空信野花埋(『鼓吹』皮日休).
情知到處身如寄(『詩統』高士談123)), 莫遣黃金謾作堆(『鼓吹』張祜124)).

落落疎星滿太淸(『唐音』儲光羲125)), 寒江近戶漫流聲(『唐音』戎昱126)).
長疑好事皆虛事(『鼓吹』薛能), 道是無情還有情(『唐音』劉禹錫).
且盡酴醾消積恨(『鼓吹』紀唐夫,127) 休將文字占時名(『鼓吹』柳宗元).
秋來見月多歸思(『唐音』雍陶), 斜倚薰籠坐到明(唐白樂天).

繞門淸槿絶塵埃(『鼓吹』韓偓), 白石蒼蒼半綠苔(『鼓吹』許渾).
酒力漸消風力軟(『草堂』東坡), 桃花淨盡菜花開(唐劉夢得).
一泓海水杯中瀉(唐李賀), 萬里銘旌死後來(『鼓吹』張祜).

---

120) 王仲初(왕중초) : 王建을 이름. [周]
121) 辛稼軒(신가헌) : 辛棄疾. 字는 幼安이며 宋 歷城 사람이다. 金에서 宋나라로 도망
   쳐 湖南安撫를 역임했다. 治軍으로 명성이 자자했다. 江陵에 이르러 知府를 역임하
   였다. [周]
122) 【校】 : [董]에는 郞으로 되어 있다.
123) 高士談(고사담) : 字는 子文이고 一字는 季默, 燕 사람이다. 宋 宣和 말년에 忻州 戶
   曹參軍을 역임하였다. 金에 들어와 翰林直學士가 되었다. 宇文虛中이 집에 中國圖書
   를 숨겨 죄를 얻자 高士談 집에도 숨겨놓은 중국 도서가 매우 많다고 고자질하여 잡혀
   서 죽임을 당했다. [周] 여기서 中國圖書는 여진족이었던 金나라에서 禁止하던 중원
   漢族의 책 즉 宋나라 책을 말한다. [譯]
124) 張祜(장호) : 字는 承吉이며 唐 淸河 사람이다. 杜牧이 度支使(탁지사)가 되었을 때
   그의 시를 매우 좋아하였다. 이에 시를 지어 주었다. "어느 누가 張公子와 같은 사람을
   얻을 수 있으리오 千首의 詩는 萬戶의 제후를 가벼이 여길 만 하도다." 大中 연간에
   죽었다. [周]
125) 儲光羲(저광희) : 唐 袞州 사람이며 開元 14년(726)에 進士에 오르고 監察御史를 역
   임하였다. 安祿山에게 관직을 받고는 난이 평정된 이후에 귀양가 죽었다. [周]
126) 戎昱(융욱) : 唐 荊南 사람. 至德 연간에 文學으로 進士에 올랐다. 衛伯玉이 그를 從
   事로 불렀다. 京兆尹 李鸞이 딸을 시집보내려고 하여 그에게 姓을 고치라고 종용하였
   으나 그는 거절했다. 德宗(李適) 때에 辰, 虔 二州刺史를 역임하였다. [周]
127) 紀唐夫(기당부) : 唐 開成 연간에 中書舍人이 되었다. [周]

世上英雄本無主(唐李賀), 爭敎紅粉不成灰(唐張建封128)妾盼盼129)).

門前不改舊山河(唐趙承祐130)), 蓮渚愁紅蕩碧波(洪邁『選唐』許渾).

墜葉飄花難再復(『唐音』楊思中131)), 浮雲流水竟如何(『三體』李商隱).

魚龍寂寞秋江冷(唐杜甫), 鴻雁不來風雨多(唐趙承祐).

窮巷悄然車馬絶(唐杜甫), 磬聲深夏出烟蘿(『鼓吹』司空圖).

　錄記畢, 仍指各句之下, 使細註出某書, 幷作者名字.132) 緝之奇之, 因曰 : "布133)婦仙居, 旣已聞名,134) 其舅姑夫子, 抑又如何?" 姬曰 : 天醫傳以玄洲135)不死之膏, 賜以完形復體之符, 一門百口, 往梯仙國矣." 曰 : "何謂梯仙?" 姬曰 : "凡初得道者, 皆送此修行, 然後漸登品位, 猶登梯然, 故曰梯仙." 緝之又曰 : "爾何不偕往?" 姬曰 : "緣妾前世爲女醫, 誤投人藥, 致揖貴胎, 以故再世罰爲女身以償, 坐此少緩, 尙隔兩塵.136)" 緝之曰

---

128) 張建封(장건봉) : 字는 本立이며 唐 南陽 사람이다. 젊었을 때 文章을 좋아했으며 절개가 있고 강개하여 큰 뜻을 가지고 있었다. 代宗(李豫)이 李光弼에게 蘇, 常 일대의 도적을 토벌하라는 명을 내리자 그는 하루에 도적 수천 명을 항복시켰다. 德宗(李適) 때에 李希烈이 반란을 일으키자 그가 난을 막는 공을 세워 徐, 泗, 濠의 節度使가 되었다. [周]

129) 盼盼(반반) : 즉 關盼盼. 唐나라 張建封의 애첩이다. 그는 徐州에 燕子樓를 지어 그녀를 거처하게 했다. 장건봉의 사후 15년 간 그녀는 再嫁하지 않고 그곳에 있었다. 白居易가 시를 지어 그녀에게 주었는데 감격하여 먹지 않고 굶어 죽었다. 이 구절은 백거이의 시에 나온다. [周]

130) 趙承祐(조승우) : 곧 趙嘏를 가리킴. [周]

131) 이 시는 楊仲師가 지은 것으로 思中으로 잘못 썼다. 楊仲師는 곧 楊衡으로 唐 吳興 사람이다. 처음에 符載, 崔群, 宋濟와 함께 廬山에 은거하였고 山中四友라 불렀다. 후에 급제하여 관직은 大理評事에 까지 이르렀다. [周]

132) 【校】 : [董]에는 氏라고 되어 있다.

133) 【校】 : [董]에는 節이라고 되어 있다.

134) 【校】 : [董]에는 命으로 되어 있다.

135) 玄洲(현주) : 중국 신화 전설에서 신선이 사는 곳이라 일컬어진다. 『海內十洲記』에는 다음과 같은 문장이 보인다. "玄洲는 北海 가운데에 있고 戌亥의 땅이다. 위에는 太玄都가 있으며 仙伯眞公이 다스리는 곳으로 금 같은 영지와 옥 같은 풀이 많이 난다(玄洲在北海之中, 戌亥之地, 上有太玄都, 仙伯眞公所治, 饒金芝玉草)." [周] 『십주기』에는 현주 외에 祖洲, 瀛洲, 炎洲, 長洲, 元洲, 流洲, 生洲, 鳳麟洲, 聚窟洲 등 9개 낙원의 섬에 대해 묘사되어 있다. [譯]

136) 兩塵(양진) : 두 개의 塵世라는 의미. 唐나라 丁約이 일찍이 韋子約에게 다음과 같이

: "然則汝亦良家子乎?" 姬曰 : ""妾幼時, 父母以貧故, 鬻于趙氏; 趙, 故宋宗室也, 售妾以媵其女. 女卽節婦, 與妾年相若, 蒙其憐愛, 視猶骨肉. 及歸譚氏, 妾從行焉. 時譚方門庭鼎盛, 珪組[137]蟬聯; 褥隱繡芙蓉, 極一時之富貴; 硯寒金井水, 灑萬斛之珠璣. 所見所聞, 罔非禮義; 若長若幼, 皆擅才華. 主母又聰明賢懿, 不出閨房, 雅善歌詞, 仍工筆札. 每有吟咏, 錄似夫君, 一覽之餘, 輒焚其藁, 蓋以非婦人事, 不欲使人知也. 我主君亦英邁夙成, 風流倜儻; 文章水湧, 倒三峽之詞源, 議論風生, 驚四筵之雄辯. 妾侍左右, 飽聞訓言, 雖在賤微, 頗習詩禮. 不幸宋籙旣訖, 元運方興, 草昧英雄起, 空憐文相之勤王; 江山雲霧昏, 可恨劉槃之賣國. 我主母潔身就死, 而婢子忍恥偸生, 顚沛流離, 竄伏林莽. 主恩難報, 徒懷結草[138]之心; 女質易殂, 竟作翳桑之鬼. 物情惡衰歇, 誰招碧玉之游魂; 吾道屬艱難, 疇葬綠珠之弱骨. 萬言莫盡, 大槩若斯, 不敢久留, 幽明路異." 遂去.

明日, 緝之白諸父. 烏公以爲詩雖奇妙, 而怪誕不經, 不許. 越兩月, 一夕, 緝之被酒, 不能寢, 起出軒前縱步, 挹天香于丹桂, 翫月影于素娥. 已而, 前姬又進拜. 且言曰 : "妾向所求, 幸蒙允諾, 意公仁者, 見義勇爲; 而側耳踰時, 未聞施設, 君子有成人之美, 何憚而不果乎?" 緝之謂曰 : "吾父弗汝信, 奈何? 可取當時無人知者一兩事語我, 我白之家君, 庶幾有證, 或可就也." 姬曰 : "記文丞相起兵時, 永新七大姓皆在勤王之列, 而我主君與東門張御帶家爲之首. 城復日, 人皆相慶, 獨主母有憂色, 告主君曰 : '城雖云復, 戎馬必再來, 城中之人, 定遭毒手; 我夫婦生死未可知, 萬一

말했다. "낭군께서는 종당에 속세를 버리실 것이니 두 개의 속세로 나눠 계시게 될 것입니다." [周]

137) 珪組(규조) : 珪는 圭와 같음. 組는 옥을 묶는 줄을 의미함. [周]

138) 結草(결초) : 죽어서도 은혜를 갚음. 春秋時代 晋나라 魏顆가 부친이 죽자 그의 첩을 순장하지 않고 다른 곳에 시집보냈다. 후에 魏顆가 秦나라 장수 杜回와 전투를 벌이는데 한 노인이 풀을 묶어서 두회를 막아 그를 사로잡도록 했다. 그날 밤 꿈에 그 노인이 나타나서 "내가 당신이 시집보낸 여인의 아버지요"라고 하였다. [周]

不幸, 惟死而已, 誓不辱也.' 主君姑爲好言以解之, 主母不以爲然. 主君
又擧司馬溫公[139]語曰 : '天若祚宋, 必無此事.' 主母搖首長嘆數聲, 取衣
裙, 題詩十首于其上; 亦古語也.

　　高髻雲鬟宮樣妝(唐杜鴻漸[140]妾), 嫁來長在舅姑傍(『唐音』).
　　寧知草動風塵起(『詩統』), 墜素飜紅各自傷(『詩統』宋祁[141]).
　　雙鬟慵整玉搔頭(『唐音』), 百感中來不自由(唐杜牧).
　　富貴繁華何處在(『詩統』), 夕陽西下水東流(『杏壇吟』).

　　夫子紅顔我少年(『唐音』), 嫁來不省出門前(『詩統』).
　　于今抛擲長街裏(唐劉禹錫), 萬古知心只老天(『詩統』葉紹翁[142]).

　　殘妝滿面淚欄干(『鼓吹』), 鬢亂釵橫特地寒(宋王介甫).
　　不見玉顔空死處(唐白樂天), 故園東望路漫漫(『三體』).

　　潮生蒼海野棠春(『三體』), 劍逐驚波玉委塵(『唐音』).
　　靑血化爲原上草(宋馬子才[143]), 人生莫作婦人身(唐白樂天).

---

139) 司馬溫公(사마온공) : 司馬光을 이른다. 宋 陝州 夏縣 사람이다. 寶元(1038~1039) 연
　　간 초에 進士에 올랐다. 三朝에 벼슬하였으며 神宗(趙頊) 때에 王安石의 신법의 폐단
　　을 논한 것으로 인하여 洛陽으로 나가게 되었다. 高太后가 조정을 장악하고 그를 불러
　　들여 宰相으로 삼아 신법을 고쳤다. 재상으로 지낸 지 8개월만에 죽었다. 죽은 후에 太
　　師溫國公으로 봉해졌다. 『資治通鑑』은 곧 그가 편찬한 것이다. [周]
140) 杜鴻漸(두홍점) : 字는 之巽. 開元 연간에 進士에 올랐으며 安思順이 朔方判官으로
　　추천하였다. 安祿山의 난 때에 肅宗(李亨)이 제위에 오르도록 옹호하였으며 후에 河西
　　節度使에 이르렀다. 西京이 수복되자 荊南節度使를 역임하기도 했다. 代宗(李豫) 때
　　에 中書侍郎으로 들어갔다. 崔旰가 成都를 차지하자 명을 받들어 宰相으로서 鎭撫로
　　갔다. 죽은 후의 시호는 文憲이다. 이 시 구절은 杜鴻漸의 妾이 지은 것이 아니라 劉禹
　　錫이 지은 구절이라고도 하고 혹은 韋應物이 지었다고도 한다. [周]
141) 宋祁(송기) : 字는 子京, 宋 安陸 사람이다. 天聖(1023~1032) 연간 초에 형 宋庠과 함
　　께 進士에 올랐으며 龍圖閣學士와 史館修撰 등을 지냈다. 歐陽修와 함께 『新唐書』를
　　지었다. 얼마 지나지 않아 毫州(호주)知州로 나가게 되었다. 『新唐書』가 완성된 후에
　　左丞으로 옮겨갔고 工部尙書에 올랐다. 후에 翰林學士 承旨로 임명되었다. [周]
142) 葉紹翁(엽소옹) : 字는 嗣宗이며 號는 靖逸이다. 宋 處州 龍泉 사람이다. 저서로는
　　『四朝聞見錄』이 있는데 南渡한 이후의 이름난 野史를 기록한 것이다. [周]

百年世事不勝悲(唐杜甫), 大廈原非一木枝(宋王庭珪[144]).
慷慨西風淚橫臆(『詩統』), 此心惟有老天知(『詩統』).

血迸金槍臥鐵衣(『鼓吹』), 江山猶是昔人非(『詩統』).
舊時王謝堂前燕(唐劉禹錫), 更傍誰家門戶飛(『唐音』).

不見人烟空見花(『三體』), 烟籠寒水月籠沙(唐杜牧).
人生自古誰無死(宋蔡襄[145]), 莫怨春風當自嗟(宋歐陽修).

側垂高髻揷金鈿(『詩統』), 閑過春風六六年(『詩統』).
今日亂離俱是夢(『詩統』), 英雄無策庇嬋娟(『詩統』).

起看天地色凄凉(『詩統』王介甫), 塵夢那知鶴夢長(『鼓吹』宋邕).
血汚遊魂歸不得(唐杜甫), 新墳空葬舊衣裳(『鼓吹』).

主君讀之曰 : '若然, 吾何恨!' 已而主母又指抱兒曰 : '我則死矣, 如此何?' 主君曰 : '吾固知之, 付之造物.[146]' 因以一金錢繫之項上, 弄之曰 : '若遇兇人, 兒以此買命也.' 遂相視, 泣下沾襟. 後遇害日, 金錢不知所在, 爲血漬成錢影一枚印兒傍, 第觀者不諦視, 故不知也. 詩亦惟妾記憶耳.

---

143) 馬子才(마자재) : 곧 馬存을 가리키며 宋 樂平 사람이다. 元祐 연간에 進士에 올랐고 관직은 越州 觀察推官에 이르렀다. [周]
144) 王庭珪(왕정규) : 字는 民瞻이며 宋 安福 사람이다. 政和 8년(1118)에 進士에 올랐다. 紹興 연간에 胡銓이 秦檜를 참하라고 상소하였다가 新州로 귀양가게 되니 그가 시를 지어 작별하였다. 본문에서의 구절은 두 번째 시의 첫 구이다. 그로 인해 비방죄에 연루되어 夜郎으로 귀양갔다가 秦檜가 죽은 후에 자유롭게 되었다. 孝宗(趙愼)이 내전으로 불러 敷文閣의 직책을 맡도록 했다. [周]
145) 蔡襄(채양) : 字는 君謨이며 宋 仙游 사람이다. 天聖 연간에 進士에 올랐으며 관직이 知諫院, 直史館, 兼修起居注에 이르렀다. 이후에 知制誥에 이르렀으며 龍圖閣 直學士로서 開封府의 知府를 맡았다. 다시 福州 知州가 되었으며 杭州로 옮겨가게 되었다. 書藝에 능하여 당시 일인자로 이름이 났다. "인생에서 자고로 죽지 않는 자 그 누구인가(人生自古誰不死)"라는 구절은 文天祥의 시 구절인데 蔡襄의 시 구절이라고 말한 것은 작자가 잘못 기록한 것이다. [周]
146) 造物(조물) : 造化와 동일하다. 하늘을 가리킨다. [周]

若此二事, 皆世所未知者." 緝之錄以呈父, 烏公尙未深信, 卽命騎往文
廟, 取水洗磚而驗焉, 則見兒影之傍, 餞迹宛然在, 衆始驚愕. 公乃如言,
題一主, 設于節婦神座側畔, 緝之又以酒肴祭之. 其夕, 妾[147]來謝曰 :
"感君設位, 兼辱祭儀, 無以爲報; 公平生好琴, 但廣陵散[148]一曲, 世久失
傳, 妾承敎主君, 尙憶之耳, 願以相授." 乃出其譜于袖中, 付緝之曰 : "公
善自愛, 妾不復來矣!"倏然而去. 由是彈琴大進, 獨步浙中, 靳秘此曲, 弗
以傳人. 緝之死, 譜亦竟絶焉.

---

147) 【校】: [董]에는 姬라고 되어 있다.
148) 廣陵散(광릉산) : 琴曲名. 『夢溪筆談』에 "廣陵散은 王陵과 毋丘儉 등이 모두 광릉에
　　서 패하여 흩어진 것을 말하며 魏나라의 패망이 廣陵에서 시작되었음을 말하는 것이
　　다(廣陵散者, 言王陵、毋丘儉輩皆在廣陵敗散; 言魏散亡自廣陵始也)"라는 문장이 보
　　인다. [周]

하사명유풍도록(何思明遊酆都録)

하사명의 지옥 구경

하사명(何思明)은 송나라 때의 사람으로 호는 난가초자(爛柯樵者)이다. 오경(五經)에 능통했으며 특히 주역(周易)에 밝았다. 성리학자라고 스스로 자부하면서 유별나게 도교와 불교의 무리들을 싫어하여 간혹 그 무리들을 만나면 이렇게 꾸짖었다.

"사민(四民) 가운데 선비가 되지 않는다면 농민(農民)이나 공인(工人) 아니면 상인(商人)이 되면 될 터인데 어찌하여 도사나 중이 되었단 말이냐?"

그는 「경론(警論)」 세 편을 지었는데 각 편에서 수천 마디의 말을 반복하여 천리(天理)를 밝히고 이단을 판별, 분석하여 인심을 바르게 하고 세교(世教)를 세웠다. 그 상편(上篇)의 내용은 대개 다음과 같다.

선유(先儒)께서 하늘은 곧 이(理)라고 말씀하셨다. 그 형체로 말하면 하늘을 말하는 것이며 그 주재하는 것으로 말하면 천제(天帝)를 말하는 것이다. 천제는 곧 하늘이며 하늘은 곧 천제이다. 저 푸른 하늘 위에 따로 별천지가 있어 궁실에 거처하고 면류관을 늘어뜨리고 세상의 제왕과 같이 있는 것은 결코 아니다. 이는 불교와 도교의 이론일 뿐이다. 비단 그러할 뿐만 아니라 소위 말하는 삼천(三天), 구천(九天), 삼십삼천(三十三天), 삼제구제(三帝九帝), 시방제제(十方諸帝)라고 하는 것들이 있다고 하는데 어찌 하늘이 수없이 많고 천제가 여러 명일 수가 있는가? 이로부터 말한다면 하늘은 계단과 같은 형상을 면치 못하고 천제는 할거하여 서로 다투고 것을 면치 못하게 된다. 더군다나 한나라의 장도릉(張道陵)을 높여 하늘의 스승[天師]이라고 하였는데 어찌 하늘에 스승이 있을 수 있단 말인가? (또한) 송나라 임씨(林氏)의 딸을 하늘의 비[天妃]라고 하였는데 하늘에 과연 황비(皇妃)가 있을 수 있단 말인가?

대개 하늘이라는 것은 이치가 나오는 곳으로 성인은 하늘을 본받는다. 장도릉이 비록 성스럽다고 하더라도 또한 사람의 귀신일 뿐이니 하늘이 그를 스승으로 삼는다면 곧 하늘이 장도릉보다 못하게 되는 것이다. 임씨의 딸은 이미 죽었으니 다만 떠도는 혼일 뿐이다. 하늘이 이와 짝했다고 하면 하늘이 오히려 정과 욕을 잊지 못하는 것이 되니 어찌 하늘이 될 수 있겠는가? 저들이 장도릉을 천사(天師)라고 하는 것은 감히 두려워서 그를 상제라 부르지 못하는 것이고 스승이라는 칭호를 덧붙인 것은 하늘을 높인다고 한 것이나 이처럼 이치가 닿지 않는 것을 몰라 하늘을 능멸하는 꼴이 되었다. 저들이 임씨의 딸로 천비(天妃)를 삼는 것은 그녀를 귀신과 나란히 둘 수 없어서 비라는 호칭을 붙인 것으로 하늘을 존경한다고 한 것이나 이러한 이야기가 하늘을 속이는 것이 된다는 것을 모르는 것이다. 하늘을 속이고 하늘을 능멸한 것은 그 죄가 죽어도 용납되지 못한다.

또 이러한 내용이 있다.

세상의 사람들은 하늘에 있는 하늘만 알아서 일월성신(日月星辰)의 빛과 비, 바람, 이슬, 서리의 현상을 보고 길과 흉은 하늘이 행하는 것이라고 생각하는데 이는 옳은 말이다. 그러나 자신의 하늘이 있다는 것은 모른다. 자신의 하늘은 곧 하늘의 하늘이다. 그러므로 몸이 환하게 빛나도록 하는 것이 하늘의 군주이며 심령을 맑게 하는 것이 하늘의 주재이다. 삼강오륜이 맑고 환하면 바로 일월 성신이 아니겠는가? 예악과 법도가 명백 정대하면 바로 풍우상로(風雨霜露)의 가르침이 아니겠는가? 자신의 하늘과 하늘의 하늘이 어그러지면 곧 흉(凶)과 화(禍)가 반드시 오게 되는 것이다. 하늘의 상제와 자신의 상제가 합치되면 길(吉)과 복(福)이 또한 오게 된다. 통달한 사람은 이것을 믿고 어리석은 자는 이것을 모른다. 어리석은 무리들이 하늘이 듣지 못한다고 여기고 함부로 악한 일을 하나 마음의 하늘은 진실로 이를 듣는다. 요행을 바라는 무리들이 하늘을 속일 수 있다고 여기고 음탕한 일에 힘쓰지만 마음의 상제는 벌써 그것을 배척한다. 어리석은 무리들은 상제를 속일 수 있다고 여기고 속이기에 힘쓴다. 어리석은 사람은 하늘을 가리켜 믿을 만하다 하고 아둔한 사람은 하늘을 원망하며 모른다 한다. 매일 저녁 향을 피우고 부처에게 절을 하면서도 사람들에게 말할 수 없는 일들을 많이 저지르며 일 년 내내 소식(素食)을 하더라도 알면서 법을 범하는 경우가 적지 않다."

그의 지론은 천근(淺近)하나 가리키는 바의 심원(深遠)함이 이와 같았다. 지정(至正) 정유(丁酉)년[1357] 정월 초엿샛날 우연히 병을 얻었는데 며칠만에 더욱 심해지자 여러 학도들이 세속의 풍속을 따라 몰래 그를 위해 축수(祝壽)를 하였다. 하사명이 이를 알자 훈도하여 엄하게 말하였다.

"너희들은 비록 독서를 한다고 말하지만 이치를 밝힘에 아직도 철저하지 못했구나. 귀신을 어찌 술과 고기로 사사로이 할 수 있겠느냐? 사람의 명을 어찌 지전(紙錢)으로 살 수 있단 말이냐? 내 뉘를 속이랴? 하늘을 속이랴?"

그날 저녁 숨이 멎고 말았다. 하지만 가슴 아래쪽에 따스한 기운이 남아 있어 함부로 염을 하지 못하고 있었다. 학도들이 둘러싸서 시신을 지켰는데 이레 되는 날 둘러친 비단이 움직이기에 살펴보니 코에서 숨이 쏟아져 나오는 것이었다. 급히 생강즙을 내어 먹이니 한참 후에 눈을 떴고 날이 새자 다시 호흡을 하기 시작했다. 열흘이 되자 비로소 말을 할 수 있게 되었다. 그는 제자들을 부르더니 이렇게 말하였다.

"도교와 불교의 위대함과 귀신의 현저함이 지극하구나. 지난날 내가 치우친 견해로 과도하게 노자와 석가의 가르침을 비방했다가 관록이 깎이고 하마터면 살지 못할 뻔하였구나. 너희들은 명심하거라.”

그러자 문인들이 상세한 이야기를 물어보았다.

“공자께서 괴력난신(怪力亂神)을 말씀하지 않으신 것은 진실로 그러하다. 하지만 또한 너희들에게 인과응보가 헛되지 않음을 알리지 않을 수 없구나. 처음 내 병이 위급할 때 두 마리의 파리가 침상 앞에 떨어졌다. 자세히 보니 사람으로 변하더구나. 푸른 옷에 누런 건을 썼고 이마가 붉었는데 나에게 읍을 하더니 이렇게 말했다.

‘명을 받잡고 나리를 모시러 왔습니다.’

‘어디서 부르는 것이오?’

‘내대(內臺)에서 부릅니다.’

‘난리 때문에 길이 막혔으니 어떻게 갈 수 있겠소? 또 내대에는 아는 사람도 없소이다.’

‘풍도(酆都)의 내대입니다.’

‘나는 유자(儒者)로서 풍도의 내대는 모르오이다.’

그러자 그 사람이 노하여 나를 자루 주머니 속에 집어넣더군. 주머니는 그물 같았는데 가는 줄로 짜서 만든 것이었네. 내가 주머니 안에 앉으니 두 사람이 들고 나는 듯 나무 꼭대기를 지나가는데 나무 끝이 자루를 스치고 웅웅 바람소리가 나는 것이 느껴지더군. 또 공중으로 오르자 쉭쉭하면서 바람소리가 나고 아득하고 망망하여 사방에는 땅이 보이지 않고 파도가 넘실대는데 비린 바람이 흠씬 불어오더구나. 누런 건을 한 사람이 주머니를 끌었는데 마치 평지를 걷는 듯 하였고 나는 어떠한 고통도 느끼지 못했네. 한참이 지나 길이 나오자 그제야 나를 주머니에서 꺼내어 어떤 곳으로 호송했는데 재판하는 곳 같더군. 문을 지키는 자는 코가 높다랗고 눈이 움푹 들어가고 구부러진 수염이 난 것이 아라비아 사람 같았는데 누런 건을 쓴 자에게 묻더군.

‘어떤 부절(符節)이오?’

'붉은 색 부절이오.'

또 두 명의 검은 옷을 입은 자가 남자 하나와 세 명의 여자를 데리고 왔는데 문을 지키던 사람이 무슨 부절이냐고 묻자 검은 색이라고 하더구만.

'일은 자세히 하지 않을 수 없으니 한번 봅시다.'

각자 패를 내보이는데 길이는 한치 반 정도 되더군. 하나는 붉은 글자가 또 다른 하나는 검은 글자인데 모두 알아볼 수가 없었네. 그러자 문지기가 됐다고 하고는 문으로 들여보냈지. 누런 건을 한 자는 나와 왼쪽 회랑을 따라서 가고 그들은 오른 쪽 회랑을 돌아가더구만. 내가 물었지.

'이곳은 어떤 곳이오?'

'풍도의 첫 번째 관문이오.'

그제서야 내가 죽은 것을 깨닫고 다시 물었지.

'지니고 있는 부절이 왜 검고 붉은 차이가 있소?'

'명부(저승)에서 사람을 잡아올 때 잠시 왔다가 다시 가는 사람은 붉은 글자를 쓰고, 영원히 나가지 못하는 사람은 검은 글자를 쓴다오.'

나도 모르게 소리쳤지.

'그러면 내가 다시 살아난단 말씀이오?'

'비록 다시 산다고는 하지만 우여곡절이 좀 있을 거요.'

그 얼굴을 보니 친근한 느낌이 들어 부탁했지.

'이번 행차는 오직 두 나리께 잘 부탁드리오.'

'저절로 주재하는 사람이 있으니 우리가 어찌 할 수 있겠소.'

몇 리를 가서 쇠로 둘러싸인 성에 들어갔지. 문지기가 앞에서처럼 물어보는데 더욱 더 철저하더군. 곧 대부(臺府)에 도착하자 사자들이 말하더군.

'그대는 비록 무거운 죄는 없지만 음도(陰道)는 매우 엄격한 것이 속세에 비할 바 아니오.'

그리고 내 목에서 결박을 풀고는 끌고 들어갔네. 먼저 관복사(冠服司)를 지나는데 그곳의 담당자가 내가 입고 간 옷을 벗기게 하면서 그랬지.

'창고에 넣어 두어라.'

나는 짧은 옷에 죄인의 머리를 하고 밧줄을 차고 갔네. 의문(儀門)에 이르자 사자 한 명이 먼저 들어가더니만 조금 지나자 대여섯 사람을 데리고 나오더니 나를 데리고 들어가서는 계단아래 무릎을 꿇게 하더군. 내대의 장관은 복장이 마치 왕 같았고 시위(侍衛)하는 사람들이 매우 많았네.

'너는 구주(衢州)의 유생 하사명(何思明)이렸다?'

'그러하옵니다.'

'유자(儒者)가 귀하게 여겨지는 것은 위로는 천지의 심오함을 살피고 가운데로는 성인의 지혜를 본받고 아래로는 사물의 이치를 궁구(窮究)하기 때문이다. 하늘을 열고 땅을 닫으며 미묘함에 이르고 정치(精緻)함을 연마하며 음양의 조화를 만들어 내서 무(無) 가운데에 있는 오묘한 뜻을 구명하고 음양동정(陰陽動靜)의 근본을 밝히며 묵묵하고 맑게 정신을 모으는 것을 본체로 하고 임기응변(臨機應變)을 잘 이용하며 들고남에 걸림이 없이 세 가지를 하나에 아울러야 이것을 유자(儒者)라고 하는데 귀신은 그것을 살펴보는 것이 불가능하니라. 지금 너는 너의 견해에만 집착하여 글을 만들어내어 선진(仙眞)을 비방 훼손하고 도교와 불교를 기만하였느니라. 하늘이 지극히 크거늘 급수로 비유하고 상제는 지극히 존귀하거늘 할거로 야유하였다. 천사(天師)라는 호칭을 망령되게 논하고 천비(天妃)의 호칭을 멋대로 분별하니 그 죄가 실로 크도다. 또 유교의 책속에 하늘을 이야기한 것이 한둘이 아니라 『춘추』에 천왕(天王), 『시경』에 현천지매(俔天之妹)와 호천기자(昊天其子)라는 말이 있다. 모두 너의 의견대로 하늘에 천사(天師)와 천비(天妃)가 없다면 또 왕, 누이 아니면 아들과 같은 말들이 어찌 있을 수 있겠는가? 너의 학문은 진실로 구속되어 통하지 못하고 막혀서 장애가 있느니라. 구속되면 하나의 그릇에 국한되고 막히면 한 쪽 귀퉁이에 굳어버리게 된다. 통달하지 않으면 고루하고 장애가 있으면 비벽(鄙僻)하게 되나니 진실로 속세에서 썩고 우활(迂闊)하며 그릇된 선비가 어찌 가히 유자(儒者)의 이름을 뒤집어 쓸 수 있단 말이냐?'

그리고는 하씨 성이 적힌 명부를 가져오게 하여 내 이름 밑을 붉은 붓으로 긋고는 옆에 무엇을 써넣었는데 다 마치자 일러주더군.

'너는 본래 6품관이 되어서 요직을 맡아야 하나 네가 신선과 부처를 믿지 않고 귀신을 모멸하였기에 7품으로 낮춘다.'

나는 머리 조아려 사죄하고 또 잘못을 고치겠다고 청하였지. 그러자 장관이 그러더군.

'이 자는 겉으로는 승복하지만 속으로는 비방하고 물러나서는 뒷말을 할 것이니 감옥을 돌아보도록 하여 그 마음을 꺾어 복종하도록 하라.'

귀졸들이 나를 끌어내려 사자들에게 넘겨주고는 데리고 가서 업사(業司)를 살펴보게 하였네. 가운데에 탑이 하나 있었는데 스님이 탑 옆에 서 있었고 향촉(香燭)과 번당(幡幢)이 휘황 찬란하게 늘어서 있더군. 사자들이 절하기에 나도 따라 절을 했지. 스님이 탑을 열어 큰 구슬 하나를 금 쟁반에 담아 건네자 사자들이 두 손으로 받들며 앞장서고 나는 따라 갔는데 모두 깜깜한 곳이었다네.

'스님은 누구시오?'

'도명화상(導冥和尚)입니다.'

또 그 구슬은 무엇 하는 것이냐고 물어보았지.

'이것은 지장왕보살(地藏王菩薩)의 원주(願珠)라오 지옥에는 업보의 기운이 깊고 무거워 구슬의 빛으로 이를 비추어 깬다오 그렇지 않으면 귀왕(鬼王)이 어둠 속에서 사람의 심간(心肝)을 먹어버려 나갈 수 없게 되지요.'

먼저 불의를 다스린다는 감옥에 도착했지. 벽돌로 긴 통을 하나 만들어 놓고 탄불로 채워 넣었는데 불길이 활활 타오르더군. 죄인을 불러 그 옆에 꿇어앉히고는 불길 속에서 쇠로 된 손가락 굵기의 막대기를 꺼내서 그것으로 사람의 눈에 찔러 넣는데 열 사람 정도를 꿰어 걸어 놓으니 마치 물고기를 말리는 것 같았네. 사자들이 말하더군.

'이 남자들은 세상에 있을 때 형제와 우애 있게 지내지 않고 마치 원수 같이 여겨 인륜을 가볍게 능멸하고 재물만 중히 여겼기에 이런 응보를 받는 것이라오.'

또 하나의 감옥이 있는데 불화를 다스린다는 감옥이더군. 모두다 부녀자들인데 늙은 여자와 젊은 여자들이 섞여 있었어. 사람들마다 혀에 갈고리를 하나씩 걸어 놓았는데 갈고리 위에는 수박만한 돌이 매달려 계속해서 돌고 있어 혀가 한 자 정도는 나와 있었어. 그 고통이 대단하겠더군. 사자들이 그들을 가리키며 말했네.

'이 여자들은 세상에서 집안을 화목하게 하지 않고 아녀자의 도리를 지키지 못하여 남편의 집안을 풍비박산 나게 하고 원수같이 만들어 놓은 까닭에 이런 업보를 받고 있지요.'

그 동남쪽에 있는 감옥은 조금 더 컸는데 염부총옥(閻浮總獄)이라는 곳으로 각계각층의 모든 사람들이 섞여 있었는데 나는 못 들어가게 하였네. 그 북쪽은 척루(剔樓)라는 곳으로 사람을 기둥에 묶어 놓고 얇게 저미고는 부채로 부치니 살이 일어나더군. 거기에다가 뜨거운 식초를 붓자 기절했다가 다시 깨어나고 다시 물을 부으니 살이 예전처럼 되고 그러면 다시 칼로 저미는 것이야. 대개 세상에 다시없는 흉악한 놈들로 선량한 사람들을 학대하고 해친 자들이 그곳에서 벌을 받고 있는 것이었네. 그 옆은 예혼옥(穢溷獄)이라는 곳인데 온통 똥 덩이가 부글부글 끓고 있어 그 냄새가 지독해 가까이 가지 못했지. 귀졸이 긴 작살로 죄인을 밀어 떨어뜨려서 익히면 그 속에서 떴다 가라앉았다 하다가 허물어져서 구더기가 되더군. 그러면 다시 그 구더기를 대나무 조리로 건져서 매우 볶지. 재가 되도록 볶은 다음에 똥물을 뿌리면 다시 사람이 되는데 이 또한 십 수 차례 반복하지. 그래서 내가 물어봤지.

'이곳에서는 무슨 죄를 다스립니까?'

'이자들은 소인들로 군자를 훼방하여 이곳에서 그 죄를 다스리는 거요.'

'다 돌아볼 것 없이 곧바로 저곳에 가서 봅시다.'

그곳을 나와 백여 보를 가서 어떤 문으로 들어갔는데 징계장람지문(懲戒贓濫之門)이라고 쓰여 있더군. 이곳 또한 커다란 감옥이었는데 땅바닥에 십여 명을 벗겨놓고 험악하게 생긴 야차(夜叉) 여럿이 쇠줄로 아귀(餓鬼)를 여덟이나 아홉쯤 끌고 왔어. 야차가 칼을 뽑아 죄인들의 가슴과 다리에서 고기를 베어내어 솥에 익혀서 아귀에게 먹이는데 다 먹고 나면 또 베어내어 뼈만 남은 후에야 그만 두더군. 조금 후에 업풍(業風)이 한번 불자 몸이 전처럼 회복되더란 말이야. 또 쇠로 된 뱀과 구리로 된 개가 피와 골수를 씹어 먹는데 비명소리가 땅을 뒤흔들 지경이었어. 그 사람들은 인간 세상에서 청렴하고 중요한 관직에 있었지만 권력을 휘두르고 뇌물을 받아먹어 세상을 속이고 이름을 도적질 하였다네. 어떤 자는 임지에서 겉으로는 청렴결백한 체 했지만 안으로는 뇌물을 받았고 어떤 자는 향리에서 관직의 위세를 믿고 공사를 맘대로 하였지. 사람들을 속이고 자신들을 이롭게 한 자들이 모두 그 속에 있었다네. 내가 아는 사람도 몇 명 있더군. 다 보고 나서 성업사(省業司)로 돌아와 스님에게 구슬을 반납하고 내대(內臺)로 가서 일을 마치고 와 아뢰자 장관께서 다시금 훈도하며 이러셨지.

'지금은 마땅히 잘못을 고쳤을 것이니 다시는 예전의 죄를 짓지 말아라. 만약 다시 뉘우쳐서 고치지 않는다면 용서받지 못할 것이니라.'

사자들에게 돌려보내라고 명을 내리자 비로소 밧줄을 풀어주어 자유롭게 걸을 수 있게 되었네. 관복사(冠服司)로 가서 옷을 되찾아 입자 사자들이 그랬어.

'공께선 여기서 기다리시오. 우리가 부절을 받아와서 보내드리겠습니다.'

조금 후에 돌아왔지.

‘이번에는 지름길로 가고 저번의 그 길로는 가지 맙시다.’

함께 출발해서 여러 관문을 지났는데 그 중의 한 곳은 새로 짓고 있는 중이더군. 편액에 부유(蜉蝣)라고 쓰여 있었는데 그곳 수문장이 내가 유생인 것을 알고는 부유관명(蜉蝣關銘)을 하나 써 달라는 거야. 내가 이름의 뜻에 대해 물어보았지.

‘인간 세상으로 생명을 받은 귀신들은 모두 이곳에서 나가지만 얼마 되지 않아 다시 돌아오는데 그것이 마치 하루살이가 아침에 나서 저녁에 죽는 것과 같지요.’

그리고 그 명을 받아 몇 마디 적어 주었어. 그 글은 이러하다네.

높다란 관문(關門) 있어 땅을 진수(鎭守)하네. 그 위엄 밝게 하는 이 수문장이라. ‘부유(蜉蝣)’라 이름하니 그 취의(取義)가 정묘하구나. 모든 생명을 가진 것들 여기에서 나가나니 나간 지 얼마 되지 않아 다시 되돌아오도다. 어찌 이 벌레가 하루만에 죽는 것과 다르리. 남염부제(南炎浮提)에 세월은 바뀌어도 끊임없이 오고가서 쉬는 때도 없구나. 청하노니 그 이름을 보고 경계하는 바를 깨달으라. 육도(六道)와 사생(四生)을 빨리 벗어나고 걸림 없이 소요(逍遙)하여 삼십삼천(三十三天)을 증명하오 모두 천인(天人)이 되면 이 관문은 문을 닫을 수 있으리니 나의 글 경청하여 큰 맹세 세우라. 혼령들은 맹세를 지켜서 바꾸지 마시라.

수문장은 이 글을 보고 기뻐하더니 곧 보내 주었지. 이경(二更)이 되어서야 집에 도착했는데 내 몸은 바닥에 누워있고 등불이 머리맡을 비추고 있었어. 처자식과 너희들이 슬피 울고 있더군. 사자들이 갑자기 밀어 나도 모르게 시신으로 들어가게 되고 그래서 깨어나게 된 것일세.”

그 후 하사명은 지현(知縣)에 까지 이르렀으며 가는 곳마다 청렴과 근신으로 스스로를 다잡아 결코 티끌만한 잘못도 저지르지 않아 청렴결백하다는 칭찬을 들었으니 경계하고 두려워하는 바가 있었던 것이다.

何思明, 大宋人, 號爛柯[1]樵者. 通五經, 尤專于易, 以性學[2]自任, 酷[3]不喜老佛, 間遇其徒于道, 輒斥之曰: "四民之中, 縱不爲士, 爲農、爲工、商, 豈不可也? 何至爲是哉?" 著警論三篇, 每篇反復數千言, 推明天理, 辨析異端, 匡正人心, 扶植世教. 其上篇略曰:

"先儒謂: 天卽理也. 以其形體而言, 謂之天; 以其主宰而言, 謂之帝; 帝卽天, 天卽帝. 非蒼蒼之上, 別有一天. 宮室居處, 端冕垂旒,[4] 若世之帝王者, 此釋・老之論也. 不特此也, 又有所謂三天[5]・九天,[6] 三十三天;[7] 三帝[8]・九帝[9]・十方[10]諸帝, 何天之多而帝之衆耶? 由是言之, 天未免如階級之形, 帝

---

1) 爛柯(난가): 山이름. 浙江 衢縣의 南쪽 30리 정도에 있다. 전설에 의하면 晋朝에 王質이 산에 들어가 나무를 하다가 동자 둘이 장기 두는 것을 잠시 보았는데 고개를 돌려보니 도끼자루가 이미 썩어 있었다고 한다. [周]
2) 性學(성학): 宋 儒家에서 말하는 性命理氣의 학문이며 일명 理學 또한 道學이라고 이른다. [周]
3) 【校】: [董]에는 酷으로 되어 있다.
4) 端冕垂旒(단면수류): 옛날 황제가 쓰던 冠. 겉은 검고 안은 붉으며 꼭대기에는 판이 있으며 뒤가 높고 앞은 아래로 기울어져 있어 굽어진 모양과 같다. 그리하여 冕이라 부른다. 꼭대기에 있는 판을 延이라 이르며 延앞의 端은 아래로 늘어뜨려진 줄을 가지고 있고 주옥으로 꿰뚫어져 旒라고 한다. 旒의 수는 모두 12개이다. [周]
5) 三天(삼천): 道家에서는 玉淸, 上淸, 太淸을 三天이라 이른다. 佛家에 있어서의 欲界, 色界, 無色界의 三界를 역시 三天이라 이른다. [周]
6) 九天(구천): 道家에서는 九天의 설법을 가지고 있다. 『太玄經』에는 "九天에서 하나는 中天, 둘은 羡天, 셋은 從天, 넷은 更天, 다섯은 晬天, 여섯은 廓天, 일곱은 減天, 여덟은 沈天, 아홉은 成天이다"라고 되어 있다. [周]
7) 三十三天(삼십삼천): 곧 忉利天을 이름. 佛家 傳說에 다음과 같은 내용이 있다. 부처가 입적하자 한 여인이 탑을 세웠는데 서른두 명의 사람이 그녀를 도왔다. 이 여인은 후에 忉利天主가 되었고 서른두 명의 사람은 그녀의 臣子가 되었는데 이 때문에 忉利天을 三十三天이라 이르게 되었다. [周]
8) 三帝(삼제): 『黃庭內景經』에 "三帝의 자리를 떠도니 청량하구나(飄颻三帝席淸涼)"라는 문장이 보인다. [周]
9) 九帝(구제): 『雲笈七籤』에 "九帝三眞에서 命咒의 말이 나왔다(出九帝三眞命咒之詞)"라는 문장이 보인다. [周]

未免有割據之爭矣. 甚者尊漢張道陵[11], 爲天師, 天豈有師乎? 以宋林氏女爲
天妃,[12] 天果有妃乎? 蓋天者, 理之所從出, 聖人法天; 道陵縱聖, 亦人鬼耳,
使天而師之, 是天乃道陵之不若也. 林▽女旣死, 特遊魂耳, 使天而妃之, 是天
猶有情慾之未忘也, 烏得爲天哉? 彼以道陵天師也, 不敢遽指爲帝, 而加以師
稱, 所以尊天; 不知無是理, 適所以慢天. 彼以林氏天女也, 不敢儕以爲鬼, 而
蒙以妃號, 所以敬天; 不知爲是說, 乃所以誣天也. 誣天慢天, 罪不容誅矣."

又謂:

"世之人, 徒知在天之天, 故見日月星辰之光, 風雨霜露之顯, 吉與凶, 天之
爲也; 禍與福, 天之降也; 是則然矣. 然不知有己之天焉, 己之天, 卽天之天;
是故丹扃[13]煌煌, 天之君也; 靈臺[14]湛湛, 天之帝也; 三綱五常,[15] 炳煥昭晰,
非日月星辰之光乎? 禮樂法度, 明白正大, 非風雨霜露之敎乎? 己之君與天之
君戾,[16] 則凶也禍也, 必以類而從; 天之帝與己之帝合, 則吉也福也, 亦以類
而至. 達者信之, 愚者懵焉. 冥頑之徒, 謂天爲不聞, 造惡自若, 然心之天則固
聞矣; 僥倖之徒, 謂天爲可諂, 淫祀是務, 然心之帝已斥之矣. 庸昧之輩, 謂帝

---

10) 十方(십방) : 佛經에서 東, 西, 南, 北, 東南, 西南, 東北, 西北, 上, 下를 十方이라 이
른다. [周]
11) 張道陵(장도릉) : 後漢 사람으로 張良의 8세손이며 四川에서 살았다. 주문이나 주술
로 사람들의 신앙을 이끌었다. 그로부터 道를 배운 사람들은 모두 쌀 다섯 斗를 냈는
데 그리하여 세칭 五斗米道라 이른다. 그의 문하의 무리들은 그를 天師라고 일컬었다.
후세에 張天師라고 칭한 것은 곧 그의 後代이다. [周]
12) 林氏女爲天妃(임씨녀위천비) : 天妃는 해신의 이름. 宋나라 莆田사람 林願의 여섯
째 딸. 그녀의 오라비가 바다에 빠져죽자 그녀는 죽어서 혼백이 되어 오라비를 구해냈
다. 스무 살에 죽었다. 후에 바다에서 영험을 나타내어 항해하는 사람들이 그녀에게 기
원을 하게 되었다. 元나라 至元 연간에 그녀를 天妃에 봉하고는 해마다 제사를 지냈다.
明나라 때는 天后에 봉해졌다. [周]
13) 丹扃(단경) : 곧 丹房을 이름. 道家에서는 神仙이 사는 곳이라 이른다. 여기서는 몸을
가리킨다. [周]
14) 靈臺(영대) : 마음. [周]
15) 三綱五常(삼강오상) : 즉 삼강오륜. 옛날 君臣, 父子, 夫婦로 三綱을 삼았다. 五常이
란 곧 五倫을 이른다. 孟子의 설에 의하면 父子有親, 君臣有義, 夫婦有別, 長幼有序,
朋友有信 등을 말한다. [周]
16) 戾(려) : 위배되다. [周]

爲可罔, 矯誣是爲; 尋常昧昧也, 而指天曰此可恃; 平昔蚩蚩也, 而怨天曰此
罔知. 每夕焚香, 不可告者多矣; 終年素食, 知而犯者屢焉.”

　　其持論言近指遠, 類如此. 至正丁酉正月初六日, 偶得疾, 數日加亟,
諸生從俗, 私爲之禱, 思明知之, 訓之曰 : “賢輩[17]雖曰讀書, 而燭理未徹,
鬼神豈可以酒肉私? 人命豈可以紙錢買? 吾誰欺? 欺天乎?” 是夜卒, 獨
心下稍暖, 不敢殮.[18] 諸生環守之, 凡七晝夜, 覺綿動,[19] 候之, 鼻中氣勃
勃出, 急搗薑汁灌之, 良久眼開, 天明而呼吸續矣. 十日始能言, 乃召弟
子告曰 : “二敎之大, 鬼神之著, 其至矣乎! 囊吾僻[20]見, 過毁老釋, 今致
削官減祿, 幾不能生, 小子識之.” 門人請其詳, 思明曰 : “子不語怪, 固然;
亦不可不使汝曹知果報之不虚也. 始吾病革時, 見兩蒼蠅墮床前, 視之,
已變爲人矣. 靑衣、黃巾、紅抹額, 揖余曰 : ‘奉命召君.’ 余問 : ‘誰召?’ 其
人曰 : ‘內臺.’ 余曰 : ‘亂離道梗, 何由可去? 且無知己在臺.’ 其人曰 : ‘酆
都內臺也.’ 余曰 : ‘吾儒者, 不知所謂酆都內臺.’ 其人怒, 囊余袋中, 袋類
網罟, 結細繩爲之. 余坐袋內, 兩人持之行樹巓如飛, 時覺樹梢拂袋, 謖
謖有聲. 旣又入空濛中, 渺渺茫茫, 四無畔岸, 波濤洶湧, 腥風襲人. 黃巾
挈囊, 如履平地, 余亦不覺有所苦也. 又半日, 方有路, 始出余袋中, 押過
一所, 若把截處, 守者高鼻深目, 拳髮胡鬚, 類回回人, 問黃巾曰 : ‘何
篆?[21]’ 對曰 : ‘朱篆.’ 又有二皂衣, 引一男子三婦人來, 守者又問 : ‘何
篆?’ 皂衣曰 : ‘黑篆.’ 守者曰 : ‘不可不仔細, 請觀之.’ 各出一牌, 長可寸
半, 闊可寸許, 一朱字, 一墨字, 皆不可識. 守者曰 : ‘是矣.’ 放入門, 黃巾
偕余遵左廊而行, 彼則循右廊而去. 余因問曰 : ‘此爲何所?’ 曰 : ‘酆都第
一關也.’ 余方悟已死, 復問其 : ‘所持牌, 何有朱墨之異?’ 曰 : ‘冥司追人,

蹔至而復出者, 則以朱; 永不出者則以墨.' 余不覺失聲曰: '然則我當復
生也?' 黃巾曰: '雖當復生, 亦甚費周折.' 余見其頗有相眷之意, 因浼之
曰: '某此行, 全賴二公作成.' 黃巾曰: '自有主者, 我何能焉?' 行數里, 入
鐵圍城, 城門守者問如前, 而加切. 俄抵臺府, 黃巾曰: '君雖無重罪, 然
陰道尙嚴, 不比凡世.' 解索縛余頸, 牽以入. 先過冠服司, 主者令去余衣
巾曰: '送寄自房收.' 余短衣囚首, 帶索而行. 及儀門, 一黃巾先去, 頃間,
引五六人出, 執余以入, 跪階下. 臺尊服章如王者, 侍衛甚多, 問余曰:
'爾非衢州儒士何思明乎?' 余曰: '是也.' 臺尊曰: '所貴乎儒者, 上窺鴻
濛, 中法聖智, 下窮物理, 闢乾闔坤, 造妙詣微, 陶冶精醇, 橐22)籥元和,23)
究無中有象之蘊, 妙陰陽動靜之根; 淵默澄凝以爲體, 翕忽變化以爲用;
出入無方, 會三于一, 夫是之謂儒, 而鬼神莫能窺之矣. 今爾偏執己見,
造作文詞, 謗毀仙眞, 譏訕道佛; 天至大, 以階級比之; 帝至尊, 以割據戲
之; 妄論天師之號, 妄辨天妃之稱, 其罪大矣. 且儒書中言天者不一, 若
『春秋』書天王,『詩』稱倪天之妹 昊天其子, 使皆若爾論, 天旣無師與妃,
又安得有王、有妹 有子者乎? 爾之學誠拘而不通, 滯而有礙, 拘則局于
一器, 滯則膠于一隅, 不通則固漏, 有礙則鄙僻, 其俗腐迂謬之士, 胡可
冒儒者之名乎?' 命取何姓簿來, 于余姓名下, 以朱筆抹之, 復傍註之, 畢,
省諭曰: '爾本合爲六品官, 出入華要,24) 由爾弗信仙佛, 誣罔鬼神, 特降
爲七品.' 余頓首謝, 且請改過. 臺尊曰: '此人面承腹誹, 退有後言, 可令
閱獄, 折服其心.' 數卒捽余下, 付黃巾領去省業司. 中有寶塔一座, 僧立
塔傍, 香燭幡幢, 熒煌羅列. 黃巾再拜, 余亦拜. 僧開塔取一大珠, 以金盤
承25)之, 黃巾以雙手擎捧前行, 余隨之, 皆幽暗境也. 余問: '僧誰乎?' 曰
: '導冥和尙也.' 又問: '珠何爲?' 曰: '地藏王菩薩願珠也. 獄中業氣深重,

---

22)【校】: [董]에는 橐으로 되어 있다.

23) 橐籥元和(탁약원화): 솥과 가마솥이 조화를 이루고 陰陽이 어울림을 비유한다. [周]

24) 華要(화요): 淸要. 청렴한 관직과 要職을 말한다. [周]

25)【校】: [董]에는 乘으로 되어 있다.

賴珠光照破, 不爾, 則鬼王于暗中食人心肝, 不得出矣.' 于是首造一獄,
曰: 勘治不義之獄, 以磚砌一長槽, 滿堆炭火, 火上焰燁燁然紅, 呼罪人
跪槽邊, 出火中鐵條, 大如指, 刺入人眼, 連十餘貫而吊之, 如懸槁魚. 黃
巾曰: '此男子在世, 不能恭友兄弟, 視如秦越,[26] 輕減大倫, 惟重財利,
受此報也.' 次一獄曰: 勘治不睦之獄, 皆婦人, 老少相雜, 每人舌上挂一
鉤, 鉤上懸一圓石如西瓜, 旋轉不已, 舌出長尺餘, 痛不可當. 黃巾指曰:
'此婦人在世, 不能和順閨門, 執守婦道, 使夫家分門割戶, 患若賊讎, 受
此報也.' 東南一獄稍大, 謂之閻浮[27]總獄, 九流[28]百姓, 諸等混雜之人,
皆在其中, 不令余入也. 總獄之北, 曰: 剔鏤, 綁人于柱, 以刀鏤[29]之如蓑
衣, 持小扇煽之, 茸茸然動, 澆以熱醋, 絶而復甦, 仍沃以水, 肉如故, 鏤
十餘度; 蓋世之兇惡, 虐害良善者, 治于此. 鄰剔鏤獄曰: 穢溷獄, 獄盡大
糞池, 滾沸如湯, 臭不可近, 鬼以長叉叉人下煮之, 出沒其間, 頃刻潰爛,
化爲蛆蟲, 又以竹籮撈蛆于鍋中, 細炒之, 炒輒成灰, 仍汲糞汁灑之, 復
成人, 亦十餘度. 余問此治何事. 黃巾曰: '此世之小人, 謗毀君子者, 治
于此.' 已, 乃相謂曰: '不須遍歷, 直引去那裏看了罷!' 遂出, 踰百步許,
入一門, 牓曰: 懲戒臟濫之門, 亦大獄也, 裸十餘人于地, 夜叉數輩, 狀貌
獰惡, 以鐵索牽八九餓鬼來, 夜叉抽刀于裸者胸股間割肉, 置鍋中煎之,
以啖餓鬼, 啖盡又割, 至餘筋骨而後已, 少焉業風一吹, 肢體如故. 又有
鐵蛇銅犬, 咋人血髓, 叫苦之聲動地, 皆人間清要之官, 而招權納賂, 欺

---

26) 秦越(진월): 春秋時代에 秦나라는 서북쪽에 있었고 越나라는 동남쪽에 있었기에 그
    거리가 상당히 멀었다. 따라서 疏遠한 것을 일컬어 秦越이라 한다. 韓愈의 글 중 "秦
    나라 사람이 越나라 사람의 살찌고 마른 것을 보는 것과 같다(若秦人視越人之肥瘠)"
    라는 문장이 있다. [周]
27) 閻浮(염부): 梵語로 佛經에 나오는 南贍部洲이며 즉 中華와 東方諸國을 가리킨다.
    閻浮는 贍部의 異譯이다. 일설에서는 閻浮가 불교에서의 인간 세계를 일컫는다고 한
    다. [周]
28) 九流(구류): 儒家, 道家, 陰陽家, 法家, 名家, 墨家, 縱橫家, 雜家, 農家를 九流라 칭
    한다. [周]
29) 【校】: [董]에는 縷로 되어 있다.

世盜名, 或于任所, 陽爲廉潔, 而陰受苞苴,30) 或于鄕里, 恃其官勢, 而吩咐公事, 凡瞞人利己之徒, 皆在其中. 亦有一二與余相識者. 觀畢. 回省業司, 納珠還僧, 赴臺復命. 臺尊又賜訓曰 : '今當改過, 毋作昔非, 若更不悛, 罪在不赦.' 乃敕黃巾送歸, 方得去索散行, 往冠服司取衣服. 黃巾曰 : '公在此相候, 吾二人去領符來相送.' 食頃, 至曰 : '今取捷徑, 不由舊路矣.' 遂同行, 出數關, 中一關新創, 扁曰 : 蜉蝣; 把關者知余儒者, 俾作蜉蝣31)關銘, 余請命名之義, 彼曰 : '凡鬼受生人間者, 悉從此出, 然不久復至, 猶蜉蝣朝生夕死然.' 余承命撰數語酬之, 銘曰 :

　　有崇者關, 鎭厚地也. 有赫其威, 把關吏也. 名之蜉蝣, 精取義也. 凡厥有生, 自茲逝也. 去未逾32)時, 旋復至也. 何殊此蟲, 一日斃也. 南閻浮提,33) 光陰易也. 幢幢往來, 曷少憩也. 請視斯名, 悟厥譬也. 六道34)四生,35) 早出離也. 逍遙無方, 證忉利36)也. 擧爲天人, 關可廢也. 敬聽余銘, 發弘誓也. 咨爾幽靈, 守勿替也.

　把關者喜, 便放余行, 至二更, 行至家, 正見身臥地上, 燈照頭邊, 妻子門人, 悲啼痛哭; 黃巾猛一推余, 不覺跌入屍內, 恍然而寤矣." 其後思明果終知縣, 所至以淸愼自將, 幷無瑕玷, 號稱廉潔, 蓋有所儆云.

---

30) 苞苴(포저) : 남에게서 뇌물로 받은 물건. [周]
31) 蜉蝣(부유) : 하루살이 곤충. 길이가 6 내지 7分이며 깃이 4개이다. 꼬리털은 세 개의 가늘고 긴 실로 되어 있다. 대체로 태어나자마자 몇 시간만에 죽는다. [周]
32) 【校】 : [董]에는 踰로 되어 있다.
33) 南閻浮提(남염부제) : 곧 南贍部洲를 말한다. [周]
34) 六道(육도) : 佛敎 용어. 즉 天道, 人道, 阿修羅道, 鬼道, 畜生道, 地獄道를 말한다. 佛家에서는 사람이 죽은 후에 六道 가운데로 輪回하는데 생전의 善惡을 보고 응징을 받는다고 한다. [周]
35) 四生(사생) : 佛經에서는 세상의 衆生을 크게 胎生[사람, 가축], 卵生[날짐승, 어류, 자라], 濕生[곤충, 나방, 벼룩, 이], 化生[곧 의탁하는 바 없이 業力으로 홀연히 출현하는 생물]의 4부류로 나눈다. [周]
36) 忉利(도리) : 즉 忉利天. 불경의 欲界諸天 중의 하나. 忉利의 의미는 三十三이다. 그리하여 三十三天이라 한다. 일설에는 忉利天은 兜率天이라고 하는데 忉利와 兜率(도솔)은 雙聲字로 譯文의 차이이다. [周]

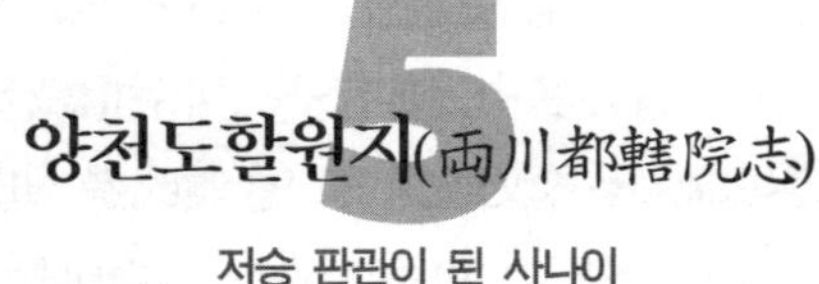

양천도할원지(兩川都轄院志)
저승 판관이 된 사나이

강소성(江蘇省) 경구(京口)의 길부경(吉復卿)은 당(唐)나라 길온(吉溫)의 후손이다. 송(宋)나라 건염(建炎, 1127~1130) 연간에 길심(吉深)이라는 사람이 윤주(潤州) 금단(金壇) 현위를 제수받아 마침내 그곳에 살게 되니 자손들은 대대로 금단(金壇) 사람이 되었다. 근방에서 재물이 가장 많았으므로 사람들은 길반주가(吉半州家)라고 불렀다. 부경(復卿)은 태어나면서부터 남다른 데가 있었는데 한 쪽 눈에 눈동자가 둘이었다. 비릉(毗陵)의 부자 조득부(趙得夫)와 강언익(姜彦益)과는 막역한 친구 사이였다. 길부경은 기개가 있고 호방하여 의로운 일을 행하는데 주저함이 없었다. 세 사람은 일찍이 많은 재물을 가지고 민(閩)과 절(浙) 지역에 장사하러 간 적이 있었다. 그때 무림(武林) 즉 항주의 기생 장추낭(蔣秋娘)과 도옥소(陶玉簫)가 화류계에서 명성을 떨치고 있었다. 조득부와 강언익이 그들과 매우 가깝게 지내자 부경이 누차 말려보았으나 그 말을 듣지 않고 계속해서 왕래하다가 겨우 두 해만에 주머니가 텅텅 비어버렸다. 그래서 집에 돌아가 다시 돈을 가지고 나와서 거의 기생집에서 살다시피 했다. 기생을 희롱하며 돈을 뿌리는데 인색하지 않아 또 일 년이 되자 돈은 바닥나고 말았다. 그 두 사람은 몰래 의논하여 가산(家産)을 모두 팔고 난 뒤 싣고서 무림으로 가버리고는 집안의 식솔들은 거들떠보지도 않았다. 부경이 이를 걱정하여 갖은 수로 달래어 보았으나 들으려고 하지 않았다. 그러자 그도 화가 나서 민(閩) 지역으로 가서 술자리를 벌여 놓고 이별을 고하며 자리에서 충고하였다.

"나는 그대들과 친한 사이이니 어찌 가만히 입을 다물고 있을 수 있겠는가. 벗의 잘못을 이야기하여 바로 잡게 하는 것은 친구된 도리일세. 비록 내가 사람이 못나고 말재주가 없어서 잘못을 깨닫게 할 수는 없지만 자네 두 사람은 어찌하여 처자식 생각도 하지 않는가?"

그러자 그들은 거짓으로 응하는 척하였다.

"자네 말이 옳으이. 우리들은 자네가 무슨 말을 하고 있는지 잘 알고 있다네."

길부경은 복주(福州)에서 장사가 뜻하는 대로 잘 되었다. 삼 년이 지나고 나서야 집으로 발길을 돌렸다. 전당(錢塘)을 지나다가 우선 두 친구를 찾아가 보았다. 가는 길에 그들을 만났는데, 모습은 초췌하고 의복은 남루하여 알아보지 못할 지경이었다. 길가에서 악수를 하는데 탄식이 절로 나왔다. 부경은 즉시 배로 데리고 가서는 좋은 옷으로 갈아입히고 좋은 술을 먹이며 재삼 노고를 위로함에 정성과 예를 다하였다. 두 사람은 눈물을 떨구었다.

"자네 말을 듣지 않았다가 이 지경이 되었지만 이제 후회해도 어쩔 수 없게 되었구만. 원망스러운 것은 기생이란 것들이 악독하고 천하여 정이라고는 조금도 없더란 말일세. 우리 두 사람은 수만금이나 되는 돈을 그것들 때문에 탕진했거늘 어제 그 문을 지나가는데 모른 척하고 욕을 하며 쫓아내면서 오히려 수치로 여기더라구. 내 그냥 있지 않고 가서 죽여 버리고야 말겠네!"

이에 길부경이 달래며 말했다.

"그대들은 평생을 화류가에서 놀았으면서도 어찌 그들의 생리가 이와 같다는 것을 모르고 오히려 화를 낸단 말인가? 인명은 지극히 중요한 것이니 결코 잠시라도 나쁜 마음을 먹는 것은 옳지 못하이. 빨리 짐이나 수습하여 고향으로 돌아 가세나. 만약 본전이 필요하다면 여기서 채워주겠네. 옛사람들이 '친구 사이에는 재물을 터놓는 의리가 있어야 된다'고 하셨으니 다만 술이나 먹고 놀기만 하면서 서로 빈궁함을 보살펴주지 않고 어려움을 도와주지 않는다면 개돼지라도 그런 사람의 고기를 먹지 않을 걸세. 그러고도 가히 사람이라고 말할 수 있겠나?"

그리고는 각각에게 이만 냥을 빌려주었다. 두 사람이 돈을 가지고 다시 기생 집 앞으로 지나가자 기생들은 그들의 의복이 정제하고 안색이 훤한 것을 보고는 놀라서 예전같이 환대를 하였다. 부경이 돌아갈 것을 재촉하였으나 그들은 이렇게 말하였다.

"수습해야 할 일이 있으니 잠시 기다리게나. 만일 할 일이 있으시면 먼저 가시게나."

"아! 이게 무슨 말인가? 내가 만약 이제 가고 나면 자네들은 반드시 나오지 못할 것이야. 한두 달이 걸린다 하더라도 기다리겠네. 어찌 자네들을 내버려 둘 수 있겠나."

그런데 어찌 하랴. 강언익이 병에 걸려 기생집에 몸져눕고 말았고 조득부가 매일 가서 보살피다가 역시 병이 옮아 열흘이 되지 않아 두 사람은 연달아 죽고 말았다. 길부경이 찾아가 진정으로 슬프게 곡을 하고는 명주로 된 수의와 옻칠한 관을 마련하여 예법대로 염을 하였다. 양고기와 술을 준비하여 제사지내고 영은사(靈隱寺)에 임시로 안치하였다. 배가 출발하는 날 다시 술과 안주를 마련하여 영은사로 가서 올리고 시를 지어 애도하였다.

生死交情不敢虧,　　생사로 맺은 우정 이지러질 수 없나니

一杯重奠淚雙垂,　　한 잔 술을 올리니 눈물이 떨어지네
游魂好共故人去,　　나란히 유혼(游魂)되어 갔으니
莫向東風怨子規.　　동풍 향해 자규를 원망마오

人間急景似飛梭,　　인간사 흘러감이 북처럼 빠른데
枉費黃金買笑歌,　　헛되이 황금 써서 웃음과 노래 샀구나
斷雨殘雲休更念,　　끊어진 운우의 정 다시 생각 말고
相攜蓮座禮彌陀.　　함께 연좌에 가 아미타불에 예불 드리세

秋月春花閑妓館,　　가을 달 봄꽃은 기생집에 한가롭고
淸風明月寄僧房,　　맑은 바람 밝은 달은 승방에 기어드네
欲知人世傷心事,　　인간 세상의 슬픈 일들을 알고자하나
渾似南柯夢一場.　　모두 남가일몽(南柯一夢)과 같음을 아오

名花兩朶色偏嬌,　　좋은 꽃 두 송이 색이 두루 고운데
惆悵看花客去遙,　　꽃구경 나그네가 멀리 떠나 쓸쓸하네
絶似章台楊柳樹,　　장대(章臺)의 버드나무와 같이
別人手裡舞長條.　　떠나는 님의 손에서 춤추는 듯하구나

泉路茫茫隔死生,　　황천으로 가는 길 생사가 갈렸지만
江湖嬴得浪游名,　　강호에선 한량으로 이름을 떨쳤네
鄰家怕聽妻兒哭,　　옆 집 처자식 울음 듣기 두려우니
斷盡人腸是此聲.　　남의 애간장을 끊어지게 하네

舞困歌闌未肯休,　　춤과 노래 흐드러져도 멈추지 않는데
繁華不爲少年留,　　좋은 시절은 사람을 기다리지 않는 법
早知白骨無埋處,　　백골하나 묻을 곳도 없음을 알았다면
惜取黃金換土丘.　　황금 남겨 누울 자리 마련이나 했으련만

그는 술을 뿌려 강신하고 나서 배를 출발시켰다. 집에 온 지 한 달여

쯤 되자 비릉(毘陵)에 가서 그들의 처자를 찾아보면서 그들이 죽게 된 경위를 이야기 해주고 그 장례 지낸 것을 상세히 알려주었다. 또 4만 관(貫)을 내어 두 집에 나누어주고 그 친척들에게 대신 관리하여 그들 가족이 떠돌아다니는 처지가 되지 않도록 해 달라고 부탁하였다. 그리고 다시 처자식을 위로했다.

"바깥주인의 유골은 제가 항주(杭州)를 지나다가 고향으로 모시고 와서 좋은 땅을 골라 안장할 터이니 염려치 마십시오."

그리고 나중에 길부경은 민과 절강에서 장사를 하여 이익을 열 배나 남겼다. 직접 영은사에 가서 손수 관을 열어 작은 나무 상자에 유골을 담고 무석산(無錫山)으로 가지고 와서는 땅을 구하여 묻었다. 모든 필요한 비용은 그가 부담했다. 또 중들을 불러 삼일 밤낮으로 수륙재(水陸齋)를 열어 명복을 빌게 하였다. 그의 맑은 기풍과 높은 의리가 세상에 퍼지게 되었다.

후에 원말(元末)의 전란을 만나 인심이 흉흉해지자 길부경은 어찌할 바를 몰라 집에 가만히 앉아 있는데 홀연히 조득부와 강언익이 나란히 찾아왔다. 길부경은 그들이 이미 죽은 것도 깜박 잊고 반갑게 맞이했다. 언익이 말했다.

"자네는 어찌하여 집에서 깊은 생각에 잠겨 있는가? 큰 걱정거리라도 있는가?"

부경이 까닭을 이야기하자 그 두 사람은 한 목소리로 말하였다.

"걱정할 것 없네. 우리들이 이미 천제께 부탁드려 천병(天兵)을 거느리고 자네 집을 보호하고 있네."

그리고는 곧 모습이 점점 희미해지면서 사라졌다. 그제서야 부경은 그들이 죽었음을 깨달았다. 이로부터 부경의 집은 전란 중에도 불구하고 바깥을 나가더라도 놀랍고 두려운 일을 만나는 일이 없어 평온하기가 평상시와 같았다. 홍무(洪武) 기유(己酉)년에 81세의 수를 누리고 병 없이 죽었다.

또 2년 뒤인 임자(壬子)년 같은 현 출신인 서건인(徐建寅)이 사천(四川) 창계(蒼溪)의 현승(縣丞)이 되었는데 산 속에서 깃발들과 좋은 말, 백여 명의 종자들로 이루어진 성대한 행렬을 보고는 상부의 관리라고 생각해 길 옆에 서서 지나가기를 기다렸다. 가까이 온 것을 보니 바로 길부경이었다. 부경이 서건인을 돌아보며 말했다.

"자네가 이 고을의 현승이 되었다는 소리를 듣고 오래도록 한 번 보고 싶었네."

그리고는 말에서 내려 고향과 집안 일에 대해서 자세히 물어 보았다. 서건인은 부경과는 서로 터놓고 오가며 지내는 집안의 아들인지라 재배를 하고 물어 보았다.

"인장(仁丈)께서 세상을 뜨신 지 삼 년이 넘었군요. 그런데 어떻게 이와 같이 되셨습니까?"

"상제께서 내가 쌓은 음덕이 조금 있다 하여 양천도할원(兩川都轄院)을 맡게 하셨는데 직책이 매우 막중하다네. 모든 촉(蜀)땅의 토지 신과 다른 잡신들이 모두 나의 명을 듣고 있다네. 앞마을의 옛 사당도 내 소관이지. 부하 판관은 넷인데 지금 두 명이 모자라 조득부와 강언익 두 사람으로 보충할 것을 건의해 놓았네. 조만간 당도할 터인데 자네가 나를 위해 그 사당을 수리해준다면 내 마땅히 나라를 위해 복을 빌고 백성들을 보우(保佑)할 것이네. 하물며 그대는 나이가 아직 젊고 또 방금 부임하였으니 내가 음(陰)으로 돕지 않는다면 어찌 명성을 이룰 수 있겠나?"

서건인은 공수(拱手)하고 가르침을 구했더니 부경이 말하였다.

"바로 청렴과 용서라네. 오로지 청렴함으로 몸을 바로 할 수 있고 용서로써 백성을 가까이 할 수 있는 것이야. 청렴하면 마음에 수양이 쌓이고 용서하면 백성들과 친해지기 쉽지. 백성과 천해지면 교화가 행해져 능히 일을 마칠 수 있을 것일세."

말을 마치고 말을 채찍질하여 가는데 마치 나는 듯이 빨랐다. 서건인은 망연자실해 있다가 촌락을 찾아갔더니 과연 옛 사당이 한 채 있었는데 산꼭대기에 위치해 있었다. 마을 노인에게 물어보았다.

"이곳은 도할상공(都轄相公)의 사당입니다. 오래도록 허물어져 있었는데 근간에 조금씩 말을 타고 종자들을 거느리고 그곳에 출입하는 것을 보았다는 사람이 있습니다. 자못 영험함이 있습죠. 저희들이 기둥과 지붕을 새로이 하려고 하나 아직 공사를 시작하지 못했습니다."

서건인은 이를 듣고 기뻐하며 길부경을 보았던 일을 들려주고 공사를 하도록 권고하였다. 아울러 그 비용을 도와주고 현의 관리인 추충(鄒忠)에게 그 일을 완수하도록 전담시켰다. 얼마 후 완공되자 옛 현판을 걸고 길부경의 형상을 새겨 사당 가운데 안치하고 조득부와 강언익의 형상을 좌우의 행랑채에 만들었다. 사람을 기주(蘷州)로 보내어 태수 성남금(盛南金)의 글을 구해다가 비석에 새겨 공(公)의 사적을 적었다. 이로부터 위엄과 은혜가 크게 진작되고 이익과 은택이 밝게 드러났으며 먼 곳의 백성들이 홍수나 가뭄이 들고 역질이 돌았을 때 찾아와 기도하면 곧바로 영험이 있었다. 후에 서건인이 임기가 끝난 후 부경의 집을 지나다가 부경의 두 아들 원예(元禮)와 원신(元信)을 찾아가 그 일을 들려주었다. 그러자 원예가 말했다.

"저희 형제가 전에 꿈을 꾸었는데 두 사람이 나타나서 아버님 때문에 양천도할원의 판관이 되어 다음날 길을 떠나게 되어서 인사하러 왔다고 하더군요. 근자에 비릉에서 온 사람이 있었는데 그 집에서도 그러한 꿈을 꾸었다고 합니다. 하지만 모두 무슨 말인지 알지 못하였지요. 이제 공께서 하시는 말씀을 들어보니 아버님께서 저승의 판관이 되셨고 두 분에게 살았거나 죽었거나 간에 골육과 같이 친한 사이임을 알게 되었습니다."

다음 해에 서건인이 다시 임명이 되어 사당에 가서 참배해보니 붉은 색과 푸른빛으로 치장한 건물이 휘황찬란하고 재물과 술과 지전(紙錢)이 가득하여 제사를 지내지 않는 날이 없었다. 곳곳마다 집집마다 지성으로 참배하며 복을 빌지 않는 곳이 없었다. 오늘날에 이르러서도 신령스러운 영험이 뚜렷하여 향화(香火)가 끊이질 않는다고 한다.

 兩川都轄院志

　京口吉復卿, 唐吉溫[1]之後. 宋建炎間, 有諱[2]深者, 補潤[3]之金壇[4]尉,
遂爾家焉, 子孫世爲金壇人, 以貲雄鄕邑, 人呼吉半州家. 復卿生有異質,
一目重瞳.[5] 與毘陵[6]富室趙得夫・姜彦益爲友, 交莫逆. 復卿氣豪, 勇于
爲義. 三人嘗挾重貲, 商閩・浙間. 時武林[7]妓蔣秋娘・陶玉簫, 擅聲樂
籍, 得夫・彦益與昵甚厚, 復卿屢勸止之, 往來自若, 僅二載, 囊橐一空.
于是言還, 再治裝而出, 買笑[8]纏頭,[9] 揮金不吝, 又期年, 罄矣. 二人私
議, 悉貨産業, 載以適武林, 門戶老小, 皆不顧. 復卿患之, 百喩莫聽, 怒
而入閩, 置酒與別, 席間苦口規諫曰 : “吾與子旣爲深交, 安可緘默, 藥
石[10]之箴, 朋友之責, 縱人微言輕, 弗能感悟, 二公獨不爲妻子計乎?” 則

---

1) 吉溫(길온) : 唐나라 河南 사람. 성품이 음험하고 교활하였다. 天寶 연간 초에 新豐縣
　丞이 되었다. 李林甫가 그를 끌어들여 羅希奭과 함께 옥사의 일을 맡게 했는데 온갖
　방법으로 훈련을 시키고 가혹하게 다루어 사람들이 羅鉗吉網(큰칼 채우는 나씨와 그물
　씌우는 길씨)이라고 칭하기까지 하였다. 후에 戶部郎中으로 발탁되었고 侍御史를 겸
　하게 되었다. 뇌물을 받았다가 端溪尉로 강등되었으며 楊國忠이 보낸 사람에게 살해
　당했다. [周]
2) 諱(휘, hui)는 옛날 죽은 제왕 또는 윗사람의 이름을 이른다. [譯]
3) 潤(윤) : 潤州. 지금의 江蘇省 鎭江市이다. [周]
4) 金壇(금단) : 지금의 江蘇省 金壇縣. 宋代에서 淸代에 이르기까지 鎭江府의 관할지
　역에 속하였다. [周]
5) 看瞳(간동) : 눈에는 두 개의 눈동자(동공)가 있다. [周]
6) 毘陵(비릉) : 지금의 江蘇省 常州市이다. [周]
7) 武林(무림) : 浙江省 杭州市의 다른 이름이다. [周]
8) 買笑(매소) : 옛날에 기생과 친하게 지내는 것을 의미하였다. [周]
9) 纏頭(전두) : 옛날에 기녀에게 주던 돈(화대)을 의미하였다. [周]
10) 藥石(약석) : 남의 과실을 충고(훈계)해주는 좋은 말을 병을 치유하는 藥石에 비유하
　　였다. [周]

佯11)應之曰：“兄言是，吾輩知所警矣.” 復卿寓福州，生理如意，荏苒三秋，纔方返棹. 比過錢塘，首訪二子，遇之于途，憔悴其形，襤褸其服，幾不相識，握手道左，不任唏噓! 復卿卽拉詣舟中，易以美衣，飲以醇醪，慰勞再三，情禮交至. 二人泣數行下曰：“余惟不用兄言，故至于此，然悔無及矣. 所恨烟花12)潑賤，乃大無情，吾二人萬金之貲，因渠破蕩；昨過其門，如不相識，麾叱使去，懼爲已羞，必殺之而後已.” 復卿解之曰：“二公平生遨游花街柳陌中，豈不知彼門庭如此，尙奚怒13)爲? 人命至重，切不可輒興惡念，但早收拾回歸；若要本錢，此間一一應付，古人謂朋友有通財之義，若只銜杯酒，逐嬉遊，貧窮不相恤，患難不相顧，犬彘將不食其肉，尙可謂之人哉?” 于是各以二萬假之. 二人挈所得，又復過妓者之家，妓見其衣巾整飭，顏色光華，頗以爲訝，款待如舊. 復卿促之回，二人紿曰：“容略收拾，少候數時，萬一有幹，宜在先發.” 復卿曰：“嘻，是何言歟! 我若一去，子必不能動身；便一兩月，亦須等候，豈敢相抛耶?” 無何，彦盍遇疾，臥于妓家；得夫日往扶持，亦染其證，未浹旬，相繼殞歿. 復卿往哭盡哀，繒衣漆棺，殮皆如禮，仍刲羊釃酒設祭，暫殯于靈隱寺僧舍. 比開舟，又携酒肴往奠，賦詩悼之，詩曰：

生死交情不敢虧，一杯14)重奠淚雙垂，遊魂好共故人去，莫向東風怨子規15).

人間急景似飛梭，枉費黃金買笑歌，斷雨殘雲休更念，相携蓮座禮彌陀.

秋月壽16)花閑妓館，清風明月寄僧房，欲知人世傷心事，渾似17)南柯夢18)一場.

---

11) 【校】：[董]에는 佯으로 되어 있다.
12) 烟花(연화)：옛날에 기녀를 비유하였다. [周]
13) 【校】：[董]에는 怨으로 되어 있다.
14) 【校】：[董]에는 盃라고 되어 있다.
15) 子規(자규)：새 이름. 곧 杜鵑을 말한다. [周]
16) 【校】：[董]에는 春으로 되어 있다.
17) 【校】：[董]에는 是라고 되어 있다.

名花兩朵色偏嬌, 惆悵看花客去遙; 絶似章臺楊柳樹, 別人手裏舞長條.

泉路茫茫隔死生, 江湖贏得浪遊名, 鄰家怕聽妻兒哭, 斷盡人腸是此聲.

舞困歌闌未肯休, 繁華不爲少年留, 早知白骨無埋[19]處, 惜取黃金換土丘.

酹[20]畢解纜, 抵家月餘, 卽[21]走毗陵, 省其妻子, 告以物故[22]之由, 述其殯殮之悉.[23] 又出四萬緡,[24] 付二家, 責其族人爲之經紀,[25] 使不失所. 慰之曰 : "賢夫骨殖, 待區區過杭, 必當取回貴鄕, 求福地安葬, 勿慮也." 已而復卿果貿遷[26]兩浙, 獲利十倍, 躬往靈隱, 手自啓欑,[27] 以小木函貯之, 帶回無錫山中, 買地以窆; 百需所出, 皆自復卿, 并召僧建水陸齋三晝夜, 以薦冥福. 淸風高誼, 傳播江湖間. 俄値元末喪亂, 人咸洶洶, 復卿無以爲計, 默坐于家. 忽得夫、彦益聯袂而來, 復卿忘其死也, 欣然相接. 彦益曰 : "公何[28]燕居[29]深念, 似有重憂?" 復卿告以故. 兩人同應曰 : "無妨, 吾已請命上天, 令率陰靈衛公宅眷." 言訖隱形, 方悟其死. 自爾, 復

---

18) 南柯夢(남가몽) : 唐代 李公佐가 지은 傳奇小說『南柯記』는 淳于棼이 槐安國에 이르는 꿈을 기록한 것이다. 槐安國의 왕은 자신의 딸을 그에게 시집보냈고 그를 南柯太守로 삼았다. 입신출세하여 부귀하게 되었으나 후에 적군과의 전쟁에서 패하고 공주역시 죽게 되었다. 국왕은 그를 의심하고 꺼려해 그를 돌아가게 하였다. 꿈을 깬 후에큰 홰나무의 남쪽 가지 아래에 있는 하나의 구멍을 발견하였다. 그 안에 개미가 있었고비로소 南柯郡이 바로 홰나무 가지 아래에 있는 개미굴임을 알게 되었다. 이리하여 후대의 사람들은 꿈을 南柯라고 하였다. [周]

19) 【校】 : [董]에는 글자가 빠져 있다.

20) 酹(뇌, lei)는 술을 땅에 뿌려 제사 지내는 것을 의미한다. [譯]

21) 【校】 : [董]에는 急으로 되어 있다.

22) 物故(물고) : 死亡을 의미한다. [周]

23) 【校】 : [董]에는 글자가 빠져 있다.

24) 緡(민) : 돈을 꿰는 줄. 예전에는 一貫의 돈을 一緡이라고 했다. [周]

25) 經紀(경기) : 경영하다, 장사하다. [周]

26) 貿遷(무천) : 賣買하다. [周]

27) 啓欑(계찬) : 안치되어 있는 관을 열다. [周]

28) 【校】 : [董]에는 글자가 빠져 있다.

29) 燕居(연거) : 하는 일없이 한가로이 지내다. 곧 閑居의 의미다. [周]

卿之家, 雖出入兵戈中, 鮮遇驚恐, 安然如平時. 至洪武己酉,[30] 壽八十
一, 無疾而終.

又二年壬子,[31] 同縣徐建寅爲四川蒼溪丞,[32] 于山中見旌旗甲馬, 從者
百餘, 氣象甚都,[33] 謂是上司官員, 立道傍, 候其過. 至則復卿也, 顧徐曰
: "聞爾哦松[34]此邑, 久欲一見." 便下馬叙話, 問鄕曲及其家事甚詳. 徐
于復卿爲通家子, 因再拜問曰 : "姻丈謝世以來, 服已関[35]矣, 何得若是?"
復卿云 : "上帝以余薄有陰騭,[36] 命爲兩川都轄院[37]主者, 職事尊重, 全
蜀土地社公,[38] 及不入祀典神祇, 悉聽節制, 前村古宇, 吾所治也, 部下
判官四, 今尙缺二員, 已奏保得夫、彦盍矣, 早晚將至, 子當爲吾修葺廟
貌, 吾當爲國福祐生靈. 況爾少年, 乍到官守, 非吾陰相,[39] 曷致聲名?"
徐拱手請敎. 復卿曰 : "廉恕兩字符也; 惟廉可以律身, 惟恕可以近民, 廉
則心有養, 恕則民易親, 民親化行, 能事畢矣." 語訖, 策馬去, 其疾如飛.
徐惘然, 前至村落, 果有故祠一所, 峙于山椒.[40] 詢之鄕老, 曰 : "此都轄
相公廟也, 多年頹圮, 近間, 稍稍有人見騎馬導從, 出入其中, 頗著靈響;
老夫輩擬新其棟宇, 尙未興工." 徐丞聞之喜, 告以見復卿事, 卽勸成之,
兼助其費, 專委縣吏鄒忠董其役,[41] 未幾而完, 仍揭舊額, 塑復卿像于堂

---

30) 洪武己酉(홍무기유) : 1369년. [周]

31) 壬子(임자) : 1372년. [周]

32) 丞(승) : 輔佐官, 副官을 가리킨다. [周]

33) 都(도) : 화려하다. 장대하며 성대하다는 의미이다. [周]

34) 哦松(아송) : 唐代 博陵의 崔斯立이 陝西 藍田縣丞이 되었는데 뜰에는 늙은 홰나무
   네 줄로 서 있었고 남쪽 울타리에는 큰 대나무가 곧게 수도 없이 서 있었다. 마치 서로
   를 마주 대하듯 하였다. 물은 정원을 돌면서 천천히 소리를 내고 흘렀다. 崔斯立은 灌
   漑를 없애고 마주보게 소나무 두 그루를 심고 매일 그 사이를 다니며 시를 읊조렸다.
   그리하여 후세 사람들이 哦松을 縣丞에 비유하였다. [周]

35) 服関(복결) : 除服. 즉 三年 喪이 끝나 상복을 벗는 것을 뜻한다. [周]

36) 陰騭(음즐) : 옛날 陰功으로 덕을 쌓는 것을 의미한다. [周]

37) 都轄院(도할원) : 都轄은 곧 都摠管이다. 이 지위는 상당히 높은 지방관이다. 여기에
   서는 作者가 꾸며낸 陰司官職과 衙門의 명칭이다. [周]

38) 社公(사공) : 土地를 이른다. [周]

39) 陰相(음상) : 남몰래 돕는다는 의미다. [周]

40) 山椒(산초) : 산의 정상을 말한다. [周]

中, 肯得夫、彦益于東西廡, 遣人走夔州,[42] 求太守盛南金文, 刻碑序公事迹. 由是威惠大振, 利澤昭彰, 遠方之民, 水旱疾疫, 禱輒立應. 後徐任滿, 便道過家, 訪復卿二子元禮、元信, 首及茲事, 元禮曰 : "余兄弟向夢二人言, 蒙尊公謬擧爲兩川都轄院判官, 來日起程, 敬詣拜別. 近有至自毗陵者, 能言其家, 亦得夢如此, 皆莫曉所謂. 今聞公所說, 則悟先子之爲神, 而于二君, 亦可謂生死而骨肉者也." 明年, 徐再任, 往謁于廟, 則丹碧輝煌, 于時有耀, 牲牢酒楮, 祭日無虛, 處處村村, 家家戶戶, 莫不虔誠禮拜, 冀霑福惠. 迨今神迹顯著, 香火不絶云.

---

41) 董其役(동기역) : 부역일을 감독하여 끝내다는 뜻이다. [周]
42) 夔州(기주) : 지금의 四川省 奉節縣을 말한다. [周]

6 연리수기(連理樹記)
연리수로 이어진 사랑

상관수우(上官守愚)는 양주(揚州)의 강도(江都) 사람으로 규장각(奎章閣) 수경랑(授經郎)이 되었을 때 순천(順天)에 기거했다. 집은 동쪽으로 국사검토(國史檢討)인 가허중(賈虛中)과 이웃하고 있었다. 가허중은 가경중(柯敬仲)의 친구로서 시를 잘 지었으며 그림에 뛰어났다. 집에 경요음(瓊瑤音), 환패음(環珮音), 봉래음(蓬萊音)이라는 오래된 거문고 셋을 소장하고 있었는데 모두 가경중이 감정해주었다. 상관수우 또한 시 읊기와 거문고를 좋아하여 가허중과 교분이 매우 두터웠다. 한가할 때면 서로 찾아가서 시와 술, 거문고와 바둑으로 조용히 날을 보냈다. 가허중에게는 아들이 없었고 딸만 셋 있었는데 일찍이 이렇게 말했다.

"나의 세 딸은 이 세 거문고에 비할 수 있다네."

그리하여 거문고 이름을 가지고 딸들의 이름을 지었다. 상관수우의 아들 상관수(上官粹)는 인물이 좋고 머리가 뛰어났다. 태어날 때 어떤 사람이 『당문수(唐文粹)』를 보내와서 어릴 적에 자(字)를 수노(粹奴)라고 하

였다. 열 살이 되자 가허중에게 와서 공부를 하고 있었는데 가씨 부부
는 그를 친아들과 같이 사랑하였다. 세 딸 역시 형제와 같이 여기고 수
사(粹舍)라고 불렀다. 일찍이 막내 딸 봉래(蓬萊)와 함께 책을 읽고 그림
을 익혔는데 서로 깊이 사랑하며 소중히 여겼다. 가허중의 아내가 놀리
면서 말하였다.

"봉래(蓬萊)가 나중에 남편을 얻을 때 수사(粹舍) 같은 사람이면 참으로
좋겠네."

상관수가 집에 돌아가서 그 이야기를 하니 아버지 상관수우도 이렇
게 말하였다.

"내 뜻도 정히 그러하다."

그리하여 매파를 보내어 혼사를 의논하고는 각자 허락하였다. 그 두
사람 또한 속으로 기뻐서 어찌할 줄을 몰랐다.

그런데 뜻밖에 가허중이 갑자기 관직을 그만두고 고향으로 돌아가게
되어서 혼사는 끝내 이루어지지 못했다. 그리고 삼 년 뒤 상관수우는
복주치중(福州治中)이 되었다. 임지에 이르러 일반 백성의 집을 세내어
살았는데 누각이 세 개였다. 맞은편의 집이 매우 청아하여 물어보니 가
허중의 집이라는 것이었다. 수우가 그날로 찾아가 보니 경요와 환패는
이미 다른 곳으로 시집을 갔고 봉래만 집에 있었으나 벌써 임씨(林氏)에
게 허혼(許婚)한 뒤였다. 상관수는 이를 듣자 가슴이 답답하기 이를 데
없었다. 봉래는 비록 부모 때문에 다른 사람에게 허혼하였으나 자신의
뜻은 아니었다. 상관수가 왔다는 것을 알고 한 번 만나보기를 원했으나
어찌할 방도가 없었다. 때때로 누대의 난간에 서서 서로를 바라다만 볼
뿐 아무런 말도 하지 못했다. 봉래가 하루는 하얀 비단으로 장기알을
싸서 상관수에게 던졌다. 상관수가 받아보니 위에는 붉은 색 복숭아가
그려져 있고 또 시 한 수가 있었다.

朱砂顔色瓣重合,　　　붉은 빛깔 꽃잎은 겹겹이네요

曾是劉晨舊看來.　　일찍이 유신(劉晨)이 보아 왔지요
只好天台雲裡種,　　천태산(天台山) 구름 속에 심었으니
莫敎移近俗人栽.　　속된 사람 손에 들지 않게만 하여 주오

상관수는 그 뜻을 알아차렸으나 조용히 생각해 보니 저쪽의 운명은 이미 정해진 것인지라 어찌 할 수가 없었다. 그도 매화 한 가지를 그려서 시와 함께 보냈다.

玉蕊含春捏素羅,　　꽃술은 봄을 물고 흰 비단 걸쳤네
歲寒心事諒無他.　　굳은 이내 심사는 변함없다오
縱令肯作仙郎伴,　　설사 좋은 사람 짝이 된다 해도
其奈孤山處士何.　　고산(孤山)의 그 처사(處士)는 어이 하리오

비단 끈으로 거문고 줄 받침 세 개를 묶어서 봉래에게 던져 돌려주었다. 봉래는 '고산처사(孤山處士)'라는 말이 있는 것을 보고 임씨에게 시집가기로 한 것은 자신이 결정한 일이라고 그가 생각하고 있음을 알았다. 하지만 속마음을 이야기하지 못한 채 가슴앓이만 할 뿐이었다.

얼마 있지 않아 상원절(上元節)이 되었다. 민(閩) 지방의 풍속에 그날은 성대히 등(燈)을 걸어 놓고 남녀가 모두 나와서 구경하는 날이었다. 상관수는 가씨의 가솔들이 반드시 구경나올 것이라 생각하고 몰래 문에서 기다렸다. 시간이 깊어지고 인적이 뜸해지자 과연 가마꾼들이 몇 채의 가마를 메고 나왔다. 봉래와 모친 등 서넛이 가마에 오르고 비첩들이 줄줄이 뒤를 따랐다. 상관수는 그 뒤를 밟다가 십여 거리를 지나 사람들이 눈치채지 못할 것이라 생각하고 가마 옆을 걸어가면서 시를 읊었다.

天遣香街靜處逢,　　향기로운 거리 조용한 곳에서 하늘이 만나게 하니
銀燈影裡見驚鴻,　　은빛 등불 그림자에 미인의 모습 보이네
綵輿亦似蓬山隔,　　아름다운 가마는 산처럼 막혀 있으니

鸞自西飛鶴自東.　　　난새는 서로 날고 학은 동으로 가는구나

　봉래는 그가 상관수라는 것을 알고는 불러서 이야기 나누고 자신의
마음을 호소하고 싶었으나 따르는 사람들이 많아서 감히 입을 열지도
못하고 자신도 가마 안에서 조용히 시를 읊었다.

莫向梅花怨薄情,　　　매화에게 박정하다 원망일랑 하지 마오
梅花肯負歲寒盟!　　　매화 어찌 변치 않는 맹세를 저버리랴
調羹欲問眞消息,　　　언제나 님의 소식 알아보기 원했으니
已許風流宋廣平.　　　이미 풍류남아 송광평에 마음 벌써 주었다오

　상관수는 이를 듣고 자신의 매화 노래에 답하는 것임을 알고 절로 감
탄했다. 집으로 돌아와 누각에 앉아 봉래의 마음이 비록 변함없다고는
하지만 임씨와 혼약을 맺은 것은 끝내 바꿀 수 없음을 생각하고는 「봉
분비(鳳分飛)」 한 곡을 그녀에게 주려고 지었다.

梧桐凝露鮮飆起,　　　오동에 이슬 맺히고 맑은 바람 이는데
五色瑯玕夜新洗,　　　오색 빛 옥돌은 밤에 새로 씻었는가
嬌翻翩躚擬拜棲,　　　날개 짓 하며 함께 깃들 생각인 듯
九苞文彩如霞綺.　　　봉황의 무늬는 노을 빛 비단 같네
驚飛忽作丹山別,　　　놀라서 날아올라 단산(丹山)을 떠나니
弄玉簫聲怨嗚咽,　　　농옥(弄玉)의 피리소리 원망에 흐느긴다
咫尺秦台隔弱流,　　　진대(秦臺)가 지척이나 약류(弱流)에 막히고
瑣窗繡戶空明月.　　　비단 창가엔 부질없이 달빛 훤히 비추네
颺颺掃尾儀朝陽,　　　꼬리 쓸며 조양(朝陽)에 인사드리네
可憐相望不相將!　　　가련타! 서로 보기만 할 뿐 어찌 할 수 없네
下謫塵寰作凡鳥,　　　세속에 떨어져 뭇 새들과 짝하니
不如交頸兩鴛鴦.　　　서로 목 감은 두 원앙만 못 하네

시가 완성되었으나 보낼 방도가 없었는데 마침 가허중이 하녀를 시켜 여지(荔枝) 한 접시를 보내왔다. 이에 상관수가 거짓으로 말하였다.

"지난날 도읍에 있을 때 봉래와 함께 공부를 하였는데 돌려받지 못한 책이 몇 권 있으니 이 편지를 아씨께 전해드려 빨리 돌려받을 수 있게 해다오."

하녀는 그것이 시인 줄 모르고 가지고 가서 전해주었다. 봉래는 시를 읽자 눈물을 흘렸다.

"아! 도련님께선 아직도 나를 용서치 않으시는구나."

그리고 「용검합곡(龍劍合曲)」이라는 노래로 화답을 하여 종신토록 따르겠다는 뜻을 내비쳤다. 이것을 어전(魚箋)에 써서는 『고문진보(古文眞寶)』 속에 감추어 시녀 녹하(綠荷)에게 주고 상관수의 처소로 보내며 이렇게 말했다.

"수사(粹舍)께서 예전에 읽던 시집을 찾으시는데 이것이니라. 가지고 가서 돌려드려라."

상관수가 그것을 펴보니 가운데 편지가 있었다. 필시 시라 생각하고 펼쳐보니 「용검합곡(龍劍合曲)」이라고 쓰여 있었다.

龍劍埋沒獄間久,	용검이 옥중에 매몰된 지 오래 되었네
巨靈晝衛鬼夜守,	낮엔 하백이 지키고 밤엔 귀신이 지키네
蛟螭藏, 魍魎走,	교룡과 이무기는 숨고 도깨비는 도망가고
精光橫天氣射斗.	빛은 하늘을 가로지르고 기운은 북두에 뻗네
沖玄雲, 發金鑰,	검은 구름 뚫고 올라가 금빛 자물쇠 여니
至寶稀世有.	세상에 드문 지극한 보배일세
奇姿爍人聲撼牖,	기이한 자태는 눈부시고 소리는 창을 흔들며
鶗膏潤鍔鳳刻首.	칼날에 기름치고 손잡이엔 봉황 새겼네
龍劍煌, 新離房,	빛나는 용검을 칼집에서 빼어드니
靜垂流電舞飛霜,	번개가 흐르는 듯 서리가 춤추는 듯
影含秋水刃拂鋩,	그림자는 가을물 담고 서슬 퍼런 칼날

鹿救團金寶珠裝.　　　단금(團金)을 늘어뜨리고 구슬을 박았네

司空觀之識其良,　　　사공(司空)이 보고는 진가를 알아서

懸諸玉帶閑金章,　　　옥대에 차니 금빛 무늬 화려하네

紫焰煌煌明瑀瑞,　　　붉은 불꽃 휘황하고 패옥소리 요란한데

星折中臺事豈常.　　　중대(中臺)에 별 지니 일이 어찌 범상하리

逡巡莫敢住,　　　　　머뭇거리나 감히 머물지 못해

一去墮渺茫.　　　　　한번 가니 소식이 아득하여라

龍靈是龍精,　　　　　용의 영물, 용의 정령

瑩如鵰尾搖淸冰,　　　흰 꿩의 꼬리처럼 밝고 얼음같이 맑아

雄作萬里別,　　　　　웅검(雄劍)은 만리로 이별하고

雌傷千古情,　　　　　자검(雌劍)은 천고의 정에 슬퍼하네

蹔暫留塵埃匣,　　　　잠시 먼지 낀 상자에 머무노니

何日可合幷.　　　　　언제나 가히 합쳐질까

會當逐風雷,　　　　　바람같이 번개같이 쫓아가

相尋入延平.　　　　　짝을 찾아 연평에 들어가고 싶어라

純鉤在琒珌,　　　　　비단으로 장식해 놓으니

縱然貴重非我匹,　　　비록 귀중하다 한들 내 짝은 아니라

我匹久臥潭水雲,　　　내 짝은 오래도록 담수의 구름에 누웠으니

一雙遙憐兩地分.　　　멀리 떨어진 짝을 가여워하네

度山仍越壑,　　　　　산을 넘고 다시 계곡 지나

苦辛不可言,　　　　　고생은 말로 할 수 없네

天遣雷煥兒,　　　　　하늘이 뇌환(雷煥)을 보내

佩之大澤濆,　　　　　그것을 차니 큰 못이 솟구쳐 오르네

鏗然一躍同駿奔,　　　한번에 준마에 뛰어올라 달려

駭浪驚濤白晝昏,　　　놀란 물결 놀란 파도 대낮이 어둡네

始知神物自有耦,　　　비로소 알겠네. 신령한 물건 절로 짝이 있어

千秋萬歲肯離群.　　　천추 만세토록 떨어지지 않으려 한다는 것을

상관수는 이를 읽고는 감탄했다.

"맑은 재주에 고운 구절이로다! 아녀자들의 연약한 기질이 없으니 완

연히 이청련(李靑蓮)의 시풍이구나. 이 어찌 범상한 사람의 배필이 될 수 있을까?"

오래지 않아 민(閩) 지방에 크게 역질이 돌아 봉래와 혼인을 정했던 임생(林生)이 결국 죽고 말았다. 가씨 내외는 상관수가 아직 결혼하지 않았음을 알고는 사람을 보내어 상관수우에게 혼담을 청하자 수우는 흔쾌히 받아 들였다. 혼인의 일이 순조롭게 진행되어 친영(親迎)하는 날이 되었다. 화촉을 밝힌 저녁 상관수와 봉래가 서로 마주하니 마치 신선과 선녀가 내려온 듯 싶었다. 그래서 각각 시 한 수씩을 지어 기쁨을 기록하니 때는 지정(至正) 19년인 기해(己亥)년 2월 8일의 일이었다. 먼저 상관수의 시다.

海裳開處燕來時,	해당화 활짝 피고 제비 날아올 제
折得東風第一枝,	봄바람에 먼저 핀 가지 꺾였네
鴛枕且酬交頸願,	원앙 베개에 다정한 부부의 소원 이루니
魚箋莫賦斷腸詞.	편지에 단장사 짓지 않아도 되네
桃花染帕春先逗,	도화꽃 물든 띠에 봄이 먼저 머물고
柳葉舒黃畫未遲,	버들잎 물들 때 그려도 늦지 않아
不用同心雙結帶,	동심결 띠 묶을 필요 없으니
新人原是舊相知.	신부는 바로 옛날 그 님이라네

봉래의 시다.

與君相見卽相憐,	그대를 처음 보고는 사랑하였고
有分終須到底圓,	연분 있어 마침내 만나게 되었네
舊女婿爲新女婿,	옛날 정혼자 새 신랑 다시 되고
惡因緣化好因緣.	좋지 않던 인연 좋은 인연으로 되었네
秋波淺淺銀燈下,	등잔 아래 잔잔한 눈빛
春筍纖纖玉鏡前.	거울 앞에 죽순같은 섬섬옥수
天遣赤繩先系足,	하늘이 붉은 실로 다리를 묶어 맺어주셨으니

從今喚作幷頭蓮.　　이제부터는 다정한 부부 되었네

　봉래는 상관 댁에 들어가서 효성으로 시부모를 섬기고 남편에게 공손하고 순종하니 일가 내외 모두가 어질다고 칭찬하지 않는 사람이 없었다. 시간이 나면 상관수와 시사(詩詞)를 창화(唱和)하고 거문고를 뜯고 그림을 그리면서 즐겼다. 평소에 지은 것들을 모아 하나로 엮어 상관수가 『서설고(絮雪藁)』라고 이름을 붙이고 앞에 서문(序文)을 지었다. 시와 서는 많아서 다 옮기지 않고 몇 개만 실어 호사가들에게 전한다.

「閨怨」
露顆珠團團,　　구슬처럼 맺힌 이슬 방울
氷肌玉釧寒.　　흰 살결에 차가운 옥 비녀
杏梁棲只燕,　　살구나무 들보엔 제비 홀로 깃들이고
菱鏡掩孤鸞.　　능경(菱鏡)에는 외로운 난새 비친다
殘樹枯黃遍,　　나무엔 누런 빛 번지고
圓荷濕翠乾.　　연꽃엔 푸른 하늘이 젖는다
繡奩生畵色,　　비단 경대 화려하지만
窓下帶愁看.　　창 아래 근심 띠고 바라보네

「白苧詞二首」
茜裙紫袖映猩紅,　　옷은 햇빛에 붉게 비치고
飛絮輕颺桃花風.　　버들개지 도화에 이는 바람에 하늘거린다
緩歌白苧捧玉鐘,　　백저사(白苧詞) 노래하고 옥종(玉鐘)을 올리니
嬌音芳韻繞簾櫳,　　아름다운 시와 노래 창가에 감도네
梁塵飛墮雲凝空.　　들보의 먼지 날리고 구름은 하늘에 머무는데
秋波回目蛾掃黛,　　요염하게 돌아보며 아미 같은 눈썹 그린다
餘聲悠揚歇還在,　　노래 소리 끊이지 않고 이어지니
歌當細聽杯當再.　　귀 기울여 들으며 다시 잔을 채우네

綠鬢朱顔能久待.　　검은 머리 붉은 얼굴 오래도록 변치 않고

響如蒼玉觸鳴璣,　　옥이 부딪히는 듯 울리는 소리 나네
蹁躚錦袖紅地衣,　　너울너울 춤추는 비단 소매 자락은
迴風激雪當世稀.　　바람에 눈 몰아치듯 세상의 드문 바라
翻身按節疾如飛,　　박자 맞춰 몸 돌리니 나는 듯이 빠르고
香塵濛濛髮委墮.　　향기로운 먼지 피어나고 머릿결을 늘어지네
玳筵夜靜紗燈晦,　　연회자리 밤 되자 조용하고 등불 어두운데
鮫綃濕透胭脂淚.　　비단에는 연지 눈물 자국에 젖었구나

「春曉曲」
芳池氷影薄,　　연못에 얼음은 얇게 얼고
曲檻鳥聲嬌.　　난간에 새소리 교태롭건만
鸞鏡紅綿冷,　　거울에는 붉은 면이 차가웁고
蛾眉翠黛消.　　아미에 검은 자국 지워졌네
冶容舒嫩萼,　　아리따운 얼굴은 어린 꽃 인양
幽思結柔條.　　유한한 그리움 여린 가지 맺혔네
纖指收花露,　　가느다란 손으로 꽃의 이슬 모아
輕將雪粉調.　　눈 같은 분에다 섞으련다

「秋夜曲」
幽蘭露華重,　　그윽한 난초는 이슬 꽃에 무겁고
羅幌涼風動.　　비단 장막은 서늘한 바람에 흔들린다
木匣掩香紈,　　목갑 속에는 향기로운 비단 넣어두고
繡衾誰與共.　　비단 이불은 누구와 함께 하리오
螢影度疎簾,　　반딧불 그림자 성긴 발을 지나는데
獸爐裊裊烟.　　화로에는 솔솔 피어나는 연기
銀缸芳焰滅,　　은빛 항아리 향기 가시면
自脫翠花鈿.　　홀로 푸른 색 비녀를 빼네

「詠蝶」
薄翅凝香粉,　　얇은 날개엔 향기로운 가루

新衣染媚黃.　　새 옷은 노란빛에 물들었네
風流誰得似,　　그 풍류 누가 이와 같을 수 있는가
兩兩宿花房.　　쌍쌍이 화방(花房)에 머무네

「謝大姊惠鞋」
蓮瓣娟娟遠寄將,　　연꽃같이 고운 신발 멀리서 보내시니
繡羅猶帶指尖香.　　비단에는 아직도 손끝 향기 남아 있네
弓彎著上無行處,　　수놓은 꽃신을 신어도 갈 곳 없어
獨立花陰看雁行.　　꽃 그늘에 홀로 서서 기러기를 보네

「詠幷蒂荔枝」
植物生聯蒂,　　꽃받침 나란히 꽃 피어나니
應知造化成.　　하늘의 조화로 핀 것임을 알겠네
深閨憔悴質,　　깊은 규방 초췌한 몸
見爾重含情.　　이를 보니 시름만 더하네

「園中詠菜」
滿圃綠纖纖,　　남새 밭 가득 푸릇푸릇
芳苗雨後添,　　비온 뒤 새싹 돋아났네
惟應窮措大,　　가난한 선비가
咬得寸根甛.　　달게 먹으라고

　상관수는 당시에 재주와 이름이 널리 퍼져 그를 천거하고자 하는 사람이 있자 봉래가 간곡히 만류했다.

　"지금 세상은 전쟁 중이라 길은 막혀 있고 도성을 바라보니 마치 하늘 끝에 있는 듯 멀기만 한데 서방님께선 어찌 부모(父母)의 봉양은 제쳐두고 멀리 공명의 길로 나가실 수 있습니까? 왕유중(王儒仲)의 아내가 '영호자백(令狐子伯)의 존귀함이 어찌 서방님의 높은 절개와 지조에 비할 수 있겠습니까?'라고 한 말은 듣지 못하셨습니까?"

상관수도 그러하다 여기고 또 나갈 뜻이 없었던 까닭에 양친이 연로하다는 것을 이유로 사양했다. 다음 해에 치중(治中)이 죽었다. 다시 그 다음 해인 지정(至正) 임인(壬寅)년에 복주(福州)는 도적들에게 점령당하고 말았다. 성안의 대성(大姓)들은 모두 산 속으로 피했고 상관수 또한 가족들을 거느리고 도망갔으나 도적들이 뒤를 쫓아와 결국 잡혀서 가족 모두가 죽임을 당했다. 봉래 하나만 남기고 죽이지 않았는데 장차 아내로 삼기 위해서였다. 봉래는 피하지 못할 것을 알고 거짓말을 하였다.

"저의 일가가 모두 죽었으니 돌아갈 곳이 없습니다. 장군께서 비록 놓아주신다고 해도 무엇으로 살아가겠습니까? 장군을 종신토록 모시고자 하온데 먼저 옛 지아비를 묻고 난 다음에 장군을 따라도 늦지 않을 것입니다."

도적이 기뻐하며 허락해주었다. 함께 시신 있는 곳으로 가서 차고 있던 칼을 뽑아 구덩이를 파주었다. 파기를 마치자 칼을 땅에 꽂고는 옆에 앉았다.

"너무 힘들구나, 힘들어."

도적은 이렇게 말하며 봉래를 보고는 칼을 가지고 흙을 떠서 덮게 하였다. 그러자 봉래가 즉시 칼을 들어 스스로를 찔렀다.

"죽어 한 곳에 묻히니 여한이 없도다."

도적이 급히 일어나 칼을 빼앗았으나 이미 숨이 끊어져 있었다. 도적은 노발대발하였다.

"네가 죽으면 죽었지 너희를 한 곳에 묻히도록 하지는 않겠다."

그리고는 봉래를 20보 밖에 묻어 두 무덤이 서로 마주 보게 하였다.

그 해에 연지보화(燕只普化)가 복건(福建)의 평장(平章)이 되어 모든 고을의 백성과 병사를 모아 성을 공격하여 수복하니 백성들은 다시 본업으로 돌아갈 수 있게 되었다. 몇 년 후 함께 도적을 피했던 사람들이 비로소 봉래의 일을 이야기하였다. 평장은 사람을 보내어 살펴보게 하여 예로써 개장(改葬)하려고 하였다. 사자가 도착해보니 두 무덤 위에 각각

나무가 자라서 마주 보고 있었는데 가지가 서로 뒤엉켜 풀 수가 없었다. 사자가 돌아가서 보고하였고 평장이 직접 가서 보니 과연 거짓이 아니었다. 그래서 감히 무덤을 파지도 못하고 다듬기만 하고 제사만 지내주었다. 사람들이 그 나무를 연리총수(連理塚樹)라고 부르는데 민(閩) 지방 사람들 사이에서는 아직도 칭송이 끊이지 않는다.

連理樹記

上官守愚者, 揚州江都人, 爲奎章閣[1]授經郎[2]時, 居順天.[3] 館東與國史檢討[4]賈虛中爲鄰. 賈, 柯敬仲[5]友也, 工詩善畫, 家藏古琴三張, 曰: 瓊瑤音、環珮音、蓬萊音, 皆敬仲所鑒定. 守愚亦雅好吟咏, 兼嗜綠綺,[6] 與賈交游特厚. 每休暇過從, 詩酒琴棋, 從容竟日. 賈無嗣, 止三女, 嘗曰: "吾三女可比三琴." 遂取琴名名女焉. 守愚子粹, 甚淸俊聰敏, 生時人送『唐文粹』[7]一部, 故小字粹奴. 年十歲, 因遣就賈學, 賈夫婦愛之如子, 三

---

1) 奎章閣(규장각): 元나라 때 궁궐 안에 세운 藏書樓로 文宗(圖帖睦爾)이 세웠고 후에 宣文閣으로 개명하였다. [周]
2) 授經郎(수경랑): 奎章閣에 授經郎과 經筵譯文講官 두 관리를 두었는데 지위는 正7品과 같았으며 전적으로 大臣의 자손들을 訓敎하였다. [周]
3) 順天(순천): 옛 府名으로 지금의 北京市이다. 元나라 때에 실제로는 大都라 불렸고 順天이라 부르지 않았다. 明나라 永樂 연간부터 비로소 順天府라고 일컬었다. [周]
4) 國史檢討(국사검토): 修撰, 編修와 마찬가지로 모두 史官이며 지위는 編修보다 낮다. 國史를 관장하였기 때문에 속칭 太史라고 하였다. [周]
5) 柯敬仲(가경중): 곧 柯九思를 이른다. 元 仙居 사람으로 號는 丹丘生이다. 文宗(圖帖睦爾)이 奎章閣을 세우고 그로 하여금 學士院 監書博士 직을 맡게 하였다. 그는 다재다능한 사람으로 詩文에 능하였고 繪畫에도 뛰어났다. 또한 金石을 감식하는데 매우 정밀하였다. [周]
6) 綠綺(녹기): 司馬相如의 琴이름. 『古琴疏』에는 "司馬相如가 「玉如意賦」를 짓자 梁王이 기뻐하면서 綠綺라는 琴을 하사하셨다(司馬相如作玉如意賦, 梁王悅之, 賜以綠綺之琴)"라는 문장이 보인다. [周]
7) 唐文粹(당문수): 책이름. 宋 姚鉉이 編했고 모두 100卷으로 되어 있다. [周]

女亦視之猶兄弟, 呼爲粹舍.8) 嘗與其幼女蓬萊同讀書學畫, 深相愛重, 賈妻戲之曰 : "使蓬萊他日得婿如粹舍足矣." 歸以告, 守愚曰 : "吾意正然." 遣媒言議, 各已許諾. 粹二人亦私喜不勝. 不期賈忽罷歸, 姻事竟弗諧.

後三年, 守愚出爲福州治中,9) 始至, 僦居民舍, 得樓三楹, 而對街一樓, 尤清雅, 問之, 乃賈氏宅也. 守愚卽日往訪, 則瓊瑤、環珮已適人, 惟蓬萊在室, 亦許婚林氏矣. 粹聞之, 悒怏殊甚! 蓬萊雖爲父母許他姓, 然亦非其意也, 知粹至, 欲一會而未由, 彼此時時凝立樓欄, 相視不能發語. 蓬萊一日以白練帕裹象棋子擲粹, 粹接視之, 上畫緋桃, 題一詩曰:

朱砂顏色瓣重臺, 曾是劉晨10)舊看來; 只好天台雲裏種, 莫敎移近俗人栽.

粹識其意, 然靜而思之, 彼業已定矣, 莫如之何. 亦畫梅花一枝, 寫詩以復, 詩曰:

玉蕊含春捏素羅, 歲寒心事諒無他; 縱令肯作仙郞伴, 其奈孤山處士11)何.

用綵繩繫琴軫三枚, 墜之, 投還蓬萊. 蓬萊展看有'孤山處士'之說, 知其謂已訂盟林氏, 衷情不白, 惟悶悶而已. 未踰時, 値上元節, 閩俗放燈甚盛, 男女縱觀. 粹察賈氏宅眷必往, 乃潛伺于其門. 更深人靜, 果有

---

8) 舍(사) : 宋元代에 사람들이 귀족의 자제를 높여 부를 때 썼던 말이다. [周]

9) 治中(치중) : 관직명으로 州刺史의 輔佐官이다. 중간에서 여러 가지 일을 관장하면서 여러 문서를 다루었기에 治中이라 이름 지었다. 漢代에 처음 설치한 이후 歷代로 모두 따랐는데 오직 唐나라 때에만 司馬로 개칭한 바 있다. [周]

10) 劉晨(유신) : 後漢의 剡溪(섬계) 사람. 明帝(劉莊) 永平(58~75) 연간에 阮肇와 함께 天台山에 들어가 약초를 캐다가 길을 잃었는데 두 명의 선녀를 만나 함께 반년을 살다가 집으로 돌아왔더니 이미 7代가 지나 있었다고 한다. [周]

11) 孤山處士(고산처사) : 宋나라 林逋(和靖)다. 그가 西湖의 孤山에 움막을 짓고 은거하며 벼슬에 나아가지 않았기에 사람들이 그를 고산처사라 불렀다. 여기서는 蓬萊가 林氏 성을 가진 사람과 약혼하였음을 암시한다. [周]

輿12)夫舁轎數乘而前, 蓬萊與母三四輩上轎, 婢妾追隨, 相續不絶. 粹尾
其後, 過十餘街, 度不得見, 乃行吟轎傍曰:

　　　天遣香街靜處逢, 銀燈影裏見驚鴻, 綵輿亦似蓬山隔,13) 鸞自西飛鶴自東.

蓬萊知其粹也, 欲呼與語, 訴其所懷, 而從者紛紜, 不敢啓口, 亦于轎
中微吟曰:

　　　莫向梅花怨薄情, 梅花肯負歲寒盟! 調羹欲問眞消息, 已許風流宋廣平.14)

粹聽之, 知其答已梅花之作, 不覺感歎! 歸坐樓中, 念蓬萊之意雖堅,
而林氏之聘, 終不可改, 乃賦鳳分飛曲, 以寄之曰:

　　　梧桐凝露鮮飆起, 五色琅玕夜新洗; 矯翮蹁躚擬併棲, 九苞15)文彩如霞綺.
　　　驚飛忽作丹山16)別, 弄玉簫聲怨嗚咽, 咫尺秦臺隔弱流, 瑣窗17)繡戶空明月.
　　　颺颺掃尾儀朝陽,18) 可憐相望不相將! 下謫塵寰伴凡鳥, 不如交頸兩鴛鴦.

---

12) 【校】: [董]에는 女라고 되어 있다.
13) 蓬山隔(봉산격): 막히다, 단절되었다는 뜻. 李商隱의 시에 "유랑은 봉산이 멀다고 한
　　스러워 하였더니 더더욱 봉산은 몇 겹으로 막혀 있네(劉郎已恨蓬山遠, 更隔蓬山幾萬
　　重)"라는 구절이 있다. [周]
14) 宋廣平(송광평): 唐 開元 연간의 재상인 宋璟을 가리킨다. 그는 「梅花賦」를 지은 일
　　이 있었다. 皮日休는 그를 맑으며 화려함이 넘치고 南北朝의 徐庾體를 얻었다고 했다.
　　그의 사람 됨됨이와는 같지 않다. [周] 南北朝 시기 徐陵과 庾信의 문장은 기려하여
　　舊體를 변화시켰으므로 당시 徐庾體라 칭하였다. [譯]
15) 九苞(구포): 봉황의 깃털 색은 모두 아홉 색이 모여 있기에 봉황을 일러 구포라 하였
　　다. [周]
16) 丹山(단산): 丹穴山을 가리킨다. 『山海經』에는 "丹穴山 위에는 금과 옥이 많이 난다.
　　거기에 있는 어떤 새는 모양이 닭과 같으며 다섯 색깔로 무늬가 그려져 있는데 이름을
　　봉황이라 한다(丹穴之山, 其上多金玉. 有鳥焉, 其狀如鷄, 五采而文, 名曰鳳凰)"라는
　　문장이 보인다. [周]
17) 瑣窓(쇄창): 꽃 문양이 새겨져 있는 창을 말한다. [周]
18) 朝陽(조양): 산의 동쪽 면을 가리킨다. 『詩經』에는 "봉황이 우는구나! 저 아침 해가 뜨
　　는 곳에서(鳳凰鳴矣, 于彼朝陽)"라는 구절이 있다. [周]

詩成, 無便寄去, 忽賈遣婢送荔子一盤來, 粹詭曰 : "往在都下與蓬萊同學, 有書數冊未取, 以此帖呈之, 俾早送見還也." 婢不悟是詩, 持去, 遞與蓬萊, 讀之, 垂泣曰 : "嗟乎! 郎尙不余諒也." 乃作龍劍合曲答之, 示終身相從之意, 寫以魚箋, 密置『古文眞寶』中, 付婢綠荷曰 : "粹舍取舊所讀詩, 此是也, 汝持去還之." 婢送粹所, 揭之, 中有箋爛然, 知必詩也, 題曰龍劍合曲. 詞曰 :

龍劍埋沒獄間久, 巨靈[19]畫衛鬼夜守, 蛟螭藏, 魍魎走, 精光橫天氣射斗. 沖玄雲, 發金鑰, 至寶稀世有. 奇姿爍人聲撼膈, 鵜膏潤鍔鳳刻首. 龍劍煌, 新離房, 靜垂流電舞飛霜, 影含秋水刃拂鋩, 䍡蒛[20]團金寶珠裝. 司空[21]觀之識其良, 懸諸玉帶間金章, 紫焰煌煌明瑀瑲, 星折中臺[22]事豈常. 逡巡莫敢住, 一去墮渺茫. 龍靈是龍精, 瑩如鵬尾搖淸冰, 雄作萬里別, 雌傷千古情, 暫留塵埃匣, 何日可合幷? 會當逐風雷, 相尋入延平. 純鉤[23]在琫珌,[24] 縱然貴重非我匹, 我匹久臥潭水雲, 一雙遙憐兩地分. 度山仍越壑, 苦辛不可言, 天遣雷煥[25]兒, 佩之大澤濆, 鏗然一躍同駿奔, 駭浪驚濤白晝昏, 始知神物自有耦, 千秋萬歲肯離群.

粹讀之曰 : "淸才麗句, 無婦人女子荽苶[26]之氣, 宛然李靑蓮[27]之韻度

---

19) 巨靈(거령) : 전설상에 나오는 河神을 가리킨다. [周]
20) 䍡蒛(녹속) : 아래로 드리워진 모양. 李賀의 시 중 "가늘고 둥근 금을 아래로 드리워 매달았네"라는 구절이 있다. [周]
21) 司空(사공) : 張華를 가리킨다. 그는 晋惠帝(司馬衷) 때 司空을 역임하였다. [周]
22) 星折中臺(성절중대) : 張華가 司空으로 있을 때 中臺에서 별이 떨어지자 그의 아들인 張韙가 그에게 자리를 양보하라고 권하였지만 그는 듣지 않고 있다가 결국에는 趙王 司馬倫에 의하여 죽임을 당하였다. [周]
23) 純鉤(순구) : 칼 이름. 春秋 시대에 越王 允常이 歐冶子에게 다섯 자루의 검을 만들어 주었는데 그 중의 하나이다. [周]
24) 琫珌(봉필) : 칼 위에 차고 다니던 장식물로 위의 것을 琫이라 했고 아래 것을 珌이라 했다. [周]
25) 雷煥(뇌환) : 晋 사람으로 緯象에 통하였다. 일찍이 豐城令이 되었으며 옥중에서 땅을 파 龍泉, 太阿 두 자루의 寶劍을 얻었다. 延平劍合(연평검합) 이야기를 참조할 것.
26) 荽苶(위날, weinie) : 병을 떨치지 못하다. 쇠약함, 나약함을 의미한다. [周]
27) 李靑蓮(이청련) : 唐朝 大詩人 李白을 가리킨다. [周]

也. 是豈尋常庸碌者之配哉?" 俄而閩中大疫, 蓬萊所議林生竟死, 賈夫
婦知粹未婚, 乃遣人報守愚求終好, 守愚欣躍從之. 六禮既備, 親迎有期,
花燭之夕, 粹與蓬萊相見, 不啻若仙降也, 因各賦詩一首以志喜, 時至正
十九年[28]己亥二月八日也. 粹詩曰:

> 海棠開處燕來時, 折得東風第一枝; 鴛枕且酬交頸願, 魚箋莫賦斷腸詞. 桃
> 花染帕春先逗, 柳葉舒黃畫未遲, 不用同心雙結帶, 新人原是舊相知.

蓬萊詩曰:

> 與君相見卽相憐, 有分終須到底圓, 舊女婿爲新女婿, 惡因緣化好因緣.
> 秋波淺淺銀燈下, 春筍纖纖玉鏡前. 天遣赤繩先繫足,[29] 從今喚作幷頭蓮.

蓬萊自入上官之門, 孝事舅姑, 恭順夫子, 一家內外, 罔不稱賢. 暇則
與粹唱和詩詞, 娛情琴畫, 平生所作, 編成一集, 粹題之曰『絮雪藁』, 且
爲序于首簡. 詩與序多不錄, 姑載一二以傳好事者:

「閨怨」
露顆珠團團, 冰肌玉釧寒. 杏梁棲隻燕, 菱鏡掩孤鸞. 殘樹枯黃遍, 圓荷濕翠
乾. 繡奩生畫色,[30] 窗下帶愁看.

「白苧詞二首」
茜裙紫袖映猩紅, 飛絮輕颺桃花風. 緩歌白苧捧玉鐘, 嬌音芳韻繞簾櫳,
梁塵飛墮雲凝空. 秋波回目蛾掃黛, 餘聲悠揚歌還在, 歌當細聽杯當再.

---

28) 至正十九年 : 1359년.

29) 赤繩繫足(적승계족) : 전설에 의하면 사람의 혼인을 관장하는 신이 있는데 그를 月
下老人이라고 부른다. 그 자루 속에는 매우 많은 붉은 줄이 있는데 그 줄로 남자와
여자의 발을 묶으면 아무리 원수 또는 異域에 있는 사람이라도 반드시 결합된다고
한다. [周]

30) 【校】: [董]에는 色畫로 되어 있다.

綠鬢朱顏能久待. 響如蒼玉觸鳴璣, 蹁躚錦袖紅地衣, 迴風激雪當世稀.
飜身按節疾如飛, 香塵濛濛髮委墜. 玳筵夜靜紗燈晦, 鮫31)綃濕透32)胭淚.

「春曉曲」
芳池氷影薄, 曲檻鳥聲嬌. 鸞鏡紅綿冷, 蛾眉翠黛消. 冶容舒嫩萼, 幽思結柔
條. 纖指收花露, 輕將雪粉調.

「秋夜曲」
幽蘭露華重, 羅幌涼風動. 木33)匣掩香紈, 繡衾誰與共. 螢影度疎簾, 獸爐裊
裊煙. 銀缸芳焰滅, 自脫翠花鈿.

「咏蝶」
薄翅凝香粉, 新衣染媚黃. 風流誰得似, 兩兩宿花房.

「謝大娣惠鞋」
蓮瓣娟娟遠寄將, 綉羅猶帶指尖香. 弓34)彎35)著上無行處, 獨立花陰看雁行.
「詠幷蒂荔枝」
植物生聯蒂, 應知造化成. 深閨憔悴質, 見爾重含情.

「園中詠荣」
滿圃綠纖纖, 芳苗雨後添, 惟應窮措大,36) 咬得寸根慭.

粹時才名籍甚, 當道有欲薦之者, 蓬萊苦口止之曰 : "今風塵道梗, 望
都下如在天上, 君豈可舍父母之養, 而遠赴功名之途乎? 獨不見王儒

---

31) 【校】: [董]에는 蛟라고 되어 있다.
32) 【校】: [董]에는 逗라고 되어 있다.
33) 【校】: [董]에는 氷으로 되어 있다.
34) 【校】: [董]에는 宮으로 되어 있다.
35) 弓彎(궁만) : 옛날 부녀자들이 신었던 수놓은 신발을 가리킨다. [周]
36) 窮措大(궁조대) : 빈한한 선비를 가리킨다. 措大는 醋戴와 음이 같은 관계로 글 읽는
서생의 빈궁함과 옹색함을 조롱할 때 쓰던 말이다. [周] 우리말에서 바보 같은 인물을
속어로 '쪼다'라고 하는데 그 어원에 해당된다고도 한다. [譯]

仲[37][38]妻之言曰：令狐子伯[39]之貴，孰與君之高哉?” 粹然之，亦無意于出，乃以親老辭. 次年, 治中物故. 又明年, 爲至正壬寅,[40] 閩城爲盜所據, 城中大姓多避匿山谷, 粹亦挈家遁. 盜踪跡得之, 盡戕其一門, 留蓬萊一人不殺, 將以爲妻. 蓬萊知不免, 紿盜曰：“我一家盡死, 無所于歸, 將軍縱舍我, 我亦何以爲生乎? 願事將軍終身, 乞埋其故夫, 然後相從未晩也.” 盜喜從之, 同至屍所, 拔佩刀爲掘一坑, 掘訖, 植刀于地, 坐于傍曰：“吾倦矣! 吾倦矣!” 目蓬萊, 使取刀抄土掩之. 蓬萊卽擧刀自刎曰：“死作一處, 無恨也.” 盜遽起奪刀, 已絶咽矣. 盜怒曰：“汝死則死, 我定不敎汝死作一處.” 遂埋蓬萊二十步外, 使兩塚相望. 其年, 燕只普化爲福建行省平章, 乃集諸縣民兵克城, 民方復業. 又數年, 有同避寇者, 始備說蓬萊事. 平章遣人視之, 將以禮改葬; 至則兩墓之上, 各生一樹相向, 枝連柯抱, 糾結不可解. 使者歸報, 平章親往視之, 果不謬. 乃不敢發, 但加修葺, 仍設奠祭焉. 人呼爲連理塚樹, 閩人至今稱之不絶.

---

37) 【校】：[董]에는 王仲孺라고 되어 있다.

38) 王儒仲(왕유중)：後漢의 王覇의 字. 왕패는 젊은 시절 고상한 절개를 가졌다. 같은 고을에 사는 令狐子伯이 楚나라 재상이 되자 그 아들 역시 고을의 벼슬자리를 얻게 되었는데 부친의 편지를 가지고 왕패를 찾아왔다. 수레와 말과 시종들이 성대하고 화려하였다. 그때 왕패의 아들은 밭에서 일을 하다가 이를 보고 남만 같지 못한 자신의 처지를 생각하여 실망과 부끄러움에 괭이를 내던지고 집으로 돌아왔다. 왕패가 아들의 그러한 모습을 보고 또한 부끄러운 심정을 감출 수 없게 되자 그의 처가 말하였다. “당신은 여지껏 고상한 절개를 지키고 살아왔는데 (고작) 철없는 아이의 모습을 보고 평소의 지조를 잊고 부끄러워하십니까?” 왕패가 벌떡 일어나 “그렇군”하면서 처와 함께 은거하여 종신토록 세상에 나오지 않았다. [周]

39) 令狐子伯(영호자백)：後漢 太原 사람으로 王覇의 동향 친구이며 일찍이 楚相을 지냈다. [周]

40) 至正壬寅：1362년. [周]

전수우설도연구기(田洙遇薛涛聯句記)

전수가 만난 설도의 영혼

광동성 오양(五羊) 사람 전수(田洙)는 자가 맹기(孟沂)다. 홍무 17년 4월 부친 전백록(田百祿)이 촉(蜀)의 성도(成都) 교관(教官)으로 부임함에 따라 함께 가게 되었다. 전수는 성품이 우아하고 용모가 뛰어났으며 서예, 그림, 거문고와 바둑에 이르기까지 모르는 게 없었다. 여러 사람들이 날마다 그와 어울려 즐겁게 놀았는데 자신의 형제보다 그를 더 사랑했다. 멀고 가까운 곳에 있는 명산(名山)과 승경(勝景)을 두루 구경하며 시를 읊고 감상하면서 이렇게 말했다.

"내 평생 명리(名利)를 일삼지 않고 다만 늘 좋은 곳에 올라 구경할 수만 있다면 족하다."

다음 해 가을 전백록이 아들을 고향으로 돌려 보내려하자 모친이 차마 보내지 못하여 사정했다.

"애가 온 지 오래 되지도 않았는데 어찌 보내려 하십니까? 또 녹봉이 적어 노자를 마련키가 어려우니 다시 생각해 보세요."

전백록은 이에 친분이 두터운 사람을 찾아 의논하여 그의 집에 서당을 열기로 하였다. 그러면 스스로 공부도 할 수 있고 가르치기도 하여 받는 돈을 모아 귀향 여비로 쓸 수 있기 때문이었다. 사람들은 전수가 남아 있게 된 것을 다행으로 여겨 교외에 사는 명문가인 장씨(張氏)에게 천거하였고 다음 해인 병인(丙寅)년 정월 18일에 마침내 학당을 열었다. 상서(庠序)의 벗들 여럿이 전송하였다. 장씨는 크게 기뻐하며 연회를 열어 큰손님으로 대접하고 전백록에게 말했다.

"아드님을 늦은 밤마다 귀가하게 하지 말고 저희 집에서 머물도록 허락하시지요."

이에 전백록은 허락했다.

2월 화신일(花晨日)이 되자 전수는 방학을 하고 부모님께 인사드리러 귀가하고자 했다. 우연히 어느 곳을 지나는데 경계가 매우 그윽하고 외졌다. 산 아래가 모두 도화(桃花) 나무였고 꽃이 한창 활짝 펴있었다. 전수는 그것을 흠모한 나머지 잠시 걸음을 멈추고 둘러보았다. 문득 도화나무 숲 속에 한 미인이 꽃 아래에서 오랫동안 서 있는 모습이 보였다. 전수는 감히 돌아보지 못하고 그곳을 떠났다. 이후에 이곳을 지날 때마다 미인이 꼭 문 앞에 있는 것이었다. 하루는 전수가 지나다가 우연히 급여로 받은 돈을 떨어뜨렸는데 미인은 시녀를 시켜 주워서 돌려주게 하였다. 전수는 이에 감사해하며 다음날 찾아가서 고마움을 표했다. 문에 이르자 시녀가 들어가서 아뢰었다.

"전날 돈을 떨어뜨렸던 선비께서 오셨습니다."

그리고는 내청(內廳)으로 안내했다. 미인이 맞이하러 나와서 웃으며 물었다.

"나리께선 장운사(張運使) 댁의 학당 선생님이 아니신지요?"

전수는 그렇다고 대답하고는 돈을 돌려준 일에 대해서 감사를 표했다. 그러자 미인이 말했다.

"장씨 일가는 저의 친척이니 그쪽 손님은 곧 저의 손님이기도 합니다. 무슨 고마워할게 있습니까?"

전수는 일어나서 읍을 하며 말했다.

"부인의 성명과 집안은 어떻게 되시는지요? 그리고 저의 주인댁 어른
과는 어떤 관계이십니까?

"이 집은 성이 평씨(平氏)이고 성도(成都)에서 이름 있는 집안입니다.
저는 문효방(文孝坊)에 사는 설씨(薛氏)집 여식으로 이 집안의 막내아들인
평강(平康)이라는 분께 시집을 왔는데 불행히도 일찍 돌아가시고 과부가
되어 홀로 살고 있답니다."

한참 앉아 있자니 다시 차가 나왔다. 전수가 사양하며 일어나려 하자
미인이 은근히 만류했다.

"오늘 저녁은 누추하지만 이곳에서 주무시지요. 만약 그쪽 주인이 나
리께서 이곳에 오셨는데 제가 대접을 잘 못했다는 것을 아시면 오히려
부끄러워할 것입니다."

그리고는 술과 안주를 마련하고 자리를 두 개 깔아 전수와 함께 앉
았다. 술잔이 자주 오고가고 우스갯소리도 주고 받았지만 전수는 그녀
가 장씨의 인척인지라 조금이라도 경솔하게 행동하지 못했다. 미인이
말했다.

"나리께서는 사사로운 일에 구속되지 않는 호탕한 준재(俊才)이시며
시를 잘 지으신다고 들었는데 어찌 멋없는 샌님처럼 계십니까? 제가 비
록 불민하나 또한 노래를 제법 읊을 줄 안답니다. 오늘 소리를 감상할
줄 아는 분을 만났거늘 높은 산의 맑은 물 같은 노래를 한번 들려주시
는 것에 뭐 그리 인색할 필요가 있겠습니까?"

여인은 그 집안에서 소장하고 있던 당나라 현사(賢士)들의 유묵(遺墨)
을 모두 내어 보여주었다. 그 중에는 원진(元積), 두목(杜牧), 고변(高駢)의
시사(詩詞)와 서한(書翰)이 특히 많았으며 모두 진품으로 먹빛이 선명한
것이 방금 쓴 것 같았다. 전수는 그것들을 감상하면서 손에서 놓지를
못했다. 미인은 시녀를 불러 상을 물리게 하고 새로운 안주상을 내오게

했는데 그 가운데에는 세상에서 알지 못하는 산해진미가 많았다. 유리
잔을 가져다가 전수에게 술을 따라 주자 전수가 시 한 수를 읊었다.

路人桃源小洞天,　　　도화원의 작은 동천(洞天)에 들었다가
亂紅飛處遇嬋娟,　　　붉은 꽃 날리는 곳에서 미인을 만났네
襄王誤作高唐夢,　　　양왕(襄王)이 고당(高唐) 꿈을 잘못 꾸었나
不是陽台雲雨仙.　　　양대(陽臺)의 운우선(雲雨仙)이 아니런가

미인이 듣고서 말했다.
"아름답기는 아름다우나 짧은 시는 흥취가 적어 흥을 다 풀어내기에
는 충분치 못하니 '낙화(落花)'라는 제목으로 함께 시 한 수를 연작(聯作)
하는 것이 어떨까요?"
"그렇게 하지요. 그럼 한 수 가르쳐 주시오."
이에 미인이 먼저 노래를 불렀다.

韶艷應難挽.(薛)　　　아름다움은 붙잡기 어렵고
芳華信易凋.(薛)　　　꽃은 지기도 쉽지만
綴階紅尙媚.(洙)　　　계단을 둘러싼 붉은 빛 아직도 곱고
委地白仍嬌.(薛)　　　땅에 떨어져도 흰 빛 여전히 예쁘구나
墜速如辭樹.(洙)　　　나무에 이별 고하듯 빨리 떨어지지만
飛遲似戀條.(薛)　　　가지를 그리워하듯 천천히 날리는구나
蘇鋪新蹙繡.(洙)　　　펼쳐진 풀은 갓 수놓은 비단 같고
草疊巧裁綃.(薛)　　　푸른 들판은 잘 짜여진 명주 같네
麗質愁先殞.(洙)　　　아름다운 자질 먼저 시드는 것 근심이요
香魂痛莫招.(薛)　　　향기로운 혼백 부르지 못하니 슬픔이라
燕銜歸故壘.(洙)　　　제비가 물고서 옛 둥지로 돌아가고
蝶逐過危橋.(薛)　　　나비가 쫓아서 높은 다리 지나네
粘帙將晞露.(洙)　　　책에 붙어서 이슬을 말리고
冲簾乍起飆.(薛)　　　주렴에 부딪쳤다 바람 타고 오르네

遇晴猶有態,(洗)　맑은 날 만나면 그래도 자태 있으나
經雨倍無聊.(薛)　비라도 지나가면 더욱 적막하여라
蜂趁低兼絮,(洗)　버들개지와 뒹구니 벌이 쫓아오고
魚呑細雜藻.(薛)　개구리밥과 섞이니 고기가 삼킨다
輕盈珠履踐,(洗)　가벼이 어여쁜 신 채웠다가 밟히고
零亂翠鈿飄.(薛)　어지러이 비녀에 떨어졌다 털리네
鳥過生愁觸,(洗)　새가 지나가다 건드릴까 근심스럽고
兒嬉最怕搖.(薛)　아이가 장난으로 흔들까 두려워라
褪英浮雨潤,(洗)　빛 바랜 꽃잎은 웅덩이에 떠있고
殘蘂漾風潮.(薛)　쇠잔한 꽃술 바람 이는 조수에 떠도네
積徑敎童掃,(洗)　길에 쌓이니 아이보고 쓸게 하고
沿流倩水漂.(薛)　물결 따라 떠다니며 흘러간다.
媚人霑錦瑟,(洗)　금슬에 붙어서 사람을 기쁘게 하고
瀹茗入詩瓢.(薛)　시표(詩瓢)에 들어가서 차를 끓이네
玉貌樓前墮,(洗)　옥 같은 모습 누대 앞에 떨어지고
冰容夢裏消.(薛)　얼음 같은 얼굴 꿈속에 사라진다
芳園曾藉坐,(洗)　향기로운 정원에서 자리를 잡거나
長路或追鑣.(薛)　말을 따라 먼 길을 가기도 했네
羅扇姬藏瓣,(洗)　비단 부채로 미녀는 꽃잎을 숨기고
筠籬僕護苗.(薛)　울타리에서 하인은 싹을 돌보네
折來隨手盡,(洗)　꺾으니 손 따라 흩어지고
帶處近鬢焦.(薛)　꽂으니 쪽진 머리에서 불타는 듯
泥涴猶悽慘,(洗)　진흙에 더럽혀지니 처참한 모습이요
瓶空更寂寥.(薛)　꽃병이 텅 비니 더욱 적막하구나
葉濃陰自厚,(洗)　잎이 무성하면 그늘은 절로 깊어지고
蒂密子偏饒.(薛)　꽃이 조밀하면 열매 두루 많은 것
豈必分茵溷,(洗)　어찌 좋고 나쁨을 구분하여
寧思上硏硝.(薛)　억지로 아초(硏硝)에 오르려고 하는가
香餘何吝竊,(洗)　향기 남으니 어찌 욕심 내어 훔치며
珮解不煩邀.(薛)　옥패 풀어져도 번거롭게 구하지 않네

冶態宜宮額,(洙)　　　고운 자태 이마에 어울리고
癡情妬舞腰.(薛)　　　어리석은 마음은 가는 허리 시기하네
妝臺休浪拂,(洙)　　　화장대는 함부로 쓸어내지 마세요
留伴可憐宵.(薛)　　　외로운 밤 짝할 수 있으니

　연구(聯句)가 다 되자 미인은 작은 시전지(詩箋紙)를 꺼내어 베꼈다. 다 적고 나자 밤은 이미 이경(二更)이 지났다. 전수를 이끌고 침실로 들어가 스스로 침석(枕席)을 모셨는데 물고기가 물을 만난 듯 기쁨과 애틋한 정은 다할 줄을 몰랐다. 베갯머리에서 절절하고 간곡히 당부했다.

　"삼가 이 일을 가볍게 남에게 얘기하지 마세요. 만약 주인댁에서 알게 되면 서로간에 이름과 정절이 상하게 되니까요."

　그리고 다음날 누운 사자 모양을 한 옥(玉) 문진(文鎭) 하나를 주고 문밖까지 바래다주면서 거듭 당부했다.

　"일이 없더라도 다시 오셔서 박절히 대하지 말아주세요."

　전수는 마침내 거짓으로 주인댁 어른에게 말했다.

　"노모께서 저를 지극히 생각해주셔서 반드시 집으로 돌아와 쉬라고 하시니 이곳에서 더 이상 머물지 못하겠습니다."

　주인댁에선 이 말을 믿었고 전수는 이때부터 늘 미인의 집에 가서 묵었다. 반년이 넘도록 아무도 이 일을 알아채는 사람이 없었다. 오직 꽃과 달을 감상하고 술잔을 들고 거문고를 타며 세상의 즐거움을 두루 다 하였다. 어느 날 저녁에 전수는 여인과 시에 대해서 논했다.

　"당(唐)나라 사람들은 회문(回文)을 즐겨 지었는데 근래에는 보기가 드물군요."

　"오직 부인같이 부드러운 감정과 그윽한 생각을 가지고 있어야 담소하는 가운데서도 지을 수 있지 나와 같이 거칠고 둔한 사람은 글자를 끼워 넣지도 못할 것이오."

　"시험삼아 제목을 지어보시지요 지어서 가르침을 받고자 합니다."

"그럼 '사시사(四時詞)'로 합시다."

그러자 미인은 곧 시를 지었다.

花朵幾枝柔傍砌,　　꽃가지 몇 개 섬돌 옆에 보드랍고
柳絲千縷細搖風.　　천 갈래 버들 바람에 하늘거린다
霞明半嶺西斜日,　　지는 해 걸린 고개엔 노을이 빛나고
月上孤村一樹松.　　외로운 마을 소나무 위로 달이 뜨네
涼回翠簟冰人冷,　　찬 기운 대자리에 돌아 쓸쓸하고
齒沁淸泉夏井寒.　　맑은 샘물 마시니 여름 우물 차갑네
香篆裊風淸縷縷,　　향전(香篆)에 간지러운 바람 살살 불고
紙窓明月白團團.　　종이 창문에 둥근 달의 빛이 환하네
蘆雪復汀秋水白,　　모래섬엔 하얀 갈대, 가을물결 맑은데
柳風凋樹晚山蒼.　　바람불어 버들잎 지고 저녁 산은 푸르네
孤燈客夢驚空館,　　외로운 등잔 빈 객사에 나그네 꿈을 깨어
獨雁征書寄遠鄕.　　짝 잃은 기러기에 고향 편지 전한다네
天凍雨寒朝閉戶,　　하늘 얼고 찬비 내려 아침 문을 열지 않고
雪飛風塗夜關城.　　눈 내리고 바람 부니 밤의 성문 닫아거네
鮮紅炭火圍爐暖,　　선홍색 불씨 담은 화로를 둘러싸고
澆碧茶甄注茗淸.　　푸른빛 찻잔에 좋은 차를 따르네

미인이 전수에게 들려주자 전수는 그 재치와 기묘함을 칭찬하고 붓에 먹을 묻혀 화답하려 하였다. 그러자 미인이 말했다.

"『시경』의 이른바 '목도(木桃)', '경구(瓊玖)'라는 식으로 어찌 감히 화답을 바라겠습니까?"

"진실로 「백설곡(白雪曲)」과 「양춘곡(陽春曲)」이 섞인 듯한 좋은 노래군요 화답하기 어려울 뿐이오"

그리하여 네 개의 운자를 사용하여 시를 지었다.

芳樹吐花紅過雨,　　비온 뒤 꽃나무는 붉은 색 토해내고

入簾飛絮白驚風.　　바람에 날린 버들솜이 주렴 안에 들어오네
黃添曉色春舒柳,　　황금 빛 새벽노을에 버들은 봄기운 내고
粉落晴香雪復松.　　향설(香雪) 같은 분가루가 소나무를 덮었네
瓜浮甕水涼消暑,　　오이 띄운 옹기 물로 더위를 식혀보고
藕疊盤冰翠嚼寒.　　포개진 그릇 위에 찬 얼음을 씹어 먹는다
斜石近階穿筍密,　　계단 옆 기운 돌에 죽순이 돋아나고
小池舒葉出荷團.　　작은 연못에는 연꽃이 피어났네
殘日絢紅霜葉赤,　　석양의 붉은 노을 서리맞은 단풍 같고
薄煙籠樹晚林蒼.　　엷은 연기 나무에 끼고 저녁 숲엔 푸르스름
鸞書寄恨羞封淚,　　눈물 담아 원한의 마음 보내니
蝶夢驚愁怕念鄉.　　고향 생각에 꿈에서 깨어나네
風卷雪篷寒罷釣,　　거룻배에 눈 내리니 낚싯대를 거두고
月輝霜拆冷敲城.　　서리 같은 달빛아래 성문을 두드린다
濃香酒泛霞杯滿,　　짙은 향기 담은 잔에 노을이 가득하고
淡影梅橫紙帳淸.　　빗긴 매화 그림자 종이 창에 어리누나

그러자 미인이 읽고 웃으며 말했다.

"절묘하며 좋은 시입니다. 하지만 거꾸로 읽어도 운에 맞았더라면 더 좋았을 거예요."

"군자는 욕심 내지 않는 법이지요 제가 한 수 졌습니다."

전수는 이어서 말했다.

"촉 땅의 산수는 아름다워 옛부터 미인이 많이 나왔는데 만약 소군(昭君), 문군(文君), 설도(薛濤) 같은 이들과 비교해 본다면 그 우열이 어떻게 되겠소?"

"소군은 멀리 오랑캐 땅으로 시집을 갔고 탁씨는 부끄럽게도 술장사를 했습니다. 미인박명(美人薄命)이라고 둘은 모두 고달픈 삶을 살았지요 나리께서 설도를 만났다 하더라도 오늘보다 더 낫지는 않을 것이니 이로 볼 때 진실로 뛰어나다고 할 수 있습니다."

"설도는 기녀(妓女)이니 어찌 감히 부인에게 비할 수 있겠소? 하지만 그

재주와 미모는 얻기 어려운 것이라 하겠지요. 내 일찍이 진재사(秦再思)의 『기이록(紀異錄)』을 읽었는데 이러한 이야기가 있더군요. 고천리(高千里, 즉 고변(高騈))가 촉 땅을 다스릴 때 일찍이 연회를 열고는 일자령(一字令)을 했지요. 고천리가 '입(口)은 한량없는 없는 말[斗]'이라고 하자 설도가 '시 내(川)는 세 개의 서까래'라고 했답니다. 고변이 '어째서 하나는 굽었는 고?'라고 하자 '상공께서는 언제나 한량없는 말을 쓰시니 세 개 서까래 중 하나가 굽은 것이지요. 그게 어찌 이상한가요?'라고 했답니다. 하지만 부인의 뛰어난 재치에 설도의 재치를 쉽게 비할 수는 없을 것이오"

"낭군께선 그러한 일이 있었다는 것은 아시되 왜 그러한지는 잘 모르 시는군요. 이러한 것들은 다만 웃자고 하는 이야기일 뿐이지요. 예를 들 어 '수국의 갈대에 밤 서리 내리니 달빛과 산 빛 모두 푸르스름한 빛이 로다. 그 누가 만리의 헤어짐 오늘 저녁에 시작됨을 알았으리. 이별의 꿈 아득한데 변방은 멀기만 해라(水國兼葭夜有霜, 月寒山色共蒼蒼, 誰云萬里 自今夕, 離夢杳如關塞長)'와 같은 그녀의 작품은 두목(杜牧)과도 백중지세(伯 仲之勢)를 다툰다고 할 수 있습니다. 게다가 편지지를 만드는데 뛰어나 서 지금도 촉 땅 사람들은 설도전(薛濤箋)이라고 부르고 있지요. 그런데 도 낭군께서 기녀라고 하여 그녀를 비하하는 것은 그녀를 잘 모르고 하 시는 말씀입니다."

술자리가 끝나자 침실로 들었는데 전수가 여덟 개의 구슬로 된 귀고 리 한 쌍을 주자 미인은 고마워하며 말했다.

"이것을 귀에 걸고 나리가 항상 제 곁에 있는 듯 여기겠어요"

얼마 후 모친이 병이 들어 전수는 강학(講學)을 그만두고 집으로 돌아 가 약시중을 들게 되었다. 석 달쯤가 되자 병이 완쾌되었다. 미녀는 그가 오래도록 오지 않는 것을 의아해 하다가 다른 짝이 생겼는가 싶어 「오뇌 곡(懊惱曲)」을 지어 원망하였다. 전수는 다시 강학을 하게 되었고 그 날 저녁 평씨 집으로 찾아가니 미인이 맞이하면서 물었다.

"어찌 오랫동안 찾으시지 않으셨나요?"

전수가 사실대로 말해주자 미인이 이렇게 말하였다.

"처음 석 달 동안은 조금도 떨어지지 않으시더니 지금은 떨어진 지 벌써 석 달이나 되었어요."

전수가 웃으며 말했다.

"석 달 간 고기 맛을 못 봤는데 오늘 저녁에서야 드디어 고기 맛을 보겠구려."

이렇게 우스갯소리를 하는 가운데 미인은 전에 지었던 「오뇌곡」을 꺼내 보여주었다.

黑鉛鑄劍難爲鋒,	흑연으로 만든 칼끝 날카로울 수 없고
碧芰製衣寧御風?	마름으로 만든 옷이 어찌 바람 막을까
歙漆阿膠忽紛解,	아교같이 진한 사이 갑자기 떨어지니
淸塵濁水何由逢?	맑은 먼지와 탁한 물처럼 만날 기약 없네
請看綠草南園蝶,	푸른 풀밭 남원(南園)의 나비를 좀 보소
幷宿花房花亦悅.	나란히 꽃방에 드니 꽃도 또한 기뻐함을
鴛鴦頭白不相離,	원앙은 머리 희도록 떨어지지 않거늘
那學秋胡便長別!	어찌 추호(秋胡)처럼 오래 이별하시나
東鄰美女紅玉梭,	동쪽 미녀 홍옥(紅玉)의 베틀북 놀려
雪縷鳳機成素羅.	하얀 명주를 베틀에서 비단으로 만드네
雨意雲情肯輕許,	운우(雲雨)의 정 가볍게 허락했다가
縱然折齒將如何?	근심에 빠지니 장차 이를 어찌할거나
深深永巷閑風月,	깊고 깊은 골목 풍월은 한가로운데
錦帳蘭缸淚如血,	비단 장막 난초 항아리 눈물은 핏빛일세
血點年深久尙紅,	핏빛 자국 날이 갈수록 더욱 붉어져
至今灑在同心結.	지금도 동심결에 남아 있다네

전수는 그녀의 재주와 미모를 아꼈고 사랑은 더욱 깊어만 갔다. 미인 또한 전수의 문채(文采)를 중히 여겨 정성을 아끼지 않고 쏟았다.

"지난 번 연구(聯句)에서는 흥을 다하지 못했습니다. 오늘 저녁에는 당연히 가볍게 거문고도 뜯고 마음대로 춤도 추고 술도 마시며 가볍게 노래도 하고 한 수 더 지어서 우리 두 사람이 좋은 맞수가 되는 것을 봐야겠지요.”

그리고는 졸고 있는 거위 모양의 향로에 향을 피우고 홍방포(紅蚌脯)를 안주 삼아 주렴을 걷어 올려 달을 바라보면서 나란히 창가에 앉았다.

“옛날 한창려(韓昌黎)와 맹교(孟郊)에게는 「성남연구(城南聯句)」, 「투계(鬪鷄)」, 「석정(石鼎)」, 「추우(秋雨)」와 같은 작품들이 있었는데 가사가 장대하고 운이 어려워 오래도록 사람들의 입에서 회자되었지요. 오늘의 시는 마땅히 「월야연구(月夜聯句)」라고 이름하고 오십 구(句)로 합시다. 어떠하오?”

“저의 생각도 바로 그러합니다.”

전수는 이에 미인에게 먼저 읊도록 하였다.

庭月如鋪練.(薛)	뜰 안의 달빛은 비단자락 펼친 듯
池星似撒棋.(洙)	연못의 빛은 바둑알을 던진 듯
天空河影澹.(薛)	하늘은 텅 비고 은하수 그림자 맑고
節換斗杓移.(洙)	절기가 바뀌니 북두칠성 옮겨가네
梨棗低垂樹.(薛)	배와 대추는 열려 나뭇가지 드리우고
藤蘿密蔓籬.(洙)	등라(藤蘿)는 울타리에 빽빽하게 자랐네
草紛螢火亂.(薛)	우거진 풀밭에 반딧불이 어지럽고
幹偃鳥巢欹.(洙)	드리워진 나무 줄기에 새집도 기울었네
怪石形疑魅.(薛)	괴석(怪石)은 귀신같은 모양을 하고
芳花色勝姬.(洙)	향기로운 꽃 빛깔이 미녀보다 낫구나
髹盆凉沁水.(薛)	옻칠한 물동이에 시원한 물을 담아
紈扇靜搖颸.(洙)	명주 부채로 조용히 바람을 일으킨다
雙陸收骰局.(薛)	주사위 놀이랑 이제는 그만두고
琵琶上練絲.(洙)	비파에 줄을 걸어 뜯는다
砌蛩音遠近.(薛)	섬돌 아래 귀뚜리 소리 먼 듯 가까운 듯
簷馬響參差.(洙)	처마 밑 말 울음은 들리는 듯 마는 듯

銀作彈箏甲,(薛)　　은으로 쟁을 타는 지갑(指甲) 만들고
鼉爲冒鼓皮.(洙)　　악어의 껍질로 북 가죽을 씌우네
秋筠斜織簟,(薛)　　가을 대나무로 비스듬한 대자리 짜고
暑帳薄裁絺.(洙)　　고운 갈포로 성기게 여름 장막 만드네
宿燕棲還起,(薛)　　자던 제비 깃 들었다 다시 날아오르고
驚禽下復疑.(洙)　　놀란 새는 내려왔다 다시 또 날아가네
地幽塵闃寂,(薛)　　사방은 고요하여 티끌도 일지 않고
城遠漏逶迤.(洙)　　성은 멀기만 하고 시간은 늦어가네
窈窕來紅拂,(薛)　　요조 같은 홍불기(紅拂妓)가 찾아오고
雍容識紫芝.(洙)　　온화한 어진 인물 만나게 되었네
緣深天作合,(薛)　　인연 깊어 하늘이 맺어주고
誓重鬼難欺.(洙)　　맹세 중하니 귀신도 갈라놓기 어려워라
幸已逢良夕,(薛)　　다행히 이 좋은 밤에 만났으니
難哉遇少時.(洙)　　젊은 시절의 만남은 더욱 어렵네
慇懃酬契闊,(薛)　　은근히 그리운 마음 주고받고
傾倒極淋漓.(洙)　　흠모의 정은 서로가 끝이 없어라
蓮實瑤琴軫,(薛)　　연밥은 옥으로 된 거문고 줄 받침 같고
荷筒碧酒巵.(洙)　　연꽃 대롱은 푸른색 술 잔 같아라
鱠呼能婢斫,(薛)　　시녀 불러 생선회를 뜨게 하고
瓶喚小鬟持.(洙)　　아이 불러 술병을 들게 한다
殼破開螃蟹,(薛)　　맛있는 게의 껍질을 깨고
唇腥啖蛤蜊.(洙)　　신선한 조갯살을 맛본다
菱煩纖手剝,(薛)　　마름은 고운 손으로 벗겨내고
肉拔利刀披.(洙)　　고기는 날카로운 칼로 벤다
令急觥行速,(薛)　　주령(酒令) 급하게 하니 술잔 빨리 오가고
謳淸曲度遲.(洙)　　노래 소리 맑고 곡조는 느리게 흐른다
勸酬兼爾汝,(薛)　　슬 권하고 되받으며 사랑스럽게 부르고
講論雜乎而.(洙)　　세상사 강론하며 난해한 말 섞어 넣네
冷脆上瓜果,(薛)　　시원하고 연한 오이와 과실 올리고
鹹酸啜醓醢.(洙)　　맛이 짜고 신 육장을 먹어 보네

艶杯浮琥珀,(薛)　화려한 술잔에 호박을 띄우고
異器捧玻瓈.(洙)　기이한 그릇에 유리를 받드네
熊掌停犀筯,(薛)　무소 뿔 젓가락은 곰 발바닥에 멈추고
酥湯進蜜脾.(洙)　수탕(酥湯)엔 꿀벌의 꿀을 넣었네
渴來便茗好,(薛)　목마르면 좋은 차가 그만이오
酣後快冰宜.(洙)　술 취하면 시원한 얼음이 최고라
妙句聯將就,(薛)　기묘한 구절의 연작이 다 돼 가니
狂心坐已馳.(洙)　미칠 듯한 가슴은 앉아서도 치달리네
歌筵渾可罷,(薛)　노래 자리는 이제 그만 접어두고
臥具早敎施.(洙)　포근한 잠자리 일찌감치 펴거라
不用尋桃葉,(薛)　도엽가(桃葉歌) 찾을 필요 없고
那須聽竹枝.(洙)　죽지사(竹枝詞)도 소용없나니
媚人鶯語滑,(薛)　미인의 말소리가 앵무새 같고
惱醉蝶情癡.(洙)　넋빠진 나비는 사랑에 빠졌네
咳處珠凝唾,(薛)　침을 뱉어도 구슬이 맺힌 듯
顰時黛蹙眉.(洙)　아미를 찡그려도 예쁘기만 한 눈
釵斜金溜髻,(薛)　비녀는 슬그머니 머리서 흘러내리고
釧冷粟生肌.(洙)　팔찌는 차가우니 살결에 소름 돋네
小小眞能謔,(薛)　나이는 어려도 진한 농담 잘하고
盼盼最解詩.(洙)　예쁜 얼굴에 시까지도 잘 짓네
風流雲雨夢,(薛)　풍류로운 운우(雲雨)의 꿈
宛轉艶陽詞.(洙)　우아하고 화려한 가사
步緩腰肢裊,(薛)　걸음은 느릿느릿 가는 허리는 흔들고
鬢低耳語私.(洙)　머릿결 늘어뜨리고 귓가에 속삭이네
夜香防竊聽,(薛)　밤 향기를 피우고 남 들을까 저어하고
午浴避潛窺.(洙)　한낮 목욕하면서 누가 볼까 조심하네
繡履含羞脫,(薛)　비단 신발 부끄러움 속에 벗고
銀燈帶笑吹.(洙)　은빛 등잔 웃음 띠며 불을 끈다
素羅床畔解,(薛)　비단 옷은 침상머리에서 벗고
粉汗枕前滋.(洙)　흐르는 땀은 베개 머리에 젖네

暖玉綃籠筍,(薛)　　　따스하고 매끄러운 죽순 같은 살결에
春葱指露錐.(洙)　　　가늘고 긴 봄 파 같은 손가락이여
雲偏鬆綠髮,(薛)　　　삼단 같은 머리를 풀어 내리고
浪颭動靑幃.(洙)　　　물결 출렁이니 푸른 휘장 흔들리네
狎態堪歸畵,(薛)　　　애교떠는 모습은 그림 그려 볼 만하고
嬌顔可療饑.(洙)　　　아리따운 얼굴에 배고픔도 잊는다네
襪塵新舞涴,(薛)　　　버선은 새 춤사위에 더러워지고
鬢膩宿油脂.(洙)　　　머리 기름은 어제 한 화장이네
荀鶴高文譽,(薛)　　　두순학(杜荀鶴)처럼 높은 문재(文才)이고
崔鶯絶世姿.(洙)　　　최앵앵(崔鶯鶯)같은 절세 자태(姿態)로다
未誇連蒂好,(薛)　　　연체화의 사이좋음 자랑 않고
只羨並頭奇.(洙)　　　병두화(並頭花)의 기이함 부러워하네
何處空題葉,(薛)　　　어느 곳에 헛되이 꽃잎을 노래하며
誰家謾結褵.(洙)　　　어느 집에 함부로 시집가는가
漆膠當自固,(薛)　　　아교같이 굳은 사랑 절로 깊어가고
衽席只余知.(洙)　　　침석을 함께 한 사랑 나만 안다네
愼勿萌嫌隙,(薛)　　　서로 삼가 틈 생기지 않게 하여
毋令惜別離.(洙)　　　아쉬운 이별일랑 하지 말지어다
芝蘭同臭味,(薛)　　　지란(芝蘭)은 내음을 함께 하고
松柏共襟期.(洙)　　　송백(松柏)은 흉금을 같이한다
永奉閨房樂,(薛)　　　영원토록 규방의 즐거움 받들고
長陪楮墨嬉.(洙)　　　길이길이 시사(詩詞) 함께 짓네
泰山如作礪,(薛)　　　태산이 다 닳아서 없어지도록
此志莫敎虧.(洙)　　　이 마음 이 사랑은 변치 않으리

　어느 날 장씨가 우연히 반궁(泮宮)을 지나가다가 전수의 집에 들러 전백록에게 말했다.

　"아드님께서 매일 집으로 돌아오느라 번거로울 것이니 저희 집에서 그냥 지내도록 하면 좋지 않겠습니까?"

　"강학을 시작하고서부터 줄곧 공의 댁에서 묵었습니다. 지난번 그 애

모친이 병이 나서 잠시 몇 달을 집에 와 있었을 뿐 그 뒤에는 집으로
돌아온 적이 없는데 무슨 말씀이신지요?"

장씨는 속으로 크게 놀라 말을 다하지 못하고 나왔다. 이날 저녁에도
전수가 과연 집으로 돌아간다고 고하자 몰래 사람을 시켜 어디로 가는
가 살펴보게 하였다. 집으로 가는 길 중간쯤 이르러서는 보이지 않게
되었다. 달려가서 장씨에게 보고하자 급히 사람을 보내어 성안으로 들
어가서 전백록에게 물어보게 하였으나 집에 갔을 리는 없었다. 한창 젊
을 때라 필시 화류가에서 묵을 것이라고 생각도 해 보았으나 그곳에는
기생집이 따로 없다는 것을 아는지라 더욱 괴이한 생각이 들었다. 다음
날 전수가 돌아왔다.

"어제 저녁은 어디서 묵으셨는가?"

"집에 가서 묵었습니다."

"그게 아닐 테지. 내가 사람을 시켜 선생의 뒤를 밟게 했는데 자네가
간 곳을 모르겠다더군. 학당에도 없었고 말이야."

전수는 둘러대며 말하였다.

"친구 집에 들러서 오래도록 이야기를 나누고 집에 도착하니 시간이
늦었더군요."

장씨는 거짓임을 알고는 전수의 하인을 불러 그 자리에서 대질케 했
다. 전수가 오히려 호통을 쳤다.

"네 우리 집에 갔다가 곧바로 성을 나가버려 내가 집에 도착하니 너
는 벌써 가버리고 없었거늘 어찌 망언을 하느냐?"

"저는 어제 저녁 선생님 댁에서 자고 오늘 아침밥을 먹고서야 돌아왔
습니다. 나리의 아버님께서도 매우 놀라시며 친히 오셔서 찾아보겠다고
하십니다."

전수는 대답이 궁색해지자 안색이 변하고 말았다. 장씨가 말했다.

"자네가 만나는 여인이 따로 있다면 사실대로 말하고 숨기지 마시
게."

전수는 피할 수 없게 되자 본말을 다 이야기하고 부끄러워하며 사죄하였다.

"어르신의 친척 되는 여인이 저를 붙잡고 머물게 하였던 것이지 제가 감히 함부로 무례하게 했던 것은 아닙니다."

"우리 집의 친척이 어찌 이곳에 있을 수 있는가? 또 여러 누이들도 평씨 집에 시집간 사람이 없으니 이는 필시 귀신에게 씌웠던 모양일세. 오늘부터는 자중자애(自重自愛)하고 다시는 가지 마시게."

전수는 그저 "예, 예" 하고 대답은 했으나 날이 저물자 몰래 미인에게 가서 그 일을 이야기했다. 전수가 도착하자 미인은 벌써 그 일을 알고 있었다.

"서방님께서는 원망치 마십시오 아마도 인연이 여기서 끝이 나는가 봅니다."

미인은 전수와 실컷 술을 마시고 즐거운 정을 나눴다. 날이 밝으려 하자 전수에게 말했다.

"이제부터는 영원히 이별입니다. 언제 다시 만나게 될지 기약할 수도 없군요. 제 마음을 표현할 길이 없습니다."

미인은 전수에게 좋은 먹과 옥필관(玉筆管) 붓 한 자루를 주었다.

"이것은 당(唐)나라 때의 물건입니다. 낭군께선 잘 보관하십시오"

그리고는 눈물을 삼키며 이별했다. 장씨는 전수가 그 날 저녁도 반드시 다시 나갈 것이라고 생각하고 직접 가서 살펴보니 과연 학당에 없었다. 그래서 안으로 들어가 아내에게 말했다.

"서당 훈장의 일은 그의 부모에게 알리지 않을 수 없구려."

장씨는 전수의 행동을 전백록에게 알렸다. 백록은 크게 노하여 전수를 불러들여 매를 쳤다. 전수는 마침내 이실직고하고 아울러 받았던 옥진지(玉鎭紙)와 옥필관(玉筆管), 연구시(聯句詩) 등을 꺼냈다. 전백록이 보니 대롱 위에 '발해고씨문방청완(渤海高氏文房淸玩)'이라고 새겨져 있었다. 장씨에게 말했다.

"물건도 희귀한 것들이고 시 또한 뛰어나니 필시 보통 귀신은 아닐 것입니다."

전수를 불러 함께 찾아보려고 갔는데 가까워오자 전수가 먼 곳을 가리키며 말했다.

"저곳입니다."

도착해 보니 전날의 경관도 아니고 화려한 집도 없었다. 다만 물은 옥빛이요 산은 푸르며 복숭아나무만이 이전과 다름없이 무성할 뿐이었다. 장씨가 전백록에게 말했다.

"그렇군요. 이곳은 당나라 기생인 설도(薛濤)의 무덤이 있던 곳이라고 전해지고 있습니다. 정곡(鄭谷)이 촉에서 지은 시 중 '작은 도화 꽃이 설도의 무덤을 두르고 있네(小桃花繞薛濤墳)'라는 구절이 있는 것 때문에 후세 사람들이 여기에 도화나무 백 그루를 심어 봄날의 구경거리로 만들었지요. 아드님께서 만난 것도 필시 설도일 겁니다. 그리고 이른바 '평씨 집안 막내아들 강에게 시집갔다(嫁平幼子康)'라는 것은 분명히 평강항(平康巷)일 겁니다. 또 성 안에 문효방(文孝坊)이라는 편액을 단 곳은 없습니다. 문(文)자와 효(孝)자를 합치면 교(敎)자가 되니 교방(敎坊)을 이르는 것입니다. 교방은 당나라 때 기생이 살던 곳으로 설도는 촉(蜀)의 악기(樂妓)였으니 교방에 살았지요. 그러니 설도가 아니면 누구겠습니까? 하물며 대롱 위에 '고씨청완(高氏淸玩)'이라는 글씨가 새겨져 있으니 곧 당나라 서천절도사(西川節度使) 천리(千里) 고변(高駢)이 가지고 있던 것입니다. 그가 촉을 다스릴 때 설도가 기생들 중에서 가장 총애를 받았으니 붓과 진지(鎭紙)는 모두 그가 준 것일 겁니다. 또 가지고 있던 서첩 중에는 고변과 원승상(元丞相), 두자미(杜子美)의 것이 가장 많았습니다. 원진(元稹)과 두목(杜牧)이 쓴 시 중 '금강은 비단결처럼 부드러우며 아미산은 수려하기 그지없으니 일찍이 탁문군과 설도를 내었도다(錦江膩滑蛾眉秀, 幼出文君與薛濤)'와 같은 구절이 그것입니다. 그녀가 설도의 영혼이라는 것은 의심할 나위가 없으며 그 물건들이 고변에게서 나왔다는 것도 확실합니다. 달리 생각할 것이 없겠습니다."

전백록은 그렇겠다고 생각을 했으나 전수가 끝내 미혹에서 헤어나지
못할까 두려워하여 급히 광동(廣東)의 고향으로 돌려보냈다. 그 여러 물
건들은 소중히 간직하고 때때로 사람들에게 보여주었다. 이 년이 지난
후에 전수 또한 입학(入學)하여 생원(生員)이 되었고 홍무(洪武) 갑술(甲戌)
년에 진사(進士)가 되어 산동(山東) 조현(曹縣)의 지현(知縣)을 제수받았으며
그 후에는 별다른 일이 없었다.

 田洙遇薛濤聯句記[1]

　五羊[2]田洙, 字孟沂, 洪武十七年[3]甲子四月, 隨父百祿赴蜀成都敎官.
洙淸雅有標致, 書畵琴棋, 靡所不曉. 諸生日與嬉遊, 愛之逾于同氣,[4] 凡
遠近名山勝境, 吟賞殆[5]遍. 嘗曰 : "吾平生懶事聲利, 但長得好處登臨足
矣!" 明年秋, 百祿將遣回, 洙母不忍舍, 乃曰 : "兒來未久, 奈何使去? 且
官淸氈冷, 路費艱難, 公宜再思." 百祿乃謀于諸生之親厚者, 使開館[6]于
人家, 一則自可讀書進學, 一則藉[7]俸金爲歸計. 諸生深幸洙留, 遂薦于
附郭[8]大姓張氏, 次歲丙寅正月十八日設帳,[9] 庠序[10]朋好, 群送以往; 張

---

1) 이 이야기의 내용은 凌濛初의 『二刻拍案驚奇』 제17회 "同窗友認假作眞, 女秀才移
　　花接木(동창 친구는 거짓으로 알려다 진짜가 되고 여자 수재는 꽃을 옮겨 다른 나무에
　　붙이네)"의 入話 부분에 들어가 있다. [周]
2) 五羊(오양) : 廣州이다. 옛날 高固가 楚나라 宰相으로 있을 때 羊 다섯 마리가 낱알을
　　물고 정원에 모여 있었다 한다. 이에 廣州 관아의 대들보에는 다섯 마리의 양의 그림
　　이 있었다고 한다. 후세에 廣州를 五羊城이라 칭하게 되었다. [周]
3) 洪武十七年 : 1384년. [周]
4) 同氣(동기) : 兄弟를 가리킨다. [周]
5) 【校】 : [董]에는 迨라고 나와있음.
6) 開館(개관) : 서당을 열다. [周]
7) 【校】 : [董]에는 籍으로 나와있음.
8) 附郭(부곽) : 성 근처의 지방, 근교를 가리킨다. [周]

大喜, 開宴, 待爲上賓, 且謂百祿曰 : "令嗣晚間免回, 可令就宿舍下." 百祿許之.

至二月花晨,11) 洙解齋歸省,12) 偶經一所, 境甚幽僻, 山下皆桃樹, 花方盛開. 洙愛之, 小立徘徊. 忽見桃林中一美人, 延竚花下, 洙不敢顧而去. 爾後經從, 美人必在門首. 一日洙過, 偶遺所得俸金, 美人命婢拾以還洙, 洙感激; 明日, 詣謝. 至門, 丫鬟入報曰 : "前遺金郎來矣!" 請入內廳, 美人出相見, 笑問曰 : "君非張運使13)宅西賓14)乎?" 洙曰 : "然!"且謝還金事. 美人曰 : "張氏一家親戚, 彼西賓卽吾西賓也,15) 奚謝爲?" 洙起揖曰 : "敢問夫人名閥爲誰? 與敝東何親?" 美人曰 : "此爲平姓, 成都故族也. 妾文孝坊薛氏女, 嫁平幼子康, 不幸早卒, 妾獨孀居." 坐久, 茶至再, 洙辭出, 美人留之曰 : "今夕且宿寒舍, 若賢東知君至此, 而妾不能爲一款曲, 惶愧16)殊甚!" 卽陳酒饌, 設二席, 與洙耦坐; 坐中勸酬極至, 語雜諧謔; 洙以其張氏姻婭, 不敢少縱. 美人曰 : "聞君倜儻17)俊才, 雅能賦詠, 何至作儒生酸18)乎? 妾雖不敏, 亦頗解吟事, 今旣遇賞音, 而高山流水,19)

---

9) 設帳(설장) : 開館과 같다. 서당을 열다. 後漢 馬融이 高堂에 앉아 붉은 장막을 내리고 앞에 있는 生徒들에게 공부를 가르치고 뒤에는 女樂工들을 두었기에 이렇게 칭한다. [周]

10) 庠序(상서) : 鄕學의 명칭이다. 殷나라 때에는 序라 하였고 周나라 때에는 庠이라 하였다. [周]

11) 花晨(화신) : 花朝日 즉 꽃의 생일. 2월 12일 혹은 15일로 꽃에 제사지내는 날이다. [周]

12) 解齋歸省(해재귀성) : 방학하고 집으로 돌아가 부모님을 찾아뵙는다는 의미다. [周]

13) 運使(운사) : 轉運使의 약칭으로 水陸의 운송을 관장하였다. [周]

14) 西賓(서빈) : 남의 집에 개설한 書堂의 訓長을 일컫는다. [周]

15) 【校】 : [董]에는 也자가 빠져 있다.

16) 【校】 : [董]에는 媿라고 되어 있다.

17) 倜儻(척당, titang) : 고지식하지 않다. [周] 호방하다, 뜻이 크고 기개가 있다. [譯]

18) 酸(산) : 세상물정 모르는 書生의 기풍. 范成大의 시에 "書生의 옹졸한 기풍을 씻어버린다(洗盡書生氣味酸)"라는 구절이 있다. [周]

19) 高山流水(고산유수) : 知音의 의미. 春秋時代 晉나라 大夫인 兪伯牙가 琴을 타고 있었는데, 鍾子期가 그 곁에서 듣고는 그의 뜻이 높은 산과 흐르는 물에 있음을 알았다. [周]

何惜一奏!" 因盡出其家所藏唐賢遺墨示洙, 其中元稹、杜牧、高騈[20]詩詞
手翰尤多, 皆眞迹,[21] 炳然如新, 洙玩之不忍釋手. 美人麾婢撤去舊俎,
別出佳肴, 中多異味, 不能識; 取玻瓈杯酌洙. 洙口占一詩曰:

路入桃源小洞天, 亂紅飛處遇嬋娟; 襄王[22]誤作高唐夢, 不是陽臺雲雨[23]仙.

美人曰: "佳則佳矣, 然短章寂寥,[24] 不足以盡興: 用'落花'爲題, 共聯
一首如何?" 洙曰: "謹如敎." 美人唱曰:

韶艶應難挽, 芳華信易凋. 綴階紅尙媚, 委地白仍嬌. 墜速如辭樹, 飛遲似戀
條. 蘚鋪新蹙繡, 草疊巧裁綃. 麗質愁先殞, 香魂痛莫招. 燕銜歸故壘. 蝶逐過
危橋. 黏袂將晞露, 衝簾乍起飆. 遇晴猶有態, 經雨倍無聊. 蜂趁低兼絮, 魚吞
細雜藻. 輕盈珠履踐, 零亂翠鈿飄. 鳥過生愁觸, 兒嬉最怕搖. 褪英浮雨澗, 殘
蕊藥漾風潮. 積徑敎童掃, 沿流倩水漂. 媚人沾錦瑟, 瀹茗入詩瓢. 玉貌樓前
墮, 冰容夢裏消. 芳園曾藉坐, 長路或追鑣. 羅扇姬藏瓣, 筠籬僕護苗. 折來隨
手盡, 帶處近鬢焦. 泥浣猶悽慘, 瓶空更寂寥. 葉濃陰自厚, 蒂密子偏饒. 豈必
分茵溷, 寧思上硏硝. 香餘何吝竊, 珮解不煩邀. 冶態宜宮額, 痴情妬舞腰. 妝

---

20) 高騈(고변, Gaopian): 字가 千里이며 唐나라 西川節度使였다. 집안 대대로 모두 武
夫였으나 유독 그는 평소의 뜻을 文에 두었기에 수많은 선비들과 교류를 하였고 軍
中의 사람들은 모두 그를 매우 칭송하였다. 晚年에는 神仙의 道術을 좋아하여 呂用
之를 잘못 믿어 명예가 하루아침에 바닥으로 떨어졌다. 光啓 2년 그의 부하인 畢師
鐸에 의하여 죽임을 당하였다. [周] 新羅의 崔致遠(857~졸년 미상)이 당나라에 있을
때 당시 淮南節度使로 있던 그의 추천으로 館驛巡官이 되었고 그가 黃巢의 난을 진
압할 때는 從事官이 되어 「討黃巢檄文」 등 많은 글을 남겨 훗날 귀국하여 『桂苑筆
耕』을 편찬했다. [譯]
21) 【校】: [董]에는 蹟으로 되어 있다.
22) 襄王(양왕): 楚 襄王을 가리킨다. 그는 일찍이 宋玉과 함께 雲夢臺를 유람하며 高唐
을 바라보았다. [周]
23) 陽臺雲雨(양대운우): 宋玉의 「高唐賦」에는 다음과 같은 구절이 있다. "내(神女)가 巫
山의 남쪽에 있을 때 높은 언덕에 가로막히어 아침에는 구름이 되고 저녁에는 비가 되
었네. 아침저녁으로 陽臺의 아래에 있었다네(妾在巫山之陽, 高丘之阻, 旦爲行雲, 暮
爲行雨, 朝朝暮暮, 陽臺之下)." [周]
24) 寂寥(적료): 여기서는 흥취가 적게 일어나는 것으로 풀이된다. [周]

臺休浪拂, 留伴可憐宵.

　聯成, 美人出小箋寫之, 寫訖, 夜已二鼓, 延入寢室, 自薦枕席,[25] 魚
水[26]歡情, 極其繾綣. 枕邊切切叮嚀洙曰 : "愼勿輕言, 若賢東[27]知之, 彼
此名節喪盡矣." 次日, 以臥獅玉鎭紙[28]一枚贈洙, 送至門外, 曰 : "無事
再來, 勿效薄倖也." 洙遂紿館東曰 : "老母相念至[29]深, 必令歸家宿歇,
不敢留此." 館東信之, 洙由是常宿美人所. 踰半年, 人無知者. 惟賞花玩
月, 擧白[30]弄琴, 曲盡人間之樂, 一夕, 與洙論詩曰 : "唐人喜作回文,[31]
近時罕見." 洙曰 : "惟夫人柔情幽思, 談笑爲之, 若予荒鈍, 無復措辭."
美人笑曰 : "請試命題, 以求敎益!" 洙遽曰 : "四時詞也." 美人卽賦詩曰 :

　　花朵幾枝柔傍砌, 柳絲千縷細搖風. 霞明半嶺西斜日, 月上孤村一樹松.
　　凉回翠簟冰人冷, 齒沁淸泉夏井寒. 香篆裊風淸縷縷, 紙窻明月白團團.
　　蘆雪覆汀秋水白, 柳風凋樹晩山蒼; 孤燈客夢驚空館, 獨雁征書寄遠鄕.
　　天凍雨寒朝閉戶, 雪飛風冷夜關城; 鮮紅炭火圍爐暖,[32] 淺碧茶甌注茗淸.

　讀與洙聽, 洙歎其敏妙, 將濡毫屬和. 美人曰 : "政所謂木桃[33]瓊玖,[34]

---

25) 薦枕席(천침석) : 잠자리에서 시중들다. [周]
26) 魚水(어수) : 남녀가 어울리는 즐거움을 비유한다. [周]
27) 東(동) : 기거하고 있는 곳의 집주인을 가리킨다. [周]
28) 鎭紙(진지) : 종이를 눌러 움직이지 못하게 하는 문구. 銅이나 鐵 혹은 玉石을 이용하
　　여 금수나 어패류 등의 형상으로 만든다. [周] 문진(文鎭), 서진(書鎭). [譯]
29) 【校】: [董]에는 之라고 되어 있다.
30) 擧白(거백) : 곧 술잔을 드는 것을 가리킨다. 『漢書』에는 "술잔에 술을 가득 부어서
　　높이 든다(引滿擧白)"라는 문장이 보인다. [周]
31) 回文(회문) : 詩의 일종의 別體로 거꾸로 읽어도 뜻이 통한다. 처음 시작은 晋나라 蘇
　　伯玉의 처가 지은 「盤中詩」이고 前秦의 竇滔(두도)의 처가 「璇璣圖」를 지으면서 그
　　체제가 완전히 갖추어졌다. 하지만 이러한 시는 제약이 많아 역대로 극히 일부 사람들
　　만이 지었을 뿐이다. [周]
32) 【校】: [董]에는 煖으로 되어 있다.
33) 木桃(목도) : 『詩經』에 "내게 木桃를 던지니 이에 답하여 瓊瑤를 주었네(投我以木桃,
　　報之以瓊瑤)"라는 구절이 있다. [周] 「衛風·楸」의 구절임. [譯]
34) 瓊玖(경구) : 『詩經』에 "내게 木李를 던지니 이에 답하여 瓊玖를 주었네(投我以木李,

敢望報乎?” 洙答曰 : “眞乃是‘白雪’雜‘陽春’,35) 難爲和耳.” 亦賡四
韻36)曰 :

芳樹吐花紅過雨, 入簾飛絮白驚風; 黃添曉色春舒柳, 粉落晴香雪覆松.
瓜浮甕水凉消暑, 藕疊盤冰翠嚼寒; 斜石近階穿筍密, 小池舒葉出荷團.
殘日絢紅霜37)葉赤, 薄煙籠樹晚林蒼; 鸞書寄恨羞封淚, 蝶夢驚愁怕念鄕.
風卷38)雪篷寒罷釣, 月輝霜柝冷敲城; 濃香酒泛霞杯滿, 淡影梅橫紙帳淸.

美人且讀且笑曰 : “絶妙好詞, 但兩韻俱和則善矣.” 洙曰 : “君子不欲
多上人, 輸一籌耳.” 洙因曰 : “蜀中山水奇勝, 自昔以來, 多産佳麗 : 若昭
君,39) 文君、薛濤40)輩, 以夫人方之, 迨亦有優劣乎?” 美人曰 : “昭君遠嫁
胡沙, 卓氏當壚41)可▽耻, 貌美命薄, 俱受苦辛. 使子遇薛濤, 亦不啻如
今日也. 由是言之, 固爲優矣.” 洙曰 : “濤妓女, 何敢上擬夫人. 但其才貌,
亦可謂難得者. 余嘗讀秦再思『紀異錄』42)云, 高千里43)鎭蜀, 嘗開宴, 改

報之以瓊玖)”라는 구절이 있다. [周]「衛風·杞」의 구절임. [譯]
35) 白雪陽春(백설양춘) : 옛날 歌曲의 이름. 宋玉의 賦에 “客 중에 郢中(영중)에서 노래
　하는 자가 있었는데 처음에 下里巴人(통속적인 유행가)을 부르니 나라 안에 그에 화답
　하는 사람들이 수천이 되었다.……후에 白雪陽春(고상한 가곡)을 부르니 따라하는 사
　람이 겨우 수십 명에 불과했다.……이로써 그 곡이 높으면 화답하는 자가 적음을 알 수
　있다”라는 구절이 있다. [周]
36) 賡韻(갱운) : 原韻에 맞게 和詩를 짓는 것을 가리킨다. [周]
37) 【校】 : [董]에는 雙을 되어 있다.
38) 【校】 : [董]에는 捲으로 되어 있다.
39) 昭君(소군) : 漢 元帝(劉奭)의 궁녀로 이름은 王嬙이다. 매우 아름다운 용모를 지녔다.
　후에 和親使者가 되어 匈奴의 呼韓邪 單于(선우)에게 시집가서 閼氏(알씨, 흉노의 왕
　비)가 되었다. [周]
40) 薛濤(설도) : 字가 洪度이며 唐나라 때 名妓다. 韋皐가 蜀지방을 다스릴 때 그녀를
　불러 술시중을 들게 하고 시를 짓게 하고는 女校書라 칭하였다. 晚年에 浣花溪에 머
　물면서 女道士 차림을 하고 다녔다. 高騈이 蜀을 다스릴 때 그녀는 이미 죽었으므로
　함께 있었다는 것은 불가능하다. [周]
41) 當壚(당로) : 술을 판다는 뜻이다. [周]
42) 秦再思(진재사)『紀異錄(기이록)』 : 秦再思의 事跡은 자세히 알 수 없으나『紀異錄』
　을 지은 바가 있는데 또한『洛中記異』라고도 한다. 魯迅의『中國小說史略』중에 소개
　된 적이 있지만 책은 이미 전하지 않는다. 다만 南宋 때 曾慥의『類說』및 皇都風月主

一字令曰：'口有似沒量斗.'　濤曰：'川有似三條椽.'　高曰：'奈何一條曲.'
濤曰：'相公尙44)使沒量斗，窮酒佐三條椽有一條曲，又何足怪!'　婦人敏
贍，誠未易比."　美人曰："子知其然，而不知其所以然，如此之類，特戲笑
之語耳；若其'水國蒹葭45)夜有霜，月寒山色共蒼蒼，誰云萬里自今夕，離
夢杳如關塞長'之作，可以伯仲46)杜牧；而尤善製小箋，至今蜀人號薛濤
箋；而子以妓女薄之，非知濤者也."　酒罷就枕，洙餽以八珠耳璫一付.　美
人謝曰："謹當佩服，猶君子之常在耳邊也."　又踰時，洙母病，遂輟講歸，
侍湯藥，如此三月餘，方愈.　美人訝其久不來，恐有他遇，乃賦懊惱曲怨
之.　會洙母疾愈，復入齋，是夕，卽造平氏.　美人迎謂曰："何久別耶?"　洙
以實告.　美人曰："三月不違人，今違人三月矣."　洙戲之曰："三月不知肉
味，知肉味在今夕矣."　談謔間，出前曲示洙，曲曰：

黑鉛鑄劍難爲鋒，碧芰製衣寧御47)風?　歙漆48)阿膠49)忽紛解，淸塵濁水何由
逢?　請看綠草南園蝶，幷宿花房花亦悅；鴛鴦頭白不相離，那學秋胡50)便長別!
東鄰美女紅玉梭，雪縷鳳機成素羅.　雨意雲情肯輕許，縱然折齒將如何?　深深
永巷51)閑風月，錦帳蘭缸淚如血，血點年深久尙紅，至今洒在同心結.

洙愛其才色，眷戀愈深；美人亦重洙文采，傾竭不吝.　謂洙曰："向時聯

人의『綠窓新話』와 明代의 陶宗儀가 編纂한『說郛』중에 몇 개의 대목들이 집록되어
있다. 여기에 제시된 하나는『綠窓新話』에 있는 것이고 "薛濤妓滑稽改令"이라 이름한
다.『類說』에도 있다. [周]

43) 高千里(고천리) : 高騈(고변)을 가리킨다. [周]

44)【校】: [董]에는 倘으로 되어 있다.

45) 蒹葭(겸가) : 갈대 혹은 물 억새풀을 의미한다. [周]

46) 伯仲(백중) : 비슷함을 비유하는 의미다. [周]

47)【校】: [董]에는 禦라고 되어 있다.

48) 歙漆(흡칠) : 安徽省 歙縣(흡현, Shexian)에서 생산되는 옻나무를 가리킨다. [周]

49) 阿膠(아교) : 藥이름. 山東省 東阿縣에서 생산되며 阿井水로 달이면 검은 나귀 가죽
처럼 되는데 婦人科의 보약으로 사용된다. [周]

50) 秋胡(추호) : 春秋時代 魯나라 사람으로 장가간 지 닷새만에 陳나라로 벼슬 갔다.
[周]

51) 永巷(영항) : 옛날 황궁에 있던 長巷으로 죄를 지은 궁녀들을 연금하였다. [周]

句, 未盡高情, 今夕當輕彈慢52)舞, 淺酌微吟, 再成一首, 庶見吾二人勁敵也." 乃以睡鴨爐焚香, 紅虯脯薦酒, 鉤簾望月, 幷坐前楹. 洙曰 : "昔韓昌黎53)與孟郊54)有城南聯句、鬪鷄、石鼎、秋雨等作, 宏詞險韻, 膾炙人口; 今茲之賦, 宜命作月夜聯句, 以五十句爲率, 夫人然之否乎?" 美人曰 : "吾意也." 洙乃請美人先賦曰 :

    庭月如鋪練, 池星似撒棋.55) 天空河影澹, 節換斗杓56)移. 梨棗低垂樹, 藤蘿密蔓籬, 草紛螢火亂, 輄偃鳥巢欹. 怪石形疑魅, 芳花色勝姬. 槃盆涼沁水, 紈扇靜搖颸. 雙陸57)收骰局, 琵琶上練絲. 砌蛩音遠近, 簷馬響參差. 銀作彈箏甲, 鼉爲冒鼓皮. 秋筠斜織簟, 暑帳薄裁絺. 宿燕棲還起, 驚禽下復疑. 地幽塵闃寂, 城遠漏逶迤. 窈窕來紅拂, 雍容識紫芝.58) 緣深天作合, 誓重鬼難欺. 幸已逢良夕, 難哉遇少時. 慇懃酬契闊, 傾倒極淋漓. 蓮實瑤琴軫, 荷筒碧酒巵. 鱠呼能婢斫, 瓶喚小鬟持. 殼破開螃蟹, 脣腥啖蛤蜊. 菱煩纖手剝, 肉拔利刀披. 令急觥行速, 謳淸曲度遲. 勸酬兼爾汝, 講論雜乎而. 冷脆嘗瓜果, 鹹酸啜

---

52) 【校】 : [董]에는 謾으로 되어 있다.
53) 韓昌黎(한창려) : 韓愈로 字가 退之이고 唐 河南 河陽 사람이다. 進士에서 吏部侍郎에 이르렀다. 佛骨 영접을 반대하는 간언을 했다가 황제의 노여움을 사서 潮州刺史로 좌천되었다. 昌黎는 원래 그의 조상이 살던 곳인데 宋나라 熙寧 연간에 昌黎伯으로 追封되었으므로 사람들은 그를 韓昌黎라 칭하게 되었다. [周]
54) 孟郊(맹교) : 字는 東野이고 唐 武康 사람이다. 貞元 연간에 진사에 급제하여 溧陽尉로 나갔다. 韓愈가 그의 시를 매우 높이 평가하였으며 그를 위해 墓志銘을 지은 적도 있다. [周]
55) 【校】 : [董]에는 旗로 되어 있다.
56) 斗杓(두표) : 북두칠성 중에 다섯 번째에서 일곱 번째에 이르는 세 개의 별을 가리킨다. [周]
57) 雙陸(쌍육) : 옛날 도박 기구. 주사위를 사용하는 놀이이며 다만 노름하는 방법은 전해지지 않는다. [周]
58) 紫芝(자지) : 元德秀를 가리킨다. 唐 河南 사람이다. 어려서 외롭게 지냈으나 성품이 매우 효성스러웠다. 進士에 합격하였으나 모친과 차마 떨어질 수 없어서 모친을 모시고 서울로 갔다. 모친이 돌아가시고 집이 가난해지자 魯山令이 되기를 청하였다가 세월이 흘러 임기가 다하자 관직에서 물러났다. 陸渾지방의 山水가 매우 좋아 그곳에 머물면서 종일토록 琴을 타며 시간을 보냈다. 房琯이 매번 그를 보러 갔는데 항상 탄식하며 "紫芝의 표정을 보고 있노라면 사람으로 하여금 名利의 마음을 다 잊게 한다"라고 하였다. 天寶 연간에 죽었다. [周]

醺醺. 艶杯浮琥珀, 異器捧玻瓈. 熊掌停犀筯, 酥湯進蜜脾. 渴來便茗好, 酣後快冰宜. 妙句聯將就, 狂心坐已馳. 歌筵渾可罷, 臥具早教施. 不用尋桃葉,[59] 那須聽竹枝. 媚人鶯語滑, 惱醉蝶情痴. 咳處珠凝唾, 顰時黛蹙眉. 釵斜金溜髻, 釧冷粟生肌. 小小眞能謔, 盼盼[60][61]最解詩. 風流雲雨夢, 宛轉艶陽詞. 步緩腰肢裊, 鬟低耳語私. 夜香防竊聽, 午浴避潛窺. 繡履含羞脫, 銀燈帶笑吹. 素羅床畔解, 粉汗枕前滋. 暖玉綃籠笋, 春葱指露錐. 雲偏鬆綠髮, 浪颭動靑幃. 狎態堪歸畫, 嬌顔可療饑. 襪塵新舞浣, 鬢膩宿油脂. 荀鶴[62]高文譽, 崔鶯絶世姿. 未誇連蒂好, 只羨並頭奇. 何處空題葉, 誰家謾結褵. 漆膠[63]當自固, 衽[64]席只余知. 愼勿萌嫌隙, 毋令惜別離. 芝蘭[65]同臭味, 松柏[66]共襟期. 永奉閨房樂, 長陪楮墨嬉, 泰山如作礪, 此志莫敎虧.

或日, 洙館東[67]偶過泮宮, 因勸百祿曰 : "令嗣每日一歸, 不勝匍匐,[68]

---

59) 桃葉(도엽) : 晉나라 王獻之의 애첩. 獻之는 나루터에서 그녀에게 노래를 불러주었는데 후세의 사람들은 그가 送別한 나루터를 桃葉渡라고 이름하였다. [周]

60) 【校】 : [董]에는 期期라고 되어 있다.

61) 盼盼(반반) : 關盼盼을 가리키는데 唐나라 張建封의 애첩이다. 建封이 徐州에 燕子樓를 지어 그녀에게 살도록 하였는데 建封이 죽은 후에 그녀는 누대에 살면서 15년 동안이나 재가하지 않았다. 후에 白居易가 그녀에게 시를 주며 "歌舞를 가르치는데 온 마음을 바쳤건만 하루아침 죽고 나니 뒤따르지 않는구나"라고 하였다. 그녀는 이 구절을 보고 비분하여 식음을 전폐하다가 죽었다. [周]

62) 荀鶴(순학) : 杜荀鶴이며 字는 彦之로 스스로 九華山人이라 칭하였다. 전해지기를 杜牧이 내쫓은 妾의 아들이라고 한다. 唐 大順(890~891) 연간에 進士에 올라 後梁에 들어가 翰林學士와 知制誥를 제수받았다. 그는 朱全忠(五代 梁太祖)에게 아첨으로 신임을 얻어 총애를 받았다. 그는 세력을 믿고 자신이 싫어하는 縉紳들을 모두 죽여버리려 하다가 계획을 실행하지 못하고 끝내 병을 얻어 죽고 말았다. [周]

63) 漆膠(칠교) : 좋아하는 정이 굳고 단단하여 漆과 膠와도 같아 영원히 떨어지지 않음을 비유한다. 古詩에 "膠를 漆속에 넣으니 그 누가 이것을 뗄 수 있을까?"라는 구절이 있다. [周]

64) 【校】 : [董]에는 衻으로 되어 있다.

65) 芝蘭(지란) : 모두 香草다. 『家語』에 "芝蘭의 방에 들어 간 것과 같아서 오랫동안 그 향기를 맡지 못하였다(如入芝蘭之室, 久而不聞其香)"라는 문장이 보인다. [周]

66) 松柏(송백) : 추운 날씨에 오직 소나무와 잣나무만이 시들지 않는다. 곧 굳고 곧음을 비유한다. 『論語』에 "추위를 겪어 본 연후에야 松柏이 늦게 시든다는 것을 알 수 있다(歲寒然後知松柏之後凋也)"라는 문장이 있다. [周]

67) 館東(관동) : 田洙가 서당을 차린 주인집. 즉 주인 張氏를 가리킨다. [周]

68) 匍匐(포복) : 원래 땅 위에서 기는 것을 의미하지만 여기서는 고생하다는 의미다. [周]

俾之仍宿寒舍, 豈不便益?" 百祿曰 : "從開館之後, 一向只寓公家, 前者因其母病, 蹔輟一季爾, 後幷不曾回, 何言之謬也!" 張大駭, 不敢盡其詞而出. 是晚, 洙果告歸, 張潛使人視其所往, 及途半, 不復見矣; 走報張, 急遣人入城, 問百祿, 無有也. 意其少年放逸, 必宿花柳, 然思此處, 又無妓館, 大以爲怪. 次日洙來, 張問曰 : "昨宵宿于何處?" 曰 : "家間耳." 張曰 : "非也! 某已令人踪迹先生, 莫測所詣, 學中亦不見." 洙誑曰 : "因過一朋友處談話良久, 抵家, 暮矣." 張知其詐, 呼追洙僕, 使面證之. 洙叱曰 : "汝到吾家, 隨卽出城, 比吾歸, 汝已去矣, 何得妄言?" 僕曰 : "我昨夜宿先生家, 今日早飯罷方回; 老廣文69)亦甚驚訝, 要自來相尋." 洙窘甚, 顏色陡變! 張曰 : "先生如有私眷, 當以實告, 勿隱也." 洙弗能諱, 乃具道本末, 且愧謝曰 : "此令親見留, 非賤子輒敢無禮." 張曰 : "吾家何嘗有親戚在此? 兼諸房姊妹亦無事平姓者, 必崇也. 今當自愛, 不宜復往!" 洙唯唯. 抵暮, 私詣美人, 道此意. 比至, 美人已知, 曰 : "郎勿怨, 蓋冥數盡于此也." 與洙痛飮, 且叙歡情. 戒曉, 美人語洙曰 : "從此永別, 後會難期, 無以將意." 出灑墨玉筆管一枝爲贐, 云 : "此唐物也, 郎愼藏之." 遂飮泣而別. 張料洙是夕必再去, 自出覘之, 果不在館, 因入謂其妻曰 : "西賓此事, 不可不使其父母知之." 乃以洙所爲, 備告百祿. 百祿大怒, 呼歸杖之, 洙遂吐實, 且出所得玉鎭紙、玉筆管及聯句諸詩. 百祿取視, 管上刻‘渤海70)高氏文房淸玩’. 乃謂張曰 : "物旣稀奇, 詩又俊逸, 必非尋常怪也." 呼洙同往窮之, 將近, 遙指曰 : "在此." 至則夐非前景, 屋宇俱無, 但水碧山靑, 桃株依舊. 張謂百祿曰 : "是矣, 此地相傳唐妓薛濤所葬, 後人因鄭谷蜀中詩, 有‘小桃花繞薛濤墳’之句. 遂種桃百株, 爲春時遊賞之所. 賢郎佳遇, 必濤也. 且所謂嫁平幼子康者, 乃平康71)巷也. 文孝坊者, 城中

---

69) 廣文(광문) : 서당의 훈장을 의미한다. [周]

70) 渤海(발해) : 郡名으로 隋나라 때에 滄州를 渤海郡으로 삼았으며 지금은 河北省에 있다. [周]

71) 平康(평강) : 唐나라 때 長安의 里名으로 妓女가 모여 살았던 곳이다. [周]

亦無此額; 而文與孝合爲敎字, 謂敎坊也, 敎坊, 唐妓女所居, 濤爲蜀樂妓, 故居敎坊也. 非濤而誰哉? 況管上字刻高氏淸玩, 則唐西川節度使高騈千里所貯, 當騈鎭蜀, 濤于諸妓中, 最蒙寵待, 筆與鎭紙, 皆騈賜也. 兼所藏諸帖, 又騈與元丞相[72] 杜紫微[73]最多, 蓋元與杜嘗有詩贈之, 卽'錦江膩滑峨眉秀, 幻出文君與薛濤'是也. 其爲濤之靈無疑, 而物出于騈者審矣. 無庸深究!" 百祿甚以爲然, 然恐其終爲所惑, 急遣還廣中,[74] 寶藏數物, 常以示人. 後二年, 洙亦入學, 爲生員,[75] 中洪武甲戌[76]進士, 授山東曹縣知縣, 竟亦無他焉.

---

72) 元丞相(원승상): 元稹을 가리킨다. 그는 일찍이 長慶 2년(822)에 同中書門下平章事를 역임하며 丞相職을 대행하였기에 이렇게 불렀다. [周]

73) 杜紫微(두자미): 杜牧을 가리킨다. 紫微는 中書省의 대명사로 杜牧이 일찍이 中書舍人을 지냈으므로 이렇게 칭하였다. [周]

74) 廣中(광중): 廣東을 가리킨다. [周]

75) 生員(생원): 科擧時代에 학교에 들어가는 사람을 生員이라 통칭하였다. 廩膳生, 增廣生, 附生 등이 모두 포함된다. [周]

76) 洪武甲戌(홍무갑술): 1394년. [周]

청성무검록(靑城舞劍錄)

청성 도사의 검무 술법

원나라 순제(順帝) 지정(至正) 연간 도사 진본무(眞本無)와 문고허(文固虛)라는 사람이 있었는데 어느 지방 출신인지는 모른다. 위순왕(威順王)의 문객으로 있었는데 검술에 통달했고 병법에 밝았으며 지략이 깊어 문무재(文武才)라고 불렀다. 왕은 비록 그들을 데리고 있었지만 처음에는 그다지 중하게 여기지 않았다. 오직 번구(樊口)의 위군미(衛君美)만이 그들을 소중하게 생각했다.

하루는 왕이 별원에서 거닐다가 그 두 사람을 불러 함께 있도록 했다. 그러자 조용한 말로 건의하였다.

"지금 천하는 태평성대가 오래도록 지속되어 지극히 성대하고 풍부한지라 대왕께서 보시기에 베개를 높이 베고 뜻을 마음대로 부릴 만한 날이라고 여기시고 성색(聲色)과 사냥에만 힘쓰고 계실 뿐이니 어찌 다른 일들을 아실 수 있겠습니까? 어리석은 저희들이 살피건대 결코 그렇지가 않사옵니다. 황제께선 늙어 혼매(昏昧)하시고 기씨(奇氏)는 총애를 받아 전횡하고 있사옵니다. 또한 합마(哈麻)와 설설(雪雪)의 무리는 연설아법(演揲兒法)으로 군심(君心)을 미혹케 하니 뇌물이 공공연히 행해지고 시비가 전도되었습니다. 하늘이 위에서 변하나 깨닫지 못하고 백성들이 아래에서 곤궁하나 알지 못하고 있습니다. 군비는 갖추어지지 않고 정사는 피폐하며 소인이 활개치고 군자는 숨어버렸습니다. 지금은 매우 위급한 때로 화(禍)가 조석(朝夕)에 달렸으니 실로 두렵사옵니다. 소노천(蘇老泉)의 말대로 '혼란의 싹은 있으나 혼란의 모습은 없으니 이는 장차 어지러워진다는 것을 말한다'라는 것입니다. 대왕께서는 조정의 종친으로 강한(江漢) 지역을 지키고 계시니 마땅히 어진 선비를 받아들이시고 장수를 선발하시어 군사를 훈련시키고 물자를 아끼면서 조용히 대비를 하셔야 합니다. 만일 천하가 어지러워지고 국가가 위험에 처하면 의로운 깃발을 지휘하시고 솔선해서 어려움을 구하셔서 위로는 군부(君父)의 위급함을 구하고 아래로는 신하된 마음을 다하며 신주(神州)를 수복하시고 옛 문물제도가 빛나도록 하셔야 합니다. 그런 연후에는 몸을 들어 물러 나오셔서 입으로는 공을 말하지 않고 간절히 번진(藩鎭)으로 돌아갈 것을 청하여 대대로 남기(南紀)를 지키게 하십시오 그리고 붓을 잡은 신하에게 '대원종영(大元宗英)'이라 써서 금궤에 비장하게 하여 만년토록 아름다운 이름을 드리운다면 어찌 위대하지 않겠으며 어찌 성대하지 않겠나이까?"

왕은 이 말을 듣고 꾸짖었다.

"너희들은 머리가 돌았단 말이냐? 어찌 이토록 경우 없는 말을 한단 말이냐? 내 너희들을 잡아 관부에 송치하리라."

두 사람은 아무 말도 하지 못하고 물러 나와 서로 의논하였다.

"몸은 썩어 문드러지고 정신이 흐려 없어지는 자에게 어찌 대업을 가르치겠소! 차라리 호걸을 찾아 보필하는 게 낫겠소 말귀도 못 알아듣는 애송이와는 함께 일을 의논할 것이 못 되니 떠나지 않으면 화가 미치겠소이다."

이에 황학루(黃鶴樓)에 시를 지어 써놓고는 도망갔다. 진본무의 시는
이러하다.

平生智略滿胸中,　　평생의 지략을 가슴 가득 담아두고
劍拂秋霜氣吐虹.　　서릿발 칼날 휘두르며 무지개 기운 토하네
恥掉蘇秦三寸舌,　　소진(蘇秦)의 세 치 혀를 부끄럽게 하리니
要將事業佐英雄.　　영웅 찾아 보필하여 큰 일을 이룩하리

문고허도 시 두 수를 지었다.

膽氣堂堂七尺軀,　　담력있고 당당한 칠 척의 훤칠한 몸
壯心肯作腐儒迂?　　큰 뜻으로 어찌 어리숙한 선비되리오
橋邊黃石徒爲爾,　　다리 옆 황석공이 빈 손으로 그대 위했나
自有龍韜一卷書.　　자연히 세상 드문 한 권의 병서 있었네

芙蓉出匣照寒鋩,　　부용갑에서 꺼내 섬뜩한 칼끝 비추니
上帶仇家血影光.　　칼날에는 원수의 핏자국이 빛나네
前席早知無用處,　　가까이 다가감이 소용없음 알았다면
錯將豪傑待君王.　　공연히 영웅으로 군왕을 기다리게 했구나

왕이 그 사실을 알고 찾았으나 이미 숨어 버린 상태였다. 얼마 후 난
이 일어났으니 그들이 말한 바와 같이 되었다. 지정 을미(乙未)년에 예문
준(倪文俊)이 면양(沔陽)을 함락하자 위순왕의 아들 보은노(報恩奴)와 호남
원수(湖南元帥) 아사람(阿思藍)이 수륙 양면으로 공격을 했는데 한천(漢川)
에 이르러 물이 얕아 배가 걸리고 말았다. 예문준이 배에 불을 지르고
보은노가 해를 당하자 왕은 그 두 사람을 생각하고는 백방으로 수소문
해 보았으나 찾을 수 없었다. 진우량(陳友諒)은 그들이 광주(光州)와 황주
(黃州) 사이를 오간다는 소리를 듣고 서찰을 마련해 청하였으나 오지 않
고 촉(蜀) 땅으로 들어가 버리고 말았다. 후에 명옥진(明玉珍)이 사천(四川)

에 눌러앉아 있으면서 평소 두 사람의 이름을 듣고 물색해 보았으나 역시 찾을 수 없었다.

명(明)나라가 모든 도적들을 평정하여 천하가 통일되자 위군미(衛君美)의 형인 위군언(衛君彦)은 서충(西充)의 현승(縣丞)이 되었다. 위군미는 형을 찾아갔다가 돌아오는 길에 배가 전복되는 바람에 함께 배를 탔던 사람들은 모두 고기밥이 되고 홀로 판자를 잡아 강가로 떠밀려와 목숨을 건졌다. 하지만 짐과 지녔던 돈은 다 없어지고 허리춤에는 겨우 은 부스러기 몇 개만 남아 있을 뿐이었다. 강가의 민가로 들어가 불을 찾아 옷을 말리고 밥을 사서 배를 채웠다. 발을 동동 구르며 왔다갔다 해보았으나 뾰족한 수가 나지 않았다. 민가의 한 노인이 그의 언행과 용모를 보고 보통사람이 아닌 것을 알아채고는 잘 대접해주었다. 며칠을 머물고 있으면서 밖으로 나가 이리저리 거닐고 있는데 문득 그 두 도사가 다가와 인사를 하는 것이었다.

"위군께서 어떻게 이런 처량한 신세가 되었소?"

눈을 들어보니 진본무와 문고허 두 친구였다. 자신의 곤궁한 처지를 이야기하였다.

"걱정할 것 없소이다."

두 사람은 그를 데리고 집으로 갔는데 청성산(靑城山)이었다. 높은 담이 둘러 쳐져 있는 훌륭한 저택이었다. 깊은 정원에 구부러진 방이 즐비했고 하인 여럿이 좌우에 늘어서서 시중들었다. 식탁에는 수륙의 진미가 가득했고 가무에 나온 여인들은 모두 소리와 용모가 빼어났다. 위군미는 그들과 더불어 옛 이야기를 하자니 즐거움이 예전과 같았다. 그러다 난중에 어디서 살았는가 물어보았다.

"황학루를 떠나서는 곧바로 황우협(黃牛峽)에 들어왔지요. 그리고 나서 청성산에 오래도록 숨어서 살고 있었는데 갑자기 그대를 만나게 되니 기쁘고 위로가 되는군요. 하지만 안타깝게도 큰 뜻이 꺾이고 이루어 놓은 일도 없이 하늘을 우러러보고 땅을 굽어보며 부평초처럼 떠다니다가 한가로운 곳을 찾아 은거하게 되니 옛 친구에게 부끄럽습니다."

그리고 더불어 통음(痛飮)하기 시작하였다. 술기운이 올라 기상이 호탕해지자 천하의 세상사에 대해 논하기 시작했다. 진본무가 먼저 말했다.

"천하의 일은 천기(天機)를 아는 데에 있습니다. 천기라고 하는 것은 일의 조짐으로 길흉이 미리 드러나는 것입니다. 『주역(周易)』에서 '천기를 아는 이는 신이로다(知幾其神乎)'라고 했고 또 '군자는 천기를 보고 일어나며 종일토록 기다리지 않는다(君子見幾而作, 不俟終日)'라고 했지요. 자사(子思)께서 '군자는 기미를 안다(君子知微)'라고 하셨으니 모두 이것을 말하는 것입니다. 고금 이래로 호걸이 적지 않았으나 천기를 안 자는 몇이었습니까?

한(漢)나라 때에는 그러한 자로 장자방(張子房)이 있었지요. 장자방의 일은 역사책에 기록되어 있어 따로 말할 필요가 없으니 천기에 대해서 얘기해 보겠소이다. 한나라 고조 때의 신하로는 삼걸(三傑)을 뛰어넘는 사람이 없고 자방은 그 중에서도 영걸(英傑)이라고 할 수 있지요. 항우가 고조보다 뛰어났으나 고조에게 망한 것은 자방의 지략에 의한 것으로 자방은 세 호걸 중의 영걸일 뿐만 아니라 고조와 항우보다도 뛰어나다고 할 수 있습니다. 그런데 고조가 세 호걸을 지목했다는 것은 곧 이들을 시기하기 시작했다는 것이지요. 자방은 이를 알고 있었으나 소하(蕭何)와 한신(韓信)은 몰랐기에 감옥에 갇히는 모욕과 가족이 살육을 당하는 화를 입고 말았습니다. 하지만 장자방은 전혀 아무런 일이 없었으니 화(禍)라는 것은 화가 발생하는 날에 있던 것이 아니고 세 호걸을 지목한 때에 있었던 것입니다. 천하가 평정되지 않았을 때에 자방은 끝없이 기묘한 계책을 내었지만 천하가 평정되자 조용히 물러나 어리석은 사람처럼 행동하며 봉지를 받을 때 작은 고을을 택하고 유방과 말을 할 때에도 먼저 내뱉지 않았으니 천기를 알았던 것이 아니고 무엇이겠습니까? 진실로 대장부라 할 수 있을 것입니다."

이번에는 문고허가 말했다.

"송(宋)나라 때는 오직 한 사람 진도남(陳圖南)을 들어 말하겠습니다. 오대(五代)의 난은 전에 없던 혼란으로서 영웅이 일어나서 평정하지 않았으면 난이 언제나 끝이 났겠습니까? 진도남은 천기를 살피고 큰 일에 뜻을 두어 관중(關中)과 낙양(洛陽)을 왕래하였는데 어찌 그저 유랑한 것이었겠습니까? 조광윤(趙匡胤)이 천자의 자리에 올랐다는 소리를 듣고 나귀에서 떨어지도록 크게 웃었답니다. 그래서 '돼지띠 사람이 이미 황포를 입었도다'라는 시구가 있는 것입니다. '이미'라는 말을 보면 가히 알 수가 있지요. 그리고 나서 소매를 털고 산으로 돌아가 흰 구름 속에 높다랗게 눕고 들꽃 피고 새소리 들리는 봄 경치 속에 멀리 떠가고 높이 올라가 흔적을 드러내지 않았습니다. 이른바 '큰 교묘함을 지극한 졸열함에 깃들이게 하고 큰 지혜를 지극한 어리석음 속에 숨긴다'는 것으로 천하의 후세 사람들은 그가 신선이고 은자(隱者)라고만 알 뿐 누가 그 오묘함을 살펴 알 수 있겠습니까? 장자방에 견준다면 지나침은 있어도 부족함은 없을 것입니다. 세상에 '영웅이 돌아서면 곧 신선이다'라는 말이 있으니 어찌 바른 말이 아니겠습니까?"

이에 위군미가 말했다.

"두 분께서는 명산에서 수양하시고 부귀를 티끌같이 여기셨건만 방금의 말씀을 들어보니 아직 명성에 대해 미련을 버리지 못하고 있는 것 같군요. 어찌 수행에 방해가 되지 않겠습니까?"

그러자 두 사람은 파안대소하며 말했다.

"위군의 평소 의론은 그토록 높더니 오늘의 식견은 어찌 이리도 낮으시오. 글자 속에서 삶을 구하고 책을 외우는 것은 단지 유가(儒家)의 쓰레기이고 곰처럼 나무에 매달린다든지 새처럼 목을 빼서 기를 몸으로 끌어들이는 것은 도가(道家)의 찌꺼기이니 우리들이 말하는 수행이라는 것이 어찌 여기에 있겠소?"

그리고는 위군미를 인도하여 집안을 두루 보여 주었다. 비단이 가득하고 금과 옥이 산처럼 쌓여 있었는데 미인을 두어 관리하고 있었다.

마지막으로 어느 산의 바위 동굴에 이르자 해골 수백 개가 있었다. 그들은 그것들을 가리키면서 말하였다.

"이것들은 세상에서 불의한 인간들로서 우리들이 잡아서 죽인 것이라오."

군미는 너무 놀라서 한동안 입을 다물 수 없었다.

다음날 크게 잔치가 열렸고 군미는 상석(上席)에 앉게 되었다. 두 명의 미인이 상아 쟁반에 명주(明珠) 열 개와 황금 백 냥을 담아 군미에게 바치니 감히 사양하지 못하고 다만 "예, 예" 하며 고마워하였다. 그리고 맘껏 술을 마셨다. 진본무가 먼저 시를 지었다.

蓋世英雄蓋世才,	세상을 뒤덮을 영웅의 그 재주
關河百戰起塵埃.	관하(關河)에서 백 번 싸워 먼지 일으켰네
遼東白鶴空留語,	요동(遼東)의 흰 학은 공연히 말만 남겼고
天下黃金謾築臺.	천하의 황금으로 제멋대로 누대 쌓았네
壯志已成終古恨,	웅대한 뜻 이미 천추의 한이 되고
殘編付與後人哀.	남은 기록 후인에게 슬픔 남기네
東風萬斛曹瞞艦,	마파람 속 만섬 짜리 조조의 큰 배
盡化周郎一炬灰.	주유의 횃불에 모두 재가 되었구나

문고허가 그 뒤를 이었다.

豪傑消磨歎五陵,	호걸들 다 사라져 오릉(五陵)을 탄식하고
髮冲烏帽氣塡膺.	머리칼이 치솟아 오르고 기세는 가슴에 가득
眼前不是無豪傑,	여기 지금 호걸이 없는 것은 아니지만
身後何須論廢興.	죽고 나면 흥패를 논하는 것 무슨 소용 있으리
當道有蛇魂已斷,	뱀이 길을 막으니 혼은 이미 끊어졌고
渡江無馬讖難憑.	강을 만나 말 없으니 참언은 믿기 어려워라
可憐一片中原地,	가련타, 한 조각 중원의 땅
虎嘯龍騰幾戰爭.	범 울고 용 날며 몇 번 전쟁 거쳤던가

　그들이 지은 시는 대체로 이러하니 그 사람됨을 가히 상상할 수 있을 것이다. 위군미는 자신의 시가 그들보다 뛰어날 수 없다는 것을 알고 「희천앵(喜遷鶯)」사 한 곡을 짓고는 잔을 들어 두 사람에게 술을 권하며 직접 노래를 불러 흥을 더했다.

乾坤如昨,	세상은 어제 같은데
歎往事凄凉,	처량한 지난날과
長才蕭索.	재주 있으되 쓸쓸한 신세 한탄하네
景物都非,	경물(景物)은 모두 예전과 다르고
人民俱換,	사람들 모두 바뀌었으며
非是舊時城郭.	성곽은 예전의 성곽이 아닐세
世事恰如棋子,	세상은 흡사 바둑알 같나니
當局方知難著.	바둑판 앞에서야 두기 어려움 아네
勝與敗,	이기고 지는 것은
似一場春夢,	일장춘몽 같나니
何須驚愕.	무슨 놀랄 것이 있으리
寥落,	쓸쓸한 처지
相見處, 萍水異鄕,	먼 타향에서 우연히 만나니
爛漫淸宵酌.	이른 저녁부터 질펀하게 술을 마시네
說到英雄身同夢,	영웅의 몸은 꿈과 같음을 말하고
澀盡劍鋒蓮鍔.	전쟁 이야기 떠듬떠듬 다 말하네
看破浮雲變態,	뜬구름 같은 세상 간파했으면
休問誰强誰弱.	강하고 약한 자를 묻지 말아라
堪歎息,	아! 탄식하노니
這一番歸去,	이번에 가고 나면
似遼東鶴.	요동의 학과 같으리

　다음날 돌아가기를 청하자 두 사람은 말했다.
　"당(唐)나라 때에는 홍선(紅線)이 있었지요 지금은 벽선(碧線)이 있어 그대를 전송하게 하겠소"

곧 아름다운 여자 한 명이 도착했는데 나이는 열일곱 내지 여덟 정도로 대나무 상자를 메고 있었다. 진본무와 문고허를 따라 청성산의 길까지 위군미를 전송했다.

"이제 헤어지면 다시 만나기 어려우니 그댈 위해서 춤 한 번 추겠습니다."

벽선이 상자를 열어 달걀만한 흰 알 네 개를 꺼냈는데 바로 자웅검이었다. 두 사람은 그것을 받아 당겨서 펴고는 위아래로 뛰어올랐다. 금새 천지가 어두워지고 바람과 구름이 몰려들었다. 먼지 가운데 전광(電光)이 번쩍거리며 서로 뒤엉키는 것이 보일 따름이었다. 군미는 다리가 떨려 걷지도 못하였다. 두 사람이 살고 있던 곳을 돌아다보니 모두 깎아지른 절벽으로 도무지 길이라고는 없었다. 위군미는 숨도 제대로 쉬지 못하고 눈도 감을 수 없었으며 칼끝이 목에 와 닿는 것 같아 간담이 무너져 내리는 것 같았다. 춤이 끝나자 두 사람은 간 데가 없고 벽선만이 옆에 서 있었다. 두 사람은 가죽 주머니 속에 든 술을 따라 함께 마셨다. 벽선은 밤이 되기를 기다려 위군미의 손을 잡고 동남쪽으로 갔다. 삼경(三更)이 가까울 무렵 집에 도착했는데 단지 황금과 구슬만이 걸상 위에 있고 벽선은 사라진 지 오래였다. 도무지 무슨 법술인지 알지를 못하였다.

홍무(洪武) 20년에 위군미의 사위 선공현(單公鉉)이 고관(庫官)이 되었다. 간혹 사람들에게 장인의 이야기를 들려주었는데 그 또한 이 이야기와 꼭 맞아 떨어졌다.

靑城舞劍[1]錄

　至正間, 有道士眞本無、文固虛,[2] 不知何許人, 客威順王[3]門下, 通劍術, 曉兵, 深于智略, 號文武才. 王雖畜之, 未始奇也; 惟樊口[4]衛君美重之. 一日, 王遊別苑, 召二人侍, 因從容諷曰 : "方今天下太平日久, 極盛而豐, 在大王觀之, 固以爲高枕肆志之日, 惟聲色狗馬是務, 焉知其他! 在愚輩觀之, 蓋有甚不然者. 官裏[5]老而昏, 奇氏[6]寵而橫, 哈麻[7]、雪雪[8]之徒, 又以演撲[9]兒法[10]蠱惑君心, 賄賂公行, 是非顚倒, 天變于上而不

---

1) 【校】: [董]에는 劍으로 되어 있다.
2) 眞本無(진본무), 文固虛(문고허) : 등장인물의 명명에서 허구성을 보이고 있다. 사건은 본래 없는 것이며 문장은 진실로 헛된 것이라는 의미다. [譯]
3) 威順王(위순왕) : 元朝의 宗室인 庫春布哈으로 泰定 3년(1326)에 위순왕으로 봉해져 武昌을 鎭守했다. 至正 15년(1355)에 徐壽輝의 수하 倪文俊에게 패하여 陝西 지역으로 갔다. 10년이 지나 雲南에서 四川을 거쳐 成州를 전전하며 京師로 가고자 하였다. 李思齊는 蜀을 취하는 명분으로 항거하며 명령을 행하지 않고 成州에 둔을 치고 있다가 죽었다. [周]
4) 樊口(번구) : 지명으로 지금의 湖北省 鄂城縣(악성현) 서북쪽에 있다. 이곳은 梁子湖의 물이 長江에 흘러드는 곳이기도 하다. [周]
5) 官裏(관리) : 민간에서 皇帝를 부르던 칭호. 여기서는 元順帝인 妥歡帖木兒를 가리킨다. [周]
6) 奇氏(기씨) : 元 順帝의 둘째 황후로 鄂勒哲呼圖克皇后라 칭하였으며 고려 사람이다. 처음에 茶를 올리던 궁녀였으나 총명하고 영리하여 순제의 총애를 받게 되고 태자 阿裕實哩 達喇을 낳게 된다. 至正 25년(1365)에 황후 鴻吉哩氏가 죽자 中宮에 정식으로 오르게 된다. 至正 28년에 元順帝를 따라 북으로 도망간다. [周]
7) 哈麻(합마) : 字는 士廉이고 元 喀喇(카자흐) 사람이다. 일찍이 궁중의 衛士였고 元 順帝의 총애를 받아 명성과 세력이 나날이 높아졌다. 군신들이 그의 음탕함을 퍼뜨려 나쁜 평판이 주위에 가득했다. 中書左丞相직을 부여받아 국가의 권력이 모두 그의 손아귀에 이르게 된다. 후에 御史大夫인 搠思監 등에 의하여 탄핵 당해 杖刑에 처해 죽었다. [周]
8) 雪雪(설설) : 哈麻의 아우로 일찍이 哈麻와 함께 궁중 衛士가 되었고 후에 集賢學士에 이르렀다. 至正 14년(1354)에 丞相 脫脫의 병권을 빼앗아 樞密院事를 맡음으로써 脫脫의 군대를 대신 이끌었다. 至正 15년에 御史大夫가 되었으며 국가의 대사가 모두 哈麻와 그의 兄弟손에 좌지우지되었다. 후에 搠思監 등에 의하여 탄핵을 받아 哈麻와 함께 장형에 처해져 죽었다. [周]
9) 【校】: [董]에는 楪으로 되어 있다.

悟, 民困于下而不知, 武備不修, 朝政廢弛, 小人恣肆, 君子伏藏, 殆猶一髮之引千鈞, 禍在旦夕, 甚可畏也. 蘇老泉[11]所謂: '有亂之萌, 無亂之形, 是謂將亂.' 大王朝廷懿親, 江漢藩屛, 宜求賢納士, 選將練兵, 節用儲財, 陰爲之備. 萬一風塵草動, 寰宇土崩, 卽便指麾義旗, 率先赴難, 上以紓君父之急, 下以盡臣子之心, 克復神州,[12] 光膺舊物, 然後奉身而退, 口不言功, 懇請歸藩,[13] 世守南紀, 使執筆之臣, 書爲大元宗英, 秘在金匱,[14] 垂之萬年, 豈不偉哉! 豈不盛哉!" 王怪之曰: "爾非病風狂癡耶! 何言之不倫如是? 吾將執爾送縣官矣." 二人默然而退, 計曰: "腐骨殘肉, 魂亡神耗者, 尙何敎以有爲哉! 盍求豪傑者而佐之. 豎子[15]不足謀矣! 不去, 禍且至." 于是題詩于黃鶴樓[16]而遁. 本無詩曰:

平生智略滿胸中, 劍拂秋霜氣吐虹; 耻掉蘇秦[17]三寸舌, 要將事業佐英雄.

---

10) 演撰兒法(연설아법): 哈麻가 西天僧을 들여보내 順帝에게 運氣하는 방법을 가르치도록 한 적이 있는데 演撰兒法이라 이른다. 演撰兒는 중국어로 '大喜樂'이라 하고 房中術의 일종이었다. [周]

11) 蘇老泉(소노천): 蘇洵을 이른다. 字는 明允이며 宋 眉山 사람이다. 蘇東坡의 부친이다. 秘書省校書郞을 역임하였다. 집에 老人泉이 있었는데 이 때문에 스스로 老泉이라 일렀다. [周]

12) 神州(신주): 戰國時代에 騶衍(즉 鄒衍)이 중국을 赤縣神州라 칭하였는데 후세에 神州는 중국을 칭하는 대명사가 되었다. [周] 鄒衍은 곧 陰陽五行思想을 제창한 사람이다. [譯]

13) 歸藩(귀번): 諸侯가 자신의 封地로 돌아가는 것을 일컫는다. [周]

14) 金匱(금궤): 功績을 기록한 글을 금궤 안에 소장하였다. 『漢書·高帝紀』에 "공신들과 符節을 나누어 가지며 맹세를 하고 鐵契에 붉은 글씨로 써서 金匱石室에 넣어 종묘에 갈무리했다(與功臣剖符作誓, 丹書鐵契, 金匱石室, 藏之宗廟)"라는 문장이 보인다. [周]

15) 豎子(수자): 어린 놈(경시의 어투). 애숭이, 풋내기를 일컫는다. 『史記·項羽本紀』에 "애숭이와는 함께 도모할 수가 없다(豎子不足與謀)"라는 문장이 보인다. [周]

16) 黃鶴樓(황학루): 湖北 武昌의 西쪽에 있으며 지금은 없어졌다. 예전에 費文褘가 등선할 때 항상 黃鶴을 타고 이 樓閣 위에서 쉬었다고 하여 이렇게 칭했다고 한다. [周]

17) 蘇秦(소진): 字는 季子이며 戰國시대 洛陽 사람이다. 張儀와 함께 鬼谷子에게 縱橫術을 배웠다. 趙, 韓, 魏, 燕, 齊, 楚 여섯 나라에게 合從하여 秦나라에 대항하자고 말하였으며 六國의 宰相이 되었다. 후에 張儀에 의하여 약속이 깨어지고 客으로 齊國에 머물렀다. 齊나라 대부가 보낸 자객에 의해 목숨을 잃었다. [周]

固虛成詩二首曰:

膽氣堂堂七尺軀, 壯心肯作腐儒迂? 橋邊黃石[18]徒爲爾, 自有龍韜[19]一卷書.

芙蓉[20]出匣照寒鋩, 上帶仇家血影光; 前席[21]早知無用處, 錯將豪傑待君王.

王知而求之, 隱矣. 未幾作亂, 悉如所言. 至正乙未,[22] 倪文俊[23]陷沔陽, 威順之子報恩奴[24]與湖南元帥阿思藍水陸幷進討之, 至漢川, 水淺膠舟, 文俊用火筏燒船, 報恩奴遇害. 王思之, 百計覓二人, 不能得. 陳友諒[25]聞其往來光、黃[26]間, 具書禮請之, 不至, 翩然入蜀. 旣而明玉珍[27]

---

18) 黃石(황석) : 黃石公을 가리킨다. 圯上老人으로 일찍이 張良에게 책을 주어 그로 하여금 劉邦이 帝業을 이루도록 도와주게 하였다. [周]

19) 龍韜(용도) : 兵書 篇名이다. 『太公兵書』에는 六韜가 있었는데 세 번째가 「龍韜」라고 전해진다. [周]

20) 芙蓉(부용) : 劍이름. 盧照隣의 시에 "모두 협객에게 부용검을 청하였다(俱邀俠客芙蓉劍)"라는 구절이 있다. [周]

21) 前席(전석) : 무릎이 자리 앞으로 가까이 다가가다. 훌륭한 이야기를 들으면 자기도 모르게 이야기를 해주는 사람의 자리 쪽으로 무릎이 다가가게 되는 것을 말한다. 『史記』에는 "商鞅이 秦孝公을 만나 공과 이야기를 나누었을 때 자기도 모르게 무릎이 진 효공의 자리 앞으로 나아갔다(商鞅見秦孝公, 公與語, 不自知膝之前于席也)"라는 문장이 보인다. [周]

22) 至正乙未(지정을미) : 1355년. [周]

23) 倪文俊(예문준) : 徐壽輝의 예하 장수로 서수휘와 함께 紅巾의 난을 일으켰다. 1356년 서수휘를 죽이려다가 실패하여 黃州로 달아났는데 陳友諒이 이틈을 이용하여 습격하여서 그를 죽이고 그 군대를 차지하였다. [周]

24) 報恩奴(보은노) : 『元史』에는 報恩努라고 되어 있고 『平胡錄』에는 본문과 동일하게 되어 있다. [周]

25) 陳友諒(진우량) : 元末 각지에서 일어난 농민반란군 領袖 가운데 한 명으로 沔陽 사람이다. 원래 어부였고 봉기에 참가한 후 처음에는 徐壽輝의 휘하에 있었으나 곧 서수휘를 죽이고 그 군대를 차지하였다. 江西로 내려가 帝라 칭하고 국호를 漢이라 했다. 후에 朱元璋과 전투를 벌이다가 中流에서 화살에 맞아 죽었다. [周]

26) 光(광), 黃(황) : 光은 光州를 가리키며 지금의 河南省 潢川縣이다. 黃은 黃州를 가리키며 지금의 湖北省 黃岡縣이다. [周]

27) 明玉珍(명옥진) : 元末 각지에서 일어난 농민군의 領袖 가운데 한 명으로 隨州 사람이다. 두 눈에 눈동자가 두 개씩 있었다고 한다. 처음에는 徐壽輝를 따랐으나 후에는 四川에 거하면서 重慶에서 帝라 칭하고 國號를 夏라 하였다. 아들 明昇에 까지 이르

據四川, 素聞二人名, 物色不可得.

天朝[28]旣平群寇, 四海一家, 君美兄君彦爲西充[29]縣丞. 君美往省候之; 回途舟敗, 同船之人, 盡葬魚腹, 獨君美負得一板, 浪滾及岸, 因而不死, 然行李盤纏, 一時俱盡, 偶腰間碎銀數星在, 急投近岸民家, 覓火燎衣, 買食充腹, 躑躅徬徨, 計無所出. 民家翁視其辭貌, 知非常人, 頗善待之. 留數日, 因出縱步, 忽二道士前揖曰: "衛君一寒至[30]此哉!" 視之, 眞、文二故人也. 告以困苦之狀. 曰: "無憂也." 挾往其家, 則靑城山[31]也, 高墻華屋, 深院曲房, 蒼頭數人, 列侍左右, 俎豆[32]備水陸之珍, 歌舞極聲容之盛. 與君美話舊, 歡若平生. 因詢其亂中出處, 二人曰: "自辭黃鶴, 卽入黃牛;[33] 久隱靑城, 忽逢靑眼,[34] 其爲喜慰, 殆[35]不可言. 所惜壯心凋落, 一事無成, 頻[36]仰乾坤, 飄搖萍梗, 索居閑處, 有愧故人." 乃與痛飮, 飮酣氣豪, 論議蜂起, 本無曰: "天下之事, 在乎知幾, 幾者事之微, 吉[37]凶之先見者也. 易曰[38] : '知幾其神乎?' 又曰 : '君子見幾而作, 不俟

렀으나 明軍에 의하여 깨지고 나서 歸義侯로 봉해졌다. 얼마 후에 高麗로 옮겨갔다. [周] 현재 한국에 있는 明氏 중에는 바로 그 후손이 남아 있다고 한다. [譯]

28) 天朝(천조) : 明朝를 가리킨다. [周]

29) 西充(서충) : 지금의 四川省 西充縣을 이른다. [周]

30) 【校】 : [董]에는 如로 되어 있다.

31) 靑城山(청성산) : 四川省 灌縣의 서남쪽에 있으며 일명 丈人山이라 한다. [周]

32) 俎豆(조두) : 옛날에 연회 석상에 음식을 담아 놓던 그릇을 가리킨다. [周]

33) 黃牛(황우) : 黃牛峽을 가리킨다. 湖北省 宜昌市 서쪽에 있으며 가장 높은 곳은 마치 사람이 등에 칼을 메고 소를 끄는 모양과 같다고 한다. 강물이 굽이쳐 흐르기 때문에 며칠에 걸쳐 여전히 볼 수 있다고 한다. 여행자들의 노래 중에 "아침에 황우에서 일어나고 저녁에 황우에서 묵으니 사흘이 지나도 황우는 여전히 거기 있구나(朝發黃牛, 暮宿黃牛, 三朝三暮, 黃牛如故)"라는 대목이 있다. [周]

34) 靑眼(청안) : 晋朝 阮籍은 靑白眼을 만들 수 있었는데 俗客을 보게 되면 흰 눈으로 그를 대하였다. 嵇康이 琴과 술을 가지고 방문하였을 때 阮籍은 크게 기뻐하고 푸른 눈을 보였다. 후세에 남을 존중하는 것을 垂靑이라 하고 남을 경시하는 것을 白眼이라 하였다. [周]

35) 【校】 : [董]에는 迨로 되어 있다.

36) 頻(부) : 俯와 같다. [周]

37) 【校】 : [董]에는 言으로 되어 있다.

38) 易曰(역왈) : 『周易』의 구절은 「繫辭·下」의 經文이다. [譯]

終日.’ 子思子[39]曰: ‘君子知微’, 皆謂是也. 古今以來, 豪傑之士不少, 其
知幾者幾何人哉? 吾于漢得張子房焉. 子房事載史冊, 不必贅論, 盍相與
論其幾乎. 夫漢祖之臣, 莫踰三傑, 而子房又三傑之傑者也; 項羽[40]傑于
高祖,[41] 而爲高祖所滅, 子房之謀也, 是子房非特三傑之傑, 幷傑于高祖
項羽矣. 且高祖爲是三傑之目者, 忌之之萌也, 子房知之, 蕭何·韓信不
知也, 故卒受下獄之辱,[42] 夷族之禍;[43] 子房晏然無恙, 夫禍不在于禍之
日, 而在于目三傑之時. 天下未定, 子房出奇無窮; 天下旣定, 子房退而
如愚, 受封擇小縣, 偶語不先發, 其知幾爲何如哉? 誠所謂大丈夫也矣.”
固處曰: “吾于宋得一人焉, 曰陳圖南.[44] 五代之亂, 古所未有, 不有英雄
起而定之, 則亂何時而已乎? 圖南窺見其幾, 有志大事, 往來關·洛,[45] 豈
是浪遊, 及聞趙祖[46]登基, 墜驢大笑, 故有‘屬猪人已著黃袍’之句, 就已

---

39) 子思子(자사자) : 孔子의 손자로 이름은 孔伋이다. 曾子에게서 배웠으며 홀로 공자
　　문하의 心法을 전수 받았으며 『中庸』을 지었다. 후세에 述聖이라 칭하였다. [周]
40) 項羽(항우) : 秦末 下相사람으로 발이 셋 달린 솥을 번쩍 들어올릴 만큼 힘이 셌다.
　　숙부인 項梁과 吳中에서 군사를 일으켰다가 項梁은 패하여 죽고 項羽는 그의 군대를
　　이끌어 秦軍과 아홉 차례에 걸친 전투를 벌였다. 秦軍이 모두 격파 당하자 스스로 西
　　楚覇王이 되어 劉邦과 겨루니 전투에서 이기지 않는 경우가 없었다. 후에 漢軍과 諸
　　侯軍에 의해 垓下에서 포위되어 패하여 죽었다. [周]
41) 高祖(고조) : 漢 高祖 劉邦을 가리킨다. 처음 泗上亭長이었으나 군사를 일으켜 沛公
　　이 되었다. 義帝로부터 秦을 토벌하라는 命을 받고 咸陽으로 들어가니 項羽가 그를
　　漢王으로 세웠다. 후에 三秦을 평정하고 出關하여 項羽와 싸우니 마침내 垓下에서 그
　　를 죽이고 제위에 올랐다. [周]
42) 下獄之辱(하옥지욕) : 蕭何가 劉邦에게 “長安은 땅이 좁고 上林苑에는 빈땅이 많이
　　있으니 백성들에게 밭을 경작하도록 명하시기를 희망하옵니다”라고 말하자 유방이 大
　　怒하며 그가 상인의 뇌물을 받고 결국에는 황실의 苑囿까지 청하는 것이라고 하였다.
　　그를 廷尉에게 보내 下獄시키도록 했다. [周]
43) 夷族之禍(이족지화) : 呂后는 長安宮에서 韓信을 베고 그의 宗族까지 몰살시켰다.
　　[周]
44) 陳圖南(진도남) : 陳摶을 가리키며 스스로 扶搖子라 칭하였다. 宋나라 眞源 사람이
　　다. 五代 때에 華山에 은거하며 항상 누워있어 백여 일 동안 일어나지 않았다고 한다.
　　趙匡胤이 등극했다는 이야기를 듣고는 “천하가 이제 안정되겠군!”이라 하였다 한다.
　　[周]
45) 關(관), 洛(낙) : 關은 關中을 가리키며 지금의 陝西省이다. 洛은 洛陽을 가리키며 지
　　금의 河南省에 있다. [周]

字觀之, 蓋可見矣. 旣而拂袖歸山, 白雲高臥, 野花啼鳥, 春色一般, 遠引
高騰, 不見痕迹, 所謂寓大巧于至拙, 藏大智于極愚, 天下後世, 知其爲
神仙而已矣! 知其爲隱者而已矣! 孰得而窺其奧奧?[47] 方之子房, 有過無
不及. 人亦有言, 英雄回首卽神仙, 豈不信歟!" 君美曰 : "二公鍊質名山,
塵埃富貴, 向聞高論, 猶似未能忘情者, 豈不爲修行之累乎?" 二人大笑
曰 : "衛君平日議論, 如此之高, 今之識趣, 何如此之下? 夫循行數墨,[48]
呫嗶[49]呻吟,[50] 儒之土苴;[51] 熊經鳥伸,[52] 導引服氣, 仙之糟粕, 吾之所
謂修行者, 豈在是哉!" 因引君美周視其家, 錦綺充盈, 金玉山積, 各有美
人掌之. 最後, 至一山巖中, 有髑髏百枚, 二人指曰 : "此世間不義人也,
余得而誅之." 君美爲之吐舌, 舌久不能收. 明日, 大設宴, 君美首席, 兩
美人捧牙盤盛明珠十, 黃金百兩爲壽. 君美不敢却, 但唯唯謝. 于是劇飮
大醉, 本無賦詩曰:

　　蓋世英雄蓋世才, 關河百戰起塵埃. 遼東白鶴[53]空留語, 天下黃金謾築臺.[54]

---

46) 趙祖(조조) : 宋 太祖 趙匡胤을 가리킨다. [周]
47) 奧奧(요오) : 이치가 매우 오묘하여 쉽게 이해할 수 없음을 의미한다. [周]
48) 循行數墨(순행수묵) : 글자 사이에서 살다. 문자생활을 하며 생활하다. [周]
49) 【校】: [董]에는 佔畢로 되어 있다.
50) 呫嗶呻吟(첩필신음) : 옛날 선비가 책을 읊는[읽는] 것을 형용한다. [周]
51) 土苴(토저) : 土芥(흙과 쓰레기)를 의미하며 가치 없는 물건을 가리킨다. [周]
52) 熊經鳥伸(웅경조신) : 옛날 方士가 導引服氣(기를 끌어들이고 들여 마시는 것)의 방
　　법으로 마치 곰처럼 나무를 타고 올라 기를 끌어들이거나 새처럼 목을 빼고 음식을 먹
　　었다. [周]
53) 遼東白鶴(요동백학) : 곧 丁令威가 학이 되어 遼東으로 돌아간 이야기를 말한다. 丁
　　令威는 漢나라 때 遼東 사람으로 靈虛山에서 도를 배우고 학이 되어 遼東으로 돌아와
　　서 華表 위에 앉아 "새가 되었구나, 새가 되었구나. 丁令威여! 집 떠난 지 천년 만에야
　　비로소 돌아왔네. 성곽은 옛 모습이나 백성들은 같지 않으니 어찌 神仙의 도를 배우지
　　않으리오"라고 읊었다고 한다. [周]
54) 黃金臺(황금대) : 戰國時代 燕나라가 齊나라에 패하자 燕 昭王은 어진 선비를 청하
　　여 원수를 갚고자 하였다. 郭隗가 "왕께서 어진 선비를 얻고자 하신다면 먼저 저 郭隗
　　를 청하십시오"라고 하였다. 왕이 그의 말에 따라 易水가에 黃金臺를 만들어 그를 모
　　시고 스승으로 섬기니 樂毅와 鄒衍, 劇辛과 같은 賢士들이 소문을 듣고 燕나라로 찾
　　아왔다. [周]

壯志已成終古恨, 殘編付與後人哀. 東風萬斛曹瞞[55]艦, 盡化周郎[56]一炬灰.

固虛續吟曰:

豪傑消磨歎五陵,[57] 髮衝烏帽氣塡膺. 眼前不是無豪傑, 身後何須論廢興. 當道有蛇[58]魂已斷, 渡江無馬[59]讖難憑. 可憐一片中原地, 虎嘯龍騰幾戰爭.

其詩大抵類此, 則其人可想矣. 君美知所吟不能出其右, 乃製'喜遷鶯'一闋, 執杯酬謝于二公, 自歌以侑焉. 詞曰:

乾坤如昨, 歎往事凄涼, 長才蕭索. 景物都非, 人民俱換, 非是舊時城郭. 世事恰如棋子, 當局方知難著. 勝與敗, 似一場春夢, 何須驚愕. 寥落, 相見處, 萍水異鄕, 爛熳淸宵酌. 說到英雄身同夢, 澁[60]盡劍[61]鋒蓮鍔. 看破浮雲變態, 休問誰强誰弱. 堪歎息, 這一番歸去, 似遼東鶴.

明日求歸, 二人曰 : "唐有紅線,[62] 今有碧線, 當令送君也." 至則一好女子, 其年可十七八, 負竹箱, 隨眞、文同送君美靑城道上. 顧謂曰 : "後會難期, 請爲起舞." 碧線開箱, 取白丸四, 大如雞卵, 乃雌雄劍也. 二人

---

55) 曹瞞(조만) : 曹操의 어릴 적 字가 阿瞞이었다. [周]
56) 周郞(주랑) : 周瑜를 가리킨다. [周]
57) 五陵(오릉) : 漢나라 초기 제왕들의 능묘로 곧 長陵, 安陵, 陽陵, 平陵, 茂陵을 가리킨다. [周]
58) 當道有蛇(당도유사) : 劉邦이 亭長이 되었을 때 취기를 타서 칼을 뽑아 길에서 뱀을 베어 죽였다고 한다. [周]
59) 渡江無馬(도강무마) : 宋 高宗(趙構)이 金營에서 인질로 잡혀 있다가 남쪽으로 도주할 때에 崔府君廟에서 진흙으로 된 말을 타고 강을 건넜다고 한다. [周]
60) 【校】: [董]에는 澀으로 되어 있다.
61) 【校】: [董]에는 劒으로 되어 있다.
62) 紅線(홍선) : 唐나라 女劍俠. 潞州節度使 薛嵩의 家婢다. 魏博節度使 田承嗣가 潞州를 삼키려 했을 때에 紅線이 야밤에 魏都로 가서 田承嗣의 침실에 침입하여 그의 침상 머리에 있는 金盒을 훔쳐왔다. 薛嵩이 田承嗣에게 서신을 보내어 金盒을 그에게 돌려주었다. 田承嗣는 사죄하고 다시는 潞州를 범하지 않았다. [周] 唐 傳奇『紅線傳』에 나온다. [譯]

引而伸之, 飛躍上下, 須臾, 天地晦冥, 風雲慘淡, 惟于塵埃中見電光翕
欻, 交繞互繆; 君美股戰, 行不成步, 回望其居, 皆陡壁穹崖, 殊無有路;
君美乃氣不得出, 目不得合, 常若刃在其頸, 心膽俱落. 舞罷, 失二人所
在, 獨碧線旁君美立,[63] 倒皮囊中酒共飲. 伺夜, 握君美手東南而逝, 將
三更許抵家; 但見金珠在榻, 碧線亡去久矣, 竟不知其何術也. 洪武二十
年,[64] 君美有婿單公鉉爲庫官, 間爲人道婦翁事, 亦與此脗合焉.

---

63) 【校】: [董]에는 立君美로 되어 있다.
64) 洪武二十年(홍무이십년) : 1387년. [周]

추석방비파정기(秋夕訪琵琶亭記)

가을 저녁 비파정의 궁녀

홍무(洪武) 초년에 오강(吳江)에 살고 있던 심소(沈韶)는 약관의 나이에 외모가 준수했다. 살천석(薩天錫)에게 시를 배우고 변백경(邊伯京)에게 서예를 배워 당시 사람들에게 재주를 인정받았다. 일찍이 살천석의 「과가흥(過嘉興)」이라는 시에 운을 맞춰 「오중이수(吳中二首)」를 지은 적이 있었다.

七澤三江通甫里,	호수와 강들은 보리(甫里)에 통하고
楊柳芙蓉映湖水,	버들과 부용은 호수에 비치네
閶門過去是盤門,	창문을 지나면 곧바로 반문이고
半卷珠簾畫樓里.	그림 누대에 반쯤 걷어올린 주렴
蘼蕪生遍鴛鴦沙,	원앙 노니는 물가에 널찍이 풀 자라고
東風落盡棠梨花,	동풍에 해당화 배꽃 모두 떨어지네
館娃香徑走麋鹿,	객사의 미인 꽃길에 사슴을 달리게 하고
淸夜鬼燈籠絳紗.	맑은 밤 등불은 비단 초롱에 빛나네

三高祠下東流績,　　삼고사(三高祠) 아래 물은 동으로 흐르고
眞娘墓上風吹竹.　　진랑(眞娘) 무덤에 바람은 대숲에 분다
西施去後屧廊頹,　　서시(西施) 떠난 후로 섭랑(屧廊)은 무너지고
歲歲春深燒痕綠.　　매년 봄 깊으면 타고난 흔적 푸르다

東南形勝繁華里,　　동남의 승지 번화명승의 고장
一片笙簫拂江水,　　피리 한소리 강물 쓸어 내리네
小姬白苧制春衫,　　소희(小姬)는 흰 모시로 봄 적삼 만들고
桂楫蘭橈鏡光里.　　배는 거울 같은 호수 속에 미끄러지고
舞台歌榭臨鷗沙,　　누각은 갈매기 노니는 사구에 임해 있고
粉牆半出櫻桃花,　　분칠한 담장엔 앵도꽃 반쯤 나왔네
采香蝴蝶飛不去,　　향기 좇아 나비는 날아가지 않고
撲落輕盈團扇紗.　　쳐서 떨어뜨리니 가볍게 비단 부채에 차는구나
吳歌子夜憑誰績?　　오가와 자야가(子夜歌)를 누구에 의지해 이을까
柳陰吹徹柯亭竹.　　버드나무 그늘에서 피리를 부네
范蠡扁舟去不回,　　범려(范蠡)의 일엽편주 다시는 안 돌아오는데
惟有春波照人綠.　　오직 봄날 물결만이 사람을 비추어 푸르네

다른 시들도 대개 이와 비슷했다. 하지만 집안이 넉넉하여 벼슬길에 나갈 마음이 없었다. 사람들은 그러한 것을 알고 있었지만 그의 재물이 탐나 효렴(孝廉)으로 천거하고자 하거나 혹은 생원(生員)으로 추천하고자 하는 등 번잡을 떨어 하루라도 조용한 날이 없었다.

심소는 비록 재물에 대해 인색하지는 않았지만 그러한 소란이 싫어 처형인 장씨(張氏)에게 의논해 보았다.

"어찌하면 좋겠습니까?"

"어디 멀리 나가서 돌아다녀야만 피할 수 있을 것입니다."

심소는 그 의견에 동의하여 이종과 고종 사촌인 진생(陳生)과 양생(梁生)을 데리고 높고 큰 배에 올라 수많은 재물을 싣고 멀리 양양(襄陽)과 한천(漢川) 사이를 떠돌아 다녔다. 구강부(九江府)에 들러서 여산(廬山)의

수려함을 감상하고 파양호(鄱陽湖)의 맑음을 조망하였다. 군현 성곽에 계속 머무르며 옛 사람을 추모하고 그윽한 경치를 찾아다녔다. 뭇 사람들이 점차 비방하기 시작했으나 그는 조금도 상관하지 않았다.

"우리는 다행히도 집안이 넉넉하고 나이가 젊으며 대체로 글도 할 줄 안다. 이번 여행은 사람들을 피하기 위한 것일 따름이니 어찌 왕융(王戎)의 무리를 본받아 상아로 된 산가지를 잡고 자잘한 이익을 따지겠는가."

스스로 이렇게 탄식하면서 더욱 밖으로 돌기만 하였다. 어느 날 가을비가 막 개이고 나서 물과 하늘이 한 빛깔이 되었다. 심소는 양생과 진생 두 사람과 함께 비파정(琵琶亭)을 찾아가서 백사마(白司馬)의 '적화풍엽(荻花楓葉)'을 읊고 경성(京城) 여인의 '은병철기(銀甁鐵騎)'를 생각하면서 눈을 들어 사방을 보며 한참을 배회하였다. 이때 달은 밝고 바람은 살살 불었으며 인적은 조용하고 밤은 더욱 깊어갔다. 술을 가져다가 함께 마시려는데 달빛 아래서 노랫소리가 혹은 멀리서 혹은 가까이서 한번은 높게 한번은 낮게 들려오는 것 같았다. 세 사람은 놀라서 이게 무슨 일인가 하고 서로 쳐다보았다. 양생이 웃으며 말했다.

"심양(潯陽)의 상부(商婦)가 우리들이 여기에 있다는 것을 안 것일까요?"

심소가 받아 말하였다.

"옛적 백낙천(白樂天)도 천만 번 불렀거늘 오늘 어찌 쉽게 모습을 드러내겠는가?"

"그녀가 나온다 하더라도 늙은 미인인데다가 비파 소리도 애달프니 술자리에 불러서 가볍게 한 곡조 뜯게 한다 하더라도 천애(天涯)에 영락한 감개만 더할 뿐입니다. 그러니 어찌 이로써 즐거움을 얻을 수 있겠습니까?"

"조용히 하고 들어나 봅시다."

노랫소리가 한참이나 지속되다가 끝났다. 술자리가 끝나고 배로 돌아갔는데 도무지 무슨 연고인지 알지를 못하였다. 셋 중에서 유독 심소만

이 성격이 분방하고 호기심이 많아 다음날 그 일을 밝혀 보기 위해 다시 가보았다. 한참을 돌아보았으나 도무지 보이는 것이 없었다. 흥이 가시고 몸도 노곤하여 막 돌아가려는 참에 홀연 기이한 향기가 어디선가 물씬 풍겨왔다. 이상한 생각이 들어 걸음을 멈추고 기다려 보았다. 차한 잔 마실 시간쯤 지났을 때 궁녀의 화려한 복장을 차려입은 선녀 같은 여인이 나타났는데 시녀 둘이 각각 황금으로 된 드는 화로[甼爐]와 보라색 비단으로 된 보료를 들고 그녀를 안내하며 천천히 계단을 올라오는 것이었다. 필시 귀한 집 여식이 여기서 구경하려는 것이겠구나 생각하고는 몸을 피하려고 벽 뒤에 숨었다. 시녀가 뜨락 가운데 자리를 깔자 미인은 자리에 앉고는 돌아보며 말했다.

"어찌 산 사람의 기운이 느껴지느냐? 어제 저녁의 광객(狂客)이 아직 여기에 있는 게 아니냐?"

심소는 그녀가 사람을 시켜 찾아내게 할까봐 일어나서 앞으로 나가 인사를 하고 당돌함을 사죄하였다. 그러자 미인이 말하였다.

"시대가 같지 않고 서로의 명분도 없는 것이니 무슨 당돌함이라고 할 게 있겠습니까? 허나 여러 선비들께서 어제 저녁에 담소하다가 저를 장안의 창기(娼妓)와 부량(浮梁)의 상부(商婦)로 대했으니 너무 지나친 것이 아닙니까?"

심소는 창졸지간에 어떻게 대답해야 될지 몰랐다. 미인이 자리를 함께 하자고 했다. 여러 번 사양했으나 굳이 명하는 지라 자리에 앉았다. 성씨에 대해 물으니 여인이 말했다.

"본말을 털어놓고자 하나 듣고는 놀라실까 두렵습니다. 하지만 저는 사람에게 화를 입히는 자가 아니니 놀라지 마십시오 저는 [원나라 말기 봉기하여 漢王으로 있던] 진우량(陳友諒)의 궁녀 정완아(鄭婉娥)로서 스무 살의 나이로 죽어 정자 근처에 묻혔지요 두 시녀의 이름이 전선(鈿蟬)과 금안(金雁)으로 역시 당시에 순장했던 아이들입니다."

심소는 평소 담력이 있고 풍류를 중히 여기는 지라 괴이하게 여기지 않았다.

　"저는 쓸쓸히 혼자 살고 있는지라 마음을 위로할 만한 것이 없습니다. 그래서 늘 이곳에서 시를 읊으며 유한한 회포를 풀지요. 그런데 뜻밖에 어제 저녁은 여러 선비들께서 자리를 차지하고 노시는 바람에 흥이 가셔 큰 소리로 노래 부르며 돌아갔습니다. 오늘 다행히 좋은 밤에다가 다시 좋은 손님을 만났으니 충분히 보상되었습니다."

　미인은 전선을 시켜 돌아가서 술과 안주를 가져오게 하였고 두 사람은 정자 위에서 술을 마시고 노래를 불렀다.

　"낭군께선 이것을 기억하십니까? 어제 부른 「염노교(念奴嬌)」랍니다."

離離禾黍,	벼와 기장은 익어 고개 숙였는데
歎江山似舊,	탄식하노니 강산은 의구하되
英雄塵土.	영웅은 진토되었네
石馬銅駝荊棘裏,	돌 말과 구리 낙타 가시덤불 속에서
閱遍幾番寒暑.	몇 번의 추위와 더위를 보냈나
劍戟灰飛,	검과 창에는 먼지 날리고
旌旗鳥散,	깃발에는 새 흩어지니
底處尋樓艣.	어디에서 다락배를 찾을까
喑嗚叱咤,	사납게 굽이치는 강물만
只今猶說西楚.	다만 지금 서초(西楚)의 영웅을 얘기할 뿐

憔悴玉帳虞兮,	초췌한 옥장(玉帳)의 우미인이여
燈前掩面,	등잔 앞에 얼굴 가리고
淚交飛紅雨.	눈물은 붉은 비 내리듯
鳳輦羊車行不返,	봉련(鳳輦)과 양거(羊車)는 가곤 오지 않으니
九曲愁腸慢苦.	구곡간장 수심에 쓰리다
梅瓣凝妝,	매화꽃은 짙게 화장하고
楊花飛雪,	버들 꽃은 눈처럼 날리네
回首成終古.	돌아보니 모두가 옛 일

翠螺靑黛,　　　　　비취 빛 머리 쪽에 푸른 눈썹
絳仙慵畵眉嫵.　　　강선(絳仙)은 눈썹 그리기를 게을리하네

　노래가 끝나자 심소에게 잔을 다 비우게 했다. 여러 잔을 마시자 심소는 호기가 발동하여 의론이 바람과 같이 일어났다. 미인과 더불어 원말(元末) 군웅들의 흥망에 대해 이야기하는데 마치 눈으로 보는 듯 하였다. 또 진우량에 대해서도 자세히 물었다.

　"『춘추(春秋)』에서 윗사람과 친한 사람에 대해 말하기를 꺼려한다라고 하니 이는 제가 감히 말할 것이 못됩니다."

　심소가 나서며 말했다.

　"그러면 제가 그 위인에 대해 말해 보지요. 자그마한 은혜는 베풀었으되 과단성 있지 못하고 일에 어두워 조짐을 알지 못하였지요. 신료(臣僚)를 임용함에 재주 없는 자가 많았는데 진평장(陳平章)과 요평장(姚平章) 같은 이들은 그릇이 작은 소인인데도 정사와 병권을 맡겼습니다. 첨동문(詹同文)과 위기산(魏杞山) 같은 이들은 금옥(金玉)같이 훌륭한 선비들이건만 각 지방에 흩어놓고는 한직(閑職)을 맡겼습니다. 무관들은 주색에 빠지고 문관들은 빈말만 일삼았습니다. 성문이 좁아 수레가 들어올 수 없자 비교(飛橋)를 만들고 구강(九江)은 협소하건만 도읍을 세우는 데 급급하였으니 폐허를 남기는 것과 같은 꼴이었지요. 이렇듯 가소로운 일들이 많답니다. 더군다나 몰래 서수휘(徐壽輝)를 살해하고 공개적으로 그 자리에 올라갔지요. 비록 연호를 한(漢)으로 하였으나 우물 안의 개구리 같은 자양(子陽)을 흉내내고 생각은 짧아 강남 이경(李景)의 하인과도 같았습니다. 그런데도 사마귀 같이 약한 힘으로 수레 같이 강한 데에 항거하니 돼지에게 뱀이 씹혀 죽듯 대장은 호수에서 섬멸당했고 고래에게 작은 물고기가 먹히듯 헛된 몸은 화살에 맞아 죽고 말았습니다. 한 번 패하니 하늘이 무너진 듯 군대는 사방으로 뿔뿔이 흩어지고 말았지요. 계책을 세우고 널리 어려움을 구한 자는 오직 오대왕(五大王) 한 사람 뿐

이었습니다. 군웅이 할거하고 천지가 혼란할 때에 모신(謀臣)과 지장(智將) 그리고 보좌하는 현명한 선비가 겨우 이와 같았으니 어찌 패망하지 않을 수 있었겠습니까?"

그러자 미인이 처연해져 눈물을 떨구었다. 울기를 멈추고 눈물을 훔치며 말했다.

"풍월담이나 하시지요 심각한 이야기는 하지 마십시다. 회포만 쓸쓸해질 뿐이랍니다."

미인은 시를 읊었다.

鳳艦龍舟事已空,	봉함(鳳艦)과 용주(龍舟)의 일 이미 사라지고
銀甁金屋夢魂中.	은병(銀甁)과 금옥(金屋)은 꿈에서나 본다
黃蘆晚日烘殘壘,	누른 갈대 밭 지는 해는 쇠잔한 보루 비치고
碧草寒烟鎖故宮.	푸른 풀 속 찬 연기에 옛 궁궐 잠겨있네
隧道魚燈油欲盡,	수도의 고기잡이 등불 기름은 다하려 하고
妝臺鸞鏡匣長封.	장대(妝臺)와 난경(鸞鏡)은 갑 속에 넣었네
憑君莫話興亡事,	그대여! 제발 홍망의 일 말하지 마오
淚濕胭脂損舊容.	눈물이 연지 적셔 옛 모습 손상되리니

미인은 낭송을 마치자 화답시를 구했다. 심소는 즉시 운에 맞추어 시를 지었다.

結綺臨春萬戶空,	결기각, 임춘각 모두가 비었으니
幾番揮淚夕陽中.	몇 번이나 석양에 눈물 뿌렸나
唐環不見新留襪,	양귀비는 죽어서 버선을 남기고
漢燕猶餘舊守宮.	조비연은 옛 수궁(守宮)을 남겼네
別苑秋深黃葉墜,	별원(別苑)에 가을 깊어 낙엽 지고
寢園春盡碧苔封,	침원(寢園)에 봄 다하니 푸른 이끼 자랐네
自慚不是牛僧儒,	부끄러워라, 우승유(牛僧儒)의 재주 아님에도
也向雲階拜玉容.	운계(雲階) 향해 미인에게 인사하네

미인이 다 듣고는 칭찬하며 말했다.

"가히 지음(知音)이라고 할 수 있겠습니다."

이에 자리를 붙여 함께 실컷 마시고 정자에서 함께 동침하니 서로간의 기쁨이 인간세상과 다를 바가 없었다. 이윽고 하늘에서 새소리 들리고 성 머리에서 북소리 그치자 두 사람은 서로를 부추기며 일어났다.

"오늘 저녁은 당연히 처소로 돌아가셔서 좋은 계책을 생각해보시는 게 좋겠습니다. 밖에서 노숙하여 속된 무리들의 웃음을 사서야 되겠어요?"

심소는 고개를 끄떡였다. 급히 여관으로 돌아가 보니 진생과 양생이 그가 오는 것을 기다렸다가 배를 출발하여 다른 곳으로 가려고 하고 있었다. 심소는 거짓으로 말했다.

"어제 집에서 편지를 받았는데 급히 집으로 돌아오라는군요. 필시 다른 일이 있을 것이니 함께 못 가게 되었네요. 두 사람이 먼저 출발해서 기다리면 내 잠시 돌아갔다가 뒤를 쫓아가겠습니다. 미리 목 짧은 방어를 회 떠놓고 알이 밴 게를 많이 사 놓으세요. 두세 달 간 습가(習家)의 연못에서 함께 취하고 진나라 양공(羊公)의 비석을 찾아 두건을 거꾸로 쓰고 「대제가(大堤歌)」를 부른다면 그 놀음도 한 때의 즐거움일 것입니다."

세 사람은 악수한 뒤 헤어졌다. 그 날 저녁 다시 가보니 금안이 이미 와 있었다. 정자 북쪽 대나무 숲 속을 지나 반 리쯤 가자 붉은 대문과 흰 벽으로 된 집이 보였는데 등불이 환하게 밝혀져 있었다. 중당(重堂)에 이르자 미인이 반갑게 맞으며 자색 옥으로 만든 잔을 내어 심소에게 술을 권했다.

"이것은 옛 주인이 쓰던 것인데 지금 이것으로 낭군께 술 권하니 정의가 박하지 않다고 할 수 있겠지요."

심소는 한 달 여를 머물면서 한시라도 떨어질 줄 몰랐다. 어느 저녁 여인이 심소에게 말했다.

"첩이 죽을 때 [진우량의] 한(漢)나라는 한참 흥성하였고 주인의 총애

또한 깊었습니다. 그래서 옥으로 된 관에 안치되고 구슬로 만든 수의를 입었으며 수장품도 당시의 부귀함을 다 누렸답니다. 또 묘나 묘로 가는 길, 묘안도 일품의 관직에 맞는 위엄 있는 모양을 갖추었지요. 이런 까닭에 오체(五體)가 예전과 변함없고 삼혼(三魂)도 그대로랍니다. 예전에 여군(廬君)의 딸인 남극부인(南極夫人)이 우연히 여기서 노시다가 첩에게 태음연형(太陰煉形)의 법술을 가르쳐 주셨는데 그것을 오래도록 수련하여 산 사람과 다를 바 없이 밤에 나오고 낮에는 들어가며 자유자재로 노닐 수도 있습니다. 낭군께서는 시장에 가시어 푸른 양의 젖 반잔을 구해오셔서 저의 눈에 떨어뜨려 주세요. 그렇게 해서 젖을 다 쓰면 눈이 열리고 낮에도 움직일 수 있게 된답니다.”

심소는 그녀 말대로 양의 젖을 구해서 그녀의 두 눈동자에 떨어뜨려 주었다. 달포가 되자 능히 걸어다닐 수 있게 되었다. 함께 나란히 손을 잡고 산길을 거닐며 놀기도 하고 아니면 어깨를 나란히 하여 정자 위에서 웃으며 노래하기도 하였다.

하루는 심소에게 옛 이야기를 들려주었다.

“아직 십이삼 년도 안 되었는데 벌써 옛이야기가 되었군요. 주인께서 하루는 『천보유사(天寶遺事)』를 읽으시고는 매우 기뻐하시며 춘추궁에 연회를 열어 저희들에게 기이한 꽃을 꽂게 하시고는 친히 나비 한 마리를 놓아 나비가 꽃의 향기를 맡고 날아가서 비녀 끝에 앉도록 하였답니다. 그래서 나비가 앉는 사람은 그날 저녁 부름을 받았는데 이것을 ‘접행(蝶幸)’이라고 했지요. 또 저희들에게 ‘옛날 당나라 현종은 여러 번 이 놀이를 했는데 양귀비가 총애를 독차지하게 되자 다시는 행하지 않게 되었지만 나는 그렇게 하지 않을 것이야. 후대하거나 박대하지 않고 구분 없이 할 터이니 너희들은 마땅히 은혜가 공평하다는 것을 알고 경계하도록 하라’고 하시어 모두가 머리를 조아려 감사드린 적이 있답니다.”

또 이런 이야기도 하였다.

“주인께서 원나라 때의 진사인 면양지부(沔陽知府) 유문(劉聞)을 밑에 두시고는 특별한 예로 대접하셨지요. 공무가 한가할 때 편전에 들게 하여 조용히 물으셨답니다. '듣건대 경은 태상박사(太常博士)로 심히 명성이 있다고 하는데 그러하오?' 그러자 유문이 이렇게 대답했지요. '신이 예관(禮官)으로 있을 때인 지정 3년 10월 무술(戊戌)일에 장차 남교(南郊)에 제사지내고 태묘(太廟)에 제사지내어 고하였습니다. 영종(寧宗)의 신위 앞에 이르자 주인께선 '짐은 영종의 형인데 절을 해야 하는가 말아야 하는가?'라고 물으셨습니다. 그래서 신은 '영종은 비록 동생이지만 황제이셨을 때 폐하께선 신하이셨습니다. 춘추 때에 노(魯)나라 민공(閔公)은 동생이고 희공(僖公)은 형이었는데 민공께서 먼저 임금이 되셨습니다. 종묘의 제사 때에 희공이 절을 하지 않았다는 것은 들어보지 못했으니 폐하께서는 마땅히 하셔야 합니다'라고 말씀드렸더니 이를 따르셨습니다.' 주인께서는 또 그를 불러 '경은 중앙 조정에 있었으나 높은 벼슬을 하지 못했소. 허나 문장과 학문은 스스로 감출 수 없는 것이니 원나라를 받들 듯 나를 섬긴다면 높은 벼슬에 자연히 오를 것이오'라고 말씀하시자 유문이 머리 조아려 감사드렸답니다. 한번은 또 '경과 이보(李黼)는 같이 과거에 급제한 사람으로 그가 죽지 않았다면 내 마땅히 크게 그를 기용했을 것이건만 스스로 그 임금을 위해 죽었던 까닭에 경만이라도 다행히 얻을 수 있었다오. 듣건대 경은 시를 잘한다 하는데 근자에 지은 시가 있소?'라고 물으셨지요. 유문은 이렇게 대답하였습니다. '신은 의롭게 죽지 못하여 이보에 대해 부끄러움이 있사옵니다. 일찍이 두보의 구절 「눈에 들어오는 모든 것 슬픔 자아내니 이에 사람으로 하여금 멀리 떠돌게 하는구나(滿目悲生事, 因人作遠游)」를 운으로 삼아 시 열 수를 지어 뜻을 드러낸 적이 있습니다만 지금은 다 잊어버리고 겨우 시 한 수가 기억날 뿐입니다. 폐하를 위해 암송해 보겠습니다.'

世運厄陽九,　　세상 운이 다하니 액운이 찾아오고
干戈禍生民.　　전쟁통에 백성은 화를 입었네

陵谷有高卑,　언덕과 골짜기 높고 낮음 있지만
一朝易其陳.　하루 아침 그 줄이 바뀌었네
間關中郞將,　앞 길 험했던 중랑장
慷慨遠與巡,　비분강개했던 허원(許遠)과 장순(張巡)
志同事乃異,　뜻은 같았으나 일이 다름이지
非有屈與伸.　뜻을 굽히거나 펴거나한 일은 아니라
堂堂李江州.　당당한 이강주(李江州)
求仁而得仁.　인(仁)을 구해 인(仁)을 얻었네
淸風已十載,　청렴하게 살아온 지 벌써 십 년
而我猶爲人.　하지만 이 몸은 아직 살아있구나

　그가 물러가자 주인께선 가까이서 시중들던 사람들을 돌아보며 '정말로 부끄럽게 여겨야 할 노래로다!'라고 하시고는 이때부터 그의 사람됨을 비루하게 여기시고 쓸 마음을 먹지 않으셨답니다. 이 사람이 바로 주문공(朱文公)이 말한 '문인무행(文人無行)'이라는 것이지요. 첩이 보건대 비단 응벽지(凝碧池)에서 시를 지은 왕유(王維)와 후주(後周)의 고관이면서 송을 섬긴 범질(范質) 뿐만 아니라 그도 죄를 받아 마땅한 사람이라고 생각합니다."

　심소는 그녀의 의론을 듣고 속으로 깊이 감복하였다. 그녀가 말한 당시 궁중의 일들은 너무나 많아서 다 기록하지 않는다.

　그녀에 대한 심소의 사랑은 깊어지고 고향을 생각하는 마음은 희미해져 세월은 흘러 어느덧 그곳에서 사 년을 보냈다. 비목어(比目魚)와 쌍익조(雙翼鳥)로도 그들 서로간의 사랑을 비유할 수 없었다. 그 해 초겨울 미인이 까닭도 없이 홀연히 눈물을 비오듯 흘리며 슬픔을 이기지 못하는 것이었다. 심소는 이상한 생각이 들어 물어보았다. 처음에는 무언가 숨기고 말을 하지 않다가 계속해 물어보자 소리내어 크게 울었다. 백방으로 달래자 겨우 입을 열었다.

　"당신과의 인연도 내일 아침이면 다 끝난답니다. 그래서 저도 모르게 이토록 슬퍼하는 것이랍니다."

심소는 이 말을 듣자 너무나 슬퍼 스스로 동굴에서 목을 매 죽으려고 했다. 그러자 미인이 말렸다.

"낭군께서는 이승에서의 수명이 아직 끝나지 않았고 첩의 음질(陰質)이 아직 변하지 않았으니 만약 다시 세상의 인연에 빠져 낭군을 비명에 가게 한다면 명사(冥司)에서 반드시 죄를 더 무겁게 할 것이고 피차 연루될 것이니 언제가 되어야 끝날 수 있겠습니까? 아울러 정해진 운명은 피하고자 해도 피할 수 없는 것으로 비록 목숨을 버린다고 하더라도 또한 헛되이 죽는 것입니다."

심소는 이 말을 듣고 그만두기로 하였다. 금안과 전선도 헤어지기를 안타까워하며 술상을 차려 심소를 전송하였다. 날이 밝자 미인이 한 쌍의 구리로 된 팔찌와 명주로 된 머리 장식을 주며 말했다.

"저의 성의를 표시하는 것입니다. 이 물건을 보실 때마다 저를 생각해주세요. 다시 만날 기약이 없군요. 낭군께선 자중하옵소서."

그리고는 대문 밖까지 바래다주고 소매로 얼굴을 가리고는 돌아서서 들어갔다. 심소는 슬픔을 이기지 못해 눈물이 그렁그렁하였다. 잠깐 돌아보는 사이에 집은 모습을 감추었다.

예전에 머물던 여관을 찾아 쉰 다음 행장을 수습하여 오(吳) 땅으로 돌아갈 준비를 하였다. 며칠이 지나자 양생이 양양(襄陽)에서 돌아왔는데 진생은 방현(房縣)에서 객사를 했다는 것이다. 약속을 어긴 것을 나무라기에 조용히 지난 이야기를 들려주었지만 믿으려 하지 않았다. 정표로 받은 팔찌와 머리장식을 보여주자 비로소 놀라워하며 말했다.

"이것은 인간세상의 물건이 아니군요. 진실로 보물입니다. 정말로 신선을 만나셨던 것이군요."

심소가 함부로 말하지 말도록 신신 당부하였기에 이것을 아는 사람은 없었다. 배를 같이 타고 집으로 돌아오니 아내는 죽은 지 이미 오래되었다. 팔찌 하나를 가지고 회회인(回回人)의 가게로 가서 팔아 수만금의 돈을 받았다. 호구산(虎丘山)의 조용한 곳에 단을 쌓고 도사 주현초(周玄初)를 불러 삼 일 간 죽은 아내의 명복을 빌게 하였다. 삼 일 간의 제사 마지막 밤에 도사가 재를 마치고 나가기를 기다려 친히 조사(弔辭)를 써서 몰래 향로에 태워 미인의 명복을 빌었다. 제사가 끝나고 주현초는 두 여인의 꿈을 꾸었다. 한 명은 성이 장씨(張氏)였고 다른 한 명은 성이 정씨(鄭氏)였는데 두 시녀와 함께 와서는 인사를 하였다.

"저희들은 모두 선과(善果)를 받아서 이미 요대(瑤臺) 금모(金母)의 시녀로 명을 받았습니다."

말이 끝나자 상스러운 구름을 타고 서쪽으로 떠나갔다. 다음날 주현초가 심소를 찾아와 힐난하며 물었다.

"나리께서 어제 모신 것은 본처 장씨였는데 어찌하여 정씨 등 세 사람이 나타났습니까?"

심소는 마음속으로 그들이 궁녀 정완아와 전선, 금안이라는 것을 알고도 짐짓 모르는 척 변명을 하였다.

"저도 그 꿈을 꾸었으나 그 세 사람이 누군지 모릅니다."

그리고는 끝내 사실을 이야기하지 않았다. 이 일을 아는 사람은 오직 양생 한 사람뿐이었다. 심소에게는 「비파가우(琵琶佳偶)」라는 시가 있는데 여기에 첨부한다.

憶昔少年日,	예전 젊은 시절 생각하니
加冠禮初成.	관례(冠禮) 처음 이루어
春衣紫羅帶,	봄옷에 자색 비단 띠
白馬紅樊纓.	흰말에 붉은 말장식
吳中自昔稱繁華,	오땅은 예전부터 번화한 고장
回環十里皆荷花.	주위 십리가 모두 연꽃이라네
窺紅問綠謝游冶,	미인 찾아 기방 출입하던 것 그만두고
與余共泛星河槎.	나와 함께 은하에 배를 띄웠네
星槎留連盆浦邊,	배는 분포(盆浦)가에 대어놓고

空亭醉訪琵琶絃.　　　빈 정자 취해 찾으니 비파 소리
銀篦擊節不堪問,　　　은비녀로 박자 친일 감히 묻지 못하고
錦襪生塵殊可憐.　　　버선에 먼지 쌓임이 진실로 가련하구나
廬山月上猶未去,　　　여산(廬山)에 달 떠도 가지 않고 있다가
娉婷玉貌湖邊遇,　　　아름다운 그대 호숫가에서 만났네
追隨鈿雁雙嬌嬈,　　　시중들던 전선(鈿蟬)과 금안(金雁) 모두 아름답고
直入金屛最深處.　　　곧장 금빛 병풍너머 깊은 곳에 들어갔네
春風東來綻牡丹,　　　봄바람 동쪽에서 오니 모란 꽃 피고
洞房香霧瀜椒蘭,　　　신방엔 향기로운 안개 초란에 이는데
含情慣作雨雲夢,　　　정을 품고 운우의 꿈 이루니
鴛枕生愁淸夜闌.　　　원앙 베개에서 밤이 다함을 근심했네
前朝佳麗誇環燕,　　　옛날엔 양귀비, 조비연의 미모 자랑하여
圖出千人萬人羨,　　　천인 만인의 흠모를 자아냈지만
太眞顔色趙肌膚,　　　양귀비의 안색 조비연의 피부
繡帳戀燈幾回見.　　　비단 장막 등불 아래 몇 번을 돌아보았던가
情緣忽斷兩分飛,　　　사랑의 인연 홀연 끊이어 나뉘어 헤어지니
歸來如夢還如癡,　　　돌아와도 꿈이런가 생시런가
縹囊留得萬金贈,　　　허리춤 주머니에 만금의 선물 들어도
凄凉忍看徒傷悲.　　　처량히 보노라니 슬픔만 더하네
徒傷悲, 難再得.　　　슬퍼만 할 뿐 만날 수는 없어라
當初若悟有分離,　　　당초에 이별 있음을 알았다면
此生何用逢傾國.　　　무엇 하러 경국지색 만났으리

　심소는 그 이후로 다시는 결혼하지 않고 주현초를 스승으로 삼아 오뢰참감(五雷斬勘)의 술법을 전수 받았다. 절강성 지역을 왕래하면서 사악한 기운을 물리치고 병을 치료하였는데 비가 오기를 기원하거나 날이 맑기를 기도하면 많은 영험이 있었다. 후에는 어디로 갔는지 알 수 없게 되었다. 근래에 종남산(終南山)과 숭산(嵩山) 여러 곳에서 그를 본 사람이 있다고 하였는데 아마도 이미 득도한 것이 아닌가 한다.

洪武初, 吳江沈韶, 年弱冠,[1] 美姿容, 詩學薩天錫,[2] 字學邊伯京,[3] 皆爲時輩所稱許. 嘗和天錫過嘉興詩韻, 題吳中二首云:

七澤[4]三江[5]通甫里, 楊柳芙蓉映湖水, 閶門過去是盤門, 半卷[6]珠簾畫樓裏. 蘼蕪生遍鴛鴦沙, 東風落盡棠梨花, 館娃香徑走麋鹿, 淸夜鬼燈籠絳紗. 三高祠[7]下東流續, 眞娘墓上風吹竹. 西施去後屧廊[8]頹, 歲歲春深燒痕綠.

東南形勝繁華里, 一片笙簫拂江水; 小姬白苧製春衫, 桂楫蘭橈鏡光裏. 舞臺歌榭臨鷗沙, 粉牆半出櫻桃花; 采[9]香蝴蝶飛不去, 撲落輕盈團扇紗. 吳歌[10]

---

1) 弱冠(약관): 스무 살. 옛날에 남자는 20세에 관을 썼는데 아직 신체가 완전히 실하지 않았으므로 弱이라고 한 것이다. 『禮記』에 "二十曰弱, 冠."이라 하였는데 이후에 남자가 막 성인이 되었음을 일컫는 말이 되었다. [周]

2) 薩天錫(살천석): 薩都剌을 가리키는데 號는 直齋이며 元代 詩人이다. 泰定(1324~1328) 연간에 進士에 올랐다. 본래 答失蠻氏로서 그의 조부가 공을 세워 雲中과 代郡에 鎭守하면서 雁門 사람이 되었다. 관직이 御史에 이른 후 권력자를 탄핵하다가 淮西北道廉訪使로 좌천되었다가 오래 지나지 않아 관직에서 물러났다. [周]

3) 邊伯京(변백경): 邊武를 이른다. 元 京兆 사람이다. 書畵에 능했고 行書와 草書를 鮮于樞에게 배웠는데 진품처럼 보이게 하였다. [周]

4) 七澤(칠택): 山東, 河南, 湖北, 湖南, 江西, 江蘇 일대에는 모두 일곱 개의 湖水가 있다. 宋 柳開가 쓴 「皮日休文集序」를 보면 전국 각지의 못 이름을 들고 있는데 모두 魯大野, 晋大陸, 秦陽洿, 宋孟諸, 楚雲夢, 吳越具區, 齊海隅, 燕昭余祁, 鄭圃田, 周焦護로 열 개의 호수다. 晋, 秦, 燕의 세 호수는 거리가 매우 멀기에 포함하지 않았으므로 모두 일곱 개다(周는 東周로 당연히 포함시켜야 한다). [周]

5) 三江(삼강): 吳淞江, 婁江, 東江을 가리킨다. [周]

6) 【校】: [董]에는 捲으로 되어 있다.

7) 三高祠(삼고사): 越나라의 范蠡, 晋나라의 張翰, 唐나라의 陸龜蒙을 가리켜 三高라 한다. 江蘇省 吳江縣 동쪽에 삼고의 사당이 있는데 宋나라 때에 세워졌다. [周]

8) 屧廊(섭랑): 響屧廊(나막신을 신고 가면 소리가 울리는 주랑)을 가리킨다. 春秋時代에 吳 왕궁에 있던 복도 이름으로 나무판자를 땅에 깔아서 신을 신고 걸을 때마다 소리가 났다. 遺跡은 지금의 蘇州 靈岩山에 있다. 복도 가운데 바닥에 두 개의 검은 자국이 있는데 전설에 의하면 西施의 신발 자국이라고 하나 이는 견강부회다. [周]

9) 【校】: [董]에는 採로 되어 있다.

『子夜』11)憑誰續? 柳陰吹徹柯亭竹.12) 范蠡扁舟13)去不回, 惟有春波照人綠.

　　他詩皆類此.14) 然以家富, 不欲仕. 人知其然, 復利其賄, 或欲擧爲孝廉,15) 或欲保爲生員, 旁午16)紛紜, 殊無寧月. 韶雖不吝于財, 實厭其擾, 乃謀于妻兄張氏曰 : "如之何其可?" 張曰 : "惟有遠遊, 差可避耳." 韶然其計, 乃拉中表17)陳生、梁生, 乘峨舸巨艑, 載萬億18)重貨, 遨遊襄、漢19)間; 次于九江府, 愛匡廬20)之秀, 覽彭蠡21)之淸, 留連郡郭, 吊古尋幽, 衆稍譏之, 韶不卹也. 因嘆曰 : "吾儕幸家富年少, 粗知文墨, 茲行蓋避人耳. 豈能效王戎22)輩, 執牙籌, 屑屑計刀錐之利哉?" 遊盍數. 偶秋雨新霽, 水

----

10) 吳歌(오가) : 樂府 吳聲歌曲이다. [周]
11) 子夜(자야) : 歌曲이름. 『宋書·樂志』에 "子夜를 노래한 사람은 子夜이며 이 곡을 만들었다. 후대의 사람들이 四時行樂의 노래로 다시 만들어 「子夜四時歌」라 하였다(『子夜歌』者, 有歌者名子夜, 造此聲. 後人改爲四時行樂之歌, 名『子夜四時歌』)"라는 문장이 보인다. [周]
12) 柯亭竹(가정죽) : 피리를 가리킨다. 干寶의 『搜神記』에 다음과 같은 내용이 보인다. 蔡邕이 일찍이 柯亭(지금의 浙江 紹興에 있으며 柯橋를 말한다)에 이르렀는데 그 정자는 대나무로 서까래를 만들어져 있었다. 채옹이 고개를 들어보며 "이것은 참으로 좋은 대나무로구나"라고 하였다. 그것을 가져다가 피리를 만들었는데 나오는 소리가 매우 맑고 깨끗하였다. [周]
13) 扁舟(편주) : 일설에 의하면 范蠡가 越王 句踐에게 작별을 고하고 扁舟를 타고 五湖를 떠돌았다고 한다. [周]
14) 【校】 : [董]에는 此類로 되어 있다.
15) 孝廉(효렴) : 漢나라 武帝(劉徹)는 郡, 國마다 매년 효성스럽고 청렴한 사람을 한 명씩 천거하도록 하였는데 歷代로 보면 州에서 秀才를 천거하고 郡에서 孝廉한 사람을 추천하는 것이 관행으로 여겨졌다. 明淸 兩代에 이르면 擧人(鄕試 합격자)을 곧 孝廉이라 하였다. [周]
16) 旁午(방오) : 사물이 종횡으로 어지러운 것을 가리킨다. [周]
17) 中表(중표) : 母親의 자매의 아들을 內兄弟라 하는데 內는 곧 中이다. 父親의 누이의 아들을 外兄弟라 하는데 外는 곧 表이다. 통틀어 中表親이라 한다. [周] 이종사촌과 고종사촌을 말한다. [譯]
18) 萬億(만억) : 셀 수 없을 만큼의 많은 수를 말한다. [譯]
19) 襄漢(양한) : 襄은 襄陽을 가리키며 漢은 漢川을 가리킨다. 모두 湖北省에 있다. [周]
20) 匡廬(광려) : 廬山(여산, Lushan)을 이른다. 江西省 九江市 남쪽에 있다. 殷周 代에 匡俗의 형제 일곱 명이 이곳에서 움막[廬]을 짓고 살았다 하여 匡廬라 이름하였다. [周]
21) 彭蠡(팽려) : 호수 이름. 곧 江西省의 鄱陽湖(파양호, Poyanghu)이다. [周]
22) 王戎(왕융) : 字는 濬沖(준충)으로 晋나라 王渾의 아들이다. 阮籍과는 친구로 늘 함께

天一色. 韶偕梁、陳二生, 同訪琵琶亭, 吟白司馬[23]"荻花楓葉"[24]之篇, 想
京城女"銀瓶鐵騎"[25]之韻, 引睇四望, 徘徊久之. 于時月明風細, 人靜更
深, 方取酒共酌, 聞月下彷彿有歌聲, 乍遠乍近, 或高或低, 三人相顧錯
愕. 梁生戲曰:"得非商婦解事乎?" 韶曰:"爾時樂天尙須千呼萬喚, 今日
豈得容易呈身哉?" 陳生曰:"老大蛾眉, 琵琶哀怨, 縱使尊前輕籠慢撚,
適足以增天涯淪落之感, 豈能醉而成歡耶?" 韶曰:"且靜聽之." 良久而
寂. 酒罷回船, 竟莫知其何故.

　　獨韶迭宕,[26] 好事多情, 翌日, 往究其實. 躊躅之間, 了無所見, 興闌體
倦, 方欲言還; 忽奇香馥郁, 縹緲而來. 韶異之, 延佇[27]以俟; 茶頃, 一麗
人宮妝艷飾, 貌類天仙, 二小姬前導, 一持黃金吊爐, 一抱紫羅繡褥, 冉
冉登階. 意必貴家宅眷, 臨賞于此, 隱壁後避之. 小姬鋪褥庭心, 麗人席
地而坐, 顧姬曰:"何得有生人氣? 毋乃昨夕狂客在是乎?" 韶懼其使人搜
索, 起[28]出拜見, 且謝唐突. 麗人曰:"朝代不同, 又無名分, 何唐突之有!
但諸郎夜來談笑, 以長安娼女, 浮梁[29]商婦見目, 毋亦太過乎?" 韶倉卒

竹林에서 놀았다. 晋 惠帝(司馬衷) 때 賈后에게 등용되어 벼슬이 司徒에 이르렀다. 집
안에는 여러 州에 田園이 있었는데 항상 혼자서 산가지를 잡고 밤낮으로 회계하였다.
일설에는 그는 재물과 이익을 좋아하지 않았는데 亂이 자주 일어났으므로 禍를 피할
계략으로 그랬다고 하기도 한다. 王翦이 秦始皇에게 田園을 요구한 것처럼 그의 성품
이 탐욕스럽다고 한 것은 잘못된 설이다. [周]

23) 白司馬(백사마): 白樂天. 일찍이 江州司馬로 좌천된 적이 있기 때문에 白司馬라 칭
　　한 것이다. [周]
24) 荻花楓葉(적화풍엽): 白樂天의 「琵琶行」에 나오는 구절로 "심양강 어귀에서 한 밤
　　에 손을 보내니 단풍잎 갈대꽃에 가을 바람 소슬하다(潯陽江頭夜送客, 楓葉荻花秋瑟
　　瑟)"의 일부분이다. [周]
25) 銀瓶鐵騎(은병철기): 白樂天의 「琵琶行」에 "은병이 깨지며 물이 쏟아져 나오듯 철
　　기가 돌진하여 창칼이 부딪쳐 운다(銀瓶乍破水漿進, 鐵騎突出刀槍鳴)"라는 구절이 있
　　다. 京城女는 곧 潯陽 商人의 아내를 가리킨다. [周]
26) 迭宕(질탕, diedang): 跌宕이다. 분방하여 속박할 수 없음을 의미한다. [周]
27) 【校】: [董]에는 竚로 되어 있다.
28) 【校】: [董]에는 超로 되어 있다.
29) 浮梁(부량): 옛날 縣의 이름. 지금의 江西省 景德鎭에 속한다. 潯陽 商婦의 남편은
　　浮梁의 茶상인이었다. [周]

莫知所對. 麗人呼使同茵, 辭讓再四; 固命之, 乃就席. 因問其姓氏. 麗人曰: "欲陳本末, 懼駭君聽, 然吾非禍于人者, 幸勿見訝! 妾僞漢[30]陳主婕妤[31]鄭婉娥也, 年二十而死, 殯于亭近; 二侍兒一名鈿蟬、一名金鴈, 亦當時之殉葬者." 韶素有膽氣, 兼重風情, 不以爲怪也. 麗人曰: "妾沉鬱獨居, 無以適意, 每于此吟弄, 聊遣幽懷, 詎意昨宵爲諸郎所據, 敗興浩歌而返. 今幸對此良宵, 復遇佳客, 足以償矣." 使鈿蟬歸取酒肴, 飮于亭上, 自歌其詞曰: "郎憶之乎? 卽昨日所謳之『念奴嬌』也." 詞曰:

離離禾黍, 歎江山似舊, 英雄塵土. 石馬銅駝荊棘[32]裏, 閱遍幾番寒暑. 劍戟灰飛, 旌旗鳥[33]散, 底處尋樓櫓. 喑嗚叱咤, 只今猶說西楚.[34] 憔悴玉帳虞兮,[35] 燈前掩面, 泪交飛紅雨. 鳳輦羊車行不返, 九曲愁腸慢苦. 梅瓣凝妝, 楊花飛雪,[36] 回首成終古. 翠螺靑黛, 絳仙[37]慵畫眉嫵.

歌竟, 勸韶盡飮. 數杯後, 韶豪態逸發, 議論風生, 與麗人談元末群雄

---

30) 僞漢(위한): 陳友諒이 建國한 후에 이름을 漢이라 하였다. 글자 앞에 僞字를 덧붙인 것은 작자가 明나라를 正統으로 여겼기 때문이다. [周] 陳友諒(1320~1363)은 元末 서수휘를 죽이고 採石磯에서 자칭 漢이란 국호를 정하고 大義라는 연호를 선포했다. 후에 朱元璋에게 패하였다. [譯]

31) 婕妤(첩여): 古代 궁중의 女官의 이름. 漢制에서는 그 지위가 昭儀 아래였고 娙娥(형아)의 위였다. 제후들과 비교해보면 上卿과 같았다. 魏制에서는 그 지위가 脩儀 아래였고 容華의 위였다. 中二千石과 같았다. 陳友諒의 궁중에 이르러서는 婕妤라는 명칭이 있었는지 없었는지 살펴볼 수가 없다. [周] 漢나라 때 班婕妤가 있었다. [譯]

32) 銅駝荊棘(동타형극): 晋나라 索靖은 식견이 매우 높아 장차 천하에 난이 있을 것을 알고는 洛陽 宮門의 銅駝[청동낙타]를 가리키며 "보아하니 너는 곧 가시덤불 속에 던져져 있겠구나"라고 하였다. [周]

33) 【校】: [董]에는 烏로 되어 있다.

34) 西楚(서초): 楚覇王 項羽를 가리킨다. [周]

35) 虞兮(우혜): 項羽가 총애하던 미인 虞姬를 가리킨다. 항우가 垓下에서 최후를 맞기 전에 「垓下歌」라는 노래를 지었는데 그 끝 구절이 "우희야! 우희야! (너를) 어찌해야 한단 말인가!"이다. [周]

36) 【校】: [董]에는 飜曲으로 되어 있다.

37) 絳仙(강선): 吳絳仙을 이른다. 隋煬帝(楊廣)의 宮嬪으로 긴 눈썹을 잘 그리고 귀밑머리를 잘 드리워 楊廣에게 총애를 받았다. [周]

起滅事, 歷歷如目覩, 且詢陳主行事之詳. 麗人曰 : "『春秋』爲尊者諱, 爲親者諱, 此非妾所敢知也." 詔曰 : "余請遂言其爲人, 煦煦然而少英斷, 貿貿焉而昧幾微. 委任臣僚, 非才者衆, 如陳平章、[38] 姚平章,[39] 皆斗筲[40]小人, 而使之秉鈞軸,[41] 握兵符・詹同文、魏杞山,[42] 乃金玉佳士, 而使之在散地, 處閑官. 武弁則縱情酒色, 文吏則惟事空言. 城門狹而弗能容輦, 爰作飛橋; 九江陋而銳于建都, 猶餘故址. 如此之類, 可笑甚多. 況復潛弑壽輝,[43] 顯居厥位, 改元建號, 弟兄井底之子陽;[44] 狹量淺謀, 奴僕江南之李景.[45] 而猶奮攘螳[46]臂,[47] 拒抗鷹揚,[48] 豕殪蛇殂, 大將已

---

38) 陳平章(진평장) : 陳友諒의 平章인 陳榮으로 후에 明나라에 투항하였다. [周]

39) 姚平章(요평장) : 陳友諒의 平章인 姚天祥을 말한다. 후에 明에 투항하였다. [周]

40) 斗筲(두소) : 도량이 좁은 사람을 말한다. 『論語』에 "도량이 좁은 사람과 어찌 도모한단 말인가(斗筲之人, 何足算也)!"라는 문장이 보인다. [周]

41) 鈞軸(균축) : 鈞은 물건을 측량하는 기구이고 軸은 수레가 움직일 수 있게 해주는 것으로 모두 매우 중요한 것이다. 중요한 政權을 장악함을 비유한다. [周]

42) 詹同文(첨동문), 魏杞山(위기산) : 모두 陳友諒 수하의 文臣으로 事蹟은 자세하지 않다. [周]

43) 壽輝(수휘) : 徐壽輝를 말한다. 元末 각지의 농민 반란군 영수의 하나다. 본래 湖南 사람으로 布木商人이었다. 1351년 황제라 칭하고 국호를 天完이라 했다. 도읍을 蘄水에 두고 연호를 治平으로 고쳤다. 후에 陳友諒에게 兵權을 뺏기고 허울뿐인 자리만 유지하고 있다가 1360년 采石磯의 배에서 陳友諒이 거짓으로 사람으로 하여금 앞에서 군정을 보고하도록 하고 몰래 壯士를 시켜 등뒤에서 철퇴를 내리쳐 머리가 깨져 죽었다. [周]

44) 弟兄井底之子陽(형제정저지자양) : 子陽은 漢나라의 公孫述이며 扶風 茂陵 사람이다. 王莽이 왕위를 찬탈하자 각지에서 영웅호걸들이 일어났는데 그도 四川을 점거하여 蜀王이라고 칭했다. 25년에 스스로 황제가 되어 호를 成家라 하며 아우인 公孫光을 大司馬로 삼았으며 公孫恢를 大司徒로 삼았다. 36년에 吳漢에 의하여 토벌되어 종족이 완전히 멸하였다. 馬援이 隗囂(외효)에게 "子陽은 우물 안의 개구리에 불과하네. 분별없이 스스로 잘난 척 하였다네"라고 하였다. [周]

45) 奴僕江南之李景(노복강남지이경) : 李景은 李璟으로 字는 伯玉, 五代 시기 南唐 사람이다. 李昇(이변)의 아들로 李昇을 이어 南唐中主가 되었다. 일찍이 建州를 공격하여 王延政을 항복시켰다. 또한 楚를 공격하여 馬氏를 멸하였다. 후에 남쪽을 원정하면서 滁州(저주)를 취하였다. 그는 자신은 적이 없다고 믿고는 周나라(後周)에 서신을 보내 공물과 조세를 바치고 형제로 결의할 것으로 원했지만 周 世宗(柴榮)은 답이 없었다. 후에 강북지역의 땅을 떼어주며 신하로 칭하자 周는 공격을 멈추었다. 제왕의 호를 취소하고 周의 연호를 받들다가 재위 19년에 죽었다. [周]

46) 【校】: [董]에는 螗으로 되어 있다.

殲于湖水;49) 鯨誅鯢戮, 幻身旋斃于箭鋒;50) 一敗天亡, 六軍星散. 若其密籌帷幄,51) 弘濟艱難者, 特五大王,52) 一人而已. 嗚呼!當群雄鼎沸53)之秋, 居草昧54)風塵之日, 而謀臣智將, 拂士55)才官, 僅僅56)若此, 烏得而不敗亡哉?” 麗大淒然, 泣數行下; 泣已, 收淚曰 : “且談風月, 不必深言, 徒令人懷抱作惡耳.” 因口占一詩曰 :

鳳艦龍舟事已空, 銀屏金屋夢魂中, 黃蘆晚日烘57)殘壘, 碧草寒烟鎖故宮.
隧道魚燈油欲盡, 妝臺鸞鏡58)匣長封. 憑君莫話興亡事, 淚濕胭脂損舊容.

---

47) 螳臂(당비) : 힘이 부족한데도 경솔하게 對敵함을 비유한 말이다. 『莊子』에 “너는 사마귀를 모른단 말이냐? 화를 내며 그 어깨로 수레바퀴를 대적하니 이길 수 없음을 알지 못한 것이다(汝不知夫螳螂乎? 怒其臂以當車轍, 不知其不勝任也)”라는 문장이 보인다. [周]

48) 鷹揚(응양) : 위엄이 매처럼 날아오르다. 『詩·大明』에 “상보를 스승으로 모시나니 그 위엄이 매와 같도다(維師尙父, 時維鷹揚)”라는 구절이 있다. [周]

49) 大將已殲于湖水(대장이섬어호수) : 1361년 朱元璋이 陳友諒을 공격하여 陳友諒의 아우인 陳友仁과 陳友貴 그리고 平章 陳普略을 鄱陽湖의 康郎山에서 불태워 죽였다. [周]

50) 幻身旋斃于箭鋒(환신선폐어전봉) : 1363년 8월 8일에 陳友諒이 朱元璋과 전투를 벌였는데 배 위에서 화살이 눈을 뚫고 머리를 관통하여 죽었다. [周]

51) 帷幄(유악) : 中軍帳. 『漢書·張良傳』에 “장막 안에서 여러 가지 방책을 짜내니 천리 밖에서 승리를 뽑아낸다(運籌策帷帳中, 決勝千里外)”라는 문장이 보인다. [周]

52) 五大王(오대왕) : 陳友諒의 아우 陳友仁을 가리킨다. 그는 비록 외눈이였지만 오히려 지혜와 용기는 충만하였다. 朱元璋과 鄱陽湖의 康郎山에서 전투를 벌이다가 타 죽었다. [周]

53) 鼎沸(정비) : 정세가 불안정한 것이 마치 솥에 물이 들끓는 것과 같다. [周]

54) 草昧(초매) : 草創 시기는 마치 蒙昧의 시간과 같았음을 의미한다. [周]

55) 拂士(불사) : 보필하는 賢士. 拂은 弼과 통한다. 『孟子』에 “안으로 法家와 拂士가 없고 밖으로 敵國과 外患이 없으면 그 나라는 항상 망한다(入則無法家拂士, 出則無敵國外患者, 國恒亡)”라는 문장이 보인다. [周]

56) 【校】 : [董]에는 厘厘으로 되어 있다.

57) 【校】 : [董]에는 空으로 되어 있다.

58) 鸞鏡(난경) : 옛날에 罽賓國(계빈국)의 왕이 난새 한 마리를 얻었는데 새를 울게 하고 싶었지만 마땅한 방법이 없었다. 왕후가 “거울을 걸어서 그 새를 비추면 새는 곧 울게 될 것입니다”라고 하였다. 난새는 자신의 모습을 보고는 슬피 울기 시작했는데 한 번 울더니 날개를 퍼덕이다가 죽고 말았다. 이후 사람들은 거울을 난경이라고 하였다. [周]

誦而索和, 韶卽依韻以酬之曰：

　　結綺臨春59)萬戶空, 幾番揮淚夕陽中. 唐環60)不見新留襪,61) 漢燕62)猶餘舊
守宮.63) 別苑秋深黃葉墜, 寢園春盡碧苔封. 自慚不是牛僧儒,64) 也向雲階拜
玉容.

　　麗人嘖嘖, 曰：“可謂知音.” 于是促席暢飮, 共宿于亭, 相與媾歡, 一如
人世. 少焉, 天上烏啼, 城頭鼓歇, 麗人扶携而起. 曰：“今夕當歸舍中, 謀
爲久計; 不宜風眠露宿, 貽俗子輩嗤笑!” 韶頷之. 亟返逆旅, 則陳、梁二
生緊候開舟, 乃紿曰：“昨得家書, 促回甚急, 必有他故, 不得同行矣. 二
兄先往, 沿途見候, 小弟蹔爾一歸, 隨當趕上, 幸爲預膽65)縮項之鯿, 多

---

59) 結綺(결기), 臨春(임춘)：모두 殿閣 이름이다. 陳後主가 至德 2년에 光照殿 앞에 臨
　　春, 結綺, 望仙이라는 세 각을 지었는데 높이가 수 丈에 이르고 매 각마다 방이 수십
　　칸이었다. 창문과 門楣, 난간, 문지방은 모두 침향과 단향목으로 만들어졌고 金玉으로
　　장식하였다. 사이 사이에 진주와 비취를 박고 밖에는 진주 주렴을 달았으며 안에는 보
　　석 침상과 보석 휘장을 두었다. 後主는 臨春閣에 머물렀는데 結綺閣에는 貴妃 張麗
　　華, 望仙閣에는 孔貴嬪이 거처하게 하여 길을 열어 서로 왕래할 수 있게 하였다. [周]
60) 唐環(당환)：唐 玄宗(李隆基)의 貴妃 楊玉環[양귀비]을 말한다. [周]
61) 留襪(유말)：양귀비가 馬嵬坡에서 목매달아 죽었을 때 배나무 아래에 버선 한 짝을
　　남겼는데 어느 가게의 여인이 주워서 보물같이 여겼다. 사람들이 그것을 보고자 하면
　　반드시 많은 돈을 내어야 했는데 그녀는 이로 인해 부자가 될 수 있었다. [周]
62) 漢燕(한연)：趙飛燕을 말한다. 漢 成帝(劉驁)의 궁인으로 처음에 歌舞를 배웠는데 너
　　무 가벼워 飛燕이라 칭하게 되었다. 후에는 婕妤가 되었다. 이후에 폐위되었다가 皇后
　　로 세워졌다. [周]
63) 守宮(수궁)：도마뱀 종류의 동물을 가리킨다. 속칭 壁虎라고 하는데 이것을 대야에다
　　길러서 붉은 색 흙을 먹인 후에 빻아 즙을 만들어 여인의 몸에 붙이면 종신토록 없어
　　지지 않는다 한다. 다만 남녀간의 성관계를 가지면 곧 없어진다고 여겨져서 옛날에 궁
　　중에서는 이것을 이용하여 궁녀들의 방탕함을 막았다고 한다. [周]
64) 牛僧孺(우승유)：字는 思黯이며 唐나라 사람이다. 進士에 올라 관직이 御史中丞, 同
　　平章事에 이르렀고 奇章郡公으로 봉해졌다. 文宗(李昂) 때에 李宗閔과 함께 결탁하여
　　권세가 하늘을 움직일 정도였다. 세상에서는 牛, 李라 칭하였다. 牛僧孺는 일찍이 傳奇
　　小說『周秦行記』를 지었는데 薄太后, 戚夫人, 楊貴妃, 潘淑妃, 綠珠 등과 만났으며
　　昭君과 동침한 이야기를 적고 있는데 터무니없는 말이 많다. 실제로는 李德裕黨에 속
　　해있던 韋瓘(위관)이 지은 것인데 우승유의 이름을 가탁하여 모함한 것이다. [周] 우승
　　유는 이외에도『玄怪錄』,『妖錄』 등의 작품을 남기고 있다. [譯]

買團臍之蟹, 三兩月間, 當同醉習家之池,⁶⁶⁾ 共尋羊公之刻,⁶⁷⁾ 倒接䍦,⁶⁸⁾ 歌『大堤』,⁶⁹⁾ 庶幾斯遊亦一時之快也." 二生信之, 執手而別. 韶是晚再去, 金雁已先在矣, 遂導過亭北竹陰中, 半里餘, 見朱門素壁, 燈燭交輝, 纔及重堂, 麗人迎笑, 出紫玉杯飮韶曰:"此吾主所御, 今以勸郎, 意亦不薄矣." 留宿⁷⁰⁾月餘, 不啻膠漆. 一夕, 麗人語韶曰:"妾死時, 僞漢方盛, 主寵復深, 故玉匣珠襦, 殯送極一時之富貴; 幽宮神道, 墳塋備一品之威儀, 是故五體依然, 三魂不昧. 向者盧君⁷¹⁾愛女南極夫人, 偶此嬉遊, 授妾以太陰⁷²⁾煉形⁷³⁾之術, 爲之旣久, 不異生人, 夜出晝藏, 逍遙自在. 君宜就市求靑羊乳半杯, 勤勤滴妾目中. 乳盡眼開, 白日可起." 韶如言求得, 以潤其兩眦, 屈指三旬, 欻然能步; 或同携素手, 遊行隧中, 或并倚香肩, 笑歌亭上. 與韶論舊事曰:"未及十二三年, 便成陳迹. 吾主一日讀『

---

65) 【校】:[董]에는 鱠로 되어 있다.

66) 習家池(습가지):晋나라 山簡이 襄陽을 다스렸는데 술 마시기를 매우 좋아하였다. 그곳의 豪族인 習氏에게 좋은 園池가 있었다. 山簡은 늘 그 연못으로 가서 술을 마시며 노닐었고 아울러 연못의 이름을 高陽池라고 지었다. [周]

67) 羊公刻(양공각):晋나라 羊祜(양호)의 字는 叔子이고 南城 사람이다. 일찍이 襄陽을 다스렸을 때에 백성들이 그에게 매우 호감을 가졌다. 그가 죽은 이후에 襄陽의 백성들이 峴山에 碑와 祠堂을 세우고 歲時 때마다 제사를 지냈는데 이 碑를 보는 사람 중에 눈물을 흘리지 않는 자가 없었다고 한다. 그리하여 杜預는 그 이름을 墮淚碑라 지었다. 羊公刻은 곧 墮淚碑를 가리키는 것이다. [周]

68) 接䍦(접리):흰색 모자. 山簡이 襄陽을 다스렸을 때 매번 나가서 놀 때마다 항상 이 모자를 썼다고 한다. 당시의 사람들이 그를 위해 노래 한 곡을 만들었는데 "山公이 때때로 취하니 高陽池를 만들어 놀다가 해가 저물면 돌아가곤 했지. 술에 취하면 정신이 없어서 驄馬를 타고 갈 때면 흰 모자를 거꾸로 썼다네"라고 하였다. [周]

69) 大堤(대제):歌曲이름.『古今樂錄』에 "襄陽의 노래는 宋 隨王誕이 지은 것이다. 誕은 처음에는 襄陽郡을 다스렸다가 雍州刺史가 되었다. 밤에 뭇 여인들의 가요를 듣고는 이것을 지었다. 또한『大堤曲』이 있는데 여기서 나온 것이다"라는 문장이 보인다. [周]

70) 【校】:[董]에는 宿留로 되어 있다.

71) 盧君(여군):『盧山記』에 "周 威王 때에 匡俗盧君이 있었다"라는 문장이 보인다.『地理通釋』에는 "盧山의 본래 이름은 鄣山이었는데 匡俗이 이곳에 움막을 지었다고 하여 이렇게 이름하였다"라는 문장이 보인다. [周]

72) 太陰(태음):달을 가리킨다. [周]

73) 煉形(연형):道家에서 몸을 기르는 法術이다. 老子 李耳가 전한 것이라 한다. [周]

天寶遺事』74)而喜之, 故春秋宮中設宴, 令妾輩競簪奇花, 親放一蝶, 蝶聞花馥, 飛著釵端, 所止之人, 是夕得召, 謂之蝶幸. 且喩妾等曰: '昔唐明皇屢爲此戲, 楊妃專寵, 不復擧行, 朕則不然, 罔分厚薄, 汝輩亦宜知均一之恩, 致警戒之道.' 衆皆叩首謝." 又曰: "主嘗得元進士沔陽知府劉聞, 待以殊禮, 萬幾75)之暇, 引入便殿, 從容顧問曰: '聞卿爲太常博士,76) 甚有聲名, 果爾乎?' 聞對曰: '臣爲禮官, 値至正三年77)冬十月戊戌, 將祀南郊,78) 告祭太廟,79) 至寧宗80)室, 問曰: 「朕寧宗兄也, 當拜否?」臣進曰: 「寧宗雖弟, 然爲帝時, 陛下爲臣; 春秋時魯閔公81)弟也, 僖公82)兄也: 閔公先爲君, 宗廟之祭, 未聞僖公不拜; 陛下當拜.」 從之. 吾主又召之曰: 「卿仕中朝, 未聞顯要, 而文章學問, 自不容掩, 其以事元者事我, 不患不至大官.」 聞頓首謝. 主又曰: 「卿與李黼83)同榜, 黼不死, 我當大用之, 然黼自爲其主, 幸獨得卿. 聞卿善爲詩, 近有作否?」 聞對曰: 「臣不能死義, 有愧于黼. 嘗以杜甫滿目悲生事, 因人作遠游爲韻,84) 賦十詩見志, 今皆

---

74) 天寶遺事(천보유사): 책이름. 五代 王仁裕가 撰했다고 한다. 그러나 洪邁의 『容齋隨筆』에서는 이 책이 僞托한 것이라고 했다. [周]

75) 萬幾(만기): 옛날 皇帝가 처리했던 수많은 일을 가리킨다. [周]

76) 太常博士(태상박사): 옛날 宗廟의 祭禮儀式을 관장하던 관리를 의미한다. [周]

77) 至正三年(지정삼년): 1343년. [周]

78) 南郊(남교): 옛날 제왕이 하늘에 제사지내던 儀式. 옛 제도에 매년 동짓날에 圓丘에서는 하늘에 제사지내고 南郊에서 땅에 제사지냈는데 후에는 南郊를 제사지낸다는 의미로 일컫게 되었다. [周]

79) 太廟(태묘): 封建時代 제왕의 祖廟를 의미한다. [周]

80) 寧宗(영종): 元나라 文宗(圖帖睦爾)의 조카인 懿璘質班으로 順帝의 이복동생이다. [周]

81) 魯閔公(노민공): 이름은 啓方이며 魯莊公의 아들이다. 『史記』에는 이름을 開라고 전하고 있지만 漢 景帝 劉啓의 이름을 避諱한 것이므로 믿을 만하지 못하다. 기원전 661~660년 사이에 재위하였다. [周]

82) 僖公(희공): 이름은 申이며 魯莊公의 아들이고 魯閔公의 형이다. 기원전 659~627년 사이에 재위하였다. [周]

83) 李黼(이보): 字는 子威이며 泰定 丁卯(1327)년에 進士에 올랐다. 元의 江州路總管을 역임하였다. 1352년에 徐壽輝가 江州를 함락하자 그는 조카(兄子)인 秉昭와 함께 살해당했다. [周]

84) 【校】: [董]에는 以부터 韻까지 15자가 빠져 있다.

忘之, 止記其一詩耳;85) 爲陛下誦之.」因跪陳曰:

世運厄陽九, 干戈禍生民. 陵谷有高卑, 一朝易其陳. 間關86)中郎將,87) 慷慨
遠與巡,88) 志同事乃異, 非有屈與伸. 堂堂李江州.89) 求仁而得仁. 淸風已十
載, 而我猶爲人.

旣退, 主顧近侍曰:「其詞愧矣!」由是陋其爲人, 無復進用之意. 斯人
者, 正朱文公90)所謂文人無行, 以妾觀之, 不特凝碧91)之王維,92) 欠死之
范質,93) 爲可罪哉?" 詔聞其論, 心甚服焉. 其所言當時宮掖間事, 多不悉

---

85) 【校】: [董]에는 耳詩로 되어 있다.
86) 間關(간관): 關城이 겹겹이 쌓여 있고 길이 걷기에 매우 험함을 형용한다. [周]
87) 中郎將(중랑장): 武官 이름. 秦나라 때에 설치되었고 漢나라 이래로 보면 將軍의 지
   위에 버금간다. 元나라 때에 이르러 없어졌다. 여기서 中郎將은 [唐나라] 南霽雲을 가
   리키는 것으로 보이는데 그는 일찍이 張巡을 대신하여 험난한 길을 가서 당시 북해태
   수인 賀蘭進明에게 찾아가 군사를 요청했다. [周]
88) 遠與巡(원여순): 遠은 許遠, 巡을 張巡을 가리킨다. 唐나라 天寶 末年에 安祿山이
   반란을 일으켜 張巡과 許遠은 합병하여 睢陽을 지켰는데 성이 함락되자 모두 희생되
   었다. [周]
89) 李江州(이강주): 李黼(이보)를 가리킨다. 그가 元나라 때에 江州路總管을 지냈으므
   로 이렇게 칭하였다. [周]
90) 朱文公(주문공): 朱熹를 가리킨다. 字는 元晦이며 후에 仲晦로 고쳤다. 婺源 사람이
   며 南宋 때의 理學의 大家이다. 四朝를 역임하였으며 관직이 轉運副使, 煥章閣待制,
   秘閣修撰에 이르렀다. 죽은 후에 寶謨閣學士를 수여 받았고 諡號는 文이라 하였다.
   그리하여 세칭 朱文公이라 한다. [周]
91) 凝碧(응벽): 唐나라 궁중에 있던 연못 이름. 天寶 末年에 安祿山이 長安을 함락시키
   고 凝碧池에서 크게 잔치를 벌였는데 梨園子弟[당시 궁중의 악극배우] 중에 탄식하여
   눈물을 흘리지 않는 이가 없었다. 樂工인 雷海靑은 악기를 집어던지고 서쪽을 향해 대
   성통곡하다가 해를 당했다. 王維는 당시 적의 수중에 있었는데 몰래 裵迪에게 시를 지
   어보냈다. "만 백성이 상심하여 들판에 안개가 자욱한데 백관은 언제 다시 조정의 하늘
   을 보리오 가을 홰나무 잎이 빈궁에 떨어지니 응벽지 어귀에서 악기를 연주한다(萬戶
   喪心生野烟, 百官何日再朝天? 秋槐葉落空宮裏, 凝碧池頭奏管絃)" 후에 兩京이 수복
   되어 적을 따랐던 사람들을 추궁하여 다스릴 때 王維는 이 시로 인하여 禍를 면할 수
   있었다. [周]
92) 王維(왕유): 字가 摩詰, 唐 祁人이다. 唐 開元 초에 進士에 급제하여 일찍이 監察御
   史, 尙書右丞이 되었다. [周]
93) 范質(범질): 字는 文素이며 宋 大名 宗城 사람이다. 933년에 後唐의 進士에 올랐다.

記. 奈何詔迷戀情深, 鄉關念淺, 春來秋去, 四載于玆, 雖比目[94]幷游之
鱗, 戢翼雙棲之羽, 未足以喩其綢繆婉變也.

　是年冬初, 麗人無故, 忽濟[95]然淚下, 悲不自勝, 怪而問之, 初則隱忍
弗言, 繼則擧聲大慟. 詔慰解萬方, 乃一啓齒曰: "與郎冥契, 盡在來朝,
故不覺悲傷至此耳!" 詔聞知, 悽惶感愴, 欲自縊于隧間. 麗人不可曰:
"郎陽壽未終, 妾陰質未化, 儻更沉溺世緣, 致君非命, 冥司必加重譴, 彼
此牽纏, 何時是了? 兼之定數, 擧莫能逃, 縱曰舍生, 亦爲徒死." 詔乃止.
金雁、鈿蟬輩亦依依不忍捨, 咸[96]設飮食, 與詔送程. 旣曉, 麗人奉赤金
條脫[97]一雙, 明珠步搖一對, 付生曰: "表誠寓意, 覩物思人, 再會無期,
願郎珍重." 親送至大門之外, 掩袂障面而還. 詔猶悲不自已, 殘淚盈眶,
顧盼之間, 失其所在. 乃重尋原店安下, 收拾歸吳. 越數日, 梁生至自襄
陽, 陳生客死房縣,[98] 方咎詔負約, 詔密以告, 弗信也, 出條脫、步搖示之,
乃驚曰: "此非塵土間物, 奇寶也, 誠子之遇仙矣." 詔叮嚀諄切, 使勿輕
言, 故人無知者. 同舟歸家, 及門, 則妻死久矣, 乃以條脫一枚, 投回回[99]

후에 後周太祖郭威를 따랐는데 문서를 작성하거나 일을 처리하는데 있어서 時宜에 맞
지 않는 것이 하나도 없었다. 郭威가 그는 재상의 자질을 지녔다고 칭찬하면서 그와
王溥가 함께 參知樞密院事 일을 맡게 하였고 蕭國公으로 봉하였다. 宋에 들어가 侍中
을 함께 맡아 魯國公으로 봉해졌다. 宋 太宗(趙匡義)이 그를 칭찬하며 "재상 중에 법
과 규칙을 준수하고 名器를 삼가며 청렴함과 절개를 지닌 자로서 그를 능가하는 사람
은 없지만 후주의 세종을 위해 한 번 죽지 못한 것이 못내 아쉬울 뿐이다"고 했다. "죽
지 못한 범질"이란 말은 여기서 유래한다. [周]

94) 比目(비목): 고기 이름으로 가자미나 넙치 따위의 총칭이다. 모두 한쪽에 눈을 가지
고 있는데 두 마리가 좌우에 이어져 물에서 놀기 때문에 이렇게 칭하였다. [周] 比目
魚는 두 가지 뜻이 있다. 현실적으로 가자미와 같이 두 눈이 한쪽으로 몰려 있는 고
기를 의미하지만 상상의 물고기로서는 하나의 눈만 있어 두 마리가 함께 있어야 다닐
수 있는 것으로 부부나 연인, 친구의 친밀함을 비유했다. 連理枝, 比翼鳥 등과 같이
쓰인다. [譯]

95) 【校】: [董]에는 潛으로 되어 있다.

96) 【校】: [董]에는 或으로 되어 있다.

97) 條脫(조탈): 팔찌를 가리킨다. [周]

98) 房縣(방현): 湖北省에 있다. 원래는 房陵縣이었는데 明나라 때 명칭이 바뀌었다.
[周]

99) 回回(회회): 옛 나라이름. 宋나라 때 중앙아시아에 있었다. 『遼史』에서는 '西域諸國'

肆中賣之, 得鏹萬錠, 于虎丘靜處, 建壇, 請道士鶴林[100]周玄初設靈寶[101]錬度三晝夜; 薦妻正齋之夕, 伺道士行朝皆退, 親寫心詞一封, 潛于香爐焚之, 以資麗人冥福. 醮罷, 玄初夢二婦人, 一姓張, 一姓鄭, 從二小娃來謝曰 : "妾輩俱承善果, 已授瑤臺金母[102]侍宸矣." 言訖, 駕祥雲向西而去. 翌日, 玄初詰韶曰 : "君昨所薦, 只主閭張氏, 何又有鄭氏等三人焉?" 韶心知爲麗人、鈿、雁、佯[103]爲不解曰 : "吾夢亦如之, 然不知彼三人誰也?" 卒不以告. 知此事者, 惟梁生一人. 故生有琵琶佳遇詩, 并附于此. 詩云 :

憶昔少年日, 加冠禮初成. 春衣紫羅帶, 白馬紅樊纓. 吳中自昔稱繁華, 回環十里皆荷花. 窺紅問綠謝遊冶, 與余共泛星河槎. 星槎留連湓浦[104]邊, 空亭醉訪琵琶絃. 銀篦擊節不堪問, 錦襪生塵殊可憐. 盧山月上猶未去, 娉婷玉貌湖邊遇, 追隨鈿雁雙嬌嬈, 直入金屛最深處. 春風東來綻牡丹, 洞房香霧瀁椒蘭, 含情慣作雨雲夢, 駕枕生愁淸夜闌. 前朝佳麗誇環燕, 圖出千人萬人羨, 太眞[105]顏色趙[106]肌膚, 繡帳戀[107]燈幾回見. 情緣忽斷兩分飛, 歸來如夢還如癡, 縹囊[108]留得萬金贈, 凄凉忍看徒傷悲. 徒傷悲, 難再得. 當初若悟有分離, 此生何用逢傾國.[109]

이라고 하였다. 元나라 징키스칸(成吉思汗) 때 花剌子模가 되었다. 이름이 비슷한 回鶻(위구르)과는 무관하다. [周]

100) 鶴林(학림) : 道敎의 사원을 이른다. [周]

101) 靈寶(영보) : 곧 經壇을 말한다. 『道藏』 중에 『靈寶經』이라는 서적이 전해진다. [周]

102) 金母(금모) : 西王母. 『太平廣記』에 "남자가 득도하면 木公 밑으로 가게 되고 여자가 득도하면 金母 밑으로 가게 된다(男子得道, 名隷木公. 女子得道, 名隷金母)"라는 문장이 보인다. [周] 서왕모에 관한 신화 전설은 『山海經』, 『穆天子傳』, 『神異經』, 『漢武故事』, 『漢武帝內傳』 등에서 보인다. [譯]

103) 【校】 : [董]에는 徉으로 되어 있다.

104) 湓浦(분포) : 湓水는 江西省 九江市 城 아래를 지나쳐 흐르는데 湓浦港이라 이른다. [周]

105) 太眞(태진) : 楊玉環[楊貴妃]을 이른다. 그녀가 女道士가 되었을 때에 太眞이라 불렀기에 이렇게 칭하였다. [周]

106) 趙(조) : 趙飛燕을 가리킨다. [周]

107) 【校】 : [董]에는 懸으로 되어 있다.

108) 縹囊(표낭) : 청백색의 실로 만든 주머니를 가리킨다. [周]

韶從此不復再娶, 投禮玄初爲師, 授五雷[110]斬勘之法, 往來兩浙間, 驅邪治病, 禱雨祈晴, 多有應驗. 後失所在. 近時有人于終南[111]及嵩山[112]諸處見之, 疑其得道云.

---

109) 傾國(경국) : 여인의 아름다움을 표현한 말로 나라를 기울게 하기에 충분한 아름다움이라는 뜻이다. 漢나라 李延年은 "한 번 보니 성이 기울고 다시 보니 나라가 기우는구나(一顧傾人城, 再顧傾人國)!"라고 하였다. [周]

110) 五雷(오뢰) : 『神仙感遇傳』에 다음과 같은 내용이 보인다. 葉遷韶가 雷公을 만나니 그에게 검은 색 부적이 쓰여진 책 한 권을 주면서 "책 위에 그려진 부적을 행사하면 우레를 불러올 수 있고 병을 없앨 수도 있다네. 나의 형제는 모두 다섯인데 만일 우레 소리를 듣고 싶거든 '雷大, 雷二'라고 고함을 지르면 들을 수 있을 것일세"라고 하였다. 葉遷韶가 이 부적으로부터 비를 구하니 과연 효과가 있었다. [周]

111) 終南(종남) : 산 이름으로 陝西省에 있다. [周]

112) 嵩山(숭산) : 河南省 登封縣의 북쪽에 있으며 일반적으로 中岳이라 일컫는다. [周]

난난전(鸞鸞伝)

절개 지킨 조난난

　조난난(趙鸞鸞)은 자가 문원(文鵷)으로 산동성(山東省) 동평(東平) 지방 조거(趙擧)의 딸이다. 어릴 때 집에서 향가루를 음식 속에 섞어 먹였는데 성장하자 몸에서 향기가 났다. 그래서 향아(香兒)라 부르기도 하였다. 재주와 미모를 갖추었고 글과 시 짓기를 좋아했으며 특히 전지(剪紙)와 자수에 뛰어났다. 조거는 딸을 유영(柳潁)이라는 이웃의 재주 있는 젊은이에게 시집보내고자 하였는데 난난 역시 그렇게 하기를 원하였다. 계획만 세우고 아직 혼례를 올리지 않고 있던 차에 유영의 집안이 어떤 일에 연루되어 하루아침에 몰락하게 되었다. 난난의 모친은 그것을 없던 일로 하고 난난을 무씨(繆氏) 집안으로 시집보내고 말았다. 무씨는 비록 부자였지만 아들은 촌스럽고 낫 놓고 기역자도 몰랐다. 난난은 이미 시집은 갔으나 마음에 들지가 않아 울적해 하였다. 언제나 아름다운 밤과 좋은 계절, 기이하고 아름다운 꽃들을 대할 때면 거울을 가리고 슬피 흐느끼며 문을 닫고 수심에 잠겼다. 눈에 들어오는 경물(景物)과 마음에

일어나는 느낌들을 모두 시로 옮기니 이것이 쌓여 책이 되었고 이름을
『파금고(破琴藁)』라고 지었다.

　석 달이 지나자 무생이 병으로 죽는 바람에 난난은 부모가 계신 집으로 돌아오게 되었다. 이듬해 겨울에 유영도 상처(喪妻)하였다. 유영은 사람을 보내어 이전 약속을 다시 꺼내 난난을 아내로 맞아들이고자 하였으나 조거 부부는 허락하지 않았다. 그러나 유영은 반드시 혼사를 이루려고 하였다. 그것은 난난이 어질다는 소리를 들었기 때문이기도 하지만 또 난난의 미모를 사랑하였기 때문이었다. 이에 구슬 꿰는 장인(匠人)의 아내인 왕마마(王媽媽)가 조씨 부부와 매우 친밀하고 또 그녀가 하는 말이라면 잘 듣고 따른다는 것을 알고는 돈을 많이 쥐어주며 혼사에 힘써 달라고 부탁하였다. 아울러 난난에게 몰래 물어보아 그녀의 속마음이 어떠한가도 알아봐 달라고 했다. 그녀는 허락하고 조씨 내외에게 달려가서 설득하기 시작했다.

　"저에게 오랫동안 생각해 온 것이 있사온데 누차 말씀드리려 했지만 이런 저런 일이 많이 생겨 말씀드릴 겨를이 없었습니다. 지금이 바로 적기(適期)이기 때문에 더 이상 늦추면 안 되겠군요. 내외분의 뜻이 어떨지 모르겠군요."

　"무슨 일이오?"

　"따님이 남편을 여의고 이제 삼년상이 다 끝나가지요. 유영 나리가 전의 약속을 다시 꺼냈지만 나리께서 굳이 허락하지 않으셨다고 들었는데 무슨 생각이신지 모르겠습니다. 또 처음에 먼저 이야기를 꺼낸 것은 나리 댁이었는데 집안에 일이 생겨 곤궁하게 되자 처음의 뜻을 저버리고 양측이 각각 따로 혼인을 하게 되어 가망이 없어졌지요. 그런데 아가씨께서 지아비를 여의고 유영 나리 또한 상처(喪妻)를 하게 될 줄 누가 생각이나 했겠습니까? 이는 전생에 정해진 것으로 결코 우연이 아닌 것 같습니다. 하물며 유영 나리는 학문도 있고 문재(文才)도 뛰어나 무생에 비하면 백 배 나아서 결코 비교도 되지 않습니다. 아씨도 마음속으로는

결코 싫어하지 않을 겁니다. 또 그 집안 살림도 예전보다 많이 좋아졌습니다. 유영 나리같이 젊은 사람이 어찌 끝까지 곤궁하겠습니까? 이런 사윗감이 있는데도 어찌 차마 버릴 수 있단 말입니까?"

조거는 이야기를 듣고는 흔쾌히 허락하였다. 왕마마는 또 은밀히 난난을 따로 만나서 구슬렀다.

"유영 나리가 아씨를 사모하는 마음이 마치 큰 가뭄에 구름을 바라는 것과 같이 간절하시답니다. 방금 아버님께서 허락하셨으니 좋은 일이 곧 이루어질 것입니다. 이렇게 지음(知音)을 만났는데 그 깊은 뜻에 답하는 말 한마디 없을 수야 없지요. 후일 결혼하고 나서는 후회해도 늦을 겁니다."

난난은 그렇다고 생각은 했으나 입이 잘 떨어지지 않았다. 그래서 글을 써서 건네주었다.

소첩은 본래 양가집에서 태어나 어려서부터 부모님의 가르침을 받들어 곱게 단장하고 규방 깊이 머물렀나이다. 베틀을 잡고 실을 자으며 삼가 아녀자의 도리를 따랐습니다. 재봉의 일은 일단 알고 있으나 거안제미(擧案齊眉)와 같은 정숙함은 자신이 없나이다. 하늘이 영화를 내려주시고 부모님의 사랑을 받아 얼음같이 깨끗한 정신에 옥 같은 몸 받고 깨끗하고 흰 나무 굼벵이 같은 목에 새로 나온 싹처럼 고운 손을 가졌지요. 방년(芳年)에 이르러 남편을 고르는 일에 운명이 박절하여 하류(下流)의 인간과 짝짓게 될 줄 어찌 알았으리오 마침내 훌륭한 재주를 저버리고 경성지색(傾城之色)을 굽히게 되니 이런 원망과 한을 추슬러 시사(詩詞)에 담게 되었지요. 휘엉청 밝은 달빛 비치는 밤이나 맑은 바람 불어오는 아침이면 내키지 않아도 억지로 말하고 억지로 웃음 띄우니 이는 난새가 산닭과 짝함이요 보이는 것마다 슬픈 생각 일으키니 원추새가 들오리를 따르는 꼴이었지요. 그런데 뜻밖에도 용렬한 남편은 요절하고 저는 과부가 되고 말았으니 흙과 나무토막 같은 몸은 하물며 어찌 눈에 헛되어 보이지 않겠습니까? 마음에 남아 있는 바람 같고 꽃 같은 성정은 술잔 앞에서 더욱 울적하여 부질없이 채염(蔡琰)의 슬픔을 품고 숙진(淑眞)의 한을 머금었지요. 이미 버려진 신세를 달게 여기고 있는데 은혜롭게도 아내로 맞이하고자 하시고 예전의 좋은 언약 이행하시어 훗날의 아름다운 이야기로 삼고자 하셨습니다.

진실로 원하노니 서방님께 이 몸을 기탁하여 환군(桓君)의 녹거(鹿車)를 끌고 진아(秦娥)의 봉관(鳳管)을 불고 마음을 다해 해로(偕老)하고 몸을 던져 따르고 싶습니다. 아직 빛나는 의용(儀容) 모시기 전에 먼저 저의 마음을 펴나니 고명함으로 살펴 주옵소서.

왕마마는 돌아가서 축하를 하였다.

"잘 되었으니 상으로 백 냥은 주셔야겠습니다."

"나머지 일도 잘되면 어찌 백 냥을 아끼겠소"

이 소리를 듣고 난난의 편지를 꺼내어 건네주었다. 유영은 다 읽고는 기뻐서 펄쩍 뛰었다.

"진실로 '요조숙녀(窈窕淑女)'로서 내 어찌 '금슬우지(琴瑟友之)'하지 못하겠는가?"

그리고는 길일을 택해 폐백을 올리고 혼사를 치렀다. 첫날밤에 난난이 유영에게 조심스레 말했다.

"첩은 비록 과부라고 하지만 아직 처녀의 몸이니 서방님께선 그리 알아두세요."

유영은 놀랐다.

"그게 무슨 말이오?"

"예전에 무생은 병이 있어 여자를 가까이 할 수 없었습니다. 비록 저와 부부 사이로 넉 달을 함께 있었으나 천성적인 고자로서 일을 치르지 못하고 마침내 죽고 말았답니다. 그런데 이 일은 친정어머니만 아시고 계실 뿐 다른 사람은 모르고 있습니다."

유영은 믿기지 않아 난난에게 시험해 볼 것을 청하였는데 과연 그 말이 틀리지 않았다. 난난은 시집온 후 효성과 공경으로 시부모를 섬기고 동서들간에 화목하고 우애 있게 지냈으며 하인들에게 은혜를 베풀고 남편을 돕는 데 근검을 근본으로 하였다. 이웃의 가난한 사람들에게는 힘을 다해 도와주고 친척들에게는 예로써 대하니 이로부터 안과 밖에서 모두들 어질다고 칭찬하였다. 시간이 나면 유영과 함께 시와 노래로 마음을 읊으니 마치 오강선(吳絳仙)의 아름다운 용모에 조문희(曹文姬)의 글재주 같음은 두 말할 필요가 없는 것이다. 유영의 사촌 중에 서울에서 돌아온 사람이 있었는데 관학사(貫學士)의 「난방학영(蘭房謔詠)」 여섯 수를 베껴 왔다. 제목이 「운환(雲鬟)」, 「단구(檀口)」, 「유미(柳眉)」, 「소유(酥乳)」, 「섬지(纖指)」, 「향구(香鉤)」 등이었다. 유영은 그것을 빌려와서 난난에게 보여주고 그 체제를 본받아 지으려고 하였다. 유영은 아직 구상이 채 끝나지도 않았는데 난난이 먼저 읊기 시작했다.

「雲鬟」

擾擾香雲濕未乾,　　구름 같은 머리결은 촉촉하고
鴉翎蟬翼膩光寒.　　까마귀와 매미의 날개처럼 윤이 나네
側邊斜揷黃金鳳,　　옆에는 비스듬히 금빛 봉황 비녀 꽂고
妝罷夫君帶笑看.　　화장 마치니 낭군이 미소짓고 바라보네

「柳眉」

彎彎柳葉愁邊蹙,　　늘어진 버들잎은 수심에 겨워하고
湛湛菱花照處顰.　　이슬에 젖은 능화(菱花) 비치는 곳 찡그리네
嫵媚不煩螺子黛,　　아름다운 눈썹 화장이 필요 없어
春山畫出自精神.　　마음에서 봄의 산이 저절로 그려지네

「檀口」

銜盃微動櫻桃顆,　　잔을 문 채 앵도(櫻桃) 같은 입 움직이고
咳唾輕飄茉莉香.　　기침소리에 쟈스민의 향 가볍게 날린다
曾見白家樊素口,　　일찍이 백락천(白樂天)집 반소(樊素)의 입 보았더니
瓠犀顆顆綴榴房.　　하얀 이가 고르게 박혀 있었다네

「酥乳」

粉香汗濕瑤琴軫,　　분 향기 땀에 젖어 거문고 받침에 묻어나고

春逗酥融白鳳膏.　　봄이 오니 보드랍고 희기가 봉고(鳳膏) 같네
浴罷檀郎捫弄處,　　목욕을 마치니 낭군님이 더듬는 곳
露華驚心紫葡萄.　　살포시 드러난 가슴에는 자주빛 포도알

「纖指」
纖纖軟玉削春蔥,　　옥 같은 섬섬옥수 봄 파 같은 하얀 손
長在香羅翠袖中.　　늘 비단 소매에 숨어 있더니
昨日琵琶絃索上,　　어제는 연주하던 비파의 현에
分明滿甲染猩紅.　　손톱 위 붉은 색 물들었더라

「香鉤」
春雲薄薄輕籠筍,　　엷은 봄 구름에 가볍게 가려지고
晚月娟娟巧露錐.　　고운 저녁 달에 살며시 드러내네
簇蝶裙長何處見,　　족접화(簇蝶花) 무늬 치마 어디서 보았나
秋千架上下來時.　　그네 뛰며 오르락내리락 할 때

그리고 이것을 써서는 유영에게 주었다. 유영은 그 민첩함과 오묘함에 탄복하여 붓을 거두고 말았다.

다음해 지정(至正) 무술(戊戌)년에 전풍(田豐)이 동평(東平)을 공략하여 유영과 난난은 서로 헤어져 서로의 소재도 알지 못하게 되었다. 얼마 후 모귀(毛貴)가 다시 동창(東昌)을 함락하고 유좌승(兪左丞)이라는 자를 남게 하여 지키게 하였다. 유좌승이라는 사람은 제법 사람의 도리를 아는 자라 잡혀왔던 남녀들의 이름을 방(榜)에 걸어 가족을 불러 확인하게 하고 돌려보냈다. 유영은 이 소식을 듣고 난난이 그곳에 있을지도 모른다는 생각에 전쟁 중임도 불구하고 찾아가 보았으나 없었다. 걱정하고 있는데 어떤 사람이 여관원(女冠院)을 가리키면서 말하였다.

"저기 가서 찾아보는 게 어떻겠소?"

그의 말대로 가보니 과연 십여 명의 여자들이 갇혀 있었다. 난난의 이름을 대고 그러한 사람이 있는가 물어보자 어떤 여자가 대답하였다.

"몇 달 전에 불려가서 지금은 여기에 없습니다. 부인 같은데 정말 안 됐습니다."

"어떻게 알고 계시는지요?"

"저 또한 양가집 규수로 조씨와 함께 여기서 다섯 달 동안 같이 있었습니다. 다른 집안의 사람들은 모두 도적들에게 욕을 당하고 돌아갈 수 있었지만 유독 저와 조씨 그리고 여기에 있는 사람들만은 죽음을 맹세하고 욕을 당하지 않아 갇혀 있는 것이랍니다. 어느 때야 다시 하늘의 해를 볼 수 있을런지요!"

그녀는 말을 마치고 눈물을 비오듯 흘렸다. 유영 또한 하염없이 눈물을 흘리며 목소리를 낮춰 물어보았다.

"그 조씨가 바로 저의 아내랍니다. 지금 어디에 있는지 모르십니까?"

"주만호(周萬戶)라는 자가 데리고 갔다는 소리는 들었습니다만 어디로 갔는지는 모르겠습니다. 다만 가기 전에 나리께서 반드시 오셔서 찾을 것을 알고는 편지를 저에게 맡겨서 오시면 드리라고 하더군요."

그 여자는 즉시 소매에서 꺼내어 유영에게 주고는 급히 가지고 가게 하였다. 옥졸들에게 발각되면 매를 맞을까 두려워서였던 것이다. 펴서 읽어보니 과연 아내의 필체였다.

소첩 난난은 집을 나섰다가 곧 도적을 만나 사방을 전전하며 갖은 고초를 다 겪었습니다. 겨우 붙은 목숨은 죽음과 이웃하며 수많은 위험을 거치면서도 다행히 정절을 지킬 수 있었습니다. 황천후토(皇天后土)께서 굽어 살펴주셨기 때문입니다. 미천한 몸 죽게 한다면 스스로 구학(溝壑)에 뒹굴게 될 것이며 말속(末俗)에 섞인다면 벼리를 더럽히게 되는 까닭에 모습을 훼손하고 목숨을 부지했습니다. 비록 떨어진 꽃처럼 주인을 잃고 잠시 바람을 따라 가지만 집을 잃은 가축신세는 끝내 주인을 그리워한답니다. 창망히 사방을 둘러보지만 초췌하게 남은 목숨 몸은 온전하지만 마음은 상하였답니다. 처마 밑에서 밤비를 피하고 길에서 가을 바람을 맞으면 눈은 멍하니 고향을 향하고 그리움에 애가 끊어집니다. 벽에 걸린 등불은 가물거리고 눈물은 말라 버렸는데 전쟁터의 어지러운 북소리에 혼백은 놀라 흩어집니다. 이미 들풀과 진흙 속에 뒹굴고 있지만 몸뚱이가 새의 먹이가 될지언정 어찌 개돼지 같은 놈들에게 몸을 허락하겠습니까? 절벽에서 투신한 열녀를 본받고 팔뚝을 베어낸 정부(貞婦)를 흠모합니다. 뜻 밖에 다른 곳으로 옮기던 중 무사하시다는 소식을 들었습니다. 속환(贖還)될 수 있는 기약이 있으니 이제 어찌 목숨을 버리고 죽을 수 있겠습니까? 저는 지금 제남(濟南)에 있사온데 그 사람의 성은 주(周)이고 벼슬은 만호(萬戶)입니다. 한족인 까닭에 비교적 선량합니다. 편지를 받으신 후 속히 돈을 마련하시어 속환하러 오시기 바랍니다. 시간을 늦추면 안 되니 혹 다른 데로 옮겨갈 지도 모릅니다. 백년해로(百年偕老)하자고 맹세한 부부가 하루아침에 갈라졌으나 쏟아진 물을 다시 담아 주시기를 간절히 바랍니다. 깊이 생각하여 빨리 좋은 계책을 내시어 첩으로 하여금 양대(陽臺)에 돌아가지 못하는 구름이 되게 하지 말아 주세요. 글을 쓰자니 처량해져 무슨 말을 해야 할지 모르겠습니다.

유영은 편지를 받고 나서 곧 험난한 길을 지나 주만호(周萬戶)가 있는 곳에 도착을 하였다. 당시 주만호는 많은 군사를 거느리고 있고 세력이 대단해서 쉽사리 들어갈 수는 없는지라 유영은 근처에 투숙하여 머물렀다. 며칠이 지나서 난난의 소재를 알았으나 소식을 통할 도리가 없어 매일 문에서 기회를 엿보았다. 어떤 무당이 왕래가 빈번한 것을 보고는 분명 주만호의 집안과 친하고 신뢰를 받는 사람이라 여기고 나오기를 기다려 몰래 집까지 따라갔다. 은덩이 하나를 바치고 난난의 사정을 이야기하니 이렇게 대답하였다.

"장군의 부인은 투기가 심하여 잡아왔던 여자들은 모두 별실에 데려다 놓고는 옷을 빠는 일과 음식 만드는 일을 제외하고는 잠시도 밖으로 나오지 못하게 한답니다. 근자에는 가족에게 돌려보낸 사람도 있어요. 댁의 안사람이 거기에 있다면 내 당연히 힘써 드리지요."

다음날 그녀는 주만호의 집에 가서 몰래 물어보아 난난을 찾고는 이야기해주었다. 난난은 몰래 편지 한 통을 써서 건네주었다. 그녀는 편지를 가지고 나와서 유영에게 건네주었다. 「비가사박(悲笳四拍)」이라고 쓰여 있었다. 유영은 이를 읽고는 눈물을 흘리며 부인께 부탁해 난난을 팔게 해달라고 간절히 애원하였다. 주만호의 부인은 그녀의 말을 듣고 이렇게 말하며 허락해주었다.

"내게는 소용도 없고 하물며 지아비가 있다고 하니 어찌 붙잡아 두겠소. 당연히 곧 돌려주리다."

유영이 곧 진주 귀고리와 황금 비녀 한 쌍을 가지고 가서 부인에게 바치자 즉시 난난을 불러 데려가게 하였다. 이리하여 부부는 손을 부여잡고 감사의 인사를 올리고 나왔다. 「슬픈 노래 네 자락」의 가사는 이러하다.

「一拍」
我生之初尙無爲,　　내 생애 초반은 태평스럽더니
我生之後元運衰,　　내 생애 후반에 원나라가 쇠하여
夫與妻兮忽此離,　　지아비와 아내가 갑자기 헤어지고
父與母兮生死安可知.　부모의 생사조차 알 길 없게 되었구나
狼烟四起兮沸鼓鼙,　어지러운 연기 사방에 차고 북소리 요란해
鋒鏑成林兮盛旌旗,　창칼 번득이고 깃발은 무성해라
人民塗炭兮城郭壞,　백성은 도탄에 빠지고 성곽은 무너지고
禮義滅亡兮法度墮.　예의는 없어지고 법도는 땅에 떨어졌네
身流落兮天一涯,　　몸은 유락(流落)하여 하늘 끝에 있고
腸欲絶兮心孔悲.　　애간장은 끊어지고 마음은 슬퍼라
山可平兮河可塞,　　산이 다 닳고 강이 다 메워져도
妾怨苦兮無窮期.　　나의 이 원망은 끝날 날이 없으리

「二拍」
蜂蟻屯聚兮豺虎嘷,　이리 범이 울부짖고 개미떼가 모였는데
心毒狠兮體腥臊,　　마음은 악랄하고 몸에선 비린내 나네
烟塵漲洞兮人竄逃,　연기와 먼지 자욱하니 사람들은 도망가고
寒沙暴骨兮沒蓬蒿.　황야에 버려진 유골 봉호(蓬蒿) 속에 묻혔네

亡家遇亂兮傷吾曹,　집 망하고 난리 만나 가족들 다쳤지만
義重命輕兮如鴻毛,　절의를 중시하며 목숨은 홍모(鴻毛)같이 여겼네
誓損此生兮期不汙,　이 목숨 버리더라도 결코 더럽히지 않으리
仰天俯地兮獨煩勞.　하늘 우러르고 땅을 굽어보며 홀로 괴로워하네

「三拍」

棄賢俊兮逐兇愚,　　어진 이를 버리고 흉악한 자를 쫓아
東西轉徙兮卒無寧居,　동서로 끌려 다니니 편안한 곳 없네
貪淫是樂兮殺戮是娛,　음탕함과 살육을 즐기고 좋아하니
所在剽掠兮所過爲墟,　가는 곳마다 약탈하고 지나는 곳마다 폐허되네
發塚墓兮焚毀室廬,　무덤을 파헤치고 집에도 불지르니
閨門孱弱兮被虜驅.　규중의 약한 몸은 포로가 되었다네
舍生取義兮損微軀,　목숨 버리고 의를 취하여 이 한 몸 버리면
誰云女婦兮丈夫弗如.　아녀자가 대장부보다 못하다 누가 말하리

「四拍」

行處坐處兮,　　　　가는 곳 앉는 곳마다
思念我鄉曲,　　　　내 고향이 생각나네
地角天涯兮,　　　　서로 멀리 떨어지니
不見我骨肉.　　　　골육의 모습 보이지 않아라
姑亡舅歿兮家傾復,　시부모님 모두 돌아가시고 집도 기울고
逃竄苟活兮被驅逐.　도망쳐 목숨 부지하며 쫓기는 신세
伉儷離背兮何時復,　님과 헤어지니 언제나 다시 만날까
幸玆陋軀兮免汙辱.　다행히도 누추한 몸 더럽힘을 면했네
誰爲義士兮揮金玉,　그 누가 의사(義士)가 되어 금옥 내던져
歌行路兮妾身贖.　나의 몸을 풀어 자유롭게 해주려나

　유영과 난난은 다시 재결합한 후 서로 의논을 하였다.
　"지금 세상은 혼란하여 살기에 좋지 않소. 우리 부부가 비록 다시 만났다고 하지만 앞길이 또 어떻게 될지 모르니 어디 멀리 깊은 숲, 큰 골

짜기에 가서 숨어 잠시 전란을 피하며 태평성대를 기다려 봅시다.”

두 사람은 조래산(徂徠山) 기슭에 숨어 들어가 서로 농사를 짓고 동고 동락하며 서로 손님 대하는 것처럼 존중해주니 기결(冀缺), 양홍(梁鴻), 방공(龐公), 왕패(王覇) 같은 인물들과 우열을 논할 수 없을 정도였다. 인근에 사는 사람들은 모두 그에 감화가 되었다.

하루는 유영이 성으로 나가서 쌀을 지고 돌아오다가 도적에게 잡히고 말았다.

“공의 이름을 오래도록 듣고 있었습니다. 전(田)장군에게 보낼 것이니 관직을 맡는다면 부귀는 걱정하지 않으셔도 될 것이오”

도적이 이렇게 말하자 유영은 눈을 부릅뜨고 크게 꾸짖었다.

“머리를 쪼개 죽일 놈들 같으니라고 내 어찌 너희 역적들을 따르겠느냐?”

그러자 도적들이 노하여 길에서 죽여버리고 말았다. 이웃 사람이 달려와 알려주자 난난은 달려가서 곡을 하고는 시신을 지고 돌아와 친히 피를 닦아내고 염을 하였다. 나무를 쌓아 시신을 태우는데 불길이 일어나자 불 속에 뛰어들어 죽고 말았다. 이것을 본 사람들은 놀라고 숙연해져서 말했다.

“옛날의 열녀가 어찌 이보다 더 하겠는가?”

불이 꺼지자 마을 사람들은 유골을 수습하여 장사지내고는 무덤에 ‘쌍절지묘(雙節之墓)’라고 비석을 세웠다.

군자는 말한다.

“절의(節義)는 인간들의 큰 준칙으로 군자와 선비들은 그것을 곧잘 이야기는 하지만 일단 이해의 갈림길에 서고 환난을 만나게 되면 능히 이것을 지키는 사람은 적다. 난난은 여자의 몸이지만 난리 중에 정절을 온전히 하였고 몸을 더럽히지 않았으며 결국에 지아비는 충절(忠節)을 위해 죽고 아내는 절의(節義)를 위해 죽었다. 글공부를 하여 예에 통했고 부여받은 자질이 뛰어나니 하늘의 이치와 백성의 도리로서 사라지지 않

을 것이다. 세상의 개가를 한 여자들이 난난의 이야기를 들으면 진실로
부끄러울 것이다."

 鸞鸞傳[1]

趙鸞鸞, 字文鸔, 東平趙擧女也. 幼時, 家人以香屑雜飮食中啖之, 長
而體香, 故又名香兒. 有才貌, 喜文詞, 猶精于剪製刺繡之事. 父欲以嫁
近隣之才子柳穎, 而鸞亦深願事焉, 計而未聘; 會穎家坐事, 日就零替,
鸞母悔之, 以適繆氏. 繆雖富室, 而子弟村樸, 目不知書, 鸞旣嫁, 而鬱鬱
不得志, 凡佳辰令節, 異卉奇葩, 輒對之掩鏡悲吟, 閉門愁坐, 景之接于
目, 事之感于心, 一寓于詩, 積而成帙, 名曰破琴藁. 旣三月, 而繆生死,
鸞回父母家; 次年冬, 穎亦喪耦, 乃遣人復申前約, 而求娶之. 擧夫婦弗
許, 穎必欲成其姻, 蓋聞鸞之賢, 而悅鸞之貌也. 乃廉得穿珠匠婦王媽媽
者, 出入趙氏甚熟, 且言聽計從, 重賄媽媽, 求勸親焉; 兼使私問于鸞, 微
觀其意. 媽媽許諾, 往趙氏說之曰 : "老身久懷一事, 屢欲奉告于君, 以多
故未暇, 今適其時, 不容更緩, 未審公夫婦尊意若何?" 擧曰 : "何事?" 媽
媽曰 : "賢女孀居, 服將闋矣, 薄聞柳氏復擧前盟, 公堅執不從, 不知成算
何向? 且始先開口, 出自名門, 因其家爲事貧窘, 遂負初意, 兩下各自締
姻, 固已絶望矣, 誰想令愛喪夫, 穎亦喪婦, 殆出前定, 似非偶然; 況穎學
問文才, 視昔繆生百倍, 不可同年而語, 鸞鸞心事, 諒必無嫌, 更其家溫
裕, 大勝曩時, 如穎少年, 豈終困者? 有婿若此, 何忍棄乎?" 擧聞語, 慨
然而從. 媽媽復密勸于鸞曰 : "穎之慕爾, 若大旱之望雲霓, 今尊君旣許,
好事卽諧, 然旣遇知音, 爾不可無一語, 以答其深意; 第恐他日相從, 悔
之遲矣." 鸞甚然之, 而難于啓口, 乃作書附媽媽曰:

---

1) 南戱 중에 『柳穎』이라는 戱文이 있는데 이 이야기와 동일한 제재이다. [周]

妾本良家, 幼承慈訓, 調鉛傅粉, 深處中閨; 執枲2)治絲, 謹循內則.3) 惟知紉針而補綴, 未解擧案以齊眉! 天與榮華, 親憐巧慧, 冰爲神而玉爲骨, 蝤如領4)而手如荑.5) 正及芳年, 遴選佳婿, 詎期薄命, 竟配下流, 遂爾辜其出衆之才, 屈其傾城之貌; 歛玆怨悔, 寅厭詩詞. 對月白之宵, 遇風淸之旦, 强與語, 强與笑, 鸞伴山雞; 觸于目, 觸于心, 鵠隨野鶩. 孰料庸才短折, 孱質孤棲, 土木6)形骸, 惡況亹空于眼底; 風花情性, 幽悰尙鬱于尊前, 徒懷蔡琰之悲, 永抱淑眞7)之恨. 已甘棄置, 過辱聘求, 蓋以伸前時之好言, 作後日之佳話, 誠願托身貴族, 委質明公, 挽桓君之鹿車,8) 吹秦娥之鳳管,9) 願畢志以偕老, 冀投身而相從; 未侍光儀, 先申愚悃, 惟高明其諒之!

媽媽還賀曰: "可諧矣! 請以百金爲賞." 穎曰: "若余事濟, 百金豈敢悋惜!" 乃出鸞簡付穎. 穎讀而雀躍曰: "眞所謂窈窕淑女, 吾其可不以琴瑟友之乎?" 卽卜日納聘, 而續其絃焉. 御輪10)之夕, 鸞乃私語于穎曰: "妾雖孀婦, 然尙處子, 郎不可不知." 穎愕然曰: "何謂也?" 鸞云: "昔繆生有

---

2) 枲(시, xi): 열매를 맺지 않는 大麻이다. [周]
3) 內則(내칙): 옛날 아녀자들이 친부모나 시부모를 섬기는 규범. 『禮記』 중에 있다. [周]
4) 蝤領(추령): 나무굼벵이로 곤충이름이다. 乳白色으로 몸뚱이가 부드러워 옛날에 여인의 목을 비유하는데 사용하였다. 『詩經』에 "(그 여인의) 목은 나무굼벵이처럼 희고 깨끗하구나(領如蝤蠐)!"라는 구절이 있다. [周] 「衛風·碩人」의 구절임. [譯]
5) 手荑(수이): 荑는 初生의 띠풀[茅]로 부드러우며 희다. 옛날에 여인의 손을 비유하는데 이용하였다. 『詩經』에 "(그 여인의) 손이 희고 부드러운 띠풀과 같구나(手如柔荑)!"라는 구절이 있다. [周] 「衛風·碩人」의 구절임. [譯]
6) 【校】: [董]에는 本으로 되어 있다.
7) 【校】: [董]에는 貞으로 되어 있다.
8) 挽桓君之鹿車(만환군지녹거): 後漢 鮑宣의 아내인 桓少君은 시집갈 때 가지고 가는 물품을 모두 집으로 다시 돌려보내고 짧은 布衣로 갈아입고는 鮑宣과 함께 鹿車를 끌며 고향으로 돌아갔다. 劉向의 『列女傳』에 보인다. [周]
9) 吹秦娥之鳳管(취진아지봉관): 秦娥는 春秋時代 秦穆公의 딸인 弄玉을 가리킨다. 鳳管은 통소이다. 秦 穆王은 딸 弄玉을 통소 잘 부는 蕭史에게 시집보냈는데 그는 농옥에게 통소를 가르쳤다. 어느 날 부부가 함께 통소 소리로 용과 봉황을 불러서 농옥은 봉황을 타고 소사는 용을 타고 하늘로 날아갔다. [周]
10) 御輪(어륜): 결혼을 의미한다. 옛날에 親迎同車의 예절은 신부가 가마에 들어가 앉으면 신랑이 가마 주위를 세 바퀴 돌았다. 그리하여 御輪이라고 하였다. [周]

疾, 不能近婦人, 雖與爲夫婦將四月, 而無人道;11) 卒以喪身. 然此事獨
吾母知之, 他人不知也." 穎未信, 鸞請驗之, 而果不謬. 旣歸之後, 孝敬
奉于舅姑, 雍和友于娣姒, 遇婢僕以恩惠爲先, 相夫子以勤儉爲本; 鄕隣
之貧乏者, 則隨力相周; 親戚之往還者, 則以禮相待; 由是內外交譽, 稱
道其賢. 暇則與穎玩繹詩騷, 吟詠情性, 若吳絳仙之容華, 曹文姬12)之藻
思, 不屑論也. 穎中表兄弟, 有自都下回者, 錄得貫學士13)蘭房謔詠六題
曰: 雲鬟、檀口、柳眉、酥乳、纖指、香鉤、凡六首. 穎借歸, 與鸞觀之, 將
效其體制, 而構思未就, 鸞輒先賦曰:

擾擾香雲濕未乾, 鴉翎蟬翼膩光寒. 側邊斜挿黃金鳳, 妝罷夫君帶笑看.

右雲鬟

彎彎柳葉愁邊蹙, 湛湛菱花照處饗. 嫵媚不煩螺子黛, 春山畫出自精神.

右柳眉

銜盃微動櫻桃顆, 咳唾輕飄茉莉香. 曾見白家樊素14)口,15) 瓠犀16)顆顆綴榴房.

---

11) 無人道(무인도) : 부부의 일을 치를 수 없는 선천적 고자[天閹]를 이른다. [周]
12) 曹文姬(조문희) : 唐나라 長安의 기녀로 姿色이 뛰어났으며 詩書에 능했기에 호를 書
　　仙이라 하였다. 후에 任生에게 시집을 갔는데 그와 함께 5년을 살고 나서 그를 데리고
　　구름을 타고 神仙이 되어갔다. 『麗情集』에 보인다. 書仙이 신선이 되었다고 하지만 그
　　事迹이 모호하여 믿을 만한 것이 못된다. [周]
13) 貫學士(관학사) : 貫雲石을 말한다. 號는 酸齋이며 元나라 사람이다. 樂府詩에 능했
　　다. 元 仁宗이 재위했을 때에 翰林侍讀學士, 知制誥로 임명되었다. 후에 병을 핑계로
　　辭職하고 江南으로 돌아가 錢塘市에서 약초를 팔면서 이름을 바꾸고 服色도 바꾸어
　　그를 알아보는 이가 아무도 없었다. [周]
14) 白家樊素(백가번소) : 白樂天에게는 두명의 姬妾이 있었는데 한 명은 이름이 樊素이
　　고 다른 한 명은 이름이 小蠻이었다. 樊素는 노래를 잘 불렀고 小蠻은 춤을 잘 추었다.
　　白樂天의 시에 "번소의 입은 앵두 같고 소만의 허리는 버들가지 같다"라는 구절이 있
　　다. [周]
15) 【校】 : [董]에는 笑로 되어 있다.

右檀口

　　粉香汗濕瑤琴軫, 春逗酥融白鳳膏. 浴罷檀郎捫弄處, 露華驚沁紫葡萄.

右酥乳

　　纖纖軟玉削春葱, 長在香羅翠袖中. 昨日琵琶絃索上, 分明滿甲染猩紅.

右纖指

　　春雲薄薄輕籠笋, 晚月娟娟巧露錐. 簇蝶裙長何處見, 秋千架上下來時.

右香鉤

寫以呈穎. 穎服其敏妙, 爲之閣筆. 明年, 至正戊戌,[17] 田豐[18]破東平, 穎與鸞相失, 莫知所在. 已而毛貴[19]復陷東昌,[20] 留僞將兪左丞者鎭守, 兪頗知道理, 凡所掠男女, 出榜召人識認給還. 穎聞之, 意鸞或者在彼, 衝冒白刃中, 求而未得. 正[21]憂窘間, 有指女冠院[22]語之曰 : "盍不于此訪求乎?" 穎如言去, 果見婦女十餘人, 纍然監繫. 穎問鸞姓名存歿, 一婦

---

16) 瓠犀(호서) : 아녀자의 이가 희고 깨끗하여 마치 박 안에 촘촘하게 박혀있는 씨와 같음을 비유한 것이다. [周]『詩經』「衛風・碩人」의 「齒如瓠犀」에서 나온 것임. [譯]
17) 至正戊戌(지정무술) : 1358년. [周]
18) 田豐(전풍) : 韓林兒의 부하인 劉福通의 將官이다. 1361년 8월에 元의 中書平章인 察罕帖木兒가 편지를 써서 그들에게 투항하라고 하였다. 그는 王士誠과 함께 元나라에 투항하였다. 다음 해 6월에 王士誠이 察罕帖木兒가 준비하지 않은 틈을 타서 그를 죽였다. 그리고는 田豐과 함께 元을 배반하였다. 11월에 이르러 察罕帖木兒의 아들인 擴廓帖木兒가 그들 두 사람을 붙잡아 심장을 도려내 아버지에게 바쳤다. [周]
19) 毛貴(모귀) : 韓林兒의 부하 劉福通의 將官이다. 일찍이 山東을 점거하여 濟南을 함락시켰는데 그 명성과 세력이 대단하였다. 1359년에 趙均用에게 살해당했다. [周]
20) 東昌(동창) : 元나라 때의 東昌路는 明淸代의 東昌府였다. 옛날 지금의 山東省 聊城縣의 관할소재지였다. [周]
21) 【校】 : [董]에는 政으로 되어 있다.
22) 女冠院(여관원) : 女道士가 머무는 저택이다. [周]

人答云: "數月前喚去, 不在此, 蓋賢婦人也. 可惜! 可惜!" 穎又問: "娘子
何以悉之?" 曰: "妾亦良家遭虜, 與趙氏處者五閱月; 其他人家宅眷, 皆
汗辱于寇, 輒得放還; 獨吾與趙氏, 及在此數人, 誓死不辱, 故被囚禁. 何
時復得見天日也!" 言訖, 淚下如雨. 穎亦灑泣, 低聲語婦云: "趙氏, 余妻
也, 不知今在何處?" 婦曰: "聞有周萬戶者領去, 莫測所之. 但臨行時, 知
君必來相覓, 留書托我, 俾以授君." 卽于衣領中取付穎, 使急持去, 蓋恐
監者知覺, 必遭箠罵. 穎開而讀之, 果妻手筆也. 書云:

　　妾鸞, 爰從出適, 忽值兇徒, 顚沛流離, 艱難痛苦, 殘骸餘喘, 與死爲隣, 備
歷危疑, 幸存貞節. 皇天后土, 實所鑒臨! 將殞滅微軀, 則自經溝瀆; 將混同末
俗, 則褻慢綱常. 是以毀壞形容, 僶存視息, 雖落花無主, 蹔爾隨風; 而畜犬喪
家, 終然戀主. 愴惶四顧, 憔悴半生, 肢體苟完, 心膽俱喪. 每遇窮簷夜雨, 古
道秋風, 但有凝望眼穿, 憶歸腸斷. 壁燈半滅, 淚盡眼枯, 戰鼓爭喧, 魂飛魄散.
已分膏塗野草, 血染沙泥, 寧飼肉于烏鳶, 肯委身于狗彘? 效投崖之烈女,[23]
慕斷臂之貞妻.[24] 詎意復被播遷,[25] 忽聞消耗, 知君無恙, 贖妾有期, 敢遽捐
生, 遂更忍死. 妾卽今見在濟南, 周其姓氏, 萬戶其官, 緣系[26]漢人, 差若良善.
君得書之後, 速備金帛來贖, 不宜遷延稽緩, 恐一時調撥, 則轉移他處矣. 百

---

23) 投崖烈女(투애열녀): 唐나라 竇氏의 두 딸인 伯娘과 仲娘을 말한다. 도적들이 마을
에 들어와 약탈하였다. 백낭과 중낭은 산 속의 동굴에 숨었다가 도적들에게 발견되어
끌려갔다. 도적들이 그들을 능욕하려 하자 백랑은 "내 어찌 도적들에게 몸을 더럽힐 수
있겠는가?"라고 하면서 계곡 속으로 뛰어들었다. 도적들이 놀라고 있는 차에 중랑 또한
계곡으로 뛰어내렸다. 계곡은 깊이가 수백 척에 달하여 두 자매 모두 죽고 말았다. 京
兆尹 第五琦는 두 자매의 행동에 대해 상소문을 올렸다. 이에 황제는 명을 내려 마을
어귀에 열녀문을 세우고 편액을 달아 그녀들의 미덕을 표창하게 하고 그 집안의 부역
을 영원토록 면하게 해주었으며 관청에서 돈을 내어 장사를 치르도록 하였다. [周]
24) 斷臂貞妻(단비정처): 五代 때에 王凝의 처인 李氏가 開封을 지나다가 旅館에 투숙
하려고 했는데 여관주인이 그녀가 머무르는 것을 허락하지 않았다. 그녀의 팔뚝을 끌
며 그녀를 바깥으로 내몰았다. 이씨는 하늘을 우러러보며 대성통곡하며 "우리가 여인
이 되어 절개를 중시 여겨야 하거늘 지금 내가 그 절개를 지키지 못하고 어찌 팔뚝을
다른 남자에게 잡히게 하였단 말이냐?"라고 하고는 도끼를 가져다가 자신의 팔뚝을 베
어버렸다. [周]
25) 播遷(파천): 정처 없이 옮겨가는 것을 의미한다. [周]
26) 【校】: [董]에는 係로 되어 있다.

年伉儷, 一旦分張, 覆水再收, 拳拳盼望; 所宜深慮, 早致良圖, 毋俾妾爲陽臺不歸之雲也. 伏楮悽斷, 不知所云.

穎得書, 則又間關跋涉, 達于彼中. 萬戶方擁重兵, 赫然聲勢, 未敢輕進, 投其隣, 而安下焉. 越數日, 緝知鸎之在也, 而無由以通消息, 乃日伺于門. 見一巫嫗,[27] 往來頻數, 意必府中之親信人也, 候嫗出, 潛隨至家, 奉銀一錠爲壽, 而以情告焉. 嫗曰: "將軍夫人妬忌, 所擄[28]婦女, 皆處于別室, 除浣洗衣裳, 炊造飮食之外, 不容輒出, 近亦有給還其親屬者. 令妻若在, 吾當爲玉成." 次日, 嫗詣第潛問, 果得鸎而私報焉. 鸎密出一緘, 付嫗, 嫗持出以授穎, 題曰: 悲笳四拍. 讀之流涕, 乃就懇嫗請于夫人贖鸎. 夫人曰: "吾無所用, 況其夫在, 何忍留之? 當卽遣還." 穎乃奉珍珠耳璫、黃金排釵各一事于夫人. 夫人卽呼鸎使穎領去, 于是夫婦相携拜辭而出. 其曲亦錄于此.

我生之初尙無爲, 我生之後元運衰, 夫與妻兮忽仳離, 父與母兮生死安可知. 狼烟四起兮沸鼓鼙, 鋒鏑成林兮盛旌旗, 人民塗炭兮城郭壞, 禮義滅亡兮法度墮. 身流落兮天一涯, 腸欲絶兮心孔悲. 山可平兮河可塞, 妾怨苦兮無窮期.

右一拍

蜂蟻屯聚兮豺虎嘷, 心毒狠兮體腥臊, 烟塵澒洞[29]兮人竄逃, 寒沙暴骨兮沒蓬蒿. 亡家遇亂兮傷吾曹, 義重命輕兮如鴻毛,[30] 誓損此生兮期不汚, 仰天俯

---

27) 巫嫗(무온): 여자 무당으로 三姑六婆 중의 師婆이다. 다른 사람을 대신하여 향을 피우고 亡魂을 관장하는 것을 업으로 한다. 趙樹理의 小說 『小二黑結婚』에 나오는 三仙姑가 바로 이와 같은 인물이다. [周]

28) 【校】: [董]에는 虜로 되어 있다.

29) 澒洞(홍동, hongdong): 서로 이어져 있는 모양이다. 澒은 『설문해자』에서 xiang(享)으로 읽는다. [周]

30) 鴻毛(홍모): 가볍다는 의미이다. 司馬遷의 「報任少卿書」에는 "죽음이란 泰山보다 무거울 수도 있으나 혹은 鴻毛보다 가벼울 수도 있다(死或重于泰山, 或輕于鴻毛)"라

地兮獨煩勞.

右二拍

棄賢俊兮逐兇愚, 東西轉徙兮卒無寧居, 貪淫是樂兮殺戮是娛, 所在剽掠兮
所過爲墟, 發塚墓兮焚毀[31]室廬, 閨門孱弱兮被虜驅. 舍生取義兮損微軀, 誰
云女婦兮丈夫弗如.

右三拍

行處坐處兮, 思念我鄉曲, 地角天涯兮, 不見我骨肉. 姑亡舅歿兮家傾覆, 逃
竄苟活兮被驅逐. 仇儷離背兮何時復, 幸玆陋軀兮免汚辱. 誰爲義士兮揮金玉,
歌行路兮妾身贖.

右四拍

穎鸞旣復合, 乃相與謀曰 : "世方離亂, 人不聊生, 吾夫婦雖重得團圞,
而前途向去, 端未可保, 莫若遠遁于深林大壑中, 少避氛埃, 以需時泰.[32]"
乃隱于徂徠山[33]麓, 夫耕于前, 妻耘于後, 同甘共苦, 相敬如賓, 冀缺[34]
梁鴻、龐公、[35] 王霸, 亦未可以優劣論也. 鄉閭遠近, 頗化其風. 一日, 穎

는 문장이 보인다. [周]

31) 【校】: [董]에는 燬로 되어 있다.
32) 需時泰(수시태) : 時局이 호전되기를 기다린다. [周]
33) 徂徠山(조래산) : 일명 尤來山으로 山東省 泰安縣의 東南쪽 40리에 있다. [周]
34) 冀缺(기결) : 郤缺(극결)을 가리키는데 春秋時代의 晋國大夫이다. 처음에 버려진 땅
   에서 밭을 갈았는데 그의 아내가 그에게 밥을 가져다주면서 부부가 서로 손님처럼 공
   경하였다. 臼季使가 지나다가 보고는 그를 데리고 함께 조정으로 돌아갔다. 晋文公에
   게 천거하여 下軍大夫로 등용하였고 버려진 땅을 그에게 주어 食邑으로 삼게 하였다.
   그는 冀를 姓氏로 삼아 冀缺이라 부르게 하였다. [周]
35) 龐公(방공) : 龐德公을 이른다. 後漢 襄陽 사람이다. 峴山 남쪽에 살면서 한번도 성
   안으로 들어가지 않았다. 劉表가 荊州에 있을 때 그에게 오라고 청했는데 응하지 않자
   직접 그를 보러 갔다. 그의 부부 두 사람이 서로 밭을 경작하면서 손님 대하듯이 하였

出城負米, 遇賊獲之. 曰 : "聞公名久矣! 當送田將軍, 任以官職, 不患不富貴也." 穎瞋目大罵曰 : "斫頭賊! 吾豈從汝反哉?" 賊怒, 殺之道上. 隣舍奔告鸞, 鸞走哭, 負其屍以歸, 親舐其血, 而手殮之, 積薪焚穎, 燄旣熾, 鸞亦投火中死焉. 見者驚駭, 爲之竦然, 曰 : "古稱烈婦, 何以加之!" 火滅, 隣里拾其遺骸葬之, 伐石表其塚曰 : 雙節之墓.

　君子曰 : 節義, 人之大閑也, 士君子講之熟矣, 一旦臨利害, 遇患難, 鮮能尤蹈之者. 鸞幽女婦, 乃能亂離中全節不汚, 卒之夫死于忠, 妻死于義. 惟其讀書達禮, 而賦質之良, 天理民彝, 有不可泯. 世之抱琵琶過別船[36]者, 聞鸞之風, 其眞可愧哉!

다. 諸葛亮이 그를 매우 존경했는데 매번 그를 보러 가서 침상 앞에서 절하였다. 建安 때에 처자를 데리고 鹿門山에 은거하였는데 약초를 캐면서 다시 세상에 나오지 않았다. [周]

36) 抱琵琶過別船(포비파과별선) : "비파를 안고 다른 배를 탄다"는 표현은 아녀자가 다른 사람에게 再嫁하는 것을 비유한다. [周]

봉미초기(鳳尾草記)

봉미초에 얽힌 사연

　명나라 홍무(洪武) 연간에 용생(龍生)이라는 사람이 있었는데 본래 지금의 남경인 건강(建康) 사람이다. 그의 먼 조상은 송나라 때 경사에서 벼슬한 관리였는데 융우맹태후(隆祐孟太后)를 따라 남하하여 강서(江西)에 살게 되었다. 자손들은 번성하였으며 대대로 학문을 업으로 삼았다. 용생은 항렬이 여덟 번째로 예닐곱 살이 되었을 때 어른이 시를 가르쳐 주면 곧바로 외웠고 아홉 살 되어서는 대구(對句)를 지을 줄 알아 오언과 칠언 절구를 지었는데 모두 볼 만한 것들이었다. 이리하여 모두가 그의 총명함을 인정하였다.

　용생에게는 조씨(祖氏) 집안으로 시집간 고모가 있었는데 특별히 용생을 사랑하여 용생은 고모의 집에 자주 놀러가곤 하였다. 고모부에게는 배다른 형이 있었는데 한 집에 살면서 각각 따로 밥을 해먹고 있었다. 그 형은 부인인 연씨(練氏)와 이남 삼녀의 자녀가 있었다. 장녀와 차녀는 모두 시집을 갔고 막내딸만이 집에 남아 있었는데 인물이 매우 빼어났

으며 용생보다 세 살이 많았다. 용생은 비록 나이가 어렸지만 영민하고
점잖아 장난치기를 좋아하지 않았다. 사람들의 의중을 잘 헤아려 조씨
일가에서 그를 좋아하지 않는 사람이 없었으며 그녀 역시 용생을 형제
와 같이 여겨 피하지 않았다. 연씨는 용생의 고모가 용생이 학문을 좋
아하고 또 크게 향상되었다고 칭찬하는 소리를 듣고 사위로 삼고 싶어
했다. 셋째 딸도 몰래 그를 사모하여 눈여겨보고 있었다. 그 집 정원에
는 소철나무[鳳尾草]가 한 그루 있었는데 이미 백 년이 넘은 고목이었다.
용생이 그 옆에서 시를 읊고 있을 때 그녀가 주위에 아무도 없음을 살
피고 그가 있는 소철나무 밑으로 와서 말을 건넸다.

"어머니께서 도련님이 총명하다는 고모님의 말씀을 들으시고는 저를
시집보내고 싶어하시고 저 또한 그렇게 되기를 바라고 있습니다. 고모
님께는 부탁드렸으나 아직 도련님 부모님의 뜻이 어떤지 모르겠군요.
만약 인연이 되어 부부가 된다면 죽어도 여한이 없겠습니다. 그렇지 않
다면 저는 장사치 아니면 농사꾼에게 시집가게 될 터인데 비록 금과 옥
이 집안에 가득하고 땅이 천 리에 이른다고 하더라도 원하는 바가 아닙
니다."

"낭자를 아내로 얻는다면 나도 일생토록 만족하겠소."

그리고는 소철나무를 가리키면서 서로 맹세를 했다.

"만약 일이 이루어지면 꽃을 피우고 열매를 맺을 것이며 혹 이루어지
지 않는다면 뿌리는 마르고 잎은 떨어질 것이오."

용생이 조씨 집안에 자주 들리자 모두들 좋아했고 그녀는 그를 더욱
사모하게 되었다. 한번은 직접 용생에게 차를 올리자 용생이 차를 받아
마시면서 농담 섞어 말했다.

"차를 이미 받아 마셨으니 일이 이루어지지 않을까 걱정하지 않아도
되겠군요."

집안 사람들은 그 말을 듣고도 뭐라고 아무 말도 하지 않았다. 그런
데 마침 용생의 고모가 연씨와 동서간에 사이가 좋지 않아 겉으로는 혼

사를 찬성하고 있었지만 안으로는 이 일을 막았기 때문에 용생의 부모는 결정을 내리지 못하고 있었다. 그런데 그녀는 이러한 사실을 알지 못했다. 용생은 이러한 사정을 그녀에게 이야기하였다.

"낭자가 지금 바로 혼사를 올리기가 어렵다면 나도 바로 약혼을 하지는 않겠소. 하지만 어머니와 상의해서 반드시 낭자를 아내로 삼고야 말겠소"

그녀는 집안이 가난하여 비단옷이나 솜옷을 입어 보지도 못했고 화장을 해 본 적이 없었다. 하지만 비록 가시나무 비녀와 베로 만든 치마지만 한 점 더러운 곳이 없었으며 발에 묶는 천조차도 깨끗하기가 흰 눈 같았다. 아울러 타고난 성품이 온화하고 순종적이었으며 베 짜는 일과 가위질의 일도 일족(一族)에서 가장 뛰어났다. 두 올케가 유별나게 시기했으나 그녀는 아랑곳하지 않았다. 용생은 그녀의 사람됨을 중히 여겨 더욱 더 아내로 삼으려는 마음이 생겼다. 하지만 좋은 중매쟁이를 얻기 어렵고 고모도 적극적으로 찬성하지 않으니 양가에서 미루어 세월만 흘러갔다. 용생은 나이 스물이 되어 관례를 치른 후 과거 공부를 하러 갔기에 그녀의 집에 발길이 뜸해졌다. 그러나 용생에 대한 그녀의 그리움은 마음속에서 떠난 적이 없었다. 오직 그 모친만이 그 마음을 알고 있어 위로하였다.

"내가 또 그 쪽으로 사람을 보내 너의 혼사를 의논하였으니 조만간 정해질 것이다. 그러니 너는 마음을 졸여 괜히 초췌하게 하고 다니거나 그러지 말거라."

얼마가 지난 후에 용생이 찾아왔다. 비록 고모를 본다는 핑계였으나 그 뜻은 그녀에게 있었던 것이다. 며칠을 머물렀는데 마침 두 올케는 친정집에 다니러 가고 그녀 혼자 소루(小樓)에서 실을 잣고 있었다. 소루 아래쪽에는 작은 길이 하나 있었는데 곧바로 후원과 통해 있었다. 그 작은 길은 절반쯤부터 벽돌로 계단이 되어 있어 그것을 밟고 올라가도록 되어 있었다. 용생은 정원을 따라서 돌아오다가 그녀가 베 짜는 소리를 듣고 그녀가 있는 곳으로 달려 왔다. 그녀는 용생이 오는 것을 보자 얼굴에 희색(喜色)이 만연하여 베 짜는 것을 잠시 멈추고 인사를 나누고는 그와 마주 앉아 한편으로 계속 베를 짜면서 서로 이야기를 나누었다. 그리고 자신의 생년월일을 가르쳐 주어 서로 사주(四柱)가 잘 맞는가를 물어보게 하였고 용생과 집안 일에 대해 자세히 이야기 나누었다. 용생은 그 마음이 고마워 시를 한 수 읊어 그녀에게 건네주었다.

曲欄深處一枝花,	규방 깊은 곳 한 줄기 꽃 피었으니
穠艶何曾識露華.	농염한 자태 아직까지 드러내지 않았네
素質白攢千瓣玉,	하얀 바탕은 천 개의 옥을 비친 듯
香肌紅映六銖紗,	붉은 살결은 육수사(六銖紗)에 비친 듯
金鈴有意頻相護,	내 금령(金鈴)으로 보호해주고픈 맘 있으나
繡幄無情苦見遮.	무정하게 장막이 가려 볼 수 없어라
憑仗東皇須著力,	봄 신령님 힘을 빌려서
向人開處莫教差.	사람을 향해 피게 하리라

그녀는 책을 많이 읽지 않아 글자만 알뿐이어서 용생에게 부탁했다.
"뜻을 풀어서 들려주세요"
용생은 그 뜻을 하나하나 풀이해주었다. 그녀가 웃으며 말했다.
"훗날 도련님을 모시게 되면 반드시 저에게 가르쳐 주세요 제가 비록 우둔하다고는 하지만 오랫동안 배운다면 할 수 있을 거예요"
"여자라 하더라도 재능에는 차이가 없으니 당신 같이 총명하다면 배우는 것은 쉬울 거요"
용생은 그녀 대신 화답하는 시를 지어주었다.

深謝韶光染色濃,	고맙나니 봄빛에 짙게 물들고
吹開準擬倩東風.	활짝 핀 것 봄바람 때문이라
生愁夕露凝珠淚,	저녁 이슬 눈물처럼 맺혀 수심 자아내고

最怕春寒損玉容.　　봄추위에 옥 같은 용모 손상될까 두렵네
嫩蘂折時飄蝶粉,　　보드라운 꽃술 꺾일 때 나비의 분 날리고
芳心破處點猩紅.　　향기로운 화심 터질 때 성홍 빛에 물드네
金盤華屋如堪薦,　　금반(金盤)과 화옥(華屋)을 바칠 수 있다면
早入雕欄十二重.　　어서 빨리 열두 겹 난간 안에 들어와 주오

용생은 다시 하나하나 시의 뜻을 풀이해주었다.

"늘 도련님이 재주 있고 민첩하다고 들었는데 지금 보니 과연 그렇군
요. 너무 존경스럽습니다."

한참을 바라보고는 말을 이었다.

"도련님의 정신과 의기는 결코 보통 사람들과는 다르니 후에 반드시
귀하게 되실 겁니다. 제가 연약한 몸을 맡기려는 것은 다름이 아닙니다.
일찍이 아버지를 여의고 어머니는 점점 연로해지시고 있으십니다. 큰
오빠는 관청에서 서사(書寫)일을 하고 있고 작은 오빠는 말단 관리인데
다 두 올케가 사납게 굴고 있으니 이는 도련님도 잘 알고 계실 겁니다.
그래서 이 포악한 곳을 멀리 떠나 혼인을 할 수 있으면 도련님께서 비
록 관직이 없어 명부(命婦)의 칭호를 받지 못한다고 하더라도 사군자의
아내는 될 수 있는 것이지요. 만일 속된 이의 손에 떨어진다면 죽음만
이 있을 뿐입니다. 도련님께선 이것을 유념하시어 어서 혼인의 일을 도
모해주세요"

용생은 처음에 그 미모를 사랑하였으나 뜻밖에 정숙하고 식견 또한
이와 같은 것을 보니 더욱 혼사 문제에 열의를 가지게 되었고 혹 일이
틀어지지나 않을까 하여 걱정을 하였다. 얼마 후 갑자기 그녀의 오빠가
실수를 하여 관직에서 쫓겨나게 되고 가사(家事)도 순식간에 영락하고
말았다. 용생의 부모는 혼인을 맺을 마음이 없어져 사양하니 끝내 바라
던 바가 무너져 버리고 말았다. 용생은 몰래 장가(長歌) 한 수를 지어 보
냈다.

我昔正鬖年,	내 예전 아직 어렸을 때
笑騎竹馬君床邊.	그대의 침상 옆에서 죽마(竹馬)를 타고 놀았지
手持靑梅共君戲,	손에는 청매(靑梅) 들고 그대와 함께 놀았는데
君身似玉顔如蓮.	그대의 몸 옥과 같고 얼굴은 연꽃인양 고왔지
愛我聰明耽筆硯,	나의 총명함과 나의 글 솜씨를 좋아하며
鸞鸞文章紫騮健.	상서로운 문장이 자류(紫騮)처럼 힘있다 말했지
風鬢霧鬢緋染脣,	바람에 하늘거리던 삼단 머리결과 붉은 입술
鳳尾叢邊幾回見.	봉미초(鳳尾草) 나무 우거진 곳에 몇 번 보았나
層樓窈窕洞房深,	아득한 누대 깊숙한 동방(洞房)에서
春纖縷縷抽冰線.	얼음 같이 하얀 실 올올이 뽑아냈지
蹇修不來奈若何,	건수(蹇修)가 오지 않으니 어찌 할건가
羅帶同心竟乖願.	비단 허리띠 동심결 소원과 어그러지고 말았네
繡襦甲帳隔天涯,	지척에 있어도 하늘 끝 저 멀리에 격한 듯
未解離魂學張倩.	장생 천녀(倩女)처럼 혼백을 나눌 줄도 모르네
君知許嫁誰人家,	그대는 어느 집에 시집가고
我行射策黃金殿.	나는 황금전(黃金殿)에서 사책(射策) 하리니
回首淸河夢寐中,	꿈속에서도 청하(淸河)를 그리워하고
目斷巫山淚如霰.	무산을 보는 눈에 눈물만 비오듯하여라

　하루는 그녀의 어머니가 친척집에 머무르게 되자 그 틈을 타 두 올케가 한패가 되어 한바탕 난리를 쳤다. 그녀는 규중에 깊이 머물렀고 성품도 착하였던지라 감히 말도 꺼내지 못하고 욕도 못하였다. 하지만 분한 마음을 억누를 길이 없었다. 게다가 굳게 믿었던 혼약도 갑자기 깨져버리니 혼자 처량한 신세로 의지할 곳 없게 되자 그날 저녁 목을 매어 죽고 말았다. 그녀의 어머니가 돌아와서 통곡하며 손수 염을 하는데 가슴 앞쪽에 있던 주머니 속에 편지가 하나 들어 있었다. 용생이 보낸 시였다. 그녀의 뜻을 거스르지 않고 관속에 넣어 주었다. 용생은 그녀가 죽었다는 소리를 듣고 고도를 찾아간다고 하고는 달려와 조문했다. 도착해 보니 꽃다운 얼굴에 숨은 끊어지고 향기로운 혼은 이미 날아가 나

무 관에 들어가려 하고 있었다. 눈물을 비오듯 흘리며 슬픔을 이기지 못했다. 장지까지 가서 관을 묻고 봉분을 만들어 주고 돌아왔다.

몇 년 후 용생은 과연 과거에서 좋은 성적으로 급제하여 요직을 받아 일시에 가문이 빛나게 되었다. 비록 따로 처첩을 두었지만 마음속으로는 그녀를 잊지 못했다. 늘 천사(天師)인 무위자(無爲子) 장진인(張眞人)과 귀신에 대해 이야기를 했는데 하루는 우연히 그녀에 대한 이야기가 나왔다. 장진인(張眞人)은 그녀에 대한 그의 마음이 절절한 것을 보고는 부적을 만들어서 태워 혼을 불러주었다. 며칠이 지나서 용생은 꿈에 그녀를 만났다.

"제가 세상을 뜬 지 이십여 년이 되었군요. 음부에서 저의 장부를 조사하더니 아들 셋을 낳고 육십까지 살아야 하는데 수를 채우지 못하고 비명에 죽었다고 하여 다시 여자가 되어 남은 업보를 마치도록 하였습니다. 그런데 어제 장진인의 도력(道力)을 입어 천부(天符)가 갑자기 내려와 지금 하남부(河南府) 낙양현(洛陽縣) 호씨(胡氏) 집안으로 가서 남자로 태어나게 되었습니다. 나리의 깊은 사랑에 대한 감사는 죽어서도 잊지 못하고 있으나 갚을 길이 없는 것이 한이옵니다. 그러나 나리는 부귀하시어 아주 높은 벼슬도 하시고 복이 많고 수명이 길며 자손도 번창하게 될 것입니다."

그녀는 이렇게 말을 하고 절을 하고는 떠났다. 몇 걸음 가다가 다시 뒤돌아보며 말하였다.

"낭군께서 자중하시옵소서. 첩은 이제 영원히 이별입니다."

그리고는 문득 사라졌다. 용생은 깨어나서도 잊지 못하여 그녀의 집으로 즉시 사람을 보내 소철나무를 살펴보게 하니 이미 오래 전에 말라 죽어 있었다. 용생은 이에 「애봉미가(哀鳳尾歌)」를 지었다.

有草有草名鳳尾,　　한 초목이 있나니 그 이름은 봉미(鳳尾)라
仙人種在丹山裏.　　신선이 단산(丹山)에 심었더라네

世間百卉避芳菲,　　세간의 모든 꽃도 그 향기에 피하고
珊瑚寶樹差堪比.　　산호의 진귀한 나무도 비할 수 없으리
鬖沙絶似鳳凰翎,　　아름다운 머리 결은 봉황의 깃털 같아
號以佳名同鳳稱.　　'봉'자를 넣어 아름다운 이름 붙였네
海上行遲珠露濕,　　바다로 나아가면 진주이슬 맺히고
洞簫品徹綵雲亭.　　퉁소소리는 채운의 정자를 뚫고 가는데
娟娟旎旎猶貞靜,　　아름답고 화사하며 온화하고 정숙하네
琉璃刻葉琅玕柄.　　유리로 잎 새기고 낭옥(琅玉)으로 가지 만들어
九苞健翮時下來,　　구포(九苞)의 강한 날개로 때때로 내려오니
五色奇文爛相映.　　오색의 기이한 문양 찬란히 비추네
日影照耀晴篩金,　　햇빛 비치니 금가루를 체로 치는 듯 하고
盛夏翛翛風滿林,　　더운 여름 날개 짓 하니 바람이 숲에 가득하네
艷陽不作桃李態,　　늦은 봄에는 도리(桃李)의 자태 짓지 않고
晚歲實堅松柏心.　　늦은 겨울에도 견실한 송백의 마음
華堂淸處搖新翠,　　화당(華堂)의 맑은 곳 새가지 흔들릴 적에
曾與飛瓊翠陰會.　　일찍이 비경(飛瓊)과 푸른 그늘서 만났네
倚叢未許暫偸香,　　잠시만이라도 향기 훔치길 허락치 않고
指樹惟期終作配.　　나무 가리키며 길이 짝하길 기원했네
那知萬事終非眞,　　어찌 알았으리, 만사 끝내 흩어져
幽芳淑質俱成塵.　　그윽하고 향기 맑은 자질 모두 티끌 되었네
綺檻靈根凋百歲,　　규방의 영특한 마음 시들어 버리고
綉房麗色殞三春.　　아름다운 낯빛은 삼춘(三春)에 지고 말았네
鳳兮偶昨來過此,　　봉새 우연히 어제 이곳을 지나자니
弄玉臺傾鳳尾死,　　농옥대(弄玉臺) 기울고 봉미초는 죽었네
鴛鴦瓦落野棠靑,　　원앙와(鴛鴦瓦) 떨어진 곳에 해당은 푸르고
孔雀屛欹土花紫.　　공작(孔雀屛) 병풍 기운 곳에 꽃은 붉어라
感時撫舊恨悠悠,　　상심 속에 옛 물건 만지니 여한이 그지없고
碧羽瓊蕤萬古休,　　꽃과 잎은 영원토록 말라버렸네
敗砌頹垣蛩弔月,　　부서진 계단 무너진 담에선 귀뚜라미 달을 울고
荒烟老樹鳥啼秋.　　어두운 안개 고목나무의 새는 가을을 슬퍼한다

花草重栽春又綻,　　화초 다시 심으니 봄 되면 다시 피겠지만
鏡破釵離永分散,　　거울 깨지고 비녀 나뉘니 영원히 이별이라
因歌鳳尾寓深衷,　　봉미초를 노래하여 속마음을 의탁하고
留與多情後人歎.　　남겨서 다정한 후세사람 탄식하게 하노라

 鳳尾草記

洪武中, 有龍生者, 本建康1)人. 遠祖仕宋爲京官, 從隆祐孟太后2)南遷, 留家江右,3) 子孫蕃衍, 世守詩書. 生行第八, 六七歲時, 長者敎以詩, 輒能成誦; 九齡曉屬對, 作五・七言絶句詩皆可觀, 衆以聰明許之. 生有姑適祖氏者, 特愛生, 生往來姑家甚熟. 祖有異母兄弟; 同居各爨. 兄歿, 惟嫂練氏及二子三女存. 長女、次女皆適人, 惟幼女在室, 絶有姿容, 長生三歲. 生雖少年, 穎敏而馴謹, 不好玩弄, 且善伺人意, 故祖氏一家聞生來, 莫不歡喜, 女亦視生如弟兄, 不復迴避. 女母聞生姑稱生長進好學, 深欲婿生, 女亦眷眷屬目. 祖中庭植鳳尾4)一株, 已百年, 生

---

1) 建康(건강): 지금의 江蘇省 南京市이다. [周]
2) 隆祐孟太后(융우맹태후): 宋나라 哲宗(趙煦)의 皇后다. 洺州 사람으로 眉州防御使 馬軍都虞候 太尉 孟元의 손녀다. 후에 폐서인이 되었다. 欽宗(趙桓) 때 그녀의 황후 지위를 회복하자는 의견이 있었으나 조서가 내려지기도 전에 京城이 함락되었다. 六宮에 位號를 가진 모든 이가 金人에 의해 북방으로 끌려갔는데 오직 그녀만이 폐서인의 신분으로 홀로 머무를 수 있었다. 高宗(趙构)이 濟南에서 사람을 보내 그녀를 南京으로 불러들였다. 고종 즉위 후에 元祐太后로 봉해졌으나 尚書省에서 元字는 그녀의 祖父의 이름에 들어가니 諱하여 그녀가 살던 宮이름으로 바꿀 것을 청하였다. 그리하여 隆祐太后라 하였다. [周]
3) 江右(강우): 長江의 서쪽 지방. 즉 江西이다. [周]
4) 鳳尾(봉미): 당시 鳳尾松은 鐵樹라 불리기도 하였다. [소철나무로 번역된다.] 줄기 위에는 비늘 같은 것으로 덮여 있다. 잎은 줄기 꼭대기에서 나며 길고 크며 딱딱하고 봉황의 꼬리처럼 갈라진 깃털모양이므로 이렇게 불렀다. [周] 『漢語大辭典』에서는 鳳尾草에 대해 다년생 초본식물 혹은 金星草의 다른 이름이라는 두 가지 뜻으로 설명하고 있다. 이 작품의 鳳尾草는 백 년이나 된 나무이므로 이와 다르다. 이 외에 鳳尾蕉라는 것이 있는데 통칭 鐵樹라고 하고 있으니 곧 소철나무를 말한다. 다년생 상록식물로 가

吟嘯其側, 女窺無人, 出就生鳳尾下, 謂生曰: "老母聞令姑說子聰明, 欲以我結好, 我亦願爲子妻, 托5)令姑主張, 第未審子父母之意然否? 倘因6)緣會合, 得爲夫婦, 雖死無憾! 不然, 我之嫁人, 非商家郞, 則耕家子, 縱金玉滿堂, 田連阡陌, 不願也." 生應曰: "得子7)爲配, 足慰平生." 因指鳳尾誓之曰: "若余事成, 開花結子; 事若不成, 根枯葉死." 誓畢, 散去. 生盤桓祖氏, 大小悅之, 女尤敬慕. 嘗8)親捧茶與生, 生取茶, 戲曰9): "茶已吃10)矣, 不患不成." 家人聞之, 亦不問也. 會生姑與練姁娌參商, 陽爲慫慂,11) 陰實沮之, 故生父母猶豫, 女未知也. 生以告女曰: "子旣未便開親, 我亦不卽納聘, 當與老母謀, 必得子爲婦而后12)已." 女家貧, 未嘗有繒纊13)之飾, 粉黛之施, 而荊釵布裙, 略無垢汙, 下至足纏, 亦潔白如雪; 兼之賦性和柔, 婉娩特甚, 機杼之精, 剪製之巧, 爲一族冠; 二嫂酷妬之, 女不較也. 生重其爲人, 愈有伉儷意, 然艱得良媒, 姑又不力贊, 兩下遷延, 遲遲歲月.

　生旣冠, 去事擧子業,14) 女家踪跡15)稀矣. 然女念生, 未嘗去懷, 惟母知其情, 喩之曰: "吾又遣人往彼, 談汝姻事, 早晚當有定議, 汝勿煎熬, 徒損容貌." 逾時, 生至, 雖主姑家, 而意在于女. 留數日, 二嫂俱歸寧, 女獨紡小樓上. 樓下一深巷, 通後園, 巷半磚砌磴道以登. 生從園中還, 聞

늘고 끝이 뾰족한 잎이 많이 닌다. [譯]

5) 【校】: [董]에는 託으로 되어 있다.

6) 【校】: [董]에는 姻으로 되어 있다.

7) 【校】: [董]에는 渠라고 되어 있음.

8) 【校】: [董]에는 焉至라고 되어 있음.

9) 【校】: [董]에는 戲曰 앞에 回女라는 글자가 있다.

10) 茶已吃(차이흘): 옛날에 차를 받아 마시는 것은 여자가 許婚함을 뜻하는 것이었다. [周]

11) 慫慂(종용): 다른 사람이 어떠한 일을 하도록 옆에서 유도하고 격려함을 의미한다. [周]

12) 【校】: [董]에는 然後라고 되어 있다.

13) 繒纊(증광): 견과 면으로 된 옷을 말한다. [周]

14) 擧子業(거자업): 科擧時代에 科擧에 응시하는 일에 종사하는 것을 의미한다. [周]

15) 【校】: [董]에는 蹤跡으로 되어 있다.

女紡16)聲, 徑奔女所. 女見生來, 喜氣溢面, 輟紡叙17)禮, 與生對坐, 且紡且談. 因以己年庚告生, 使生推算, 卜其諧否. 又與生話家事18)甚悉. 生感其意, 口占一詩贈之. 詩曰:

曲欄19)深處一枝花, 穠艶20)何曾識露華. 素質白攢千瓣玉, 香肌紅映六銖紗. 金鈴21)有意頻相護, 繡幄無情苦見遮. 憑仗東皇須著力, 向人開處莫敎差.

女不甚讀書, 識字而已, 語生曰: "子宜解說, 俾我聞之." 生一一敷繹其義. 女笑曰: "他日得侍房幃,22) 子必敎我, 我雖愚暗, 久當能之." 生曰: "婦人女子, 偏是聰明, 以子慧心, 學之易易." 因代爲23)答詩曰:

深謝韶光染色濃, 吹開準擬倩東風. 生愁夕露凝珠淚, 最怕春寒損玉容. 嫩藥折時飄蝶粉, 芳心破處點猩紅. 金盤華屋如堪薦, 早入雕欄十二重.

生復縷縷爲詳詩意. 女曰: "常聞子才調敏捷, 今觀信然, 使我傾仰彌切!" 因目生久之, 曰: "子精神意氣, 決非庸人, 後當貴顯, 我欲以蒲柳之質爲託者, 非有他也, 以父早亡, 母年漸老, 長兄書寫公門, 次兄陷身吏役, 二嫂悍惡, 子所深知; 但得遠離凶獷, 獲托絲蘿,24) 子縱無官, 不爲命

---

16) 【校】: [董]에는 車로 되어 있다.
17) 【校】: [董]에는 敘로 되어 있다.
18) 【校】: [董]에는 世로 되어 있다.
19) 【校】: [董]에는 闌으로 되어 있다.
20) 【校】: [董]에는 豔으로 되어 있다.
21) 金鈴(금령): 唐 玄宗의 큰형 寧王은 花木을 매우 아꼈는데 매년 봄이 돌아오면 後園에 붉은 실로 줄을 만들어 그 위에 촘촘히 금방울을 달아 꽃가지 끝에 매었다. 매번 새들이 모일 때 후원을 관리하는 벼슬아치에게 일러 줄을 흔들어 소리를 내게 하여 새들을 놀래 날아가게 하였다. [周]
22) 【校】: [董]에는 帷房으로 되어 있다.
23) 【校】: [董]에는 爲자가 빠져 있다.
24) 絲蘿(사라): 혼인을 비유하는 말이다. 古詩에 "그대와 혼인을 하니 새삼이 소나무 겨우살이에 붙는 것과 같다네(與君爲婚姻, 菟絲附女蘿)"라는 구절이 있다. [周]

婦, 亦不失爲士君子[25]妻. 萬一流落俗子手中, 有死而已! 惟子念之圖
之." 生自初悅其貌, 不料其淑懿有識若此, 自是拳拳婚議, 惟恐蹉跎. 俄
而女兄果以吏敗, 家事亦落. 生父母無意締盟, 謝而辭之, 遂解望矣. 生
私作長歌一篇寄焉. 歌曰:

　　我昔正鬌年, 笑騎竹馬[26]君床邊. 手持靑梅[27]共君戲, 君身似玉顔如蓮. 愛
我聰明耽筆硯, 鸑鷟[28]文章紫騮健. 風鬢霧鬢緋染唇, 鳳尾叢邊幾回見. 層樓
窈窕洞房深, 春纖縷縷抽冰線. 蹇修[29]不來奈若何, 羅帶同心竟乖願. 繡襦甲
帳隔天涯, 未解離魂學張倩. 君知許嫁誰人家, 我行射策[30]黃金殿. 回首淸
河[31][32]夢寐中, 目斷巫山淚如霰.

　　一日, 女母留姻戚家, 二嫂尋釁, 與女大鬧. 女深處閨閣, 性復良善,[33]
莫敢出言, 又不能罵, 然不勝憤. 兼之秦約晉盟,[34][35] 遽然斷絶, 凄凉憔
悴, 踽踽[36]無聊, 是夕, 竟縊死樓上. 母歸, 哭之慟, 手自洗殮, 于胸前得

---

25) 【校】: [董]에는 人之로 되어 있다.
26) 竹馬(죽마): 어린이들의 놀이감. 대나무가지를 꺾어 말처럼 타고 다녔다. [周]
27) 靑梅(청매): 어린이들의 놀이감. 푸른 매실을 가지고 장난치는 것이다. 李白의 시에
　　"그대가 죽마를 타고 와서 침상을 돌며 푸른 매실로 장난을 거네(郞騎竹馬來, 繞床弄
　　靑梅)"라는 구절이 있다. [周]
28) 鸑鷟(악작): 작은 봉황. 즉 자색의 봉황을 가리킨다. 옛날에는 문장의 상서로움을 일
　　컬었다. [周]
29) 蹇修(건수): 중매쟁이를 말한다. [周]
30) 射策(사책): 科擧時代에 시험을 볼 때에 의심이 가고 어려운 문제를 대쪽 위에 써서
　　문제의 대소를 생각하여 甲乙 두 과로 배열해 놓고 제목을 보이지 않게 하여 응시자로
　　하여금 하나씩 쏘아 맞혀 선택하게 하였다. 제목을 얻어 답을 써낼 수 있으면 이것으로
　　그들의 才學의 우열을 판단하였다. [周]
31) 【校】: [董]에는 湖로 되어 있다.
32) 淸河(청하): 山東省 大淸河를 가리킨다. 즉 趙氏女의 고향이 있는 곳이다. [周]
33) 【校】: [董]에는 善良으로 되어 있다.
34) 【校】: [董]에는 晉約秦盟으로 되어 있다.
35) 秦約晉盟(진약진맹): 春秋時代 秦과 晉 두 나라가 대대로 혼인관계를 맺었는데 이후
　　두 姓이 혼인으로 맺어지는 것을 秦晉이라 하였다. [周]
36) 踽踽(우우): 혼자 가는 외로운 모양을 말한다. [周]

一綉囊, 密貯杏牋一幅, 視之, 乃生所寄之詩也. 母不違其意, 仍置棺中.
生聞女死, 託以省姑, 走弔焉. 至則珠沈璧碎, 玉損花飛, 將入木矣. 生涕
淚如雨, 悲不能堪, 送歸葬所, 掩壙成墳而歸. 後數年, 生果高科要職, 烜
赫于時, 雖別娶妻妾, 意不忘女. 常與天師無爲張眞人[37]論鬼神, 偶及女
事. 眞人見生切切, 爲飛章[38]祓之. 載數日, 生夢女曰: "妾從辭世, 二十
餘年,[39] 陰府查籍, 以妾當生三子, 壽至六十, 數未克終, 卒于非命, 俾再
爲女人, 了其夙業. 而昨蒙眞人道力, 天符忽[40]下, 今往河南府洛陽縣在
城胡氏家爲男子矣. 感君深愛, 生死不忘, 但恨無以奉報耳. 然君方當富
貴, 位極人臣, 福壽豐隆, 子孫昌盛." 言訖拜謝而去, 行數步, 復回顧
曰[41]: "郎善自珍, 妾永逝矣!" 倏然而滅. 生旣覺, 殆無以爲懷. 遣人往女
家, 視鳳尾, 枯死已數年矣. 生遂作哀鳳尾歌云[42]:

　　有草有草名鳳尾, 仙人種在丹山裏. 世間百卉避芳菲, 珊瑚寶樹差堪比. 鬖
沙[43]絶似鳳凰翎, 號以佳名同鳳稱. 海上行遲珠露濕, 洞簫品徹綵雲停. 娟娟
旎旎[44]猶貞靜, 琉璃刻葉琅玕柄. 九苞健翮時下來, 五色奇文爛相映. 日影照
耀晴篩金, 盛夏翛翛風滿林, 艶陽不作桃李態, 晚歲實堅松柏心. 華堂淸處搖

---

37) 無爲張眞人(무위장진인): 張信甫. 名은 悌, 號는 無爲子이다. 明 象山 사람으로 鄞
　　縣에 다른 業이 있었는데 항상 조각배를 타고 다녔다. 일찍이 온 힘을 기울여 그의
　　아버지를 죄에서 구한 적이 있다. 어렸을 때부터 方士를 따라다니며 놀아 오래 살고
　　멀리 보는 것에 대한 이야기를 듣는데 익숙했다. 나이가 들어 장성한 후 남쪽으로는
　　粤에서 북쪽으로는 燕에 이르기까지 두루 유람했으며 마지막에는 武當山 紫霄宮에
　　이르러 宮主 張眞人을 스승으로 섬기어 삼 년을 宮에 있은 후에 사람들을 떠나 坐化
　　하였다. [周]
38) 飛章(비장): 부적을 불에 태우다. [周]
39) 送歸葬所(송귀장소)……後數年(후수년): 앞에서는 "數年[대개 10 이하의 불확실한
　　수를 가리킨다]이 흘렀다"라고 되어 있고 뒤에서는 "이십여 년이 지났다"고 했으니 작
　　자의 착오로 보여진다. [周]
40) 【校】: [董]에는 急으로 되어 있다.
41) 【校】: [董]에는 云으로 되어 있다.
42) 【校】: [董]에는 傳于世云라고 되어 있다.
43) 鬖髿(삼사): 아름다운 머리모양. 일설에는 헝클어진 머리모양이라고 한다. [周]
44) 【校】: [董]에는 妮妮라고 되어 있다.

新翠, 曾與飛瓊[45]翠陰會. 倚叢未許暫偸香, 指樹惟期終作配. 那知萬事終[46]非眞, 幽芳淑質俱成塵, 綺檻靈根凋百歲, 綉房麗色殞三春. 鳳兮偶昨來過此, 弄玉臺傾鳳尾死, 鴛鴦瓦落野棠靑, 孔雀屛欹土花紫. 感時撫舊恨悠悠, 碧羽瓊蕤萬古休, 敗砌頹垣蛩弔月, 荒烟老樹鳥啼[47]秋. 花草重栽春又綻, 鏡破釵離[48]永分散, 因歌鳳尾寓深衷, 留與多情後人歎.

---

45) 飛瓊(비경) : 신화 전설 속의 仙人의 이름으로 西王母의 시녀라고 한다. 성은 許氏이다. [周]
46) 【校】: [董]에는 總이라고 되어 있다.
47) 【校】: [董]에는 歸로 되어 있다.
48) 鏡破釵離(경파차리) : 부부가 헤어짐을 비유한다. [周]

무평영괴록(武平靈怪錄)

무평의 밤에 만난 요괴

제중화(齊仲和)는 이름은 해(諧)이며 복건성 장주(漳州) 사람이다. 본래 부잣집 아들로 어느 정도 학문적 수양이 있었고 문장에 꽤 능하였다. 하지만 호협(豪俠)하고 얽매이기 싫어하는 성격에 돈을 물 쓰듯 하였다. 원나라 지정(至正) 임진(壬辰)년 홍건적(紅巾賊)의 난이 일어나 이 때문에 재산을 전부 잃고 마침내 동서를 오고 가며 다른 사람의 집에서 밥을 얻어먹는 신세가 되었다. 일찍이 복건성 무평(武平)의 항자견(項子堅)의 집에 출입하며 그곳에서 훈장 노릇을 하였다. 항자견은 예전에 보잘 것 없었으나 갑자기 부자가 되자 집안을 빛나게 하고 싶어 자식들의 혼인 문제만큼은 반드시 문벌 있는 집안과 맺어 사람들에게 과시하고자 하였다. 명문거족(名門巨族)이었으나 가난하고 영락해진 집안들과 혼인을 맺으니 이쪽에서는 그 영화로움을 좋아해서였고 저쪽에서는 그 부귀가 탐났기 때문이다. 서한(書翰), 계찰(啓札), 염책(奩冊), 의록(衣錄)과 같은 것들은 모두 제중화가 지은 것으로 그것을 모르는 사람들은 진실로 학문과 교양 있는 집안이라고 여겼다.

명나라 홍무(洪武) 5년에 항자견이 죽자 두 아들인 영가(榮可)와 귀가(貴可)는 특별히 장례를 성대히 치르고 집에서 오십 리 떨어진 임정(臨汀)의 산 속에 장사지냈다. 제중화가 자견을 위해 행장(行狀)을 쓰고 명문(銘文)은 태사(太史) 송경렴(宋景濂)에게 부탁했다. 무덤 옆엔 귀전암(歸全庵)을 지었는데 웅장하고 장관인 것이 마치 하나의 동네 같았다. 밭 이백 무(畝)를 떼어다가 식전(食田)으로 하고 남화사(南華寺)의 본여진공(本如眞公)에게 암자의 일을 주관해 달라고 부탁하였다. 장원(壯元)을 한 금계(金谿) 사람 오백종(吳伯宗)이 그 일을 기록하였다. 제중화가 항씨 집안에 오고 가는 길에 마침 그 절이 있어 지나가게 되면 반드시 하룻밤을 묵어 가곤 하였다. 그 해에도 일이 있어 복주(福州)에 갔다가 어느 집에 머물면서 수년간 훈장노릇을 하게 되었다. 그러는 사이에 항귀가(項貴可)는 효렴(孝廉)이 되어 가흥부(嘉興府)의 동지(同知)를 제수받았다. 그러나 왜적이 해안에서 상륙하였는데 실수로 이를 제때에 보고하지 않았다가 죄를 문책 받아 추관(秋官)의 옥에서 죽고 가산은 몰수당하고 말았다. 절과 그에 딸린 토지는 관에 귀속되고 중들은 다 흩어져버렸다.

홍무(洪武) 을축(乙丑)년에 제중화는 돌아왔다. 항씨 댁을 찾아가는 길에 절에 이르니 날이 저물어 그곳에서 하룻밤 묵기로 하였는데 항씨 집안이 망하고 절은 폐허가 되었다는 사실을 아직 모르고 있었다. 방장(方丈)으로 들어가 보니 적막한 것이 인기척이라고는 없었다. 승방을 두루 살펴보았는데 어떤 곳은 열려 있고 어떤 곳은 닫혀 있었다. 맨 마지막으로 어느 방에 이르자 스님 한 분이 걸상에 앉아 있었다. 발걸음 소리를 듣고는 물었다.

"뉘시오?"

제중화가 성씨를 대자 스님이 어둠 속에서 대답했다.

"그렇다면 아는 분이시군요. 앉으시지요."

중화가 스님의 법명을 물어보았다.

"제가 처음 환체(幻體)를 가지게 된 날 나리께서도 보셔놓고선 벌써 잊어버리셨소이까?"

중화는 그것이 무슨 말인지 못 알아듣고 또 다른 말을 물어보았다.

"나머지 스님들은 어디 계십니까?"

"어느 시주 댁에 수륙재(水陸齋)를 지내기 위해 갔습니다. 저만 오래도록 중풍을 앓고 있어 침상에서 내려가지 못해 절에 있을 뿐이지요. 행자들도 모두 나가버렸는데 뜻밖에 나리께서 오시니 아무 것도 대접할 것이 없군요."

중화가 아직 식사를 하지 못했다고 하자 스님이 말하였다.

"상 위에 콩 부스러기가 몇 되 있으니 싫지 않으시다면 드시지요"

중화는 매우 배가 고팠던지라 집어서 움켜쥐고 씹어 먹었다. 먹고 나서 항씨 집안의 동정에 대해 물어보았다.

"별일 없답니다."

그저 그렇게만 대답했다. 몸이 피곤하여 잠잘 것을 청하자 이렇게 말했다.

"이곳에 손님이 몇 분 있어 매일 저녁 저희 방에 와서 한담을 나누지요 조금 있으면 올 것인데 나리께서 불편하시지나 않을까 걱정되는군요"

"어떤 사람들입니까?"

"모두 다 가까운 마을에 사는 사람들로 항씨 집안의 친척 되는 사람도 있지요"

그말을 듣고 중화는 기뻤다.

"그렇다면 잘되었군요"

조금 있자 두 사람이 먼저 들어오고 뒤이어 다섯 사람이 도착했다. 그러자 스님이 소개를 했다.

"오늘 마침 항씨 댁 옛 손님께서 찾아오시어 여기서 유숙하게 되었으니 여러분들은 의아해하지 마십시오"

이에 중화는 그 사람들의 이름을 물어 보았다. 먼저 도착한 사람들이 이름을 댔다.

"저희들은 석자견(石子見)과 모원영(毛原穎)입니다."

뒤에 온 사람들이 말하였다.

"저희들은 김조상(金兆祥), 증와합(曾瓦合), 피이례(皮以禮), 상관개(上官蓋)와 목여우(木如愚)라는 사람들입니다"

"촛불도 등잔도 없어 감히 예를 행하지 못하니 허물로 생각하지 말아주십시오"

제중화도 답례하면서 이렇게 양해를 구하였다.

"저는 항씨 집안의 훈장이었고 또 이곳 절에서 잘 아는 사람이니 서로 일가나 다름없는데 무슨 죄 될 것이 있겠습니까?"

그리고는 스님과 함께 강론을 하는데 이 사람들의 언변이 물 흐르듯 조금도 막힘이 없는 것이 불교에 대한 조예가 매우 깊었다. 그러다 스님이 말했다.

"여러분들께서는 한참이나 선의 즐거움을 누리셨으니 이제 그러한 의론은 피하기로 합시다. 문사(文士)께서 자리에 계시니 잠시 공담(空談)을 거두고 아름다운 시구를 지어 오늘 같이 좋은 밤의 흥겨움을 돋워 보시지 않으렵니까?"

모두들 좋다고 했다. 석자견(石子見)[1]이 먼저 읊었다.

嘗擅文房四寶稱,	일찍이 문방의 사우(四友)라는 이름 떨치고
盡誇鴝眼勝金星,	구욕새 같은 눈이 샛별보다 낫다 자랑했네
華箋法帖長爲侶,	화전(華箋)과 법첩(法帖)을 늘 벗하며
圓鏡方琴巧製形.	둥근 거울 모진 거문고처럼 각양각색 만들었다
銅雀墜臺成鳳味,	동작와(銅雀瓦) 떨어져서 봉황부리 벼루 되고
玉蟾吐水帶龍腥,	옥 두꺼비 물을 뿜으니 먹의 향기 서렸네
莫欺鈍壽渾無用,	나이만 먹고 쓸모없다 탄식 마오

---

1) 석자견(石子見) : 벼루를 노래하고 있다.

曾與維摩寫佛經.　　　예전에 유마(維摩)와 불경을 베꼈다오

모원영(毛原穎)2)의 시다.

早拜中書事祖龍,　　　일찍이 중서(中書)로 제수 받아 진시황 섬겼고
江淹親向夢中逢.　　　직접 강엄(江淹)을 꿈속에서 만났지
遠誇秦代蒙恬巧,　　　멀리는 진나라 몽염(蒙恬) 재주 자랑하고
近說吳興陸穎工.　　　가까이 오흥의 육영(陸穎) 재주 얘기하네
鷄距蘸來香霧濕,　　　짧은 붓 담그면 향기로운 안개 젖고
狸毫點處膩朱紅,　　　너구리 털 적시는 곳 빛나는 주홍빛
于今贏得留空館,　　　지금은 빈 집 얻어 머물고 있으며
老向禪龕作禿翁.　　　늙어 선감(禪龕)을 향한 머리 빠진 늙은이 되었네

김조상(金兆祥)3)의 시다.

身殘面黑眼生沙,　　　몸은 노쇠하고 얼굴은 검으며 눈은 흐릿하여
棄置塵埃野衲家,　　　세상을 떠나 들판에 집을 지었네
僧病幾回將煮藥,　　　스님이 병들어 몇 번이나 약을 달였으며
客來長是使煎茶.　　　객이 오면 오랫동안 차를 끓였지
無緣不復勞烹飪,　　　인연 없이 음식 일에 수고하지 않고
有漏從敎老歲華,　　　시간 있어 따라 배우니 말년이 좋구나
昔日炎炎今寂寂,　　　옛날은 뜨거웠고 지금은 적막하니
莫將冷熱向人誇.　　　차가움과 뜨거움으로 남에게 자랑하지 말게나

증와합(甑瓦合)4)의 시다.

家貧無庇欲依誰,　　　집은 가난하여 기댈 곳 없으니 누구에 기대나

---

2) 모원영(毛原穎) : 붓을 노래하고 있다.
3) 김조상(金兆祥) : 쇠 주전자를 노래하고 있다.
4) 증와합(甑瓦合) : 시루를 노래하고 있다.

散木微軀久覺衰.　　쓸모없는 몸은 오래도록 쇠진함을 깨달았네
孔聖絶糧寧敢慍,　　공자께서 양식 떨어져도 어찌 화를 내겠으며
范丹乏米豈辭饑.　　범단(范丹)이 쌀 없다 한들 어찌 주린다 하리
當年墜地無須顧,　　당시의 쇠락한 처지 돌아볼 필요 없고
此日生塵不可炊,　　오늘 솥에 먼지 생겨도 불 지필 수 없으니
榾柮烟消灰燼冷,　　땔감 연기 사라지고 재도 식어 차가운데
蒸蒸跨竈欲何爲.　　무럭무럭 김나는 부엌이 무슨 소용 있으랴

피이레(皮以禮)[5]의 시다.

幻身如絮太輕鬆,　　우리의 육신은 버들개지처럼 가벼우니
慣覆盧能與贊公.　　혜능(慧能)과 찬공(贊寧)을 늘 덮었었지
裏裂不因兒惡臥,　　속이 떨어짐은 아이가 잘못 누워서가 아니요
繒穿只爲匠難逢.　　명주 헤어짐은 고칠 이 만나기 어려워서라
塵灰積久無人洗,　　먼지 쌓인 지 오래 되어도 빨래할 사람 없고
蟣虱生多欠火烘.　　이가 잔뜩 슬어도 밝힐 불이 없구나
零落牛歸蟲鼠蠹,　　영락한 처지 거의 버러지와 다름없으니
固知色相本來空.　　진실로 색과 상이 본래 공임을 알겠네

상관개(上官蓋)[6]의 시다.

常人髹漆貴人朱,　　백성은 검은 옻 칠, 귀인은 붉은 색이네
生者憎嫌死者需,　　산 자는 싫어해도 죽어서는 필요하네
除是飛昇無用我,　　신선 되어 날아가면 내가 필요 없을까
若還解化也須余.　　제자리서 해탈해도 묻히려면 필요하리
能函蓋世英雄骨,　　천하 호령 영웅의 유골도 담을 수 있고
解殮傾城艶冶軀,　　경국지색 미녀의 몸도 추스릴 수 있네
寄語勞勞塵世客,　　내 미리 세상 사람들에게 이르노니

---

5) 피이레(皮以禮) : 이불을 노래하고 있다.
6) 상관개(上官蓋) : 관(棺) 뚜껑을 노래하고 있다.

百金莫惜預先儲.　　백금을 아끼지 말고 어서 준비하시오

목여우(木如愚)⁷⁾의 시다.

長鬚古鬣骨稜稜,　　길고 오래된 수염, 뼈는 앙상하나니
心腹虛空不減增,　　속은 비어 있어 늘고 줄어듦이 없도다
早悟有身應有患,　　몸 있으면 응당 병 있음을 일찍이 깨닫고
可堪無佛更無僧.　　부처 없고 중도 없음을 가히 감내하겠네
頻依鷲室行將腐,　　여러 번 취실(鷲室)에 썩을 몸 의지할까
久想龍門去未能.　　오래 용문(龍門) 생각 막상 가지는 못했네
朽木枯骸禪寂味,　　썩은 나무와 마른 해골 참선의 맛이라네
一宵淸話勝聞經.　　하룻밤 맑은 얘기 독경보다 나으리라

모두들 다 읊고 나자 손뼉 치며 웃는데 손님은 안중에도 없는 듯 하였다. 문득 바람이 멈추고 구름이 열리더니 달빛이 창문 사이로 들어오자 흐릿하게 여러 사람들의 모습이 보였다. 어떤 이는 작은 키에 몸은 각지고 어떤 이는 마른 몸에 머리가 뾰족하였으며 어떤 이는 검은 얼굴에 팔 하나가 유달리 길고 어떤 이는 검은 모자에 몸이 매우 짧았다. 풍류스럽게 느긋이 걷는 자는 담요를 걸치고 있었고 우뚝 바로 서있는 자는 벽에 기대고 있었다. 마지막으로 한 노인은 목에 비늘이 난 것 같았다. 제중화는 이상한 생각이 들어서 막 자세히 보려고 하는데 스님이 갑자기 입을 열었다.

"청풍 선생(淸風先生) 나본소(羅本素)⁸⁾께서 오셨소"

이에 모든 사람들이 맞이하려고 일어섰다. 멀리 한 노인이 명주옷과 대나무 지팡이에 한아(閑雅)한 자태로 양 소매를 펄럭이며 걸어오고 있는 것이 보였다. 여러 사람들에게 인사를 하고는 이렇게 물었다.

---

7) 목여우(木如愚) : 목어(木魚)를 노래하고 있다.
8) 나본소(羅本素) : 낡은 부채를 말한다.

"여러 벗들의 오늘 저녁 시회(詩會)는 즐겁소?"

모원영이 물었다.

"어찌 늦으셨는지요?"

각 사람들을 지은 시를 들려주었다. 그러자 청풍 선생이라는 자가 말하였다.

"여러분들께서는 스스로 가작(佳作)이라고 생각하시겠지만 밖에서 오신 손님에게는 괴이하게 들릴 것이외다."

피이례가 말했다.

"손님께선 비록 나이는 많지 않지만 조만간 상관공과 더불어 함께 있게 될 것이니 무엇을 걱정하십니까?"

청풍 선생이 스님에게 말했다.

"우리 스님께선 무슨 연고로 시 짓기에 인색하십니까?"

"오시면 함께 지으려고 기다렸을 뿐입니다."

스님은 그렇게 대답하고는 낭낭하게 읊어 나갔다.

厭見閻浮劫火紅,	염부수(閻浮樹)의 겁의 불을 지겹게 보았고
荒山獨守化人宮,	황산에서 홀로 화인궁(化人宮)을 지키고 있네
三千世界都成幻,	삼천세계(三千世界)가 모두 환(幻)이요
百二山河盡屬空.	백이산하(百二山河)가 전부 공(空)이라
衣蘚亂生悲佛毀,	이끼 끼어 불상이 훼손됨을 슬퍼하고
床頭不掃笑僧慵.	침상 머리 쓸지 않는다고 중의 게으름을 웃었네
難尋物外逃禪侶,	세상 밖에서 선에 빠진 도반(道伴)찾기 어렵고
罕遇橋邊入社翁.	다리 옆 문사(文士)에 드는 이 만남이 적었네
猛虎每游蓮座下,	사나운 범 매번 연좌 아래에 놀고
怪禽多宿繡幡中.	괴이한 새 늘 수번(繡幡)에서 자는구나
青苔滿院新經雨,	비 지나가니 정원 가득 푸른 이끼 자라고
黃葉飄龕乍起風.	바람 이니 감실(龕室)에 누른 잎 날리네
一對金剛蝸篆面,	금강(金剛)의 얼굴에는 달팽이 기고

幾尊羅漢鼠穿胸.　　나한(羅漢)의 가슴에는 쥐가 사네
殘經缺字函函損,　　낡은 불경엔 글자 빠지고 함들은 훼손되었네
古器成精件件雄.　　오랜 물건 정령(精靈)이 되니 모두가 뛰어나네
廣殿窓開留月照,　　넓은 대웅전에 창 열리니 달빛이 머물고
閑門鎖脫倩雲封.　　한가한 산문에 빗장 풀리니 구름으로 잠그네
謾憐衰朽烟霞骨,　　늙은 연하(烟霞)의 뼈 자랑 말고
莫起摧頹土木躬.　　노쇠한 토목(土木)의 몸 일으키지 말아라
良夜豈期佳客集,　　좋은 밤 가객들이 뜻밖에 모이고
淸吟况與故人逢.　　시회(詩會)에선 옛 사람 만났구나
案間殘豆充饑腹,　　책상의 콩 부스러기로 허기진 배 채우고
梁上深煤染病容.　　대들보 위의 그을음은 병든 얼굴에 어리네
行入輪迴歸敗壞,　　윤회 속으로 들어가면 흙으로 돌아가나니
不須辛苦笑疲癃.　　늙고 병들었다고 비웃지 말아라
莊嚴未必成三昧,　　장엄(莊嚴)이라고 삼매(三昧)를 이루지 못하고
游戲何妨運六通.　　유희(游戲)에 육통(六通)을 부린들 어떠하리
梅子熟時圓覺性,　　매실 익을 때 본성(性)을 깨닫고
松枝偃處記遺踪.　　소나무 가지 누운 곳에 옛 자취 기억하리
欲知吸盡西江意,　　서강의 뜻을 온전히 알고 싶거든
只聽晨鷄與暮鐘.　　새벽 닭 울음 저녁 종소리 들어 보라

청풍 선생이란 자가 그 기묘함을 크게 칭찬하고는 자신도 읊었다.

臨汀山川,　　임정(臨汀)의 산천 중에서도
惟說武平.　　오직 무평(武平)을 말하나니
層巒峙秀,　　높은 산 봉우리 우뚝 빼어나고
衆水瀉淸.　　여러 물줄기 맑은 물 쏟아내네
蒼龍啓吉壤,　　창룡이 길한 땅을 열고
白虎開佳城,　　백호가 좋은 성을 열었네
朱鳥葉卜筮,　　주조(朱鳥)는 점과 맞아떨어지고
玄武迎休禎.　　현무(玄武)는 길조를 맞이하네

形環勢抱相回縈,　　　형세가 둘러쳐져 있으니
信是天造地設成.　　　실로 천지가 내준 자리로다
當時項家兩孝子,　　　당시 항씨집 두 효자
葬父于此守墳塋.　　　아버지 여기에 묻고 시묘살이 하였네
歸全復構招提宇,　　　돌아가서 다시 절을 세우고
遠請眞公作庵主,　　　멀리서 진공(眞公) 청해 주지 삼았네
租粮百石佃人供,　　　소작인들 백 섬의 양식 바치고
鐘鼓三時唄聲擧.　　　종소리 북소리 늘 울렸어라
能幾年, 遽如許　　　　얼마나 시간이 흘렀는가
馬嘶風駝泣雨　　　　　말은 바람에 울고 낙타는 비에 흐느끼네
常住之田官所取,　　　전답은 관에 빼앗기고
明徒之僧俗爲侶.　　　중들은 환속 당하였네
檀那一去寺久荒,　　　시주 모두 떠나 절이 오래 황량하더니
淸宵賦詠來諸郞.　　　맑은 밤 시 지으려 여러 손님 오셨네
毛生脫穎才偏銳,　　　모생은 털은 빠졌으되 재주 두루 뛰어나고
石公持重行還方.　　　석공은 으젓하고 행실이 바르다네
如愚守柱,　　　　　　여우는 기둥을 지키고 있으나
鬚脫而衰朽.　　　　　수염은 빠지고 말았네
兆祥失柄,　　　　　　조상은 손잡이 잃어버리고
燄息而凄凉.　　　　　불꽃 꺼지니 처량하도다
皮家之翁衣破絮,　　　피가의 늙은이 솜 뜯겨져 나오고
垢滿襟裾虱爭聚.　　　때 절은 옷자락엔 이가 빼곡이 슬었네
瓦合散誕少持推,　　　와합은 방탕하여 예절이 부족하고
上官兇狂使人懼.　　　상관은 포악하니 사람들이 두려워하네
蹇予放浪號淸風,　　　나는 방랑하여 호를 청풍이라 하고
老大弗改玉虛容,　　　늙었어도 고운 얼굴 바뀌지 않았어라
平生掃遍天下熱,　　　평생 천하의 열기 두루 쓸었고
族親尙在杭城中.　　　족친(族親)은 아직도 항성(杭城)에 있다네
癡僧貧病廢奔走,　　　어리석은 중 가난하고 병들어 그만 다니고
枯木寒灰身土偶,　　　몸은 마른나무 식은 재와 진흙 인형 같네

無心望賜紫袈裟,　　붉은 가사 내려주길 바라는 마음 없고
默參潛悟慵開口.　　조용히 참선하며 말하기 게으르네
齊諧非是志怪徒,　　제해(齊諧)는 지괴(志怪)의 무리 아니라
相逢且復爲嬉娛,　　다시 만나 다시금 즐기는 것이라
功名富貴盛浮世,　　부귀공명 뜬 세상 채우고
聲色根塵悲幻軀.　　성색(聲色)의 뿌리 덧없는 몸 슬프게 하네
參橫斗落金鷄曙,　　삼별 기울고 북두 떨어지며 금계 밝아오니
回首東西分散去,　　머리 돌려 동서로 흩어지리다
要知物我兩相忘,　　알아두오! 사물과 나 둘을 모두 잊고
居士墳邊夜談處.　　거사의 무덤 옆이 밤에 이야기 나눌 곳임을

금새 달이 빛을 거두고 멀리서 닭울음소리가 새벽을 알리자 그 사람들은 갑자기 흩어져서 어디로 갔는지 모르게 되었다. 밖으로 나와서 보니 풀이 무성한 빈 절이었다. 다시 병든 중을 찾아보았으나 흙으로 된 소상(塑象)만이 하나 있었다. 등 쪽의 글자와 날짜를 보니 바로 제중화가 절에 머무르고 있을 때 만든 것으로 지금은 이미 여기저기 떨어져 나간 상태였다. 비로소 그 중이 '환체(幻體)를 가지게 된 날 보게 되었다'라고 한 말을 깨닫게 되었다. 다시 다른 방으로 가니 망가진 벼루가 문을 받치고 있고 머리 빠진 붓이 땅에 나동그라져 있으며 쥐똥이 책상 위에 쌓여 있었다. 밤에 먹은 부스러기 콩은 이것이었던 것이다. 또 문드러진 이불 한 채와 오래된 비단 부채가 한 자루 있었다. 질그릇은 먼지가 쌓여 있었는데 깨어질 듯싶었고 쇠 주전자는 자루가 떨어져 나가고 반은 구멍이 나 있었다. 기둥에는 목어(木魚)가 걸려 있고 벽에는 관 뚜껑이 기대어져 있었다. 중화는 깜짝 놀라 절을 뛰쳐나왔다. 몇 리를 가자 비로소 인가가 나타나 안으로 들어갔다. 그 집주인은 이런 이야기를 했다.

"이곳은 조용해서 사는 사람이 없고 기괴한 일들이 자주 일어나지요. 그런데 나리는 어제 저녁 어디서 주무셨소?"

제중화가 그 일을 들려주었다.

"나리의 생명이 위험하게 생겼습니다. 항씨 집안이 화를 당하여 무덤과 절은 폐허가 되고 말았지요. 그 집안 사람들이 그곳에 관을 하나 보냈는데 근래에 어떤 사람이 그것을 쪼개어서 땔나무로 써버려 겨우 뚜껑만 남아 있답니다. 나리께서 만난 석자견(石子見)과 모원영(毛原潁)은 벼루와 붓이 아닐까요? 금조상(金兆祥)과 증와합(曾瓦合)은 쇠주전자와 시루일 겁니다. 피이례(皮以禮)는 이불이고 목여우(木如愚)는 목어, 상관개(上官蓋)는 관두껑, 나본소(羅本素)는 오래된 부채로 나리께서는 그 물건들을 보시고 거기에 미혹되었던 것이지요. 항씨와 친척인 자가 있다고 한 것은 아마도 관(棺)을 가리켜서 말한 것일 겁니다. 관은 항씨의 옛 물건이니 친척이라고 한 것이겠지요."

제중화는 입을 꾹 다물고 두려움에 몸을 심하게 떨었다. 그 날로 집에 돌아갔는데 과연 큰 병에 걸리고 말았다. '조만간 상관공과 함께 있게 될 것이다'라는 말이 생각났다. 분명히 다시 일어나지 못할 것임을 짐작하고는 의원과 약을 물리쳤다. 아내와 아들이 치료를 받아 보라고 권하자 이렇게 말했다.

"죽고 사는 것은 다 정해진 것으로 귀신이 이미 알려 주었는데 약을 먹고 의원을 구한다면 다만 스스로를 괴롭게 할 뿐이다."

보름이 지나서 마침내 죽고 말았다. 오호라! 제중화와 같은 사람이 광달(曠達)한 선비가 아니랴.

武平靈怪錄

齊仲和, 名諧, 漳州人. 本富家子, 粗有學問, 頗能文章. 然豪俠不羈,[9] 用財如糞土. 至正壬辰,[10] 紅巾[11]寇亂, 家業爲之蕩然, 遂東西奔走, 寄

---

9) 【校】: [董]에는 羈로 되어 있다.

食于人. 嘗往來武平[12]項子堅家爲館客.[13] 子堅故微, 驟然發迹,[14] 欲光
飾其門戶, 故婚嫁必攀援閥閱,[15] 衒耀于人. 名宗右族[16]之貧窮不振者,
輒與締姻, 此則慕其華腴, 彼則貪其富貴. 書翰、啓札[17] 匲[18]冊、衣錄之
類, 皆仲和粉飾, 不知者謂爲眞衣冠[19]家矣. 洪武五年, 子堅死, 二子榮
可、貴可特盛襄事, 葬子堅臨汀[20]山中, 距其居五十里. 仲和爲述行狀,
請銘于宋太史景濂,[21] 且築歸全庵于墓側, 宏偉壯觀, 儼然一坊, 割田二
百畝飯僧, 仍請南華本如眞公主庵事. 狀元金溪吳伯宗[22]記之. 仲和往
返, 庵適當途, 過必留宿. 是歲有小幹, 往福州, 爲人留館者數載. 已而貴
可辟孝廉, 除嘉興府同知.[23] 倭夷登岸, 失不以聞, 被罪, 死秋官[24]獄中,

---

10) 至正壬辰(지정임신) : 1352년. [周]
11) 紅巾(홍건) : 元末 농민봉기군의 상징으로 창시자는 潁州의 劉福通이었다. 그는 杜遵
   道, 羅文素, 盛文鬱, 王顯忠, 韓咬兒 등과 함께 봉기하여 韓山童을 중심으로 하고 紅
   巾으로 信號를 삼았다. [周]
12) 武平(무평) : 지금의 福建省 武平縣이다. [周]
13) 館客(관객) : 남의 집에 서당을 설치해 놓고 生徒를 가르치는 訓長을 말한다. [周]
14) 【校】 : [董]에는 跡으로 되어 있다.
15) 閥閱(벌열) : 門의 왼쪽을 閥이라 하고 門의 오른쪽은 閱이라 하였다. 封建時代의
   귀족들은 자신들의 功勛을 문 앞에 걸어 두었는데 이리하여 閥閱이라 불리게 되었
   다. [周]
16) 名宗右族(명종우족) : 명성과 명망이 있는 명문가. 옛날에는 右를 上等으로 여겼기에
   家門의 명망이 드러난 것을 右族이라 하였다. [周]
17) 【校】 : [董]에는 劄으로 되어 있다.
18) 【校】 : [董]에는 匲으로 되어 있다.
19) 衣冠(의관) : 封建時代의 縉紳[벼슬아치 혹은 세습관리]을 말한다. [周]
20) 臨汀(임정) : 지금의 福建省 長汀縣을 말한다. [周]
21) 宋景濂(송경렴) : 宋濂을 말한다. 明 浦江 사람으로 元 至正 연간에 翰林院編修로
   추천받았으나 노부모를 떠날 수 없어 사양하여 이르지 않고 東明山에 은둔하여 무릇
   십여 년 동안 책을 지었다. 明初에 朱元璋이 불러 江南儒學提擧에 제수받아 太子에게
   經典을 강독했다. 『元史』를 썼다. 관직은 翰林學士承旨, 制誥知事에 이르렀으며 노년
   에 관직에서 물러났다. [周]
22) 吳伯宗(오백종) : 이름은 祐이고 伯宗은 字이다. 明 金谿사람. 洪武 初에 廷試에서
   장원을 하여 禮部 員外郎을 제수받았다. 胡惟庸을 거슬리는 바람에 鳳陽에 귀향을 갔
   다. 上疏를 올려 胡惟庸의 권력 남용을 탄핵하자 朱元璋이 이를 받아들여 소환되었다.
   武英殿 大學士를 역임하고 후에 檢討로 강등되었다가 관직에서 죽었다. [周]
23) 同知(동지) : 官名으로 宋代 府, 州, 軍에 모두 同知가 있었다. 元代와 明代에도 그것

家産籍沒,25) 庵田入官, 僧悉散去.

　洪武乙丑,26) 仲和歸, 往訪項氏, 抵庵暮矣, 遂假宿焉, 不知項亡而庵
廢. 行入方丈,27) 寂無人聲, 遍視僧房, 或開或闔. 最後, 至一室, 僧坐榻
上, 聞人足音, 訝曰 : "誰耶?" 仲和告以姓氏,28) 僧暗中應曰 : "然則故人
也, 請坐." 仲和詢僧名, 對曰 : "山僧初有幻體,29) 君及見之, 今已30)忘之
耶?" 仲和莫曉爲何等語, 復詰 : "餘僧安在?" 曰 : "偶赴水陸齋會31)于施
主家, 惟山僧久患風痺,32)33) 不能下床, 故在庵耳. 惜行童俱出, 不意公
來, 茗供俱無, 乏物奉待." 仲和告以未飯, 僧曰 : "案上有殘豆數合, 公若
不嫌, 請取食之." 仲和餒甚, 撮而嚼焉. 因問項氏動履.34) 僧曰 : "故無
恙." 仲和倦, 欲求寢. 僧曰 : "此中有數客, 每夕來就山僧閑談, 少選當至,
恐公不安." 仲和問 : "何人?" 曰 : "皆近村良家, 亦有與項宅親戚者." 仲
和喜曰 : "若然, 幸甚!" 須臾, 二人先入, 五人繼到. 僧曰 : "今日偶値項宅
舊客下顧, 留宿于此, 諸公勿訝!" 仲和就請衆賓清譽.35) 先至者曰 : "余
石子見、毛原穎也." 繼至者曰 : "余金兆祥、曾瓦合、皮以禮、上官蓋、木
如愚也." 仲和謝曰 : "燭燈俱無, 不敢行禮, 乞不見罪." 衆應曰 : "旣爲項

　　을 따랐다. [周]
24) 秋官(추관) : 刑部를 의미한다. [周]
25) 籍沒(적몰) : 집을 수색하여 財産登記簿籍을 몰수하다. [周]
26) 洪武乙丑(홍무을축) : 1385년. [周]
27) 方丈(방장) : 절의 住持를 뜻하며 주지승의 방을 가리키기도 한다. [周]
28) 【校】 : [董]에는 字로 되어 있다.
29) 幻體(환체) : 佛家의 敎義로 現世의 일체의 모든 것은 空幻하며 現世에 존재하는 신
　　체도 모두 幻이며 眞이 아니라고 여기는 것을 말한다. [周]
30) 【校】 : [董]에는 이 글자가 빠져 있다.
31) 水陸齋會(수륙재회) : 스님이 三界諸佛에 예불하고 幽冥을 제도하며 49일 동안 독경
　　을 하는데 이것을 水陸齋라 일컫는다. 약칭하여 水陸이라고도 부르며 물 속과 땅 위의
　　모든 귀신들을 濟度한다는 뜻이다. [周]
32) 【校】 : [董]에는 痺로 되어 있다.
33) 風痺(풍비) : 손발 혹은 몸의 반을 가눌 수 없는 병. 옛 책에 따르면 병의 원인이 바람
　　이라 하여 風痺로 불리게 되었다. 中風이라고도 한다. [周]
34) 動履(동리) : 情況 혹은 動靜을 뜻한다. [周]
35) 清譽(청예) : 남에게 성과 이름을 물어 보는 점잖은 인사말이다. [周]

氏館賓, 又是山門熟客, 相與一家, 何罪之有?” 遂共僧講論, 辯若懸河,
亹亹不休, 深造佛諦. 僧曰 : “諸公久得禪悅, 當避機鋒, 然文士在席, 何
不且輟空談, 更裁佳句, 以爲淸宵歡樂之資乎?” 衆曰 : “諾!”
　子見先吟曰 :

　　嘗36)擅文房四寶稱, 盡誇鴝眼勝金星, 華箋法帖37)長爲侶, 圓鏡方琴巧製形.
　　銅雀墜臺成鳳咮,38) 玉蟾吐水帶龍腥,39) 莫欺鈍壽渾無用, 曾與維摩40)寫佛經.

　原穎詩曰 :

　　早拜中書41)事祖龍, 江淹42)親向夢中逢. 遠誇秦代蒙恬43)巧, 近說吳興陸
　　穎44)工. 鷄距蘸來香霧濕, 狸毫點處膩朱45)紅, 于今贏得留空館, 老向禪龕作
　　禿翁.

---

36)【校】: [董]에는 曾으로 되어 있다.
37)【校】: [董]에는 劑로 되어 있다.
38) 鳳咮(봉주): 봉황부리. 여기서는 벼루의 이름이다. 蘇東坡의 「鳳咮硯銘序」에 자세하
　　게 묘사되어 있다. [譯]
39) 龍腥(용성): 먹 냄새. 먹에서 나는 특유의 비린내를 말한다. 먹[墨]을 龍賓이라고 칭
　　하는 데서 유래한다. [譯]
40) 維摩(유마): 菩薩의 이름으로 淨名을 의미한다. 淨은 깨끗하여 치욕 됨이 없음을 의
　　미하며 名은 명성이 널리 퍼짐을 뜻한다. [周]
41) 中書(중서): 붓의 별칭으로 中書君이라 한다. [周]
42) 江淹(강엄): 字는 文通이며 南朝의 梁 考城 사람이다. 관직은 金紫光祿大夫에까지
　　올랐다. 젊었을 때 文章으로 세상에 이름을 날렸다. 늙어서 꿈에 자신이 郭璞이라고
　　하는 자가 나타나 “내 붓이 오래도록 당신에게 있으니 돌려 받고자 하오”라고 말하여
　　강엄이 품속에서 오색 붓을 꺼내어 주었다고 한다. 이후로는 詩文을 지어도 아름다운
　　구절이 나오지 않았으며 세상 사람들은 그의 재주가 다하였다고 했다. [周]
43) 蒙恬(몽염): 秦의 장수로 秦始皇 때에 병사 30만을 거느리고 북쪽에 장성을 구축하
　　고 흉노에게 위세를 떨쳤다. 二世가 즉위하자 자결하였다. 그는 최초로 붓을 발명한 사
　　람이기도 하다. [周]
44) 吳興陸穎(오흥육영): 明代 陸樹聲의 『淸署筆談』에는 “개국 초기에 吳興의 붓 만
　　드는 사람 陸文寶가 마음이 온화하고 이름 있는 선비와 사귀는 것을 즐겨서 楊鐵崖
　　는 『穎命』을 썼다”라는 문장이 보인다. [周]
45)【校】: [董]에는 硃로 되어 있다.

兆祥詩曰:

身殘面黑眼生沙, 棄置[46]塵埃野衲家, 僧病幾回將煮藥, 客來長是使煎茶.
無緣不復勞烹飪, 有漏從敎老歲華, 昔日炎炎今寂寂, 莫將冷熱向人誇.

瓦合詩曰:

家貧無庇欲依誰, 散木微軀久覺衰. 孔聖絶糧寧敢慍, 范丹乏米[47]豈辭饑.
當年墜地無[48]須顧, 此日生塵不可炊, 榾柮[49]烟消灰燼冷, 蒸蒸跨竈[50]欲何爲.

以禮詩曰:

幻身如絮太輕鬆, 慣覆盧能與贊公.[51] 裏裂不因兒惡臥, 縫穿只爲匠難逢.
塵灰積久無人洗, 蟣虱生多欠火烘. 零落半歸蟲鼠蠹, 固知色相本來空.

上官蓋詩曰:

常人髹漆貴人朱, 生者憎嫌死者需, 除是飛昇無用我, 若還解化也須余.

---

46) 【校】: [董]에는 骨로 되어 있다.
47) 范丹乏米(범단핍미): 范丹은 范冉(범염)이라 쓰기도 한다. 字는 史雲이며 後漢 때의
　　外黃 사람이다. 桓帝(劉志)가 그에게 萊蕪縣令의 벼슬을 내렸으나 모친상을 당하여 관
　　직에 나갈 수 없었다. 후에 太尉府에서 불러 그에게 侍御史를 맡도록 했으나 그는 원
　　하지 않고 京師를 떠나 梁, 沛에서 십여 년 간 점을 치며 살았다. 최후에는 풀을 엮어
　　집을 지었는데 집은 누추하고 항상 쌀이 없었다. 그의 이웃에서 노래 한 수를 지었는데
　　"시루에 먼지가 쌓이고 가마솥 물엔 물고기가 산다"라고 하였다. [周]
48) 【校】: [董]에는 何로 되어 있다.
49) 榾柮(골돌): 자른 나무토막으로 보통 땔감으로 사용한다. [周]
50) 跨竈(과조): 원래 아들이 아버지보다 낫다는 뜻으로 여기서는 시루가 부뚜막 위에 있
　　음을 가리킨다. [周]
51) 盧能(노능), 贊公(찬공): 盧能은 唐나라의 高僧인 慧能을 가리키는데 禪宗의 六代
　　住持가 되었다. 新州 盧氏의 아들이다. 贊公은 宋代의 高僧 贊寧을 가리키는데 본래
　　德淸 高氏의 아들로 출가하여 靈隱寺에 은둔하였고 南山律을 익혀 吳 越王 錢鏐(전
　　류)가 兩浙僧統으로 임명하였다. [周]

能函蓋世英雄骨, 解殯傾城艶冶軀, 寄語勞勞塵世客, 百金莫惜預先儲.

如愚詩曰:

長鬚古鬣骨稜稜, 心腹虛空不減增, 早悟有身應有患, 可堪無佛更無僧. 頻依鷲室行將腐, 久想龍門去未能. 朽木枯骸禪寂味, 一宵淸話52)勝聞經.

吟畢, 撫掌大笑, 傍若無人. 忽風約雲開, 月光穿戶, 隱隱見諸人狀貌, 或矮而體方, 或瘠而頭銳, 或墨面而一臂甚長, 或烏帽而一軀極短, 徐行者翩翩然而披氈, 屹立者亭亭焉而倚壁. 最後一老, 頸若生鱗, 仲和異之, 方欲諦視, 僧忽曰: "淸風先生羅本素至矣." 衆皆起迎, 遙見一叟, 縞衣竹杖, 態度閑雅, 兩袖翩翩, 搖擺而行,53) 揖衆客而言曰: "諸友今夕之吟, 樂乎?" 原穎曰: "先生何後也?" 各誦所作, 呈之. 先生曰: "諸公自道甚佳, 但不免爲外客所怪." 以禮曰: "客雖未耄, 然早晚當與上官公同載矣, 抑又何傷?" 先生語僧曰: "吾師何故吝作?" 曰: "待公來同賦耳." 乃朗吟曰:

厭見閻浮劫火紅, 荒山獨守化人宮, 三千世界54)都成幻, 百二55)山河盡屬空. 衣蘚亂生悲佛毀, 床頭不掃笑僧慵. 難尋物外56)逃禪侶, 罕遇橋邊入社翁. 猛虎每遊蓮座下, 怪禽多宿繡幡中. 靑苔滿院新經雨, 黃葉飄龕乍起風. 一對金剛57)蝸篆面, 幾尊羅漢58)鼠穿胸. 殘經缺字函函損, 古器成精件件雄. 廣殿窗

---

52) 【校】: [董]에는 語로 되어 있다.

53) 【校】: [董]에는 進으로 되어 있다.

54) 三千世界(삼천세계): 불가에서 말하는 지금 인간들이 사는 세계. 천을 합하면 더해져 小千世界가 되고 소천세계에 一千이 더해져 中千世界가 되며 또 中千世界에 一千이 더해져 大千世界가 되는데 총괄하여 三千世界라 한다. [周]

55) 百二(백이): 百分之二라는 뜻. 『史記』에는 "秦은 形勝의 나라다. 백만 병사를 가지고도 秦의 100분의 2밖에 얻지 못한다(秦, 形勝之國……持戟百萬, 秦得百二焉)"라는 문장이 보인다. 蘇林의 注에 "秦의 地勢는 험하여 이만 명의 사람으로도 족히 백만의 諸侯를 당해낼 수 있다"라고 되어 있다. [周]

56) 物外(물외): 세상 밖. 俗世에서 벗어나 인간사에 대해 묻지 않는 것을 말한다. [周]

開留月照, 閑門鎖脫倚雲封. 謾憐衰朽烟霞骨, 莫起摧頹土木躳. 良夜豈期佳
客集, 淸吟況與故人逢. 案間殘豆充饑腹, 梁上深煤染病容. 行入輪迴歸敗壤,
不須辛苦笑疲癃.59) 莊嚴60)未必成三昧,61) 遊戲何妨運六通.62) 梅子熟時圓覺
性, 松枝偃處記遺踪. 欲知吸盡西江意, 只聽晨鷄與暮鐘.

淸風先生深贊其妙, 亦歌曰:

　臨汀山川, 惟說武平. 層巒峙秀, 衆水瀉淸. 蒼龍63)啓吉壤,64) 白虎65)開佳
城,66) 朱67)鳥68)葉卜筮, 玄武69)迎休禎. 形環勢抱相回縈, 信是天造地設成.
當時項家兩孝子, 葬父于此守墳塋. 歸全復構招提70)宇, 遠請眞公作庵主, 租
糧百石佃人供, 鐘鼓三時唄聲擧. 能幾年, 遽如許, 馬嘶風, 駝泣雨, 常住之田
官所取, 明71)徒之僧俗爲侶. 檀那72)一去寺久荒, 淸宵賦詠來諸郎. 毛生脫穎

---

57) 金剛(금강): 梵語로 跋折羅라고 한다. 金 중에서 가장 단단한 金이다. 사물을 훼손시
　　킬 수는 있으나 스스로는 훼손되지 않아서 神의 이름을 만들 때 사용된다. 四大金剛과
　　같은 종류이다. [周]
58) 羅漢(나한): 梵語로 阿羅漢이라고도 한다. 사람이 하늘을 봉양하는 위엄 있는 儀를
　　의미하며 應儀, 應眞이라고도 번역된다. [周]
59) 疲癃(피륭): 늙고 쇠락하여 병에 걸림을 뜻한다. [周]
60) 莊嚴(장엄): 佛家의 裝飾을 말한다. 國土, 宮殿, 衣飾 등 웅장하고 아름다우며 위엄
　　있는 것 모두 莊嚴이라 일컫는다. [周]
61) 三昧(삼매): 梵語로 正定을 의미한다. 각종의 外緣을 끊기 위하여 오로지 虛寂으로
　　돌아가는 佛家의 修養방법 중의 하나다. [周]
62) 六通(육통): 佛家語로 여섯 종류의 신통한 능력을 뜻하는데 天眼通, 天耳通, 他心通,
　　宿命通, 神足通, 漏盡通 등을 말한다. [周]
63) 蒼龍(창룡): 동쪽의 일곱 개의 별자리의 이름. 角, 亢, 氐, 房, 心, 尾, 箕를 말한
　　다. [周]
64) 吉壤(길양): 옛날 風水家가 말하는 風水가 좋은 묘지를 일컫는 말이다. [周]
65) 白虎(백호): 서쪽의 일곱 개의 별자리의 이름. 奎, 婁, 胃, 昴, 畢, 觜, 參을 말한
　　다. [周]
66) 佳城(가성): 吉壤과 같은 의미이다. [周]
67) 【校】: [董]에는 靑으로 되어 있다.
68) 朱鳥(주조): 남쪽의 일곱 개의 별자리 이름. 井, 鬼, 柳, 星, 張, 翼, 軫을 말한다. [周]
69) 玄武(현무): 북쪽의 일곱 개의 별자리 이름. 斗, 牛, 女, 虛, 危, 室, 壁을 말한다. [周]
70) 招提(초제): 寺院을 말한다. 『唐會要』에 "官이 현판을 하사한 곳은 寺라 하고 개인
　　이 만든 곳은 招提, 蘭若(난야)라 한다(官賜額爲寺, 私造者爲招提, 蘭若)"라는 문장이
　　보인다. [周]

才偏銳, 石公持重行還方. 如愚守柱, 鬢脫而衰朽. 兆祥失柄, 欿息而凄凉. 皮家之翁衣破絮, 垢滿襟裾虱爭聚. 瓦合散誕少持推, 上官兇狂使人懼. 蹇予[73]放浪號清風, 老大弗改玉虛容, 平生掃遍天下熱, 族親尚在杭城中. 癡僧貧病廢奔走, 枯木寒灰身土偶, 無心望賜紫袈裟, 默參潛悟憚開口. 齊諧非是志怪徒, 相逢且復爲嬉娛, 功名富貴盛浮世, 聲色根塵悲幻軀. 參橫斗落金鷄曙, 回首東西分散去, 要知物我兩相忘, 居士墳邊夜談處.

逡巡[74]間, 墜兎[75]收光, 遠鷄戒曉, 衆賓遽散, 不知所之. 仲和出視, 莽然空庵. 還覓病僧, 獨一泥象,[76] 觀背間題字年月, 正仲和寓庵時所塑者, 今已剝落. 始悟山僧有'此幻體, 君及見之.'之言. 復過別室, 惟敗硯支門, 禿筆委地, 鼠糞堆積于案間, 因思所食殘豆, 蓋是物也. 又有爛絮被一番, 舊羅扇一握, 甀生塵而欲破, 銚無柄而半穿, 柱挂木魚, 壁倚棺蓋. 仲和大駭, 奔走出門. 行數里, 方有人家, 因往投之. 主翁云: "此地闃無居人, 復多奇怪, 子昨夜宿于何處?" 仲和備以語之. 翁曰: "險矣哉! 子之性命也." 并告以: "項氏遭禍, 墳庵圮毁, 其家寄一壽木于彼, 近亦被人劈而爲薪, 止餘蓋在. 子所遇石子見、毛原穎, 非硯與筆乎? 金兆祥、曾瓦合, 非銚與甀乎? 皮以禮則被字, 木如愚則木魚, 上官蓋爲棺材, 羅本素乃舊扇, 卽子所見數[77]物顚倒爲惑也. 其曰有與項氏親戚者, 蓋指棺而言耳, 棺爲項氏故物, 故曰親戚也." 仲和默然, 惴慄特甚, 卽日回家, 果得重病, 因憶'早晚與上官公同載'之言, 料必不起, 遂却醫藥. 妻子交口勉之, 仲和曰: "死生有定, 物已先知, 服藥求醫, 徒自苦耳!" 又半月, 竟卒. 嗚呼! 若仲和者, 得不謂之曠達之士哉?

---

71) 【校】: [董]에는 門으로 되어 있다.

72) 檀那(단나): 梵語로 施主를 뜻한다. [周]

73) 【校】: [董]에는 余로 되어 있다.

74) 逡巡(준순): 여기서는 잠깐 동안 머뭇거린다는 의미로 이해된다. [周]

75) 墜兎(추토): 달이 지다. 달 속에 옥토끼가 있다는 전설 때문에 이렇게 표현된 것이다. [周]

76) 【校】: [董]에는 像으로 되어 있다.

77) 【校】: [董]에는 觀故로 되어 있다.

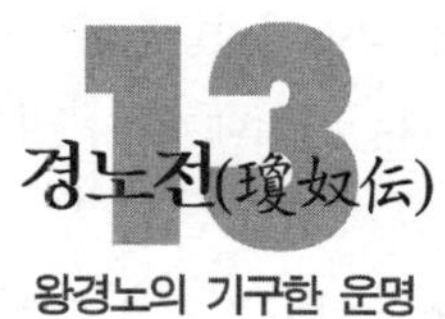

경노전(瓊奴伝)

왕경노의 기구한 운명

왕경노(王瓊奴)는 자가 윤정(潤貞)으로 상산(常山) 사람이다. 두 살 때 아버지가 돌아가시자 어머니 동씨(童氏)는 경노를 데리고 부자인 심필귀(沈必貴)에게 재가하였다. 그는 자식이 없어 경노를 친자식처럼 사랑하였다. 열네 살이 되자 노래를 잘했고 아울러 음률(音律)에도 통달했으며 부녀자로서 갖추어야 할 착한 마음씨, 고운 말씨, 깨끗한 맵시, 얌전한 솜씨의 네 가지를 모두 갖추고 있었으므로 원근(遠近)의 사람들이 다투어 아내로 맞이하고자 하였다. 그때 같은 마을에 서종도(徐從道)와 유균옥(劉均玉)이라는 두 사람이 있었는데 다른 사람들보다 더 경노를 며느리로 맞고 싶어했다. 서종도는 본래 명문 집안이나 집이 가난했고 유균옥은 평민의 집안이었으나 갑자기 부자가 된 사람이다. 서종도에게는 초랑(茗郎)이라는 아들이 있었고 유균옥에게는 한노(漢老)라는 아들이 있었는데 모두 자태와 용모가 빼어나고 곧았으며 경노와는 동갑이었다. 심필귀는 유한노에게 시집보내자니 문벌이 좋지 않은 것이 문제였고 서초랑에게 보내자니 집안이 궁핍한 것이 걱정이었다. 이렇게 주저하며 결정을 내리지 못하다가 하루는 식견 있는 친척에게 이 일을 의논해 보았는데 이러한 비책을 내놓았다.

"좋은 사위를 구하려고만 하고 다른 것은 논하지 마오."

"그렇다면 무엇으로 좋다는 것을 알 수 있소?"

"그야 쉽지요. 술상을 잘 차려 두 젊은이를 불러다 놓고 사람 잘 볼 줄 아는 어른을 모셔서 몰래 살펴보게 하시오 첫째는 그 기량이 어떠한가를 보고 둘째는 시를 잘 짓는가를 시험해보시오 좋은 사위를 고르는데 이것보다 더 좋은 방법이 어디 있겠소?"

심필귀는 그 말에 깊이 공감했다.

2월 화신일(花晨日)이 되어 꽃이 피자 연회를 열어 손님들을 초대했다. 향리에서 이름께나 떨치는 사람들은 모두 정원에 모였다. 유균옥과 서종도 또한 각자의 아들들을 데리고 왔다. 한노는 비록 인물이 반듯하고 온화하고 조용하게 응대를 했지만 행동이 다소 거만하였다. 초랑은 이목구비가 청신하고 말하는 것이 우아하였으며 의관은 소박하고 행동거지는 자연스러웠다. 그 자리에 경운(耕雲)이라고 하는 사람이 있었는데 심필귀의 집안 어른으로 사람 잘 본다고 이름이 나 있었다. 두 젊은이를 보고는 한 눈에 우열을 간파하였다. 그리고 모두를 향해서 큰 소리로 말했다.

"이 사람의 조카가 되는 필귀에게 나이 찬 딸이 있는데 서공과 유공 두 분께서 혼인을 맺고자 하십니다. 두 집안의 자제는 인물이 둘 다 뛰어나니 인연이 누구에게 있는지 모르겠소이다."

그러자 심필귀가 일어나서 대답하였다.

"이 일은 어르신께서 맡아 해결해주셨으면 좋겠습니다."

"옛 사람에게 사병(射屛), 견사(牽絲), 설석(設席) 등과 같은 일이 있었는데 모두 사위를 고르기 위한 것이었습니다. 하지만 저는 그것과는 달리 하겠소."

심필귀는 두 젊은이를 앞에 불러 벽 사이에 걸린 '석화춘기조(惜花春起早)', '애월야면지(愛月夜眠遲)', '국수월재수(掬水月在手)', '농화향만의(弄花香滿衣)'라고 이름 붙여진 네 폭의 그림을 가리키며 말했다.

"자네 둘은 생각을 잘하여 읊어 보게나. 혼사가 걸려 있는 문제네."

그런데 한노는 부유한 집안에서 나고 자라 시서(詩書)를 배우는데 게을리 하였던지라 명을 듣고도 멍하니 있을 뿐 한참이 지나도 짓지를 못하는 것이었다. 그러나 초랑은 조용히 붓에 먹을 묻히더니 금새 지어서 올렸다. 경운은 입이 마르도록 칭찬을 아끼지 않았다.

「惜花春起早」

胭脂曉破湘桃萼,　　　새벽에 핀 연지 같은 복숭아 꽃

露重荼蘼香雪落,　　　도미꽃에 이슬 무겁고 향기는 눈처럼 내리네

媚紫濃遮刺繡窓,　　　아리따운 자색 짙게 자수 놓은 창문 가리고

嬌紅斜映鞦韆索.　　　고운 홍색 비스듬히 그네 줄 비추네

轆轤驚夢起身來,　　　두레박 소리에 꿈 깨어 일어나

梳雲未暇臨妝臺,　　　거울 앞 구름 같은 머리 빗을 새 없네

笑呼侍女秉明燭,　　　웃으며 시녀 불러 등불 잡게 하고

先照海棠開未開.　　　먼저 나가 해당화 피었나 비춰보네

「愛月夜眠遲」

香肩半嚲金釵卸,　　　향긋한 어깨에 금비녀 풀어져 내리고

寂寂重門鎖深夜,　　　적적한 중문 깊은 밤 굳게 잠겼네

素魄初離碧海壖,　　　하얀 달은 막 푸른 바닷가를 떠나

清光已透朱簾罅.　　　환한 빛 이미 주렴 사이로 비치누나

徘徊不語倚欄干,　　　말없이 배회하며 난간에 기대노라니

參橫斗落風露寒,　　　별빛 기울고 바람과 이슬은 싸늘하여라

小娃低語喚歸寢,　　　시녀아이 낮은 소리로 잠자리에 들라고 불러도

猶過薔薇架後看.　　　여전히 장미 울타리 뒤를 지나며 바라보네

「掬水月在手」

銀塘水滿蟾光吐,	은당(銀塘)에 물이 가득 달빛을 토하고
嫦娥夜入馮夷府,	항아(嫦娥)는 밤에 풍이부(馮夷府)에 들어가네
蕩漾明珠若可挼,	일렁이는 밝은 구슬 잡힐 듯 하고
分明兎穎如堪數.	분명하게 토끼 털 셀 수 있을 듯
美人自挹濯春葱,	미인이 물을 떠 손을 씻다가
忽訝冰輪在掌中,	손바닥의 빙륜(冰輪)을 보고 놀라네
女伴臨流笑相語,	시녀아이 흐르는 물을 보고 웃으며 말하네
指尖擎出廣寒宮.	손끝으로 광한궁(廣寒宮) 들여 올렸네요

「弄花香滿衣」

鈴聲響處東風急,	풍경소리 울리는 곳 동풍 거세고
紅紫叢邊久凝立,	울긋불긋 꽃 옆에 우두커니 섰네
素手攀條恐刺傷,	가시에 찔릴까 조심조심 당겨보고
金蓮怯步嫌苔濕.	이끼에 젖을까 살며시 걸음 걸었네
幽芳擷罷掩蘭堂,	꽃을 따다 방안에 놓아두니
馥郁馨香滿綉房,	그윽한 향기가 가득하다네
蜂蝶紛紛入窓戶,	벌과 나비 분분히 날아 들어와
飛來飛去繞羅裳.	이리저리 날면서 치마를 에워싸네

유균옥은 한노가 한 자도 짓지 못하는 것을 보자 매우 부끄러웠다. 그래서 그들 부자는 자리가 채 끝나기도 전에 가버렸다. 이에 모두가 이구동성으로 초랑이 좋다고 하였다. 초랑의 혼사 이야기도 이로부터 이루어져 달포를 넘지 않아 택일하고 혼인 예물을 보냈다.

후에 심필귀는 사위를 사랑한 나머지 서로 자주 왕래하고자 하여 집 안으로 불러 들여서 서당을 차려주고 강학(講學)하도록 하였다. 우연히 동씨가 몸이 편찮은 곳이 있어 초랑이 병 문안을 하러 찾아갔다. 마침 경노가 어머니의 약시중을 들고 있었다. 초랑이 올 것이라고 생각하지 못했기에 미처 피하지 못하고 어머니 걸상 앞에서 서로 보게 되었다.

초랑이 곁눈으로 보니 절세 미녀였다. 밖으로 나와서 속으로 기뻐하며 붉은 편지지 한 장을 봉해 시비를 시켜 경노에게 보냈다. 경노가 열어보니 아무 것도 없는 백지였다. 웃으며 절구 하나를 써서 답을 하였다.

茜色霞牋照面頰,　　　붉은 노을 빛 편지 얼굴을 붉게 비추는데
玉郎何事太多情.　　　님은 어이하여 일로 그리도 다정하신가
風流不是無佳句,　　　풍류에 아름다운 글 없을 수 없거늘
兩字相思寫不成.　　　그립단 말씀도 차마 쓰지 못하셨네

초랑은 그것을 가지고 집으로 돌아가 한노에게 자랑을 하였다. 한노는 마침 짝을 빼앗겼다고 분해하고 있었던 터라 이를 부친에게 일렀다. 그는 자기 아들의 학문이 부족한 것은 나무라지 않고 오히려 서종도와 심필부를 이를 갈며 미워하였다. 그리고는 곧바로 무고를 하였다. 두 집안은 결백을 증명해내지 못하여 서종도 집안은 요양(遼陽)에서 노역하게 되었고 심필부 집안은 영표(嶺表)로 수자리[변방수비] 가게 되었다. 서로 헤어질 즈음에 말은 하지 않았으나 혼이 녹아버리는 것 같았다. 주위에서 보던 사람들은 그들을 위해 눈물을 흘렸다. 그리고 마침내 남북으로 흩어져 서로 소식도 모르게 되었다.

후에 심필귀가 갑자기 죽게 되자 집안은 영락하여 달랑 모녀만 남게 되었다. 초가집을 빌려 살며 길에서 술을 팔았다. 경노는 비록 어려운 처지여서 옛날의 자태는 아니었지만 그녀의 젊은 나이와 타고난 미모는 보통 사람들과는 달랐다. 오지휘(吳指揮)라는 사람이 있었는데 그녀를 마음에 들어하여 첩으로 삼으려 하였다. 동씨는 다른 사람과 약혼을 했다는 사실을 들어 사양했다. 오지휘는 그 사연을 알고 매파를 보내 말을 전했다.

"서랑은 요동에서 수자리를 살고 있으니 생사를 점칠 수 없다. 다행히 아무런 일이 없다고 하더라도 어찌 여기로 와서 혼사를 매듭지을 수

있단 말이냐? 어리석게 홀로 독수공방하며 세월을 보내느니 부유한 우리 집에 온다면 너희 모녀의 먹고 사는 비용을 맡을 터이니 한평생 보내는 것을 걱정하지 않아도 될 것이다."

하지만 경노는 결코 시집가려고 하지 않았다. 오지휘는 다시 매파를 보내 말을 전하면서 한편으로 관부(官府)의 힘으로 압력을 가했다. 동씨는 두려워 경노와 상의했다.

"초랑이 한 번 간 뒤 오 년이 지났건만 각기 하늘 끝에 떨어져 소식이 묘연하니 진실로 '님은 북해에 계시고 나는 남해에 있으니 서로 소식조차 모르는구나(君處北海, 寡人處南海, 風馬牛之不相及也)'라는 것이로구나. 너의 신세가 끝내 처량할까 두렵구나. 하물며 네 아버지도 갑자기 돌아가시고 타향에서 흘러다니고 있는 처지에 권문(權門)에서 눈독을 들여 강제로 혼인을 하려하니 우리 모녀가 무슨 수로 대항한단 말이냐?"

경노가 울면서 대답했다.

"서씨 가문이 화를 당한 것도 본래 저 때문이어요. 그런데 그 사람을 버려두고 다른 사람을 따르는 것은 의롭지 못한 일입니다. 또 사람이 금수(禽獸)과 다른 것은 신의가 있기 때문이니 옛 사람을 버리고 새 사람을 따른다면 이는 신의를 잊어버리는 것입니다. 신의를 잊어 버렸다고 하면 개돼지보다 못한 것이지요. 저는 죽으면 죽었지 어찌 그런 일을 하겠습니까?"

경노는 「만정방(滿庭芳)」 한 곡조를 지어 스스로 다짐하였다.

彩鳳群分,	빛깔 고운 봉새 무리에서 떠나고
文鴛侶散,	화려한 원앙 짝을 잃었는데
紅雲路隔天台.	홍운의 길 천태산(天台山)이 막고 있네
舊時院落,	그 옛날 정원은 쇠락하여
畫棟積塵埃.	화려한 기둥엔 먼지 쌓였네
謾有玉京離燕	옥경(玉京)에 외로운 제비 있어

向東風似訴悲哀.	봄바람 향해 슬픔을 하소연하듯
主人去,	주인은 갔으나
卷簾恩重,	은혜 두터워
空屋亦歸來.	집은 비어도 돌아올 것이다

涇陽憔悴女,	경양(涇陽)의 초췌한 여자
不逢柳毅,	유의(柳毅)를 만나지 못해
書信難裁.	소식을 전하지 못하는구나
嘆金釵脫股,	안타까워라! 금비녀 다리 떨어지고
寶鏡離臺.	보경이 경대를 떠났네
萬里遼陽郎去也,	만리 밖 요양은 낭군 가신 곳
甚日重回.	어느 날 다시 돌아오시나
丁香樹,	정향(丁香)나무
含花到死,	꽃잎 머금고 죽더라도
肯傍別人開.	어찌 다른 사람 옆에서 피리오

그리고 그날 밤 방에서 스스로 목을 맸는데 모친이 깨어나서 급히 풀었기에 한참만에 다시 깨어날 수 있었다. 오지휘란 자가 그 말을 듣고 화를 내며 부하들을 시켜 술그릇을 깨뜨리게 하고는 다른 곳으로 쫓아 냈으니 고생하게 만들 심산이었던 것이다. 마침 두군(杜君)이라고 하는 나이 든 역사(驛使)가 있었는데 그 또한 상산(常山) 사람으로 심필귀와 생전에 사이가 좋았었다. 그는 동씨 모녀의 처지를 불쌍히 여겨 역랑(驛廊) 한 칸을 빌려주어 살게 하였다.

하루는 군복을 입은 병사 서너 명이 역으로 들어왔다. 두군이 어디에서 왔나 물었더니 그들이 대답했다.

"우리들은 요동(遼東) 어느 위총(衛總)의 소기(小旗)들로 남해로 징병하러 가는 길에 잠시 하룻밤 묵으려고 들렀습니다."

그때 마침 동씨가 발 아래 서 있었는데 그 중의 한 젊은이는 특히 순근(淳謹)해 보이는 것이 병졸 같지가 않았다. 그는 여러 번 왔다 갔다 하면서 동씨를 보고는 처량한 낯빛을 띠는 것이었다. 동씨는 마음이 동하여 곧 나가서 물어보았다.

"누구시오?"

"서초(徐萔)라고 하온데 절강 상산 사람입니다. 어릴 때 아버지께서 같은 마을의 심필귀라는 어른의 딸을 배필로 삼아 약혼을 시켰지요. 그런데 혼례도 올리기 전에 두 집안이 어떤 일로 해서 그 쪽은 남해로 쫓겨나고 저희는 요동에서 수자리 살게 되었지요. 서로 소식을 모른 지 몇 년이 되었습니다. 막 역에 들어오다가 아주머니의 얼굴을 보니 저의 장모님과 매우 비슷하여 저도 모르게 슬픈 생각이 들었습니다. 다른 뜻이 있었던 것은 아닙니다."

동씨가 다시 물어보았다.

"심씨 집안은 지금 어디 있고 그 딸의 이름은 무엇이오?"

"이름은 경노이고 자는 윤정입니다. 혼례를 올리지 않았을 때 막 열네 살이었으니 지금 계산해보면 열아홉 살일 겁니다. 어디에 살고 있는지는 잊어버려 찾기 어렵습니다."

동씨는 안으로 들어가 경노에게 그 이야기하였다. 그러자 경노가 말했다.

"그렇다면 하늘이 도우시는 겁니다."

다음날 방으로 불러서 자세히 물어보니 과연 초랑이었다. 지금은 자란(子蘭)이라고 이름을 바꾸었는데 아직 장가들지 않았다. 동씨는 소리 내어 크게 울었다.

"내가 자네 장모일세. 자네 장인은 이미 죽었고 우리 모녀는 떠돌다가 여기까지 왔네. 수많은 죽을 고비를 넘기고 겨우 살아나 뜻밖에도 다시 만날 수 있게 되었구만."

동씨가 이 사실을 두군과 초랑의 동료들에게 알리니 모두들 감탄하며 전생의 인연이라고 하였다. 두군은 돈을 내어 혼례 준비를 하여 초랑과 혼인을 마치게 해주었다. 첫날 밤 그 날의 기쁨도 그간의 슬픔을 덮을 수 없었던지 경노는 마음속을 털어놓으며 처량함을 이기지 못했다. 그리고는 두소릉(杜小陵)의 시 「강촌(羌村)」 중 '밤 다하도록 다시 불 밝히고 서로 마주하자니 꿈만 같아라(夜闌更秉燭, 相對如夢寐)'라는 한 구절을 읊었다. 그것은 바로 오늘 같은 날을 두고 한 말일 것이다. 초랑이 그녀를 정성스럽고 간절하게 위로했다.

"너무 상심하지 말고 오늘의 이 즐거움이나 다해 봅시다. 내년이 되면 당신을 데리고 요동으로 돌아갈 테니 그러면 물고기가 물을 만난 기쁨은 영원히 계속될 것이오."

초랑과 같이 온 사람 중에 정총기(丁總旗)라는 사람이 있었는데 성품이 중후하고 좋은 사람이었다. 그가 초랑에게 말했다.

"그대는 방금 혼례를 올려 아내를 두고 떠나기 어려울 거요. 병사를 모으는 일은 굳이 가지 않아도 되니 우리가 무리를 나누어 각 부에 가서 문서를 전하겠소 여기서 아내를 잘 위로하며 기다리시오 일이 다 끝나면 함께 요동으로 돌아갑시다."

초랑은 술상을 차려 전송하였고 모두들 길을 떠났다. 그런데 뜻밖에도 오지휘가 이 사실을 정탐해서 알아내었다. 그리하여 탈영했다는 죄목으로 초랑을 옥에다 집어넣고는 매를 쳐서 죽여 버리고 그 시신은 그릇 굽는 가마 속에 숨겼다. 그리고 급히 매파를 보내 동씨를 위협했다.

"그 사람은 이미 죽었으니 그러한 생각일랑 끊어버려라. 내 택일을 하여 가마를 가지고 네 딸을 데리러갈 테니 만약 다시금 내 말을 따르지 않는다면 너희를 가만히 두지 않을 것이다."

매파는 허락을 받아 가지고 돌아가서 보고를 하였다. 경노는 우선 어머니에게 승낙하도록 하고 매파가 가자 조용히 말했다.

"제가 죽지 않는다면 반드시 그 포악한 놈에게 욕을 당하고 말 것이니 밤이 되기를 기다렸다가 죽어야겠습니다."

동씨 역시 무슨 말을 해야 될지 몰랐다. 이 날 저녁에 갑자기 감찰어사 부공(傅公)이 역에 도착했다. 이에 경노는 하늘을 우러러보고 외쳤다.

"지아비의 원한을 풀 수 있게 되었다."

경노는 즉시 문서를 갖추어서 고하였다. 부공은 즉시 황제에게 글을 올려 이 일을 조사케 해달라고 청하였다. 두 달이 지나 윤허가 떨어졌다. 조정에서 부공에게 이 사건을 심리하도록 하였으나 줄곧 시신을 찾지 못하고 있었다. 마침 심문을 하고 있는데 돌연 일진 광풍이 대청 앞에서 일었다. 부공이 축원을 하며 말했다.

"죽은 혼백이 영험이 있다면 우리를 시체 있는 곳에 데려다 주시오."

말이 끝나자 바람이 선회를 하더니 말머리를 당겨 가마 앞으로 인도해 갔다. 재가 바람에 날려가 버리고 시체가 드러났다. 부공이 검시해보게 하니 상처자국이 완연했다. 오지휘는 엎드려 죄를 이실직고하고 말았다. 부공은 초랑의 시신을 성 밖에 묻게 했다. 경노는 울면서 전송을 하고서는 스스로 무덤 옆 연못에 뛰어들어 목숨을 끊었다. 공이 이 사실을 조정에 알리자 예부(禮部)에 명을 내려 그 무덤에 '현의부지묘(賢義婦之墓)'라고 정표(旌表)를 세우게 하였다. 동씨는 관(官)에서 의식주를 관리하는 일을 맡아 죽을 때까지 돌보아 주었다.

瓊奴傳

瓊奴, 姓王氏, 字潤貞, 常山[1]人. 二歲而父歿, 母童氏, 携瓊奴適富人沈必貴, 沈無子, 愛之過己生. 年十四, 雅善歌辭,[2] 兼通音律, 德、言、容、功,[3][4] 四者咸備, 遠近[5]爭求納聘焉. 時同里有徐從道、劉均玉者, 請婚

---

1) 常山(상산): 지금의 浙江省 常山縣을 말한다. [周]
2) 【校】: [董]에는 詞로 되어 있다.
3) 【校】: [董]에는 言, 德, 工, 容으로 되어 있다.
4) 德言容功(덕언용고): 옛날 부녀자에 대한 네 가지 요구조건. 『後漢書』에 "여자는 네 가지 덕을 가져야 하는데 첫째는 婦德으로 貞順[정조]을 말하고 둘째는 婦言으로 辭令[언사]을 말하며 셋째는 婦容으로 婉媚[아름다움]을 말하고 넷째는 婦功으로 絲枲

尤6)切. 徐本華胄7)而淸貧, 劉實白屋而暴富. 徐之子名茗郞, 劉之子名漢老, 皆儀容秀整, 且與瓊奴同年. 必貴欲許劉, 則鄙其閥閱之卑微; 欲許徐, 則慮其家道之窮迫; 猶豫遲疑, 莫之能定. 一日, 謀于族人之有識者, 彼爲之畫策曰 : "但求佳婿, 勿論其他." 必貴曰 : "然則何以知其佳乎?" 曰 : "易耳! 子盛爲酒食, 特召二生, 仍請前輩之善藻鑒8)者, 使潛窺之, 一則觀器量之如何, 二則試詞翰之能否, 擇其善者而從焉, 于選婿乎何有!" 必貴深然之. 至二月花晨, 開筵會客, 凡鄕里之號名勝者, 咸集于庭. 均玉、從道, 亦各携其子而至. 漢老雖9)人物整然,10) 雍容11)應對, 而登降12)揖讓, 未免矜持; 茗郞則眉目淸新, 言談儒雅, 衣冠13)樸素, 擧止14)自如. 席中有耕雲者, 沈之族長也, 號15)知人, 一見二生, 已默識其優劣矣, 乃颺言于衆曰 : "宗姪必貴, 有女及笄,16) 徐、劉二公, 欲求締好, 兩門子弟, 人物竝佳, 但未審姻緣果在誰耳?" 必貴起對曰 : "此事尊長主之, 則善矣." 耕雲曰 : "古人有射屛、牽絲,17) 設席18)等事, 皆所以擇婿也, 吾則異

[사시, 실을 잣는 것]를 말한다(女有四德 : 一曰婦德, 二曰婦言, 三曰婦容, 四曰婦功)"
라는 문장이 보인다. [周]

5) 【校】: [董]에는 近遠으로 되어 있다.

6) 【校】: [董]에는 猶로 되어 있다.

7) 華胄(화주) : 높은 지위에 있는 사람의 후손을 말한다. [周]

8) 藻鑒(조감) : 인물을 품평하고 감찰하다. 사람을 알아보는 것을 말한다. [周]

9) 【校】: [董]에는 則으로 되어 있다.

10) 【校】: [董]에는 齊로 되어 있다.

11) 雍容(옹용) : 온화하며 태도가 엄숙하고 조용함을 말한다. [周]

12) 【校】: [董]에는 降登으로 되어 있다.

13) 【校】: [董]에는 服으로 되어 있다.

14) 擧止(거지) : 행동거지를 말한다. [周]

15) 【校】: [董]에는 名으로 되어 있다.

16) 及笄(급계) : 옛날 여자는 열다섯 살에 비녀로 머리를 틀어 올려 成人이 되었다. 及笄
는 곧 이미 許婚 할 나이에 이르렀음을 의미한다. [周]

17) 射屛(사병), 牽絲(견사) : 射屛은 隋나라 竇毅의 이야기이다. 그의 딸에게 청혼자가 많
았다. 두의는 병풍에 공작 두 마리를 그려놓고 화살로 공작의 눈을 맞추는 자에게 딸을
시집보내기로 정하였다. 李淵(唐 高祖)이 화살 두 개를 쏘아 각각 눈 하나씩을 맞추자
두의의 딸은 그에게 시집갔는데 바로 唐나라 竇皇后다. 牽絲는 唐나라 郭元振의 이야
기이다. 곽원진은 용모가 매우 출중하고 재주가 뛰어났다. 宰相인 張嘉貞은 그에게 자

于是." 因呼二生至前. 指壁間所掛'惜花春起早'、'愛月夜眠遲'、'掬水月在手'、'弄花香滿衣'四畫曰 : "二郎少攄妙思, 試爲咏之, 中目、奪衣,[19] 在此一擧." 奈何漢老生居富室, 懶事詩書, 聞命睢盱,[20] 久而[21]不就. 茗郎從容染翰, 頃刻而成, 呈上, 耕雲嘖嘖稱賞. 其詩曰 :

胭脂曉破湘[22]桃萼, 露重荼蘼[23]香雪落, 媚紫濃遮刺綉窗, 嬌紅斜映鞦韆[24]索. 轆轤[25]驚夢起[26]身來, 梳雲未暇臨妝臺, 笑呼侍女秉明燭, 先照海棠開未開.

右惜花春起早

香肩[27]半軃[28]金釵卸, 寂寂重門鎖深夜, 素魄[29]初離碧海壖, 淸光已透朱簾罅.

신의 딸을 시집보내고자 했다. 곽원진이 "제가 알기로는 댁에 다섯 명의 딸이 있다는데 누구를 제게 주실런지요"라고 물었다. 장가정은 "내가 다섯 딸에게 각기 다른 색실을 들고 당신 앞에 가게 하리니 자네는 임의로 하나를 뽑게. 실이 뽑힌 여식을 자네에게 시집보내겠네"라고 하였다. 곽원진은 흔쾌히 승낙하고 붉은 색실을 뽑아 셋째 딸을 얻게 되었는데 용모가 매우 아름다웠다. [周]

18) 設席(설석) : 晋나라 郭瑀라는 사람에게는 제자가 천여 명이 있었는데 그 중 한 명을 자신의 사위로 삼고자 하였다. 그는 특히 劉延明을 마음에 두고 있었다. 마침내 자리를 하나 따로 마련하여 제자들에게 "내게 여식이 하나 있는데 사위를 고르고자 한다. 이 자리에 앉는 사람에게 내 딸을 시집보내겠다"라고 하였다. 이때 유연명이 옷을 떨치며 그곳에 앉았다. 곽우는 딸을 그와 혼인시켰다. [周]

19) 奪衣(탈의) : 則天武后가 한 번은 꽃놀이로 洛陽을 가서 신하들에게 시를 짓게 하였다. 東方虯의 시가 먼저 지어져 그에게 錦袍를 하사하였다. 후에 宋之問의 시를 보고는 동방규의 錦袍를 도로 빼앗아 그에게 주었다. [周]

20) 睢盱(휴우) : 눈을 크게 뜨고 우러러보며 멍하니 쳐다보는 것을 말한다. [周]

21) 【校】 : [董]에는 之로 되어 있다.

22) 【校】 : [董]에는 香으로 되어 있다.

23) 荼蘼(도미, tu mi) : 낙엽이 떨어지는 관목. 줄기의 높이가 4 내지 5자로 초여름에 백색 꽃이 핀다. [周] 우리말에서 荼는 씀바귀, 蘼는 궁궁이(향초)이지만 荼蘼는 미상. [譯]

24) 【校】 : [董]에는 秋千으로 되어 있다.

25) 轆轤(녹로) : 물을 긷는 도구이다. [周] 고패(물 두레박을 끌어올리는 도르래), 활차. [譯]

26) 【校】 : [董]에는 急起로 되어 있다.

27) 【校】 : [董]에는 車로 되어 있다.

28) 軃(타) : 아래로 늘어뜨려진 모양이다. [周]

徘徊不語倚欄干, 參橫斗落[30]風露寒, 小娃低語喚歸寢, 猶過薔薇架後看.

右愛月夜眠遲

銀塘水滿蟾光吐, 嫦娥夜入[31]馮夷府, 蕩漾明珠若可捫, 分明免穎[32]如堪數. 美人自挹濯春葱, 忽訝冰輪在掌中, 女伴臨流笑相語, 指尖擎出廣寒宮.[33]

右掬水月在手

鈴聲響處東風急, 紅紫叢邊久凝立, 素手攀條恐刺傷, 金蓮怯[34]步嫌苔濕. 幽芳摘罷掩蘭堂, 馥郁馨[35]香滿繡房, 蜂蝶紛紛入窓戶, 飛來飛去繞羅裳.

右弄花香滿衣

均玉見漢老一辭莫措, 大以爲恥, 父子竟不終席而逸矣. 于是四座合詞, 皆以茗郎爲好, 而茗郎[36]之婚議, 亦自此而成; 不出月餘, 已擇日送[37]聘矣.

旣而必貴以愛婿之故, 欲其數相往還, 遂招置館中, 讀書進學. 偶童氏小恙, 茗郎入問疾, 而瓊奴正侍母湯藥, 不虞茗之至也, 迴避弗[38]及, 乃

---

29) 素魄(소백) : 달의 다른 이름이다. [譯]
30) 參橫斗落(삼횡두락) : 동이 틀 때 參星이 비스듬히 가로지르고 北斗가 떨어지는 것을 말한다. [周]
31) 【校】 : [董]에는 夜로 되어 있다.
32) 兎穎(토영) : 달 속에 있는 옥토끼의 털을 가리킨다. [周]
33) 廣寒宮(광한궁) : 唐 玄宗과 申天師, 鴻都客이 추석날 밤에 함께 月宮을 노니는데 궁문 위에 편액을 보니 '광한청허지부(廣寒淸虛之府)'라 쓰여져 있었다는 전설이 전해진다. [周]
34) 【校】 : [董]에는 移로 되어 있다.
35) 【校】 : [董]에는 餘로 되어 있다.
36) 【校】 : [董]에는 글자탈락.
37) 【校】 : [董]에는 過로 되어 있다.
38) 【校】 : [董]에는 不로 되어 있다.

相見于母榻前. 茗郞盼之, 姿色絶世. 出而私喜, 封紅箋一幅, 使婢送與
瓊奴. 拆之, 空紙也. 瓊奴笑成一絶, 以答茗曰:

茜色霞牋照面頳, 玉郞何事太多情. 風流不是無佳句, 兩字相思寫不成.

茗郞持歸, 以誇于漢老. 漢老正恨其奪己之配, 以白均玉. 均玉不咎子
之無學, 反切齒徐、沈入骨, 恨之, 卽誣以事, 俱不得白, 徐闔室役遼陽,[39]
沈全家戍嶺表.[40] 訣別之際, 黯然魂消,[41] 觀者莫不爲之下淚; 遂散去,
南北不相聞. 已而必貴傾殂, 家事零落, 惟童氏母女在, 蕭然茅店, 賣酒
路傍. 雖患難之中, 瓊奴無復昔時容態, 而靑年粹質, 終異常人. 有吳指
揮[42]者悅之, 欲娶以爲妾, 童氏以許人辭. 吳知其故, 遣媒謂曰: "徐郞遼
海從戌, 死生未卜, 縱饒無恙, 又安能至此而成姻乎? 與其癡守空營, 蹉
跎歲月, 盍不歸我貴家, 任汝母女受用, 亦不虛度一生也." 瓊奴堅然不
肯. 吳又使媒嫗傳言, 且壓以官府, 童氏懼, 與瓊奴謀曰: "一從茗去, 五
閱星霜,[43] 地角天涯,[44] 魚沈[45]雁杳,[46] 眞所謂君處北海, 寡人處南海,
風馬牛之不相及也. 汝之身事, 終恐荒唐,[47] 矧又父遽淪亡, 他鄕流落,
權門[48]側目,[49] 欲强委禽,[50] 吾孤兒寡婦, 其何術以拒之?" 瓊奴泣曰:

---

39) 遼陽(요양): 지금의 遼寧省 遼陽市를 말한다. [周]

40) 嶺表(영표): 五嶺의 바깥. 즉 嶺南을 말하며 지금의 廣東 廣西 일대를 말한다. [周]

41) 【校】: [董]에는 鎖魂으로 되어 있다.

42) 指揮(지휘): 武官 이름. 明代 내외 모든 衛와 都에 指揮使 등의 관리를 두었고 都에
   指揮使司를 두어 한 省의 軍務에 관한 최고의 기관이 되었다. 指揮使 밑에 指揮同知,
   指揮僉使 등이 있었다. [周]

43) 星霜(성상): 별은 1년에 하늘을 한 바퀴 돌며 매년 추위가 닥칠 때 서리가 내리므로
   일년을 一星霜이라 일컬었다. [周]

44) 地角天涯(지각천애): 멀리 떨어짐을 의미한다. 韓愈의 문장 중 "한 사람은 하늘 끝에
   있고 다른 한 사람은 땅 끝에 있구나(一在天之涯, 一在地之角)"라는 구절이 있다. [周]

45) 【校】: [董]에는 沉으로 되어 있다.

46) 魚沉雁杳(어침안묘): 서신이 단절됨을 비유한다. 옛날 고기의 배와 기러기의 다리를
   빌려 서신을 전했다고 한다. [周]

47) 荒唐(황당): 여기서는 거짓말이 되다는 의미다. [周]

48) 權門(권문): 세력이 있는 집안을 가리킨다. [周]

“徐門遭禍, 本自兒身, 脫別從人, 背之不義. 且人之異于禽獸者, 以其有誠信也, 棄舊好而結新歡, 是忘誠信, 苟忘誠信, 殆犬彘之不若; 兒有死而已, 其肯爲之乎? 因賦‘滿庭芳’一関以自誓云[51] :

　　彩[52]鳳群分,[53] 文鴛侶散,[54] 紅雲路隔天台. 舊時院落, 畫棟積塵埃. 謾有玉京離燕, 向東風似訴悲哀. 主人去, 捲簾恩重, 空屋亦歸來.

　　涇陽憔悴女,[55] 不逢柳毅,[56] 書信難裁. 嘆金釵脫股,[57] 寶鏡離臺. 萬里遼陽郎去也, 甚日重回. 丁香[58]樹, 含花到死, 肯傍別人開.

　是夜, 自縊于房中, 母覺而救解, 良久方甦. 吳指揮者聞之, 怒, 使麾下碎其釀器, 逐去他居, 欲折困之. 時有老驛使杜君, 亦常山人, 必貴存日, 相與善, 憐童氏孤苦, 假以驛廊一間而安焉.

---

49) 側目(측목) : 본래 감히 똑바로 쳐다보거나 질투 어린 눈빛으로 쳐다보지 못함을 가리키는데 여기서는 분에 넘치는 것을 바라는 것을 의미한다. [周]

50) 委禽(위금) : 聘을 행하다. 禽은 어린양과 기러기를 가리킨다. 옛날 아내를 맞이하는 禮式에 사용되었다. [周]

51) 【校】 : [董]에는 이 구절이 因賦古訓一関以自誓其調寄滿庭芳云으로 되어 있다.

52) 【校】 : [董]에는 綵로 되어 있다.

53) 【校】 : [董]에는 分群으로 되어 있다.

54) 【校】 : [董]에는 이 구절이 文鴻失侶로 되어 있다.

55) 涇陽憔悴女(경양초췌녀) : 唐나라 사람 李朝威가 쓴 傳奇小說『柳毅傳』에는 洞庭용왕의 딸이 涇陽으로 시집갔는데 지아비에게 소박맞고 길에서 양을 치던 중에 우연히 書生 柳毅를 만나 그를 통해 부모에게 서신을 전하게 된다는 내용이 보인다. [周]

56) 柳毅(유의) : 唐 儀鳳(676~678) 연간의 서생으로 과거에 응시했으나 낙방하였다. 집으로 돌아가는 길에 湖濱의 길가에서 우연히 한 여인이 양을 치고 있는 것을 보았다. 그녀는 그에게 “저는 洞庭용왕의 딸로 당신을 통해 부모님께 한 통의 편지를 전해드리고 싶습니다”라고 하였다. 柳毅는 그녀에게 수락하고는 서신을 동정용왕에게 전하자 용왕의 아우인 錢塘君이 조카사위를 죽이고 조카딸을 다시 데리고 왔다. 그녀를 유의에게 시집보내려 하였지만 유의는 수락하지 않았고 사양하며 돌아갔다. 후에 廣陵에서 盧氏라는 처를 얻었는데 옛 이야기를 하자 비로소 그녀가 洞庭용왕의 딸임을 알게 되었다. [周]

57) 釵股(차고) : 비녀가 갈라지는 부분을 股라고 한다. [周]

58) 丁香(정향) : 常綠의 喬木으로 일명 鷄舌香이라 부른다. 봄에 자색이나 흰색 꽃을 피운다. 흑색은 향료나 약으로 쓰인다. [周] 정향나무, 라일락꽃. [譯]

一日, 客有戎服者三四人, 投驛中. 杜君問所從來, 其人曰 : “吾儕遼東某衛總小旗,[59] 差往南海[60][61]取軍, 蹔此假宿耳.” 値童氏偶立簾下, 中一少年, 特淳[62]謹, 不類武卒, 數往還相視, 而凄慘之色可掬. 童氏心動, 卽出問之 : “爾誰耶?” 對曰 : “茗, 姓徐, 浙江常山人, 幼時父嘗聘同里沈必貴女, 與茗爲婚, 未成親而兩家緣事, 沈謫[63]南海, 茗戌東遼,[64] 不相聞者數載矣. 適因入驛, 見媽媽狀貌, 酷與茗外母相類, 故不覺感愴, 非有他也.” 童氏復問 : “沈家今在何處? 厥女何名?” 曰 : “女名瓊奴, 字潤貞, 開親時年方十四, 以今計之, 當十九矣. 第忘其所寓州郡, 難以尋覓耳.” 童氏入語瓊奴, 瓊奴曰 : “若然, 天也.” 明日, 召使至室中, 細問之, 果茗郎也, 今改名子蘭矣, 尙未娶. 童氏大哭曰 : “吾卽汝丈母, 汝丈人已死, 吾母女流落于此, 出萬死以[65]得再生, 不圖今日再能相見.” 遂白于杜君及茗之同伴, 衆口嗟嘆, 以爲前緣. 杜君乃率錢備禮, 與茗畢姻. 合巹[66]之夕, 喜不塞悲, 瓊奴訴其衷懷, 不任悽斷. 因誦杜少陵「羌村」詩[67] : ‘夜闌更秉燭, 相對如夢寐.’ 此句殆爲今日設也. 茗撫之諄切, 曰 : “第毋傷

---

59) 衛總小旗(위총소기) : 明代에 방위주둔지로 나눈 지방을 衛所라 불렀다. 朱元璋이 천하를 평정하여 영토를 나눌 때 한 郡에는 所를 설치하고 연접한 郡에는 衛를 설치하였다. 대략 5600명이 衛를 이루고 1120명이 千戶所를 이루며 120명이 百戶所를 이루었다. 所에는 總旗를 2명, 小旗를 10명을 배치하였는데 크고 작은 부대가 연합하여 軍을 이루었다. 『明史・兵志』에 보인다. [周]

60) 【校】 : [董]에는 海南으로 되어 있다.

61) 南海(남해) : 廣東, 廣西를 가리킨다. [周]

62) 【校】 : [董]에는 醇으로 되어 있다.

63) 【校】 : [董]에는 責으로 되어 있다.

64) 【校】 : [董]에는 遼東으로 되어 있다.

65) 【校】 : [董]에는 已로 되어 있다.

66) 合巹(합근) : 부부가 혼례를 치르다. [周]

67) 羌村詩(강촌시) : 杜甫가 安史의 난 때 가솔들을 鄜州(부주, 지금의 陝西省 富縣) 羌村지방에 머물게 했다. 肅宗이 이미 靈武에서 즉위하여 그는 의탁할 곳을 찾아가길 원했는데 중도에 반군에 의해 붙잡혀 長安으로 갔다. 그는 온갖 계략을 다하여 탈출하여 鳳翔으로 간 뒤 右拾遺가 되어 집으로 돌아가 친지들을 찾았다. 이에 부부가 다시 만날 수 있게 되었는데 喜悲가 교차하였다. 「羌村」이라는 시 3수는 집으로 돌아간 후의 심정을 쓴 것이다. [周]

感, 且盡綢繆,[68] 姑候來年, 挈爾同歸遼東, 則魚水歡情, 永永相保矣."
旣而茗同伴有丁總旗者, 忠厚人也, 謂茗曰: "君方燕爾,[69] 莫便抛離, 勾
軍之行, 不必渠往, 我輩當分詣各府投文; 君善撫室, 且此相待, 公事完
日, 相與歸遼." 茗置酒餞別, 諸人起程. 不料吳指揮者緝知, 以逃軍爲名,
捕茗于獄, 杖殺之, 藏屍于窯內. 亟令媒恐童氏曰: "彼已死矣, 可絶念矣,
吾將擇日昇轎來迎汝女, 若又不從, 定加毒手." 媒求諾反命, 瓊奴使母諾
之, 媒去, 語母曰: "兒不死, 必爲狂暴所辱, 將俟夜引決矣!" 母亦無如之
何. 是晚, 忽監察御史[70]傅公[71]到驛, 瓊奴仰天呼曰: "吾夫之寃雪矣."
乃具狀以告. 傅公卽抗章以聞. 又兩月得請, 就命鞫問, 而求屍未得. 政
讞訊間, 羊角風[72]自廳前而起. 公祝之曰: "逝魄有知, 導吾以往." 言訖,
風卽旋轉, 前引馬首, 徑奔窯前, 吹開炭灰, 而屍見矣. 公委官檢驗, 傷痕
宛然, 吳遂伏辜. 公命州官葬茗于郭外, 瓊奴哭送, 自沉于塚側池中, 因
命葬焉. 公言諸朝, 下禮部,[73] 旌[74]其塚曰: "賢義婦之墓". 童氏亦官給
衣廩,[75] 優養終身焉.

---

68) 綢繆(주무): 정이 매우 두텁고 견고하여 떨어질 수 없음을 의미한다. [周]
69) 燕爾(연이): 신혼을 말한다.『詩經』에 "燕爾新婚"이라는 구절이 있는데 이후 燕爾는
   곧 신혼의 뜻이 되었다. [周]
70) 監察御史(감찰어사): 관직이름. 秦代에 처음 監察史를 두었고 隋代에 監察御史로
   바꾸었는데 역대로 그것을 따랐다. 內外 규찰과 祭祀의 감찰 및 여러 군의 파견 등을
   관장하였는데 직무가 매우 번잡하였다. [周]
71) 傅公(부공): 즉 傅藻인 듯 하다. 字는 伯長으로 明 義烏 사람이다. 洪武 연간 本縣
   儒學에서 불려가 翰林院編修를 제수받았고 監察御史를 역임하였다. [周]
72) 羊角風(양각풍): 회오리바람 즉 旋風을 뜻한다. [周]
73) 禮部(예부): 官署名으로 儀禮와 학교 및 인재선발 등을 관장했다. [周]
74) 旌(정): 封建時代에 孝義貞節을 지킨 인물에게 편액을 만들어 주어 널리 알렸는데
   이를 旌表라 하였다. [周]
75) 廩(름): 米穀을 저장하는 창고를 가리킨다. [周]

14 만정우선록(幔亭遇仙錄)

만정에서 만난 신선

두선성(杜僎成)은 파구(巴丘)의 은자(隱者)로 건양(建陽)에서 살고 있었다. 타고난 성품이 고매하고 자연을 사랑하였다. 작은 배 하나를 마련하여 그 안에 필상, 다기, 낚싯대, 술항아리를 준비해 놓고 늘 무이산(武夷山)의 청계구곡(淸溪九曲) 사이를 돌아다니는 것으로 일 삼았는데 사람들도 그를 우아하다고 칭찬하였다.

가을이 한창인 어느 날 비 개이고 서늘한 바람이 소매에 일자 두선성은 흐르는 물에 배를 맡겨 가는 대로 내버려두었다. 얼마를 갔을까 배가 어느 바위 옆에 멈추었다. 고개를 들어 바위 위를 올려다보니 담쟁이 넝쿨, 등나무, 단계(丹桂), 대나무가 우거져서 은은한 향기를 풍기며 바람에 산들산들 흔들리고 있었다. 이에 배를 묶고는 강가로 올라가 발길 닫는 대로 한가롭게 거닐었다. 그런데 갑자기 돌문이 활짝 열리더니 평평한 길이 나타났다. 그는 신비한 경치가 있음을 알고 기쁜 발걸음으로 앞으로 나아갔다. 바람과 햇볕이 따스하고 하늘이 맑은 것이 진실로 별유천지의 세계였다. 이 리 정도쯤 가자 큰 성(城)이 하나 나타났다. 들어가 보니 궁궐은 웅장했으며 경계가 삼엄했다. 금빛 글씨로 '만정진경(幔亭眞境)'이라고 쓰여 있었으니 무이군(武夷君)이 다스리는 곳이었다. 또 일 리쯤 들어가자 아름드리 나무들이 숲을 이루고 있었으며 집이 한 채 있었다. 맑은 냇물이 흐르고 아름다운 꽃이 만발해 있었는데 닭울음소리와 개 짖는 소리가 들리는 평화스러운 곳이었다. 멀리서 바라보니 높다란 집 한 채가 맑은 연못을 굽어보듯 있었는데 '청벽도원(淸碧道院)'이라는 현판이 걸려 있었다. 두선성이 문 앞에 이르자 원숭이와 학이 잘 길들여져 있었고 지란(芝蘭) 향기가 물씬 풍겼는데 버드나무 아래에 동자 둘이 서 있었다. 선성은 그들에게 읍을 하고 이곳이 어디인가 물어보았다. 그러자 동자가 말했다.

"청벽 선생(淸碧先生)께서 나리를 기다리신 지 오랩니다."

두 동자는 들어가서 두선성이 왔음을 알렸다. 조금 후에 다시 나와서 그를 안으로 안내했다. 여러 곳을 지나는데 구름낀 창, 안개 어린 누각은 완연히 인간세계와 달랐으며 요수(瑤樹)와 경림(瓊林)은 절로 하늘나라와 같았다. 마지막으로 어느 한 곳에 이르자 청벽선생이 두건을 쓰고 큰 허리띠를 띠고 엄정하며 단아한 모습으로 앉아 있었다. 그가 재배(再拜)하자 청벽선생이 말했다.

"너는 인간 세상에 북경(北京)의 두백원(杜伯原)이라는 사람이 있었다는 것을 아느냐? 내가 바로 그 사람이니라. 그리고 너는 내 일족(一族)의 자제이니 그리 알고 있어라"

선성은 무릎을 꿇고 대답하였다.

"소생 미리 가르침을 받지 못하였나이다."

집안 사람들의 안부와 우집(虞集), 양재(楊載), 범형(范椁), 게혜사(揭傒斯) 등 여러 군자들의 후손들에 대해서 상세히 물어 보았는데 두선성이 하나하나 자세히 대답하자 청벽 선생은 들을 만하여 기쁜 안색이 역력하였다. 조금 있자 동자가 백화차(百花茶)를 들여와서 그것을 마셨더니 배고픔이 가셨다. 날이 저물자 별실에서 자게 했는데 종이 이불에 명주 장막, 돌 베개에 대나무 침상이었다. 바람과 이슬이 서늘하여 잠을 이루지 못하고 있는데 밝은 달빛이 은은히 비추고 눈이 날려 창으로 들어왔다. 정신이 완전하고 기가 충만하며 몸이 견실하고 마음이 안정된 사람이 아니면 살 수 없는 곳이었다. 다음 날 선성을 불러 밥을 주는데 노루 고기 한 접시에 참깨 한 그릇이었으나 향기롭고 달콤한 것이 맛이 매우 좋았다. 밥을 다 먹고 인사를 하고 가려고 하자 청벽 선생이 말하였다.

"이곳은 여러 신선들의 별관으로 여러 벗들이 여기서 노니는데 내일이면 우리 집에 모일 것이다. 그 시문을 받아서 네가 돌아갈 때 줄 생각이니 조금 더 기다리거라."

이 소리에 선성은 매우 기뻤다. 다음날 아침이 되자 과연 품이 넓은 옷에 높다란 관을 쓰고 패옥(佩玉)을 찬 사람 일곱 명이 왔는데 모두 풍채가 엄정하고 기상이 범상치 않았다. 청벽 선생은 일어나서 손님을 맞아 인사를 나누고 자리에 앉았다. 선성은 문 밖에 서서 공수(拱手)를 하며 숨을 죽이고 있었다. 한 신선이 선성을 돌아보며 물었다.

"이 아이는 어떻게 왔습니까?"

"집안 아이로 선성이라고 합니다. 제가 예전에 인간 세상에 살 때 좋은 글들을 찾아내고 심혈을 기울여 책을 지었는데 지금은 모두 흩어져 없어지고 오직 『춘추제전정의(春秋諸傳正義)』 사십팔 권만이 겨우 남았지요. 저의 평생 동안의 정력이 모두 그 책에 있다는 것은 여러분들께서도 잘 아시고 계신 바입니다. 그래서 그것을 돌 상자에 넣고 쇠 자물쇠를 채워 옥사산(玉笥山) 복상봉(覆箱峰)의 북쪽 바위에 숨겨 두었지요. 그런데 근자에 교룡이 난리를 일으키는 바람에 거친 물결에 석굴이 열려 상자가 밖으로 드러나게 되었답니다. 어리석은 인간들에게 발견될까봐 심히 두렵습니다. 아직 인간 세상에 전해지면 안 되기 때문에 이 아이를 불러 돌아가서 동굴을 막도록 하려는 것일 뿐입니다."

이렇게 답하고는 서로 더불어 여러 경전의 득실에 대해서 이야기를 나누었다. 어떤 신선은 이렇게 이야기했다.

"『춘추(春秋)』는 공자(孔子)님께서 지으신 것으로 다른 경전에 비할 바가 아니지요. 그런데 여러 유생들이 좁은 식견과 어리석은 생각으로 글자 하나를 가리켜 칭찬하거나 폄하하기도 하니 이 어찌 성인의 마음이겠습니까? 대저 『춘추(春秋)』에 쓰여 있는 것 중에는 상(常)도 있고 변(變)도 있으니 하나에 매달려 논하기는 어려운 것이지요. 군왕(君王)을 으뜸으로 하고 봉작(封爵)을 그 다음으로 하는 것은 상(常)이고 회맹(會盟)과 병권(兵權)을 주로 하고 합종연횡(合縱連橫)하며 역모를 모의하는 것은 변(變)입니다. 그러나 처음으로 법을 세우고 주(周)나라를 받드니 왕(王)은 반드시 천왕(天王)이라고 하고 정(正)은 반드시 왕정(王正)이라고 합니다. 문무성강(文武成康)의 위령(威靈)을 나란히 칭송하고 난(亂)을 제거하여 정(正)으로 돌아가려는 것은 대개 천하의 후세를 위한 계략이니 그것이 어찌 성인의 뜻이 아니겠소이까."

그러자 다른 신선이 청벽선생에게 물었다.

"백원공(伯原公)의 의견은 어떠합니까?"

"옛날 사람들은 삼전(三傳)이 만들어지자 『춘추(春秋)』가 산실되었다고 했지요. 산실된 것은 산실된 것이나 삼전(三傳) 또한 가볍게 논할 수 있는 것이 아닙니다. 대개 『공양(公羊)』, 『곡량(穀梁)』은 전적으로 경문(經文)을 해석하고 『좌씨(左氏)』는 전적으로 일을 기록하였습니다. 당(唐)나라의 담씨(啖氏), 조씨(趙氏)에 이르러 비로소 세밀하게 분석하여 책의 주지와 체례를 판명하고 삼가(三家)의 요점을 합하여 하나로 만들었습니다. 육순(陸淳)은 직접 조씨의 학문을 이어 『찬례(纂例)』, 『변의(辨疑)』, 『미지(微旨)』라는 책 세 권을 저술했는데 그 문장은 가히 찬연히 빛난다고 할 수 있으며 그 학문은 가히 순수(純粹)하다 할 수 있지요. 송나라 때의 여러 선비들이 저술한 것들은 모두 명백하고 정대하며 글이 엄격하고 뜻은 치밀하지만 여운이 없습니다. 다만 호강후(胡康侯)는 풍자(諷刺)에 주력하였는데 '고종복수(高宗復讐)'는 다소 억지인 부분이 있다는 것을 면할 수 없습니다. 그래서 주자(朱子)께서 일찍이 '호씨(胡氏)가 『춘추(春秋)』에 대해 이야기 한 것은 이미 열에 일곱 여덟은 맞으나 소탈한 경지에는 이르지 못했다'라고 하셨으니 진실로 이유 있는 말씀입니다. 또 장흡(張洽)의 전(傳)과 왕씨(王氏)의 언의(讞議) 등은 모두 선유들이 발(發)하지 못한 것을 능히 발했으나 그 정묘함에 대해서 논한다면 유감이 없는 것이 아니니 그 지극한 사람은 오직 이천(伊川)뿐인가 합니다."

곧 자리가 펼쳐지고 그릇들이 나왔는데 안주에는 황정초(黃精草)와 영지(靈芝)가 있었고 음악은 주현금(朱弦琴)과 녹기금(綠綺琴)으로 연주되었다. 울창주(鬱鬯酒)를 주거니 받거니 하였는데 옆에서 시중드는 자들은 삼가 기침 소리도 내지 않았다. 술자리가 끝나자 새로 향을 피우고 다시 차가 들어왔다. 녹색 옷을 입은 동자가 비단 두루마리를 가지고 와서 돌 탁자 위에 펼쳤다. 그러자 청벽 선생은 선성더러 손님들에게 두루 인사하게 하고 말했다.

"집안 아이가 이번에 와서는 좋은 일이 많이 생겼습니다. 이번의 만남은 실로 전세의 인연에 의한 것이니 여러 선장(仙丈)들께서는 어찌 마음이 움직이지 않으실 수 있겠소이까. 주옥같은 시를 얻어 그것을 가지고 인간세계로 돌아가서 보물로 간직하게 한다면 또한 아름다운 것이 아니겠습니까? 허락하시겠는지요?"

모두들 웃으며 허락하면서도 이렇게 말했다.

"저희들은 오래도록 인간 세상의 말을 지어보지 않아 무엇을 써야 할지 모르겠군요."

이에 청벽 선생이 친히 예서체로 '만정유(幔亭遊)'라는 세 글자를 첫머리에 쓰자 불망도인(不忘道人) 방방호(方方壺)는 '만정유도(幔亭遊圖)'를 그 다음에 그려 넣고 자소상상(紫霄上相) 옥섬백진인(玉蟾白眞人)은 아름답고 풍부한 문체로 '만정유서(幔亭遊序)' 한 편을 지었다. 글이 길어서 여기에 싣지는 않는다. 그리고 여러 신선들이 차례대로 시를 지었는데 빠르기가 비바람이 한 번 지나가는 듯 하였다.

한한종사(閑閑宗師) 오전절(吳全節)이 먼저 지었다.

曾祝蕃釐侍尙方,　　일찍이 복을 받아 천자를 가까이 모시고
紫壇淸夜醮虛皇,　　맑은 밤 자단(紫壇)에서 허황께 제를 올렸네
奎章已拜看雲賜,　　규장에 이미 배알하고 구름 내리니
眞境空餘煮雪房,　　진경의 한가로운 때 눈으로 찻물 끓였네
物外烟霞端可樂,　　물외(物外)의 안개 노을을 즐기느라
人間富貴久相忘.　　인간의 부귀 오랫동안 잊었노라
而翁著述遺書在,　　할아버지 저술에 남은 것 있으니
石室開時更愼藏.　　석실(石室) 열릴 때 다시 고이 감추어라

정거외사(貞居外史) 구곡(句曲)의 장백우(張伯雨)가 이어 시를 지었다.

良常蹔別武夷游,　　양상산(良常山) 잠시 떠나 무이산(武夷山)에 노니
爲訪名山洞府幽,　　명산(名山)의 고요한 동부(洞府)를 찾기 위함이라
行處獨携千歲鶴,　　갈 때는 천세학(千歲鶴)을 끌고
歸時自控五花虯.　　올 적엔 오화규(五花虯)를 모네
經多傳注眞成贅,　　경전에 전과 주가 많아 정녕 군더더기 되어
道在希夷信莫求,　　도(道)는 희이(希夷)에 있으나 구하기 어렵네
泉石鄕中多勝槪,　　천석향(泉石鄕)에는 좋은 경치 많으니
可能來此事藏修.　　이곳에 와 공부할 만 하다네

상청외사(上淸外史) 설현경(薛玄卿)이 계속 운을 맞추었다.

綠荷衣上帶雲霞,　　푸른 연잎 옷 위에 구름과 노을이 끼고
誤入玄洲外史家,　　현주(玄洲) 외사(外史) 집으로 잘못 들었네
靑鳥近傳王母信,　　파랑새는 가까이 서왕모의 편지 전하고
蒼龍遙引木郞車.　　푸른 용은 멀리 목랑(木郞)의 수레 끄네
相逢只恨仙凡隔,　　만남엔 다만 신선과 인간 떨어짐 한하네
歸去寧愁水陸賒.　　돌아감에 어찌 수륙이 먼 것을 근심하리

儒道異門非確論,　　유도가 서로 다르다는 것 확론이 아니니
臨風爲子一長嗟.　　바람 앞에 그대 위해 길게 한 번 탄하노라

호산수월도인(湖山水月道人) 재연(宰淵)이 한 수 읊었다.

先生著述勝古人,　　선생의 저술은 옛사람보다 뛰어나
予奪去取皆通神,　　주고 뺏고 버리고 취함이 모두 신의 경지네
獲麟聖筆久已絶,　　공자의 춘추필법 이미 오래 전에 끊어졌고
末學票竊疇其眞.　　말학(末學)의 무리들이 진실을 표절하네
惟公特起精凡例,　　오직 그대만이 일어나 범례를 정밀히 하니
迂誕一空穿鑿廢,　　거짓됨 일시에 사라지고 천착이 사라졌네
奇文未許世流傳,　　훌륭한 글 세상에 유전됨을 허락하지 않고
幽隧重敎石封閉.　　깊숙이 돌로 봉해 막아 놓았네
先生已是列仙儒,　　선생은 이미 신선 세계의 선비로
古體親煩漢隷書,　　옛 글씨 친히 한나라 예서로 쓰셨네
遙知置向茆齋裏,　　멀리서도 알겠네. 띠 집 속에 두었음을
夜夜虹光貫紫虛.　　밤마다 무지갯빛 하늘을 뚫었으니

개부진인(開府眞人) 왕계월(王溪月)이 노래하였다.

武夷先生洞天住,　　무이선생(武夷先生)은 동천에 머물며
閉戶窮經辨經注,　　문 닫아 걸고 경전 연구해 주해를 쓰니
東海人爭重管寧,　　동해 사람 다투어 관영(管寧)처럼 중히 여기고
南州士競推徐孺.　　남주(南州) 선비 다투어 서유(徐孺)같이 받드네
尊王賤伯心何勞,　　왕도 높이고 패도 낮추느라 마음 고생 심하고
詞嚴義正明秋毫,　　글과 뜻이 엄정하기 추호 같이 분명하네
奸兮已受斧鉞戮,　　간악한 자들 이미 벌을 받아 죽고
善也還蒙華袞襃.　　선량한 자들은 복을 받아 누렸네
旣成珍愛比金玉,　　글이 이루어지니 진귀하기 금옥 같거늘
固鎖重封葬山麓,　　굳게 잠궈 산 속에 감추니

埋葬此日閟靈踪,　　오늘까지 종적 묘연하며

誦讀何年載人腹.　　어느 때 송독하여 뱃속에 채울까

鬼守不謹蛟出游,　　귀신이 조심하지 않아 교룡이 나는데

石函一日隨奔流,　　석함이 하루아침 흐르는 물에 드러났네

先生大懼呼族子,　　선생이 크게 놀라 족자(族子)를 부르니

函以土石塡巖幽.　　함 위에 돌을 메워 깊숙이 감추기 위함이라

因玆得至淸虛境,　　이로 인해 청허한 경계에 이르니

好斷塵緣發深省,　　세상의 인연 끊고 깊이 성찰하여

莫向人間戀火坑,　　인간 세상의 불구덩이를 사랑하지 말아라

幻身渾似浮漚影.　　헛된 몸 거품과 같나니

玉蟾仙翁宋碩儒,　　옥첨선옹은 송나라의 큰 선비요

上卿貴重元鉅夫,　　상경귀중은 원나라의 큰 인물이니

玄曦詞翰古難有,　　설현경(薛玄卿)의 시는 옛날에도 있기 어렵고

伯雨文章今絶無.　　장백우(張伯雨)의 문장은 지금에도 전혀 없네

湖山水月烟霞老,　　호수와 산, 물과 달, 연하 속에서 지내며

羽客之中詩更好,　　신선 중에서 시는 더욱 좋구나.

虎臥龍跳筆如飛,　　범이 웅크리고 용이 도약하듯 붓은 나는 듯

萬斛珠璣卽時掃.　　만 곡의 구슬이 즉시에 쓸리네

群公總是宋元人,　　모두가 송나라과 원나라 사람들

駿鸞翥鳳爲仙眞,　　난새와 봉새는 신선 세계 영물이 되었네

千生萬劫難得見,　　만겁 동안 천 번 나도 보기 어려운데

如何一旦皆相親.　　어떻게 하루 아침 직접 보게 되었나

蹇余謬忝官開府,　　이 몸은 개봉부에 몸을 담았다가

至正年間棄塵土,　　지정 연간 인간 세상 버렸네

武夷天目常往來,　　무이산(武夷山)과 천목산(天目山)을 늘 왕래하며

獨與而翁早爲伍.　　그대 할아버지와 일찍이 사귀었네

渠歸努力毋蹉跎,　　돌아가거든 때를 놓치지 말고 힘쓰리니

流光日月如擲梭,　　흐르는 세월이 살과 같이 빠르도다

北邙山上舊墳少,　　북망산 위 예전에는 무덤 적었더니

聞道新墳今更多.　　들으니 새 무덤은 더욱 많아졌네

시가 이루어지자 모두 직접 붓을 들어 일필휘지 써내려갔는데 쓰고 난 후 조금도 고치지 않았다. 막 서로 돌려가며 보고 있는데 갑자기 환일도인(圜一道人) 이옥성(李玉成), 허일선생(虛一先生) 조사기(趙嗣琪), 금천우인(金淺羽人) 사광거(査廣居), 무위자(無爲者) 장신보(張信甫)가 도착했다. 백우(伯雨)가 말했다.

"이런 일은 정말 드문 일입니다."

그리고는 두루마리를 네 사람에게 주어서 시를 읊게 하였다. 사광거가 먼저 읊었다.

騎得遼東一鶴回,	요동의 학을 타고 돌아오니
千年又見碧桃開.	천년에 또 벽도(碧桃)가 핀 것을 보는구나
誰家小子如方朔,	뉘 집 꼬마가 동방삭(東方朔)같이
偸向碧桃樹下來.	벽도 나무 아래로 훔치러 왔는가

무위자의 시다.

得道俱爲蓬島客,	득도하여 모두 봉래섬 나그네 되었고
長生已作洞天賓,	장생하며 이미 동천의 손님 되었는데
如何却起凡間念,	어찌하여 세속의 마음 일으켜
更寫雲謠贈世人.	노래 적어 세인에게 주시는가

환일 선생의 시이다.

至人收視息,	지인(至人)은 시식(視息)을 거두고
恬蟾養希夷,	담박하게 도를 수양하네
萬物皆芻狗,	만물은 모두 추구(芻狗)와 같고
此身眞若遺.	이 몸도 진실로 그와 같아라
大道無終始,	대도(大道)는 처음과 끝이 없고
時運有盈虧,	시운(時運)은 차고 기움 있나니

寄言學仙子,　　신선을 배우는 아이야!
試向竅中窺.　　틈 사이로 한 번 살펴보아라

허일도 또한 이어서 지었다.

好山遠凝黛,　　산은 멀리 푸른빛을 띠고
弱水難勝載,　　약수(弱水)는 배를 띄우지 못하네
流響聞天風,　　흐르는 소리 바람결에 들리고
飆輪弭飛蓋.　　표륜(飆輪)은 서서히 달리네
因逢世間人　　세간의 사람을 만났으니
聊問今何代.　　지금이 어느 시대인가 묻노라

　다 쓰고 나자 청벽선생이 웃으며 답례를 하였고 여러 신선들은 서로
손을 잡고 자리를 떴다. 두선성은 절을 하며 시권(詩卷)을 받고서 돌아갈
것을 고하자 청벽 선생은 사람을 시켜 전송케 하였다. 밖으로 나오자
문득 동굴은 사라져 버리고 말았다. 둘러보니 사방은 온통 산으로 덤불
이 우거져 있었고 오직 시권(詩卷)만이 주머니에서 찬연히 빛나고 있었
다. 돌아가서 작은 배를 찾아보니 과연 소나무가 동굴 입구에 기댄 채
로 넘어져 있었다. 돌 상자는 아주 단단히 잠겨 있었는데 계곡 물에 부
딪쳐 떨어질락 말락 위태롭게 소나무 뿌리에 가로 놓여 있었다. 선성은
밧줄에 묶어 바위 밑으로 내려놓고 내려가서 흙을 쌓아 묻고는 돌로 덮
어놓았다. 이후로 선성은 몸에 빛이 나고 걸음걸이가 나는 것 같았으니
신선들의 기이한 음식을 먹었던 까닭일 것이다. 수년이 지나자 처자를
버려두고 청벽 선생에게서 받은 시권을 가지고 멀리 명산에서 노닐었는
데 사람과 접촉하는 일이 드물었다. 오직 용호산(龍虎山)의 노대야(盧大冶)
와 매우 친하게 지냈다. 처음으로 시권을 그에게 보여주며 그 이야기를
해주었다. 노대야는 마침내 '만정유(幔亭遊)' 세 글자를 선암의 바위에 새
기고 그 시문을 베껴 천사(天師)에게 보여주었다. 천사는 시권을 구하려

고 하였으나 얻지 못했다. 노대야가 죽자 두선성은 함께 의지할 사람이 없어졌음을 슬퍼하며 그 또한 산 속에서 죽었다. 죽기 하루 전에 바람이 불고 벽력이 치더니 그 시권을 거두어 가버렸다. 다음날 낮에 숨을 거두었는데 이레가 되도록 안색은 변하지 않고 몸은 굳지 않았으며 눈빛도 변하지 않았다. 식견 있는 자들은 그가 신선을 만나 등선(登仙)했다고 하였다.

幔亭遇仙錄

　杜僎成, 巴丘[1]之逸士, 而寓居于建陽.[2] 賦性高邁, 抗志林泉,[3] 畜一小舟, 置筆床、茶竈、釣具、酒壺于其中, 每夷猶[4]于淸溪九曲[5]間以爲常, 而人亦推其有標致. 一日, 仲秋雨霽, 凉風滿襟, 僎成沿流臨泛, 聽其所之. 俄而舟泊巖邊, 仰視巖上, 則綠蘿翠蔓, 丹桂蒼筠, 繁蔭[6]幽香, 芬敷掩冉,[7] 因繫船登岸, 信步閑行. 忽有石門洞開, 路徑[8]平坦, 僎成知爲異境, 欣躍而前, 但覺風日暄姸, 天氣淸淑, 眞別一堪輿[9]也. 約二里許, 入一大城, 城中宮闕宏壯, 守衛森嚴, 金書榜[10]曰 : ‘幔亭[11]眞境’, 蓋武夷

---

1) 巴丘(파구) : 地名으로 三國時代에 周瑜가 일찍이 이곳을 다스렸다. 古城은 지금의 江西省 崇仁縣에 있다. [周]
2) 建陽(건양) : 지금의 福建省 建陽縣이다. [周]
3) 林泉(임천) : 林木泉石. 물러나 은거하는 곳이다. [周]
4) 夷猶(이유) : 본래 의심이 들어 결정하지 못함을 의미하는데 여기서는 머뭇거리며 멀리 떠나지 않는 모양을 가리킨다. [周]
5) 淸溪九曲(청계구곡) : 武夷山 120리에 49개의 峰과 87개의 巖이 이어져 있는데 溪流가 그 사이를 돌면서 흘러 九曲으로 나누었다. [周]
6) 【校】 : [董]에는 陰으로 되어 있다.
7) 【校】 : [董]에는 苒으로 되어 있다.
8) 【校】 : [董]에는 遙로 되어 있다.
9) 堪輿(감여) : 天地를 말한다. [周]
10) 【校】 : [董]에는 牓으로 되어 있다.

君12)所治也. 又里餘, 喬林嘉樹, 華屋崇垣, 流水飛花, 鳴鷄吠犬, 遙望高
薨一區, 俯瞰淸池之上, 題曰 : 淸碧道院. 僕成及門, 猿鶴馴擾,13) 芝蘭馥
郁, 柳陰之下, 雙童立焉. 僕成揖之, 問是何處? 童子曰 : "淸碧先生14)候
子久矣." 因入白. 須臾, 復出, 導僕成前進, 經數處, 雲窗霧閣, 夐異人
間, 瑤樹瓊林, 自同天上; 最後, 抵一軒館, 淸碧幅巾大帶, 容貌儼雅, 坐
于中間. 僕成再拜. 淸碧曰 : "汝知人間有京兆15)杜伯原16)乎? 吾是矣.17)
汝, 吾族子也. 小子識之." 僕成跪謝 : "晚生不及承敎訓." 久之, 問宗
黨18)及虞、楊、范、揭19)諸君子後裔之詳. 僕成應對, 歷歷可聽. 淸碧若有
喜色. 少焉, 童子進百花茶, 僕成啜罷, 略不知饑. 殆暮, 宿之別室, 楮衾

---

11) 幔亭(만정) : 『武夷山記』에 "추석날 武夷君이 산 위에 幔亭 化虹橋를 위아래로 오고
   갔다(武夷君于八月十五日, 山上置幔亭化虹橋, 通上下)"라고 되어 있다. [周]
12) 武夷君(무이군) : 신화전설 속의 神仙으로 福建의 武夷山에 살았다고 한다. 그의 기
   원은 매우 오래되었는데『史記』·『封禪書』에 천자가 봄에 말린 물고기를 올려 武夷君
   에게 祭를 올렸다는 기록이 있다. [周]
13) 【校】: [董]에는 擾馴으로 되어 있다.
14) 淸碧先生(청벽선생) : 元나라 杜本으로 字는 伯原이며 博學하고 文章에 뛰어났다.
   武宗(海山) 때 京師로 불려갔으나 곧 돌아와서 은거했다. 順帝가 불러서 翰林待制로
   삼고자 하였으나 병을 핑계삼아 사양했다. 성품이 청정하고 욕심이 없었으며 篆書와
   隸書에 뛰어났다. 學者들은 그를 淸碧先生이라고 불렀다. [周]
15) 京兆(경조) : 京師를 의미한다. [周]
16) 杜伯原(두백원) : 淸碧先生을 가리킨다. [周]
17) 【校】: [董]에는 也로 되어 있다.
18) 宗黨(종당) : 同宗親黨을 의미한다. [周]
19) 虞(우), 楊(양), 范(범), 揭(게) : 虞는 虞集을 말한다. 字는 伯生이고 號는 道園이다. 元
   崇仁 사람이다. 大德 초에 大都路儒學敎授를 제수받았고 文宗(圖帖睦爾) 때에는 奎
   章侍讀學士를 지냈으며 세상 사람들은 邵庵先生이라 일컬었다. 楊은 楊載를 말한다.
   字는 仲弘이며 浦城 사람이다. 布衣의 신분으로 翰林과 國史院編修官에까지 이르고
   진사에 급제하고 寧國路 總管府 推官을 지냈다. 范은 范梈을 말한다. 字는 亨甫와 德
   機이다. 元나라 淸江 사람이다. 어릴 적에 집안이 가난하고 일찍이 부친을 여의었으나
   詩文에 능하였다. 翰林院編修로 추천받았고 海南, 海北道廉訪使照磨로 발탁되었다.
   또한 福建閩海道知事를 역임하였다. 揭는 揭傒斯를 말한다. 字는 曼碩이고 元 富州
   사람이다. 어려서 文으로 이름이 났다. 大德 연간에 翰林에 세 차례 들어갔고 天曆 연
   간 초에 奎章閣을 열었는데 최초로 授經郞으로 발탁되었다. 元統 초에 侍講學士로 승
   진하였고 經筵을 담당하였다.『經世大典』및 遼, 金, 宋 三史를 지었다. 사후에 豫章
   郡公으로 봉해졌다. [周]

練帳,20) 石枕竹床, 風露凄然, 睡不成寐, 惟檻間明月窺人, 飛雪入戶, 自
非神完氣充, 骨堅志定者, 弗能居也. 明日召僎成飯, 鹿脯一盤, 胡麻21)
一器, 然芳馨甘美, 味實非常. 飯畢, 將辭而出, 淸碧曰:"此中群仙別館,
諸執丈皆遊戲于茲, 來日22)當集吾舍, 將乞其詩文, 送汝歸去, 姑少俟."
僎成又大喜過望. 次早, 果有褒衣巍冠, 瑤琚玉珮者七人至, 皆風度凝遠,
氣象超凡. 淸碧起迎, 長揖而坐. 僎成鵠立拱手, 屛息戶外; 一仙忽顧之
曰:"是兒何爲來哉?" 淸碧云:"族子僎成也. 吾昔居世, 累辭徵辟,23) 而
潛心著述, 今皆散逸, 獨『春秋諸傳正義24)』四十八卷僅25)存, 平生精力,
盡在此書, 皆諸公所知者, 故嘗貯以石函,26) 鎖以金鑰, 藏于玉笥覆箱
峰27)之北巖. 近因蛟蜃作孽, 水激穴開, 而函露矣. 深懼愚夫竊發, 蓋冥
數未可以傳于人代, 故召來命歸窣之耳." 因相與論諸傳之得失. 一仙曰:
"『春秋』宣父28)手筆, 不比他經, 而諸儒以管窺蠡測,29) 拘拘然指一字爲
褒貶, 豈聖人之心乎? 大抵聖經所書, 有常有變, 難執一而論. 首王人, 次
封爵, 常也. 主會主兵, 謀縱謀逆, 幾于變矣. 然而託始立法, 拳拳宗周,
王必曰天王, 正必曰王正, 文、武、成、康之威靈, 儼乎其對越, 撥亂反正,
蓋爲天下後世計, 而以爲爲魯而作, 豈聖意哉?" 一仙曰:"伯原公之意如
何?" 淸碧曰:"昔人謂三傳作而春秋散, 散則散矣, 然三傳亦未容以輕議

---

20) 楮衾練帳(저금련장): 종이이불과 명주장막을 의미한다. [周]

21) 胡麻(호마): 곧 芝麻이다. 漢나라 張騫이 西域에서 이 종자를 얻었기에 胡麻라고 일
   컬었다. 그러나 淸 康熙帝(玄燁)는 "胡麻는 芝麻가 아니다. 醫書에서 胡麻를 최고로
   치기에 仙家에서 이를 말한 것이다"고 하였다. [周]

22) 【校】:[董]에는 旦으로 되어 있다.

23) 徵辟(징벽): 布衣를 입은 자를 불러들여 관리로 삼다. 徵과 辟은 모두 부르다는 의미
   이다. [周]

24) 【校】:[董]에는 議로 되어 있다.

25) 【校】:[董]에는 厪으로 되어 있다.

26) 石函(석함): 石匣을 말한다. [周]

27) 覆箱峰(복상봉): 玉笥山의 여러 봉우리 중의 하나이다. [周]

28) 宣父(선보): 孔子를 말한다. 唐 貞觀 11년(637)에 조서를 내려 존칭하였다. [周]

29) 管窺蠡測(관규려측): 대롱구멍으로 하늘을 보고 표주박으로 바다를 측정한다는 뜻으
   로 식견이 좁다는 의미이다. [周]

也. 蓋公羊、穀梁專釋經, 而左氏專載事, 至唐啖氏、30) 趙氏,31) 始毫分縷
析, 辨32)明義例, 合三家之要而歸之一. 陸淳33)親承趙氏之學, 又著『纂
例』、『辨疑』、『微旨』三書, 其文可謂粲然, 而其學可謂粹然矣. 宋朝諸儒
所述, 皆明白正大, 詞嚴義密, 無餘蘊, 但胡康侯34)主于諷諫, ‘高宗復讎’,
未免微有牽强處. 故朱子35)嘗曰 : 胡氏說春秋, 已七八分, 但未到灑然處.
良有以也. 又若張洽36)之傳, 王氏37)讞議等書, 皆能發先儒之未發, 論其
精妙, 而無遺憾則未也, 其至者惟伊川38)乎!” 已而設宴, 籩豆39)具陳, 肴

---

30) 啖氏(담씨) : 啖助를 말한다. 字는 叔佐이다. 唐 趙州 사람으로 후에 關中으로 옮겨갔
　　다. 天寶 연간 末에 臨清尉와 丹陽主簿를 역임하였으며 임기를 마치고 은거하며 벼슬
　　하지 않았다. 『春秋』에 밝아 『春秋集傳』을 지었는데 10년이 걸려 완성되었다. [周]
31) 趙氏(조씨) : 趙匡으로 字는 伯循이다. 唐 河東 사람이다. 일찍이 관직이 洋州刺史에
　　이르렀다. 啖助의 제자가 되었으며 陸淳은 그를 趙夫子라고 칭했다. 담조가 죽은 후에
　　그는 담조의 『春秋集傳』을 보충하였다. [周]
32) 【校】 : [董]에는 辯으로 되어 있다.
33) 陸淳(육순) : 陸質을 가리키며 字는 伯沖으로 唐 吳 사람이다. 『春秋』에 밝았고 趙匡
　　을 스승으로 삼았으며 啖, 趙 二家의 학문을 전하였다. 憲宗(李純)이 太子가 되었을 때
　　侍讀으로 삼았다. 著書로 『春秋集傳纂例』, 『春秋集傳辨疑』, 『春秋微旨』가 있다. [周]
34) 胡康侯(호강후) : 胡安國으로 宋 崇安 사람이다. 紹聖 연간에 진사가 되었다. 부친이
　　돌아가시자 상을 마치고는 벼슬길로 나가지 않았다. 靖康 때 太常少卿과 起居舍人으
　　로 제수 받았으나 모두 사양하고 나아가지 않았다. 高宗(趙構) 때 張浚의 추천으로 中
　　書舍人과 侍講을 역임하였고 관직이 給事中에 이르렀다. 평생 『春秋』에 몰두하였고
　　저서로 『春秋傳』이 있다. [周]
35) 朱子(주자) : 朱熹를 말한다. [周]
36) 張洽(장흡) : 字는 元德이고 宋 清江 사람이다. 朱熹의 문하에 있으면서 六經傳注 이
　　하부터 모두 연구하여 얻었다. 嘉定(1208~1224) 연간에 進士에 올랐고 袁州司理參軍
　　을 역임하였고 곧 永新縣의 知事와 池州의 通判이 되었다. 端平 초에 直秘閣에 제수
　　받았으나 나아가지 않았다. 著書로 『春秋集傳』과 『春秋集注』가 있다. [周]
37) 王氏(왕씨) : 王樞를 가리킨다. 字는 致榮이며 宋 豐城 사람이다. 紹興 연간에 進士
　　에 올랐고 常德府 通判이 되었다. 胡安國을 스승으로 모시었고 『春秋』에 정통했다.
　　[周]
38) 伊川(이천) : 程頤를 가리킨다. 宋 洛陽 사람이며 程顥의 아우이다. 哲宗(趙煦) 초에
　　崇正殿說書로 발탁되었다. 세상 사람들은 그를 伊川선생이라 불렀다. 『春秋傳』을 지
　　었다. [周]
39) 籩豆(변두) : 모두 옛날 음식을 담는 그릇이다. 籩은 대나무로 만들며 과일과 포를 담
　　는 그릇이며 豆는 나무로 만들며 절인 나물, 육장, 절인 김치, 된장 등 조미한 음식을
　　담는 그릇이다. [周]

則黃精40)玄芝;41) 樂則朱弦綠綺; 鬱金秬鬯,42) 迭勸更酬, 侍從使令, 執
事有恪, 莫敢少謷欬.43) 飲旣撤, 乃重焚香篆, 再進茶甌. 綠衣童捧錦軸,
展石桌44)上. 命僕成遍拜坐賓, 且曰: "族子此來, 多生慶幸! 今茲遭遇,
實出宿緣, 諸仙丈得無動念乎? 願丐珠玉數聯, 俾持歸人間: 以爲奇玩,
亦斯文盛德美事也. 未審許之否乎?" 皆笑曰: "吾輩久不作世人語, 當何
言耶?45)" 于是淸碧親隸'幔亭遊'三字于卷端, 不芒道人方方壺46)寫幔亭
遊圖于其次, 紫霄上相玉蟾白眞人47)擒雄詞, 掞天藻, 述幔亭遊序一篇,
文多不載. 諸仙遂次第賦詩, 捷若風雨, 而閑閑宗師吳全節48)爲之倡曰:

　　曾祝蕃釐49)侍尙方, 紫壇淸夜醮50)虛皇,51) 奎章已拜看雲賜, 眞境空餘煮雪房,

---

40) 黃精(황정): 多年生 풀로 뿌리와 줄기 모두 약으로 쓴다. 옛날에는 神仙의 食物로 여
　　겼다. [周]
41) 玄芝(현지): 버섯 종류이다. 이미 썩은 나무에 기생하여 살며 덮개 부분에 구름 문양
　　이 있어 옛날에는 瑞草, 神仙의 食物로 여겼다. 일명 靈芝라고도 한다. [周]
42) 鬱金秬鬯(울금거창): 鬱金은 풀이름이다. 옛날에 풀을 찌어서 즙을 내어 껍질 하나
　　안에 알이 둘 들어 있는 검은 기장으로 술을 빚었다. 술이 다 빚어지면 그 좋은 맛과
　　향이 널리 퍼졌다 한다. 그리하여 鬱鬯酒를 만들었다고 한다. 鬱과 暢은 통한다. [周]
43) 【校】: [董]에는 謷○으로 되어 있다. '○'은 원전에 검게 인쇄됨.
44) 【校】: [董]에는 卓으로 되어 있다.
45) 【校】: [董]에는 也로 되어 있다.
46) 不芒道人方方壺(불망도인방방호): 이름은 從義이며 字는 無隅이다. 元 貴溪道士이
　　며 그림을 잘 그렸다. 劉基의 潛溪圖詩에는 "上淸道人 方方壺가 기분이 나서 潛溪圖
　　를 그렸네(上淸道人方方壺, 乘興爲寫潛溪圖)"라는 문장이 보인다. [周]
47) 玉蟾白眞人(옥섬백진인): 葛長庚. 字는 如晦이고 號는 海瓊子이다. 宋 閩淸 사람이
　　다. 후에 武夷山에서 은거하였다. 초에 雷州로 가서 白氏의 아들이 되었는데 이름을
　　玉蟾으로 바꾸었다. 篆書, 隸書, 草書에 능하였고 매화와 대나무를 잘 그렸다. 嘉定 연
　　간 조정의 부름에 응해 太一宮에 머물렀다. 후에 갑자기 간다는 말도 없이 가버렸는데
　　조서를 내려 紫淸眞人으로 봉했다. [周]
48) 閑閑宗師吳全節(한한종사오전절): 吳全節의 字는 成季이고 元 安仁 사람이다. 龍虎
　　山에서 張留孫에게 도를 배웠다. 至治(1321~1323) 연간 초에 張留孫이 죽자 上卿玄敎
　　大宗師 崇文弘道元德眞人으로 추대되어 江淮, 荊襄 등지에서 道敎를 관장하고 集賢
　　院道敎事를 맡았다. 號가 閑閑宗師이다. [周]
49) 蕃釐(번리): 복을 뜻한다. [周]
50) 醮(초): 壇을 설치하여 기도를 하다. [周]
51) 虛皇(허황): 神仙의 이름. [周]

物外烟霞端可樂, 人間富貴久相忘. 而翁著述遺書在, 石室開時更愼藏.

貞居外史句曲張伯雨[52]亦賦曰:

良常[53]暫別武夷[54]遊, 爲訪名山洞府幽, 行處獨携千歲鶴,[55] 歸時自控五花虯.[56]

經多傳注眞成贅, 道在希夷[57]信莫求, 泉石鄕中多勝槪, 可能來此事藏脩.

上淸外史薛玄卿[58]繼之以句云:

綠荷衣上帶雲霞, 誤入玄洲外史[59]家, 靑鳥近傳王母信, 蒼龍遙引木郞[60]車.
相逢只恨仙凡隔, 歸去寧愁水陸賒.[61] 儒道異門非確論, 臨風爲子一長嗟.

---

52) 貞居外史句曲張伯雨(정거외사구곡장백우) : 張雨를 말한다. 일명 天雨이며 元 錢塘
　　사람이다. 書畫와 詩詞에 능하였다. 趙孟頫, 虞集, 楊載 등과 함께 문장으로 교류했으
　　며 茅山에 거하였다. 『茅山志』를 지었으며 스스로 號를 句曲外史라 하였다. 일명 貞
　　居子라고도 한다. [周]
53) 良常(양상) : 산 이름. 茅山을 말하는 것으로 江蘇省 金壇縣 서쪽 65리쯤에 있는데
　　句容縣과 접하여 있다. [周]
54) 武夷(무이) : 산 이름. 福建 崇安縣 남쪽 3리쯤에 있으며 仙霞山脈의 起點이다. 전하
　　는 바에 의하면 옛날에 神仙인 武夷君이 이곳에 살았기에 이렇게 이름하였다 한다. 산
　　중에 茶가 나는데 유명한 武夷茶를 말한다. [周]
55) 千歲鶴(천세학) : 『抱朴子』에는 "千歲의 학은 때가 되면 울며 나무를 오를 수 있다.
　　千歲가 되지 않으면 결코 나무에 깃들지 않는다(千歲之鶴, 隨時而鳴, 能登木. 其未千
　　歲者, 終不集樹)"라는 문장이 보인다. [周]
56) 五花虯(오화규) : 五花馬로 청색과 백색이 섞인 말이다. [周]
57) 希夷(희이) : 보지 않고 듣지 않는다는 뜻이다. 『老子』에는 "보이는데도 보지 않는 것
　　을 夷라 하고 들리는데도 듣지 않는 것을 希라 한다(視之不見名曰夷, 聽之不聞名曰
　　希)"라는 문장이 보인다. [周]
58) 上淸外史薛玄卿(상청외사설현경) : 薛玄曦를 말한다. 元 河東 사람으로 貴溪에 머물
　　렀다. 20세에 집을 떠나 龍虎山에 들어갔다. 至正 연간에 弘文裕德崇仁眞人을 제수받
　　아 佑聖觀의 지주가 되었으며 杭州의 諸宮觀을 다스렸다. 詩文에 뛰어났고 上淸外史
　　는 그의 自號이다. [周]
59) 玄洲外史(현주외사) : 貞居外史句曲張伯雨를 말한다. 玄洲精舍는 茅山에 있다. [周]
60) 木郞(목랑) : 木星을 말하며 곧 太歲이다. [周]
61) 賒(사, she) : 길이 멀다. 아득하다. [譯]

湖山水月道人宰淵[62]微吟曰:

先生著述勝古人, 予奪去取皆通神, 獲麟[63]聖筆久已絶, 末學剽竊疇其眞.
惟公特起精凡例, 迂誕一空穿鑿廢, 奇文未許世流傳, 幽隱重敎石封閉.
先生已是列仙儒, 古體親煩漢隷書, 遙知置向茆齋裏, 夜夜虹光貫紫虛.[64]

開府眞人王溪月[65]歌云:

武夷先生洞天住, 閉戶窮經辯經注, 東海人爭重管寧,[66] 南州士競推徐孺.[67]
尊王賤伯心何勞, 詞嚴義正明秋毫,[68] 奸兮已受斧鉞[69]戮, 善也還蒙華袞[70]
襃. 旣成珍愛比金玉, 固鎖重封葬山麓, 埋藏此日閟靈踪,[71] 誦讀何年載人腹.
鬼守不謹蛟出遊, 石函一日隨奔流, 先生大懼呼族子, 函以土石塡巖幽.
因玆得至淸虛[72]境, 好斷塵緣發深省, 莫向人間戀火坑, 幻身渾似浮漚[73]影.

---

62) 湖山水月道人宰淵(호산수월도인재연) : 미상. 알려진 바 없음. [周]
63) 獲麟(획린) : 春秋 魯哀公 14년 봄에 서쪽에서 기린을 사냥하여 얻다. 孔子가 『春秋』
를 지었는데 내용이 여기서 끝났다. [周]
64) 紫虛(자허) : 道家에서 天上에 神仙이 머무는 곳을 말한다. [周]
65) 開府眞人王溪月(개부진인왕계월) : 字는 眉叟이고 號는 壽延이다. 元 杭州 사람이다.
어려서 道士가 되었는데 후에 弘文輔道粹德眞人이 되어 開元宮을 다스렸다. [周]
66) 管寧(관영) : 字는 幼安이고 三國時代 魏 朱虛 사람이다. 일찍이 華歆과 절교하였다.
黃巾賊의 난이 일어나자 遼東으로 가니 백성들이 바다를 건너 피난하여 모두 그에게
돌아가 모여서 읍을 이루었다. 詩書를 講하고 俎豆를 陳設하여 배우지 않는 자는 보지
도 않았다. 文帝(曹丕)가 太中大夫로 불렀고 明帝(曹叡)가 光祿勳으로 불렀으나 모두
사양하고 받지 않았다. 正始 연간 초에 죽었다. [周]
67) 徐孺(서유) : 徐穉를 말한다. 字는 孺子로 後漢 南昌 사람이다. 집이 가난하여 힘써
농사를 지었으며 조정에서 불러도 나가지 않았다. 太守 陳蕃은 빈객을 접견하지 않
았으나 그가 오면 특별히 걸상을 준비하였고 그가 가고 나면 다시 걸어 두었다고 한
다. [周]
68) 秋毫(추호) : 새의 털은 가을에 다시 나는데 이때에는 털끝이 가늘고 뾰족하다. [周]
69) 斧鉞(부월) : 『春秋』의 '一字之貶(한 글자로 폄하함)'으로 도끼보다 엄하다는 뜻이
다. [周]
70) 華袞(화곤) : 『春秋』의 '一字之襃(한 글자로 칭찬하다)'로 곤룡포보다 영화롭다는 뜻
이다. [周]
71) 【校】 : [董]에는 蹤으로 되어 있다.
72) 淸虛(청허) : 道家에서 말하는 淸淨한 仙境. 廣寒淸虛의 종류와 같다. [周]

玉蟾仙翁宋碩儒, 上卿貴重元鉅夫, 玄曦74)詞翰古難有, 伯雨文章今絶無.
湖山水月烟霞老, 羽客75)之中詩更好, 虎臥龍跳筆如76)飛, 萬斛珠璣卽時掃.
群公總是宋元人, 驂鸞翥鳳77)爲仙眞, 千生萬劫難得見, 如何一旦皆相親.
蹇余謬忝官開府, 至正年間棄塵土, 武夷天目78)常79)往來, 獨與而翁早爲伍.
渠歸努力毋蹉跎, 流光日月80)如擲梭, 北邙山81)上舊墳少, 聞道新墳今更多.

詩成, 俱親筆一揮, 文不加點. 正傳玩間, 忽圜一道人李玉成,82) 虛一先生趙嗣琪,83) 金淺羽人查廣居,84) 無爲子張信甫至. 伯雨曰 : "奇事! 奇事!" 遂以卷呈之四人題詠. 查先賦曰 :

騎得遼東一鶴回, 千年又見碧桃開. 誰家小子如方朔,85) 偸向碧桃樹下來.

---

73) 浮漚(부구) : 물거품을 의미한다. [周]

74) 【校】 : [董]에는 羲로 되어 있다.

75) 羽客(우객) : 道士를 말한다. [周]

76) 【校】 : [董]에는 似로 되어 있다.

77) 驂鸞翥鳳(참란저봉) : 난새와 봉황이 높이 나는 것을 뛰어넘다. [周]

78) 天目(천목) : 산 이름. 浙江省 臨安縣 서북쪽 50리쯤에 있다. 옛날 於潛縣과 安吉縣의 접경 지역에 있다. 봉우리가 둘 있었는데 산꼭대기에 각각 연못이 하나씩 있고 좌우 대칭으로 되어 있기에 天目이라고 하는 것이다. [周]

79) 【校】 : [董]에는 長으로 되어 있다.

80) 【校】 : [董]에는 日로 되어 있다.

81) 北邙山(북망산) : 河南省 洛陽縣 東北쪽에 위치한다. 鞏縣, 孟津, 偃師 세 縣에 접해 있다. 옛날 王侯公卿의 묘지가 되었다. [周]

82) 圜一道人李玉成(환인도인이옥성) : 미상이다. [周]

83) 虛一先生趙嗣琪(허일선생조사기) : 元 縉雲 사람이다. 어려서 도를 배우고 武夷山에 들어갔다. 延祐 元年(1314)에 仙都宮事를 관리하라는 명을 받고 동남쪽의 名山을 두루 돌아다니며 제사지냈다. 敎門眞士元明通道虛一先生이라는 號를 받았다. [周]

84) 金淺羽人查廣居(금천우인사광거) : 查廣居이다. 元나라 때의 道士로 臨川 사람이다. 시를 잘 지었고 山水를 매우 좋아하였다. 그리하여 기이한 곳에 이를 때마다 시를 읊었다. [周]

85) 方朔(방삭) : 東方朔을 말한다. 漢 武帝 때 사람으로 字는 曼倩이다. 벼슬이 金馬文侍郎에 이르렀고 해학과 변설로 유명하다. 동방삭에 대한 전설과 일화는 민간에 널리 퍼졌는데 『博物志』, 『洞冥記』, 『漢武內傳』 등에는 동방삭이 西王母의 仙桃를 훔쳤다는 내용이 보인다. [周]

無爲子詩曰:

　　得道俱爲蓬島客, 長生已作洞天賓, 如何却起凡間念, 更寫『雲謠』[86]贈世人.
圜一先生題曰:

　　至人收視息, 恬澹養希夷, 萬物皆芻狗,[87] 此身眞若遺.
　　大道無終始, 時運有盈虧, 寄言學仙子, 試向竅中窺.

虛一亦從而作曰:

　　好山遠凝黛, 弱水難勝載, 流響聞天風, 飇輪弭飛蓋. 因逢世間人 聊問今何代.

　　寫畢, 淸碧笑謝, 諸仙扶携而出. 僎成拜受什襲,[88] 辭歸, 淸碧使人送
出洞口, 倏忽不見. 回顧四山, 翁然榛莽, 惟錦軸燦爛囊間. 還覓小舟, 尙
維故處. 僎成後抵家, 卽往玉笥覆箱之下, 訪之, 果有偃松, 欹于穴竇之
側, 一石函封閉甚固, 爲山水所衝, 欲墜未墜, 橫枕松根. 僎成以繩懸下
巖底, 築土塞之, 而加以石焉. 自爾之後, 容貌光澤, 行步如飛, 蓋啖異饌
所致. 越數年, 乃棄妻子, 携仙跡, 遨遊名山, 罕與人接. 惟龍虎盧大冶高
士, 與交最密, 始以卷示盧, 爲盧言如此. 盧遂摹三字于仙巖石間, 且錄
其詩文, 似[89]天師. 天師求卷不能得. 盧死, 僎成悵悵[90]無所依, 亦化于
山中. 將化前一夕, 風雷攝其卷去. 次午竟逝, 七日而顏色不變, 肢[91]體

---

86) 雲謠(운요) : 고대의 民歌를 말한다. [周]
87) 芻狗(추구) : 옛날에 풀을 엮어 만든 개. 제사 때 사용하고 버리기 때문에 버리는 물건
　　을 芻狗라고 일컫는다. 『老子』에는 "天地가 不仁하니 萬物이 모두 芻狗이다(天地不
　　仁, 以萬物爲芻狗)"라는 문장이 보인다. [周]
88) 什襲(십습) : 겹겹이 싸다. 보물처럼 숨기는 것을 비유한다. [周]
89) 似(사) : 宋代, 元代, 明代에 '似'字는 '視'字, '示'字 등과 비슷하게 쓰였다. 여기서는
　　'示'자의 의미로 쓰였다. [周]
90) 【校】 : [董]에는 倀倀으로 되어 있다.
91) 【校】 : [董]에는 股로 되어 있다.

不僵, 目光不毀, 識者以爲遇仙尸解[92]云.

92) 尸解(시해) : 道家에서 修仙者가 죽는 것을 尸解라고 말한다. 葛洪의 『抱朴子·內篇』에 인용된 『仙經』에는 신선을 天仙, 地仙, 尸解仙으로 등급을 나누고 있다. 시해의 기본적인 형태는 죽어서 없어지거나 의복, 소지품 등을 남기는 것이다. 이러한 모티프는 신선 설화에서 종종 찾아볼 수 있다. [周]

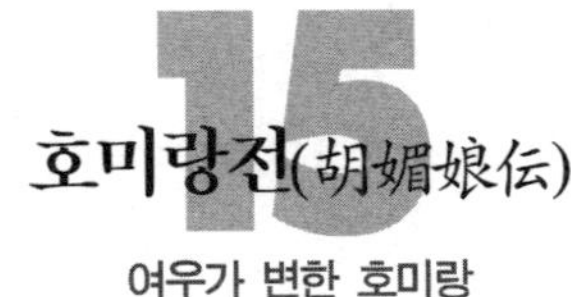

호미랑전(胡媚娘伝)
여우가 변한 호미랑

　황흥(黃興)이라는 사람은 신정(新鄭)의 역졸(驛卒)이었다. 우연히 밖에 나갔다 밤이 되어 돌아오는 길에 피곤해서 숲에서 쉬고 있었는데 여우 한 마리가 사람의 해골을 주워서 뒤집어쓰고 달을 향해 절을 하자 금새 열예닐곱 살의 아름다운 여자로 변하더니 신정으로 가는 길에 울면서 걸어가는 것을 보았다. 황흥이 뒤따라가며 흘금흘금 보자 여우는 그가 모든 것을 보았다는 것도 모르고 짐짓 교태를 부렸다. 황흥은 마음속으로 '이 놈을 잡아두면 쓸 만 하겠구나!'라고 생각하면서 겉으로는 은근히 물어보았다.

　"어느 집 아낙이기에 이리 늦은 밤에 홀로 길을 가는 것이오?"

　"저는 항주(杭州) 사람으로 호미랑(胡媚娘)1)이라고 하옵니다. 아버지가 섬서(陝西)로 발령받아 함께 가다가 마침 앞 고을에서 도둑을 만나 부모

---

1) 호미랑(胡媚娘) : 이름에서 여우임을 드러내고 있다. 여우(狐)가 변한 아름다운 낭자(媚娘)란 의미다.

형제는 모두 도적의 손에 죽고 재물은 모두 빼앗기고 말았답니다. 저만
이 깊은 풀숲에 숨어 목숨을 보존할 수 있었기로 여기에 온 것입니다.
이제 혈혈단신(孑孑單身)으로 의지할 곳도 없어 물에 빠져 죽으려고 여기
서 울고 있었습니다.”

“우리 집이 비록 가난하다고 하지만 다행히 죽이라도 먹고 있고 아내
도 온순하니 아가씨를 받아들일 수 있을 거요. 우리 집에서 머무르는
것이 어떻겠소?”

그러자 여자는 눈물을 흘리며 절을 하였다.

“어르신께서 가련하게 여겨 주시니 진실로 저를 다시 낳아 주신 부모
님과도 같습니다.”

그녀는 집으로 따라와서 앞에 했던 말을 그 아내에게 다시 이야기했
다. 황흥의 아내는 그녀가 예쁘장하고 온순한 것을 보자 잘 대해주었다.
하지만 황흥은 아내에게 끝내 그 전말을 이야기해주지 않았다.

그때 팔민(八閩) 사람인 진사(進士) 소유(蕭裕)는 새로이 요주(耀州) 판관
으로 제수받아 신정을 지나게 되었다. 신정윤(新鄭尹)인 팽치화(彭致和)와
는 사촌간이라 가는 길에 들렀고 치화는 그를 관역(館驛)에 머물게 하였
다. 그때 황흥은 역에서 부역하고 있었는데 소유가 나이도 젊고 행실도
그리 단정하지 않은데다가 가지고 있는 재물이 많은 것을 보고는 아내
에게 말했다.

“우리들은 이제 가난에서 벗어나게 되었구려.”

소유의 마음을 움직이게 하기 위해 일부러 몇 번이나 미랑을 우물에
서 물긷게 하여 눈에 띄도록 하였다. 아니나 다를까 소유는 미랑의 미
모에 반해 당장 첩으로 삼고자 하였다. 그러자 황흥이 요구했다.

“나리께서 꼭 제 여식을 거두고자 하신다면 다른 사람보다 열 배의
예물을 준비하지 않으시면 안 되겠습니다.”

소유는 아끼지 않고 돈을 쏟아 부어 일을 성사시키고 임지로 데리고
갔다.

호미랑은 타고난 성품이 총명하고 사람됨이 유순하였다. 또 위로 태수의 부인에서부터 여러 관원들의 아내에게 이르기까지 각각 초록 비단 한 단과 연지 열 첩을 선물로 보냈다. 어른을 잘 모시고 아랫사람들을 잘 다스려 모두의 환심을 샀다. 이렇게 해서 모든 사람들이 칭찬하게 되고 비난하는 소리라고는 조금도 없었다. 혹 손님이 올 때 소유가 미처 분부해 놓지 못했다 하더라도 술과 안주 같은 것들은 부르는 즉시 대령하였는데 풍성하면서도 검소하기가 모두 알맞았다. 한가할 때면 직접 길쌈을 하고 누에고치로 실을 켜면서 규방 깊이 머무르며 대문 밖으로 나가지 않았다. 소유가 의심스러운 일이 있어 물어보면 하나하나 분석하여 그 실정(實情)을 곡진하게 들려주었다. 소유는 스스로 좋은 아내를 얻었다고 여겼고 동료 관원들도 그녀가 어진 부인이라고 믿었다.

얼마 후 성의 장관이 소유가 재능이 있다는 소리를 듣고 각 부(府)에 양미(糧米)의 공출을 재촉하는 임무를 맡겼다. 호미랑이 소유에게 말했다.

"나리께서는 공무에 전심전력하세요. 규방의 세세한 일은 제가 다 처리하겠습니다. 오직 천금같으신 몸을 잘 보존하시어 조정의 은혜에 만분의 일이나마 갚도록 하셔야지요. 집안 일은 조금도 염려치 마세요."

소유는 그러마 하고 길을 떠났다. 가는 길에 중양궁(重陽宮)에 머물렀는데 도사 윤담연(尹澹然)이 그를 보더니 몰래 따로 그 부하인 주영(周榮)에게 말했다.

"그대 상관에게 요사스러운 기운이 가득하니 이를 다스리지 않는다면 장차 생명을 잃을 수 있을 것이오."

주영은 소유에게 그 말을 전했다가 꾸지람만 들었다.

"도대체 어떤 도사이기에 감히 그런 망령된 소리를 한단 말이냐?"

그 해 겨울의 끝 무렵 일이 다 끝나서 돌아오게 되었다. 늦은 봄 소유는 병에 걸렸는데 안색이 누렇게 뜨고 몸은 말라갔으며 하는 일이 뒤죽박죽이고 행동거지가 매우 급해졌다. 동료 관원들이 의원을 청해오고 약을 먹여보았지만 백방이 아무런 효험도 없었고 병의 원인에 대해서도 도무지 알지를 못했다. 주영은 문득 윤담연의 말을 떠올리고 이를 태수에게 이야기하였다. 태수가 이것을 소유에게 물어보자 과연 그러한 일이 있다고 대답을 하였다. 이에 동지(同知) 유서(劉恕)에게 일렀다.

"소군이 병으로 누웠는데 모두 요괴에게 씌었다고 하니 우리들이 가만히 앉아서 볼 수만은 없구려."

"윤도사에게 청해서 치료해 보는 것이 어떻겠습니까?"

태수는 곧 글을 써서 주영을 중양궁으로 보내어 윤담연을 청해 오게 하였다.

"전에 내 말을 듣지 않더니 오늘 이렇게 되었소이다. 하지만 도가(道家)에서는 사람을 구하는 것으로 일을 삼으니 어찌 걸음을 아끼겠소?"

윤담연이 이렇게 말하고는 즉시 주영과 함께 왔다. 태수가 나와서 맞이하고 소유의 병을 치료해 줄 것을 청하였다. 담연은 사람들을 물리치고 태수에게 말했다.

"이 일은 제가 이미 오래 전에 알고 있었습니다. 그 부인은 바로 신정 북문(北門)의 오래된 여우의 정령으로 여자로 변하여 많은 사람을 홀렸지요. 즉시 물리치지 않는다면 화는 실로 헤아릴 수 없을 것입니다."

태수는 놀라서 물어보았다.

"소군의 내자(內子)는 모두 어질다고 칭찬하는데 어찌 이런 일이 있을 수 있소?"

"내일 아침이 되면 자연히 아시게 될 것입니다."

담연은 즉시 후당(後堂)으로 가서 제단을 쌓았다. 다음날 낮 윤담연은 검을 어루만지며 부적을 써서 신장(神將)을 부르자 곧 등충(鄧忠), 신환(辛環), 장절(張節)의 세 장수가 삼엄하게 단 앞에 늘어섰다. 담연이 향을 사르고 신께 서원했다.

"판관 소유가 요사스러운 여우에게 홀렸으니 공들께서는 번거로우시더라도 부디 물리쳐 주시옵소서."

그리 붓을 들어 격문(檄文)을 써 장수들에게 주어 가지고 가게 하였다.

그 내용은 이러하다.

상청살벌(上淸殺伐)하시는 뇌부분사(雷府分司)는 굽어살피소서. 음양의 두 가지 기운이 처음으로 갈리니 하늘은 높고 땅은 낮아서 이로부터 그 형태가 정해졌고 천, 지, 인의 삼재(三才)가 나누어지니 사물은 변화하고 사람은 나서 또한 각각 그 무리를 따랐습니다. 생각건대 강역(疆域)이 이미 넓어져 여우 귀신이 더욱 많아지게 되었으니 애석한 일입니다. 여우는 나뭇잎을 모아 옷을 삼고 해골을 써서 모습을 바꾸었습니다. 꼬리를 쳐서 불을 만들고 재앙을 일으키며 얼음 밑의 소리를 듣고서야 물을 건널 만큼 의심이 많습니다. 백장(百丈)은 인과(因果)의 선(禪)을 깨었으며 대안(大安)은 나한(羅漢)의 땅에 들어갔습니다. 재사(再思)는 재주가 많아도 여우의 비난을 벗어날 수 없었고 사공(司空)은 박문(博聞)하여 능히 천년 묵은 여우를 알아본 일이 있습니다. 하물며 소유는 팔민의 진사이며 칠품의 벼슬아치인데 감히 비린내나는 몸으로 사람의 정기(精氣)를 빼앗고 역졸을 통해서 벼슬아치의 아내노릇을 하였습니다. 갑작스러운 만남에 의지하나 부끄러움이 없고 더러운 마음 품었으나 그칠 줄 모릅니다. 그 모습은 털이 가득하고 그 이름은 자자(紫紫)입니다. 지난 잘못을 어찌 감출 수 있겠습니까? 말하자면 추악합니다. 주군(州郡)의 서낭당에서 제 때에 감찰하지 않아 제멋대로 굴게 되었고 토지신은 여우가 숨도록 하였으니 따로 찾아 조사해야 합니다. 청구국(靑丘國)의 구미호는 큰 죄인이니 반드시 흑부(黑簿)에 기입하고 엄벌에 처하여 시장으로 끌고 가 벼락으로 쳐죽여야 합니다. 여우가 호랑이의 위엄을 빌어 사람을 놀라게 만들지 못하도록 해야 하고 토끼가 죽은 것을 슬퍼하게 함으로써 교훈삼게 하소서. 구미호는 모두 주살하여 만겁토록 사면되지 못하도록 해서 속히 요주(耀州)의 아문을 청정하게 하고 영원토록 신정역의 화근을 없애주소서. 영구토록 귀문관(鬼門關)에 잡아두어 완전히 음사지부(陰司地府)의 법에 의거해 처리하소서. 묘사(廟社)에 포고하나니 모두들 듣게 하소서.

그리고 잠시 뒤에 검은 구름이 뭉게뭉게 일기 시작했다. 흰 빗발이 들이치고 벽력소리가 들리더니 호미랑은 시정(市井)에서 벼락을 맞아 죽었다. 태수의 부하들이 가서 보니 과연 진짜 여우였으며 사람의 해골을 아직도 머리에 쓰고 있었다. 각 집안의 부인들은 급히 그녀가 준 물건들을 꺼내어 보니 초록 비단은 파초 잎이고 연지는 도화의 꽃술이었다. 이것들을 소유에게 보이자 비로소 믿게 되었다. 윤담연은 죽은 여우를 불태워 궁벽진 곳에 묻고 쇳덩어리로 눌러 놓아 발길이 닿지 않도록 하였다. 그런 연후에 단사(丹砂), 해황(蟹黃), 전향(篆香)을 꺼내어 소유에게 먹인 다음 소매를 떨치며 산으로 돌아갔다. 소유는 병이 낫자 비로소 호미랑을 맞게 된 이야기를 태수에게 이야기했고 태수는 신정으로 사람을 보내어 황흥에게 물어보게 했다. 황흥은 이미 이사를 갔는데 집안이 부유하게 되어 다시는 역졸을 하지 않고 있었으니 소유의 예물을 받아서 그렇게 된 것이었다. 황흥은 그제서야 비로소 여우를 사람에게 시집보낸 사실을 이야기하였고 사신은 돌아가서 태수에게 보고했다. 이에 모든 사람들이 여우가 사람들을 잘 현혹시킨다는 것을 믿게 되었고 또한 윤담연의 법술(法術)이 신통하다고 여겼다.

胡媚娘傳

黃興者, 新鄭[2]驛卒[3]也. 偶出, 夜歸, 倦憩林下, 見一狐拾人髑髏戴[4]之, 向月拜, 俄化爲女子, 年十六七, 絶有姿容, 哭新鄭道上, 且哭且行. 興尾其後, 覘之, 狐不意爲興所窺, 故作嬌態. 興心念曰 : '此奇貨可居.'

---

2) 新鄭(신정) : 지금의 河南省 新鄭縣이다. [周]

3) 驛卒(역졸) : 옛날 교통이 불편하던 시절에는 모든 공문서를 주고받을 때 사람을 파견해서 말을 타거나 도보로 전달하도록 하였다. 이때 말을 갈아타던 곳을 驛이라 하고 사람이 교대하던 곳을 郵라고 하였다. 말을 멈추고 숙박을 하고 머물러 가던 곳을 驛亭이나 郵亭이라 하였다. 또한 역정을 확장해서 방을 만들어 客商들이 머무르게 하던 곳을 驛館이라고 했다. 驛卒은 역에서 심부름꾼 노릇을 하던 사람을 이르는 말이다. [周]

4) 戴髑髏(대촉루) : 『酉陽雜俎』에는 다음과 같은 내용이 보인다. 여우가 요괴가 되고 싶을 때는 반드시 머리에 사람의 해골을 뒤집어쓴다고 하는데 그것을 흔들어서 떨어지면 내버리고 가며 떨어지지 않으면 그것을 쓰고 사람으로 변한다고 한다. [周]

乃問曰 : "誰氏女子, 敢深夜獨行乎?" 對曰 : "奴杭州人, 姓胡, 名媚娘, 父調官陝西, 適被盜于前村, 父母兄弟, 俱死寇手, 財物爲之一空. 獨奴伏深草, 得存殘喘至此. 今孤苦一身, 無所依託, 將投水而死, 故此哭耳." 興曰 : "吾家雖貧賤, 幸不乏饘粥, 荊妻復淳善, 可以相容, 汝能安吾家乎?" 女忍淚拜謝曰 : "長者見憐, 眞再生之父母也." 隨至興家, 復以前語告興妻. 妻見女婉順, 亦善視之, 而興終不言其故.

時進士蕭裕者, 八閩[5]人, 新除耀州[6]判官,[7] 過新鄭, 與新鄭尹[8]彭致和爲中表兄弟, 因訪致和; 致和宿之館驛. 黃興供役驛中, 見裕年少. 迭宕非端士, 且所携行李甚富, 乃語妻曰 : "吾貧行可脫矣." 因欲動裕, 數令媚娘汲水井上, 使裕見之. 裕果喜其艶也, 卽求娶爲妾. 興曰 : "官人必欲娶吾女, 非十倍財禮不可." 裕不吝, 傾貲成之, 携以抵任. 媚娘賦性聰明, 爲人柔順, 上自太守[9]之妻, 次及衆官之室, 各奉綠羅一端, 胭脂十帖. 事長撫幼, 皆得其歡心. 由是內外稱譽, 人無間言. 其或賓客之來, 裕不及分付, 而酒饌之類, 隨呼卽出, 豐儉擧得其宜. 暇則躬自紡績, 親繰蠶絲, 深處閨房, 足不履外閫.[10] 裕有疑事, 輒以咨之, 卽一一剖析, 曲盡其情. 裕自詫[11]得內助, 而僚寀[12]之間, 亦信其爲賢婦人也. 未幾, 藩府[13]聞裕才能, 檄委催糧于各府. 媚娘語裕曰 : "努力公門, 盡心王事, 閨閫細務, 妾可任之. 惟當保重千金之身, 以圖報涓埃[14]之萬一, 愼勿以家自累也."

---

5) 八閩(팔민) : 바로 福建省을 말한다. 元나라 때에 福州, 興化, 建寧, 延平, 汀州, 邵武, 泉州, 漳州로 나눠서 八路라고 했고 明나라 때는 八府라고 하였다. [周]

6) 耀州(요주) : 지금의 陝西省 耀縣이다. [周]

7) 判官(판관) : 唐나라 때에 모든 제도, 관찰, 방어의 모든 일은 判官의 담당이었다. 宋나라 때에는 이 이외에도 團練, 宣撫와 按撫, 제도의 설치, 수송, 재판 등 일상적인 모든 일까지도 판관이 담당해야 했다. 元나라 이후로 이 관직은 없어졌다. [周]

8) 尹(윤) : 府縣의 우두머리이다. [周]

9) 太守(태수) : 知府를 말한다. [周]

10) 【校】 : [董]에는 閫로 되어 있다.

11) 【校】 : [董]에는 託으로 되어 있다.

12) 僚寀(요채) : 함께 일하는 官員을 말한다. [周]

13) 藩府(번부) : 한 省의 行政長官을 말한다. [周]

裕頷之而別. 因前進, 宿于重陽宮. 道士尹澹然見之, 私語裕吏周榮曰：
"爾官妖氣甚盛, 不治將有性命之憂." 榮以告, 裕叱之曰："何物道士, 敢
妄言耶?" 是年冬末, 糧完回州署. 時屆春暮, 而裕病矣, 面色萎黃, 身體
消瘦, 所爲顚倒, 擧止倉皇. 同寅爲請醫服藥, 百無一效,15) 然莫曉其
染16)疾之因. 周榮忽憶尹澹然之言, 具白于太守. 太守以問裕, 裕曰：
"然!" 于是謂同知劉恕曰："蕭君臥病, 皆云有祟, 吾輩不可坐視." 劉曰：
"盍請尹道士而治之乎?" 守卽具書幣, 遣周榮齎詣重陽宮, 請澹然. 澹然
曰："渠不信吾語, 致有今日. 然道家以濟人爲事, 可吝一行乎?" 便偕榮
至, 守出迎, 以裕疾求救爲請. 澹然屛人告守曰："此事吾久已知, 彼之宅
眷, 乃新鄭北門老狐精也, 化爲女子, 惑人多矣, 若不亟去, 禍實叵測."
守驚愕曰："蕭君內子, 衆所稱賢, 安得遽有此論哉?17)" 澹然曰："姑俟明
朝, 便可見矣." 乃就州衙後堂結壇. 次日午, 澹然按劍18)書符, 立召神將,
須臾鄧、辛、張三帥,19) 森立壇前. 澹然焚香誓神曰："州判蕭裕, 爲妖狐
所惑, 煩公等卽爲勦除." 乃擧筆書檄, 付帥持去. 其文曰：

上淸殺伐雷府分司, 照得：二氣始判, 而天高地下, 自此奠其儀; 三才已分,
而物化人生, 亦各從其類. 念幅員20)之旣廣, 慨狐魅之滋多. 緝木葉以爲衣,
冠髑髏而改貌. 擊尾出火21)以作祟, 聽冰渡水22)而致疑. 所以百丈23)破因果之

---

14) 涓埃(연애) : 아주 미세하고 작은 것을 비유하는 말이다. [周]

15) 【校】: [董]에는 効로 되어 있다.

16) 【校】: [董]에는 治로 되어 있다.

17) 【校】: [董]에는 이 구절이 奚騰此論으로 되어 있다.

18) 【校】: [董]에는 劒으로 되어 있다.

19) 鄧辛張三帥(등신장삼수) : 신화 전설에 따르면 雷部에는 24명의 天神이 있는데 그 중
으뜸가는 세 신은 鄧忠, 辛環, 張節이라고 한다. [周]

20) 幅員(폭원) : 疆域을 의미한다. [周]

21) 擊尾出火(격미출화) : 『玄中記』에는 "여우가 백 살이 되면 북극성에 절을 하고 남
자나 여자 혹은 淫婦로 변하여 사람을 현혹시키고 꼬리를 쳐서 불을 뿜을 수 있게
된다(狐到一百歲, 禮北極而變化爲男女淫婦以惑人, 又能擊尾出火)"라는 문장이
보인다. [周]

22) 聽氷渡水(청빙도수) : 『述徵記』에는 "여우는 청력이 뛰어나 얼음 아래서 물소리가 나

禪, 大安24)入羅漢之地. 再思25)多佞, 難逃兩脚26)之譏; 司空27)博聞, 能識千年之怪.28) 況蕭裕乃八閩進士, 七品29)命官, 而敢薦爾腥臊, 奪其精氣, 投身驛傳之卒, 作配縉紳30)之流, 恣烏合31)而弗慚, 懷豕心32)而未已. 綏綏33)厥狀, 紫紫34)其名, 過可文乎? 言之醜也! 郡城隍失于覺察, 權且姑容, 衙土地乃爾隱藏, 另行究治. 其靑丘35)之正犯, 論黑簿之嚴刑, 押赴市曹, 斃于雷斧. 使虎

는지 안 나는지 들어보고 그 후에 강을 건넌다"라는 문장이 보인다. 또 옛부터 "여우가 강을 건너려는데 꼬리가 없는 것이 어떠하리오?"라는 말이 있는데 여우의 꼬리가 무거워 물 속으로 떨어지기 쉬운 것을 말한다. [周]

23) 百丈(백장) : 唐나라 高僧인 懷海이다. 閩 사람으로 馬祖道一의 제자이다. 新吳의 百丈山에 살았기에 號를 百丈이라 하였다. 죽은 뒤에 諡號가 大智禪師였다. [周]

24) 大安(대안) : 唐나라의 高僧으로 항상 市中에서 동사발을 두드리며 "大安, 大安"이라고 소리치며 다녔기에 사람들이 그를 大安이라 불렀다. [周]

25) 再思(재사) : 唐나라 楊再思를 말한다. 기지가 뛰어났고 아첨에는 서투르며 변론에 능하였다. 戴令言이 일찍이 「兩脚野狐賦」를 지어 그를 조롱하였다. 『舊唐書』에 보인다. [周]

26) 兩脚(양각) : 袁凱의 詩에 "여우가 사람을 향해 이름을 부르면 양발을 곧게 세우고 앞으로 간다(狐狸向人呼姓名, 兩脚直立當前行)"라는 구절이 있다. [周]

27) 司空(사공) : 晉나라 張華를 말한다. 惠帝(司馬衷) 때에 司空이 되었다 學問이 심원하였으며 『博物志』를 지었다. [周]

28) 識千年之怪(식천년지괴) : 晉 惠帝(司馬衷) 때에 燕昭王의 무덤 앞에 여우가 살았는데 오랜 세월이 흘러 변술에 능하게 되었다. 이 여우는 서생으로 변해서 張華를 만나고 싶어해서 무덤 앞의 華表木에게 물어보았다. 화표목은 만나러 가지 말라고 하였다. 그리고 장화의 智謀가 매우 뛰어나 그를 맞서기가 매우 어려우니 갔다가는 분명 돌아오지도 못하고 천 년 간의 道行이 헛되게 될 수 있을 것이라고 알려주었다. 또한 자신마저 연루될 수 있다고 하였다. 여우는 이 말을 듣지 않고 장화를 찾아갔는데 장화는 과연 그를 요괴라 의심하여 "천년 묵은 요괴는 천년 묵은 나무를 비춰보면 본 모습을 알 수 있다"라고 하면서 화표목을 잘라 여우에게 들이댔다. 그러자 여우가 모습을 드러내었고 장화는 여우를 잡아 죽였다. 이에 관한 내용은 『搜神記』 권18에 보인다. [周]

29) 七品(칠품) : 옛날 관리의 등급. 1품에서 9품까지 있었고 州의 判官은 7품에 해당하였다. [周]

30) 縉紳(진신) : 옛날에 벼슬아치를 縉紳이라 하였다. [周]

31) 烏合(오합) : 갑자기 모인 무리들을 말한다. [周]

32) 豕心(시심) : 탐욕스러운 마음을 의미한다. [周]

33) 綏綏(수수) : 털이 긴 모양을 의미한다. 『詩經』에 "여우의 털이 길구나(有狐綏綏)"라는 구절이 있다. [周]

34) 紫紫(자자) : 『名山記』에 여우는 옛날 요부로 이름을 紫라고 하였다는 내용이 보인다. 그래서 여우의 정령은 대부분 스스로 阿紫라고 하였다. [周]

35) 靑丘(청구) : 『瑞應編』에 "구미호는 몸이 붉은 색이고 다리가 넷이며 꼬리가 아홉 개

威36)之莫假, 庶免悲37)而有懲. 九尾38)盡誅, 萬劫不赦. 耀州衙速令淸淨,39)
新鄭驛永絶根苗. 長閉鬼門之關, 一準酆都之律. 布告廟社, 咸使風聞.

　俄而黑雲瀚墨, 白雨翻盆, 霹靂一聲, 媚娘已震死闤闠40)矣. 守卒41)僚
屬往視, 乃眞狐也, 而人髑髏猶在其首. 各家宅眷, 急取其所贈諸物觀之,
其綠羅則芭蕉葉數番, 胭脂則桃花瓣數片, 以示于裕, 裕始釋然. 尹公命
焚死狐, 瘞之僻處, 鎭以鐵簡,42) 使絶跡焉. 然後取丹砂、43) 蟹黃、44) 篆
香45)46)與裕服, 而拂袖歸山, 飄然不顧矣. 裕疾愈, 始以娶媚娘事告太守,
遣人于新鄭問黃興, 興已移居, 家道殷富, 不復爲驛卒, 蓋得裕聘財所致
耳. 始略言嫁狐之實于人. 詢者歸, 具以告太守. 衆乃信狐之善惑, 而神
澹然之術焉.

인데 靑丘國에서 산다(九尾狐, 赤色, 四足九尾, 出靑丘國)"라는 문장이 보인다. [周]
36) 虎威(호위):『戰國策』에 나오는 狐假虎威. 위세를 빌려 남을 협박하는 것을 비유한
　　다. [周]
37) 兎悲(토비): 여우가 토끼 죽은 것을 슬퍼한다. 同類가 불의를 당하면 함께 슬퍼함을
　　비유한다. [周]
38) 九尾(구미): 여우를 가리킨다.『逸周書』에는 "靑丘의 여우는 꼬리가 아홉이다(靑丘
　　狐九尾)"라고 되어 있고『山海經』에는 "靑丘國에 여우가 있는데 꼬리가 아홉이다(靑
　　丘之國, 有狐九尾)"라고 되어 있다. [周]
39) 【校】: [董]에는 靜으로 되어 있다.
40) 闤闠(환궤): 시내의 상점을 의미한다. [周]
41) 【校】: [董]에는 率로 되어 있다.
42) 鐵簡(철간): 道家에서 사용하는 鎭壓器이다. 철제로 된 간단한 모양이다. [周]
43) 丹砂(단사): 붉은 모래이다. [周]
44) 蟹黃(해황): 암케의 난소를 黃이라 한다. [周]
45) 【校】: [董]에는 箱으로 되어 있다.
46) 篆香(전향): 향가루나 향재를 말한다. [周]

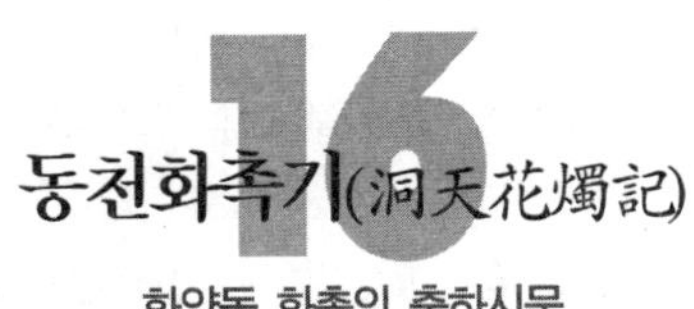

동천화촉기(洞天花燭記)
화양동 화촉의 축하시문

　원(元)나라 천력(天曆) 2년인 기사(己巳)년 오잠(於潛)의 수재 문신미(文信美)는 외출하려고 집을 나섰다. 절반쯤 갔을 무렵 무명 도포에 칡으로 만든 신발을 신은 사자(使者) 둘이 나란히 다가와서 인사를 하였다.

　"화양동(華陽洞)의 주인께서 목욕재계하고 나리를 청하십니다."

　문신미는 놀라 사양했다.

　"저는 천목산(天目山)의 비천한 사람이고 화양동은 지폐산(地肺山)의 신령한 곳으로 선계(仙界)와 범계(凡界)가 서로 떨어져 있거늘 어떻게 간다는 것입니까?"

　"이미 수레를 마련해 놓았으니 너무 사양치 마십시오."

　그래서 함께 가게 되었다. 과연 대나무로 만든 수레가 길옆에서 대기하고 있었다. 문신미가 오르자 나는 듯 달려 금새 도착하였다. 사자들이 문신미를 데리고 들어가자 주인은 옥으로 만든 관에 명주로 된 옷을 입고 홀(笏)을 들고 나와서 맞이하며 치사하였다.

"참람되게 오시라 하였습니다. 경솔함을 허물치 말아주십시오"

서로 인사를 나누고 당사에 나란히 앉았다. 차를 마시고 잔이 나가자 진수성찬이 들어왔다. 주인이 친히 잔을 들고 술을 권했다.

"저는 동천(洞天)에 있으면서 오래도록 한일(閑逸)을 생각했으나 자식들 결혼문제가 여전히 마음에 걸리더군요. 이제 여식이 나이가 차 진택(震澤)과 혼인을 의논하여 그 둘째 아들을 사위로 맞으려고 합니다. 혼례 날짜가 닥쳤는데 다른 준비는 다 되었으나 오직 회서(回書)에서만은 그 마땅한 사람을 구하지 못했습니다. 오래도록 선생의 명성과 재주에 대해 들었습니다. 이번에 특별히 모신 것은 선생의 훌륭하신 수완을 빌리기 위해서랍니다."

그리고는 붓과 벼루, 난전(鸞箋)을 가져다가 책상 위에 놓게 하였다. 문신미는 신(神)이 팔을 부리는 양 생각은 샘물이 흐르듯 글을 써내려가는데 조금의 멈춤도 없는 것이 마치 아무 생각도 하지 않는 것 같았다. 그 글은 이러하다.

복지(福地)에 음양이 합하나니 동천에서 이성(二聖)이 인연을 맺고 용지(龍池)에 세월 깊나니 수부(水府)에선 만년의 우호 맺게 되어 정성스레 붓을 들어 회신을 보냅니다. 삼가 생각건대 진택의 주인이신 순제소우왕(順濟昭祐王)께선 건곤에 맑은 기운 넘치고 별들은 밝은 빛 발하듯 진실로 신선이라 상계에서 높은 자질을 얻고 지위는 바다와 강의 신과 나란히 하여 밝은 시절에 높은 이름 떨치셨습니다. 비가 되어서는 인(仁)을 베풀고 도를 체득하여 지혜의 기능 발휘하시며 작은 물 반드시 받아들여 용량을 넓히고 모든 파도 이에 돌아가니 그 끝이 없으십니다. 오래도록 조종(朝宗)의 명망을 드러내고 옛날부터 만물을 윤택하게 하셨습니다. 어린당(魚鱗堂)에서 일을 보니 늘어선 줄 엄숙하고 공경하며 대모전(玳瑁殿)에 물러 나와 연회를 여니 노래하고 춤추는 무리 곱고 아름답습니다. 벼슬은 천상의 높은 자리와 나란히 하고 오(吳) 땅에서 오래도록 제사를 받아왔습니다. 백성들은 정성들여 향화 올리며 숭배하고 세상에서 신령으로 받들어왔나이다. 복록이 모두에게 고르고 상인과 농부 모두 똑같이 이익을 얻습니다. 저는 뜻으로는 충허와 담원을 탐하고 몸으로는 겸허를 법으로 삼아 금문에 자유로이 출입하며 인간세상의 생사여탈을 관장하고 동천에서 정사를 맡아 조례에 나아가서 청광(淸光)을 가까이 하였습니다. 옆 동천과 나란히 이웃하며 살면서 화려함을 흠모하였습니다. 그 아드님은 온화하고 명망 있어 진실로 백면(白面)으로 수의랑(繡衣郎)이며 저의 딸은 화순하고 온순하니 어찌 홍루(紅樓)의 부잣집 딸이라 하지 않겠습니까. 인후하며 성인의 현덕 본받는 공자를 흠모하고 숙옹(肅雍)하여 민가로 시집간 왕희를 부끄럽게 여깁니다. 스스로 돌아봄에 어떤 사람인들 짝이 되지 않는다 하여 감히 사양하겠습니까. 처음의 약속대로 혼사를 허락하시니 그 두터운 정의를 어떻게 갚아야 될 지 모르겠습니다. 늘 봄날 같이 늙지 않고 영원토록 화목하기를 바랍니다.

동천의 주인은 읽고 나서 몇 번이나 칭찬하고는 머물러 혼례식을 빛내 달라고 하였다. 그리고 서찰을 보내어 두루 부근 동부(洞府)의 모든 신선들에게 혼례식에 참석해 달라고 초청하였다. 그 날이 되자 모두들 모여드는데 거마(車馬)의 다양함과 깃발의 성대함은 인간 세상에서 볼 수 없는 광경이었다. 화양동 주인은 구류(九旒)의 관을 쓰고 오악(五嶽)의 도안(圖案)을 찼으며 적상(赤霜)의 옷을 입고 별전에서 손님들을 영접했다. 곧이어 수많은 시위(侍衛)들이 말을 타고 오고 북소리와 호루라기 소리가 요란하게 들렸다. 취개(翠蓋)와 문정(文旌)이 조각한 안장의 앞뒤를 둘러싸고 수상(繡裳)과 곤복(袞服)이 구슬 장식한 신발을 위엄 있어 보이게 하였다. 등불이 찬란했고 생황의 소리가 맑게 울려 퍼졌다. 시종이 달려와서 보고했다.

"신랑께서 도착하셨습니다."

모두가 일어나서 맞이하여 장막 안으로 인도하였다. 갑자기 안에서 명령이 전해졌는데 신부를 재촉하는 최장시(催妝詩)를 빨리 들여오라는 것이었다. 그런데 신랑이 거느린 사람들은 모두 난처한 기색이었다. 종자 수십 명이 계속 왔다갔다하며 어쩔 줄 몰라했다. 신랑은 문신미가 좌중에 있다는 것을 알고 몰래 사람을 보내 부탁했다. 신미는 즉시 대신 시를 지어주었다.

> 玉鏡臺前嚲綠鬟,　　옥경대 앞에 푸른 머리 늘어뜨리고
> 象牙梳滑墜床間,　　상아 빗은 미끄러져 침상에 떨어졌네
> 寶釵金鳳都簪遍,　　금빛 봉황 새겨진 비녀 두루 꽂고
> 早出紅羅繡幰看.　　빨리 홍라(紅羅) 수놓은 장막에서 나와 보시오

> 十八鬟多氣力嬌,　　십팔환(十八鬟) 공을 들여 아름답고
> 妝成不覺夜迢迢,　　화장하느라 어느새 밤은 깊어가네
> 風流自有張生筆,　　풍류 있고 또 장생의 글재주 있으니
> 留取雙眉見後描.　　모습 보고 난 뒤 그려보리라

　매파가 이것을 가지고 들어가자 모두들 갈채를 보냈다. 곱게 화장한 여자 백 명이 화촉을 들고 두 줄로 늘어섰다. 피리 소리가 요란하고 향기로운 바람이 물씬 풍기는 가운데 신랑을 신방으로 이끌었다. 그런데 집사가 또 살장문(撒帳文)을 가지고 오는 것을 잊어버려 모두들 얼굴이 하얗게 질리고 말았다. 신랑이 매파를 불러 귓속말로 다시 나가서 문신미에게 부탁하도록 하였다. 신미는 그 자리에서 지어서 건네주었다.

　천지의 음양 두 기운이 나뉘기 전에는 뒤섞여 형체가 없었고 청탁(淸濁)이 나누어지자 곧 강유(剛柔)의 차별이 있게 되었네. 개벽(開闢)의 시작에서부터 이미 배필의 이름이 있었으니 지극한 도가 있는 바이고 대혼(大婚)의 더욱 삼가할 바라. 삼가 생각건대 진택(震澤)의 신랑과 화양(華陽)의 신부는 일찍이 천지간의 기운을 받았고 진실한 자태 품었네. 예악(禮樂)과 문장은 진실로 가히 오채란(吳彩鸞)의 신랑 될 만하고 공용(功容)과 언덕(言德)은 왕군형(王君逈)의 아내에 어울리네. 분홍색 도화꽃은 신령스런 샘물에 뜨고 붉은색 단풍잎은 흐르는 물에 떨어지네. 천지신명께서 짝을 이루어 주시고 혼사를 살펴보시네. 조화는 음양을 벗어나지 아니하고 천지간의 오묘함은 부부에게서 시작되네. 깊은 규방에는 비단 장막과 비취빛 이불에서 향기 물씬 풍겨나고 성대한 차림새 찬

란하니 화완(火浣)의 단의(單衣)에 수놓은 소매라. 가리개 걷어 올려 구슬관의
장식 드러내고 잔을 맞바꿔 옥술잔의 술을 맛보네. 비단 이불 평평히 까니 부
드럽게 금빛 연꽃 버선과 어울리고 대라필(黛螺筆) 짙게 묻혀 초생달 같은 눈
썹 그린다. 이성(二姓)은 백년토록 짝을 이뤄 화목하네. 두 사람 이미 짝을 이
루었으니 금슬같이 사랑하네. 산 흰쑥과 네가래[蘩蘋] 따서 삼가 제사를 받들
고 아들딸 낳으며 부부의 법도 어기지 않네. 합환초(合歡草) 어찌 좋은 꽃에 자
리를 양보할 것이며 병체련(幷蒂蓮)은 완연히 기이한 열매와 같아라. 조양(朝
陽)의 봉황과 봄물의 기러기 같이 화목하오 장막이 움직이니 가볍고 가느다란
용비늘 같은 주름 휘장에 일고 원앙 베개 꿈에서 돌아오니 입에는 계설향(鷄舌
香)의 향기 품었네. 좋은 만남 이미 이루어졌으니 좋은 노래 다시 휘장에 뿌리
는 살장(撒帳)에 펼쳐 이 노래로 그 기쁨을 더하리다.

撒帳東,　　　　　　　휘장 동쪽으로 뿌리나니
羅幃綉幕圍春風.　　　수놓은 비단 장막 봄바람 둘러쌓네
紅綻櫻桃含白雪,　　　앵도는 꽃봉오리 터져 흰 눈 머금고
元精耿耿貫當中.　　　하늘의 정기 그곳에서 빛나네

撒帳西,　　　　　　　휘장 서쪽으로 뿌리나니
歌舞留人月易低.　　　가무는 사람을 머물게 하지만 달은 쉽게 기우네
驚起芙蓉睡新足,　　　놀라 일어난 부용꽃 단잠을 실컷 자고서는
倚風晴態被春迷.　　　바람에 기댄 모습 봄기운에 빠졌는가

撒帳南,　　　　　　　휘장 남쪽으로 뿌리나니
新人轎上著春衫.　　　신부의 가마 위에 춘삼(春衫)이 걸려 있네
雲鬐半偏新睡覺,　　　잠에서 막 깨어 구름 같은 머릿결 옆으로 드리우니
斷腸春色在江南.　　　애간장 끊어지는 강남의 봄빛이라

撒帳北,　　　　　　　휘장 북쪽으로 뿌리나니
雲樓半開壁斜白.　　　높은 누각 반쯤 열렸는데 벽은 비스듬히 하얗네
小語低聲問玉郎,　　　낮은 소리 님에게 말하네

春色惱人眠不得.　　봄빛에 괴로워 잠을 잘 수 없다고

撒帳上,　　　　　휘장 위쪽으로 뿌리나니
兩兩紅妝笑相向.　곱게 화장하고 님을 보고 웃음 짓네
淡雲輕雨拂高唐,　구름과 비 고당(高唐)을 지나가도
睡覺不知新月上.　잠자느라 달이 떠도 모르네

撒帳下,　　　　　휘장 아래쪽으로 뿌리나니
滿山明月東風夜.　달빛 온 산에 가득하고 봄바람 부는 밤
氷簟銀床夢不成,　하얀 침상에서 잠자지 아니하고
美酒淸歌曲房下.　좋은 술과 맑은 노래로 즐기네

엎드려 바라건대 휘장을 걷은 후에 시부모 공양하고 집안을 화목하게 하오
한 웅큼의 경장(瓊漿)에 배항(裴航)의 기이한 만남 이야기하지 말고 다섯 쌍 백
벽(白璧)에 가히 옹백(雍伯)의 도움을 알겠네. 비록 돌이 문드러지고 바닷물이
마르더라도 진실로 하늘과 땅처럼 오래 오래 살며 자손들 번성하오

　그런데 신랑 쪽 사람들은 모두 오(吳) 지방의 말을 하기에 잘 읽지를
못했다. 그래서 다시 문수재를 불러오게 하였다. 내실에 이르자 주옥과
비단이 휘황찬란하였으며 곱게 단장한 아름다운 여자들이 수백 수천은
될 것 같았다. 신부와 신랑이 상아로 만든 침상에 마주 앉아 있지 않았
다면 누가 신부인지 모를 지경이었다. 문신미가 소리 높여 낭송함에 조
용하고 우아하며 억양과 고저가 모두 적당하자 모두들 한 목소리로 칭
찬했다. 예식이 끝난 후 문신미는 밖으로 나왔다. 조금 있자 신랑이 매
파를 시켜 빙견(冰絹) 두 필과 명주(明珠) 두 알을 보내왔다. 신미는 공손
히 받고 곧바로 연회장으로 갔다. 차려놓은 것은 모두 인간세상의 음식
이 아니어서 이름이 무엇인지 알지 못했다. 주인은 두루 좌객들에게 신
미의 재주를 칭찬하고 일어나서 말했다.
　"이런 기쁜 자리는 실로 드물게 만나는 일로 오늘 문사께서 와 주시

고 여러 신선들께서 왕림하셨으니 원컨대 주옥같은 글을 남기시어 동천의 보물로 삼게 해주십시오. 어떻겠습니까?"

문신미는 이에 「동천화촉시(洞天花燭詩)」를 지어 올렸다.

玄黃初分閟靈壤,　천지 처음 갈림에 신령한 경계 따로 있어
峭壁穹崖絶來軼,　가파른 벼랑 높다란 절벽 가로막혀 길은 끊겼네
深嚴不遣俗人到,　깊숙하고 엄하여 속인의 걸음 닫지 못하게 하였고
窈窕惟宜法宮敞.　요조숙녀 다만 법도만을 생각하였네
重重疊疊峙華構,　이중삼중 첩첩이 높고 화려하게 집을 짓고
畵棟凌霄挂金榜.　하늘 찌르는 용마루엔 금빛 방(榜)이 걸렸네
丈人華蓋鈞軸相,　화양동 주인은 하늘의 명을 받들어
佐治蓬萊生殺掌.　봉래산에서 생살여탈권을 쥐고 있네
神明自與世人異,　신명은 절로 세상 사람과 달라
婚嫁本無情慾想.　혼인에 본래 정욕의 생각 없네
陰陽動靜含橐籥,　음양동정이 풀무에 다 들어 있나니
示有耦配非惝恍.　배우자는 이미 정해져 있던 것
高閑孰是可作對,　고한(高閑)함을 누가 가히 짝이 될 수 있을까
震澤尊居百川長.　진택(震澤)의 귀한 분 백천(百川)의 어른이라
時良日佳車輛多,　때와 날도 좋고 손님 많이 오신 가운데
瓊樹瑤柯頓成兩.　한 쌍의 아름다운 짝이 되었네
烹龍炰鳳設賓筵,　용을 삶고 봉을 구워 자리를 베풀고
考鼓撾鐘震霆響.　북 치고 종 울리니 우레 소리 울리듯
蹇予凡陋忝司箋,　범상하고 미천한 내가 욕되게 글을 맡아
利市平分珠與鏹.　진주와 돈 꾸러미를 얻게 되었구나
雍容喜得厠衣冠,　귀하신 몸 가까이서 만나 뵈옵고
儻相寧期近屛幌.　잔치 자리 한자리에 앉게 되었네
庭丁絡繹進珍羞,　일꾼들 부지런히 진수성찬 내오고
座客紛紜雜談講.　하객들 분분히 이야기를 나누네
飮河鼴鼠媿盈腹,　보잘것없는 몸이 부끄럽게 배 채우니
止魯鷄鶋慚厚享.　크나큰 환대에 몹시 부끄러워라

幸觀花燭獻新篇,   행운으로 화촉 보고 새 글도 올리니
留與千秋洞天賞.   천추토록 동천에 남겨 감상토록 하노라

손님들은 돌려서 감상하고는 모두 그 아름다움을 칭찬하였다. 연회가 끝나자 모두들 떠났다. 다음날 주인은 현청내전(玄淸內殿)에서 특별히 신랑을 대접하면서 명을 내려 문신미를 자리하게 하였다. 신미는 한사코 사양했으나 주인과 사위가 번갈아 청하므로 자리에 나아갔다. 술이 세 번 돌자 미인이 홍라(紅羅) 두 단과 문금(文錦) 두 필을 선물로 바쳤다. 자리가 끝나자 전의 두 사자(使者)로 전송하게 하였다. 집으로 돌아오자 집안 사람들이 모두 놀랐다. 신미가 없어진 지 벌써 보름이 되었던 것이다. 신미는 받아왔던 물건들을 모두 팔아 마침내 부자가 되었고 자손들은 매우 번성했다. 그로부터 사람들은 그 집안을 신선만난[遇仙] 문씨(文氏)라고 불렀으며 오잠(於潛) 사람들은 지금까지도 그 일을 끊임없이 이야기하고 있다.

洞天花燭記

天曆二年,[1] 己巳之歲, 於潛[2]秀才文信美, 偶出遊, 至半道, 忽有二使, 布袍葛屨, 聯袂而來, 長揖于前曰 : "華陽[3]丈人薰沐奉請." 文倉卒辭避

---

1) 天曆二年(천력이년) : 1329년. [周]
2) 於潛(오잠) : 옛날 縣이름(於는 땅이름일 때 오로 읽는다). 浙江省에 있고 지금은 臨安縣에 포함되어 있다. 그곳에 天目山이 있기에 다음 문장에서 文信美가 자기를 '天目山의 비천한 사람'이라고 한 것이다. [周]
3) 華陽(화양) : 洞天이름.『茅君傳』에는 "大滌洞이 余杭에 있는데 華陽洞, 林屋洞과 암암리에 연결되어 있다"라고 되어 있다.『夷堅志』에는 "李允이 和州의 근교에 다다랐는데 밤과 같이 어두운 동굴을 들어갔다. 조금 들어갔더니 점점 밝아지고 돌 연못 중앙에는 연꽃이 눈부시게 피어 있었으며 하늘의 태양이 눈부시게 빛나는 곳에 이르게 되는데 바로 華陽洞天이었다"라는 문장이 보인다. [周] 도교의 신선이 사는 곳을 洞天이라고

曰：“信美，天目之鄙人；華陽，地肺[4]之靈境. 仙凡旣隔，造詣何由?” 二使曰：“已辦軒車，願無多讓!” 遂與同行，果有竹兜子一乘候道左. 信美旣上，昇去如飛，頃刻卽至. 使者偕信美入. 丈人玉冠綃衣，秉簡出迓，且致辭[5]云：“僭越奉邀，曲承枉顧，幸勿以牽率見罪也.” 與之抗禮，幷坐于堂. 茶罷，出杯，珍饌羅列，丈人親執盞于信美前曰：“老夫叨處洞天，久思閑逸，而男婚女嫁，尙爾關心. 今弱息[6]及笄，議姻震澤，將納其次子爲婿. 佳期式屆，聘禮已臨，諸事皆備，惟回書未得人耳. 稔聞名士，尤擅才華，特此攀迓，無非借重.” 命左右取筆、硯，鸞箋，置于几案之上. 信美肘若神運，思如泉流，揮灑無停，略不經意. 其詞曰：

　　福地陰陽合，洞天諧二聖之緣；龍池歲月深，水府締萬年之好. 專憑免穎，虔復鸞緘. 恭維震澤主者順濟昭祐王親家闕下：乾坤粹氣，星斗寒芒. 果證眞仙，受穹質于上界；位齊海瀆，膺顯號于明時. 爲霖運仁靜之施，體道存智動之用. 涓流必納，廓其量于有容；衆派爰歸，匯其涯于無際. 久著朝宗之望，夙推潤下[7]之功. 視事坐魚鱗堂，班行肅睦；休退宴玳瑁殿，歌舞嬋姸. 官聯天上之豪華，廟食吳中之綿遠. 民虔崇于香火，世尊仰于威靈. 福祿攸同，商農均賴. 某志耽冲素,[8] 體法謙虛；通籍[9]金門,[10] 生殺忝司于下土；秉鈞[11]玄省,[12] 朝參幸近于淸光. 旣交隣壤之歡，仍羨華腴[13]之盛. 如令嗣某顓印[14][15]聞望，允爲

한다. 사방이 막혀있어 洞이라고 하지만 하늘이 보이는 곳이므로 天을 쓴다. [譯]

4) 地肺(지폐)：句曲山.『眞誥』에 “句曲地肺는 토양이 좋고 물이 맑아 華陽洞天이라고 부른다(句曲地肺, 土良水淸, 謂之華陽洞也)”라는 문장이 보인다. [周]

5) 【校】：[董]에는 詞로 되어 있다.

6) 弱息(약식)：다른 사람에게 자신의 딸을 부르는 호칭이었다. [周]

7) 潤下(윤하)：물의 성질대로 아래로 흘러 만물을 촉촉하게 적신다.『尙書』에 “물을 潤下라고 한다(水曰潤下)”라는 문장이 보인다.

8) 冲素(충소)：謙虛하고 淡遠하다. [周]

9) 通籍(통적)：이름을 門籍에 기록해 놓고 출입하는 것을 금지하지 않는다. [周]

10) 金門(금문)：본래 황제의 궁궐문이라는 뜻이나 여기서는 神仙이 사는 곳을 가리킨다. [周]

11) 秉鈞(병균)：집권하는 것을 비유한다. [周]

12) 玄省(현성)：洞天. 즉 신선이 사는 곳을 가리킨다. [周]

13) 華腴(화유)：貴族.『唐書』에 “무릇 三世에 걸쳐 하인을 부린 자가 있었는데 華腴라

自面綉衣郞; 小女某婉娩16)聽從, 詎謂紅樓富家女? 仁厚慕象賢之公子, 肅雍
媿17)下嫁之王姬. 自顧何人, 敢辭非耦. 宜其家, 宜其室,18) 納徵19)式謹于初
盟; 投以桃, 投以李, 將意莫酬于厚貺. 長春不老, 永世齊芳.

丈人讀旣, 稱嘆再三, 遂留宿, 以光華燭之會. 于是遣价齎書, 徧請附
近洞府群仙, 壯觀禮席. 至日駢集, 車馬之多, 旗麾之盛, 蓋世所未有. 丈
人頂九旒之冠, 佩五嶽之圖, 被赤霜之服, 肅客于別殿. 俄而千驪萬騎,
疊鼓鳴笳. 翠蓋文旆, 擁雕鞍之先後; 綉裳袞服, 儼珠履之尊崇. 燈燭輝
煌, 笙歌嘹20)亮. 侍者走21)報: "新婚及門也.22)" 群從起迎, 引入幕次. 忽
內間傳命, 索催妝詩23)甚急, 而婿所帶相行之人, 艱澀殊甚. 從者數十輩,
絡繹不絶. 婿緝知信美在座, 私下遣人致浼. 信美卽代之爲24)詩曰:

玉鏡臺25)前享單 綠鬂, 象牙梳滑墜床間, 寶釵金鳳都簪遍, 早出紅羅綉幔看.

고 불렀다(凡三世有令僕者, 曰華腴)"라는 문장이 보인다. [周]

14) 【校】: [董]에는 昻으로 되어 있다.
15) 顒卬(옹앙): 온화한 모양을 말한다. 『詩經』에 "온화하다(顒顒卬卬)"라는 구절이 있
   다. [周]
16) 婉娩(완만): 온순한 모양을 뜻한다. [周]
17) 【校】: [董]에는 愧로 되어 있다.
18) 宜家宜室(의가의실): 『詩經』에 "그 처녀 시집오니 가정이 화목할 것이다(之子于歸,
   宜其室家)"라는 구절이 있다. [周]
19) 納徵(납징): 옛날 혼례의 六禮 중 하나이다. 納幣(신랑집에서 신부집으로 예물을 보
   내는 일)를 하여 혼례를 이루었다. [周]
20) 【校】: [董]에는 繚로 되어 있다.
21) 【校】: [董]에는 이 글자가 빠져 있다.
22) 【校】: [董]에는 이 글자가 빠져 있다.
23) 催妝詩(최장시): 唐나라 사람은 혼인을 치르는 날 저녁에 催妝詩를 읊었다. [周]
24) 【校】: [董]에는 爲之로 되어 있다.
25) 玉鏡臺(옥경대): 晋나라 溫嶠의 고모가 溫嶠에게 자기 딸의 신랑감을 구해달라고 말
   하니 溫嶠가 "좋은 사위를 찾기는 매우 어렵습니다. 저 같은 사람이면 괜찮겠지요?"라
   고 하였다. 며칠 후에 고모에게 "이미 시집보낼 곳을 찾았습니다"라고 하고는 즉시 온
   교가 玉鏡臺를 예물로 보내자 그의 고모가 매우 기뻐하였다. 혼례를 치러 맞절을 한
   이후에 신부가 그를 보고 크게 웃으며 "나는 일찍이 신랑이 당신이 아닌가 하고 생각
   했습니다"라고 하였다. [周]

十八鬟[26]多氣力嬌, 妝成不覺夜迢迢, 風流自有張生筆,[27] 留取雙眉見後描.

媒將以入, 衆皆喝采. 但見紅妝百隊, 畫燭兩行, 簫管喧闐,[28] 香風淡[29]蕩, 引婿入洞房合卺. 執事者又忘將撒帳[30]文來, 左右皆失色. 婿呼媒耳語, 復使出致洗信美. 信美立撰付之曰:

伏以絪縕[31]未判, 固溟涬[32]之無形; 清濁旣分, 便剛柔之有對. 粤[33]從開闢之始, 已生配匹之名, 至道所存, 大婚[34]尤謹. 恭維震澤新婿郞君, 華陽元姬淑女, 早鐘間氣,[35] 夙孕眞姿. 禮樂文章, 端可作吳彩[36]鸞[37]之侶; 功[38]容言德, 允宜爲王君迥[39]之妻. 緋桃自泛于靈源, 紅葉肯題于流水. 天作之合, 神

---

26) 十八鬟(십팔환) : 李賀의 시 「美人梳頭歌」에 "춘풍이 살살 불어 미인을 노곤하게 하고 열여덟 귀밑머리 너무 많아 힘이 없네(春風爛漫惱嬌慵, 十八鬟多無氣力)"라는 구절이 있다. [周]

27) 張生筆(장생필) : 張生은 張敞을 말한다. 漢나라 平陽 사람이다. 宣帝(劉詢) 때 京兆尹이 되었다. 일찍이 친히 그의 처를 대신하여 눈썹을 그려주었고 長安에서는 그를 張京兆眉嫵라고 불렀다. [周]

28) 喧闐(훤전) : 왁자지껄한 소리가 가득하다. [周]

29) 【校】 : [董]에는 澹으로 되어 있다.

30) 撒帳(살장) : 漢 武帝(劉徹)가 李延年의 여동생을 부인으로 받아들여 그녀를 휘장 안으로 데려와 같이 앉아 合卺酒를 마시고 미리 宮人을 시켜 멀리서 五色의 同心花 열매를 던져 뿌리게 하였다. 이 풍속은 후세에도 오래도록 지속되었다. [周]

31) 絪縕(인온) : 氤氳과 같다. 天地의 두 기운이 합쳐짐을 의미한다. [周]

32) 溟涬(명행) : 혼미하고 흐린 모양을 의미한다. [周]

33) 粤(월) : 문언문의 발어사. [周]

34) 大婚(대혼) : 황제의 婚禮. 여기서는 震澤과 華陽의 두 집이 모두 王家로 비유되었기에 이렇게 표현하였다. [周]

35) 間氣(간기) : 이전 사람들이 말하는 호걸들 사이에서 나오는 특수한 기운을 뜻한다. [周]

36) 【校】 : [董]에는 綵로 되어 있다.

37) 吳彩鸞(오채란) : 唐나라 사람으로 스스로 西山 吳眞君의 여식이라 하였다. 大和 연간에 進士 文簫가 鍾陵에 머물다가 游帷觀에서 그녀를 만나 서로 사랑하게 되어 부부가 된다. 그녀는 글씨를 잘 썼는데 매일 孫愐의 『唐韻』을 써서 생계를 유지했다. 10년이 지나서 文簫와 각자 호랑이를 타고 신선이 되어 갔다. [周]

38) 【校】 : [董]에는 工으로 되어 있다.

39) 王君迥(왕군형) : 王迥. 字는 子高. 일찍이 芙蓉城에서 스스로 周太尉의 딸 瓊姬라 하는 女仙을 만나서 결혼하였다. 『綠窓新話』에 보인다. 蘇東坡가 왕과 인척관계에 있

相其成. 惟化工[40]不離于陰陽, 而道妙造端乎夫婦. 曲房窈窕, 羅幃翠被鬱金香; 盛服輝光, 火浣[41]單衣繡方領. 揭蓋露珠冠之飾, 交杯[42]互玉斝[43]之嘗. 錦褥平鋪, 軟襪金蓮之襪; 黛螺[44]濃染, 輕描偃月[45]之眉. 二姓[46]百年, 一雙兩好. 燕婉[47]旣諧于伉儷, 綢繆宜合于瑟琴.[48] 于以采蘩,[49] 于以采蘋, 克謹烝嘗[50]之薦; 載弄之璋, 載弄之瓦,[51] 行膂筦簟[52]之祥. 合歡詎讓于名花? 幷蒂宛同于奇果. 噦噦似朝陽之鳳, 嗈嗈類春渚之鴻. 響動幃屏, 幔簇龍鱗之輕細; 夢回鴛枕, 口含鷄舌[53]之芳馨. 奇逢已遂于結褵, 善頌更陳于撒帳. 請歌

어 일찍이 芙蓉城詩를 지었고 胡微之가 『芙蓉城傳略』을 지어 이 일을 상세하게 기록하고 있다. [周]

40) 化工(화공): 하늘이 하는 일. 하늘의 조화를 의미한다. [周]

41) 火浣(화완): 布 이름. 전설에 의하면 화완포는 남쪽에 있는 火山의 쥐 털로 만들었는데 불에 넣어도 타지 않는다고 한다. 화완포 전설에 관한 것은 『搜神記』, 『述異記』, 『玄中記』, 『神異經』, 『說圃識餘』 등에 보인다. [周]

42) 交杯(교배): 舊式婚禮. 合卺할 때에 신랑신부 두 사람이 술이 든 잔을 서로 바꾸어서 마셨다. [周]

43) 玉斝(옥가, yujia): 옛날의 술잔으로 옥으로 만들었다. [周]

44) 黛螺(대라): 검정 색의 눈썹 그리는 붓. 일설에는 청록색이라고도 한다. 『妝臺記』에 "漢日이 宮人에게 螺子黛를 주었다"라고 되어 있다. 『隋遺錄』에는 "螺子黛는 페르시아에서 난다"라는 문장이 보인다. [周]

45) 偃月(언월): 반달의 반 정도 되는 달. 즉 초승달을 말한다. 구부러진 눈썹 모양과 같다. [周]

46) 二姓(이성): 결혼한 남녀 두 집안을 의미한다. [周]

47) 燕婉(연완): 『詩經』에 "燕婉의 좋은 짝을 구한다(燕婉之求)"라는 구절이 있다. 注에는 "燕은 安이고 婉은 順이다. 燕婉한 사람을 지아비로 구하고 싶다는 의미이다"라고 되어 있다. [周]

48) 瑟琴(슬금): 부부간의 화합을 비유한다. 『詩經』에 "처와 잘 맞는 것은 琴과 瑟을 함께 연주하는 것과 같다(妻子好合, 如鼓瑟琴)"라는 구절이 있다. [周]

49) 【校】: [董]에는 藻로 되어 있다.

50) 烝嘗(증상): 옛날에 새로운 음식은 반드시 먼저 종묘에 제사를 지내는데 썼는데 겨울제사를 烝이라 하고 가을제사를 嘗이라 하였다. [周]

51) 弄璋弄瓦(농장농와): 아들을 낳는 것을 弄璋, 딸을 낳는 것을 弄瓦라 한다. [周] 남자는 출세하도록 홀[璋]을 가지고 놀게 하고 여자아이는 침선을 하도록 실 감는 실패[瓦]를 갖고 놀게 하는 데서 유래한다. [譯]

52) 筦簟(완점): 잠 자리. 『詩經』에 "골풀을 아래에 깔고 대자리 위에 깔면 편히 잠을 잘 수 있다(下筦上簟, 乃安斯寢)"라는 구절이 있다. [周]

53) 鷄舌(계설): 향 이름. 丁香이라고 부르기도 한다. 입 냄새를 치료할 수 있고 입에 머금으면 좋은 향이 났다. [周]

詞語, 庸助歡聲

　撒帳東, 羅幃繡幕圍春風(唐李賀). 紅綻櫻桃含白雪(唐李商隱), 元精[54]耿耿[55]貫當中(唐李賀).

　撒帳西, 歌舞留人月易低[56](唐儲光羲). 驚起芙蓉睡新足(唐李賀), 倚風晴態被春迷(唐雍陶).

　撒帳南, 新人轎上著春衫(唐李商隱). 雲鬐[57]半偏新睡覺(唐白居易), 斷腸春色在江南(唐韋庄).

　撒帳北, 雲樓半開壁斜白(唐李賀). 小語低聲問玉郎(唐裴諧[58]), 春色惱人眠不得(宋王介甫).

　撒帳上, 兩兩紅妝笑相向(唐崔顥[59]). 淡雲輕雨拂高唐(唐李商隱), 睡覺不知新月上(唐陸龜蒙).

　撒帳下, 滿山明月東風夜(唐韓偓). 氷簟銀床夢不成(唐溫庭筠), 美酒淸歌曲房下(唐李頎[60]).

　伏願撒帳之後, 姑嫜交慶, 家室攸宜, 一掬瓊漿, 謾說裴航之奇遇 : 五双白壁, 可知雍伯之陰功. 縱石爛而海枯, 諒天長而地久. 螽斯[61]秩秩, 麟趾[62]振振!

　奈何婿之儂相, 多作吳語, 不善于讀, 復傳呼文秀才. 旣抵內寢, 則珠玉相輝, 綺羅交映, 桃腮杏臉, 粉頸酥胸者, 不知其幾千百人, 自非女與

---

54) 元精(원정) : 하늘의 精氣를 말한다. [周]
55) 耿耿(경경) : 약한 밝기의 빛을 말한다. [周]
56) 【校】 : [董]에는 底로 되어 있다.
57) 【校】 : [董]에는 鬢으로 되어 있다.
58) 裴諧(배보) : 唐나라 詩人으로 裴說의 형제이다. 天祐 3년(906)에 進士에 올랐고 마지막에 桂嶺攝令을 맡았다. [周]
59) 崔顥(최호) : 唐 汴州 사람이다. 開元 10년에 進士를 했고 마지막에 司勳員外郞을 역임했다. 「黃鶴樓」라는 詩로 세상에 유명해졌다. [周]
60) 李頎(이기) : 唐 東川 사람이다. 開元 연간에 進士를 했고 新鄕縣尉를 역임하였다. [周]
61) 螽斯(종사) : 곤충 이름. 『詩經·周南』에 「螽斯」라는 篇名이 있다. 자손이 매우 많음을 비유한다. [周] 여치. [譯]
62) 麟趾(린지) : 역시 『詩經·周南』의 篇名이다. 周文王의 자손이 매우 많음을 말한다. [周]

婿對坐象床,[63] 斷不能辨其孰爲新婦也. 信美抗聲朗誦, 從容閑雅, 抑揚高下, 甚得其宜, 聽者齊聲道好. 禮成而出. 須臾, 婿遣媒致利市[64]冰絹二匹, 明珠二顆, 信美拜受, 便赴禮筵, 所設皆非烟火之食, 不能名識. 丈人徧告坐賓, 贊譽信美之才調, 且作而言曰 : "惟玆嘉禮, 曠劫[65]罕遇, 今文士賁臨, 群仙光降, 願留珠玉, 以爲洞天之重, 不識可乎?" 信美乃獻洞天花燭詩曰 :

玄黃[66]初分闢靈壤, 峭壁穹崖絕來鞅.[67] 深嚴不遣俗人到, 窈窕惟宜法宮敞. 重重疊疊峙華構, 畫棟凌霄挂金榜. 丈人華蓋[68]鈞軸相, 佐治蓬萊生殺掌. 神明自與世人異, 婚嫁本無情慾想. 陰陽動靜含橐籥,[69] 示有耦配非惚恍. 高閑孰是可作對, 震澤尊居百川長. 時良日佳車輛多, 瓊樹瑤柯頓成兩. 烹龍炰鳳設賓筵, 考鼓搗鐘震霆響. 蹇予凡陋忝司箋, 利市平分珠與鏃. 雍容喜得厠衣冠, 儐相寧期近屛幌. 庭丁絡繹進珍羞, 座客紛紜雜談講. 飲河鼴鼠[70]魄盈腹, 止魯鶂鶹[71]慚厚享. 幸觀花燭獻新篇, 留與千秋[72]洞天賞.

衆賓傳玩, 咸贊瓌奇. 宴罷酒闌, 扶携而出. 明日, 丈人于玄淸內殿, 特待新婿, 專命信美陪席; 信美固讓不敢當, 翁婿交請, 乃就坐. 酒三行, 美

---

63) 象床(상상) : 상아로 만든 침상을 말한다. [周]

64) 利市(이시) : 옛날에 돈과 물건을 다른 사람에게 주는 것을 의미하였다. [周]

65) 曠劫(광겁) : 絶代, 絶世. 세상에 다시없는 것을 이른다. [周]

66) 玄黃(현황) : 天地를 가리킨다. 『易經』에 "하늘은 검고 땅은 노랗다(天玄而地黃)"라는 문장이 보인다. [周]

67) 鞅(앙) : 말 목에 묶는 가죽띠. 수레를 끄는데 쓴다. 여기서는 말과 수레의 대명사로 쓰였다. [周]

68) 華蓋(화개) : 옛날에 제왕이 사용한 우산을 말한다. [周]

69) 橐籥(탁약) : 제련하는데 사용하던 풀무를 말한다. [周]

70) 飲河鼴鼠(음하언서) : 『莊子』에 "두더지가 강물을 아무리 마셔도 배부를 때까지 밖에 못 마신다(鼴鼠飮河, 不過滿腹)"라는 문장이 보인다. [周]

71) 止魯鶂鶹(지노원거) : 鶂鶹는 爰居라고도 하는 바닷새 이름이다. 8척 정도 크기에 섬에 살며 항상 해면에서 난다. 배가 이 새를 보게 되면 섬까지의 거리를 알 수 있었다. 『國語』에 "爰居라는 바닷새가 있는데 魯東門의 밖에서 3일 동안 머물러 있었다(海鳥曰爰居, 止于魯東門之外三日)"라는 문장이 보인다. [周]

72) 【校】: [董]에는 年으로 되어 있다.

人捧紅羅二端, 文錦二匹爲謝. 旣終宴, 遣前二使送出. 還家, 家人驚怪, 失已半月矣. 信美悉裒諸物貨賣, 遂成富室. 子孫甚盛. 號遇仙文氏. 於潛人至今稱之不絶.

태산어사전(泰山御史伝)

태산 어사가 된 유생

송규(宋珪)는 자(字)가 맹찬(孟瓚)으로 산동(山東) 익도(益都) 사람이다. 조상 대대로 농사를 짓다가 그 아버지에 이르러 비로소 학문을 하였는데 청빈한 유생이었다. 송규는 나면서부터 뛰어났으며 자라서는 단정하고 엄격하며 배우는 것도 열심이어서 매일 수천 마디를 외웠다. 집안이 가난하여 스스로 돈을 벌어 생활을 해야 했다. 시골에 숨어살면서 훈장일을 업으로 삼았는데 의가 아니면 행하지 않아 사람들이 그를 존경하고 두려워했다. 성(省)의 벼슬아치가 효제력전(孝弟力田)으로 추천을 했으나 허락 받지 못했다. 집현대학사(集賢大學士) 아노혼살리(阿魯渾撒里)는 그가 절개를 지키며 조용히 물러나 벼슬자리에 나가는 것을 구하지 않으니 마땅히 그를 등용하여 명리를 추구하는 사람들을 경계해야 한다고 하였으나 이 또한 윤허되지 않았다. 그러나 그는 조금도 개의치 않았다. 성품이 엄격하고 군세어 다른 사람의 잘못을 용납하지 않았다. 직접 마주하고 잘못을 꾸짖을 때면 얼굴이 붉어지고 머리카락이 곧추서기까지 하

면서 추호의 용서도 없었다. 하지만 사람들 또한 그의 가르침에 순종하
여 그에게 원한을 품는 이는 없었다.

지정(至正) 20년 8월 보름 추석날 송규가 집에 있는데 갑자기 검은 구
름이 사방에서 모여들더니 집을 에워쌌다. 수많은 깃발이 어떤 신인(神
人)을 에워싸고 있었는데 인간세상의 높은 사람 같은 모습이었다. 송규
를 불러 나오게 하고는 소리쳤다.

"염라대왕께서 그대가 학문에 밝고 행실이 곧아 세상에 어울리지 않
는다는 것을 들으시고 특별히 그대를 불러 태산사헌(泰山司憲)의 어사(御
史)로 삼고자 하시오"

송규는 까닭을 몰라 엎드려 명을 들었다. 그 신인은 곧 조서를 읽어
내려갔다.

동악천제대왕부(東岳天齊大王府). 예물을 준비해 어진 이를 구한다 들었지
만 짐은 매양 선비 얻기가 어려웠다. 조정의 기강을 바로 하고 법을 집행함에
그대가 능히 그 관직에 적당하니라. 생각건대 어사라는 벼슬은 실로 군주의 총
명을 맡기는 것이라 재야에서 구하여 높은 자리에 오르게 하는 것이니라. 유생
송규는 공명정대하며 사사로움이 없고 강직하고 엄격하며 과단하다. 또 뜻을
돈독하게 하여 시서(詩書)의 오묘한 뜻을 탐구하고 아름다운 덕을 품고 역상(易
象)의 올곧음을 드러낸다. 가난에 편안하게 거하며 일단사(一簞食) 일표음(一瓢
飮)을 즐기며 도를 맛보아 위포(韋布)를 달게 안다. 이렇게 영달을 늘 몸 뒤에
두는 까닭에 어사대에 어사로 임명하노니 이로부터 규찰하며 옆에서 보좌하고
직언으로 고하며 재갈 잡던 범방(范滂)과 총마 타던 환전(桓典)같이 되도록 노
력하며 안색을 바로 하여 아첨하는 무리 가슴이 떨리게 하고 글을 날려 간사한
무리 간담이 떨어지도록 하여 나의 선택을 저버리지 않고 보답할 수 있도록 하
라. 아! 부월(斧鉞)이 하늘에서 내려옴에 인간 세상에서는 봉록(俸祿)을 누리지
못했으나 관복 입고 하늘에 서면 이름은 태산보다 중하다. 삼가 명을 받아 사
헌어사에 나아가라.

듣기를 마치고 송규는 재배하며 말했다.

"대왕의 명이 엄하시니 어찌 감히 피할 수 있겠습니까? 다만 조금 늦추어 주시길 바라나이다."

신인은 허락하고 말머리를 돌려 돌아갔다. 송규는 자신이 반드시 죽을 것임을 알고 즉시 집안 일을 처리하고 목욕을 하고 옷을 갈아입고는 밤중이 되자 숨을 거두고 말았다.

몇 년이 지나 그의 친구인 진진(秦軫)이 민(閩) 지방에서의 현위(縣尉)를 마치고 돌아오는 길에 태안주(泰安州)에 들렸다가 여관에서 송규를 만났다. 서로 옛 이야기를 나누며 술을 사서 마셨는데 진진은 그가 귀신이고 또 죽을 때의 일을 알고 있었던지라 물어보았다.

"땅 밑의 관부는 인간세상과 비슷한가?"

"나와 자네는 유명(幽明)이 서로 다르니 어찌 함부로 알려줄 수 있겠는가? 하지만 옛 교분도 있고 또 자네가 유생이니 말한들 무슨 해가 있으리. 대저 저승은 엄격하여 인재를 등용함에 있어 구차하지 않다네. 태산부(泰山府) 한 곳만 하더라도 예하의 72사(司), 36옥(獄)과 대(臺), 성(省), 부(部), 원(院), 감(監), 국(局), 서(署), 조(曹)와 묘(廟), 사(社), 단(壇), 선(墠), 귀(鬼), 신(神)에서는 총재(冢宰)같이 큰 자리는 충신, 열사, 효자, 순손(順孫)을 쓰고 그 다음은 착한 사람, 순리(循吏)를 쓰지. 사공(社公), 토지(土地)같이 작은 자리라 하더라도 반드시 충직하고 음덕이 있는 백성을 골라서 시킨다네. 그리고 특히 사직(詞職)을 중시하지. 일전에 수문관(修文館)에 결원이 생겨 두루 찾아보았지만 마땅한 사람을 구하지 못했지. 세 사람을 천거한 일이 있었는데 그들은 비록 문체는 뛰어났지만 세상에 있을 때 선비로서의 행실을 닦지 않아 이름을 훔쳐 세상을 기만했거나 아니면 자신을 속이고 다른 사람을 기만하는 등 다 그만그만한 것들에 모두 잘못이 있었지. 부득이하여 그 중에서 나은 사람을 골라 사언상경(司言上卿)을 삼았는데 근자에 또 묘영총백(墓靈冢伯)이 그가 생전에 죽은 사람의 명(銘)과 지(志)를 찬술할 때 사실대로 하지 않고 널리 윤필한 대가를 받았다고 고소하였다네. 사실에 지나친 칭찬을 하여 거짓으로 진

실을 어지럽히고 어리석은 자를 어질다고 하여 선과 악이 뒤섞이도록
하는 것을 명관에서는 가장 싫어한다네. 그래서 왕왕 기어망언(綺語妄言)
의 법률에 의거하여 그 죄과를 다스려 발설지옥(拔舌地獄)에 보내 다스리
게 하지. 이는 유자가 깊이 경계해야 할 것으로 비록 다른 좋은 점이 있
다고 하더라도 속죄할 수 없는 것이라네. 성제(聖帝)께서 그가 근신(近臣)
이라는 이유로 법을 굽혀 용서하셨는데 다시 술에 빠지고 표문(表文)을
지음에 잘못을 저질렀으니 죄악이 차고 넘쳐 천지의 신이 분노하게 되
었어. 내가 그의 잘못을 드러내서 탄핵하자 하늘이 진노하시고 마침내
지옥으로 내려 보냈다네. 그리고 즉시 창천에 아뢰어 사형에 처했다네.
자네는 나의 탄핵문을 기록하여 돌아가서 향리의 사람들에게 보여주어
유명(幽冥)의 법도가 더욱 엄격하니 문장을 지을 때 성실하게 짓고 생전
에 지은 죄를 지부에서는 모를 것이라고 생각하지 않도록 하게나. 『도
인경(度人經)』에서 ‘제천(諸天)에서 인간들의 공과 과실을 기록하나니 털
끝만큼의 빠뜨림도 없다’라고 한 것은 결단코 헛된 말이 아니라네.”

송규는 즉시 원고를 꺼내어 진진에게 베끼도록 하였다. 그 문장을 여
기에 옮긴다.

태산사헌어사 송규는 탄핵코자 합니다. 신이 듣기로 관직을 두는 것은 본래
상하계(上下界)에 공통된 제도이며 붓을 들어 글을 짓는 것은 실로 신하로서
마땅히 해야 할 일이라고 들었습니다. 만약 직무를 폐하고 간사한 마음을 품는
다면 반드시 죄명을 바로 정하고 죄를 논해야 합니다. 윗사람을 모멸하는 것보
다 큰 죄 없으며 임금을 기만하는 것을 다스리는 것보다 무거운 법률은 없습니
다. 죄악이 이미 용납하기 어려우니 처벌을 어찌 미룰 수 있겠습니까? 가만히
살펴보건대 수문관(修文館)의 사언상경(司言上卿)인 아무개는 평범하고 속된
선비에 아둔하고 우활한 유생으로 생전에 그릇되게 청류(淸流)를 어지럽히고
묘비명에 아첨하기를 잘하였는데 죽어서도 그릇되게 명망을 드날리고 이름을
얻었습니다. 망령되게 얕은 재주 자랑하고 외람되게 둔하여 쓸 수 없는 칼이
되고 말았습니다. 하귀(下鬼)에서 발탁해서 근신(近臣)의 자리에 올라 마침내

총백(冢伯)의 질책을 받았으니 마땅히 지옥에 떨어져야 하나 과분하게도 용서를 받았습니다. 그러니 마땅히 힘을 다해 충성하고 은혜에 감사하여 보답할 것을 도모해야 하나 범의 껍질에 양의 자질과 늑대같이 흉포한 마음 품고서는 어떻게 글을 짓고 직분을 다할 것인가는 생각하지 않고 오직 술을 마시고 고기를 먹으며 구차히 세월을 보내기에만 힘쓰고 있습니다. 오만함을 당연히 여기고 경솔한 무리 거느리며 태연자약하니 행실은 분명치 않고 뇌물은 공공연히 행해지고 있습니다. 머리털을 뽑더라도 그 죄행을 다 헤아리지 못하고 몸을 가루낸다 하더라도 그 죄를 다 할 수 없을 정도입니다. 안중에는 다른 사람도 없고 다만 자기만 있음을 알 뿐입니다. 그러고도 끝내 반성하지 못하고 악업 쌓기를 그만두지 못합니다. 성제(聖帝)께서 강탄(降誕)하신 날 귀신도 들어와서 축하드리고 삼계의 정령들이 모두 모이고 여러 산들의 전령들이 모두 오며 종과 북이 걸리고 왕이 대전에 오르면 표문을 바쳐 축송하였습니다. 이렇게 예를 올리는 제도는 예전부터 내려오는 것입니다. 그런데도 연일 술에 취하여 기일이 닥쳤는데도 놓쳐버려 제후들을 대경실색하게 하였으며 사람들을 모아 이것저것 합쳐 글을 짓게 하였습니다. 오만불손함을 다스려야 하는 것은 형법서에 다 나와 있으며 징계하고 위엄을 보이는 일에는 반드시 왕법으로 처벌해야 합니다. 또 사언의 아경(亞卿)인 아무개를 살펴보니 서로 심복으로 여기고 부형같이 받들며 선발된 것도 그 집의 문에서 나왔고 모든 행동이 모두 그 손에 달려 있었는데 늘 바로잡아 간언하는 것을 잊어버리고 누차 아첨의 말을 올렸습니다. 그러니 입신이 더럽지 않을 수 없으니 위엄을 보며 함께 벌해야 함이 마땅합니다. 각 죄인을 풍도(酆都)로 압송해 죄를 밝히고 바로잡아 간사한 무리를 없애고 벼리를 세워야 합니다. 조정의 관리인 까닭에 엎드려 처분을 기다립니다.

진진은 다 쓰고 나서는 그에게 이렇게 말했다.

"나는 보잘 것 없는 선비로 국가의 녹을 먹었지. 지금 임기가 끝나서 고향으로 돌아가는데 앞날이 어떨지 모르겠네. 다행히도 그대를 만났으니 어떻게 될 지 가르쳐주게나."

"하늘에서는 오랑캐가 오래도록 천하를 다스린 것을 싫어하고 계시니 장차 진인(眞人)이 회하(淮河)와 사하(泗河) 사이에서 일어날 것이나 자네는 보지 못할 것이네. 자네의 자손들은 마땅히 태평성대의 복을 누릴 것이야."

"그렇다면 조만간 큰 변화가 일어난다는 것인가? 그러면 반드시 병화(兵禍)가 있을 터이니 내가 전란에 죽겠는가?"

"아직 멀었으니 염려치 마시게."

진진이 굳이 묻자 붓을 휘둘러 여덟 구를 써주었다.

逢衢祿進,	구(衢)를 만나면 녹을 받아 출세하고
遇安祿槁,	안(安)을 만나면 녹이 말라 물러나니
火馬行遲,	화마(火馬)는 느릿느릿 나아가고
金鷄叫早,	금계(金鷄)는 새벽 일찍 울부짖네
門心掘井,	문 가운데다 우물을 파고
花首去草,	꽃 머리에 풀 초자(草字) 제거하면
左陰右陽,	왼편에 음(陰)이오 오른편은 양(陽)
後釋前老.	앞에는 노래자(老萊子)요 뒤에는 부처님

그러나 도무지 무엇을 말하는 것인지 몰라 그냥 주머니 속에 넣어 두었다. 그는 진진에게 인사를 했다.

"친구여, 몸조심하게나. 열심히 선을 행하게."

그리고는 떠나더니 문득 사라져 버렸다.

그 후에 진진은 천거를 받아 다시 관직에 나가게 되어 구주록사(衢州錄事)가 되었으니 '구(衢)를 만나면 벼슬에 나아간다(逢衢祿進)'라는 말이 맞아 떨어졌다. 얼마지 않아 서안현(西安縣)을 맡게 되었는데 중풍이 걸려 여러 달이 되도록 낫지 않았다. 벼슬을 그만두고 병을 치료하였으니 '우안록고(遇安祿槁)'라는 말 또한 그대로 실행되었다. 진진은 그 병을 매우 걱정하였는데 끝내 죽고 말았다. 호사가들이 그가 죽은 해를 추산해 보니 실로 병오(丙午)년 겨울로 병(丙)은 화(火)고 오(午)는 마(馬)인 것이다. 죽은 날은 곧 신유(辛酉) 새벽으로 신(辛)은 금(金)이고 유(酉)는 계(鷄)인 것이다. '행지(行遲)'라는 것은 섣달 그믐이 다한다는 말이고 '규조(叫早)'라는 것은 새벽의 처음을 말하는 것이니 모두 그 말과 부합되었다. 하지만 뒤의 네 구절은 무슨 말인지 알지를 못하였다. 그런데 누가 알았겠는가? 진진이 녹사(錄事)의 일을 맡고 있을 때 아내를 하나 두었는데 개화(開化) 사람이었다. 난리중이라 북쪽으로 돌아가지 못하여 진진의 운구를 개화로 가지고 가서 장사지냈는데 글자를 보면 문(門) 가운데 정(井)자를 두면 개(開)자가 되고 화(花)자 머리에서 초(草)자를 없애면 화(化)자가 되는 것이다. 묻은 곳 왼쪽은 외모(外母)의 무덤으로 음(陰)이 되고 오른쪽은 처형(妻兄)의 무덤이니 양(陽)이 되는 것이다. 산 앞쪽에 도관(道觀)의 옛터가 있으니 '전로(前老)'를 가리키는 말이 아니겠는가? 산 뒤에 허물어진 불당이 있으니 바로 '후석(後釋)'이라고 한 것이다. 진진을 장사지내고 처자가 묘 아래쪽에 살아서 마침내 개화 사람이 되었다. 명나라가 군웅들을 평정하니 백성들은 태평성대를 누리게 되었다. 진진의 손자 중에 공부상서(工部尙書)에까지 오른 사람이 있었다. 송규의 말이 비록 우활하고 괴이한 것 같지만 하나라도 맞지 않은 것이 없었다.

　이로써 사람들이 곤궁하거나 통달하는 것, 오래 살고 일찍 죽고 흥성하고 쇠퇴하는 것, 살고 죽는 것과 묻히는 곳은 모두 이미 정해진 운명이 있어 바꿀 수 없다는 것을 알 수 있다. 어떤 사람은 지혜와 힘으로 그것을 극복해 보고자 하지만 곧 자신의 역량을 몰랐음을 알게 된다.

泰山御史傳

宋珪, 字孟瓚, 山東之益都人. 世農家, 至其父始讀書爲畯儒.[1] 珪生而俊偉, 長而端嚴, 能勤于學, 日記數千言. 居貧, 自食其力, 隱田里間, 以

---

1) 畯儒(준유): 청빈한 書生을 말한다. [周]

教授爲業, 非義不爲, 人敬憚之. 省臣以孝弟力田[2]薦, 不報. 集賢大學士[3]阿魯渾撒里[4]言其守節靜退, 不求仕進, 宜用以勵奔競, 又不報. 珪皆漠如也. 性嚴毅, 不能容人之過, 每面折之, 至顏頳髮指, 不少恕; 而人亦服其規誨, 無有與之爲怨者.

至正二十年[5]秋八月望, 珪家居,[6] 忽見黑雲四合, 迷亘其屋, 旌幢麾節, 擁一神人, 若凡間貴官之狀, 呼珪出曰 : "岳帝[7]聞子經明行修, 不偶于世, 特召子爲泰山司憲[8]御史." 珪莫測所以, 俯伏聽命. 神人卽宣制[9]曰 :

東嶽天齊大王府 : 蓋聞備束帛[10]以徵賢, 朕每艱于得士; 正朝綱而執法, 汝克稱于其官. 顧茲耳目[11]之司, 實荷聰明之寄. 旁求草澤,[12] 峻陟華階. 儒士

---

2) 孝弟力田(효제력전) : 漢나라 때에 薦擧 과목이다. 元나라 때 薦擧 때에는 遺逸, 茂異, 求言, 進書 등의 과목이 있었는데 孝弟力田의 과목은 없었다. [周]
3) 集賢大學士(집현전학사) : 唐나라 開元 12년(724)에 集仙殿을 集賢殿으로 바꾸고 學士를 두어 經籍을 편집, 발간하였으며 유실된 책을 수집하여 구하는 일을 관장하도록 하였다. 元나라 때의 集賢은 館이지 殿은 아니었다. [周]
4) 阿魯渾撒里(아노혼살리) : 元 위구르(畏兀)사람이다. 어려서부터 총명하여 각국 언어에 능통했다. 그의 재능과 학식이 뛰어나자 쿠빌라이(忽必烈)는 그로 하여금 중국학술을 연구하게 하니 經史百家와 陰陽曆數, 圖緯方技 등의 학설에 통달하지 않은 곳이 없었다. 일찍이 忽必烈에게 천하를 다스리는 데 儒術을 사용하고 集賢館을 설치하며 國子監을 세울 것을 건의하였다. 관직이 中書平章政事에 이르렀다. [周]
5) 至正二十年(지정이십년) : 至元 20년(1283)인데 잘못 쓰여진 것이다. 宋珪가 阿魯渾撒里와 동시대인이기는 하나 이미 가르치는 일을 업으로 삼고 있었으므로 그의 나이는 적어도 20세를 넘었다고 봐야 한다. 그가 順帝(安歡帖木兒) 치하인 至正 20년(1360)까지 건재할 수 없다는 의미이다. [周]
6) 【校】 : [董]에는 居家로 되어 있다.
7) 岳帝(악제) : 東岳大帝를 말한다. [周]
8) 司憲(사헌) : 官名. 北周에 배치하였던 바로 御史臺이다. 唐 龍朔(661~663) 연간에 御史大夫를 大司憲으로 바꾸고 御史臺를 憲臺로 바꿔 불렀다. 얼마 되지 않아 舊制를 회복하였다. [周]
9) 宣制(선제) : 황제의 詔令을 낭독하다. [周]
10) 束帛(속백) : 옛날 사절을 보낼 때의 예물. 束은 五兩이다. 비단 두 쪽을 마주보게 말면 一兩이 된다. 一兩이 一匹이고 五兩이 一束이 되어 束帛이라 하였다. [周]
11) 耳目(이목) : 옛날 御史를 耳目官이라 칭했는데 그가 황제의 耳目임을 의미한다. [周]
12) 草澤(초택) : 在野의 총칭이다. 左思의 시에 "어느 세상에 奇才가 없으리 奇才는 草澤에 남아 있다(何世無奇才, 遺之在草澤)"라는 구절이 있다. [周]

宋珪, 公直以無私, 剛嚴而有斷. 方篤志探詩書之蹟, 而含章[13]著易象之貞.
安貧以樂簞瓢,[14] 味道而甘韋布. 顯榮常在于身後, 優除眞[15]拜于烏臺.[16] 糾
察每侍于帝傍, 讜論[17]竚聞于白簡.[18] 期邁攬[19]轡范滂[20]之右, 肯居乘驄桓
典[21]之間. 正色而諛佞寒心, 飛章而奸回[22]破膽. 毋負淸華之選, 思[23]酬特達
之知. 於戲![24] 斧鉞下靑冥, 祿未沾于人世; 繡衣立霄漢, 名更重于岱宗.[25] 咨
爾夙儒, 服我新命, 可拜司憲御史.

聽畢, 珪再拜曰 : "帝命有嚴, 其何敢避? 但乞少緩耳." 神人頷之, 反
斾[26]而去. 珪知必死, 卽處置家事, 沐浴更衣, 迨夜半, 逝矣. 又數年, 其

---

13) 含章(함장) : 안에 아름다움을 품고 있다. 『易經』에 "속에 아름다움을 품고 있는 것을
   貞이라 이를 만 하다(含章可貞)"라는 문장이 보인다. [周]
14) 簞瓢(단표) : 顔淵의 一簞食一瓢飮. 거처하는 곳이 가난하고 검소함을 의미한다. [周]
15) 除眞(제진) : 옛날에 임명되는 것을 除라 하였다. 除眞은 眞除라 쓰기도 하는데 實官
   으로 임명되는 것을 의미한다. [周]
16) 烏臺(오대) : 바로 어사대를 말한다. 『漢書』에 "御史府에 측백나무가 늘어서 있는데
   항상 까마귀 수천 마리가 그 위에 깃들어 새벽에 갔다가 저녁에 오니 朝夕烏라 부른
   다(御史府中列柏樹, 常有烏數千栖宿其上, 晨去暮來, 號曰朝夕烏)"라는 문장이 보인
   다. [周]
17) 讜論(당론) : 直言이나 正論을 말한다. [周]
18) 白簡(백간) : 晉나라의 傅玄이 御史中丞이 되어서 매번 상소문을 올릴 때마다 날이
   늦었으면 白簡을 받들고 整冠해서 날이 밝기를 기다렸다고 한다. 그래서 상류계층의
   사람들은 두려워서 엎드리고 臺閣에는 파문이 일었다. 후세에 탄핵하는 上疏文을 白
   簡이라 부르게 되었다. [周]
19) 【校】 : [董]에는 纜으로 되어 있다.
20) 攬轡范滂(남비범방) : 范滂은 字가 孟博이고 後漢 征羌(지금의 河南 郾城 東南쪽)
   사람이다. 젊었을 때 절개와 지조가 맑고 높아 鄕里에서 존경을 받았다. 초에 명을 받
   고 光祿勳主事로 가게 되었다. 冀州를 맡으라는 명을 받아 갈 때 수레에 올라 고삐를
   잡으면서 천하를 깨끗이 하겠다는 결연한 의지를 보였다 한다. [周]
21) 乘驄桓典(승총환전) : 桓典은 字가 公雅이며 後漢 龍亢(지금의 安徽省 懷遠 서쪽)사
   람이다. 孝廉을 천거할 때 郎이 되었다. 靈帝(劉宏) 때 侍御史가 되어 宦臣의 專橫을
   바로잡았다. 늘 驄馬를 타고 다녔기에 京師의 사람들이 "가다가 멈추고 가다가 멈추면
   서 총마어사 길 피한다"라고 노래하였다. [周]
22) 奸回(간회) : 간사함을 말한다. 『左傳』에 "그 간사함이 어둡고 어지럽게 한다(其奸回
   昏亂)"라는 문장이 보인다. [周]
23) 【校】 : [董]에는 恩으로 되어 있다.
24) 於戲(오희) : 嗚呼와 같은 의미이다. [周]
25) 岱宗(대종) : 泰山. 岱는 크다는 뜻이고 宗은 모든 산이 우러른다는 의미이다. [周]

友秦軫罷閩中27)尉,28) 歸次泰安州,29) 遇珪于逆旅, 相與道舊, 沽酒而飲之. 軫審知爲鬼, 且悉其死時事, 因問曰 : "地下官府, 與人世類乎?" 珪曰 : "吾與君幽明異路, 亦何用知? 然念舊交, 復是儒者, 說亦何害. 大抵陰道尙嚴, 用人不苟. 惟是泰山一府, 所統七十二司, 三十六獄, 臺、省、部、院、監、局、署、曹, 與夫廟、社、壇、壇、鬼、神, 大而冢宰,30) 則用忠臣、烈士、孝子、順孫,31) 其次則善人、循吏, 其至小者, 雖社公、土地, 必擇忠厚有陰德之民爲之. 而尤重詞職. 向修文館缺官, 遍處搜訪, 不得其人. 亦有薦三數公者, 雖甚文采, 而在世之時, 不修士行, 或盜名欺世, 或眛已瞞人, 狗媚狐趨, 皆有疵之可議; 不得已, 就其中擇彼善于此者一人, 爲司言32)上卿,33) 近又被墓靈塚伯訴其生前撰述死者銘志34)不實, 廣受潤筆之資, 多爲過情之譽, 以眞亂贗, 以愚爲賢, 使善惡混淆, 冥官最所深惡, 往往照依綺語妄言律科罪, 付拔舌地獄35)施行, 此爲儒者深戒, 雖有他美, 莫得而贖焉. 聖帝以其近臣, 曲加貸宥. 而復荒迷杯酌,36) 失誤表文, 罪惡貫盈, 靈祇共憤. 吾糾而彈之, 天齊震怒, 遂下于獄, 隨卽奏聞上穹, 已正典憲.37) 汝可錄吾彈文, 歸示鄉里, 使知幽冥法度, 更是謹嚴,

---

26) 反斾(반패) : 돌아가다(오다). 『左傳』에 "尹南轅에게 명하여 돌아오라고 하였다(令尹南轅反斾)"라는 문장이 보인다. [周]
27) 閩中(민중) : 郡이름. 秦나라 때 설치하였으며 지금의 福建省이다. [周]
28) 尉(위) : 官이름. 獄事와 捕盜의 일을 담당한다. [周]
29) 泰安州(태안주) : 지금의 山東省 泰安縣을 말한다. 金나라 때 泰安縣을 설치하였는데 元나라, 明나라에도 그대로 따랐다. [周]
30) 冢宰(총재) : 周나라 官이름. 六卿의 우두머리로 이후에 吏部尙書라 불렀다. [周]
31) 順孫(순손) : 순종하여 잘 섬기는 손자. [譯]
32) 司言(사언) : 諫諍을 맡은 관리를 말한다. [周]
33) 上卿(상경) : 官名. 夏, 商, 周 三代에 皇帝와 諸侯에게 모두 上卿, 中卿, 下卿이 있었는데 역대로 이를 따랐다. [周]
34) 【校】: [董]에는 誌로 되어 있다.
35) 拔舌地獄(발설지옥) : 佛家에서 愚民들을 겁줄 때 말하는 지옥 중의 하나이다. 『法苑珠林』에 "자애롭지 못하게 말을 하거나 남을 헐뜯고 욕보이게 하며 사악한 입으로 사방으로 흩어져 혼란하게 하면 죽어서 拔舌, 烊銅, 犁耕의 地獄으로 떨어지게 된다"라는 문장이 보인다. [周]
36) 【校】: [董]에는 构로 되어 있다.

凡在章述, 務惇誠實, 不可謂生前作事, 地府罔知. 度人經云 : '諸天記人功過, 毫分無失.' 斷非虛語也." 卽出藁, 使鈙抄之. 文載于此 :

    泰山司憲御史臣宋珪, 爲糾覈事 : 臣聞設職建官, 本陰陽之通制; 操觚[38]執翰, 實臣子之當爲. 苟廢務以懷奸, 必正名而論罰. 罪莫大于慢上, 律莫重于欺君. 惡旣難容, 討奚容後? 竊[39]照修文館司言上卿某人, 庸庸[40]俗士, 貿貿[41]迂儒, 生前誤玷于淸流, 巧于諛墓,[42] 死後謬馳于雅望, 善于得名. 妄矜襪線[43]之才, 猥試鉛刀[44]之利. 拔自下鬼, 擢于近臣, 乃被塚伯之訟言, 合在獄卒之投畀, 過蒙原宥, 特賜保全, 所宜竭力宣忠, 感恩圖報. 而本官虎皮羊質,[45] 狼子野心,[46] 弗思載筆摛辭, 盡其職業, 惟務飮酒食肉, 苟度歲時. 以偃蹇[47]爲當然, 率輕狂而自若, 踪迹詭秘, 賄賂公行. 擢髮不足以數其罪, 粉身不足以勝其誅. 旁若無人, 但[48]知有己. 怙終不省, 累惡不悛. 乃于聖帝降誕之辰, 神鬼而入稱賀, 三界[49]之靈畢集, 列嶽之使偕來, 鐘鼓在懸, 冕旒[50]升

---

37) 正典憲(정전헌) : 明나라 때의 正典刑을 말한다. 正法이라고도 하는데 死刑에 처함을 의미한다. [周]

38) 操觚(조고) : 글쓰기. 觚는 木簡인데 옛날에는 종이가 없어 木簡을 이용해 문장을 썼다. [周]

39) 【校】 : [董]에는 切로 되어 있다.

40) 庸庸(용용) : 평범하고 포부가 없다. 凡俗하다. [周]

41) 貿貿(무무) : 멍청하여 식견이 없다. [周]

42) 諛墓(유묘) : 다른 사람의 돈을 받고 거짓으로 작성한 墓志文으로 가리킨다. []周

43) 襪線(말선) : 재능이나 지식이 짧고 얕다는 뜻이다. 蜀 사람 韋昭는 琴, 棋, 書, 畵에 모두 얄팍한 지식만을 가지고 있을 뿐 뛰어나지 못했는데 李台瑕가 그의 재능은 마치 접은 양말의 선 같아 긴 것이 없다고 하였다. [周]

44) 鉛刀(연도) : 납으로 칼을 만들다. 무디어 쓸 수 없음을 의미한다. [周]

45) 虎皮羊質(호피양질) : 허세를 부린 겉모습을 비유한다. 마치 양이 호랑이 가죽을 덮어쓴 것 같음을 의미한다. [周]

46) 狼子野心(낭자야심) : 흉포한 사람을 비유한다. 이리의 새끼처럼 길들일 수 없다는 의미이다. [周]

47) 偃蹇(언건) : 오만하다는 뜻으로 연용된다. [周]

48) 【校】 : [董]에는 自로 되어 있다.

49) 三界(삼계) : 불경에 三界諸天이 있다. 三界란 첫째는 欲界로 여기 안의 사람들은 모두 情欲을 가지고 있다. 둘째는 色界로 여기 안의 사람들은 다만 形色만을 가지고 있다. 셋째는 無色界로 여기 안의 사람들은 色과 相이 모두 없어 無上快樂에 이르게 된다. [周]

殿, 進表文而祝頌, 獻禮制之故常, 却乃連日酗酣, 臨期失誤, 使百辟[51]倉皇
駭愕以失色, 聚衆人捏合掇拾以成文. 怠慢不恭, 肆刑書之具在; 勸懲示戒,
蓋王法之必誅. 再照司言亞卿[52]某人, 視猶心腹,[53] 事若父兄, 進拔出于其門,
動靜囿于其術, 每忘規諫, 屢獻諂諛, 立身未免于附腥, 示戒固宜于連坐.[54]
合將各犯拿送鄷都, 明正其罪, 以鋤奸慝, 以正憲綱. 緣系[55]命官, 伏候裁處.

抄畢, 軫告之曰: "某忝冒士流, 叨竊祿食. 茲者罷職回鄕, 竟不知前程
之事, 果必如何, 今幸遇公, 願乞指示." 珪曰: "天厭夷德久矣! 將有眞
人[56]龍興[57]于淮、泗[58]間, 君不及見. 君之子孫, 當享太平之福." 軫曰:
"若然, 則時事早晩大謬耶? 必有兵革之禍, 吾其死于兵戈[59]乎?" 珪曰:
"尙遠, 勿慮也." 軫固問之, 乃援筆寫八句云: '逢衢祿進, 遇安祿槁, 火
馬行遲, 金鷄叫早, 門心掘井, 花首去草, 左陰右陽, 後釋前老.' 竟莫曉
其所說, 遂收置囊間. 復謂軫曰 : "珍重故人! 勉旃爲善!" 遂揖別而去, 倏
然不見. 其後軫用薦者再起, 爲衢州錄事, 則逢衢祿進之說驗矣. 未幾,
有委攝西安縣, 得風痹[60]之疾, 數月不愈, 停俸醫治, 則遇安祿槁之說又
驗矣. 軫甚憂其病, 無何, 竟卒. 好事者追詳其死之年, 實丙午[61]冬, 丙屬

---

50) 冕旒(면류): 봉건시대에 황제가 착용하던 冠. 겉은 검고 안은 붉으며, 꼭대기에는 판
    이 있고 뒤는 높고 앞은 아래로 기울어져 있어 굽어진 모양과 같다. 그리하여 冕이라
    부른다. 꼭대기에 있는 판을 延이라 이르며, 延앞의 端은 아래로 늘어뜨려진 줄을 가지
    고 있고 주옥으로 꿰뚫어져 旒라고 한다. 旒의 수는 모두 12개이다. [周]
51) 百辟(백벽): 諸侯. 여기서는 群臣을 의미한다. [周]
52) 亞卿(아경): 正卿에 버금가는 관직이다. [周]
53) 心腹(심복): 가까운 사람을 의미한다. [周]
54) 連坐(연좌): 坐는 죄를 다스리는 것이고 連坐는 열 명 중 한 명이 죄를 지으면 나머
    지 아홉 명까지 모두 같이 벌로 다스리는 것이다. [周]
55) 【校】: [董]에는 係로 되어 있다.
56) 眞人(진인): 본래는 修道하여 得道한 사람을 가리키는데 후에는 창업을 이룬 황제에
    게도 함께 썼다. 마치 趙匡胤을 天水眞人으로 부르는 것과 같다. [周]
57) 龍興(용흥): 創業皇帝가 궐기함을 비유한다. [周]
58) 淮泗(회사): 安徽省 北部 鳳陽 등의 縣과 江蘇省 北部 徐州, 宿遷 등의 泗河유역
    일대를 말한다. [周]
59) 【校】: [董]에는 革으로 되어 있다.
60) 【校】: [董]에는 痹로 되어 있다.

火, 馬肖午, 歿之日, 乃辛酉旦, 辛屬金, 酉肖鷄, 行遲言臘之盡, 叫早言
晨之初, 悉與語合. 但後四句莫喩. 孰知軫任錄事時, 娶一妻, 乃開化人,
亂離不能北歸, 因歸軫柩葬開化, 以字觀之, 門中置井成開, 花頭去草成
化. 瘞處左則外母墳爲陰, 右則妻兄墓爲陽. 按山有道觀廢址, 非前老之
謂乎? 靠山有佛堂敗屋, 非後釋之識62)乎? 軫旣殯, 妻子留居墓下, 遂爲
開化人. 天朝63)平定群雄, 民樂熙洽.64) 軫有孫, 仕至工部尙書65)者. 珪
之言, 雖若迂怪, 然無一不驗. 是知人之窮通出處, 壽夭興衰, 生死葬埋,
皆有一定之數, 莫得而改移, 或者乃欲以智力勝之, 多見其不知量矣.

---

61) 丙午(병오) : 元나라 大德 10년이므로 1306년이다. [周]
62) 【校】 : [董]에는 懺으로 되어 있다.
63) 天朝(천조) : 明나라를 의미한다. [周]
64) 熙洽(희흡) : 안락하고 화목하다. [周]
65) 工部尙書(공부상서) : 옛 官制인 六部尙書 중의 하나로 工役事務를 담당하였다. 隋
　　나라 때에 처음으로 설치되었고 歷代로 따랐다. 元은 尙書省을 폐지시키고 六部를 中
　　書省에 귀속시켰다. 明나라는 中書省을 폐지시키고 六部尙書를 독립시켰다. [周]

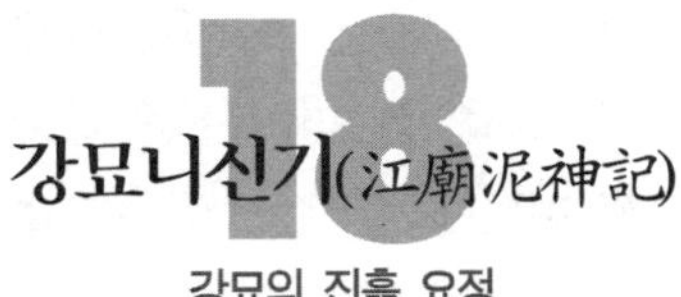

강묘니신기(江廟泥神記)
강묘의 진흙 요정

  촉(蜀)의 미주(眉州)에서 삼십 리 정도 떨어진 곳에 강을 옆에 끼고 있는 작은 고을이 있었다. 집이 수백 채이고 장사꾼들과 물건들이 모여들어 장사가 매우 활발하게 이루어지고 있었다. 강 위쪽에 오래된 사당한 채가 있었는데 화예부인(花蘂夫人) 비씨(費氏)의 사당이라고 전해지는 곳으로 지금까지 많은 영험이 있었다. 사당 근처에 사는 대성(大姓)인 종성원(鍾聲遠)이라는 자는 부유하면서 예(禮)를 좋아했으며 이름 있는 선생들을 모셔오기를 즐겨하였다. 성원의 누나에게 사련(謝璉)이라는 아들이 있었는데 그 또한 집이 부자로 외삼촌 집에 공부하기 위해 와 있었다. 사련은 용모가 수려하고 단정했으며 기풍은 맑고 높아서 빈한한 유생의 우활하고 진부한 기색이라곤 조금도 없었다. 사람들은 그를 좋아하여함께 바둑을 두거나 술을 마시고 담소를 나누거나 시를 지었는데 모두들 그가 가버리지는 않을까 두려워하였다. 종성원은 서숙(西塾) 뒤편에정원을 크게 지었는데 그 안에 벽의당(碧漪堂), 수월정(水月亭), 완방정(玩

芳亭), 취춘관(醉春館), 취병헌(翠屛軒)을 지었다. 사련은 정원이 우아한 것을 사랑하여 그곳에서 머문 지 장차 일 년이 다 되어갔다.

하루는 우연히 밖에서 돌아오는데 문득 갓 열다섯 살 되었음직한 네 명의 아가씨가 아름다운 자태로 완방정에서 놀고 있는 것이 보였다. 사련은 외사촌들일 것이라 생각하고는 인사하려고 가까이 가보니 다른 사람들이었다. 여자들은 별다르게 부끄러워하며 피하지 않고 태연히 웃으며 이야기를 계속 하였다. 사련은 물어보았다.

"아가씨들은 여기에 잘못 오신 것이 아니오?"

그러자 그 중의 한 사람이 공손히 대답했다.

"저희 자매들은 바로 동쪽 옆에 사는 화씨(花氏)의 여식들이랍니다. 정원이 아름답고 기화요초(奇花瑤草)가 많다고 오래도록 들어 한번 구경하기 위해 왔을 따름입니다. 뜻밖에 도련님께 들키고 말았으니 너무 의아하게 여기지 말아주세요."

사련은 이웃집 여자들이 서로 오고 가는 것이라고 생각을 하고는 괴이하게 여기지 않았다. 밤이 되어 잠들려고 하는데 문득 창틀에서 삐걱거리는 소리가 들렸다. 마치 누가 두드리는 것 같아 일어나서 보니 낮에 보았던 여자 중 한 명이었다. 문득 문안으로 들어오더니 사련에게 절을 하고는 부드럽고 고운 낯빛에 목소리를 낮추어 말했다.

"저희들은 포류(蒲柳)의 누추한 자태와 단연(丹鉛)의 연약한 자질로 우연히 도련님의 모습을 보게 되니 문득 유정(柔情)이 동하는 것을 스스로 자제치 못하겠습니다. 참지 못해 금기를 어기고 마침내 예를 범하면서 몰래 찾아오게 되었으니 오늘 저녁 도련님을 모시고자 합니다."

그리고는 사련과 침실로 들어가 서로 즐거움을 나누었다. 사련이 농담 삼아 물어보았다.

"다른 세 사람은 어디 있기에 혼자 온 것이오?"

"내일 저녁을 기다려 이 즐거움을 동생들에게 나누어주시면 됩니다."

여인은 시를 한 수 지었다.

翠翹金鳳鎖塵埃,　　물총새 꼬리 금빛 봉황의 먼지를 닦고
懶畵長蛾對鏡臺.　　경대 앞에서 느릿느릿 긴 눈썹 그리네
誰束白茅求吉士,　　누가 백모를 묶어 좋은 짝을 구해주리
自題紅葉托良媒.　　홀로 홍엽에 시를 적어 띄어보내리
蘭釭未滅心先蕩,　　등불 꺼지지도 않았는데 가슴 먼저 울렁이고
蓮步初移意已催.　　연꽃 걸음 떼자 마음은 벌써 재촉하네
携手問郎何處好,　　손 끌며 낭군께 묻나니 "어느 곳이 좋으오"
絳帷深處玉山頹.　　비단 장막 깊은 곳 옥 같은 몸 무너진다

얼마 후 달이 기울고 닭 울음소리가 들려오자 여자는 옷을 걸치고 일어섰다.

"저는 돌아가겠습니다."

그녀는 총총히 가버렸다. 다음날 저녁이 되자 사련은 난사의 향을 사르고 창문을 열어둔 채 기다렸다. 그녀는 과연 다른 한 여인과 함께 와서는 웃으며 사련을 쓰다듬으며 말했다.

"어제 저녁의 기쁨을 동생에게 나누어주세요"

그리고 동생을 돌아보며 말했다.

"너는 낭군을 잘 모시고 신부노릇을 잘해라."

그녀는 느린 걸음으로 나갔다. 그 동생은 사련과 친숙해져 담소를 나누며 베개를 나란히 하여 잠자리에 들었는데 그 언니와 꼭 같았다. 동생은 총명하고 또한 시에 능해서 즉시 시를 지어주었다.

赤繩緣薄好音乖,　　붉은 끈의 인연이 박하고 지음(知音) 없음을
姉妹相看共此懷.　　자매 서로 바라보며 한탄했었네
偶伴姮娥辭月殿,　　우연히 항아와 함께 월전(月殿)을 떠나
忽逢僧孺拜雲階.　　문득 우승유(牛僧孺) 만나 운계(雲階)에서 절 올리네
春生玉藻垂鴛帳,　　봄기운 풍기는 옥 무늬의 원앙장 드리우고
香噴金蓮脫鳳鞋.　　향기로운 금빛 연꽃의 봉황 신 벗네
魚水交歡從此始,　　물과 고기의 어울림 이로부터 시작되니

兩情願保百年諧.　　원컨대 이 정을 영원토록 변치 말기를

여인은 다 읊고 나더니 돌아가겠다고 하였다. 사련이 다시 올 것을 부탁하자 이렇게 말했다.

"여러 말씀 안 하셔도 도련님을 홀로 주무시게 하지는 않을 겁니다."

그 날 저녁 큰언니가 셋째를 데리고 왔다. 두 사람 모두 머물게 하려고 하자 사양하며 말했다.

"도련님을 네 번의 신랑으로 모신 후에 저희 자매들이 분담을 하여 모실 겁니다. 한번 다 돌아가면 다시 처음으로 돌아간답니다."

사련은 곧 셋째와 친해져서 그녀에게 시를 요구했다.

"조식(曹植) 같은 재주 없고 두 언니만 못하니 어찌 그럴 능력이 있겠습니까?"

사련이 굳이 달라고 하자 시를 읊었다.

蘭房悄悄夜迢迢,　　향긋한 방은 고요하고 밤은 길어
獨對殘燈恨寂寥.　　홀로 등잔을 대하니 적적하여라
潮信有期應自覺,　　조수(潮水)는 기약 있어 응당 알리니
花容無媚爲誰消.　　꽃다운 얼굴 누구 때문에 시들어가나
愁顰柳葉凝新黛,　　버들잎에 수심 겨워 찡그리다 눈썹 그리고
笑看桃花上軟綃.　　웃으며 도화꽃 보고 부드러운 명주옷 걸친다
夙世因緣今世合,　　숙세의 인연이 금세에서 합쳐지니
天敎長伴董嬌嬈.　　오래오래 고운 모습 간직하길 비나이다

운우(雲雨)의 기쁨이 끝나자 은하는 기울고 북두성은 떨어지려 하고 있었다. 얼굴에는 화장 자국이 남아 있고 헝클어진 머리엔 비녀가 비스듬히 꽂혀 있었다. 옷을 추스리고 일어나서는 말했다.

"오늘 저녁은 넷째가 낭군님과 짝할 것입니다. 저희 자매들은 함께 나오는 것이 불가능하니 큰언니가 데리고 올 것입니다."

저녁이 되고 북소리가 두 번 울리자 넷째가 과연 한껏 화장을 하고 첫째와 함께 왔다. 부부의 예를 행하고는 산해(山海)의 맹세를 하고 유한한 정을 이야기하였다. 그녀 또한 근체시 한 수를 지었다.

每到春時懶倍添,　　　봄이 올 때마다 게으름 더해
綠窓慵把繡針拈.　　　창가서 수놓기도 멀리했네
奇逢詎料諧鴛耦,　　　원앙의 만남 어찌 생각했으며
吉卜寧期葉鳳占.　　　봉황을 차지할 줄 어찌 기약했으리
鬂亂綠鬟雲擾擾,　　　푸른 쪽 머리엔 구름 같은 살쩍
手籠紅袖玉纖纖.　　　붉은 소매 속에는 섬섬옥수
明珠四顆皆無價,　　　명주 같은 네 아가씨 값 없는 보물이니
誰似郎君盡得兼.　　　그 뉘라 낭군처럼 한꺼번에 얻으리오

이 다음부터는 네 명의 여자들이 순서를 나누어 매일 저녁 두 사람씩 와서 함께 잠을 잤다. 사련은 속으로 ‘백면 서생 주제에 이런 기이한 만남을 가질 수 있다니. 하나 조차 드물거늘 하물며 네 명이라니’라고 생각하였다. 그리고는 「아미고의(峨眉古意)」 한 편을 지어서 자축하였다.

峨眉古郡天下雄,　　　아미는 옛 고을로 천하의 제일
烟巒雪嶺百千峰,　　　안개 낀 산, 눈 내린 고개에 수많은 봉우리
鳥道縈紆通劍外,　　　새 넘는 길은 굽이굽이 검외(劍外)로 통하고
狼烟迢遞逗蠻中.　　　자욱한 연기는 멀리 갈마들며 오랑캐 땅에 머무네
巴江蜀水人間險,　　　파강(巴江)과 촉수(蜀水)는 세상에서 험한 곳
僰道滇池化外通.　　　가파른 길 넓은 못은 밖으로 통하네
九姓羌夷來部落,　　　아홉 성(姓)의 오랑캐가 마을로 찾아오고
諸番巢穴入提封.　　　변방의 무리들이 봉지로 들어오네
提封形勝稱吳土,　　　봉지(封地)의 빼어난 경치 오 땅에 어울리고
畵戟朱門不可數,　　　화극(畵戟)과 주문(朱門) 셀 수가 없어라
汗血名駒白日調,　　　천리마 한낮에 조련하고

繭栗肥牛淸夜煮.　　살찐 소 고요한 밤에 삶는다

交衢開市馳輕轂,　　큰 거리에 장이 서면 수레들 달리고

廣廈喬林開別墅,　　교목이 우거진 곳에 별장을 열었네

橫鞭馬上揖相逢,　　말달리다 만나면 서로 인사하고

投果車中目相許.　　수레에 열매 던지면 눈빛이 오고간다

少事豪華厭俗塵,　　호화로움 일삼지 않고 속세의 먼지 싫어

惟將詩酒樂閑身,　　장차 시와 술로 한가로움 즐기려하네

腰橫寶帶齊誇俊,　　허리엔 보대(寶帶)를 둘러 빼어남을 자랑하고

家賜銅山不畏貧.　　집에는 동산(銅山)이 있어 가난은 두렵지 않네

寶帶銅山容易得,　　보대와 동산은 얻기 쉬우나

難買嬋娟好顏色,　　아름다운 미인은 사기 어려운 것

寧期向月得窺囊,　　어찌 달로 보내는 주머니 엿볼 줄 알았으며

詎料看花遇傾國.　　꽃을 보다 아름다운 이 만날 줄 생각했으리

傾國傾城絶世顏,　　경국과 경성의 절세의 얼굴

水蒼刻釧赤瑛環,　　수창옥(水蒼玉) 팔찌에 붉은 영환옥(瑛環玉)

美目盈盈溢秋水,　　아름다운 눈에는 가을 물빛이 일렁이고

長眉淡淡掃春山.　　기다란 눈썹은 봄 산을 쓸어 내린 듯

春山八字爭姸媚,　　근심 띤 눈썹에는 교태로움 뽐내고

姨姨妹妹皆殊麗,　　언니와 동생들 모두 보배같아라

凝妝謾羨翠樓娼,　　곱게 꾸민 모습 취루(翠樓)의 기생 부럽지 않고

薦枕徒聞紅拂妓.　　베갯머리에서 들리는 홍불기(紅拂妓)의 목소리

琥珀枕邊盟誓存,　　호박 베개 머리에 맹세의 말 남아 있고

玳瑁簾前燭燼香,　　대모(玳瑁) 주렴 앞에 촛불 다해 어둡네

戀戀柔情隨暮雨,　　보드라운 정(情)은 저녁 비를 따르고

依依好夢逐朝雲.　　못내 그리운 좋은 꿈은 아침 구름 쫓네

解珮遺香鎭求耦,　　패물 풀어 향기 나니 누르고 짝을 구하네

調鉛傅粉忍抛群,　　연을 갈고 분을 발라 차마 여럿을 버리고

菱花明鏡當窓照,　　능화(菱花)의 밝은 거울 창을 비추고

柏子奇香彈袖薰.　　측백나무의 기이한 향기는 소매에서 향기롭네

奇香縹緲滿蘭房,　　좋은 향기 아득히 방을 채우니

終宵達旦恒芬芳,　　밤 다해 새벽까지 향기로워라
眞眞燕燕排魚隊,　　제비 나란히 무리를 이루고
小小鶯鶯列雁行.　　꾀꼬리 가지런히 무리 이루네
魚隊雁行陪雁侶,　　물고기와 기러기 마냥 나란히 짝 이루고
鳳管龍笙作龍語,　　봉관(鳳管)과 용생(龍笙)으로 용의 소리 내네
褪出鷄頭帶笑捫,　　옷고름 풀어 웃음 띠며 가슴 어루만지고
奪得鸞篦稱嬌與.　　난새 새겨진 빗 벗기며 곱다 칭찬하네
露重星稀銀漏沈,　　이슬 맺히고 별 성기며 물시계 다하도록
並蒂芙蓉籠錦衾.　　꽃받침 나란한 부용같이 비단 이불 덮었네
蓮嬌藕嫩美同貌,　　연꽃같이 아름다운 용모
蘭香蕙馥美同心,　　난초같이 고운 마음씨
醞藉風流多態度,　　술자리에서는 풍류스러운 태도
回晝爲宵豈相妬,　　낮과 밤이 바뀌어도 서로 시샘 않네
密約應愁阿母猜,　　비밀스런 약속 어머니 알까 근심스럽고
幽懷肯向旁人訴.　　유한한 회포 어찌 옆 사람에게 알리리
幽懷密約付誰知,　　회포와 약속 누가 알겠냐마는
天長地久萬年期,　　언제나 변함없자던 만년의 기약
願爲蝴蝶長相逐,　　벌과 나비 되어 늘 서로 쫓고
願學鴛鴦免別離.　　원앙처럼 떨어지지 않기를 바라오
卓氏文君異閭里,　　탁문군(卓文君)과 고향 다르고
南威西子非同氣,　　남위(南威)나 서시(西施)와 동기간 아니지만
窈窕娉婷出一門,　　절세미녀 모두가 한 집에 나오니
一門四妙兼雙美.　　네 딸들이 하나같이 아름다움 갖췄네
踽踽凉凉遊子妻,　　외로운 나그네의 아내만이
煢煢獨獨只孤栖,　　쓸쓸히 홀로 지내면서
腸斷愁聽子規鳥,　　근심스레 애끊는 자규 소리를
春來春去樹梢啼.　　오고 가는 봄날에 나무가지서 듣는구나

　시가 다 되자 이를 써서 여자들에게 보여주었다. 여자들은 다투어 돌려서 보고는 이구동성 칭찬하며 화답하기 어려운 작품이라고 하였다.

오직 첫째만이 한참을 묵묵히 있다가 탄식하며 말했다.

"저희 네 사람이 모두 도련님의 시중을 들고 있으나 모두 규방의 처자들로 아직 혼인에 대해 의논한 적도 없었답니다. 전날 우연히 정원을 엿보다가 그만 이슬에 젖었으나 저희들을 버리시지 않으시고 어여삐 여겨 주셨습니다. 다만 두려운 것은 세월은 붙잡기 어렵고 아름다운 시간은 쉽게 가버려 낭군께서 아녀자를 맞이하시지 않을 수 없게 되면 저희들은 도련님을 따를 수 없게 되는 것뿐입니다. 비단을 짜서 남편에게 부친 약난(若蘭)의 재주는 있지만 혼백이 떠나 서방님을 찾아간 천녀(倩女)의 능력은 없습니다. 난새와 봉황이 흩어지고 제비와 기러기 피하게 되면 그 한과 슬픔은 어찌 합니까? 조용히 생각해보니 오늘의 그윽한 기쁨이 혹 훗날의 큰 화가 되지 않을까 두렵습니다."

다른 자매들이 모두 이 소리를 듣더니 탄식하며 물러갔다.

또 한 해 정도 지나자 사련의 부모는 그를 불러들여 결혼을 시키려고 사람을 보내왔다. 여자들이 그 이야기를 듣자 모두들 전별하기 위해 와서 서재에서 같이 잠을 자게 되었다. 사련은 일일이 위로하고 모두에게 골고루 사랑을 나누어주었다. 날이 밝으려하자 넷째가 말했다.

"큰언니가 전에 했던 말이 맞아 떨어졌군요. 그러나 명수(冥數)로 본다면 아직 일 년 간의 연분이 남아 있습니다. 저희들이 바랐던 바는 금슬 좋게 지내는 것으로 이때보다 즐거운 때가 없었습니다. 한미(寒微)한 저희들을 생각해주시어 버리지 말아 주세요. 혼례를 올리신 후에 편하실 때 다시 찾아주세요. 저희들은 학수고대하고 취병헌(翠屛軒) 아래에서 기다리겠습니다."

넷째가 금비녀 한 쌍을 뽑아서 선물로 주자 나머지 세 사람도 화전(花鈿), 은팔찌와 귀고리를 주면서 말했다.

"돌아가시면 부인께 드려서 저희들의 은은한 정의를 전해주세요."

그리고 눈물을 뿌리며 헤어졌다. 사련은 받은 것들을 책바구니 속에 넣어 두었다. 집에 도착하니 혼기가 코앞에 닥쳤다. 혼례를 마친 후 가

정은 매우 화목했지만 그녀들에 대한 생각을 떨칠 수가 없었다. 한 달이 되자 아내는 친정으로 인사하기 위해 갔다. 혼자 자고 있는데 문득 그녀들과 만나는 꿈을 꾸었는데 마치 진짜 같았다. 셋째가 일어나서 말했다.

"낭군님과 헤어진 지 오래되니 기쁜 일이 없더군요. 회풍(回風)의 춤을 추어드릴까 합니다."

푸른 옷을 흩날리고 비단 소매를 휘저으며 춤을 추는데 조비연(趙飛燕)과 같이 가볍고 공손씨(公孫氏)와 같이 민첩하더라도 그 기묘함에는 견줄 수 없을 것 같았다. 춤이 끝나자 첫째가 회풍의 노래를 불렀다.

有淑人兮邦之媛,	요조숙녀 있으니 천하의 일색
珮明月兮紉蘭茞,	명월을 허리에 두르고 난초와 전초를 찼네
揚輕軀兮掌上,	손바닥 위에선 가벼운 몸 날아갈 듯
飜長袖兮筵前.	자리 앞에서 긴소매는 춤을 추네
初鴻驚兮巧週旋,	처음에는 기러기 놀라 날아오르듯 주위를 돌더니
忽鸛擧兮何蹁躚.	홀연 꿩이 일어나듯 빙빙 돌며 춤추네
雲鬢墜兮玉珥,	구름 같은 머리에서 옥 귀고리 떼어내고
文席委兮珠鈿.	화려한 자리에 구슬 비녀 맡겨두네
羌宛轉兮妖且姸,	완연히 돌아가는 모습 곱디고운데
奇莫敵兮妙莫傳.	기이함 대적할 이 없고 묘함은 전할 길 없네
倐低昂兮旣罷,	어느덧 순식간에 춤이 끝나니
蹇良夜兮如年.	짧은 밤 일년같이 길었으면 좋겠네

둘째와 넷째도 서로 마주보며 말했다.

"노래도 하고 춤을 췄으니 족히 이별을 위로할 만하지만 우리들은 무엇을 한담?"

옥피리를 가져다가 주면서 말했다.

"동생은 이것에 뛰어나니 재주를 아끼지 말아. 이 언니가 곡에 맞춰 노래하면 되지 않겠어?"

"이것이 있었구나."

두 사람은 기뻐하면서 망설이다가 세 곡을 연주했다. 소리는 청아하고 완려하였으며 또 유한한 정을 담고 처량하여 마치 저녁 이슬이 쓸쓸한 귀뚜라미를 처연하게 하고 가을 구름이 신선한 바람을 타는 것 같았다. 둘째가 미간을 찌푸리며 노래불러 화창하였다.

玉指兮氷容,	옥 같은 손가락 얼음 같은 얼굴
寫幽思兮訴深衷.	그윽한 심사 풀어내고 깊은 속마음 하소연하는데
嫋嫋兮餘音,	부드러운 여음(餘音)은
駐綵雲兮明月中.	구름과 달 속에 머무는구나

珠露零兮簫韻淸,	구슬 같은 이슬 떨어지고 피리 소리 맑으니
幽修鳳語兮和且平.	그윽한 봉황의 소리인가! 평화롭구나!
歡樂未極兮空復情.	즐거움 다하기도 전에 쓸쓸함 다시 찾아오네

紫簫咽兮夜無譁,	피리소리에 흐느끼고 밤은 고요한데
寶篆微裊兮燭垂花,	향 연기 하늘거리고 촛불은 꽃을 드리우네
河欲沒兮夜欲闌,	은하수는 기울고 밤도 다하려는데
聊逍遙兮暫爲歡.	한가로이 소요하니 잠시의 즐거움
脫花鈿兮收明璫,	꽃 비녀 벗고 노리개를 거두고는
舒衾裯兮歸洞房,	동방에 돌아가 자리를 펴네
齊交頸兮如鴛鴦,	원앙같이 서로 목을 감노라니
銀漏短兮歡娛長.	시간은 너무 짧고 기쁨은 길게 남아
但悲白日兮上扶桑.	다만 밝은 해 부상에 오름을 원망하네

한참 귀 기울여 듣고 있는데 갑자기 망루에서 뿔피리 소리가 들리고 절에서 범종의 소리가 들려왔다. 베개를 밀어내고 기지개를 켜며 일어나니 남가일몽이었다. 그런데 그 노래가 또렷이 기억나 일어나서 기록

해 두고는 즉시 공부를 마친다는 핑계로 외갓집으로 갔다. 그녀들은 사련이 다시 오기를 손꼽아 기다리고 있던 터라 돈독한 정은 예전의 갑절이었다. 꿈속의 일을 이야기해주자 그녀들이 대답하였다.

"이는 부부가 서로 그리워하는 마음이 깊어져 꿈속에 나타난 것이니 이상하게 여길 것 없습니다."

사련은 차마 여자들과 떨어지지 못해 방안에서만 지냈다. 보름이 되도록 외삼촌을 보지 않자 외삼촌은 이상한 생각이 들었다. 어느 저녁 몰래 나와서 사련의 행동거지를 살펴보니 여러 여자들과 달을 보면서 담소하며 한참 즐기고 있는 것이었다. 문득 들어가며 부르자 갑자기 놀라서 흩어졌다. 무슨 일인지 따져 물었으나 끝내 내막을 이야기하려고 하지 않았다. 종성원은 아내와 의논해보았다.

"정원이 넓고 나무가 우거지니 어찌 화월(花月)의 요괴나 수석(水石)의 정령이 없겠소? 사련은 또 영준하고 인물이 반듯하니 어찌 유혹을 받지 않았겠소. 급히 돌려보내야겠소. 오래도록 가만히 둔다면 병에 걸릴까 두렵구려."

삼촌은 하인을 시켜 사련을 돌려보내도록 하였다. 사련은 집에 도착하여 반년이 되지 않아 그녀들을 그리워하는 마음에 과연 큰 병에 걸리고 말았다. 정신이 혼미하고 말도 조리가 없었으며 자리에 누워서는 일어날 줄 몰랐는데 오래도록 차도가 없었다. 종성원은 직접 가서 살펴보고 그 부모에게 전에 있던 일을 이야기 해주었다. 부모가 누차 묻자 실토하고는 주고받았던 시구(詩句)와 금비녀 등의 물건을 꺼냈다. 그런데 그것들을 보니 진흙으로 만든 것들이었다. 그의 부친은 귀신에 홀렸다는 것을 알고 성원과 함께 정원에 가서 찾아보았으나 아무런 종적도 없었다. 그래서 화예묘(花蘂廟)로 점을 치러 가게 되었는데 가는 길에 동쪽 성곽의 어느 작은 집을 지나게 되었다. 휘장은 찢어지고 사람의 발길이 드문 곳이었는데 들어가 보니 '무산신녀지위(巫山神女之位)'라고 쓰여 있었다. 네 미인의 형상을 가운데 빚어 놓았는데 동쪽에 있는 것에는 비

녀가 없고 오른쪽 두 개에는 팔찌와 귀고리가 없었다. 왼쪽 것에는 화
전(花鈿) 두 개가 없는 상태였다. 그 아버지는 크게 놀라 그 진흙으로 만
든 것들을 옛 자리에 대어 보니 모두 꼭 맞았다. 즉시 그 상들을 손으로
부수고 하인을 시켜 강속에 버리게 하고는 돌아왔다. 이로부터 한 달
여가 지나자 사련의 병은 나았고 귀신은 마침내 종적을 감추었다.

원
문 江廟泥神記

蜀之眉州,[1] 去城一舍[2]許, 小市瀕江, 人烟數百家, 商賈物貨之所聚,
買賣甚旺. 江上古廟一區, 相傳爲花蕊夫人費氏[3]之祠, 迨今頗著靈迹.
廟近大姓鍾聲遠者, 富而好禮, 喜延名師. 聲遠女兄有子曰謝生璉者, 亦
鉅室, 來舅家就學. 生儀容秀整, 風韻淸高, 略無寒儒迂腐態, 群衆[4]咸喜
之, 相與弈[5]棋飮酒, 談笑賦詩, 惟恐生之或去也. 鍾西塾後, 創一園特盛,
建碧漪堂、水月亭、玩芳亭、醉春館、翠屛軒于其內. 生愛園幽雅, 寓息其
間, 將近期月矣.
一日, 偶自外回, 忽見四女郎, 年近初笄, 娉婷窈窕, 嬉戲于玩芳亭畔.
生謂是諸表妹, 遽前揖之, 至則皆非也. 女殊不羞避, 笑語自若. 生問之曰
: "小姐輩誤此來耶?" 中一人應曰: "吾姊妹, 東隣花氏之女也. 久聞芳園

---

1) 眉州(미주): 唐나라 때 설치되었는데 歷代로 그것을 따랐다. 지금의 四川省 眉山縣
   이다. [周]
2) 一舍(일사): 옛날 30里를 1舍라 하였다. [周]
3) 花蕊夫人費氏(화예부인비씨): 실제로는 徐氏다. 五代 後蜀 孟昶의 부인으로 靑城
   사람이다. 일찍이 唐나라 시인 王建이 지은 宮詞 一百首를 모방하여 지었다. 나라가
   망한 후 宋으로 들어갔지만 마음속으로는 蜀을 잊지 못해 늘 孟昶의 초상을 걸어놓고
   제사를 지내면서 거짓으로 이를 送子張仙(아들 낳게 해주는 신선)이라 하였다. 후에 趙
   匡胤을 따라 사냥을 갔다가 宋 太宗(趙匡義)의 화살에 맞아 죽었다. [周]
4) 【校】: [董]에는 從으로 되어 있다.
5) 【校】: [董]에는 奕으로 되어 있다.

勝麗, 奇卉芬敷, 故相携就此一賞玩耳. 不料爲郎所窺, 幸勿6)深訝!” 生意是7)鄰居女子相往還, 亦不以爲怪矣. 至夜將睡, 忽聞窗櫺軋軋作聲, 若有人敲推者, 起視, 乃日間所見諸女之一, 闖然入戶, 向生施禮, 和顏悅色, 款語低聲, 云: “奴等蒲柳陋姿,8) 丹鉛9)弱質, 偶得接見于光範,10) 陡然忽動其柔情, 莫或自持, 是不可忍, 故冒禁而相就, 遂犯禮以私奔. 肅抱衾裯,11) 祇12)薦枕席.” 言訖, 卽邀生入寢, 相與媾歡. 生戲問曰 : “彼三人何在? 安得獨來?” 女曰 : “姑侯來宵, 分此樂與諸妹耳.” 遂口占一詩曰 :

翠翹金鳳鎖塵埃, 懶畫長蛾對鏡臺. 誰束白茅13)求吉士, 自題紅葉托良媒. 蘭釭14)未滅心先蕩, 蓮步初移意已催. 携手問郎何處好, 絳帷深處玉山頹.15)

俄而免魄將低, 鷄聲漸動, 女攬衣起曰 : “奴回也!” 遂悄悄而去. 翌晚, 生爇麝焚蘭,16) 啓窗相候. 女果共一人至, 笑撫生曰 : “昨夕之歡, 愿推小妹.” 乃17)顧妹云 : “汝善視18)郎君, 好好做新人也.” 緩步而出. 其妹共生親昵,19) 語笑綢繆, 幷枕同衾, 一如姊氏. 妹性慧黠, 亦復能詩, 卽爲詩以

---

6) 【校】: [董]에는 無로 되어 있다.

7) 【校】: [董]에는 其로 되어 있다.

8) 【校】: [董]에는 資로 되어 있다.

9) 丹鉛(단연): 여기서는 연지와 분으로 해석된다. [周]

10) 光範(광범): 훌륭한 용모와 인품. 다른 사람에 대한 공손한 말이다. [周]

11) 抱衾裯(포금주): 『詩經』의 ‘抱衾與裯’라는 말에서 나온 표현이다. 옛날 사람들은 첩은 이불과 침대휘장을 감싸안으며 지아비를 모시는 것이라고 생각했다. [周]

12) 【校】: [董]에는 祗로 되어 있다.

13) 白茅(백모): 풀이름. 『詩經』에 “들에 죽은 노루가 있어 白茅로 그것을 덮어주고 한 여인이 春心을 품으니 吉士가 그녀를 꾀하려 하네(野有死麕, 白茅包之, 有女懷春, 吉士誘之)”라는 구절이 있다. [周]

14) 蘭釭(난강): 향유로 밝히는 등을 말한다. [周]

15) 玉山頹(옥산퇴): 술에 취하거나 마음이 취함을 비유한 말이다. [周]

16) 爇麝焚蘭(설사분란): 향을 태우는 것을 가리킨다. [周]

17) 【校】: [董]에는 仍으로 되어 있다.

18) 【校】: [董]에는 事로 되어 있다.

19) 【校】: [董]에는 妮로 되어 있다.

贈生云:

赤繩緣薄好音乖, 姊妹相看共此懷. 偶伴姮娥辭月殿, 忽逢僧孺[20][21]拜雲階.
春生玉藻垂鴛帳, 香噴金蓮脫鳳鞋. 魚水交歡從此始, 兩情願保百年諧.

吟罷, 女逶邐[22]告回. 生囑之再至. 女曰: "勿多言, 管不敎郎獨宿也."
是夕, 大姊又送三姨至. 生欲俱留之, 辭曰: "待君爲四度新郎之後, 妾姊
妹當分侍幃房, 周而復始耳." 生卽與三姨狎, 且索其詩. 答曰: "愧無七
步[23]之才, 又非二姊之敵, 安有此能乎?" 生固求之, 乃吟曰:

蘭房悄悄夜迢迢, 獨對殘燈悢寂寥. 潮信[24]有期應自覺, 花容無媚爲誰消.[25]
愁顰柳葉凝新黛, 笑看桃花上軟綃. 夙世因緣今世合, 天敎長伴董嬌嬈.[26]

須臾, 雨散雲收, 河斜斗落,[27] 殘妝尙在, 鬢亂釵橫, 斂[28]袂而起, 謂生曰:
"今夕四姨與郎爲耦, 吾姊妹不可俱出, 大姊當送之至耳." 次夜二鼓. 四姨果
盛飾偕姊就生, 行夫婦之禮, 設山海之盟, 密訴幽情, 亦成近體曰:

---

20) 【校】: [董]에는 儒로 되어 있다.
21) 僧孺(승유): 牛僧孺를 말한다. 字는 思黯이며 唐나라 사람이다. 進士에 올라 관직이
御史中丞, 同平章事에 이르렀고 奇章郡公으로 봉해졌다. 文宗(李昂) 때에 李宗閔과
함께 결탁하여 권세가 하늘을 움직일 정도였다. 세상에서는 牛, 李라 칭하였다. [周]
22) 【校】: [董]에는 遒로 되어 있다.
23) 七步(칠보): 재주와 생각이 민첩함을 비유한 말이다. 曹丕가 그의 동생 曹植에게 일
곱 걸음 안에 시를 짓게 하여 짓지 못하면 그의 목을 베려고 하였다. 이에 曹植이 응해
일곱 걸음 안에 시를 지어냈다. [周]
24) 潮信(조신): 潮水가 드나드는 일정한 시간. 여기서는 여인의 월경이 조수와 같이 일
정한 때를 가짐을 의미한다. [周]
25) 【校】: [董]에는 銷로 되어 있다.
26) 董嬌嬈(동교요): 옛날 樂府의 篇名이다. 본래는 『董嬌饒』였는데 후세 사람들이 嬌嬈
라고 한 것이다. 嬌嬈는 아름다운 자태를 말한다. 杜甫 시에 "미인이 누차 동교요를 부
른다(佳人屢出董嬌饒)"라는 구절이 있다. [周]
27) 河斜斗落(하사두락): 河는 河鼓星을 가리키고 斗는 斗牛星을 지칭한다. 밤이 이미
매우 깊었음을 뜻한다. 견우성과 북두칠성. [周]
28) 【校】: [董]에는 歛으로 되어 있다.

每到春時懶倍添, 緣窓慵把綉針拈. 奇逢詎料諧鴛耦,29) 吉卜寧期葉鳳占?30)
鬢亂綠鬟雲擾擾, 手籠紅袖玉纖纖. 明珠四顆皆無價, 誰似郎君盡得兼.

由是以後,31) 群女分番, 每夕二人侍寢. 生私念白面書生, 獲此奇遇,
一之已罕, 況乃四焉. 因作峨眉32)古意一篇以自慶. 詩曰:

峨眉古郡天下雄, 煙巒雪嶺百千峰, 鳥道33)縈紆通劍外,34) 狼烟35)迢遞逗蠻
中. 巴江蜀水人間險, 僰道36)滇池37)化外38)通, 九姓39)羌40)夷41)來部落, 諸
蕃42)巢穴入提封.43) 提封形勝稱吾土, 畫戟朱門44)不可數, 汗血名駒45)白日調,

---

29) 鴛耦(원우): 鴛鴦은 항상 함께 살며 떨어지지 않았으므로 이렇게 칭하였다. 耦는 偶
와 통한다. [周]
30) 鳳占(봉점): 『左傳』에 懿氏(의씨)가 아내 敬仲에게 점을 쳐주었는데 아내에게 점괘
가 매우 길하다고 하면서 鳳凰이 함께 날며 사이 좋게 소리친다고 하였다는 내용이 보
인다. [周]
31) 【校】: [董]에는 之後로 되어 있다.
32) 峨眉(아미): 산 이름. 지금 四川省 峨眉縣 西南쪽에 있다. [周]
33) 鳥道(조도): 길이 매우 험함을 뜻한다. 길이 험해 짐승들의 자취가 끊어지고 오직 날
짐승들만이 다닐 수 있다. [周]
34) 劍外(검외): 사천성의 大劍山과 小劍山 밖을 가리킨다. 劍山은 劍門이라고도 하는데
첩첩 산으로 山勢가 매우 험하다. 三國時代 諸葛亮이 蜀의 宰相이 되었을 때 돌을 뚫
어 가공하여 飛閣을 만들어 통하게 하여 길을 다녔기에 劍閣이라고 일컫는다. [周]
35) 狼烟(낭연): 옛날에 邊亭에서 烽火를 올릴 때 늑대의 똥을 이용하여 태우면 봉화의
연기가 수직으로 상승하며 바람이 불어도 기울어지지 않았다. [周]
36) 僰道(북도): 四川省 宜賓縣의 옛 명칭이다. [周]
37) 滇池(전지): 漢나라 縣 이름. 益州郡의 관할소재지였으며 南朝 梁나라 때 없어졌다.
故城은 지금의 雲南省 晋寧縣 동쪽에 있다. 昆明池 역시 滇池라고 부른다. [周]
38) 化外(화외): 封建時代 文化가 미치지 못한 곳을 말한다. [周]
39) 九姓(구성): 唐나라 때 위구르는 아홉 개의 姓으로 部落을 나누었는데 葯羅葛[곧 可
汗의 姓], 胡咄葛, 咄羅勿, 貊歌息訖, 阿勿嘀, 葛薩, 斛嗢素, 葯勿葛, 奚耶勿이었다.
하나의 부락마다 하나의 都督을 설치하였다. 당시에는 위구르 九姓만 九姓이라 부르
기도 하였다. [周]
40) 【校】: [董]에는 羌으로 되어 있다.
41) 羌夷(강이): 중국의 전통 시기에 西方의 少數民族을 羌夷라고 불렀다. [周]
42) 諸蕃(제번): 중국의 전통 시기에 西南의 少數民族을 諸蕃이라고 불렀다. [周]
43) 提封(제봉): 諸侯의 封地를 말한다. [周]
44) 畫戟朱門(화극주문): 옛날에 귀족 집에서는 문에 붉은 색 옻칠을 하였고 문 앞에는
그림으로 장식한 창을 벌려 놓았다. [周]

繭栗肥牛46)淸夜煮. 交衢開市馳輕轂, 廣廈喬林開別墅, 橫47)鞭馬上48)揖相逢,
投果車中49)目相許. 少事豪華厭俗塵, 惟將詩酒樂閑身, 腰橫寶帶50)齊誇俊,
家賜銅山51)不畏貧. 寶帶銅山容易得, 難買嬋娟好顏色, 寧期向月得窺囊,52)
詎料看花遇傾國. 傾國傾城絶世顔, 水蒼刻釧赤瑛環, 美目盈盈溢秋水, 長眉
淡淡掃春山. 春山八字爭姸媚, 姨姨妹妹皆殊麗, 凝妝謾羨翠樓娼, 薦枕徒聞
紅拂妓. 琥珀枕邊盟誓存, 玳瑁簾前燭燼昏, 戀戀柔情隨暮雨, 依依好夢逐朝
雲. 解珮遺香鎭求耦, 調鉛傅粉忍抛群, 菱花明鏡當窗照, 柏子53)奇香韠袖薰.
奇香縹緲滿蘭房, 終宵達旦恒芬芳, 眞眞燕燕54)排魚隊,55) 小小鶯鶯列雁行.56)
魚隊雁行陪雁侶, 鳳管龍笙作龍語, 褪出鷄頭57)帶笑捫, 奪得鸞篦58)稱嬌與.

---

45) 汗血名駒(한혈명구) : 千里馬를 이른다. 말은 어깨에서 땀이 나오는데 그 색이 血色
과 같아 이렇게 칭하였다. [周]
46) 繭栗肥牛(견율비우) : 옛날에 천지에게 제사를 지낼 때 작고 어린 송아지를 귀하게 여
겼다. 『禮記』에 "천지에 제사지내는 소는 뿔이 고치나 밤톨만하다(祭天地之牛, 角繭
栗)"라는 문장이 보인다. 뿔이 고치나 밤톨만하다는 것은 그것의 뿔이 이제 막 나와 소
가 매우 작고 어리다는 것을 말한다. [周]
47) 【校】 : [董]에는 揚으로 되어 있다.
48) 橫鞭馬上(횡편마상) : 五代 때에 尹暉가 後晋 高祖(石敬瑭)를 洛陽의 길에서 우연히
마주쳤는데 석경당을 향해 고개를 숙이지 아니하고 다만 말 위에서 채찍을 가로놓고
그를 향해 한 번 읍하였다. [周]
49) 投果車中(투과거중) : 晋나라 潘安仁은 매우 미남이었다. 매번 수레를 끌고 길을 지
나가면 수많은 여인들이 과일을 그의 수레에 던져 항상 수레에 한 가득 찼다고 한다.
[周]
50) 寶帶(보대) : 옛날 신하들은 모두 허리에 玉帶를 찼는데 옥대 위에는 진주 보석으로
장식하였기에 寶帶라 일컬었다. [周]
51) 銅山(동산) : 漢나라 文帝(劉恒)는 일찍이 四川의 嚴道 銅山을 그의 忠臣인 鄧通에게
하사하면서 그에게 돈을 만들게 하였다. [周]
52) 向月窺囊(향월규낭) : 唐나라 韋固가 月下老人이 달을 향해 책을 보고 있을 때 그의
주머니를 몰래 훔쳐보니 그 안에 붉은 줄이 가득하였다. [周]
53) 柏子(백자) : 옛날에 측백나무를 이용하여 향을 만들었는데 태울 때의 향기가 매우 진
했다. [周]
54) 燕燕(연연) : 宋나라 錢塘에 范氏의 여식이었는데 부잣집 陸氏 집에 첩으로 보내졌
다. 후에 陸家가 몰락하고 곤궁하여 또한 육씨는 병까지 들었다. 이에 여러 첩들은 모
두 흩어져 버렸는데 다만 燕燕만이 떠나지 않고 빈궁함 속에서 그녀의 남편과 십여 년
동안이나 함께 하였다. 남편이 죽자 자신의 몸을 팔아 그를 장사지냈다. [周]
55) 魚隊(어대) : 물고기를 이어서 꿰어 놓으면 마치 隊伍의 모양과 같았다. [周]
56) 雁行(안행) : 기러기는 순서대로 날며 行列이 있음을 말한다. [周]
57) 鷄頭(계두) : 가시연밥의 별칭이다. 옛날에 여인의 젖을 비유하였다. [周]

露重星稀銀漏沈, 並蒂芙蓉籠錦衾, 蓮嬌藕嫩美同貌, 蘭香蕙馥美同心, 醞
藉59)風流多態度, 回晝爲宵豈相妒, 密約應愁阿母猜, 幽懷肯向傍人訴. 幽懷
密約付誰知, 天長地久萬年期, 願爲蝴蝶長相逐, 願學60)駕鴦免別離. 卓氏文
君61)異閭里, 南威西子非同氣, 窈窕娉婷出一門, 一門四妙兼雙美. 踽踽凉
凉62)遊子妻, 煢煢獨獨63)只孤栖, 腸斷愁聽子規64)鳥, 春來春去樹梢啼.

　　旣成, 寫以示女. 女競觀傳玩, 齊口稱揚, 以爲寡和之作. 獨大姊默然
久之, 而嘆曰: "奴四人爲堂姊妹, 皆閨閣處子, 尙未議姻. 昨偶窺園, 遂
沾多露,65) 荷蒙不棄, 特賜深憐. 第恐歲月難留, 佳期易失, 郎未免于娶
婦, 妾未得以從人. 織錦寄夫,66) 謾有若蘭之技; 離魂奔婿,67) 苦無倩女
之能. 徒使鸞鳳分飛, 燕鴻交避, 悠悠長恨, 耿耿遐思, 靜念今日之深歡,
恐成他日之大禍也." 諸妹聞之, 亦皆歔歔而退. 又歲餘, 父母果遣人取生
回畢姻. 女聞之, 皆來就生爲別, 會宿書齋. 生一一溫存,68) 式均其惠. 將
曉, 四姨謂生曰: "大姊往日之言驗矣. 以冥數記69)之, 尙有一年緣分未

---

58) 鸞篦(난비): 빗치개 위에 난새를 그려놓은 빗을 말한다. 李賀의 시에 "난비를 빼앗아
　돌려주지 않는다(鸞篦奪得不還人)"라는 구절이 있다. [周]
59) 醞藉(온자): 함축하고 있다. 안에 아름다움을 가지고 있다. [周]
60) 【校】: [董]에는 爲로 되어 있다.
61) 卓氏文君(탁씨문군): 卓氏는 卓文君을 말한다. 여기에서 '卓氏文君異閭里'는 두 사
　람으로 나누어진다. 아래의 문장 '南威, 西子' 또한 두 사람이며 합하여 모두 네 사람
　이 된다. 남위는 晋文公의 첩이고 서자는 西施로 모두 옛날의 絶色들이다. 다만 역대
　로 부녀자를 文君으로 칭했던 일은 卓文君 이외에는 매우 드물었는데 누구를 가리키
　는지 상세하지 않다. [周]
62) 踽踽凉凉(우우량량): 홀로 외롭다. 『孟子』에 "행함에 어찌 홀로 고독하리오(行何爲
　踽踽凉凉)"라는 문장이 보인다. [周]
63) 煢煢獨獨(경경독독): 홀로 의지할 데가 없다. [周]
64) 子規(자규): 두견새이다. [周]
65) 多露(다로): 여자가 음탕함을 비유한다. 『詩經』에 "길을 걸어가면 이슬이 많이 젖는
　다(爲行多露)"라는 구절이 있다. [周]
66) 織錦寄夫(직금기부): 晋나라 竇滔의 처 蘇若蘭은 수를 놓아서 回文詩「璇璣圖」를
　지어 그녀의 남편에게 붙여 주었다. [周]
67) 離魂奔婿(이혼분서): 唐나라 陳玄祐의 傳奇小說『離魂記』의 이야기. 倩娘의 혼이
　빠져 나와 張鎰에게 가서 함께 살았다. [周]
68) 溫存(온존): 殷勤과 통하는 의미이다. [周]

盡. 所願好合琴瑟,[70] 和諧伉儷, 人生至樂, 莫過此時. 曲念寒微, 莫相棄背. 成親之後, 求便重來, 奴姊妹尙當企踵盱衡,[71] 候郎于翠屛軒下耳." 卽拔金掩鬢一雙致贐. 三姊亦以翠鈿、銀鐲、耳璫奉上, 曰 : "歸遺細君,[72] 少結慇懃之意." 各灑淚而別. 生收拾于書籠中. 抵家而婚期逼矣. 燕爾旣畢, 家室甚宜, 然四女之思, 亦未嘗置. 滿月後, 妻歸寧,[73] 生孤枕獨宿, 忽夢與四女相見, 交會如常時. 三姨起曰 : "與郎久別, 無以爲歡, 請作回風之舞.[74]" 于是振[75]翠衣, 翻羅袖, 雖趙飛燕之輕盈, 公孫氏[76]之神捷, 未足以擬其奇妙也. 舞罷, 大姊乃作回風之曲曰 :

> 有淑人兮邦之媛, 珮明月兮紉[77]蘭荃, 颺輕軀兮掌上, 翻長袖兮筵前.
> 初鴻驚兮巧周旋, 忽鸐[78]擧兮何蹁躚.[79] 雲鬢墜兮玉珥, 文席委兮珠鈿.
> 羌宛轉兮妖且妍, 奇莫敵兮妙莫傳. 倏低昂兮旣罷, 寒良夜兮如年.

　二姨、四姨亦相謂曰 : "式歌且舞, 足慰似離. 吾與若當何爲乎?" 因取玉簫付之曰 : "妹深善于此, 愿勿靳[80]焉. 姊倚歌而和, 不亦可乎?" 妹躍

---

69) 【校】: [董]에는 計로 되어 있다.

70) 【校】: [董]에는 瑟琴으로 되어 있다.

71) 盱衡(우형): 눈썹 털 위쪽을 衡이라 한다. 盱衡은 곧 눈을 치켜 떠 눈썹을 들어올린다는 의미이다. [周]

72) 細君(세군): 아내의 별칭이다. [周]

73) 歸寧(귀녕): 옛날에 여자가 시집을 간 이후에 부모님께 안부를 물으러 친정에 가는것을 의미한다. [周]

74) 回風舞(회풍무): 춤추는 모습이 마치 회오리바람과 같다. [周]

75) 【校】: [董]에는 展으로 되어 있다.

76) 公孫氏(공손씨): 公孫大娘이다. 唐나라 敎坊의 기녀로 劍舞를 잘 추었다. 吳 사람張旭은 草書에 능했는데 공손대낭이 西河劍으로 춤을 추는 것을 보고는 이로부터초서의 예술미가 급진전하였다. 杜甫는 시에서 공손대낭이 검무를 춘 일을 전하고 있다. [周]

77) 【校】: [董]에는 紐로 되어 있다.

78) 鸐(적): 山鷄(꿩)이다. 암수의 털 색이 서로 다른데 수컷의 털 색은 紅黃色이고 꼬리가 길며 춤을 잘 추었다. 암컷의 털은 검은 색에 작은 붉은 반점이 있으며 꼬리는 짧다. [周]

79) 蹁躚(편선): 돌아가는 모양을 말한다. [周]

然曰 : "有是哉!" 逡巡三奏. 其音淸而和, 婉而嬌, 幽怨而闃寥, 似夕露之
凄寒蜩, 如秋雲之乘鮮飇也. 姉亦斂黛, 謳而和焉. 歌曰 :

玉指兮氷容, 寫幽思兮訴深衷. 嫋嫋兮餘音, 駐綵雲兮明月中.

再歌曰 :

珠露零兮簫韻淸, 幽脩鳳語兮和且平. 歡樂未極兮空復情.

三歌曰 :

紫簫咽兮夜無譁, 寶篆81)微裊兮燭垂花, 河欲沒兮夜欲闌, 聊逍遙兮蹔爲歡.
脫花鈿兮收明璫, 舒衾裯兮歸洞房, 齊交頸兮如鴛鴦, 銀漏短兮歡娛長.
但悲白日兮上扶桑.

正傾聽間, 忽角起譙樓,82) 鍾鳴梵宇,83) 推枕欠伸, 乃是南柯一夢, 而
且具84)憶其詞, 因起而錄之. 卽托以卒業, 往舅家. 諸女幸生再至, 眷顧
倍加于昔. 生與說夢中事, 女曰 : "此夫婦相念之深, 故形諸夢寐, 無足怪
者." 生留戀女,85) 只在齋房中, 凡半月餘, 不與舅相見. 舅疑之. 一夕潛
出, 窺生所爲, 只見生共諸女玩月, 談笑方濃. 遽入呼生, 倏然驚散. 隨加
詰問, 終不肯言其詳. 舅謂妙曰 : "園圃寬闊, 竹樹繁多, 豈無花月之妖,
或有水石之怪. 璉又英俊, 人物整齊, 豈不爲其所惑? 急須遣歸, 恐久則
致疾也." 乃令僕送生還. 旣抵家, 不半載, 以思女之故, 果成重疾, 神情

---

80) 靳(근) : 아끼다. [周]
81) 寶篆(보전) : 향을 피울 때 날리는 연기를 말한다. [周]
82) 譙樓(초루) : 문 위의 高樓로 먼 곳을 바라 볼 수 있다. 속칭 鼓樓라고 한다. [周]
83) 梵宇(범우) : 절을 말한다. [周]
84) 【校】 : [董]에는 俱로 되어 있다.
85) 【校】 : [董]에는 生女留戀으로 되어 있다.

恍惚, 言語支離, 伏枕淹淹, 久而不愈. 聲遠躬往視之, 備以前事告于生父母. 生父詢問再三, 乃吐實, 且出所得詩及金掩鬢等物, 視之, 皆泥捏成者. 父知其被祟, 乃偕舅訪于園中, 并無踪迹. 因往花蘂廟卜籤, 過東廊一小室, 幃幔蔽虧, 人跡稀到, 揭而觀之, 題曰 : 巫山神女[86]之位, 塑四美姬象于其中, 東坐者失一掩鬢, 右二人臂缺二鐲, 耳亡雙瑠, 左一人面脫花鈿兩枚. 其父大驚, 取泥捏之物, 置于舊處, 皆吻合. 卽手碎其象, 命僕沈之江中而歸. 自此月餘, 生疾亦愈, 怪魅遂絶.

---

86) 巫山神女(무산신녀) :『巫山志』에 의하면 巫山神女의 이름은 瑤姬로 西王母의 스물세 번째 딸이며 雲華夫人이라고 한다. 일찍이 夏나라 禹王이 洪水를 다스리는 공을 세우는 것을 도와 妙用眞人이라 봉해졌으며 廟額은 凝眞觀이라 한다. [周] 宋玉의 「神女賦序」에는 "楚나라 襄王이 송옥과 雲夢의 포구를 노닐다가 송옥에게 高唐에서의 일을 賦로 쓰게 하였더니 그 날 밤 왕이 잠을 자고 있는데 꿈에 신녀가 나타나 왕은 신녀와 함께 밤을 지냈다"라는 내용이 보인다. [譯]

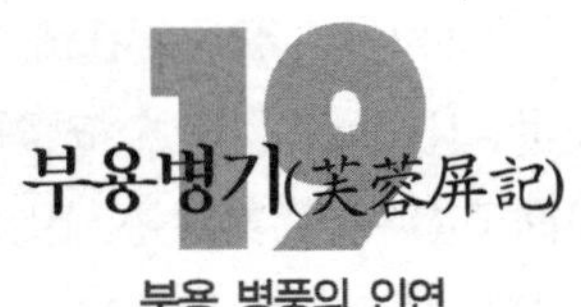

부용병기(芙蓉屛記)
부용 병풍의 인연

　원나라 지정(至正) 신묘(辛卯)년 강소성 진주(眞州) 땅에 최영(崔英)이라는 사람이 있었는데 집이 매우 부유했다. 부친의 음덕으로 절강성 온주(溫州)의 영가위(永嘉尉)를 제수받아 아내 왕씨(王氏)를 데리고 임지로 출발하였다. 소주(蘇州)의 천산(圌山)을 지나게 되어 배를 정박하고 잠시 쉬었다. 지전(紙錢)과 고기, 술을 마련해서 사당에 바치고는 아내와 배에서 술을 마셨다. 뱃사람은 그릇들이 모두 금은인 것을 보고 문득 못된 마음을 먹었다. 그 날 저녁 최영을 물에 빠뜨려 버리고 비복들은 죽여 버렸다. 그리고는 왕씨에게 말했다.

　"너를 죽이지 않는 이유를 아느냐? 내 둘째 아들이 아직 장가를 가지 못했는데 지금은 다른 사람들과 배를 끌고 항주로 갔지. 한두 달 뒤 돌아오면 너와 짝을 맺어줄 셈이다. 그렇게 되면 너는 우리 식구가 되니 안심하고 두려워 말아라."

　그는 가지고 있던 모든 것들을 빼앗고는 왕씨를 새아기라고 불렀다.

왕씨는 거짓으로 이에 응하는 척 하면서 열심히 집안 일을 돌보았는데 곡진하고 은근하였다. 뱃사람은 좋은 며느리를 얻었다고 생각했고 점차 친숙해지자 별다른 방비를 하지 않았다. 한 달 뒤 추석날이 되었다. 뱃사람은 술과 안주를 성대히 준비해서 실컷 먹고 마셔 대취해 버렸다. 왕씨는 그가 깊이 잠든 것을 살피고는 혼자 강가로 올라갔는데 이삼 리쯤 가다가 갑자기 길을 잃고 말았다. 사방이 온통 물이고 오직 갈대와 부들만이 끝없이 펼쳐져 있었다. 양가집에서 나고 자란지라 두 발은 여려서 험한 길을 걷는 고통이 이만저만 아니었다. 하지만 쫓아 올까봐 온 힘을 다해 달렸다. 한참이 지나자 동쪽이 점점 밝아왔다. 저 멀리 숲 속에 집이 있는 것을 보고 급히 달려갔다. 도착해 보니 문은 아직 열려 있지 않았다. 범종 소리가 은은히 들리더니 얼마 있지 않아 문이 열렸는데 바로 비구니가 사는 암자였다. 왕씨가 들어가니 주지가 오게 된 까닭을 물어보았다. 사실을 말하지 못하고 거짓으로 둘러댔다.

"저는 진주 사람입니다. 시아버님께서 강절(江浙) 지방으로 전근되시어 모든 가족이 함께 갔는데 임지에 도착하자 그만 남편이 죽고 말았습니다. 수 년 동안 과부로 살았는데 아버님께서 영가(永嘉)의 최현위(崔縣尉)에게 둘째 부인으로 시집 보냈습니다. 그런데 본부인은 성격이 사나워 모시기 어려웠으며 갖은 방법으로 욕을 하고 매질을 하였지요. 근자에 임기가 끝나 고향으로 돌아가는 길에 이곳에 오게 되었습니다. 중추절 달을 감상하면서 저에게 금 술잔으로 술을 따르게 했는데 그만 실수로 강에 빠뜨리고 말았습니다. 반드시 저를 죽이려고 할 것 같아 살려고 도망쳐서 여기까지 왔답니다."

"낭자께서는 이미 배로 돌아갈 수 없는 처지고 또 고향도 멀리 떨어져 있어 따로이 배필을 찾으려 해도 좋은 중매쟁이가 없으니 외롭고 고생스러운 몸을 장차 어디에 의탁하려 하시오?"

이 소리에 왕씨는 눈물만 흘리고 있을 뿐이었다.

"제게 생각이 있는데 어떠신지 모르겠소."

"스님께 좋은 방도가 있으시다면 죽으라 한들 유감이 없겠습니다."

"이곳은 황량한 물가의 궁벽한 곳으로 사람의 발길이 닿지 않는다오 승검초와 순무를 이웃 삼고 갈매기와 백로를 벗삼고 있지요 다행히 같은 스님이 몇 분 계신데 모두 쉰이 넘었고 시자(侍者)가 여러 명 있지만 모두 순박하고 근면한 사람들이지요 낭자는 비록 나이가 젊고 모습이 아름답지만 운명이 순탄치 못하니 어쩌겠소 차라리 애정과 어리석음을 던져버리고 몸뚱이가 헛된 것임을 깨달아 승복을 걸치고 머리를 깎아 여기에서 출가하는 것이 어떻겠소 선을 수행하고 불공을 드리며 아침 저녁으로 입에 풀칠이나마 하면서 인연을 따라 세월을 보내는 것이 다른 사람의 첩이 되어 이승의 고뇌를 받고 내세의 원수를 맺는 것보다는 나을 것이오"

왕씨는 절을 올리며 감사하였다.

"이것은 제가 뜻하는 바이옵니다."

마침내 부처님 앞에서 머리를 깎고 법명(法名)을 혜원(慧圓)이라고 했다. 왕씨는 글을 읽어 글자를 알고 서화와 문장에도 모두 통하였던지라 한 달이 되지 않아 불경의 뜻을 다 궁구(窮究)하여 주지에게 큰 존경을 받았으며 크거나 작거나 모든 일은 왕씨의 주장이 아니면 나서서 행하는 자가 없었다. 그리고 너그럽고 착하여 사람들은 모두 좋아하였다. 매일 백의대사(白衣大士) 앞에서 절을 백여 번하며 몰래 마음속의 곡진한 사연을 호소하였는데 아무리 춥거나 더워도 그만두지 않았다. 그것이 끝나면 깊숙한 골방에 머물러 다른 사람들은 얼굴도 보기 힘들 정도였다.

일 년쯤 되었을 때 어떤 사람이 절에 구경와서 재(齋)를 올리고 돌아갔다. 그리고 다음날 부용(芙蓉)을 그린 그림 한 축을 가지고 와서 시주를 하였는데 주지는 그것을 병풍에 붙였다. 왕씨가 지나가다 보고서는 남편인 최영(崔英)이 그린 그림임을 한 눈에 알아보았다. 어디서 났는지 물어보았다.

"근일에 어느 시주께서 보시한 것입니다."

"시주는 성명이 무엇이며 지금 어디서 산답니까? 그리고 무엇을 하는 사람인지요?"

"이곳 현의 고아수(顧阿秀)라는 사람으로 형제가 배를 모는 것으로 생업을 삼고 있지요. 근년에 집안이 매우 부유하게 되었는데 어떤 사람들은 그들이 강호에서 도적질을 한다고도 하지만 과연 그러한지는 모른답니다."

"그럼 전에도 이곳에 온 적도 있습니까?"

"가끔 들리지요."

왕씨는 그들의 이름을 외워두고 붓을 들어 병풍 위에다 사(詞)를 한 수 썼다.

少日風流張敞筆,	젊은 날 풍류스런 장창(張敞)의 필치로
寫生不數黃筌,	그림은 황전(黃筌)에 뒤지지 않았다네
芙蓉畵出最鮮姸,	그림 중에 부용을 가장 잘 그렸나니
豈知嬌艶色,	어찌 알리오! 화려한 그 빛깔에
翻抱死生冤.	생사의 원통함을 품고 있던 것을
粉繪凄凉疑幻質,	채색한 그림 처량하니 환생하였는가
只今流落誰憐.	지금의 영락한 처지 누가 불쌍히 여기리
素屛寂寞伴枯禪.	흰 병풍 적막한 곳에 말없이 참선하네
今生緣已斷,	금생의 인연 이미 끊겨졌으니
願結再生緣.	재생의 인연 다시 맺어지기길

이 사의 이름은 「임강선(臨江仙)」이다. 비구니들은 모두 그것이 무엇을 뜻하는지 몰랐다. 하루는 성내에 사는 곽경춘(郭慶春)이라는 사람이 다른 일로 절에 왔다가 그림과 사를 보고는 아름답고 정교함이 마음에 들어 완상용으로 삼으려고 사갔다. 마침 어사대부(御史大夫)를 지낸 고납린(高納麟)이 벼슬에서 물러 나와 고소(姑蘇)에 기거하고 있었는데 두루 서화

를 모으고 있어서 곽경춘은 병풍을 그에게 바쳤다. 고공(高公)은 그것을 내관(內舘)에 두었는데 미처 출처에 대해서는 상세히 묻지 못하였다. 우연히 밖에서 어떤 사람이 초서체 글씨 네 폭을 팔고 있었다. 그것을 보니 글씨의 품격이 회소(懷素)와 비슷한 것이 맑고 힘이 있으며 속되지 않았다.

"누가 쓴 것이오?"

"제가 공부 삼아 써본 것입니다."

그의 모습을 살펴보니 범상한 사람이 아니었다. 고향과 성명을 물어보자 괴로운 낯으로 말하였다.

"최영이라 하옵고 자는 준신(俊臣)으로서 대대로 진주에 살았습니다. 아버님 음덕으로 영가위에 제수받아 가족을 데리고 임지로 가다가 조심하지 않는 바람에 뱃사람의 계략에 빠져 저는 물 속에 빠지고 재산과 처첩을 돌보지 못하게 되었습니다. 다행히도 어릴 적에 수영을 배웠던 까닭에 잠수하여 그들이 멀리 간 것을 살핀 다음 강가에 올라가 민가로 들어갔지요 몸은 온통 젖었고 몸에는 한 푼 없는 신세였습니다. 주인장이 선량하여 옷을 갈아 입히고 술과 밥을 대접하고 노잣돈까지 쥐어주었습니다. 그리고 '도적에게 약탈당했으니 당연히 관가에 보고해야겠지요. 머무르지 못하게 하는 것은 연루될까봐 두려워서 랍니다'라고 하더군요. 길을 물어 성으로 나와 평강로(平江路)에 알렸으나 일 년이 되도록 아무런 소식이 없어 글씨를 팔아 하루하루를 보내고 있습니다. 좋은 글씨는 아니나 그다지 나쁘지도 않으니 나리께서 잘 살펴봐 주십시오"

고공은 그의 말을 듣자 매우 측은한 생각이 들었다.

"그대는 이왕 이렇게 되어 발 붙일 곳이 없으니 우리집 서당에 머물면서 손자들에게 글씨나 가르쳐 주는 것이 어떻겠소?"

최영은 매우 다행으로 여겼다. 고공이 내관(內舘)으로 불러들여 함께 술을 마셨다. 최영은 문득 병풍에 있는 부용 그림을 보고 눈물을 떨구었다. 고공은 이상히 생각하고 물어보았다.

"이것은 제가 배에서 잃어버렸던 물건으로 제가 직접 그린 것입니다. 어떻게 해서 이 물건을 손에 넣으셨는지요?"

그리고는 그 위에 씌어진 글을 읽고는 이렇게 말했다.

"저의 처가 지은 사(詞)가 분명합니다."

"어떻게 해서 알 수 있소?"

"자획을 보면 알 수 있지요 또 이 노래의 뜻을 보니 저의 아내가 지은 것임에 틀림없습니다."

"만약 그렇다면 마땅히 그대를 위해 도적 잡는 일을 내 책임지겠소 그대는 당분간 비밀에 부치시오"

그리고는 최영을 집안에 머물게 하였다. 다음날 아무도 모르게 곽경춘을 불러서 물어보았다.

"비구니가 있는 암자에서 샀습니다."

고공은 즉시 사람을 보내 누구에게서 얻었으며 누가 사를 썼는가를 물어보도록 하였다. 며칠이 지나자 '같은 현에 있는 고아수라는 사람이 희사했으며 그곳의 비구니 혜원이 사를 썼다'고 하는 보고가 들어왔다. 고공은 사람을 보내어 주지에게 알렸다.

"나의 안사람이 불경 읽기를 좋아하는데 마땅히 함께 짝할 사람이 없습니다. 듣자하니 혜원이라는 스님이 깨달은 바가 있다고 하니 스승으로 모시고자 합니다. 원컨대 물리치지 말아 주십시오"

그러나 주지는 허락하지 않았다. 혜원이 그 말을 듣고 한 번 나가보기를 원했다. 혹 이것으로 인해 원수를 갚을 수 있을 것이라는 기대 때문이었다. 주지는 그의 부탁을 거절하지 못했다. 고공은 그녀를 데리고 와서 부인에게 함께 자고 틈이 나면 집안에 대해서 상세히 물어보도록 하였다. 왕씨가 눈물을 삼키며 사실대로 이야기하고 또 부용 그림에 사를 쓴 일도 이야기하였다.

"도적은 멀지 않은 곳에 있습니다. 부인께서는 나리께 말씀드리시어 죄인들을 잡아들여 이전의 치욕을 깨끗이 씻고 남편의 원수를 갚게 해주십시오 그러면 이는 나리의 큰 은공이겠습니다.”

하지만 그녀는 남편이 그곳에 있다는 것을 모르고 있었다. 부인이 이를 공에게 이야기하고 또 그녀가 독서를 하고 정숙하여 결코 여염집 여자가 아니라고 들려주었다. 고공은 최영의 아내라는 것에 의심할 여지가 없음을 알고 부인에게 잘 돌보도록 하였으나 최영에게는 말하지 않았다. 고공은 고아수의 행적을 추적하였으나 쉽사리 경거망동 할 수는 없었다. 다만 부인에게 말하여 은근히 왕씨에게 머리를 기르고 본래 옷으로 갈아입게 하였다.

반년이 지나 진사(進士) 설리부화(薛理溥化)가 감찰어사가 되어 군을 순시하게 되었다. 부화는 옛날 고공의 수하에 있었기에 고공은 그가 일을 잘 처리한다는 것을 알고 있었다. 그래서 그에게 모든 것을 이야기해주어 도적들을 잡게 하였다. 임명장과 재물은 모두 있었는데 왕씨의 행방만은 보이지 않았다. 심문을 하니 이렇게 대답했다.

“잡아 두어서 둘째 아들의 아내로 삼고자 하였는데 방비를 소홀히 하여 그 해 팔월 추석날 밤에 도망을 가서 어디에 있는지 알지 못합니다.”

감찰어사는 마침내 고아수를 극형에 처하고 원래의 재물은 최영에게 돌려주었다. 최영이 공에게 인사하고 임지로 떠나려하자 고공이 짐짓 말했다.

“그대에게 중매를 서줄 테니 혼인한 후에 떠나도 늦지 않을 것 같소”

“조강지처와 오래도록 가난한 생활을 하였는데 지금 불행히도 타향에서 영락하여 어디에 있는지조차 모르는 처지입니다. 그러니 단신으로 임지에 가서 세월을 보내려고 합니다. 혹 천지신명께서 불쌍히 여기셔서 그 사람이 아직 살아있다면 다시 만나게 되길 바랄 뿐입니다. 나리의 은혜는 죽어도 잊지 못하겠으나 따로 아내를 얻으라는 말씀은 제가 원하는 바가 아니옵니다.”

고공은 처연해 하며 말했다.

“그대의 높은 정의가 이와 같으니 하늘이 반드시 그대를 도울 것이

오 내 어찌 감히 굳이 강요할 수 있겠소. 다만 전송을 받은 후에 떠나
시오.”

다음날 잔치가 열리고 노관(路官)과 군의 명사(名士)들이 모두 모였다.
고공은 잔을 들어 모두에게 고했다.

“이 늙은이가 오늘 최현위를 위해 금생의 인연을 마치게 해주겠소이
다.”

손님들은 무슨 말인지 몰라 어리둥절하였다. 공이 혜원을 불러 나오
게 하니 바로 최영의 아내였다. 부부가 서로 손을 잡고 통곡을 하였으
니 다시 여기에서 만나게 될 줄은 꿈에도 몰랐던 것이다. 공이 그 자초
지종을 모두에게 들려주고 또 부용 병풍을 꺼내어 손님들에게 보여주자
비로소 ‘금생의 인연을 마치게 해주려 한다’는 말은 최영의 처가 지은
사 속에 나오는 것이며 혜원은 최영의 처가 이름을 바꾼 것이었다는 것
을 알게 되었다. 자리에 앉았던 모든 사람들이 이것을 보고 눈물을 흘
리며 공의 덕을 찬탄하였다. 고공은 최영에게 여자 하인과 남자 하인
각각 한 명씩과 노자를 주어 보냈다.

최영이 임기가 끝나고 돌아오는 길에 다시 오문(吳門)에 들렀는데 공
은 벌써 죽고 없었다. 부부는 크게 곡을 하면서 부모의 상을 만난 듯 묘
아래에서 삼 일 밤낮 수륙재(水陸齋)를 열어 보답을 하고 길을 떠났다.
왕씨는 이 일로 해서 늘 소식(素食)하며 관음세음보살 염불하기를 그치
지 않았다. 진주(眞州)의 재사(才士) 육중앙(陸仲暘)은 「화부용병가(畵芙蓉屛
歌)」를 지어 그 일을 기록했다. 이것을 옮겨 적어 세상 사람들을 깨우치
고자 한다.

畵芙蓉,	부용 그림에
妾忍題屛風。	첩은 참고 병풍에 시를 썼습니다
屛間血淚如花紅.	병풍의 피눈물 꽃같이 붉더이다
敗葉枯梢兩蕭索,	떨어진 잎 마른 가지 쓸쓸한데

斷縑遺墨俱零落,　　비단 자락과 유묵은 다같이 쇠하고
去水奔流隔死生,　　사납게 흐르는 강물에 생사도 모르고
孤身只影成飄泊.　　외로운 몸 짝 잃은 그림자는 떠도는 신세
成飄泊,　　떠도는 신세
殘骸向誰托.　　쇠잔한 몸 누구에게 의탁할까
泉下游魂竟不歸,　　구천에 떠도는 혼 끝내 돌아가지 못하고
圖中艶姿渾似昨.　　그림 속의 고운 자태 마치 어제 같건만
渾似昨,　　어제 같건만
妾心傷,　　첩은 상심하여
那禁秋雨復秋霜.　　어이 가을비와 가을 서리 이겨내리
寧肯江湖逐舟子,　　내 어찌 강호의 뱃사공 따르리오
甘從寶地禮醫王.　　기꺼이 약사여래에 귀의하리
醫王本慈憫,　　약사여래는 본래 자비로와
慈憫憐群品,　　모든 중생을 가엽게 여기나니
逝魄願提撕,　　죽은 혼백 이끌어주고
煢嫠賴將引.　　외로운 과부 끌어주네
芙蓉顔色嬌,　　빛깔이 고운 부용 꽃
夫婿手親描,　　남편이 손수 그린 것
花萎因折蒂,　　꽃이 시드니 꽃받침 꺾어서요
榦死爲傷苗,　　줄기 마르니 싹을 상하게 해서라
蕊乾心尙苦,　　꽃술이 마르니 마음 쓰라리고
根朽恨難消.　　뿌리 썩으니 한은 지우기 어려워라
但道章臺泣韓翃,　　다만 장대에서 한굉(韓翃)을 울 줄 알았지
豈期甲帳遇文簫.　　어찌 갑장에서 문쇼(文簫)를 만날 줄 기약했으리
芙蓉良有意,　　부용은 진실로 뜻이 있으니
芙蓉不可棄.　　부용은 버릴 수가 없었어라
幸得寶月再團圓,　　다행히 다시 만나니
相親相愛莫相捐.　　서로 사랑하여 다시는 헤어지지 말아라
誰能聽我芙蓉篇,　　누구든 이 부용편 듣는다면
人間夫婦休反目,　　인간세상 부부들 반목 멈추고

看此芙蓉眞可憐.　　진실로 아름다운 부용 보시라

芙蓉屛記[1]

　至正辛卯,[2]　眞州[3]有崔生名英者, 家極富. 以父蔭,[4]　補浙江溫州永嘉
尉, 携妻王氏赴任. 道經蘇州之圖山,[5]　泊舟少憩, 買紙錢牲酒, 賽于神廟.
旣畢, 與妻小飮舟中. 舟人見其飮器皆金銀, 遽起惡念. 是夜, 沉英水中,
幷婢僕殺之. 謂王氏曰 : "爾知所以不死者乎? 我次子尙未有室, 今與人撑
船往杭州, 一兩月歸來, 與汝成親, 汝卽吾家人, 第安心無恐." 言訖, 席
卷[6]其所有, 而以新婦呼王氏. 王氏佯[7]應之, 勉爲經理, 曲盡慇懃. 舟人
私喜得婦, 漸稔熟, 不復防閑. 將月餘, 値中秋節, 舟人盛設酒肴, 雄飮痛
醉. 王氏伺其睡熟,[8]　輕身上岸, 行[9]二三里, 忽迷路, 四面皆水鄕, 惟蘆葦
菰蒲,[10]　一望無際; 且生自良家, 雙彎纖細, 不任跋涉之苦, 又恐追尋至,

---

1) 이 이야기는 일찍이 凌濛初가 話本으로 개작하였는데『初刻拍案驚奇』제27권에 보
　인다. 回目은 "顧阿秀喜捨檀那物, 崔俊臣巧會芙蓉屛(고아수는 기쁜 마음으로 시주를
　하고 최준신은 공교롭게도 부용이 그려진 병풍을 만났다)"이며『曲海總目提要』에는
　이미 作者未詳의『芙蓉屛』이라는 傳奇가 수록되어 있다. [周]
2) 至正辛卯(지정신묘) : 1351년. [周]
3) 眞州(진주) : 지금의 江蘇省 儀徵縣이다. [周]
4) 蔭(음) : 아버지나 조부의 공덕으로 관직을 얻음을 의미한다. [周]
5) 圖山(천산) : 江蘇의 丹徒에서 동북쪽으로 60리 거리에 양자강가에 접해 있는 험준한
　산. 宋나라 때에 韓世忠이 일찍이 이 산을 수비하여 金나라 군사를 막아내었다. 여기
　에서는 蘇州에 있어 거리가 멀다고 말하고 있다. 또 眞州에서 남하하여 운하를 경유하
　면 圖山을 지나지 않아도 된다. 천산을 지나려면 長江에서 바다로 나가며 蘇州를 경유
　하지 않아도 되는데 지리적으로 모순된 묘사라 하겠다. [周]
6) 【校】: [董]에는 捲으로 되어 있다.
7) 【校】: [董]에는 徉으로 되어 있다.
8) 【校】: [董]에는 沈으로 되어 있다.
9) 【校】: [董]에는 走로 되어 있다.
10) 菰蒲(고포) : 줄과 부들. 菰는 속칭 茭白이다. 蒲는 香蒲를 가리키며 연못에서 난
　다. [周]

于是盡力狂[11]奔. 久之, 東方漸白, 遙望林中有屋宇, 急往投之. 至則門猶未啓, 鍾梵之聲隱然. 少頃開關, 乃一尼院. 王氏徑入, 院主問所以來故, 王氏未敢以實對, 紿之曰:"妾眞州人, 阿舅宦遊江浙, 挈家偕[12]行, 抵任而良人歿矣. 孀居數年, 舅以嫁永嘉崔尉爲[13]次妻, 王室悍戾難事, 箠辱萬端. 近者解官, 舟[14]次于此, 因中秋賞月, 命妾取金杯酒,[15] 不料失手墜于江, 必欲置之死地, 遂逃生至此" 尼曰:"娘子旣不敢歸舟, 家鄉又遠, 欲別求匹配,[16] 卒乏良媒, 孤苦一身, 將何所托?" 王惟涕泣而已. 尼又曰:"老身有一言相勸, 未審尊意如何?" 王曰:"若吾師有以見處, 卽死無憾!" 尼曰:"此間僻在荒濱, 人跡不到, 茭葑[17]之與隣, 鷗鷺之與友, 幸得一二同袍,[18] 皆五十以上, 侍者數人, 又皆淳謹. 娘子雖年芳貌美, 奈命蹇時乖, 盍若捨愛離癡, 悟身爲幻, 被[19]緇削髮, 就此出家, 禪榻佛燈, 晨餐暮粥, 聊隨緣以度歲月, 豈不勝于爲人寵妾, 受今世之苦惱, 而結來世之仇讎乎?" 王拜謝曰:"是所志也." 遂落髮于佛前, 立法名慧圓. 王讀書識字, 寫染俱通, 不期月間, 悉究內典, 大爲院主所禮待, 凡事之巨細, 非王主張, 莫[20]敢輒自行者. 而復寬和柔善, 人皆愛之. 每日于白衣大士[21]前禮百餘拜, 密訴心曲, 雖隆寒盛暑弗替. 旣罷, 卽身居奧室, 人罕見其面. 歲餘, 忽有人至院隨喜,[22] 留齋而去. 明日, 持畫芙蓉一軸[23]來施, 老

---

11) 【校】:[董]에는 而로 되어 있다.

12) 【校】:[董]에는 皆로 되어 있다.

13) 【校】:[董]에는 이 글자가 빠져 있다.

14) 【校】:[董]에는 州로 되어 있다.

15) 【校】:[董]에는 命妾取酒杯로 되어 있다.

16) 【校】:[董]에는 偶로 되어 있다.

17) 茭葑(교봉):승검초와 순무. 茭는 茭白, 葑은 蕪菁이다. [周]

18) 同袍(동포):원래는 군사들 사이의 호칭이다. 여기서는 비구니를 가리키는데 논리상 맞지 않는 표현이다. [周]

19) 【校】:[董]에는 披로 되어 있다.

20) 【校】:[董]에는 不로 되어 있다.

21) 白衣大士(백의대사):觀音菩薩을 의미한다. [周]

22) 隨喜(수희):佛家 용어로 자기의 즐거움에 따른다는 의미이다. 寺院을 유람하는 것을 隨喜라고도 한다. [周]

尼張于素屛. 王過見之, 識爲英筆, 因詢所自. 院主曰 : "近日檀越布施."
王問 : "檀越何姓名? 今住甚處? 以何爲生?" 曰 : "同縣顧阿秀, 兄弟以操
舟爲業, 年來如意, 人頗道其劫掠江湖間, 未知誠然否?" 王又問 : "亦嘗
往來此中乎?" 曰 : "少到耳." 卽默識之. 乃援筆題于屛上曰 :

少日風流張敞[24]筆, 寫生不數黃筌,[25] 芙蓉畫出最鮮妍, 豈知嬌艷色, 翻抱
死生冤.
　粉繪凄凉疑[26]幻質, 只今流落誰憐. 素屛寂寞伴枯禪. 今生緣已斷, 願結再
生緣.

其詞蓋'臨江仙'也. 尼皆不曉其所謂. 一日, 忽在城有郭慶春者, 以他
事至院, 見畫與題, 悅其精致, 買歸爲淸玩. 適御史大夫高公納麟退居姑
蘇, 多募[27]書畫, 慶春以屛獻之, 公置于內館, 而未暇問其詳. 偶外間忽
有人賣[28]草書四幅, 公取觀之, 字格類懷素[29]而淸勁不俗. 公問 : "誰寫?"
其人對 : "是某學書." 公視其貌, 非庸碌者, 卽詢其鄕里姓名, 則蹙頞對
曰 : "英姓崔, 字俊臣, 世居眞州, 以父蔭補永嘉尉, 挈累[30]赴官, 不自愼
重, 爲舟人所圖, 沉英水中, 家財妻妾, 不復顧矣. 幸幼時習水, 潛泅波間,
度旣遠, 遂登岸投民家, 而擧體沾濕, 了無一錢在身. 賴主翁善良, 易以

---

23) 【校】: [董]에는 幅으로 되어 있다.
24) 張敞(장창): 西漢 宣帝 때 太中大夫를 지냈다. 일찍이 아내의 눈썹을 그려주다가 탄
　핵되었는데 宣帝가 묻자 규방에선 그 보다 더한 일도 있는 법이라고 대답하여 황제가
　더 이상 벌을 주지 않았다. [譯]
25) 黃筌(황전): 字는 要叔이고 宋 成都사람이다. 그림을 잘 그려 이름을 날렸다. 열일곱
　살 때에 前蜀王 衍을 섬기어 待詔가 되었다. 前蜀이 망하자 江南布衣 徐熙와 함께 宋
　나라에서도 圖畵院에 소속되었다. 일찍이 흰 견에 흰토끼를 그려 宋나라 秘閣에서 그
　것을 소장하였다. [周]
26) 【校】: [董]에는 餘로 되어 있다.
27) 【校】: [董]에는 慕로 되어 있다.
28) 【校】: [董]에는 買로 되어 있다.
29) 懷素(회소): 唐나라의 高僧으로 俗家에서의 姓은 錢이고 字는 藏眞이었다. 술을 좋
　아하였고 草書에 능했다. 後世에 草書『千字文』이 전해진다. [周]
30) 累(루): 妻子와 家屬들을 가리킨다. [周]

裳衣,31) 待以酒食, 贈以盤纏, 遣之曰:'旣遭寇劫, 理合聞官, 不敢奉留, 恐相連累.' 英遂問路出城, 陳告于平江路,32) 今聽候一年, 杳無音33)耗, 惟賣字以度日, 非敢謂善書也, 不意惡札, 上徹鈞覽." 公聞其語, 深憫之, 曰:"子旣如斯, 付之無奈! 且留我34)西塾, 訓諸孫寫字, 不亦可乎?" 英幸甚. 公延入內館, 與飮. 英忽見屛間芙蓉, 泫然垂淚. 公怪問之. 曰:"此舟中失物之一, 英手筆也. 何得在此?" 又誦其詞, 復曰:"英妻所作." 公曰:"何以辨識?" 曰:"識其字畫. 且其詞意有在, 眞拙婦所作無疑." 公曰:"若然, 當爲子任捕盜之責. 子姑秘之." 乃館英于門下. 明日, 密召慶春問之. 慶春云:"買自尼院." 公卽使宛轉詰尼:得于何人? 誰所題詠? 數日報云:"同縣顧阿秀捨, 院尼慧圓題." 公遣人說院主曰:"夫人喜誦佛經, 無人作伴, 聞慧圓曉悟,35) 今禮爲師, 願勿却也." 院主不許. 而慧圓聞之, 深願36)一出, 或者可以藉此復讎, 尼不能拒. 公命舁至, 使37)夫人與之同寢處, 暇日, 問其家世之詳. 王飮泣, 以實告, 且白題芙蓉事, 曰:"盜不遠矣, 惟夫人轉以告公, 脫得罪人, 洗刷前恥, 以下報夫君, 則公之賜大矣!" 而未知其夫之故在也. 夫人以語公, 且云其讀書貞淑, 決非小家女. 公知爲英妻無疑, 屬夫人善視之, 略不與英言. 公廉得顧居址出沒之跡, 然未敢輕動. 惟使夫人陰勸王蓄髮, 返初服. 又半年, 進士薛理溥化爲監察御史, 按郡. 溥化, 高公舊日屬吏, 知其敏手也, 具38)語溥化, 掩捕之, 敕牒39)及家財尙在, 惟不見王氏下落. 窮訊之, 則曰:"誠欲留以配次男, 不

---

31) 【校】:[董]에는 衣裳으로 되어 있다.

32) 平江路(평강로):본래 平江府였는데 元나라 때 平江路로 바뀌었다. 지금의 蘇州다. [周]

33) 【校】:[董]에는 消로 되어 있다.

34) 【校】:[董]에는 吾로 되어 있다.

35) 曉悟(요오):佛家에서 마음을 밝게 하여 본성을 발견하는 것을 曉悟라고 하였다. [周]

36) 【校】:[董]에는 欲으로 되어 있다.

37) 【校】:[董]에는 俾로 되어 있다.

38) 【校】:[董]에는 且로 되어 있다.

39) 敕牒(칙첩):관직을 수여하는 문서를 말한다. [周]

復防備, 不期當年八月中秋逃去, 莫知所往矣." 溥化遂置之于極典,[40] 而
以原贓給英. 英將辭公赴任, 公曰 : "待與足下作媒, 娶而後去, 非晚也."
英謝曰 : "糟糠之妻, 同貧賤久矣, 今不幸流落他方, 存亡未卜, 且單身到
彼, 遲以歲月, 萬一天地垂憐, 若其尙在, 或冀伉儷之重諧耳. 感公恩德,
乃死不忘, 別娶之言, 非所願也." 公悽然曰 : "足下高誼如此, 天必有以
相佑,[41] 吾安敢苦逼. 但容奉餞, 然後起程." 翌日, 開宴, 路官[42]及郡中
名士畢集. 公擧杯告衆曰 : "老夫今日爲崔縣尉了今生緣." 客莫喩. 公使
呼慧圓出, 則英故妻也. 夫婦相持大慟, 不意復得相見于此. 公備道其始
末, 且出芙蓉屛示客, 方知公所云'了今生緣', 乃英妻詞中句, 而慧圓則
英妻改字也. 滿座爲之掩泣, 嘆公之盛德爲不可及. 公贈英奴婢各一,
貲[43]遣就道. 英任滿, 重過吳門, 而公薨矣. 夫婦號哭, 如喪其親, 就墓下
建水陸齋三晝夜以報, 而後去. 王氏因此長齋念觀音不輟. 眞之才士陸仲
暘, 作畫芙蓉屛歌, 以紀其事, 因錄以警世云 :

　　畫芙蓉, 妾忍題屛風. 屛間血淚如花紅. 敗葉枯梢兩蕭索, 斷練遺墨俱零落.
去水奔流隔死生, 孤身只[44]影成飄泊. 成飄泊, 殘骸向誰託. 泉下游[45]魂竟不
歸, 圖中艶姿渾似昨. 渾似昨, 妾心傷, 那禁秋雨復秋霜. 寧肯江湖逐舟子, 甘
從寶[46]地禮醫王.[47] 醫王本慈憫, 慈憫憐群品, 逝[48]魄願提撕, 熒熒賴將引.
芙蓉顔色嬌, 夫婿手親描, 花萎因折蒂, 榦死爲傷苗, 蕊乾心尙苦, 根朽恨難

---

40) 極典(극전) : 極刑 즉 死刑을 말한다. [周]
41) 【校】: [董]에는 祐로 되어 있다.
42) 路官(노관) : 平江路의 각 관을 말한다. [周]
43) 【校】: [董]에는 津으로 되어 있다.
44) 【校】: [董]에는 隻으로 되어 있다.
45) 【校】: [董]에는 遺로 되어 있다.
46) 【校】: [董]에는 實로 되어 있다.
47) 醫王(의왕) : 『指月錄』에 다음과 같은 내용이 보인다. "唐나라의 修雅法師가 『法華
經』을 듣고서는 藥師如來를 醫王이라하였다. 약사여래는 부처의 명령을 행하여 중생
의 마음의 병을 고쳐주고 혼미한 자를 깨우쳐 주며 미친 자를 바로 잡아 주고 더러운
자를 깨끗하게 해주며 사악한 자를 바르게 해주고 보통 사람을 성스럽게 해준다." [周]
48) 【校】: [董]에는 遊로 되어 있다.

消. 但道章臺泣韓翊,[49] 豈期甲帳遇文簫. 芙蓉良有意, 芙蓉不可棄. 幸得寶月再團圓, 相親相愛莫相捐. 誰能[50]聽我芙蓉篇, 人間夫婦休反目, 看此芙蓉眞可憐.

49) 【校】:[董]에는 翊으로 되어 있다.
50) 【校】:[董]에는 人으로 되어 있다.

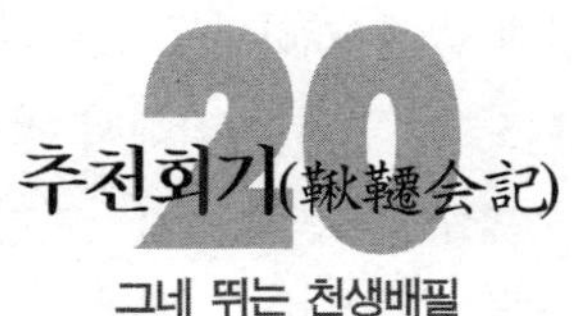

추천회기(鞦韆会記)

그네 뛰는 천생배필

원나라 대덕(大德) 2년 무술년(戊戌年) 패라(孛羅)는 재상을 지낸 제국공(齊國公)의 아들인 덕에 선휘원사(宣徽院使)에 제수되었다. 엄도랄(奄都剌)은 첨판(僉判)이었고 동평왕(東平王) 영보(榮甫)는 경력(經歷)이었다. 세 집안은 해자교(海子橋)의 서쪽에 서로 이웃하여 살았다. 선휘(宣徽)는 재상의 집안에 태어나서 부귀를 다하고 저택은 넓고 아름다워 다른 집과는 비교가 되지 않았다. 그런데도 공부를 열심히 하고 문장에 능했으며 어진 선비를 예로써 대하였기에 당시의 사람들은 모두 그를 칭찬하였다. 집 뒤에 행원(杏園)이 있었는데 "정원에 가득한 봄빛 닫아 놓을 수 없어 살구나무 한 가지 담 밖으로 삐죽이 나왔구나(春色滿園關不住, 一枝紅杏出牆來)"라는 시구에서 그 이름을 따온 것이다. 화초의 기이함과 정자의 아름다움은 여러 귀족 집안에서도 가장 뛰어났다.

매년 봄 선휘의 여러 여동생들과 딸들이 원판(院判)과 경력(經歷) 집안의 아녀자들을 초청해 행원 안에서 그네 타기를 하였는데 먹고 마실 것

을 성대하게 차려놓고 즐겁게 놀면서 하루를 보냈다. 그러면 각 집에서
도 하루 걸러 자리를 열었다. 2월 말에 시작해서 청명절이 끝난 후에야
그쳤는데 이것을 '추천회(鞦韆會)'라고 불렀다. 마침 추밀동첨(樞密同僉)
첩목이불화(帖木爾不花)의 아들 배주(拜住)가 행원 밖을 지나가다가 웃음
소리를 듣고 말 위에서 몸을 일으켜 들여다보니 그네 타기를 하며 즐겁
게 놀고 있는 모습들이 보였다. 몰래 버드나무 그늘에서 살펴보니 여자
들은 모두 절세의 미녀들이었다. 그래서 오래도록 자리를 뜨지 못하고
있다가 그만 문지기에게 들키고 말았다. 문지기가 선휘에게 달려가 보
고하고 다시 찾아보니 이미 사라지고 없었다. 배주가 돌아와서 어머니
에게 보았던 것을 이야기하였다. 어머니는 그의 뜻을 알아차리고 매파
를 선휘의 집으로 보내어 청혼을 하였다. 그러자 선휘가 말하였다.

"혹 담을 엿보던 자가 아니오? 내 마침 사윗감을 고르고 있던 참인데
만약 괜찮은 사람이라면 마땅히 허락하겠소"

매파가 돌아와서 보고하자 동첨은 배주를 잘 입혀서 보냈다. 선휘는
그가 미소년인 것을 보자 속으로 어느 정도 마음에 들었으나 그의 재주
와 학문이 어떤지를 몰라 시험해 보았다.

"자네는 그네타기를 보기 좋아하니 그것을 제목으로 하고 「보살만(菩
薩蠻)」으로 곡조를 삼아 남사(南詞) 한 곡을 지어보게. 가능하겠는가?"

배주는 붓을 들어 몽고 글자로 써 내려갔다.

紅繩畫板柔荑指,	붉은 끈 그림 그린 판에 보드라운 손
東風燕子雙雙起.	동풍에 제비 쌍쌍이 날아오르듯
誇俊與爭高,	빼어남을 다투고 높이를 경쟁하느라
更將裙繫牢.	치마끈을 단단히 동여매었네
牙床和困睡,	상아 침상에 곤히 잠들어
一任金釵墜.	금비녀 떨어지는 것도 모르네
推枕起來遲,	베개 밀어내며 천천히 일어나니

紗窓月上時.　　　　비단 창가에는 달 떠오르네

선휘는 그의 민첩함이 마음에 들었으나 혹 미리 눈치채고 지어놓거나 다른 사람의 손을 빌린 것이 아닌가 하는 의심이 들었다. 그래서 자리를 성대히 열어 그를 대접하고는 다시 「만강홍(滿江紅)」으로 꾀꼬리를 읊어보게 하였다. 배주는 섬계지(剡溪紙)를 펼치더니 한문으로 써서 선휘에게 바쳤다. 선휘는 이를 보고 비로소 기뻐하며 말했다.

"사윗감을 얻었구나!"

즉시 셋째 부인의 딸인 속가실리(速哥失里)와의 혼약을 허락하고 또 부인과 여식을 불러 배주와 상견례시켰다. 다른 여식들도 창 틈으로 그를 살펴보고는 속가실리에게 축하해주며 말했다.

"가히 '집안에는 즐거운 기운 가득 하고 낭군님 얻으니 용을 탄 듯 하여라(門闌多喜氣, 女壻近乘龍)'라고 할 수 있겠구나."

택일을 하여 예물을 보내었는데 예물의 풍성함과 문장의 우아함이 장안에 소문나니 모두들 성대한 일이라고 하였다. 배주가 꾀꼬리를 읊은 것을 여기에 덧붙인다.

嫩日舒晴,	해 나오자 맑은 기운 펼쳐지고
韶光艷,	고운 빛 퍼지며
碧天新霽.	푸른 하늘에 구름 걷히네
正桃腮半吐,	복숭아 뺨 반쯤 드러내고
鶯聲初試.	꾀꼬리 목소리 가다듬네
孤枕乍聞弦索悄,	외로운 베갯머리에 거문고 소리 들리고
曲屛時聽笙簧細,	머릿 병풍서 가느다란 생황 소리 듣네
愛綿蠻柔舌韻東風。	새소리 부드러운 혀로 봄바람 노래하니
逾嬌媚.	더욱 고와라
幽夢醒,	그윽한 꿈에서 깨어

閑愁泥.　　　　　잔잔한 근심에 잠기다
殘杏褪,　　　　　남은 향기마저 바래버리고
重門閉.　　　　　중문은 닫혔어라
巧音芳韻,　　　　아름다운 노래 소리
十分流麗.　　　　너무나 아름답네
入柳穿花來又去,　버들과 꽃밭 사이 왔다가는 다시 가고
欲求好友眞無計.　좋은 벗 사귀려 해도 정녕 방법 없구나
望上林何日得雙棲,　상원(上苑)에 어느 날 둘이 머물 수 있을까
心沼遞.　　　　　마음은 아득해라

그런데 얼마 후 추밀동첨은 청렴하지 못한 까닭으로 파직당하고 어사대(御史臺) 감옥에 갇혔다가 병을 얻고 말았다. 대신(大臣)인 까닭에 관례대로 풀려 나와 집으로 돌아와 치료를 받았으나 열흘을 넘기지 못하고 숨을 거두었다. 집안 사람들이 모두 병에 옮아 다 죽고 오직 배주만이 남았다. 하지만 얼음이 녹듯 기와가 무너져 내리듯 재산은 다 흩어지고 말았다. 선휘가 그를 집으로 불러 들여 가르치고 부양하려 했으나 셋째 부인이 한사코 들으려고 하지 않았다. 선휘에게는 많은 첩들이 있었으나 그 중에서도 셋째 부인이 총애를 한 몸에 받고 있었는데 다른 여식들은 모두 부귀한 집안에 시집가고 자신의 사위만이 이렇게도 영락해 버린 것을 보자 혼약을 맺었던 것을 후회하게 된 것이다. 속가실리가 부모에게 간청했다.

"혼약을 맺는다는 것은 의를 맺는 것으로 한 번 맺고 나면 끝내 바꿔서는 안 됩니다. 저도 여러 자매들이 부귀영화 누리는 것이 보이지 않는 것은 아니며 마음으로 또한 부럽기도 합니다. 하지만 인연이 정해졌고 귀신은 속일 수 없는 것이니 어찌 그가 빈천하다고 해서 버릴 수 있겠습니까?"

그러나 부모는 듣지 않고 따로 평장(平章) 활활출(闊闊出)의 아들 승가노(僧家奴)에게 시집보내려고 하였다. 의식과 문장의 성대함은 전에 비할

바 아니었다. 결혼 당일이 되자 속가실리는 가는 도중에 발을 쌌던 비
단 끈을 몰래 풀어 가마 안에서 목을 매었다. 도착해보니 이미 죽어 있
었다. 부인은 딸을 싣고 돌아와 혼수와 신랑측에서 받았던 예물을 관에
넣어서 염하고 관을 청안승사(淸安僧寺)에 일시 맡겨 놓았다.

배주는 변고를 듣고 그 날 저녁 몰래 가서 통곡을 하며 관을 두드렸다.

"내가 여기 왔소"

그러자 갑자기 관 안에서 대답하는 소리가 들렸다.

"관을 열어주세요. 저는 살아있습니다."

관의 모서리를 둘러보니 옻칠을 하고 못을 박아 놓은 것이 매우 견고
해 열 방도가 없었다. 그래서 스님에게 부탁했다.

"수고스럽겠지만 힘 좀 써 주십시오. 관을 연 죄는 제가 모두 책임겨
서 피해를 주지 않을 것이며 여기에 있는 것도 나누어 가집시다."

중은 후하게 염을 했다는 사실을 알고 있었던 터라 재물 욕심이 나서
도끼로 관을 열었다. 여자는 과연 살아있었다. 둘은 매우 기뻐하며 금팔
찌와 머리 장식을 벗어 그 반을 중에게 주었다. 그 나머지만 하더라도
수만 관은 되었다. 그리고 중에게 부탁해서 옻[漆]을 사다가 관을 전처
럼 해놓아 일이 탄로 나지 않도록 하였다.

배주는 속가실리를 데리고 상도(上都)로 가서 일 년을 살았는데 그 사
실을 아무도 몰랐다. 가지고 왔던 재물이 많고 또 배주가 몽고 학생 여
러 명을 가르쳐 따로 급여를 받아서 집안 살림이 넉넉했다. 그런데 선
휘가 개평부윤(開平府尹)으로 나가게 되었다. 임지에 도착하고 나서 곧바
로 막객(幕客)을 구했으나 상도에는 유생이 매우 드물었다. 어떤 사람이
말했다.

"근자에 어떤 선비가 대도(大都)에서 가족을 데리고 와서 여기에 살고
있는데 그 또한 색목인(色目人)입니다. 민간에서 학생들을 가르치는데 학
문이 아주 높습니다. 부군께서 서빈(西賓)을 찾으신다면 이 사람이 적당
할 것입니다."

급히 불러오게 하니 바로 배주였다. 선휘는 필시 그가 유랑하다가 죽었을 것이라고 생각하였는데 이렇게 번듯한 것을 보자 이상한 생각이 들었다.

"어떻게 해서 이곳에 왔으며 또 누구를 아내로 맞이했는고?"

배주는 이에 사실대로 고했다. 선휘는 믿지 않고 데려와 보도록 하였는데 과연 속가실리였다. 집안 사람들은 술렁이며 한편으로 기뻐하고 한편으로는 슬퍼하였다. 하지만 혹 귀신이 사람의 모습을 빌어 젊은 사람을 현혹시키는 것이 아닌가하는 생각이 들어서 몰래 사람을 청안사로 보내어 중에게 물어보게 하였는데 그의 말도 일치하였다. 관을 열어 보니 텅 비어 있었다. 돌아와서 선휘에게 보고하자 부부는 지난 일을 부끄러워하며 더욱 후하게 대하고 사위로 거두어 들여 그 집에서 평생 같이 있도록 하였다. 배주에게는 세 아들이 있었는데 큰아들 교화(敎化)는 벼슬이 요양(遼陽) 등의 행중서성좌승(行中書省佐丞)까지 이르렀으나 일찍 죽었다. 둘째 망고라(忙古羅)와 막내 흑시(黑廝)는 모두 내겁설(內怯薛)이 되어 궁중에서도 무기를 찰 수 있게 되었다. 망고라가 먼저 죽고 흑시는 벼슬이 추밀원사(樞密院使)에 이르렀다. 명나라 군사가 연경(燕京)에 이르자 순제(順帝)는 청녕전(淸寧殿)으로 가서 삼궁의 후비와 황태자를 모아두고 군대를 피할 것을 의논하였다. 흑사는 승상 실열문(失列門)과 통곡을 하며 말했다.

"천하는 세조(世祖) 폐하의 천하입니다. 마땅히 사수(死守)해야 할 것이옵니다."

하지만 순제는 듣지 않았다. 밤중이 되자 건덕문(建德門)을 열고 도망갔다. 흑시도 따라서 사막으로 들어갔는데 행방을 알 수 없게 되었다.

鞦韆會記[1]

元大德二年[2]戊戌, 字羅以故相齊國公[3]子拜宣徽院[4]使, 奄都剌爲僉判,[5] 東平王榮甫爲經歷,[6] 三家聯住海子[7]橋西. 宣徽生自相門, 窮極富貴, 第宅[8]宏麗, 莫與爲比. 然讀書能文, 敬禮賢士, 故時譽翕然稱之. 私居後有杏園一所, 取'春色滿園關不住, 一枝紅杏出牆來'之意, 花卉之奇, 亭榭之好, 冠于諸貴家. 每年春, 宣徽諸妹、諸女, 邀院判、經歷宅眷, 于園中設秋千之戲, 盛陳飲宴, 歡笑竟日. 各家亦隔一日設饌. 自二月末至淸明後方罷, 謂之鞦韆會. 適樞密[9]同僉[10]帖木爾不花子拜住[11]過園外,

---

1) 이 이야기는 凌濛初가 話本으로 개작하였는데『初刻拍案驚奇』제9권에 보인다. 回目은 "宣徽院仕女鞦韆會, 淸安寺夫婦笑啼緣(선휘원의 소저는 그네를 타고 청안사의 부부는 생사를 넘은 인연을 맺었다)"이다.『曲海總目提要』에 謝宗錫의 전기『玉樓春』에 대한 언급이 보이는데 역시 이 이야기를 제재로 한 것이다. [周]
2) 大德二年(대덕이년) : 1298년. [周]
3) 故相齊國公(고상제국공) : 元나라 초에 齊國公에 봉해진 사람은 오직 八察脫忽隣, 野薛涅, 兀玉篤實, 潔實彌爾 네 사람인데 모두 丞相에 오르지 못했으며 字羅라는 이름을 가진 자손도 없다. [周] 여기서는 일부 허구로 설정한 듯 하다. [譯]
4) 宣徽院(선휘원) : 官署이름. 元代에 어전 음식과 연회 잔치 등의 공급을 맡은 직책이다. [周]
5) 僉判(첨판) : 官이름. 元나라 때 宣政院, 宣徽院, 太常禮儀院, 太醫院 등에 모두 이 관직이 있었으며 公事의 재판을 담당하였다. [周] 아래에서 院判이라고 칭한 것은 이들 관청[院]의 僉判이란 의미다. [譯]
6) 經歷(경력) : 官이름. 元나라 때 樞密, 宣政, 宣徽諸院, 諸衛, 諸親軍, 大都督, 萬戶, 諸府廉訪, 鹽運, 宣慰諸司에 모두 經歷官이 있었으며 出納과 文移를 담당하였다. [周]
7) 海子(해자) : 北方에서는 湖沼라고 칭하였다.『元史』에 "海子란 일명 積水潭이며 西北지방의 모든 샘물을 모아 도성으로 흐르게 하여 이곳에 모으니 바다와 같이 넓고 커서 서울사람들이 이렇게 이름지었다(海子, 一名積水潭, 聚西北諸泉之水, 流行于都城 : 而彙于此, 汪洋如海, 都人因名焉)"라는 문장이 보인다. [周]
8) 【校】: [董]에는 宅第로 나와있음.
9) 樞密(추밀) : 樞密院으로 官署이름이다. 唐나라 때 처음 세워졌고 상소문을 수령하는 일을 담당했다. 宋, 遼, 金, 元 때에 모두 이 官署가 있었고 군사기밀을 전담하여 권위가 매우 높았다. 元나라 때에 樞密院을 다시 설치하여 시행하였다. [周]
10) 同僉(동첨) : 官이름. 元나라 때에 宣政院, 宣徽院, 太常禮儀院, 太醫院에 모두 同僉

聞笑聲, 于馬上欠身望之, 正見鞦韆競蹴, 歡鬨方濃, 潛于柳陰中窺之, 覩諸女皆絶色, 逡久不去, 爲閣者所覺, 走報宣徽, 索之, 亡矣. 拜住歸, 具白于母. 母解意, 乃遣媒于宣徽家求親. 宣徽曰: "得非窺牆兒乎? 吾正擇婿, 可遣來一觀, 若果佳, 則當許也." 媒歸報, 同僉飾拜住以往. 宣微見其美少年, 心稍喜, 但未知其才學, 試之曰: "爾喜觀鞦韆, 以此爲題, 『菩薩蠻』爲調, 賦南詞一闋, 能乎?" 拜住揮筆, 以國字[12]寫之曰:

　　紅繩畫板柔荑指, 東風燕子雙雙起. 誇俊與[13]爭高, 更將裙繫牢.　牙床和困睡, 一任金釵墜. 推枕起來遲, 紗窗月上時.

　　宣徽雖愛其敏捷, 恐是預構,[14]　或假手于人. 因盛席待之, 席間, 再命作『滿江紅』詠鶯. 拜住拂拭剡藤,[15] 用漢字書呈宣徽. 宣徽喜曰: "得婿矣!" 遂面許第三夫人女速哥失里爲姻, 且召夫人, 幷呼女出, 與拜住相見. 他女亦于窗隙中窺之, 私賀速哥失里曰: "可謂'門闌多喜氣,[16] 女婿近乘龍[17]'也." 擇日遣聘, 禮物之多, 詞翰之雅, 喧傳都下, 以爲盛事. 拜住鶯詞附錄于此:

　　嫩日舒晴,[18] 韶光艷, 碧天新霽. 正桃腮半吐, 鶯聲初試. 孤枕乍聞弦[19]索

官을 두었다. 同僉은 宋나라 때의 同簽書院事이다. [周]
11) 【校】: [董]에는 往으로 나와있음.
12) 國字(국자): 당시 元나라의 공식문자인 蒙古글자다. [周]
13) 【校】: [董]에는 要로 나와있음.
14) 【校】: [董]에는 搆로 나와있음.
15) 剡藤(섬등): 浙江의 剡溪의 등나무를 이용해 만든 종이로 매우 유명하며 특히 얼음을 깰 때 만든 것이 가장 좋다고 한다. 顧況의 詩에 "剡溪의 剡紙는 剡藤에서 나온다 (剡溪剡紙生剡藤)"라는 구절이 있다. [周]
16) 【校】: [董]에는 色으로 나와있음.
17) 乘龍(승룡): 漢나라의 黃憲과 李膺은 모두 太尉인 桓焉의 여식을 아내로 맞이하였다. 당시의 사람들이 桓의 두 딸은 모두 용을 탔다고 말했다. 사위를 얻는 것은 용을 탄 것과 같다는 뜻인데 이 두 구절은 杜甫의 시에 보인다. [周]
18) 【校】: [董]에는 情으로 나와있음.
19) 【校】: [董]에는 絃으로 나와있음.

悄, 曲屛時聽笙簧細, 愛綿蠻20)柔舌韻東風. 逾嬌媚.

　　幽夢醒, 閑愁泥. 殘杏褪, 重門閉. 巧音芳韻, 十分流麗. 入柳穿花來又去, 欲21)求好友22)眞無計. 望上林23)何日得雙棲, 心迢遞.24)

　　旣而同僉豪宕,25) 簠簋不飭,26) 竟以墨敗,27) 繫御史臺28)獄, 得疾圂圄間, 以大臣, 例蒙疏29)放,30) 回家醫治, 未逾旬, 竟爾不起. 闔室染疾, 盡爲一空, 獨拜住在; 然冰消瓦解, 財散人亡. 宣徽將呼拜住回家, 敎而養之, 三夫人堅執不肯. 蓋宣徽內嬖雖多, 而三夫人者, 獨秉權專寵, 見他姬女皆歸富貴之門, 獨己婿家反凋敝如此, 決意悔親. 速哥失里諫曰: "結親卽結義, 一與訂盟, 終不可改. 兒非不見諸姊妹家榮盛, 心亦慕之, 但寸絲爲定, 鬼神難欺, 豈可以其貧賤而棄之乎?" 父母不聽, 別議平章闊闊出31)之子僧家奴, 儀文之盛, 視昔有加. 曁成婚, 速哥失里行至中道,

---

20) 綿蠻(면만) : 새가 우는소리. 『詩經』에 "꾀꼬리 우는소리에 언덕 위에 멈춰서네(綿蠻黃鳥, 止于丘阿)"라는 구절이 있다. [周]

21) 【校】 : [董]에는 글자탈락.

22) 欲求好友(욕구호우) : 『詩經』에 "새가 쩍쩍하고 우니 그 친구를 찾는 소리인가보다(鳥鳴嚶嚶, 求其友聲)"라는 구절이 있다. [周]

23) 上林(상림) : 宮苑이름. 陝西지방 長安 서쪽과 盩厔, 鄠縣(지금의 周至, 戶縣)의 경계에 있다. 본래 秦나라의 정원이었는데 漢 武帝(劉徹)가 더욱 확대하여 둘레가 300리였으며 離宮이 70곳이나 되었다. [周]

24) 迢遞(초체) : 오래오래 면면히 이어지다. [周]

25) 【校】 : [董]에는 蕩으로 나와 있음.

26) 簠簋不飭(보궤불칙) : 簠와 簋는 모두 祭器이다. 不飭은 가지런하지 않음으로 관리의 타락함을 비유한 것이다. [周]

27) 墨敗(묵적) : 타락해서 관직을 잃다라는 의미이다. [周]

28) 御史臺(어사대) : 官署이름이다. 御史는 규찰과 탄핵을 주관하며 규탄 받은 관리는 명령에 따라 어사대의 심문을 받게 된다. 그래서 감옥 없이 죄 지은 관리를 구금시킨다. [周]

29) 【校】 : [董]에는 疏로 나와 있음.

30) 例蒙疏放(예몽소방) : 元나라의 法律로써 大臣이 감옥에서 병을 얻으면 일시 석방을 청할 수 있다. [周]

31) 闊闊出(활활출) : 元 世祖 쿠빌라이(忽必烈)의 28번째 아들이다. 至元 26년 寧遠王에 봉해졌고 成宗(鐵穆爾) 때 平章을 맡아서 군사를 총지휘했다. 武宗(海山) 至大 3년 (1310)에 三寶奴가 그가 나쁜 일을 도모한 것을 고하여 武宗은 그를 高麗로 귀향 보내

潛解脚紗, 縊于轎中, 比至而死矣. 夫人以其愛女輿回, 悉傾嫁奩及夫家聘物殮之, 暫寄淸安僧寺. 拜住聞變, 是夜, 私往哭之, 且叩棺曰:"拜住在此." 忽棺中應曰:"可開柩, 我活矣." 周視四隅, 漆釘牢固, 無由可啓. 乃謀于僧曰:"勞用力, 開棺之罪, 我一力承之, 不以相累, 當共分所有也." 僧素知其厚殮, 亦萌利物之意, 遂斧其蓋. 女果活, 彼此喜極, 乃脫金釧及首飾之半謝僧; 計其餘, 尙値32)數萬緡,33) 因託僧買漆整棺, 不令事露. 拜住遂挈速哥失里走上都.34) 住一年, 人無知者. 所携豐厚, 兼拜住又教蒙古生數人, 復有月俸, 家道從容.35) 不期宣徽出尹開平,36) 下車之始, 卽求館客,37) 而上都儒者絶少. 或曰:"近有士自大都38)挈家寓此, 亦色目39)人, 設帳民間, 誠有學問. 府君欲覓西賓, 惟此人爲稱." 亟召之, 則拜住也. 宣徽意其必流落死矣, 而人物整然, 怪之. 問:"何以至此? 且娶誰氏?" 拜住實告. 宣徽不信, 命昇至, 則眞速哥失里, 一家驚動, 且喜且悲. 然猶恐其鬼假人形, 幻惑年少, 陰使人詣淸安詢僧, 其言一同, 乃發殯, 空櫬40)而已. 歸以告宣徽, 夫婦愧歎, 待之愈厚, 收爲贅婿, 終老其家. 拜住三子:長教化, 仕至遼陽等處行中書省41)左丞,42) 早卒. 次子忙

고 그의 부인을 죽이며 그의 淸州 食邑을 三寶奴에게 하사하였다. 仁宗 皇慶 2년 (1313)에 석방되어 돌아와서 이듬해 2월에 죽었다. [周]

32) 【校】:[董]에는 直으로 나와 있음.

33) 數萬緡(수만민):緡은 돈을 꾸러미로 묶은 것이다. 一緡은 一貫이며 數萬 緡은 數萬 貫이다. [周]

34) 上都(상도):開平府로 지금의 河北省 獨石口 東北 지역이다. 원래 金桓州地이며 元 때 府를 설치하였는데 후에 上都라는 호칭을 더했다. 故城은 현재 內蒙古自治區 多倫 縣에 있다. [周]

35) 從容(종용):여기서는 부유함(넉넉함)으로 풀이한다. [周]

36) 開平(개평):上都이다. [周]

37) 館客(관객):留宿하며 글을 가르치는 유생을 말한다. [周]

38) 大都(대도):元나라 首都로 지금의 北京市이다. [周]

39) 色目(색목):元나라 때 外族의 姓 가령 欽察, 唐古, 回回 등을 色目이라 불렀다. 몽고인 다음가는 대우를 받았고 漢人이나 南人보다는 높은 대우를 받았다. [周]

40) 【校】:[董]에는 襯으로 나와 있음.

41) 行中書省(행중서성):元나라 때에는 中書省 외에 각 路마다 行中書省을 두었는데 行省이라고 불렀다. 현재 중국 각 성의 이름은 여기서 유래된 것이다. [周]

古歹, 幼子黑廝, 俱爲內怯薛,[43] 帶御器械. 忙古歹先死. 黑廝官至樞密院使.[44] 天兵[45]至燕,[46] 順帝御淸寧殿, 集三宮后妃、皇太子, 同議避兵. 黑廝與丞相失列門哭諫曰 : "天下者, 世祖之天下也. 當以死守." 不聽. 夜半, 開建德門而遁. 黑廝隨入沙漠, 不知所終.

---

42) 左丞(좌승) : 官이름. 漢나라 때 尙書 左右丞을 설치하였는데 左丞은 臺中의 기강을 총 관리하였으며 歷代로 그것을 따랐다. 元나라 때에는 尙書省을 中書省에 병행하였고 中書省 左右丞을 두었으며 각 行中書省에도 左右丞을 두었다. [周]

43) 怯薛(겁설) : 교대로 숙직하며 지키는 사람으로 3일마다 한 번씩 교대한다. 怯薛은 몽고어이다. [周]

44) 樞密院使(추밀원사) : 樞密院을 주관하는 관리를 말한다. [周]

45) 天兵(천병) : 明나라 兵士를 말한다. [周]

46) 燕(연) : 地名으로 지금의 河北省을 말한다. [周]

21 지정기인행(至正妓人行) 병서(幷序)

늙은 기생을 위한 노래

명나라 영락(永樂) 17년 나는 계림(桂林)에서 방산(房山)으로 자리를 옮겼다. 그 해 겨울 여관에서 우연히 퇴기(退妓) 한 명을 만났다. 비록 세상을 전전하고 노쇠하였지만 담소하는 가운데 기풍이 있고 자주색 피리를 지니고 있었다. 그녀에 대해서 자세히 물어보니 자신은 대도(大都)의 기생이었는데 재주와 미모로 교방(敎坊)에 발탁되어 궁중에도 출입했다고 했다. 세월이 흐르고 시대가 바뀌고 나서는 머리를 깎고 중이 되려 했지만 실행에 옮기지 못하고 얼마 후에 이름 없는 평민에게 시집가 더욱 고달픈 신세가 되었다가 지금은 늙고 의지할 곳 없어 손자를 따라 장영(匠營)에서 밥을 먹고 있다는 것이었다. 원나라 지정(至正) 연간의 번화와 부귀를 이야기할 때는 마치 눈으로 보는 듯 했다. 그러나 지난 일을 추억할 때마다 회포는 더욱 괴로워하는 듯 했다. 어찌 고금의 '홍안박명(紅顏薄命)'이 이와 같단 말인가? 나는 그로 인해 고개를 숙이고 배회하며 처연한 마음에 탄식하였다. 또 그녀의 마음이 고마워 장가(長歌) 한 수를 지어서 주었는데 제목은 「지정기인행(至正妓人行)」이다. 재주가 모자라 그녀의 자태를 만분의 일이라도 제대로 그려낼 수 없었다. 우울한 때에 꺼내서 읽으니 그 사람을 위로함이 아니고 다만 스스로 마음을 풀어보고자 해서일 따름이었다.

桃花含露傷春老,　　도화꽃은 이슬 머금고 늦은 봄 상심하고

蓮葉欺霜悴秋早.　　연잎은 서리 속이고 이른 가을 근심하네

紅飄翠殞誰可方,　　붉고 푸른 꽃잎 지는 것을 누가 막으랴

大都妓人白頭嫗.　　대도의 아리따운 기녀 백발 노파 되었네

言辭婉媚雖足愛,　　언사는 부드러워 비록 사랑스러우나

顔色萎摧寧再好.　　안색이 시드니 어찌 다시 좋아하리오

姿同蒲柳先凋零,　　자태는 먼저 시들은 버들 같고

景近桑楡漸枯槁.　　모습은 점차 마르는 뽕잎 같네

我役房山滯客邊,　　방산(房山)의 부역으로 변방 머무니

客邊意氣復非前.　　변방의 기운은 전혀 전 같지 않도다

螺盃謾想紅樓飮,　　소라 잔에 아득히 홍루의 잔치 생각하고

雁柱徒懷錦瑟絃.　　기러기 받침에 헛되이 옛 풍류를 그리네

晏歲荒村因邂逅,　　세모에 황촌(荒村)에서 만났으니

芳尊小酌且留連.　　술잔이나 기울여 마셔나 보세

陽臺楚雨情磨滅,　　양대의 운우(雲雨)의 정 마멸되었고

舞袖弓鞋事棄捐.　　춤 소매와 굽은 신발 이젠 버렸네

于今淪落依草木,　　지금은 영락하여 초목에 의지하고

天寒幽居在空谷.　　차가운 하늘가 빈 골에 살고 있네

爺娘底處認墳墓,　　어디서 부모의 묘소 알아볼 것이며

姊妹何鄕尋骨肉.　　어느 곳에 자매의 유골 찾을 것인가

初謂終身永歡笑,　　처음엔 종신토록 즐거울 줄 알았건만

那知末路翻撈攦.　　어찌 알았으리! 말로가 고달프게 될 줄을

莫惜縹囊紫玉簫,　　하늘빛 비단 주머니 자색 옥피리 아끼지 않고

暫吹絳闕瑤臺曲.　　잠시 강궐(絳闕)과 요대(瑤臺)의 노래 불러보네

停觴起立態如癡,　　술잔 멈추고 일어서니 자태는 어리석은 듯

斂衽躊躇半餉時.　옷깃 여미고 한참을 주저하고 있네
凝情徘徊傾聽久,　마음 가다듬고 배회하며 잠시 기다리고
微茫杳渺度腔遲.　아득히 느릿느릿 곡조를 다듬어 보네
嬌疑睍睆鶯求友,　아리땁기가 꾀꼬리가 벗 구하듯
嫩訝呢喃燕哺兒.　보드랍기는 제비가 새끼 먹이듯
巨壑潛蛟驚起蟄,　큰 골짝 숨은 교룡 놀라 자리서 일어나고
危巢別鵠苦分離.　높은 둥지 나뉘는 고니 이별을 괴로워하네
分離或變成凄切,　헤어짐은 변하여 처절함이 되고
凄切愈加音愈咽.　처절함이 더하니 소리조차 흐느끼네
蕩子江湖信息稀,　집 떠난 탕자는 강호에서 소식 없고
疲兵關塞肌膚裂.　지친 병사는 변방에서 살갗 터진다네
似啼似訴復似泣,　흐느끼듯 하소연하듯 또 다시 우는 듯
若慕若怨兼若訣.　그리운 듯 원망하듯 다시 서러워하듯
孤舟嫠婦旅魂消,　외로운 배 과부의 떠도는 혼은 깎이고
異域累臣鬢毛折.　이역의 죄진 신하 귀밑머리 꺾이네
參差角羽雜宮商,　각(角)과 우(羽), 궁(宮)과 상(商)에 섞이고
微韻紆徐巧抑揚.　작은 울림 서서히 올라갔다 내려가니
墜絮游絲爭繞亂,　버들개지 어지러이 날리며 떨어지고
哀蛩怨蚓互低昂.　귀뚜라미와 지렁이 슬퍼하며 고개 드네
呦呦瑞鹿剔靈囿,　상서로운 사슴은 영유에서 뼈 발라내고
噦噦和鸞集建章.　딸랑딸랑 방울소리 건장궁(建章宮)에 모여드네
楚弄數聲諧洗簇,　초나라 곡조는 세율(洗律)과 족률(簇律)에 어울리고
氐州一曲換伊涼.　저주(氐州)의 곡 이주와 양주 곡이 되었네
伊涼瀏亮益閑暇,　이주와 양주의 노래 맑고 더욱 한가로우니
塤箎笛笙皆在下.　훈과 저, 피리와 생황 모두 아래에 있네
琚瑀鏗鏘韻碧霄,　옥 울리는 소리 푸른 하늘에 울리고
機梭淅瀝鳴玄夜.　베틀과 북의 소리 어둔 밤하늘에 들린다
須臾衆調多周遍,　모든 곡조 두루 타고나서
返席重論盛年話.　자리에 돌아와 다시 태평성대의 이야기하네
一自干戈遽擾攘,　전쟁이 한 번 휩쓸고 지나니

幾多行輩遞淪謝.　　　얼마나 많은 사람들 목숨을 잃었나
記得先朝至正初,　　　지난 원나라 지정(至正) 초년에
奴家才學上頭顱.　　　소첩은 재학으로 머리 올려 기생되고
銀環約臂聯條脫,　　　은반지에 두 팔에 나란히 팔찌 끼고
彩線按絨綴眔罟.　　　비단실로 주머니 엮어 찼네
博局倦餘邀伴賭,　　　바둑이 지겨우면 벗을 불러 골패하고
鞦韆蹴罷倩人扶.　　　그네 뛰면 사람 시켜 부축케 하였네
纖腰數被鄰姬妒,　　　가느다란 허리 시기 받은 지 몇 번인가
鬢髮常煩阿姐梳.　　　삼단 같은 머릿결 시녀가 빗질하였네
羽林英俊馳輕轂,　　　금위군 멋진 인물 가벼운 수레 몰아
慣向奴家通夕宿.　　　우리 집 놀러와 밤새 머물고 놀았지
鳳枕鴛衾肯蹔辜,　　　봉황 베개 원앙 이불 어찌 잠시 저버리며
蜂媒蝶使交相屬.　　　사랑의 중매인은 끊이지가 않았었네
冰容反懼脂粉涴,　　　하얀 얼굴이 기름 분에 더럽힐까 저어하고
香體匪藉沈檀浴.　　　향긋한 몸은 침향으로 씻은 것이 아니었네
退居始替興聖班,　　　물러나 있다가 비로소 궁궐로 불려가니
內使傳宣又催促.　　　내사(內使)에서 명 전하며 또 재촉하였지
宇宙雍熙百姓安,　　　천하는 태평성대요 백성은 평안하며
仁覃四裔復三韓.　　　어진 정치는 사방과 삼한을 덮었네
畏吾選作必闍赤,　　　위구르의 인재 뽑아서 관리로 삼고
欽察恩深答剌罕.　　　캄차크에 깊숙이 군사의 은혜 베푸네
已見拂菻呈駃騠,　　　불름(拂菻)에서 준마 바치는 것을 보았고
還聞緬甸貢琅玕.　　　면전(緬甸)이 옥을 바쳤다는 말도 들었네
丹楹陡峻棲鵁鶄,　　　높다란 단영(丹楹)에는 까치 깃들이고
華表玲瓏鏤角端.　　　영롱한 화표(華表)에는 각단을 새겼네
神州形勝眞佳麗,　　　신주(神州)의 경치 진실로 빼어나고
鬱鬱葱葱蟠王氣.　　　울울총총 왕기가 서려 있었네
五穀豐登免稅糧,　　　오곡이 풍성하니 세금을 면하고
九重娛樂耽聲妓.　　　구중에선 즐거운 음악소리 높네
廣寒宵得侍乞巧,　　　광한궁에서 저녁에 결교를 함께 하고

太液晨許陪修禊.　　　　태액지(太液池)에선 수계(修禊)를 함께 했지
避暑巡游欲屆程,　　　　더위 피해 순행함에 일정에 다다르고자
沿途宿頓爭除地.　　　　연도에 머물며 다투어 길을 쓸었네
隨鑾供奉揀娉婷,　　　　천자 수레 따르며 예쁜 여자 간택할 때
特敕奴家厠蹕行.　　　　이 몸을 뽑아서 뒤따르게 하였네
鹵簿曉排仙仗發,　　　　의장대는 아침 되니 선장대를 따르고
抹倫晴鞦綉鞍乘.　　　　날 개이니 말 등에 수놓은 안장 얹는다
營間鼓鐲轟雷動,　　　　영내에서 징을 치니 우레 울리는 듯
磧外氛埃掃電淸.　　　　사막 밖의 먼지 순식간에 쓸어버리네
紈扇試時違大內,　　　　비단 부채 시험할 때 대내를 어기고
花園過去是開平.　　　　화원을 지나니 개평 땅이었어라
宗王貴戚咸來會,　　　　종실인척 귀한 손님 모두 나와서
嵩呼萬歲齊齊跪.　　　　만세 부르며 나란히 무릎을 꿇네
緋纓帽安鉢焦圓,　　　　붉은 갓끈 모자에 구슬은 둥글고
黑瓡髻紃卜郞銳.　　　　검은 박씨 상투 끈에 비녀는 뾰족하네
後先雉扇怯薛執,　　　　앞뒤의 치선은 겁설(怯薛)이 잡고
左右麟符火赤佩.　　　　좌우의 인부는 화적(火赤)이 차네
茜闕縫袍竺國師,　　　　천계로 기운 두루마기 천축국 승려
霞綃蹙帔天魔隊.　　　　노을빛 비단 치마입은 천마대
齊姜宋女總尋常,　　　　주위의 시녀들 모두 범상하여
惟詫奴家壓敎坊.　　　　이 몸에게 교방을 누르게 하였지
樂府競歌新北令,　　　　악부에선 다투어 신 북령을 노래하고
勾欄慵主舊西廂.　　　　구란에선 게을리 구 서상을 주관하네
煞寅院本偏蒙賞,　　　　행원(行院)의 극본을 두루 감상하고
喝采箜篌每擅場.　　　　갈채받으며 공후를 매번 무대에 올렸지
渾脫囊盛阿剌酒,　　　　혼탈낭(渾脫囊)에 아랄백(阿剌伯)의 술을 담고
達挐珠絡只孫裳.　　　　달나주(達挐珠)는 지손상(只孫裳)에 달았네
胡元運祚俄然歇,　　　　원나라의 운세가 갑자기 끝이나니
遠遁龍荒棄城闕.　　　　궁궐 버리고 멀리 황야로 달아났네
官裏遙沖朔漠塵,　　　　관청 안은 사막의 티끌 날리고

哈敦暗哭穹廬月.　　후비는 몰래 달을 보고 우네
壞宮晝靜著封鎖,　　무너진 궁성 낮에 적막하니 잠겨있고
虛室苔生罷朝謁.　　빈방에 이끼 나고 조알(朝謁)은 그쳤네
絶徼陰森部落哀,　　막다른 그늘진 삼림에 부락은 쓸쓸하고
中原湏洞烽烟熱.　　중원은 어둡고 봉화연기 뜨겁네
塡溝塞塹總嬋娟,　　도랑과 구덩이엔 미녀들 뒹굴었으나
蟻虱微軀幸瓦全.　　보잘것없는 목숨 다행히 보전했네
窈窕蛾眉渾懶畫,　　아미 눈썹 그리기도 귀찮고
蹣跚茧足亦羞纏.　　작은 발을 감기도 부끄럽네
祇園披剃思依佛,　　절에서 머리 깎고 부처에 귀의코자 하고
梵榻跏趺擬學禪.　　범탑(梵榻)에 가부좌 틀고 참선도 배우고자
練衲正宜參般若,　　중 노릇 배워 반야(般若)에 들려 하였으나
赤繩無奈墮癡緣.　　붉은 끈은 어쩔 수 없이 세속 인연이었고
赤繩無奈墮癡緣.　　어리석은 인연은 막지를 못해
蘭心蕙性非堅固,　　난초 같은 심성 견고치 않고
宛轉綢繆媒妁誤,　　전전타가 매파의 꾐에 빠져
嫁與凡庸里巷兒,　　범상한 사내에게 시집가서
流爲鄙賤糟糠婦,　　비천한 아내로 전락하고 말았네
文禽失類偶鷄鶩,　　꿩이 짝을 잃어 닭이나 오리와 짝을 하고
孔雀迷群隨鶺鷺.　　공작이 무리 잃어 산비둘기와 해오라기 따르네
手具盤飱奉舅姑,　　손수 반찬 준비해 시부모 봉양하고
親操井磑應門戶.　　물긷고 맷돌 돌려 집안일 하였네
物換星移十載强,　　세월은 흘러서 벌써 십여 년
尊嫜殂沒藥砧亡.　　시부모 돌아가고 남편 또한 떠나고
屢遭疾疫男捐館,　　여러 번 병에 걸려 아들은 죽고
苦迫飢寒媳去房.　　배고픔과 추위에 며느리는 집 나갔네
瓦缶泥爐長是伴,　　질그릇과 진흙 화로 언제나 짝을 하며
瑤簪翠鈿已相忘.　　옥비녀 금비녀는 잊은 지가 오래일세
忍談富貴徒增感,　　옛날의 부귀 이야기해 감상을 더하며
怕說傷心只斷腸.　　가슴 아픈 기억 말하여 단장을 끊는가

筋骸疲憊龍鍾久,　　살과 뼈는 지쳐서 노쇠해진 지 오래요
里舍幺娘嗤老醜.　　이웃집 어린 계집 늙고 추함을 비웃네
涂抹伊誰識阿婆,　　거리의 그 누가 나를 알아 주리오만
彈撥竟是矜纖手.　　피리 연주 아직도 가는 손 자랑하네
偸生又幸逢明代,　　목숨 부지해 다행히 명나라를 만나니
垂死寧當正丘首.　　죽더라도 차라리 고향 땅에 묻히리
轗軻頹齡諒弗多,　　때 잘못 만난 목숨 이젠 거의 다 됐고
槎牙瘦骨行將朽.　　바싹 마른 몰골은 장차 썩어 무너지리
欷歔嘆古更嗟今,　　옛날을 탄식하다 지금을 한탄하며
少日榮華晚陸沉.　　젊은 날 영화롭고 늙어서 영락했네
疊疊願毋嫌聒耳,　　힘써 남의 귀 시끄럽게 하지 않길 바랬으나
寥寥罕遇是知音.　　적적하여 지음(知音) 만나는 일도 드물어라
織烏荏苒忙過隙,　　오늘도 시간은 흘러 다하려 하고
司馬汍瀾已濕衿.　　사마(司馬)는 눈물 흘려 소매 이미 젖었네
往運推移端莫挽,　　운세는 흘러가는 것 잡을 수 없어라
窮途汩沒最難禁.　　길 다하고 몰락함도 막기 어려워라
妓人聽我相寬慰,　　기녀여! 나의 위로 노래를 들어보시오
美貌多爲姿質累.　　미모는 타고난 자질로 오히려 누가 되느니
倉皇明鏡樂昌分,　　창망히 명경(明鏡)은 악창(樂昌)을 갈라놓아
縹緲層樓綠珠墜.　　높은 누대에서 푸른 구슬 떨어졌네
雖云煢獨困貧乏,　　비록 외롭고 빈한하다 하지만
贏得嬌嬈到憔悴.　　얻은 것은 아리다움이 초최해진 것
世上浮名不直錢,　　세상의 뜬 이름은 값어치 없나니
盃中醇酎休辭醉.　　잔 속에 좋은 술 사양말고 마시시오
屏營扶淚起逶迤,　　두려움 속에 눈물 닦으며 천천히 일어나
載拜慇懃乞賦詩.　　절 올리며 은근히 시 지어주길 바라네
土坑蓬窓愁寂夜,　　허름한 집 적막한 밤중에
挑燈快讀解愁頤.　　촛불 심지 돋구어 시 읽으며 수심 얼굴 펴네
那知皓首逢元稹,　　어찌 알았소! 늙어서 원진(元稹)같은 이 만나
弗用黃金鑄牧之.　　황금 쓰지 않고도 두목(杜牧)같은 글 만드네

灑翰酬渠增慷慨,　　붓을 들어 화답하자니 강개한 마음 더하고
風流千載繫遐思.　　풍류는 저 멀리 옛날 옛적 생각이라

내가 이 시를 주자 그녀는 일어나서 고마워하였다.

"이 시는 원진과 백거이의 시풍이로군요. 지금에서야 나리를 만나뵙게 되니 아쉽습니다. 이 늙은 몸 죽거든 함께 태워 지하에서 읽기를 원합니다."

다음해 봄 경사(京師)로 돌아가는 길에 다시 찾아가 보니 과연 세상을 떠나고 없었다. 그래서 그 시를 낭송하니 그녀의 모습이 눈에 보이는 듯 하였다. 슬프도다!

영락(永樂) 경자(庚子) 윤정월(閏正月) 삭일(朔日)에 여릉(廬陵)의 이정(李禎) 쓰다.

〈발문〉 1

내가 옛날 계문(薊門)에서 길에서 노래를 부르고 있는 노파를 만나 쫓아가서 물었더니 원래 원(元) 나라 부마(駙馬) 집안의 기녀인데 이름은 김부용(金芙蓉)이라고 했다. 원나라가 망하고 민가에 시집갔는데 지금은 비록 가난하고 보잘 것 없지만 아직 지난날의 자태를 잊지 않았을 뿐 아니라 원나라 때의 일을 매우 상세하게 얘기할 수 있었다. 나는 그것을 기록함으로써 「계문노부가(薊門老婦歌)」를 짓게 되었다. 그로부터 몇 년 뒤에 나의 친구 이창기(李昌祺)가 광서(廣西)의 방백(方伯)에서 방산(房山)으로 노역 갈 때 지정(至正) 시절의 관기를 만나 장가(長歌)를 지어 선사하

였는데 그 가사가 아주 풍부하고 그 뜻이 구슬프고 은은하여 확실히 원진과 백거이의 남겨진 뜻을 얻었다. 펼쳐 읽고 뜻을 음미한 뒤 그 작품을 기록해서 뒤에 덧붙였다. 그러나 적적하고 고요하며 간단하여 가사가 뜻을 전달하지 못하고 분명히 주옥을 곁에 두고 스스로 초라함을 구한 꼴이 되었다. 내가 지은 가사는 이러하다.

계문 늙은 부인이 노래부르며 걷는데 그 곡조 슬프고 고달픈 소리 많았네. 때때로 얼굴을 가리고 사람을 향해 흐느끼는데 울기를 끝내고 앞에서 이름을 댔다. 스스로 말하기를 어려서 옥 같은 얼굴에 금실로 짠 치마 저고리가 예쁜 장식을 물을 정도였다. 원나라 때 승상이 노래를 좋아하여 데려다 가르쳐서 「태평곡」을 펴냈다. 화려한 방과 수놓은 문이 높이 솟아 있고 고관대작들이 수시로 드나든다. 그 가운데 곱게 차려 입은 여자들이 무수했으니 머리를 숙이고 쪽진 머리를 낮추어 내 노래를 듣는다. 흐르는 구름이 끊기고 들보가 뾰족이 솟으며 가득 찬 자리에서 술잔을 돌리고 놀라며 또 기뻐한다. 술자리에 천근의 황금이 던져지자 악기를 연주하던 이들이 소란스러워졌다. 기쁨을 얘기하며 청춘을 보낼 뿐 어찌 사람 사이의 천함과 가난함을 알겠는가. 여태까지의 풍경이 하루아침에 달라져 푸른 비녀 먼지처럼 우수수 떨어졌다. 더구나 노쇠하여 생기가 없어지고 서쪽 성 밖의 초가집밖에 없다. 틈이 나면 옛 시절의 노래를 부르는데 한 소절에 나도 몰래 두 눈에 눈물난다. 인생이 어찌 젊은 시절 오래오래 간직하리오 가난하고 부자되는 것도 모두가 자연스러운 것이거늘 등통(鄧通)은 돈을 주조하고도 굶어 죽으니 고금에 그 무엇을 가엽다고 하리오

영락 경자년 한림시독학사 봉훈대부겸수국서 영풍(永豊) 증계(曾棨)쓰다.

<발문> 2

　여릉(廬陵)의 이창기(李昌祺) 선생은 「지정기인행」이라는 장편시 한 장(章)을 지어 보였는데 지금 그것을 읽으니 당시의 일을 잘 알게 될 뿐 아니라 이 시의 어휘의 정교함이 참 좋다. 공은 광서의 포정사를 지냈는데 문장으로 정사를 하는 데 이름이 널리 난 지가 오래되었다. 근래에 경사에서 이 기녀를 방산길에서 우연히 만나 그 노쇠함을 보고 그 일의 연유를 알게 되어서 흔쾌히 그것을 시로 지었다. 아! 원(元)은 사막에서 일어나 나라를 통일하여 비록 다스림에 전념한다 말하였지만 그 제도를 시행함에 오랑캐의 풍습을 많이 따르고 사냥과 잔치를 일삼았다. 지정(至正) 때의 황제에 이르면 방탕하고 사치스러우며 좋아하는 것은 가무와 여색뿐이고 놀면서 일을 보는 것이 밤낮으로 이어지니 위아래가 서로 속이고 정치는 소홀해져 도적 떼가 봉기하고 국세는 부진했다. 하늘이 비로소 우리 태조 고황제[홍무제]를 명하여 군웅을 완전히 소멸시키니 지정황제는 도망가버렸다. 대통이 바르게 되고 전국이 곧 평온해지며 나라의 다스림이 모두 옛날로 돌아갔다. 우리 황제가 즉위해서는 또 육사(六師)를 통솔하여 사막으로 가서 모든 원의 남아 있는 화근들을 정벌하여 남아 있는 자가 없었다. 그러니 옛날 지정 때의 음탕하고 사치스러움을 세인은 또한 자세히 아는 이가 없었는데 이 기녀가 아직 분명하게 그것을 얘기해 줄 수 있으니 과연 감탄할 만하다. 오호! 이것이 원이 망하게 된 까닭이구나. 그렇다면 공의 이 작품은 또한 어찌 의미가 없으리오? 또 사실을 기록하여 사관(史官)이 싣지 못한 것을 보충하였고 이후의 독자들이 흥이 나고 관심이 가도록 하였으니 어찌 다르게 바라는 것이 있겠는가! 나는 공의 뜻을 좋아하므로 그 뒤에 글을 남긴다.

　한림시독 임천(臨川) 왕영(王英)이 쓰다.

〈발문〉 3

나는 전해져 오는 「비파행(琵琶行)」을 시냇물이 콸콸 흐르는 박자와 현 퉁기는 소리의 느낌으로 읊었다. 아아! 그 재능은 다시 얻기 어렵고 이창기 방백과 만난 것은 천 년에 한 번 얻기 힘든 일이다. 내가 「기인행(妓人行)」 시어를 읽는 것은 심양의 가을날 손님을 배웅하는 것뿐이 아니다. 듣자하니 공이 연(燕) 지방으로 부역을 가는 도중에 길에서 퇴기(退妓)를 만나 젊은 시절 이야기를 들었다고 한다. 입으로 자주색 피리를 불며 속마음을 토로하니 그 곡조가 상조(商調)로 흐르고 치조(徵調)로 넘쳐나 다시 유음(幽音)으로 변하였다. 고락과 영고성쇠는 그제서야 말할 수 있는 것이다. 내가 세 번 읽고 그 기특한 재주에 감탄하여 새 성조가락에 맞추려 했으나 조화롭게 되지 않았다. 한 기녀의 떠도는 삶이 어찌 족하겠냐마는 때때로 시절과 세상을 위로하는 것이 혹은 상심이 되기도 한다. 공은 지금 그 업적이 조야에 빛나고 있고 더구나 문장은 풍아로 이어지고 있다. 만약 이것을 말아놓고 혼자 좋아하고만 있으면 아무도 강주사마 백거이에게도 놀라는 이가 없을 것이다.

목천노인(木天老人) 고정례(高廷禮)가 쓰다.

〈발문〉 4

광서 포정사 이창기 공은 위대하신 분이라 학문으로 그 일가를 이루고 문장으로 당대를 울렸다. 그러므로 그 시문은 사람들 입에서 입으로 전해지니 그 글을 읽는 사람은 이를 신선하고 기름진 회와 구운 고기처럼 음미하도다. 지금 그가 지은 「지정기인행」을 보면 문장의 청신하고 유려함이 마치 차갑게 찰랑거리는 잔물결과 같다. 아름답고 윤택함은 마치 산들바람에 흔들리는 난초와도 같아 뜻과 형태가 빚어지고 즐겁게 모여든다. 차갑기는 넝쿨풀을 적시는 이슬과 같으며 하얗기는 가을 하늘을 수놓은 별과 같다. 아! 문장의 아름다움과 학문에 있어 그를 따를 수가 있겠는가. 내 몇 차례 이 글을 읽어보니 가련하도다! 기녀가 아직 어린 나이에 머리 틀어 올리고 예의범절을 소홀히 할 수 없어 나라 어른과 친분을 맺었네. 비참하도다! 난리를 당하여 교방에 남을 수 없어 창기의 몸을 빼내었다네. 그러나 다행히도 재난을 당한 기녀는 말년에 어진 임금 만나 보통 사람의 신분을 얻고 자손을 키우는 즐거움 누리며 천수를 다하고 있었다. 이제 떠나갈 때가 가까웠을 즈음 또 다시 공의 문장을 얻어 그 맺힌 이야기를 전하니 이 또한 어찌 영광이 아니랴! 혹자는 공이 원진이나 백거이와 비슷하다고 하나 아! 이것은 깊이 이해하지 못한 이로다. 양양(襄陽) 금강(錦江)의 구절과 심양(潯陽) 강가의 가사에는 이별한 때에 처량하고 슬퍼 구슬프게 탄식한 것이나 두 기녀는 끝내 상인의 부인이 되어 먼 곳을 유랑하였다. 어찌 여기의 이 사람과 같으리. 재난에서 몸을 피해 다시 태평성대에 생을 마감하고 또 그에 관한 문장이 이처럼 아름다우니 그것은 단지 문장을 얻어 그것을 즐기는 사람과 또한 현격한 차이가 있다. 그러므로 비평하기를 원진과 백거이는 사를 잘 지었으나 허황됨으로 흐르는 경향이 있고 공의 작품은 인정(人情)에서 출발해 정도(正道)로 돌아간다고 했던 것이다. 독자들은 이를 어찌 생각하시는지 모를 일이다.

한림수찬(翰林修撰) 나여경(羅汝敬)이 쓰다.

<발문> 5

나의 벗인 광서 포정사 이창기 공이 「지정기인행」을 보여 주었는데 약 천이백여 글자나 된다. 그 광대하게 펼쳐짐은 산골짜기에 쏟아지는 봄 샘물처럼 용솟음치며 끝이 없다. 유려히 출렁거림은 하늘을 떠가는 솜털구름처럼 변화무쌍하고 소복하다. 옛날부터 문인 재사 중에서 시문의 문채에 있어 이 사람을 따를 자가 없도다. 아! 기녀가 이제 백성의 아내 되어 자식과 손자가 있으나 그 옛 자태를 잊지 못하고 항상 피리를 지니고 다니는구나. 비록 늙었으나 그 재주를 보여주자 공이 여전히 이처럼 칭찬하고 아끼니 하물며 그 전성기는 어떠하였으리? 현재 덕과 의를 품고 행동을 가다듬어 이름을 떨치는 선비도 당대의 군자로부터 칭찬하고 기리는 말을 한 마디 듣기가 힘든 법이다. 하지만 이 기녀는 공이 그 이야기를 듣고 그것을 중히 여겨 시로 지었으니 어찌 이같이 행복할 수 있단 말인가! 그렇지만 이것이 공의 깊이를 모두 엿보기에는 부족할 뿐이다. 공은 당당한 풍채의 대신으로 공명을 세우고 나라의 사업을 스스로 기약하며 은혜와 덕망을 드높이고 지혜로운 정치를 베풀어 수 천리에 달하는 지역을 봄바람의 훈훈함 속으로 이끄는 사람이다. 그 치세가 지극히 안정되어 태평을 노래하고 어려움을 이겨내며 끊임없이 전해지니 그 후에야 공의 위대함을 족히 볼 수 있다. 이처럼 다만 그 남음이 있을 뿐 어찌 공의 깊이를 다 알 수 있으랴! 내 이를 글로 남겨 보는 이에게 공의 위대함이 여기에 다 있지 않음을 알게 하리라.

한림시강(翰林侍講) 이시면(李時勉) 쓰다.

　광서포정사 이창기(李昌祺) 공이 원나라 지정 연간에 기녀를 지낸 여인을 방산(房山)에서 만나 자주색 피리로 몇 곡을 불게 하고 함께 술을 마시고 시를 지었다. 그는 그 시를 내게 보여주었다. 교묘한 구상을 새기고 기특한 말이 호협에서 나오니 붓을 댈 적에 필히 원진(元稹)과 백거이(白居易)가 다시 태어난 것이라 말했으리라. 어느 것이 먼저이고 어느 것이 나중인지 진실로 뛰어난 작품이로다. 그러나 기녀는 이미 백발의 늙은 나이로 용모와 자색이 쇠하고 시들었으며 그 재주를 시험하기 어려움에도 불구하고 사람으로 하여금 이처럼 탄식하고 감상하게 할 수 있으니 만약 꽃다운 젊은 나이의 한창 시절에는 소매를 걷고 수건을 맡기며 금을 던지고 웃음을 사고자 하는 자가 얼마나 많았으리오! 어떤 사람은 이공(李公)이 기이한 기운이 적어 일찍이 뛰어난 자리에 올랐으므로 마땅히 세상에 당당하게 공명 사업으로 스스로 기약할 수 있었거늘 어찌하여 홀로 한 늙은 여인을 만나 처절한 생각을 이와 같이 하게 되었는가 궁금히 여길 것이다. 이는 대개 이공을 잘 모르고 하는 말이다. 이 시의 의미는 기녀가 젊어서 일찍이 기적을 나와 정상적으로 혼인하였으나 종신을 의탁하지 못하고 오로지 용모와 미색을 자부하였다가 뒤늦게 논객을 만났으니 후회해도 소용없음을 애석히 여기는 것이다. 하지만 그릇을 안고 그것이 쓰일 때를 기다리는 사람은 언젠가 그때를 만날 수 있다고 스스로 격려하면서 귀하게 여긴다. 그리하여 우뚝 세워 그때에 모습을 보여주는 것인데 어찌 말로에 접어들어 부끄러워하고 후회하는 모습을 보여주었다고 할 수 있겠는가! 그러므로 편말에서 기녀의 재질이 잘못되었다고 하는데 이는 그 정을 지극히 하여 올바른 곳에 돌아가게 한 바이다. 이 점은 다른 이들이 모르고 오로지 나만 아는 것이므로 여기에 기록하여 둔다.

한림검토(翰林檢討) 전습례(錢習禮)가 발문을 쓰다.

〈발문〉 7

나는 당나라 이기(李頎)가 지은 「동대의 호금소리(聽董大彈胡琴)」라는 작품을 보았는데 "그윽한 어둠 속에 곡조 바뀌니 표연히 날지 않고 긴 바람 숲에 이니 빗방울 기와에 떨어지네. 솟아오르는 샘물은 쏴쏴 나뭇가지 흔들고 들 사슴은 워워 대청아래 지나네"라는 구절을 보고 그 묘사가 지극하다고 생각했다. 또 유종원(柳宗元)의 「행로난(行路難)」에 나오는 "성대한 한 시절이 지나 부귀가 빈천이 되었으니 생황과 부채가 어찌 그대로 있으리오"라는 구절을 보고 세월이란 가고 나면 다시 오지 않는다고 탄식한 바 있다. 지금 광서(廣西)의 방백인 이창기(李昌祺) 공이 보내온 「지정기인」의 작품을 보니 그 뜻과 운치가 모두 아름다워 이기의 작품에 비할 만하나 봄의 모습을 대작으로 쓴 것은 오히려 그를 능가한다고 하겠다. 기녀는 젊어서 자신을 좋아하는 자를 위해 얼굴을 가꾸었으나 중년에 원나라가 망하고 우리 명나라가 이어받게 되어 비로소 시집을 가 백성의 아내가 될 수 있었다. 하지만 만년에 이르러 미색이 노쇠하니 피리로서 자적하고 있을 따름이었다. 방산에 노역하는 손자를 따라와 있다가 공과 만나게 되었으니 이미 때는 너무 늦은 감이 있도다. 젊은 시절은 다시 오지 않을 것이니 마치 생황이나 부채와 같지 않겠는가. 동대는 오랑캐 호드기인 호가(胡笳)로 만났고 기녀는 피리로 만났으니 이기와 유종원과 이창기 공의 시가 같은 때에 한 사람이 지은 것이라고 해도 될 만할 경지다. 내가 이를 거듭 읊조리고 노래하고 탄식하면서 한 마디를 얻었으니 참으로 대단하구나 그 성대함이여! 그리하여 마침내 이처럼 써서 마치고자 한다.

고공주사(考功主事) 등시준(鄧時俊)이 발문을 쓰다.

〈발문〉 8

「지정기인행(至正妓人行)」 한 편은 지금 광서포정사(廣西布政使)인 이창기(李昌祺) 공의 작품이다. 공이 방산(房山)에 있을 때 이 기녀를 만났는데 그녀의 말을 듣고 느낀 바 있어 이 작품을 지어 증정하였으며 또한 나에게도 보여주었다. 내가 그것을 보니 사의(詞意)가 웅대하고 화려하여 이해하기는 어렵지만 그래서 또한 감동적인 면이 있다. 지정(至正)으로부터 지금까지 칠 팔십여 년이 되어 당시 학사와 대부들은 모두 사라져 보이지 않게 되었지만 무대의 배우나 기녀들은 종종 아직도 남아 있다. 당시의 상황 속에서 대개 교육이 피폐했고 상하가 성색(聲色)으로 황폐화되었던 까닭에 비록 오랜 세월이 지났어도 이와 같은 부류의 사람들은 여전히 남아 있는 것이다.

아! 쇠망하고 무너짐이 어찌 그 스스로 초래한 것이 아니겠는가? 그 기녀가 어렸을 적엔 세상에 몸을 맡겨 좌절하고 곤궁하였는데 불행했다기보다는 당연한 바였다. 늘그막에 이르러 성조(聖朝)의 교화가 융성함을 얻어 평범한 아녀자가 되어 태평세에 노년을 다하니 어찌 행운이 아니겠는가! 공이 그녀를 잠시 보고 이에 감정이 발하여 노래를 이루어 이에 보는 사람이 경계로 삼고자 하였다. 어찌 그런 뜻이 없었겠는가!

사진사급제한림(賜進士及第翰林) 소시중(蕭時中)이 삼가 쓰다.

　광서 포정사 이창기 공은 나의 동년(同年) 친구이다. 나이든 부인을 방산에서 만났는데 용모가 쇠락하고 언사가 처연해서 물으니 지정 때의 기녀였고 피리를 잘 불었으며 원나라의 일을 잘 알고 있었다고 하였다. 공이 시가를 남겼는데 시가 청아하고 운율이 격정적이었다. 처음에는 그 용모로 인해 선망의 대상이었을 때를 그리고 나중에는 사람들 사이에 끼어 몰락한 시절을 그렸는데 설사 원진과 백거이가 다시 시를 쓴다 해도 이 작품을 뛰어 넘을 수 있겠는가?

　아! 기녀는 비록 몰락했지만 예전에는 임금 앞에서 그 기예를 펼쳤었다. 다행히 성명(聖明)의 태평시대를 만나 자손의 보살핌을 받으며 수명을 다할 수 있으니 이것은 이른바 명공이나 위인들이 부러워하는 바로 어찌 운 없다 할 것인가!

　예부터 영재나 현사는 그 가진 바를 세상에 풀어내지 않을 수 없으니 그것이 다하여 더 이상 들을 사람이 없어질 때까지 운명을 거역하지 못한다. 이공은 여기에서 강개함을 느낀 것이다. 이공의 문장과 학문은 이미 세인들에게 알려져 있어 마땅히 이를 짓는 소임을 맡아 장차 태평성대의 넓은 그늘을 노래하고 나라의 발전을 찬양하였으니 이를 후세에 전하여 원진과 백거이를 논할 필요가 없도록 하려는 것이다. 지금 이 시를 보고 일시의 뜻을 기탁하여 쓴 것이라 독자의 뜻을 넓히지 못하리니 독자들은 이를 알아주길 바란다.

　한림(翰林) 주술(周述) 쓰다.

내가 광서 포정사 이공이 지은 「지정기인행」 한 편을 보아하니 그 말의 뜻이 오묘하고 세밀하여 여러 번을 읽어보아도 가히 존경할 만한 것이다. 이공의 재학이 어찌 시가의 뛰어남에 그치겠는가? 장차 반드시 그 재능을 발휘하여 국가의 태평성대를 이루고 백성들에게 무궁히 복을 베풀어야 할 것이니 맡은 바의 소임이 막중함은 마땅한 것이다.

이제 한 기녀가 이공을 만나게 되는 좋은 일이 생기니 이 얼마나 다행한 일인가! 설사 늙어 죽더라도 여한이 없을 것이다! 세상의 사대부도 행운을 만나든지 못 만나든지 다 마찬가지다. 혹시라도 만나게 되면 살아서는 영광이요 죽어서도 영원히 드리우게 된다. 만약 그렇지 않으면 영락하고 수렁에 빠져 종신토록 무시당하게 될 것이니 참으로 안타까운 일이로다! 여기에 「기인행」으로 인해 다시 한번 깊이 느끼는 바가 있도다.

영락 경자년 춘정월(春正月)에 한림편수(翰林編修) 주맹간(周孟簡) 쓰다.

퇴기는 북경 사람이다. 그 이름은 잊혀졌지만 그 살았던 때는 알 수 있다. 아! 세상과 정세는 달라졌다. 그녀도 영화롭게 살았으나 쇠락했고 아름다웠으나 늙어 버렸고 평민의 아내가 되었다. 올해 일흔이 넘은 나이에 부역꾼이 머무는 곳에서 입고 먹었다. 옛일을 추억해보니 바람이 흐르고 구름이 흩어지듯 했다. 당시에 다시는 그 사람을 아는 이가 없었다. 혼자 적적하게 지내며 종종 마음속의 말을 했다. 한가락 피리 소리에 의탁했는데 그 소리는 서로 부르는 듯 하였으나 곧 무리를 잃은 처량한 곡조로 변했다. 그 소리는 그윽했고 구슬프고 측은했으며 원망하려는 듯 하소연하려는 듯 슬픈 듯 우는 듯 했다. 때때로 바위굴이나 무너진 집 아래서 소리가 났고 피리 소리가 사방 벽에서 났으며 황량한 연기와 저녁 노을이 비치는 아득하고 쓸쓸하고 처연한 광경이었다. 창연하고 망망한 희뿌연 들판과 적막하고 고요한 물가에 있어도 지나가는 사람들이 종일 겨우 몇 명뿐이었으나 돌아보는 사람은 하나도 없었다. 뜻밖에 방산(房山)의 부역을 하게 되니 거기에는 은나라 재상이 된 부열(傅說) 같이 숨어사는 사람이 있었다. 한번 만나 이야기 듣고 두 번 만나 감상하니 마침내 그 이야기를 다 듣고 탄식하기를 그치지 않고 노래로 불렀다. 짧은 노래로도 부족하여 백열 개의 운(韻)으로 장편의 노래를 불러 반복하여 오르고 내리며 비분하고 격렬하니 그 흥이 진진하여 가시지가 않았다. 남에게 주어 읽어보도록 하니 확연히 그 일이 눈앞에 드러나는 듯 하고 고금의 남긴 한을 애닯아 한다. 늙은 기생을 보니 가슴에 무언가 품고 있는 듯 하여라. 슬프도다! 보고 바로 아는 자는 모두 원백(元白)의 유음(遺音)이라고 여기노라. 아아! 창성한 이 세상에 비파의 일이 늙은 기생에게서 징험하였도다. 진실로 다르지 않거늘 그 가사는 강개 비장하고 그 사람을 본받고 또한 상하를 가리기 어려움은 논할 필요도 없다. 다만 그의 세상에 나아가고 들어감이나 진퇴의 일에 대해서 나는 알지 못한다. 세상에 고금을 말하기 좋아하는 사람들도 따르기 어렵나니 지금 그 사람을 보면 어찌 그러한가? 그 사람은 누구인가? 바로 나의 동년(同年) 친구인 여릉 사람 이창기 공이다. 공(公)은 충절의 고장에서 태어나 시례(詩禮)의 가문에서 자랐고 성명(聖明)의 시대를 만나 영락 연간 진사에 급제하였으며 맑고 높은 관직을 두루 거치면서 문장으로 이름이 세상에 널리 퍼졌다. 가슴속 마음가짐을 임금이 알아주어 광서 포정사 좌포정사의 소임을 제수받아 큰 도를 실행하게 되었다. 그러다 작은 실수로 인해 부역을 당하게 되고 만남이 있어 이를 읊게 된 것이다. 다시 복직하게 되었으니 그의 시는 더욱 널리 전파되고 늙은 기녀의 이야기는 세상에 알려지게 되었다. 기쁘고 다행한 일이다. 그 다음 해에 늙은 기녀는 죽었다. 오호라! 어찌 그것을 운명이라 하지 않을 수 있단 말인가! 하지만 기녀는 죽어도 그 소리를 남겼으니 이 시는 마땅히 「비파행」과 더불어 이 우주에 남아 전하게 되리라. 기녀의 죽음은 또한 불행이 아니로다. 오호라! 사물을 만나고 만나지 못하는 것이 고금에 결코 적지 않다. 기녀 역시 늙어서 밝혀졌으니 반드시 크나큰 느낌이 있을진저! 가히 탄식하기를 세 차례 하노라!

영락(永樂) 갑신년 진사 한림 서길사 수승직랑 추관주사 유자흠(劉子欽) 쓰다.

至正妓人行幷序

永樂十七年,[1] 予[2]自桂林[3]役房山.[4] 是冬, 邂逅[5]一遺姬于逆旅[6]中. 雖汨沒[7]塵土, 有衰老態, 然尙餘笑談風韻, 猶以紫簫自隨. 訪其詳, 蓋大都妓人, 以才貌隷敎坊[8]供奉.[9] 陵遷谷變,[10] 將落髮爲尼, 未果. 已而轉

---

1) 永樂十七年(영락십칠년) : 1419년. [周]
2) 【校】: [董]에는 余로 되어 있다.
3) 桂林(계림) : 明의 桂林府는 지금의 廣西省 臨桂縣이다. [周]
4) 房山(방산) : 지금의 河北省 房山縣이다. [周]
5) 邂逅(해후) : 우연히 만나다. [周]
6) 逆旅(역려) : 逆은 맞이한다는 뜻이고 旅는 손님이므로 逆旅는 손님을 맞이하는 곳 즉 여관을 뜻한다. 일설에 따르면 옛날 사람들은 집에 머무르는 것을 順境이라 여겼고 객이 되어 떠도는 것을 逆境이라 여겼으므로 旅館을 逆旅라 칭했다고 하기도 한다. [周]
7) 汨沒(골몰) : 몰락하다. [周]

嫁編氓.11) 愈益淪落. 今老無所依, 隨孫就食匠營12)間. 遂呼酒飲之, 使吹數調. 旣罷, 因與共論疇昔, 其言至正時繁華富貴事, 如目睹. 然每一追思, 懷抱輒復作惡. 豈來今往古, 紅顔薄命, 當如是耶? 余爲低回, 凄13)然慨歎, 且感其意, 作長辭贈之. 題曰 : 至正妓人行. 第詞華萎弱, 不足以寫其態度之萬一. 憂鬱之際, 取而讀之, 匪慰若人, 聊以自解焉耳.

　　桃14)花含露傷春老, 蓮葉欺霜悴秋早. 紅飄翠殞誰可方, 大都妓人白頭媼. 言辭婉媚雖足愛, 顔色萎摧寧再好. 姿同蒲柳先凋零, 景近桑楡15)漸枯槁. 我役房山滯客邊, 客邊意氣复非前, 螺杯16)謾想紅樓飮, 雁柱17)徒懷錦瑟絃. 晏歲荒村因邂逅, 芳尊18)小酌且留連. 陽臺楚雨情磨滅, 袖弓鞋事棄捐. 于今淪落依草木, 天寒幽居在空谷, 爺娘底處認墳墓, 姊妹何鄕尋骨肉. 初謂終身永歡笑, 那知末路翻撈摝.19) 莫惜縹囊20)紫玉簫, 暫吹絳闕21)瑤臺22)曲. 停觴起立態如癡, 斂袵23)24)躊躇半餉25)時. 凝情26)徘徊傾聽久, 微茫杳渺度腔遲. 嬌

---

8) 敎坊(교방) : 唐나라 開元 2년(714)에 左右敎坊을 설치하였는데 女樂이 예속되어 있던 곳이었다. 그리하여 官妓를 敎坊이라 일컬었다. [周]
9) 供奉(공봉) : 唐나라 때에 한 가지 재주나 예능이 있으면 조정에 供奉을 하였다. 歷代로 이것을 따랐다. [周]
10) 陵遷谷變(능천곡변) : 왕조가 교체되는 것을 비유한다. [周]
11) 編氓(편맹) : 戶口冊에 편입되는 평민을 말한다. [周]
12) 匠營(장영) : 匠은 匠人이며 營은 (건축물을) 짓는 것을 말하므로 곧 土木工을 가리킨다. [周]
13) 【校】 : [董]에는 悽로 되어 있다.
14) 【校】 : [董]에는 柳로 되어 있다.
15) 桑楡(상유) : 만년을 비유한다. [周]
16) 螺杯(나배) : 푸른 색 소라 껍데기로 술잔을 만들 수 있기 때문에 이렇게 칭하였다. [周]
17) 雁柱(안주) : 箏柱가 옆으로 비스듬히 줄지은 모양이 기러기 떼가 줄지어 날아가는 모양과 같으므로 이렇게 칭하였다. [周]
18) 【校】 : [董]에는 樽으로 되어 있다.
19) 撈摝(노록) : 勞碌 즉 고생한다는 의미이다. [周]
20) 縹囊(표낭) : 청백색 견으로 만든 주머니를 말한다. [周]
21) 絳闕(강궐) : 궁전의 문은 붉은 색으로 옻칠하였다. [周]
22) 瑤臺(요대) : 여기서는 옥으로 장식한 臺를 가리킨다. [周]
23) 【校】 : [董]에는 歛袵으로 되어 있다.
24) 斂袵(염임) : 옛날 부녀자들이 행한 禮를 말한다. [周]

疑睍睆27)鶯求友, 嫩訝呢喃燕哺兒. 巨壑潛蛟驚起蟄, 危巢別鵠28)苦分離. 分
離或變成淒切, 淒切愈加音愈咽, 蕩子江湖信息稀, 疲兵關塞肌膚裂. 似啼似
訴復似泣, 若慕若怨兼若訣, 孤舟嫠婦旅魂消, 異域纍臣鬢毛折. 參差29)角羽
雜宮商,30) 微韻紆徐巧抑揚, 墜絮遊絲爭繞亂, 哀蛩怨蚓互低昂. 呦呦31)瑞鹿
剔靈囿,32) 噦噦33)和鸞34)35)集建章.36) 楚弄37)數聲諧洗簇,38) 氏州一曲39)換伊
凉.40) 伊凉溜亮盒閑暇, 塤篪41)笛笙皆在下, 琚瑀42)鏗鏘43)韻碧霄, 機梭漸

---

25) 半餉(반향) : 半晌과 같으며 잠깐 동안의 시간을 의미한다. [周]

26) 【校】 : [董]에는 悄로 되어 있다.

27) 睍睆(현환) : 聲音이 맑고 부드러우면서 완곡한 것을 일컫는다. 『詩經』에 "꾀꼬리 소
리 睍睆하니 그 소리 좋구나(睍睆黃鳥, 載好其音)!"라는 구절이 있다. [周]

28) 別鵠(별곡) : 曲調이름. 南北朝 때 褚彦回는 일찍이 琴을 타며 「別鵠曲」을 연주하였
다. 唐나라 韓愈 역시 「別鵠操」라는 글이 있다. [周]

29) 參差(참치) : 악기 이름으로 洞簫를 가리킨다. 밑이 없는 퉁소는 管이 參差하여 가지
런하지 못하므로 이렇게 칭하였다. [周]

30) 角羽宮商(각우궁상) : 樂聲은 宮商角徵羽 즉 五聲으로 되어 있다. 宮은 가장 낮고 탁
한 음이고 商은 그 다음으로 낮고 탁한 음이다. 角은 청탁고하의 중간에 해당하는 음
이고 徵(치)는 그 다음으로 높고 맑은 음이다. 羽는 가장 높고 맑은 음이다. [周]

31) 呦呦(유유) : 사슴이 우는 소리이다. 『詩經』에 "사슴이 呦呦하게 울면서 들판의 사과
를 먹는다(呦呦鹿鳴, 食野之苹)"라는 구절이 있다. [周]

32) 靈囿(영유) : 제왕의 사냥터를 말한다. 『詩經』에 "왕이 靈囿에 계시니 사슴들이 엎드
리는구나(王在靈囿, 麀鹿攸伏)"라는 구절이 있다. [周]

33) 噦噦(홰홰) : 말에 단 방울소리이다. [周]

34) 【校】 : [董]에는 鑾으로 되어 있다.

35) 和鸞(화난) : 수레의 방울. 수레 앞턱 가로나무에 단 방울을 和라 하고 재갈에 단 방울
을 鸞이라고 한다. [周]

36) 建章(건장) : 西漢의 宮이름이다. 漢 武帝(劉徹)가 세운 것이며 未央宮의 서쪽에 있으
며 長安城 밖에 있다. [周]

37) 楚弄(초농) : 楚나라 曲調이다. 원래는 漢나라 房中의 音樂이다. 曲에는 『白頭吟』,
『泰山吟』, 『梁甫吟』 등이 있고 악기로는 笙, 笛, 節, 琴, 箏, 琵琶, 瑟 등이 있다. [周]

38) 洗簇(세족) : 洗는 姑洗를 의미하며 簇은 太簇를 가리킨다. 고대의 音樂 12律 중의
하나인 陽律이다. [周]

39) 氏州一曲(저주일곡) : 고대 西方의 少數民族의 樂曲을 가리킨다. [周]

40) 伊凉(이량) : 伊州, 凉州는 모두 唐나라의 樂曲이다. 『唐書·禮樂志』에 "天寶의 樂
曲은 모두 변방의 地名으로 凉州, 甘州, 伊州의 종류와 같다. 凉州는 원래 西凉에서
만든 것으로 그 소리는 본래 宮調인데 大遍, 小遍을 가지고 있다"라는 문장이 보인다.
『樂苑』에 "伊州는 商調曲으로 西凉 節度使 蓋嘉運이 들여온 것이다"라는 문장이 보
인다. [周]

41) 塤篪(훈지) : 모두 악기이다. 聲音이 서로 조화를 이룬다. 『詩經』에 "伯氏는 塤을 불

瀝[44]鳴玄夜.[45] 須臾衆調多周遍, 返席重論盛年話. 一自干戈遽擾攘, 幾多行輩邅淪謝. 記得先朝至正初, 奴家才學上頭[46]顱, 銀環約臂聯條脫, 彩[47]線挼絨綴罛罟,[48] 博局倦餘邀伴賭, 鞦韆[49]蹴罷倩人扶, 纖腰數被隣姬妬, 鬢髮常煩阿姐梳. 羽林[50]英俊馳輕轂, 慣向奴家通夕宿, 鳳枕鴛衾肯蹔辜, 蜂媒蝶使交相屬, 冰容反懼脂粉涴, 香體匪藉[51]沉檀浴, 退居始替興聖班,[52] 內使[53]傳宣又催促. 宇宙雍熙[54]百姓安, 仁覃[55]四裔[56]覆三韓,[57] 畏吾[58]選作必闍赤,[59]

고 仲氏는 篪를 분다(伯氏吹塤, 仲氏吹篪)"라는 구절이 있는데 형제간의 和睦을 비유한 구절이다. [周]

42) 琚瑀(거우) : 모두 玉을 뜻한다. [周]

43) 鏗鏘(갱장) : 金과 石의 소리를 뜻한다. [周]

44) 淅瀝(석력) : 눈과 비 소리. 여기서는 가늘게 부서지는 聲音으로 이해된다. [周]

45) 玄夜(현야) : 어두운 밤을 말한다. [周]

46) 上頭(상두) : 여자가 열다섯이 되었을 때에 처음으로 비녀를 꽂은 머리를 의미한다. 花藥夫人이 宮詞를 지어 "나이 갓 열다섯이 되었을 때가 가장 풍류 있을 때인데 구름 같은 귀밑머리 새로이 만들고 쪽진 머리에 비녀를 꽂는다"라고 하였다. 또한 娼妓가 처음으로 처녀성을 잃는 것을 上頭라고 하며 梳攏과 같은 뜻이다. 『堅瓠三集』에 보인다. [周]

47) 【校】 : [董]에는 綵로 되어 있다.

48) 罛罟(고고) : 魚網. 여기서는 여자들이 차고 다니는 香囊을 가리키며 견실로 만든 그물 망 모양이다. [周]

49) 【校】 : [董]에는 秋千으로 되어 있다.

50) 羽林(우림) : 封建時代의 禁衛軍을 말한다. [周]

51) 【校】 : [董]에는 籍으로 되어 있다.

52) 興聖班(흥성반) : 梁 「大觀舞歌」에 "황제가 밝으니 흥성하구나(皇矣帝烈, 大哉興聖)"라는 구절이 있다. 여기서는 內廷에 供奉하는 순서, 차례를 가리킨다. [周]

53) 內使(내사) : 宮 안의 太監을 뜻한다. [周]

54) 雍熙(옹희) : 태평성세를 비유한다. [周]

55) 仁覃(인담) : 널리 베푸는 恩澤을 말한다. [周]

56) 四裔(사예) : 사방의 지극히 먼 곳을 이른다. [周]

57) 三韓(삼한) : 漢나라 때 朝鮮 南部에 馬韓, 辰韓, 弁韓이 있었는데 이를 三韓이라고 하였다. [周] 후대에 삼한은 우리나라 전역을 가리키는 용어가 되었다. 또 요동지방에 고려인들이 살던 곳에 三韓縣을 설치한 적도 있어 훗날 요동지방 출신자들의 관적으로 사용된 바 있다. 曹雪芹의 조부 曹寅과 『姑妄言』의 작자 曹去晶은 각각 三韓출신으로 밝혀지고 있다. [譯]

58) 畏吾(외오) : 元나라 西北쪽의 部이름. 畏兀兒라고 쓰기도 한다. 唐나라 때의 回紇이다. 북쪽 別失八里에서 남쪽 哈喇火州에 이르는 곳이 모두 그의 관할지였다. 지금의 新疆 東部를 말한다. [周] 위구르(Uighur)를 말함. 지금은 維吾爾로 씀. [譯]

59) 必闍赤(필도적) : 몽고어로 官吏를 뜻한다. [周]

欽察60)恩深答剌罕.61) 已見拂菻62)63)呈驍裹,64) 還聞緬甸貢琅玕.65) 丹楹66)

陛67)峻棲鷓鵠,68) 華69)表玲瓏鏤角端.70) 神州形勝眞佳麗, 鬱鬱葱葱71)蟠王氣,

五穀豊登免稅糧, 九重72)娛樂耽聲妓. 廣寒宵得侍乞巧, 太液73)晨許陪修禊,74)

---

60) 欽察(흠찰) : 國名. 金帳國이라 칭한다. 蒙古의 四大藩國중 하나이며 拔都(바투)가 세
   웠다. 元나라 때에 러시아의 시베리아 일대 지역을 점령하였다. [周] 캄차크 汗國을 말
   한다. [譯]
61) 答剌罕(답랄한) : 몽고어이며 번역하면 自在王이다.『輟耕錄』에 "答剌罕은 번역하면
   一國의 우두머리라는 말로 자유를 얻었다는 뜻이다. 공훈이 있는 자에게만 수여한다"
   라는 문장이 보인다.『多桑蒙古史』에 "무릇 答剌罕이라고 불려지는 자들은 모두 세금
   이 면제되었으며 戰利品 전부를 독점할 수 있었다. 수시로 임금을 보러 들어 갈 수 있
   었다. 여덟 번 죄를 지어도 벌하지 않았으며 아홉 번 째 죄를 지었을 때 비로소 벌주었
   다"라고 되어 있다. 軍이름이기도 하다.『元史·兵志』에 "至元 17년 江淮의 諸路는 答
   剌罕 軍에 모이도록 명을 받았다. 처음에 江南을 평정하면서 募士로 從軍을 원하는
   자를 答剌罕이라고 불렀다"라는 문장이 보인다. [周] 答剌은 搭拉으로도 쓰이며 백화
   에서 마음대로 행동한다는 의미로 쓰인다. 搭拉胳臂(dalagebei)는 수수방관하다. [譯]
62)【校】:[董]에는 佛郎으로 되어 있다.
63) 拂菻(불림) : 동로마제국. 拂菻은 潑林이라는 발음이 바뀐 것으로 都城을 의미한다.
   동로마제국의 수도는 콘스탄티노플(Constantinople)인데 漢字로 君士担丁諾潑凝으로 쓰
   며 이를 줄여 潑凝, 다시 潑林, 拂菻으로 바뀐 것이다. 본래 수도의 이름이나 國名으로
   쓰인다. [周]
64) 驍裹(요뇨) :『呂氏春秋』에 "飛兔, 驍裹는 모두 고대의 駿馬이다"라는 문장이 보인
   다. [周]
65) 琅玕(낭간) : 주옥과 비슷한 아름다운 돌. [周]
66) 丹楹(단영) : 붉은 색의 기둥을 말한다. [周]
67)【校】:[董]에는 陟으로 되어 있다.
68) 鷓鵠(지작) : 새 이름. 後漢 章帝(劉炟) 때에 條支國에서 鷓鵠을 바쳤는데 7尺이었고
   사람의 말을 알아들었다. [周]
69)【校】:[董]에는 素로 되어 있다.
70) 角端(각단) : 짐승 이름.『宋書·符瑞志』에 "角端은 하루에 萬里를 가고 四裔의 언어
   에 밝으며 聖主가 오르면 外方 먼 곳의 일까지 분명하게 처리하여 문서를 바친다(角端
   者, 日行萬里, 又曉四裔之語. 聖主在位, 明達外方幽遠之事, 則捧書而至)"라는 문장
   이 보인다. [周]
71) 鬱鬱葱葱(울울총총) : 氣가 왕성한 모습을 말한다.『後漢書』에 "氣가 뛰어나도다! 왕
   성하게 일어나는구나"라는 문장이 보인다. [周]
72) 九重(구중) : 옛날 황제가 거주한 곳으로 황제를 九重으로 대신 칭하기도 한다. [周]
73) 太液(태액) : 옛날 宮中의 연못 이름. 漢나라의 太液池는 陝西省 西安 西北쪽에 있었
   고 唐나라의 太液池는 西安 東쪽의 大明宮 안에 있었다. 현재 北京市의 北海, 中南海
   도 역시 옛날에는 太液池라 불렀다. [周]
74) 修禊(수설) : 고대의 風俗으로 매년 3월 3일에 물위에서 난초를 채집하고 상서롭지 않

避暑巡遊欲届程, 沿途宿頓爭除地.75) 隨鑾供奉揀娉婷,76) 特敕奴家扈蹕77)行,
鹵簿78)曉排仙仗發, 抹倫79)晴鞦綉鞍乘. 營間鼓鐲轟雷動, 磧外氛埃掃電淸.
紈扇試時違大內,80) 花園過去是開平. 宗王貴戚咸來會, 嵩呼81)萬歲齊齊跪,
緋纓帽妥鉢82)焦83)圓, 黑瓣髻紉卜郎84)銳, 後先雉扇怯薛執, 左右麟符火赤85)
佩, 茜罽86)縫袍竺國87)師, 霞綃蹙帔88)天魔89)隊. 齊姜90)宋女總尋常, 惟詫91)
奴家壓敎坊, 樂府92)競歌新北令,93) 勾欄94)慵做舊『西廂』,95) 煞寅96)97)院本98)

은 기운을 없앴다. [周]

75) 除地(제지): 곧 길을 깨끗이 청소한다는 의미이다. 옛날에 황제가 길을 나서기 전에
반드시 길을 깨끗이 청소했다. [周]
76) 娉婷(빙정): 아름다운 모양을 말한다. 옛날에 美女를 대신 칭하는 말이었다. [周]
77) 扈蹕(호필): 황제의 車馬를 따라가다. [周]
78) 鹵簿(노부): 儀仗을 말한다. [周]
79) 抹倫(말륜): 몽고어로 馬를 뜻한다. [周]
80) 大內(대내): 황제가 거처하던 곳을 말한다. [周]
81) 嵩呼(숭호): 封建時代 황제를 祝頌하는 말을 뜻한다. 山呼와 같다. [周]
82) 【校】: [董]에는 針으로 되어 있다.
83) 鉢焦(발초): 몽고어로 구슬을 뜻한다. [周]
84) 卜郎(복랑): 몽고어로 상세하지는 않으나 비녀가 아닐까 의심된다. [周]
85) 火赤(화적): 몽고어로 衛士. 淸나라 때는 衛士를 戈什哈이라 불렀는데 戈什은 火赤
의 음이 바뀐 것이다. [周]
86) 茜罽(천계): 붉은 색의 모직물을 뜻한다. [周]
87) 竺國(축국): 天竺國을 말하며 곧 印度이다. [周]
88) 【校】: [董]에는 被로 되어 있다.
89) 天魔(천마): 佛家 용어. 釋迦가 세상에 나왔을 때 魔王 波旬과 같은 부류의 존재이
다. 天子魔라고 부르기도 한다. 欲界를 主宰하고 聖賢의 道法을 혐오하며 항상 사람
의 총명한 기운을 없애려 한다. [周]
90) 齊姜(제강): 齊國은 姜氏姓 이었는데 딸을 많이 낳아 姜이라 칭하였다. 姜은 아름다
운 여자라는 뜻이다. [周]
91) 【校】: [董]에는 이 글자가 빠져 있다.
92) 樂府(악부): 漢 武帝가 天地에게 제사를 지낼 때에 처음으로 樂府를 설치하여 李延
年을 協律都尉로 삼았다. 후에 모든 종묘 제례악이나 管弦으로 불리는 歌曲은 모두
樂府라고 칭하였다. [周]
93) 北令(북령): 北方 長短句 曲調로 곧 北曲을 말한다. [周]
94) 勾欄(구란): 劇場, 妓院의 종류와 같은 것을 말한다. [周]
95) 舊西廂(구서상): 金나라 董解元이 지은 제궁조 『西廂記』이다. [周] 王實甫의 잡극 『
西廂記』와 구별하기 위해 그렇게 썼다. [譯]
96) 【校】: [董]에 이 두 글자는 빠져 있다.
97) 煞寅(살인): 몽고어로 상세하지는 않으나 劇本인 듯 하다. [周]

424   전등여화(剪燈餘話)

偏蒙賞, 喝采箜篌 99)每擅場. 渾脫囊100)盛阿剌101)酒, 達拏102)珠絡只孫103)裳.
胡元運祚俄然歇, 遠遁龍荒104)棄城闕, 官裏遙衝朔漠塵, 哈敦105)暗哭穹廬月.
壞宮畫靜著封鎖, 虛室苔生罷朝謁. 絶徼陰森部落哀,106) 中原湏洞烽烟熱.107)
塡溝塞塹總嬋娟, 蟻虱108)微軀幸瓦全, 窈窕蛾眉渾懶畫, 蹣跚109)繭足110)亦羞
纏. 祇園111)披剃思依佛, 梵榻跏趺擬學禪, 練衲正宜參般若, 赤繩無奈墮癡緣.
蘭心蕙112)性非堅固, 宛轉綢繆媒妁誤, 嫁與凡庸里巷兒, 流爲鄙賤糟糠婦, 文

---

98) 院本(원본) : 金, 元나라 사람들은 娼妓의 거처를 行院이라 불렀고 行院에서 演唱되
　　는 극본을 院本이라 불렀다. [周]
99) 箜篌(공후) : 악기 이름. 지금은 이미 없어졌다. 舊說에 의하면 瑟과 비슷하나 작고 나
　　무토막을 이용하여 줄을 켰다고 한다. [周]
100) 渾脫囊(혼탈낭) : 검은 양모를 사용하여 만든 주머니다. 일설에는 양모로 짠 모직물이
　　라 한다. 唐나라 때에는 劍器, 渾脫이 있었는데 모두 舞曲名이었다. [周]
101) 阿剌(아랄) : 阿剌伯(아랍)을 의미한다. [周]
102) 達拏(달나) : 옛 國名이다. 일명 達拏毗茶라고도 한다. 南印度의 경계에 있으며 領域
　　은 帕拉爾河에 걸쳐 있다. 지금 馬德拉斯 西南 쪽에 있다. [周] 達羅毘茶國으로도 쓰
　　며 오늘날 마도라스州의 칭레프트(Chingleput)에 있던 드라비다(Dravida)를 말함. [譯]
103) 只孫(지손) : 元나라 때에 연회를 열 때 입었던 의복이다. 只孫은 漢나라 말로 一色이
　　라는 뜻인데 그 의복이 모두 一色이라는 것을 의미한다. 『堅瓠廣集』에 "元나라 親王
　　및 功臣들이 연회를 보좌할 때 冠衣를 하사 받았는데 制飾이 똑같았다. 이것을 일러
　　只孫이라 한다"라는 문장이 보인다. 『輟耕錄』에 "只孫은 연회복이며 貴臣이 天子를
　　뵙고 대접할 때면 그 옷을 입었다. 지금의 하사 받는 옷이 이것이다. 큰 진주로 어깨와
　　등 사이를 장식하였다"라는 문장이 보인다. [周]
104) 龍荒(용황) : 荒은 변방의 먼 지방을 가리킨다. 元나라가 사막에서 발흥하였기에 荒遠
　　의 지방을 龍荒이라 부른다. 일설에는 龍荒이 현재의 內蒙古自治區를 가리킨다고 한
　　다. [周]
105) 哈敦(합돈) : 몽고어로 娘子. 여기서는 元나라의 后妃들을 지칭한다. [周]
106) 【校】 : [董]에는 衰로 되어 있다.
107) 【校】 : [董]에는 襲으로 되어 있다.
108) 【校】 : [董]에는 蝨로 되어 있다.
109) 蹣跚(반산) : 절뚝거리면서 가는 모습이다. [周]
110) 繭足(견족) : 오랫동안 길을 걸어서 굳은살이 박힌 것을 의미한다. [周]
111) 祇園(기원) : 祇陀 태자의 동산. 佛經에서 다음과 같은 내용이 보인다. 給孤獨이라는
　　사람이 精致한 사원을 세워 부처님의 거처로 드리고자 하였다. 舍衛國 太子의 祇陀園
　　이 넓고도 쾌적해 보여서 이를 사려고 하였다. 太子는 농담으로 黃金으로 땅을 포장할
　　수 있을 만큼이 되어야 팔겠다고 하자 給孤獨은 과연 황금으로 땅을 가득 포장하였다.
　　精舍를 지어 이름을 祇陀給孤獨園이라 하였는데 줄여서 祇園이라 불렀다. 유적지는
　　지금 中印度 舍衛城의 남쪽에 있다. [周]
112) 【校】 : [董]에는 慧로 되어 있다.

禽[113]失類偶鷄鶩, 孔雀迷群隨鶻鷺, 手具盤飧奉舅姑, 親操井磑[114]應門戶.
物換星移十載強, 尊嫜殂沒藁砧[115]亡, 屢遭疾疫男捐館,[116] 苦迫飢寒媳去房,
瓦缶泥爐[117]長是伴, 瑤簪翠鈿已相忘, 忍談富貴徒增感, 怕說傷心[118]只斷腸.
筋骸疲憊龍鍾[119]久, 里舍么娘[120]嗤老醜, 塗抹伊誰識阿婆, 彈撦競是[121]矜纖
手. 偸生又幸逢明代, 垂死寧當正丘首.[122] 轗軻[123]頹齡諒弗多, 槎牙瘦骨行
將朽. 欷歔嘆古更嗟今, 少日榮華晩陸沉.[124] 亹亹願毋嫌聒耳, 寥寥罕遇是知
音. 織烏[125]荏苒忙過隙, 司馬[126]汍瀾[127]已濕衿.[128] 往運推移端莫挽, 窮途汨
沒最難禁. 妓人聽我相寬慰, 美貌多爲姿質累, 倉皇明鏡樂昌分, 縹緲層樓綠
珠墜. 雖云犖獨困貧乏, 贏得嬌嬈[129]到憔悴. 世上浮名不直錢, 杯中醇酎[130]
休辭醉. 屛營[131]扷淚起逶迤,[132] 載拜慇懃乞賦詩. 土坑[133]蓬窗愁寂夜, 挑燈
快讀解愁頤.[134] 那知皓首[135]逢元稹, 弗用黃金鑄牧之.[136] 洒翰酬渠增慷慨,

---

113) 文禽(문금) : 꿩. 꿩의 털이 화려하고 무늬가 있어서 이렇게 칭하였다. [周]
114) 井磑(정애) : 우물을 말한다. 『正字通』에 따르면 磑는 磨이고 臼가 아니라고 한다.
   [周]
115) 藁砧(고침) : 丈夫를 말한다. 藁砧은 풀을 베는 칼이며 곧 鈇이다. 鈇는 夫와 음이 같
   아서 夫를 代稱하는 말로 사용하였다. [周]
116) 捐館(연관) : 死亡을 뜻한다. [周]
117) 【校】 : [董]에는 壚로 되어 있다.
118) 【校】 : [董]에는 酸辛으로 되어 있다.
119) 龍鍾(용종) : 몸이 衰老함을 의미한다. [周]
120) 么娘(요낭) : 아가씨를 의미한다. [周]
121) 【校】 : [董]에는 自로 되어 있다.
122) 正丘首(정구수) : 正首丘를 말한다. 죽어서 고향으로 돌아가 묻히다. [周]
123) 轗軻(감가) : 세상에 쓰이지 못하다. 사람이 때를 만나지 못함을 비유한 말이다. [周]
124) 陸沉(육침) : 여기서는 몰락했다는 뜻으로 해석된다. [周]
125) 織烏(직오) : 日을 의미한다. 織은 베틀의 북처럼 왔다갔다하는 것을 의미한다. [周]
126) 司馬(사마) : 唐나라 詩人 白居易를 말한다. [周]
127) 汍瀾(환란) : 눈물을 흘리다의 의미이다. [周]
128) 【校】 : [董]에는 襟으로 되어 있다.
129) 嬌嬈(교요) : 아름다운 모습을 뜻한다. [周]
130) 【校】 : [董]에는 酹로 되어 있다.
131) 屛營(병영) : 두려울 정도의 神氣를 말한다. [周]
132) 逶迤(위이) : 걸음이 흐트러진다는 뜻이다. [周]
133) 【校】 : [董]에는 炕으로 되어 있다.
134) 解頤(해이) : 웃기 시작하다라는 뜻이다. [周]
135) 皓首(호수) : 年老해서 백발이 되다. [周]
136) 牧之(목지) : 杜牧之를 말한다. 唐 京兆 사람이다. 大和 2년에 進士에 올랐으며 또한

風流千載繫遐思.

予旣贈以是詩, 乃起謝曰 : "此元、白[137]遺音[138][139]也, 何相見之晚耶? 老身旦夕且死, 當與偕焚, 庶讀之于地下." 明年春, 予將還京師, 重往過之, 則果歿矣. 因誦斯藁, 猶若其俯仰語笑之態. 悲夫! 永樂庚子閏正月朔日, 廬陵李禎識.

 跋一

余往年于薊門遇老婦行歌道中, 追而問焉. 則故元駙馬家妓, 姓金, 字芙蓉. 元亡. 嫁爲民家, 今雖貧薄, 而猶不忘故態. 且能道故元時事甚悉. 余因作『薊門老婦歌』以紀之. 旣數年, 余友李君昌祺. 自廣西方伯, 入役房山, 遇至正官妓. 遂作長歌以贈之, 其詞博, 其意悽惋, 誠得元白之遺意. 披閱玩味之余, 因錄謬作, 以附驥尾. 然宿寠簡短, 詞不達意, 誠所謂珠玉在側, 覓我形穢矣! 其歌曰 :

薊門老婦歌且行, 一曲斷腸多苦聲. 時時掩面向人泣. 泣罷從前道姓名. 自言少小顏如玉, 金縷羅襦問妝束. 先朝丞相重嬌歌, 教得新翻『太平曲』. 雕房繡闥高嵯峨, 五侯七貴時經過. 就中艶色亦無數, 俛首低鬟聽我歌. 行雲斷絶梁塵起, 滿座傳盃驚且喜. 當筵一擲千黃金, 翻惡管弦徒聒耳. 只言歡樂度青春, 豈識人間賤與貧. 向來風景一朝異, 翠鈿散落城埃塵. 況逢衰老轉蕭索, 惟有茅廬傍西郭. 閑來還唱舊時歌, 不覺一聲雙淚落. 人生安得

制科에도 올랐다. [周]

137) 元白(원백) : 元은 元稹을 가리키고 白은 白居易를 가리킨다. 이들의 詩를 元和體라고 한다. 각각 『長慶集』이 있다. [周]

138) 【校】 : [董]에는 意로 되어 있다.

139) 遺音(유음) : 餘音, 餘響을 말한다. 『禮記』에 "遺音이 있도다(有遺音者矣)"라는 문장이 보인다. [周]

長少年, 一貧一富皆自然, 鄧通鑄錢終餓死, 古往今來何足憐.

永樂庚子, 翰林侍讀學士奉訓大夫修國書永豐曾棨書

 跋二

　　盧陵李君昌祺, 示予以所作『至正妓人行』長詩一章. 余讀之. 旣懸知當時之事, 而又喜是詩詞語之工也. 蓋公爲廣西布政使, 以文章政事, 擅名久矣. 比來京師, 邂逅此妓于房山道中, 見其衰老, 因得以詢其事所以, 慨然爲賦之以詩也. 嗟乎! 元起沙漠, 統一海宇, 雖曰致治, 然其制度施爲, 多從胡俗, 以游畋晏樂爲務, 逮乎至正之君, 尤荒淫奢縱, 所好者惟聲色歌舞, 盤游行事, 夜以繼日, 上下相蒙, 政治廢弛, 賊盜蜂起, 國勢不振. 天乃命我太祖高皇帝剪滅群雄, 至正遁亡. 大統旣正, 萬方攸寧, 中國之治, 悉復于古. 逮我皇上卽位, 又整率六師, 往征沙漠, 凡元之遺蘗, 無有存者, 而昔時至正之荒淫縱侈, 其事世人亦罕知其詳, 此妓猶能歷歷道之, 良可歎也. 於戲! 此元之所以亡也. 然則公之此作, 亦寧無意乎? 亦曰紀其實, 以補史之所不裁, 亦曰使后之讀者有所感發興起耳. 豈他有屬意哉! 予因是喜公之志, 遂爲書于其後.

　　翰林侍講臨川王英書

 跋三

　　我吟向傳『琵琶行』, 鏗然節奏絲弦聲. 鳴呼其才難再得, 千載相逢李方伯. 讀詩語我『妓人行』, 不啻潯陽秋送客. 聞公宦轍走幽燕, 道逢老妓說少年. 口調紫簫吐心曲, 流商泛徵變幽音. 苦樂衰榮那可說. 老夫三讀嘆

奇才, 欲倚新聲調未諧. 一妓女流何足數, 感時撫事偏傷懷. 公今事業光
朝野, 況有文章繼風雅. 若爲眷此獨鍾情, 莫訝江州老司馬.

　　木天老人高廷禮書.

 跋四

　　廣西布政使李公昌祺,郡之偉人也, 以學問世其家, 以文章鳴當代. 故
其摛詞繪句, 傳誦人口, 有得其篇章者, 猶嚅鮮肥、嗛膾炙然. 今觀其所
作『至正妓人行』, 清新流麗, 若寒薄之漾淪漪也. 鮮澤芳潤, 若光風泛叢
蘭也, 釀情醞態, 愉快交集. 凄其若零露之浥蔓草, 皦乎若繁星之麗于秋
空也. 噫! 非文章之美, 學問之士, 能至爾哉! 予讀之數過, 旣憫妓人當及
笄之年, 不能閑于禮節, 以締好國宗; 復悲其中罹喪亂, 不能遺外沉湎,
以脫身風塵. 獨幸其有所遭者, 晩際聖明, 得占籍編戶氓, 享有子孫之養
而終其天年. 而于瀕死之日, 又獲公之詞翰以宣其湮鬱, 又何榮哉! 或者
謂公是篇, 卽元、白遺音, 吁! 蓋不深喩者也. 夫襄陽錦江之句, 與潯陽江
頭之辭, 徒凄切憤惋于離別之頃, 而二妓者, 亦終于爲商人婦, 流落天涯
也. 豈若此人者, 旣脫身喪亂, 復優游太平以卒, 而又托諸翰墨者如是其
美哉! 彼其但能得篇章而嚅嗛之者, 亦大有徑庭矣. 故評之曰 : 元、白之
作工于詞而流于荒, 公之作發乎情而歸之正也. 覽者將以爲何如?

　　翰林修撰羅汝敬書.

 跋五

　　吾友廣西布政使李公昌祺, 示予所爲『至正妓人行』, 凡千二百餘言. 觀

其横放浩瀚, 若春泉注壑, 浣瀁而不窮; 流麗動蕩, 若纖雲行空, 變態而
難狀. 自昔文人才士, 辭藻之盛, 未有過于此者. 嗟夫! 妓人今爲民戶, 有
子與孫矣, 尚不忘其故態, 常以簫管自隨. 雖老, 出其技, 猶能使公賞惜
若此, 況于盛年也耶? 今有懷德蘊義、砥行立名之士, 欲求當代之君子出
一語以褒嘉之, 且不可得, 而此妓者, 乃能致公聽其議論, 而又重之以詩,
亦何其幸哉! 雖然, 此未足以窺公之淺深也. 公爲方面大臣, 固當以功名
事業自期, 宣上恩德, 以施惠政, 使環數千里之地, 熏陶于春風和氣之中.
乃以其文章黼黻至治, 而歌咏太平, 挫之金石, 傳之無窮, 然後足以見公
之大. 若此, 特其余緒耳, 烏足之窺公之淺深也哉! 予故書其後, 使觀者
知求公于其大, 而不在此也.

翰林侍講李時勉書.

跋六

廣西布政使李公昌祺, 遇元至正妓人于房山, 命吹紫簫數曲, 飲之酒而
遺之以詩, 持以示予. 觀其運巧思于雕鏤, 出奇語于豪縱, 落筆之際, 必
有謂元、白復生, 未知其孰先孰後, 誠佳作也! 然是妓以垂髮之齒, 容色
衰謝, 薄試其技, 尚能使人歎賞若此; 使當芳年盛色, 揚袂倚巾, 其擲金
買笑者宜何如哉? 人或謂公少負奇氣, 早登顯位, 固當慨然于世, 以功名
事業自期, 何獨遇一女婦而悽惶若此哉? 此盖未知公者也. 是詩之意, 惜
妓不以少日從良, 托之終身, 徒恃容色, 晚遭淪落, 悔將何及! 然則抱器
而適用者, 所貴及時自勵, 卓然樹立, 以表見于時, 寧可貽末路之愧悔哉!
故篇終嘆妓爲才質所誤, 此所以極其情以歸之正也. 是皆他人未知而予
之所獨知, 因書以歸之.

翰林檢討錢習禮跋.

跋七

余讀唐李頎『聽董大彈胡琴』之作, 至"幽陰變調勿飄灑, 長風吹林雨墜瓦. 逆泉颯颯飛氣木末, 野鹿呦呦走堂下". 每恐其盡. 讀柳柳州『行路難』云: "盛時一去貴反賤, 桃笙葵扇安可常?" 則嘆曰: 時乎不再來. 今觀廣西方伯李公昌祺所贈至正妓人之作, 意韻俱美, 可擬頎作, 而春容大篇過之. 妓人少爲悅己者容, 中値元祚遷革, 我朝承平, 始克嫁爲民婦, 及年邁色衰, 猶以簫管自隨. 從其孫應匠役于房山, 獲與公遇, 則亦晚矣. 其眞時不再來, 如桃笙葵扇者耶? 董大以胡茄遇, 妓人以簫管遇, 頎、柳州、方伯之詩, 須合而爲一時一人之人作可也. 余旣玩味唱嘆, 得其餘音, 曰: 颯颯乎盛哉! 遂書于左方以歸之.

考功主事鄧時俊跋.

跋八

右『至正妓人行』一章, 今廣西布政使李公昌祺所作也. 公于房山遇是妓, 因感其所言, 賦此以贈之, 出以示予. 予觀之, 詞意偉麗, 不易得也, 然亦因有感焉! 夫由至正迄今, 七八十餘年矣, 當時學士大夫, 凋謝殆盡, 無復有見者, 而伶人妓女, 往往猶存. 盖當其間, 治敎頽靡, 上下荒于聲色, 故雖久而其類尙多在也. 於乎! 其所以陵夷覆墜者, 豈非其自致哉? 然夫! 妓之早年, 失身其間, 逐至顚沛流落, 非不幸也, 亦宜也. 及其晚歲, 得霑聖朝德化之盛, 爲婦民間, 而終老于太平之日, 又何其幸歟! 公于一見之頃, 爲之感發而形之歌咏, 盖亦慾使觀者于此而有所懲創也. 夫豈無其意哉!

賜進士及第翰林修撰蕭時中書.

跋九

　　廣西布政使李公昌祺, 余之同年友也. 嘗遇老婦于房山, 容貌衰謝, 言詞悽愴, 問之, 知爲至正妓人, 猶善吹簫, 能歷歷道故元時事. 公之所遺歌詩, 詞旨淸麗, 音嚮激烈. 始旣欣羨其以容貌供奉于當時, 晚又感歎其衰老淪落于民間, 設使元、白賦之, 亦豈能逾于是作也. 嗚呼! 是妓雖已衰老淪落, 然猶以其薄技獲試于至元之君, 又幸遭逢聖明, 享有子孫之養, 以終其餘齒, 而復爲名公偉人之所稱慕如此, 可謂不沒矣夫! 自古英才賢士, 挾其所有, 不克以施于世, 至于泯然無聞者, 盖不勝數, 宜夫李公有慨于此也. 李公文章學問, 固已顯聞于人, 使其當制作之任, 固將歌咏太平之鴻庥, 贊揚國家之盛美, 以傳之于天下後世, 元、白烏足論哉! 今觀是詩, 特寄意于一時焉耳, 未足以廣君也, 讀者當自知之.

　　翰林修撰周述書.

跋十

　　予觀廣西布政使李公所爲『至正妓人行』一篇, 詞義深密, 三復爲之起敬. 雖然, 公之才學, 豈徒工于詩歌而已哉, 將必大發其蘊, 以鳴國家太平之盛, 福被生民于無窮, 斯不愧所負任之重也. 今以一妓而獲見遇于公之一賞, 何其幸哉! 雖老死無憾矣! 世之士大夫, 遇不遇也, 亦猶是爾. 俾或一遇于時, 則生被榮顯, 歿垂永久, 否則流落沉淪, 終身不齒, 良可惜哉! 因『妓人行』, 重有感焉!

　　時永樂庚子春正月, 翰林編修周孟簡書.

老妓大都人, 亡其姓名, 其時則可知. 嗟夫! 世異勢殊, 妓也華落色衰, 爲編氓婦, 今年七十餘, 衣食于匠營, 追憶往事, 風流雲散, 當時無復知其爲人. 居閑處獨, 往往心上相語; 托諸簫管, 則和鳴于飛之音, 變而爲凄涼失群之調, 其聲幽幽然, 鳴咽悽惻, 若怨若訴, 若悲若泣, 時一響于石窩破屋之下, 臀發四壁, 而荒烟落日, 依微慘淡之狀, 又接莽蒼之野, 闃寂之濱, 過之者日累若干人, 曾無一之或顧者. 何意房山之役, 乃有傳說岩築其人, 一訪而咨賞, 再往而賞, 終其聽而爲之嗟惋不已而歌詠之, 詠歌不足, 則累數十百韻, 抑揚反覆, 悲愴激烈, 益亹亹而不盡, 使人讀之, 恍然若目擊當時事, 不勝弔古今之遺恨, 視老妓若以爲懷者, 悲夫! 見而知之者, 咸以爲元、白遺音. 嗟夫! 連昌之世, 琵琶之事, 驗之老妓, 固若不殊, 其詞則慷慨悲壯, 體以其人, 又不相上下, 概無足論者. 獨其人之出處進退, 余不得而知也. 世好言古今人不相及, 觀今其人, 豈其然耶? 其人謂誰? 余同年友廬陵李公昌祺是已. 公生于忠節之鄉, 詩禮之族, 遭逢盛明, 登永樂進士第, 踐歷淸要, 文章名海內, 心結主知, 乃擢爲廣西布政使司左布政使任, 大道斯行矣. 乃以微眚于役, 感遇而賦此. 旣而復其官, 是詩亦傳播, 則是妓獲白于世, 抑何其喜且幸也! 明年, 老妓死. 嗚呼! 豈其命耶? 雖然, 妓則死而音存, 是詩固當與『琵琶行』并傳宇宙間矣, 妓之死又未爲不幸也. 嗚呼! 物之遇不遇若此者, 古今固不少, 而妓亦以老見白, 其可感也夫! 其可慨也夫! 爲之三嘆.

時永樂歲甲申, 進士翰林庶吉士授承直郎秋官主事劉子欽書.

가운화환혼기(賈雲華還魂記)

가운화의 돌아온 영혼

위붕(魏鵬)은 자가 우언(寓言)으로 선조는 거록(鋸鹿) 사람이었다. 그의 9 대조 위비경(魏飛卿)은 송나라 고종(高宗) 때 벼슬이 어사중승(御史中丞)에 이르렀는데 진회(秦檜)가 나라를 망쳤다고 탄핵했다가 양양령(襄陽令)으로 폄적되었고 죽어서는 백마산(白馬山)에 묻혔다. 이렇게 해서 자손들은 그곳에 머물러 살게 되었다. 집안은 번창해서 부유함이 제후에 버금갈 정도였으며 원나라 때에 이르러 더욱 번성하였다. 위붕의 아버지 위무신(魏巫臣)은 연우(延祐) 초에 강절행성(江浙行省)의 참정을 역임하였는데 공관에서 위붕이 태어난 지 얼마 되지 않아 죽었다. 어머니 영국(郢國) 소부인(蕭夫人)은 위붕과 두 형인 위악(魏鶯)과 위작(魏鷟)을 데리고 영구를 이끌고 양양으로 돌아왔다. 위붕은 다섯 살 때 오경(五經)에 통했고 일곱 살 때 시문을 지을 줄 알았다. 피부는 맑고 깨끗하고 눈과 눈썹은 그린 듯 하였는데 향리의 사람들은 그를 신동이라고 했다.

원나라 지정(至正) 연간 여러 번 과거에 응시했으나 실패하여 크게 상심해 있었다. 일찍이 책상을 어루만지면서 길게 탄식했다.

"대장부는 마땅히 발분 노력하여 공명을 취해야 하거늘 한 번도 붙지 못하고 있으니 한스럽구나!"

모친인 소부인이 그것을 듣자 그가 답답한 마음에 병이라도 걸릴까 두려워 하며 다른 방도를 일렀다.

"전당(錢塘)은 네 아버지께서 돌아가신 곳이다. 지금의 유명한 선생들 중에는 전날 아버지의 문하생이나 부하였던 사람들이 많으니 가서 가르침을 구하면 아마도 성과가 있을 것이다. 전당은 동남쪽의 큰 도시로 산수가 빼어나 마음을 탁 틔워서 성정(性情)을 읊어볼 수 있을 것이니 한번 가보거라. 방안에만 있지 말고."

모친은 품에서 서찰을 꺼내어 주면서 또 말을 이었다.

"그곳에 가서 공부하다가 시간이 나면 돌아가신 가평장(賈平章)댁에 가서 부인인 형국(邢國) 막부인(莫夫人)을 찾아뵙고 이것을 드리거라. 네 혼사를 의논하기 위해서니라. 내 할 말이 있으니 함부로 열어보지 마라."

위붕은 물러 나와 몰래 열어보고 나서야 비로소 자기가 태어나기도 전에 어머니와 막부인 간에 벌써 혼약이 있었다는 것을 알게 되었다. 기쁨을 이기지 못하고 서둘러 떠날 채비를 차렸다. 서찰의 내용은 이러했다.

삼가 재배하며 형국태부인(邢國太夫人)께 편지 올리나이다. 헤어진 지 십 오 년 멀리 수천 리 떨어져 각기 하늘 아래 소식이 묘연했습니다. 높으신 문벌과 아름다운 자질에 음식솜씨 뛰어나시며 집안에 기쁨이 넘치고 복이 모이는 것을 생각하니 부러움을 어찌 다 말할 수 있겠습니까. 저는 이미 하늘같은 지아비를 잃고 구차하게 정절을 지키고 있으며 집안의 노소 모두 이곳에서 근근히 살고 있어 부인께 말씀드릴만한 것이 없습니다. 생각건대 돌아가신 평장과 참정 어른은 벼슬로는 동료였으나 형제처럼 우애가 깊었고 부인께서는 저를 동생같이 여겨 주셨습니다. 처음 임신하였을 때 부인께선 한(漢)나라 광무제(光武帝)와 가복(賈復)의 이야기를 들며 저의 배를 가리켜 '아들을 낳으면 내 딸을 시집보내고 딸을 낳으면 내 아들을 장가보내겠다'라고 하셨지요. 그 후 천지신명께서 그 마음을 알아주시고 짝을 지어주시려는지 귀댁에서는 딸을 낳으셨고 저희는 아들을 얻었습니다. 그러나 그 약속이 이루어지기도 전에 지아비가 돌아가시어 저는 아이를 이끌고 유해를 모시고 고향으로 돌아왔었지요. 그렇게 산도 멀고 물도 멀어 상봉할 수가 없었습니다. 지금은 저희 아이가 장성했고 영애(令愛) 또한 나이가 찼으니 진실로 옛 약속을 이루고자 합니다. 그래서 감히 편지로 저의 마음을 써서 자식을 통해 올리는 것입니다. 아이가 그곳에 이르거든 잘 보살펴 주셨으면 합니다. 허락의 말씀을 듣기를 바라오며 삼가 소식 기다립니다. 만나 뵐 기약 없어 편지를 대하자니 슬퍼집니다. 이만 줄입니다.

위붕은 어머니의 명을 받들어 다음날 아침 출발했다. 두 달 넘게 걸려 항주에 도착해서 북관문(北關門)의 변(邊)노파 집에 방을 세내었다. 노파가 잘 대해주어 위붕은 매우 편안했다. 며칠 지나 짐이 정돈되자 점차 밖으로 나가 돌아보면서 아는 사람들을 찾아보았지만 남아 있는 사람이 없었다. 다만 산수의 아름다움과 맑은 경치가 앞에 가득하고 거마(車馬)의 소란함과 생황의 노랫소리만 귀를 채울 뿐이었다. 위붕은 이에 「만정방(滿庭芳)」 사 한 곡을 지어 산수의 빼어남을 그려 방안의 창호지 창문에다 써넣었다.

天下雄藩,	천하의 웅번(雄藩)이요
浙江名郡,	절강의 명군(名郡)이구나
自來惟說錢塘.	옛부터 말하기를 전당은
水清山秀,	물 맑고 산 빼어나며
人物異尋常.	인물도 뛰어나네
多少朱門甲第,	주문 갑제(朱門甲第)
鬧叢裏,	모인 곳에
爭沸絲簧.	음악 소리 요란해라
少年客,	젊은 나그네
謾携綠綺,	초록빛 비단 가지고서

到處鼓求凰.　　　　도처로 황(凰)새 찾아 나서네

徘徊應自笑,　　　　배회하며 자소(自笑)하나니
功名未就,　　　　　공명을 아직 이루지 못했으니
紅葉誰將.　　　　　붉은 나뭇잎 뉘에게 맡기리
且不須惆悵,　　　　상심해선 안 되나니
柳嫩花芳.　　　　　버들은 보드랍고 꽃은 향기로와라
聞道藍橋路近,　　　듣자니 남교(藍橋)가는 길 가까워
願今生一飮瓊漿.　　평생에 경장을 마시길 원하네
那時節, 雲英覿了,　그때는 운영을 엿보고
歡喜殺裵航.　　　　배항(裵航)은 기뻐 죽을 지경이라네

우연히 옆에서 노파가 보고는 물었다.

"도련님께서 이것을 지으셨습니까?"

위붕이 대답도 하기 전에 이어 말했다.

"도련님께선 어찌 이 늙은이가 소리도 모른다고 생각하십니까? 무릇 악부에선 함축해서 드러나지 않게 하는 것이 우선입니다. 이 사는 비록 잘 되었으나 아리따움이 없습니다. 구양수(歐陽修), 안수(晏殊), 진관(秦觀), 황정견(黃庭堅)의 사는 결코 이렇지 않습니다."

위붕은 이 소리를 듣고 깜짝 놀랐다.

"보잘 것 없는 사로 웃음을 샀군요."

이렇게 사죄하고는 내력을 물어 보았다. 그녀는 달목 승상(達睦丞相)이 아끼던 여자였는데 승상이 죽자 민간으로 시집가 지금까지 나이를 먹었다고 하였다. 또 시서에 통해 있고 음률에 밝으며 우스개 소리를 잘하고 자수에 빼어나 높은 벼슬아치 집안에 자주 들리면서 그 여식들의 선생노릇을 해 모두들 변유인(邊孺人)이라고 불렀던 것을 알게 되었다.

"그렇다면 승상께서는 바로 저희 아버님과 가평장과는 같은 시절의 분이시군요."

그 노파는 놀라며 물었다.

"도련님께서는 위참정 나리의 아드님이십니까?"

"그렇습니다."

"진실로 한비자(韓非子)가 말한 바 '그 집안의 그 아들'이로군요"

그리고는 잔을 내어 술을 따라 주었다. 위붕은 부친이 벼슬할 때의 동료들에 대해서 물어보았다.

"다 떠나고 가씨 일문만이 이곳에 남아 있답니다."

"그 집안에 드릴 어머님의 편지가 있으니 소개시켜 주십시오"

노파는 허락했고 위붕은 다시 물어 보았다.

"평장께서 돌아가신 지 몇 년 되었으며 지금은 누가 있고 집안 형편은 어떠한가요?"

"평장께는 아들이 하나 있는데 이름은 린(麟), 자는 영소(靈昭)라고 하며 딸이 하나 있는데 이름은 빙빙(娉娉), 자는 운화(雲華)라고 합니다. 그 모친이 꿈에서 공작이 모란의 꽃술을 물어다가 가슴에 놓는 것을 보고 낳게 되었는데 안색은 봄물에 비친 도화꽃 같고 자태는 아침해를 맞이하는 구름 같지요 열 손가락은 가느다란 옥을 깎아 만들고 두 귀밑머리는 부드러운 실을 꼰 것 같답니다. 사를 짓고 곡을 만드는 것은 이청조(李淸照)도 따를 수 없고 비단을 짜고 그림을 수놓는 것은 소약란(蘇若蘭)과 비교도 할 수 없답니다. 형국부인께서 애지중지하시어 저에게 배우게 하셨는데 저 자신도 스스로 그만 못하다는 생각이 든답니다. 또 부인께서는 근검하고 부지런하시며 집안 일에 수완이 있으시어 의복과 장신구는 옛날에 뒤지지 않고 가구와 그릇은 옛날의 화려함 그대로지요"

위붕은 이 말을 듣고 그녀가 바로 뱃속에서 혼약을 맺은 여인이라는 것을 알고 한시라도 가보고 싶은 마음이 급했지만 마침 노파가 눈병이 들어 갈 수 없었기에 그만 두었다. 부인은 노파가 오래도록 오지 않는 것을 궁금하게 여겨 하녀 춘홍(春鴻)을 노파의 집으로 보내 안부를 물었다. 그때 노파는 눈병이 나았기에 위붕과 함께 가려고 했는데 마침 그가

외출하고 없는지라 먼저 춘홍을 따라 부인에게 가서 감사드리고 위붕의
모친이 편지를 보낸 일을 이야기했다. 형국부인은 놀라며 말하였다.

"마침 그것을 생각하고 있었는데 왔구려. 급히 불러 주오 늦추지 말
고."

춘홍은 명을 받고 위붕을 부르러 다시 가서 함께 오게 되었다. 문에 이
르자 춘홍이 먼저 들어갔다. 잠시 후 하녀 둘이 나와서 중당(重堂)으로 안
내하고 동쪽 계단에서 잠시 기다리게 했다. 형국 부인은 명복(命服)을 입
고 나와 당상(堂上)에 앉았다. 위붕이 절을 두 번 올리자 부인이 물었다.

"도령은 언제 왔는가?"

"며칠 되었습니다."

부인은 서쪽 기둥 앞의 나전으로 된 의자에 위붕을 앉게 했다. 차를
마시고 나자 부인이 말했다.

"헤어질 때 포대기에 싸여 있었는데 지금은 이처럼 장성했구나."

부인은 그를 대견히 여기고 그간의 노고를 극진하게 위로하면서 모
친과 형제들의 안부를 물었다. 위붕은 모두들 잘 있다고 대답하였다. 부
인이 위붕에게 옛 이야기를 들려주는데 마치 눈앞에서 보는 것처럼 상
세했다. 그러나 뱃속의 아기를 가리키면서 혼인을 약속했다는 이야기는
하지 않아 위붕은 이상한 생각이 들었다. 그래서 같이 온 늙은 하인 청
산(青山)을 돌아보며 주머니를 풀어 모친의 편지를 꺼내어 올리게 하였
다. 부인은 읽고 나서 소매에 넣어두고는 아무런 말도 하지 않았다. 조
금 후 동자 한 명이 나오는데 용모가 빼어난 것이 옥과 같았다. 부인은
위붕에게 절을 하게 했다. 위붕이 답례를 하자 부인이 말했다.

"어린 아이라 자네가 마땅히 가르쳐 주어야 하거늘 무슨 답례인가?"

다시 시녀 추섬(秋蟾)에게 빙빙을 불러오게 했다. 조금 있자 변노파가
두 시녀를 거느리고 여자 하나를 에워싸면서 나타났다. 수놓은 장막 뒤
에서 천천히 나와 위붕 앞으로 오더니 절을 올렸다. 위붕이 머뭇거리며
일어나서 피하려고 하자 부인이 말했다.

"괜찮아. 내 딸일세."

인사가 끝나자 부인의 오른편으로 가서 섰다. 변노파도 그 옆에 섰다. 빙빙을 가만히 살펴보니 실로 경국지색이었다. 비록 서시(西施)와 낙신(洛神)이라도 우열을 가리기 힘들 것 같았다. 위붕은 그녀를 보고 난 뒤 정신은 아득하고 안색은 변하며 마음은 요동쳤다. 부인이 눈치챌까봐 일어나서 가겠다고 하자 부인이 말렸다.

"전에 평장께서는 참정을 형제나 다름없이 보셨고 존당께서도 나를 보기를 자매같이 하셨지. 두 분께서 돌아가시고 두 집안이 오래도록 떨어져 서로 소식이 묘연해 살아서는 다시 못 보겠구나 생각했는데 뜻밖에 늘그막에 자네를 보게 되어 기쁜 마음이 이루 다 말할 수 없네. 그런데도 자네는 그리 박정하게 가려 하는가?"

위붕은 읍을 하고 자리로 돌아와서는 감히 다시 사양하지 못했다. 형국부인이 빙빙에게 들어가라고 눈짓을 하는 것이 아마도 상을 보라고 하는 것 같았다. 잠시 후에 잔치가 열렸는데 산해진미가 모두 나왔다. 부인은 직접 술을 따라 주었고 위붕은 무릎을 꿇고 받아서 마셨다. 가린과 빙빙에게 차례대로 술을 따르도록 했다. 빙빙의 차례가 되자 위붕은 먼 곳에서 오느라 오래도록 술을 멀리하였기에 더 이상 마시지 못하겠다고 사양했지만 빙빙은 잔을 들고 재삼 권했다. 위붕은 그녀를 자세히 볼 심산으로 굳이 사양하고 먼저 마시지 않았다. 그러자 부인이 말했다.

"도령이 너보다 나이가 많으니 지금부터는 친한 집안의 오누이처럼 지내거라. 그러니 너는 당연히 무릎을 꿇고 술을 올리도록 해야 한다."

빙빙은 무릎을 꿇었다. 위붕은 황급히 받아서 단숨에 들이켰다. 빙빙은 잔을 받아 부인 앞으로 가서 상 위에 남은 술을 뿌리며 말했다.

"오라버니가 다 마시지 않았으니 다시 한 잔 줘야겠어요."

그러자 부인은 웃었다.

"방금 오누이 사이가 되었는데 우애(友愛)의 정이 두텁구나. 도령이 어찌 거절하겠느냐?"

변노파도 옆에서 거들어 위붕은 다 마시게 되었다. 부인은 다시 변노파에게 잔을 넘겨주며 말했다.

"도령이 자네 집에 머무르고 있는데도 나에게 일찍 알리지 않았으니 벌주로 한잔 마시게."

노파는 웃으며 술을 들었다. 자리가 파하고 돌아갈 것을 고하자 부인이 말했다.

"자네는 가지 말고 우리 집에서 머물게."

위붕이 사양하였다.

"좋지는 않지만 사양 마시게나."

부인은 하인 탈환(脫歡)과 어린 머슴 의동(宜童)을 불러 동쪽 곁채의 방으로 안내하게 하고 위붕을 묵게 하였다. 위붕이 들어가 보니 갖추어지지 않은 것이 없었으며 변노파네 집에 두었던 자신의 짐도 어느 사이엔가 모두 이곳으로 옮겨와 있었다. 안정된 거처도 얻고 예쁜 빙빙도 만났으니 놀랍고도 기뻐서 잠이 오지 않았다. 「풍입송(風入松)」 사 한 수를 지어 술김에 벽에 적었다.

碧城十二瞰湖邊,	푸른 성 열둘 호숫가에서 바라보니
山水更淸姸.	산수는 맑고 아름다워라.
此邦自古繁華地,	이곳은 옛 부터 번화한 곳
風光好,	좋은 풍광에
終日歌絃.	종일토록 음악소리
蘇小宅邊桃李,	소쇼(蘇小)네 집가의 도리꽃
坡公堤上人烟.	동파(東坡) 뚝방 위의 인파

綺窓羅幙鎖嬋娟,	아름다운 창 비단 장막 속 아가씨가
咫尺遠如天.	지척이나 하늘 끝인 양 멀구나
紅娘不寄張生信,	홍낭이 장생에게 소식전하지 않으니

西廂事,　　　　　서상(西廂)의 일
只恐虛傳.　　　　헛되이 전하는 것인가
怎及靑銅明鏡,　　언제 청동 거울
鑄來便得團圓.　　다시 합쳐질 수 있을까

그날 저녁 빙빙은 방으로 돌아와서도 위붕에 대한 생각이 끊이지 않았다. 그래서 시녀 주앵(朱櫻)을 불렀다.

"오라버니는 자리에 드셨느냐?"

"모르겠습니다."

"가서 알아보도록 해라."

시녀는 한참만에 돌아와서 보고하였다.

"도련님께선 등불 아래 시를 읊조리고 계시는 것이 무슨 깊은 생각이 있으신 것 같았습니다. 그러더니 붓을 들어 벽에다 몇 줄 쓰셨는데 제가 살펴보니 「풍입송」이었습니다."

"기억할 수 있느냐?"

"벌써 다 외웠습니다."

시녀는 읊어 내려갔다. 빙빙은 붓을 적시고 쌍란하전(雙鸞霞箋)을 펼치더니 그 운에 맞춰 순식간에 짓고는 봉한 다음 주앵에게 건네주었다.

"내일 아침 도련님께 세숫물 갖다드릴 때 드리도록 해라."

주영은 주머니에 넣어 두었다. 다음날 날이 밝자 시킨 대로 갔다. 위붕이 세수를 마치자 주영은 그것을 내어 주면서 말했다.

"빙빙 아씨께서 도련님께 안부를 전하십니다. 여기 서신 있사옵니다."

위붕이 급히 받아서 보니 벽에다 쓴 「풍입송」에 창화(唱和)한 것이었다.

玉人家在漢江邊,　　님의 집 한강(漢江) 변에 있나니
才貌及春姸,　　　　재주와 미모 봄 되니 더 아름다워라
天敎分付風流態,　　하느님께선 풍류스런 자태와
好才調,　　　　　　좋은 재주 내려주셨고

會管能絃.　　　　　음악에도 능하다네
文采胸中星斗,　　　문장은 뛰어나 가슴속에 북두성을 품고
詞華筆底雲烟.　　　시사는 화려해 붓 아래에 구름과 연기이네

藍田新鋸璧娟娟,　　남전(藍田)에서 고운 구슬을 새로이 캐내니
日暖絢晴天.　　　　해는 따스하게 맑은 하늘에 아름다워라
廣寒宮闕應須到,　　광한궁(廣寒宮)에 응당 가서
霓裳曲,　　　　　　예상곡(霓裳曲)을
一笑親傳.　　　　　웃으며 직접 전하리
好向嫦娥借問,　　　항아에게 한 번 물어보오
冰輪怎不敎圓.　　　빙륜(冰輪)이 어찌 합치려 하지 않는가를

위붕은 그것을 몇 번이나 읽으면서 손에서 떼지를 못하였다. 자신에
대한 빙빙의 마음이 각별함을 알고는 책 바구니 속에 넣어 두었다. 막
빙빙의 성격에 대해 자세히 물어보려는데 부인이 의동(宜童)을 보내어
위붕을 찾았다. 의동을 따라 들어가자 부인은 그가 오는 것을 보고 맞
이하며 말했다.

"도령은 훤당의 명을 받들어 멀리 공부하러 왔으니 잠시라도 헛되이
보내며 놀고 있을 수 없지. 이곳에 하(何)선생이라는 훌륭한 분께서 계신
데 공부하러 오는 사람이 항상 수백 명이라네. 자네가 그분을 따라 공
부하면 반드시 큰 성과가 있을 것이야. 예물은 내 이미 준비해 두었네."

식사가 끝나자 위붕에게 하선생에게로 찾아가 보라고 하였다. 위붕은
빙빙을 보고 난 후로는 모든 생각이 사라져 버리고 공명을 구하지 않게
되었다. 오직 빙빙의 생각뿐이었는데 뜻밖에 부인이 공부하도록 명하니
억지로 대답은 했지만 하선생 집에 자주 가지는 않았다. 비록 부인에게
사랑을 받았지만 부인은 결혼에 대한 이야기를 입 밖으로 내지도 않고
또 빙빙과 오누이간이 되게 하였으니 생각해보면 의구심이 들었으나 물
어볼 도리가 없었다. 그래서 몰래 오상사(伍相祠)로 가서 꿈에 알려달라고

기도하였다. 그랬더니 '쇄설당에서 사람이 다시 태어나고 달빛 아래서 항아를 보리라(灑雪堂中人再世, 月中方得見嫦娥)'라는 예언을 들었으나 깨고 나서 무엇을 말하는 것인지 몰라 다만 마음속에 새겨두기만 하였다.

하루는 우연히 위붕이 친구들과 서호(西湖)로 놀러간 사이 빙빙은 그가 자리에 없는 것을 알고 시녀 난초(蘭艸)를 데리고 몰래 그의 방으로 가서 책들을 두루 살펴보았다. 『교홍기(嬌紅記)』가 있는 것을 보고 웃으며 난초에게 말했다.

"도련님께서 이 책을 보시고 심란해지시지는 않으셨을까?"

그리고 재미 삼아 절구 두 수를 지어 침실의 병풍에 썼다.

淨几明窓絶點塵,	정갈한 안석 밝은 창엔 티끌 하나 없고
聖賢長日與相親,	종일토록 성현과 서로 친하네
文房瀟灑無餘物,	문방은 깨끗해 다른 물건 없고
惟有牙籤伴玉人.	오직 책이 있어 님과 짝하네

花柳芳菲二月時,	이월의 화류(花柳)가 향기로워도
名園剩有牡丹枝.	명원(名園)에 모란의 가지 남아 있나니
風流杜牧還知否,	풍류의 두목(杜牧)은 아시나 모르시나
莫恨尋春去較遲.	봄 찾아갔다가 늦어도 후회하지 마시라

날이 저문 후 위붕은 돌아와서 시를 보고는 빙빙이 지은 것임을 알았다. 외출해서 만나지 못했다는 것이 너무나 아쉬웠다. 그 운에 맞춰 조송설(趙松雪)체의 행서로 빙빙에게 답하려고 화전(花箋)에다 썼다.

冰肌玉骨出風塵,	얼음 같고 옥같은 모습 풍진에 나왔으나
隔水盈盈不可親,	물이 가로막아 가까이 할 수 없구나
留下數聯珠與玉,	주옥 같은 글귀 남겨두어
憑將分付有情人.	다정한 이에게 주었네

小桃纔到試花時,	도화꽃 필 때 되었으나
不放深紅便滿枝,	심홍색으로 모든 가지 채우지 않았으니
只爲易開還易謝,	다만 쉽게 피면 또한 쉽게 지기 때문이라
東君有意故敎遲.	동군(東君)이 뜻 있어 일부러 늦도록 하셨네

시를 다 썼으나 마땅히 보낼 방도가 없었다. 주저하고 있던 차에 갑자기 춘홍이 오더니 차를 가져왔다고 했다.

"마님께서 도련님이 서호에 가서 노셨다는 소리를 들으시고 술 때문에 피곤하지 않을까 염려하시어 무이산의 소룡단차(小龍團茶)를 드시라고 보내셨습니다."

위붕은 기뻐하며 한 잔 마시고 춘홍에게 다가가 웃으면서 말했다.

"빙빙이 나를 오라버니로 생각하고 있으니 네가 잠시 내 부인이 되어주렴."

춘홍은 얼굴빛이 변하였다.

"마님께서 집안을 엄히 다스리고 계신데다가 저는 단지 심부름만 하고 있는 천한 몸인데 어찌 감히 도련님을 모셔 맑은 덕을 더럽힐 수 있겠습니까?"

"동원(東園)의 도리(桃李)는 한 때의 봄이니라. 무슨 상관이 있겠느냐?"

마침내 두 사람은 잠자리에 들게 되었다. 또 위붕은 춘홍에게 넌지시 물어보았다.

"빙빙에게 줄 편지가 있으니 나를 위해 전해줄 수 있겠느냐?"

"어찌 명을 어기겠습니까? 곧바로 갖다 드리겠습니다."

춘홍은 들어가서 다실(茶室)에 있는 빙빙을 만나 건네주었다. 빙빙은 급히 품속에 넣고 춘홍에게 이 일을 누설치 말라고 당부하였다. 방으로 돌아와서 보니 자신이 지은 절구에 대한 화답이었다.

"청초(淸楚)하고 유려(流麗)함이 그 사람됨과 같구나."

빙빙은 읽고 나서 이렇게 감탄하였다. 말이 끝나기도 전에 부인이 손

님이 왔다고 불렀다. 급히 나가 보니 외사촌 오라버니인 막유임(莫有任)
이 고성(藁城)에서 안부 차 왔던 것이었다. 부인은 잔치를 열어 대접하였
고 위붕 또한 자리에 참석하였다. 부인은 오래도록 조카를 못 보았던
탓에 슬프기도 하고 기쁘기도 하여서 조카와 술을 주거니 받거니 하더
니 어느덧 취하게 되었다. 또 막유임은 먼길을 말을 타고 와 피곤으로
술을 이기지 못하여 쉬고 싶다며 부인에게 물러나겠다고 고했다. 부인
은 탈환에게 부축하게 해서 예빈당(禮賓堂) 남쪽의 작은 방으로 가서 쉬
게 하였다. 위붕도 따라 나와서 중당에 홀로 서 있었다. 부인은 어지러
워 눕고 싶은 생각에 먼저 잠자리에 들었다. 빙빙이 하녀들을 데리고
그릇들을 수습하고 문단속을 했다. 주앵이 촛불을 들고 빙빙과 중당으
로 나와서 둘러보았다. 빙빙은 위붕이 혼자 서 있는 것을 보고 놀라며
물었다.

"아직 잠자리에 드시지 않으셨어요? 어찌 여기에 서 계셔요?"

"목이 말라 차를 마시고 싶은데 구하지 못하겠군."

빙빙은 즉시 주앵에게 주방에 들어가서 차를 가져오게 했다. 주앵 대
신 촛불을 잡아 탁자 위에 놓았다. 초는 바람에 깜박이고 촛농이 눈물
흐르듯 흘러 내렸다. 빙빙은 가위로 심지를 자르며 물었다.

"오라버니도 풍류가 있으신지요?"

"이의산(李義山) 시에 '봄누에는 죽을 때가 되어서야 실을 그만 잣고
촛불은 타서 재가 되어서야 눈물이 마르네(春蠶到死絲方盡, 蠟燭成灰淚始
乾)'라는 구절이 있는 것을 보지 못했소?"

"의산은 방탕한 사람일 뿐으로 어찌 그리워하는 마음이 깊었겠어요?"

"사람 마음이야 매한가지고 마음에 있는 욕구야 다 같은 것이거늘 어
찌 그것으로 의산을 비판할 수 있겠소?"

"그렇다면 오라버니도 의산의 아류인가요?"

"풍정(風情)과 유사(幽思)는 스스로 생각하기에 그보다 더하다오."

"오라버니의 말과 같다면 진실로 풍류스럽고 문장이 뛰어난 선비겠

네요. 그런데 시속에서 '노심(勞心)'이라는 것은 과연 어떤 일을 노심한
다는 것일까요? 이상은(李商隱)에게도 이러한 것이 있는지 모르겠군요."

"방도 멀고 사람도 멀기 때문이지요."

빙빙은 아무런 대답도 하지 않고 벽에 걸린 거문고를 가리키며 물었다.

"오라버니께서는 이것을 잘 타실 줄 아세요?"

"어릴 때 그것에 빠졌었지요. 소저도 듣기에 잘한다고 하던데요."

"그냥 타보았을 뿐입니다. 어찌 감히 잘한다 할 수 있겠어요."

조금 후 주앵이 차를 가지고 왔다. 빙빙은 그것을 받아서 위붕에게
건네주었다. 그러자 위붕이 고마워하며 말했다.

"너무 정중하게 하는 게 아니오?"

"예의상 마땅히 이렇게 해야지요."

위붕이 자리를 당겨 이야기를 나누려 하자 빙빙은 급히 일어서며 말
했다.

"밤이 깊었으니 오라버니는 방으로 돌아가세요. 내일 저녁 시간이 나
면 거문고 들으러 갈 테니 어디 다른 데 가지 마세요."

빙빙은 잘 자라는 인사를 하고 물러갔다.

다음날 부인은 어젯밤 마신 술 때문에 일어나지 못했다. 날이 어스름
저물 무렵 빙빙은 몰래 위붕의 처소로 왔다. 위붕은 마침 목을 빼고 기
다리며 계단에서 서성거리고 있다가 빙빙이 오는 것을 보자 뛸 듯이 기
뻐하며 데리고 안으로 들어갔다. 자리에 앉자 위붕은 탁자를 훔치고 향
을 사르고는 비단 주머니를 풀어 천풍환패금(天風環珮琴)을 꺼내어 빙빙
에게 타보라고 하였다. 빙빙은 부끄러워하며 한사코 사양하였다. 그러자
위붕은 줄을 고르고 「관저(關雎)」의 곡을 연주했다. 그녀의 마음을 움직
여 볼 심산이었던 것이다.

"떨림 소리 내는 것은 모두 섬세하지만 소리가 너무 기교를 부리고
손놀림이 다소 가벼운 것이 아쉽군요."

위붕은 그녀의 말에 깊이 탄복하고 빙빙의 지법(指法)을 보고자 하여

계속 청하였다. 그러자 빙빙은 주앵에게 거문고를 가져와 자기 앞의 낭
간(琅玕)의 석탁(石卓) 위에 놓도록 하고는 「치조비(雉朝飛)」를 뜯으며 화
답해주었다.

"지법이 뛰어나군요. 다만 이 곡은 음염(淫艷)한 소리가 많은 것을 면
할 수 없군요."

"아내가 없는 사람이 만들었기에 가사는 슬프고 소리는 쓸쓸한 것이
니 무슨 음염함이 있겠습니까?"

"목독자(牧犢子)의 아내도 아닌데 어찌하여 그러한 미묘함에 이를 수
있소?"

빙빙은 말없이 다만 살며시 웃기만 하였다. 그날 저녁 이야기는 점점
무르익어 가고 감정도 깊어졌다. 그런데 마침 부인이 잠에서 깨어 빙빙
을 불러 인삼탕을 찾았다. 빙빙은 황급히 자리를 떴다. 위붕은 망연자실
혼백이 빠져나간 것 같았다. 얼굴은 잿빛같이 되어 크게 실망했다. 그래
서 누워 「여몽령(如夢令)」을 지으며 슬퍼했다.

> 明月好風良夜,　달 밝고 바람 부는 좋은 밤
> 夢到楚王臺下,　꿈에 초왕의 누대 아래 이르렀건만
> 雲薄雨難成,　　운우의 정 이루기 어려워
> 佳會又成虛話.　좋은 만남 헛된 말이 되었구나
> 誤也誤也,　　　틀렸구나, 틀렸어!
> 靑著眼兒乾罷.　기다리길 그만 두어라

날이 밝자 위붕은 의관을 정제하고 부인의 침소로 가서 안부를 물었
다. 중당으로 나와 그 뒤쪽으로 굽은 길을 따라 빙빙의 방으로 가려고
했으나 길을 잃고서 돌아오다가 청응각(淸凝閣)에 이르러 잠시 숨을 돌
리려고 하는데 그때 마침 빙빙이 그곳에 앉아 머리를 숙이고서 발을 묶
고 신을 신고 있었다. 즉시 문 밖에 몸을 숨기고 틈새로 몰래 보고 있는
데 빙빙의 하녀인 복복(福福)이 이를 보고 빙빙에게 알렸다. 빙빙은 몹시

화를 내며 일어나서 부인에게 이르려고 하였다. 위붕은 다급해져서 사정했다.

"조금 전 마님 처소에 안부를 드리고 오다 길을 잃어 이곳에 오게 된 것이오. 오누이 사이에 참지 못할 것은 아니잖소?"

"남자는 까닭 없이 중당(中堂)에 들지 않거늘 하물며 곧바로 다른 집 규방에 갈 수 있겠습니까? 지금은 용서해 드릴 테니 후에 다시는 오지 마세요."

위붕이 계속해서 잘못을 빌자 빙빙이 말했다.

"오라버니를 접주려 했을 뿐 그렇게 사죄하실 건 없어요."

빙빙은 청응각 앞의 임청(璘淸)에서 만든 작은 화분에 심어놓은 서향화(瑞香花)를 가리키며 복복에게 말했다.

"오라버니 침실에 갖다드려 벗삼게 해드려라."

"이 한 그루 얻었으니 마땅히 잘 모시겠소"

빙빙은 웃으며 머리를 끄덕였다. 복복은 꽃을 들고 위붕을 바래다주었다. 위붕은 복복이 빙빙의 심복이라는 것을 알고 주머니에서 은자 몇 개를 꺼내서 주었다. 그녀를 통해 편지를 전하면서 몰래 속마음을 알리려고 했던 것이다. 복복은 절을 하고 받았고 이때부터 위생은 그녀를 이용할 수 있었다.

그러는 사이에 위붕이 집을 떠나온 지 두 달이 지났다. 한식날이 막 지나고 청명일이 다가오자 부인은 술과 안주를 준비하고 이웃 사람들과 변노파를 불러 위붕과 함께 성밖으로 나가 성묘를 하려고 하였다. 빙빙만은 몸이 조금 불편해 함께 갈 수 없었다. 위붕은 빙빙이 가지 않는다는 것을 알자 거짓으로 일이 있는 양 외출하려고 했다. 부인이 만류하자 위붕은 거짓으로 둘러댔다.

"조금전 하선생님께서 사람을 불러 찾으시니 가지 않을 수 없습니다. 어르신의 성묘에 가지 못해 안타깝습니다."

"선생님께서 부르시니 어쩔 수 없군. 속히 가보도록 하게."

위생이 나가자 부인은 수레에 올랐고 집안 사람들 모두 따라 나섰다. 복복과 어린 시녀 아이 난초가 빙빙과 함께 남아 있었다. 위붕은 부인이 멀리 간 것을 살피고는 천천히 돌아와서 중당 앞으로 왔으나 문이 잠겨 있어 들어갈 수 없어 처마 밑을 서성거렸다. 복복은 사람의 발소리를 듣고 손님이 왔나하고 문을 열어보니 위붕이었다. 위붕은 급히 복복의 소매를 잡고 빙빙의 소재를 물어보고 만나려고 하였다. 그러자 복복이 말했다.

"아씨께서는 총명하고 영리하시며 글을 알고 예를 아시어서 몸가짐을 근신하고 규방을 벗어나지 않으십니다. 또한 조용하고 고상하시며 엄하셔서 함부로 범할 수 없습니다. 그런데 제가 어찌 함부로 도련님을 아씨께 인도하여 실례를 범할 수 있겠습니까?"

"내 너를 만나 스스로 장공(張公)과 홍낭(紅娘)의 사이도 우리보다 더하지 않다고 생각했거늘 지금 네가 이런 말을 하니 매우 실망이구나."

복복은 한참을 생각했다.

"아씨께서 비록 예로 스스로를 단속하고 계시지만 유한한 정은 자못 간절합니다. 일찍이 거울로 스스로를 비춰보시다가 저를 돌아보시더니 '달 속의 항아(嫦娥)와 비교해서 어떠하냐?'라고 물어보시더군요. 그래서 제가 '너무 과장하시는 것 아니세요?'라고 했더니 '항아는 비록 아름다우나 독수공방 홀로 잠을 자지'라고 하시더군요. 이것으로 보건대 사랑으로 아씨의 마음을 흔들어 놓을 수는 있을 겁니다."

"이 계획을 어떻게 실행에 옮긴다?"

"저에게 오릉(吳綾)으로 만든 손수건이 있는데 도련님께서 사랑의 시를 지어 그 위에 쓰시면 제가 아씨께 보여드리겠어요. 도련님께서는 살짝 제 뒤를 따라 오셔서 살펴보세요. 아씨께서 만약 마음을 움직이시면 일이 되는 것은 틀림없을 거예요."

위붕은 기쁜 마음으로 써서 주었다.

鮫綃原自出龍宮,　　교초(鮫綃)는 원래 용궁에서 나온 것
長在佳人玉手中,　　늘 아름다운 님의 옥 같은 손안에 있네
留待洞房花燭夜,　　동방(洞房)에 화촉 밝히는 그 밤에
海棠枝上拭新紅.　　해당화 가지에 신홍(新紅)을 닦네

복복은 그것을 소매에 챙겨 넣었다. 위붕이 그 뒤를 밟아 백범당(柏汎堂)에 이르니 빙빙은 마침 난간에 기댄 채 정원 앞에 돋기 시작한 버들을 완상하고 있었다.

"버들이 벌써 이렇게 푸르구나."

그리고는 가헌(稼軒)의 사 '높다란 난간을 떠나지 못하고 사양은 안개 낀 버들 애끓는 곳을 비추네'를 읊는 것이었다. 위붕이 문득 앞으로 다가가 어깨를 어루만지며 물었다.

"무엇 때문에 애를 끓이고 있소?"

빙빙은 깜짝 놀랐다.

"광사(狂士)께서 또 오셨습니까?"

"한수(韓壽)는 향을 훔치고 상여(相如)는 그릇을 씻었는데 광자(狂者)도 진실로 그렇게 할까요?"

빙빙은 복복에게 차를 내오게 했다. 복복이 거짓으로 땅에 손수건을 떨어뜨리자 빙빙이 주워서 보았다. 시를 보더니 화를 내며 말했다.

"이것은 필시 오라버니께서 지은 것이겠군요. 하녀가 어찌 이리도 기탄(忌憚) 없을 수 있단 말인가? 이것을 가지고 가서 어머니께 일러야겠군요."

위붕은 여러 번 사죄하며 급기야 무릎을 꿇고 사정했다. 빙빙은 그제야 얼굴을 돌려 빙그레 웃으면서 시를 품안에 간직하고 안색을 풀었다.

"여러 말씀 마세요. 여기에 함께 앉아서 잠시나마 이야기 나누지요. 어머님이 돌아오시면 그렇게 못할 테니……"

위붕은 매우 기뻐하며 자리에 앉았다. 빙빙은 복복을 불러 좋은 술과

안주를 내오게 하고 자신이 직접 잔을 들어 술을 따라 주었다. 위붕이 사양하며 마시지 않자 계속하여 권했다. 위붕이 말했다.

"정의가 은근하니 바로 옛사람이 이른바 '떡을 먹어도 역시 취하니 술을 마실 필요 없다'고 한 것과 같군요."

위붕은 몇 잔 마시고 치우게 하였고 빙빙은 그 말대로 따랐다. 위붕은 자리를 당겨 빙빙과 나란히 앉고는 말했다.

"어머니의 분부를 받고 혼사를 위해 고생하며 천릿길을 왔으나 지금 마님께선 도무지 전의 혼약은 말씀도 하지 않으시니 반드시 다른 생각이 있어 일이 중간에 틀어진 것은 아닌지 모르겠소. 오누이 사이가 되라고 하셨으니 그 뜻을 가히 알 수 있소. 그대도 뜻을 분명히 하지 않고 길에서 만난 사람처럼 대하니 진실로 답답하다오. 오래도록 돌아갈 것을 생각했으나 그대와 이야기 해보지 못하였기에 늦추면서 결정을 내리지 못했던 것이오. 오늘 다행이 만났으나 다시 만날 기약은 어렵구려. 나의 마음은 이미 알고 있을 것이오. 된다 안 된다를 명확하게 일러주어 내가 헛되이 주남(周南)에 머뭇거리는 객이 되게 하지 마시오."

빙빙은 이를 듣더니 넓적다리를 문지르며 탄식했다.

"제가 어찌 목석 같은 사람이겠습니까? 오라버니의 그 말씀은 저를 모르시는 말씀입니다. 오라버니를 만나고 나서부터 침식을 잊고 마음은 뛰며 정신은 노곤하여 늦게 잠들고 일찍 잠깨는 것이 오직 오라버니 생각뿐이었습니다. 변변치 못한 이 몸으로 모시면서 백년해로할 수 있다면 얼마나 좋을까 생각했답니다. 다만 하늘이 도우시지 않아 시작은 좋으나 끝이 좋지 않을까 두려울 따름입니다. 장공(張珙)과 신순(申純)의 경우를 보면 잘 알 수 있지요. 오라버니께서 저버리시지 않으신다면 영원히 모시겠습니다. 가볍게 처리하시지 마시고 만전을 기해주세요."

"만약 육례(六禮)가 다 끝나기를 기다린다면 내 무덤에 풀이 다 말라 있을 거요. 그대는 이를 불쌍히 여겨 오늘 저녁을 아끼지 말아주오."

빙빙이 미처 대답도 하기 전에 난초가 와서 부인이 돌아왔다고 일렀다. 위붕은 창망히 밖으로 나갔다. 그 날은 3월 병오(丙午)일이었다.

다음날 아침 위붕은 중당으로 가서 형국부인에게 인사를 드렸다.

"어제 성묘차 호수 옆의 여러 절들을 지나다가 구경을 했는데 아름다운 경치가 눈앞에 가득하여 미처 다 볼 수가 없었지. 자네가 없어서 안타까웠네."

위붕은 공손히 대답하고 물러 나왔다. 중당의 옆문에 이르러 빙빙과 마주쳤다. 시녀들이 주위에 많아 피차간 눈길만 줄 뿐 아무런 이야기도 나누지 못했다. 위붕이 방으로 돌아오자 마음이 답답하여 최호(崔顥)가 황학루(黃鶴樓)에서 지은 시 구절 '해는 저무는데 고향은 어디인가. 강가의 연파는 사람을 근심스럽게 하는구나'를 읊었다. 마침 빙빙이 창 밖을 지나가다가 그 소리를 듣고 창에다 대고 불렀다.

"남아가 어찌 그리도 고향을 그리워하세요?"

"일이 어긋나 종시 이루어지지 않으니 이곳에 있다 한들 아무런 이익이 없소. 차라리 돌아감만 못하구려."

"조금 후에 복복을 보내겠어요."

말을 마치자 곧 자리를 떴다. 아침을 먹고 나자 과연 복복이 왔다.

"아씨께서 편지 전해 드리랍니다."

위붕이 뜯어서 보니 시 한 수가 있었다.

春光九十恐無多,	봄날의 석달은 길지 않으니
如此良宵莫浪過,	이같이 좋은 밤 헛되이 보내지 마오
寄語風流攀桂客,	풍류객에 말 전하니
直教今夕見姮娥.	오늘밤 항아를 만나게 해드리리라

다 읽고 나자 위붕은 기뻐서 어찌할 줄 몰랐다. 하늘만 쳐다보며 해가 지기만을 기다리고 밤이 오기만을 고대했다. 그런데 뜻밖에 친구인 김재용(金在鎔)이 와서 위붕을 이끌고 기생집으로 가려고 했다. 위붕이

다른 일을 들어 사양했으나 그는 한사코 놓아주려고 하지 않았다. 하는 수 없이 동행하게 되었다. 그곳에 도착해보니 수매(秀梅)라는 기생이 있었다. 시사(詩詞)에 제법 뛰어났으며 평소 재주 있고 뛰어난 사람을 흠모하고 있었는데 위붕의 시원스러운 모습을 보자 큰잔으로 술을 권했고 김재용도 더불어 술을 많이 마셨다. 위붕은 술에 마음이 없었으나 두 사람 때문에 곤란하게 되어 대취해 돌아와서는 자주빛 명주 이불을 펴고 방 앞의 돌난간 옆에 누웠다. 저녁이 되어 달이 뜨고 부인이 깊이 잠들자 빙빙은 틈을 보아 약속을 지키기 위해서 건너왔다. 그런데 뜻밖에도 위붕이 잔뜩 취하여 잠을 자고 있었고 술 냄새가 코를 찔렀다. 아무리 불러봐도 대답이 없자 쓸쓸히 계단 아래로 내려와 천천히 위붕의 방으로 들어가서는 붓을 들어 절구 한 수를 위붕의 옷 위에 쓴 다음 붓을 던지고 가버렸다.

暮雨朝雲少定踪,　　저녁 비 아침 구름 정해진 걸음 없건만
空勞神女下巫峰,　　신녀의 발걸음 헛되게 하였네
襄王自是無情者,　　양왕은 본래 무정한 사람
醉臥月明花影中.　　밝은 달 꽃그림자 속에 취해 자네

오경에 날이 밝자 위붕은 비로소 술이 깼다. 꽃 그늘을 거니노라니 떨어진 붉은 꽃이 소매를 적시고 떨어진 이슬에 옷이 젖었다. 빙빙과의 약속을 생각하고는 주르륵 눈물을 흘렸다. 울적해 하고 있는데 문득 바람이 불자 옷에 쓰인 글자가 눈에 들어왔다. 빙빙이 쓴 칠언 절구였다. 좋은 기회가 다른 사람 때문에 어그러져 빙빙과의 약속을 어기게 되었음을 크게 통탄했다. 가위로 잘라내 두루마리로 만들어 벽에 걸어놓고 운에 맞춰 칠언시 한 수를 지어 빙빙에게 보냈다.

飄飄浪迹與萍蹤,　　정처없이 부평초처럼 떠돌다
誤入蓬萊第幾峰,　　봉래산 봉우리에 잘못 들었네

凡骨未仙塵俗在,　　범용한 몸 속된 먼지 쓰고
罡風吹落醉鄕中.　　세찬 바람에 시정에 떨어져 취하고 말았네

시 뒤에 다시 사도 한 곡 지었는데 이름은 「억진아(憶秦娥)」였다.

春蕭索,　　　　　　봄날은 쓸쓸
可憐更負佳人約.　　가련토다! 다시 님과의 약속 어겼네
佳人約,　　　　　　님과의 약속
今番準定,　　　　　이제 정해지면
莫敎違却.　　　　　어기지 않으리

世間雖有相思藥,　　세상에 상사약 있지만
應知難療身如削.　　고치기 어려워 몸은 말라가네
身如削,　　　　　　몸은 마르고
盈盈珠淚,　　　　　눈물은 하염없이
夜深偸落.　　　　　깊은 밤 소리없이 흐르네

어느 날 부인이 춘홍을 불러 일렀다.

"평장 나리의 기일이 다가오니 여느 때처럼 제사를 지내야겠구나. 요정공(姚靖恭) 장자(長者)께 가서 언제 금산불회(金山佛會)를 여시는지 물어보아라. 나리의 법회도 함께 열어 명복을 빌어야겠다."

춘홍이 조금 후 돌아와서 아뢰었다.

"이번 달 25일에 시작해서 기일까지 삼 일 간으로 제사를 지낸답니다. 만약 함께 불공을 드리고자 하신다면 반드시 먼저 재계하고 그 날이 되면 법회에 오셔서 향을 살라 예불 드리시고 모든 일이 끝난 뒤 돌아오시면 된다고 합니다."

그 날이 되자 부인은 집안 일을 빙빙에게 맡기고 요정공의 집으로 갔다. 빙빙이 위붕과 함께 문까지 배웅했기 때문에 함께 안으로 들어올 수 있었다. 위붕의 방 앞을 지나가게 되자 위붕이 간절히 안으로 데리

고 들어가 운우의 정을 나누려고 하였다. 그러자 빙빙이 말했다.

"포류(蒲柳)의 미천한 몸을 어찌 감히 아끼겠습니까? 다만 지금은 백주 대낮이고 시종들도 많습니다. 만약 우리가 만나서 운우의 정이 막 짙어지게 되면 저는 그때서야 취한 듯 꿈꾸는 듯 할 것이니 무슨 걱정할 일이 있겠습니까? 조금 더 기다려 오늘 저녁 오라버니께서 직접 저의 처소로 오시면 저는 등불을 밝히며 문을 열어 놓고 향을 태우며 맞이하겠습니다."

위붕은 깊이 동감하였다. 날이 저물자 빙빙은 노복들에게 말했다.

"마님께서 집에 계시지 않으니 너희들은 각자 일찍 쉬도록 하여라. 남자 하인들은 함부로 중문에 들지 말 것이며 여자 하인들도 안에서 벗어나지 말고 몰래 오가는 일이 없도록 하라."

이렇듯 엄하게 단속하였고 노복들은 공수하며 명을 듣고 감히 어기는 자가 없었다. 밤이 깊어 인적이 조용해지자 위붕은 전에 왔던 길을 찾아 백범당 뒤를 돌아 횡루(橫樓)의 서쪽을 지났다. 그런데 마침 두 길이 나란히 있어 어느 길로 가야 될지 몰라 주저하고 있는데 문득 바람에 좋은 향기가 코로 들어왔다. 위붕은 기뻐하며 '빙빙이 멀리에 있지 않구나!'라고 생각하고 급히 오른쪽 길로 갔다. 길이 다한 곳에 과연 빙빙의 처소가 있었다. 창은 반쯤 열려 있고 초는 높이 타오르고 있었다. 빙빙은 위로 붉은 적삼을 입고 아래로 푸른 치마를 두르고 있었는데 직접 용뇌(龍腦)를 집어 금빛의 꾀꼬리 모양의 향로에 넣자 향기로운 연기는 아득하게 피어나고 촛불은 수정처럼 빛났다. 문득 빙빙을 보게 되자 마치 선녀를 만난 것은 아닌가 의심이 들 정도였다. 빙빙이 웃으며 말했다.

"거경(巨卿)처럼 신의 있는 분이시군요."

위붕을 맞으러 나와 안으로 인도했다. 방안에는 검은 칠을 한 자개를 박은 병풍상(屛風床)이 놓여 있었으며 붉은 비단의 금빛으로 선을 두르고 수를 놓은 장막이 쳐져 있었다. 침상 왼쪽에는 붉은 빛의 키 작은 탁자가 있고 탁자 위에는 수놓은 신발 두 짝이 놓여 있었다. 굽은 모양이 연꽃의 꽃잎 같았는데 손수건으로 덮어져 있었다. 오른 쪽에는 구리 철사로 된 매화롱(梅花籠)이 있고 그 속에 수향조(收香鳥) 한 마리가 있었으며 그밖에 다른 물건들은 없었다. 방 앞은 넓이가 겨우 한 장(丈)정도로 동쪽 벽에는 「이교병견도(二喬幷肩圖)」가 걸려 있고 왼쪽 벽에는 「미인소두가(美人梳頭歌)」가 걸려 있었다. 벽 아래에는 두 개의 물소 가죽으로 된 탁자가 마주 보고 있었는데 하나에는 문방사우가 놓여 있었고 다른 하나에는 화장도구가 놓여 있었다. 작은 화병에는 해당화 가지 하나가 꽂혀 있고 몇 폭의 화전(花箋)과 옥으로 된 진지(鎭紙)가 하나 있었다. 맞은편 방은 연뿌리에서 나는 실을 창에다 걸었으며 창 아래에는 선헌(船軒)을 만들고 선헌 밖은 분칠한 담으로 둘렀다. 담 안에 돌을 쌓아 대를 만들고 대 위에는 모란 화분 몇 개를 놓았는데 주위에는 온통 기화요초들이었다. 대에서 두 자 정도 떨어진 곳에 벽돌로 네모난 연못을 만들었는데 연못 안에는 금빛 물고기가 수십 마리 있었으며 호계초(護堦草)가 그 주위를 덮고 있었다. 위봉은 두루 돌아볼 겨를 없이 빙빙을 데리고 침대로 갔다. 빙빙은 흰색 명주 손수건을 위봉에게 주면서 말했다.

"오라버니의 시처럼 되었군요. '해당화 가지에 신홍을 닦네'라고 말이에요."

위봉은 웃으며 빙빙의 옷을 벗기고 함께 장막 안으로 들어갔다. 빙빙이 낮은 소리로 속삭였다.

"저는 어려서부터 깊은 규중에 머물러 정사에 잘 대해 알지 못합니다. 정을 나눌 때에 감당하기 어려울까 걱정입니다. 저를 어여삐 여기신다면 너무 심하게 하지 말아주세요."

"우선 해 봅시다. 후에는 익숙해질 거요."

빙빙은 몸이 섬세하고 부드러웠으며 허리와 팔다리가 가늘게 떨렸다. 화심(花心)이 꺾이고 도랑(桃浪)이 열리자 부끄러워하고 신음하는 것이 마치 참지 못하는 것 같았다. 그러나 벌과 나비가 꽃을 찾아들 듯 멈추려

하지 않고 홍이 다한 다음에야 멈추었으니 때는 이미 한 밤을 넘으려하고 있었다. 위붕은 일어나 촛불의 심지를 잘라 불을 돋우어 손수건을 보고는 빙빙에게 주면서 훗날의 징표로 간직하게 하였다. 그러자 빙빙이 입을 열었다.

"천한 저의 누추한 몸은 오라버니에게 정절을 바쳤습니다. 자세히 생각해보니 진실로 부끄럽습니다. 부부가 되겠다는 맹세를 잘 도모하시어 제가 장대(章臺)의 버들이 되지 않게 해주세요. 그렇지 않다면 누대에서 떨어지고 물에 뛰어들어 죽음으로써 오라버니에게 알릴 것이며 결코 세속의 사람들처럼 맹세를 저버리고 다른 데로 시집가 지아비를 배신하지 않겠어요."

"내 사내 대장부로 어찌 부인 하나 건사하지 못하겠소. 하물며 숙연(夙緣)이 있으니 너무 염려할 필요 없다오."

위붕은 베갯머리에서 「당다령(唐多令)」을 읊어 빙빙에게 주었다.

深院鎖幽芳,	깊은 규방에 그윽한 향기 가둬두었는데
三星照洞房,	세 별이 동방을 비추네
驀然間,	갑자기
得效鸞凰.	봉황을 본받네
燭下訴情猶未了,	등불 아래 마음 다 털어놓기 전에
開繡帳,	비단 장막 열고
解衣裳.	옷을 풀어 헤쳤네
新柳未舒黃,	처음 난 새 버들
枝柔那耐霜,	유약한 가지 어찌 서리를 견디리
耳畔低聲頻付囑.	귓가에 낮은 소리로 누누이 부탁하노니
偕老事,	백년해로의 일
好商量.	잘 생각해주오

빙빙도 운에 따라 화창하였다.

少小惜紅芳,	어려서 붉은 꽃 아껴왔는데
文君在繡房,	탁문군(卓文君)이 규방에 있으니
馬相如賦就求凰.	사마상여(司馬相如) 부(賦)로써 짝 구하네
此夕偶諧雲雨事,	오늘 저녁 우연히 운우의 일 이루니
桃浪起,	도화 물결 일어나
濕衣裳.	의상을 적셨네
從此褪蜂黃,	이로부터 봉황(蜂黃)을 바르지 아니하리니
芙蓉愁見霜.	부용은 서리맞을까 두려워하네
海誓山盟休忘却,	변치 않는다는 맹세 잊지 마시고
兩下裏,	우리 두 사람의 일
細思量.	잘 생각해주세요

이로부터 왕래가 빈번하여 서로 만나지 않는 날이 없었다. 비록 연리
수(連理樹)나 비익조(比翼鳥)라도 어찌 이보다 더 할까.

하지만 세월은 잘도 흘러 기쁨이 다하면 슬픔이 오듯 여름의 더위도
누그러지고 가을 바람이 불어오자 갑자기 숙부인과 두 형의 편지를 받
게 되었는데 돌아와서 향시(鄕試)를 보라는 내용이었다. 위붕은 편지를
받고 마음이 우울했으나 빙빙에게는 알리지 않았다. 하지만 말하고 행
동하는 가운데 슬퍼하는 기색이 드러났다. 빙빙이 이를 알아채자 위붕
은 감출 수 없어 모친의 편지를 꺼내어 보여주고는 서로 눈물을 흘렸다.
며칠 안 되어 두 형이 또 해선(海仙)이라는 노비를 보내와 형국부인에게
글을 올려 위붕을 재촉해 빨리 돌아오도록 해달라고 하였다. 부인은 편
지를 열어 다 읽고 난 후에 위붕을 불러 모친의 편지를 보여주고는 말
했다.

"존부인께서 자네를 그리워하는 마음이 지극히 깊고 두 형들이 부르
는 것이 매우 급하구나. 또 가을 과거에 함께 응시하고자 하니 실로 인
간세상의 아름다운 일일세. 이 몸은 차마 자네를 빨리 돌려보내지 못하
겠으나 모친의 명과 형들의 편지를 어찌 어길 수 있겠는가. 바라건대

계수나무를 높이 꺾어 장원하게나. 좋은 소식 들리면 우리도 영광일걸세. 임지로 가기 전에 다시 들려주기를 바라네.”

부인은 행장을 준비시켜 위붕을 전송했다. 빙빙은 그때 부인의 옆에 있다가 이 말을 듣고는 눈물을 비오듯 흘리며 일어나서 안으로 들어갔다. 그날 밤 부인이 잠들길 기다려 몰래 나와 위붕에게 이별을 고하고 바라보며 눈물을 삼켰다. 그리고는 입을 열었다.

“한참 즐거운 때에 멀리 이별하게 되었군요 아 하늘이시여. 어찌하여 이런 슬픔을 제게 주시나이까!”

“어머니와 형님들께서 부르시니 잠시 갔다가 두세 달이 되면 다시 만날 수 있도록 하겠소 당신은 마음을 넓게 가지고 잠과 식사를 꼬박꼬박 챙길 것이며 괜히 쓸데없는 슬픔 때문에 아름다운 용모를 손상시키는 일이 없도록 하오”

빙빙은 눈물을 훔치며 말했다.

“가시는 길에 조심하시고 빨리 집에 도착하도록 하세요 틈이 나면 다시 오셔서 무정히 버리지 말아주세요 저의 보잘 것 없는 몸은 오라버니의 것입니다. 조금이라도 생각해주셔서 멀리 버려두지 않는다면 죽더라도 사는 것 같겠습니다.”

빙빙은 위붕을 보며 두 번 절을 올렸다.

“다만 여기서 이별을 고하였으니 내일은 나갈 수 없을 거예요”

위붕 역시 흐느끼며 빙빙이 물러가는 것을 보았다.

다음날 아침 빙빙은 또 복복을 시켜 편지와 검푸른 빛의 모시로 만든 신발 한 쌍과 비단 버선 한 쌍을 보냈다. 편지는 이러하다.

박명한 빙빙이 재배하며 오라버니께 고하나이다. 저는 명이 박하여 옆에서 모시는 것을 장구지책(長久之策)으로 삼지 못하였습니다. 지금 말머리 동쪽으로 가려함에 드릴 만한 물건이 없어 손수 만든 변변찮은 신발과 버선 한 쌍으로 저의 미의(微意)를 표합니다. 발걸음 닿는 곳마다 제가 옆에 있는 듯 여겨

주세요. 근심스러운 심사 글로는 다하지 못하겠습니다. 종이를 대해 편지를 쓰
자니 눈물이 앞을 가립니다.

위붕은 읽고 나서 눈물을 떨구고는 책 바구니 속에 넣어 두었다. 길
에 오르자 도중에 만나는 모든 경치가 빙빙의 생각을 불러 일으켜 쓸쓸
함만 더할 뿐이었다. 집에 도착하니 이미 홰나무가 누렇게 되어 있었다.
마침내 두 형과 응시하였는데 형들은 떨어지고 위붕만 좋은 성적으로
급제하여 돌아왔다. 집에 축하객이 붐비다 보니 몇 달이 흘러가고 말았
다. 겨울 끝 무렵이 되자 같이 과거에 합격한 동기생이 함께 예부(禮部)
의 시험에 응하자고 재촉하였다. 위붕은 병을 핑계로 가지 않고 항주로
가서 빙빙과의 약속을 지키려고 했으나 모친과 두 형이 허락하지 않았
다. 그리고 부윤(府尹)과 현후(縣侯)가 출발할 것을 권고하는 바람에 하는
수 없이 억지로 길을 떠났다. 떨어지면 돌아올 수 있을 것이라는 생각
에서였다. 그런데 뜻밖에도 하는 일마다 순조로와 합격자를 발표하는데
많은 수재들 속에 이름이 들었으며 전시(殿試)에서도 우수한 성적으로
합격하여 한림(翰林)에 제수되었다. 재주와 이름이 날로 높아가 당시에
자자하였고 우집(虞集)과 게혜사(揭徯斯) 같은 이들도 모두 그를 아꼈다.
위붕은 비록 높은 자리에 있었으나 빙빙의 생각을 잠시라도 잊은 적이
없어 지방관이 되고자 하였다.
　이듬해 정월에 강절(江浙)의 유학부제거(儒學副提擧)의 자리를 받으니
바로 원하던 바였다. 그래서 양양으로 돌아가지 않고 곧바로 전당(錢塘)
으로 달려갔다. 자리가 나기를 기다리는 사이 우선 관복을 차려입고 가
씨댁으로 부인을 찾아뵈었다. 부인은 위붕이 오는 것을 보자 희색이 만
연해서 노고를 치하하였다.
　"좋은 성적으로 합격하고 문관이 되었다는 것을 알고 있었네. 평생의
소원이 하루아침에 이루어졌네 그려. 아쉽게도 아들 영소(靈昭)가 나이
어려 아직 강호를 두루 경험하지 못했고 이 몸은 병들고 늙어 먼 걸음

을 할 수 없어 인사하러 가지 못해 자네 어머님께 부끄럽게 되었구만."

"얕은 학문과 보잘 것 없는 재주로 요행히 급제하여 머릿수만 채운 격이니 실로 부끄럽습니다. 그런데 이곳을 떠난 지 두 해가 지났군요. 가린과 빙빙은 잘 있는지요. 만나보고 싶습니다."

"가린이는 군학(郡學)에서 공부하느라 보름에 한 번 집에 온다네. 빙빙은 집에 있으니 당장 인사시킴세."

부인은 추섬을 시켜 빙빙을 불러오게 했다. 잠시 후 빙빙이 모습을 드러냈다. 곁눈질로 위봉을 보는데 희비가 교차하는 것 같았다. 부인은 술상을 차리게 하였고 변노파도 왔다. 부인이 잔을 들어 치하하고 위봉은 다 마셨다. 그리고 빙빙에게 말했다.

"오라버니가 급제해 높은 벼슬을 했으니 인간 세상에 아름다운 일이다. 너는 동생이니 어찌 한 잔 올려 축하하지 않을 수 있겠느냐?"

빙빙은 재배하며 명을 받고 술을 따라 위봉에게 권했다. 위봉도 마시고 빙빙에게 한 잔 권했다. 모녀는 기분이 매우 좋게 되어 자리를 파했다. 날이 저물어 가겠다고 하자 부인이 말했다.

"다행히 아직 관직에 나가지 않았으니 따로 사저를 구할 필요가 없네. 우리 집의 지난 날 머물던 곳에 머물게나."

위봉은 고맙다는 인사를 하고 물러 나왔다. 침실로 가보니 모든 것이 예전 그대로였다. 율시 한 수를 지어 벽에 써서 다시 온 것을 기념하였다.

不到仙家兩載餘,	두 해만에 다시 찾아오니
竹窓幽戶尙如初,	죽창(竹窓)과 유호(幽戶)는 예전 그대로구나
梁懸徐孺前時榻,	들보 위에는 서유자(徐孺子)의 교의(交椅) 걸려 있고
壁寫崔生昔日書.	벽에 최생의 옛 글 쓰여 있네
花柳謾爲新態度,	꽃과 버들 새로운 자태 뽐내지만
江山不改舊規模.	강산은 변함 없이 옛 모습일세
未知當日桓溫幕,	옛적 환온(桓溫)의 장막에
還有風流此客無.	이러한 풍류객이 있었을까

다음날 사람들에게 인사하러 밖으로 나갔는데 부인이 처소의 기물과 심부름꾼이 모자라지는 않는가 하여 빙빙을 불러 함께 가서 점검해 보았다. 도착해 보니 필요한 모든 것이 완비되어 있었고 의동(宜童)도 전담하여 심부름을 하고 있었다. 빙빙이 지난 밤 이미 일러둔 것을 부인은 모르고 있었던 것이다. 주위를 둘러보다가 위붕이 벽에 새로 쓴 시를 보았다. 여러 번 읽어보고는 칭찬해 마지않았으며 빙빙을 돌아보면서 말했다.

"재주 있는 사람이구나."

부인은 또 말했다.

"이 사람은 기량이 크고 학문이 깊으며 총명하고 민첩한 것이 비할 사람이 없구나. 십 년이 지나지 않아 전도가 원대하리니 제거(提擧)의 벼슬로는 그의 재능을 덮을 수 없을 것이니 마음에 새겨 두어라."

부인은 평소에 사람을 보는 눈이 있었으며 칭찬하는 일은 드문 편이었다. 빙빙은 모친이 위붕을 이렇게 칭찬하는 것을 보자 그에 대한 사랑과 존경이 더욱 깊어갔다.

이로부터 위붕은 밤에 찾아갔다가 새벽에 돌아오면서 마음과 정성을 쏟았다. 비록 날개가 나란히 한 봉황과 목을 감고 있는 원앙이라 하더라도 그들의 사랑에는 비할 바 아니었다. 그런데 두 사람이 사랑에 빠져 조심하지 않았기에 두 사람의 밀애를 모든 하인들이 알게 되었다. 그러한 사실을 모르는 사람은 오직 형국부인 한 사람 뿐이었다. 어느 날 춘홍과 난초가 청옹각 앞에 한가로이 앉아 천주(泉州)의 봉병(鳳餅)이라고 하는 차를 나누어 마시고 있었다. 빙빙이 우연히 지나가다 그것을 보고 속으로 기분이 좋지 않았다. 그 차는 부인의 것으로 자신이 몰래 몇 개 가져다가 위붕을 준 것이었다. 필시 위붕이 그 두 사람과 사통하고 그들에게 준 것이라 생각하고 그들을 힐문하였다. 춘홍과 난초는 숨길 수 없어 위붕이 주었다고 대답하였다. 빙빙은 매우 분했다. 문득 질투심이 일어 다른 잘못들을 추려 모아 부인에게 알려 매를 맞도록 하였

다. 그러자 그녀들은 앙심을 품고 위붕과의 관계가 드러나도록 하려고
모의했다. 그래서 빙빙이 위붕과 후원의 연못 옆에 있는 중양정(重陽亭)
앞에서 바둑 두는 것을 보고 부인에게 달려가서 아뢰었다.

"연못에 꽃술이 두 개인 연꽃이 피었는데 붉은 색과 흰 색 두 가지입
니다. 꽃 핀지 이미 하루가 되었는데 가셔서 보세요. 오래되면 져버릴
수도 있습니다."

부인은 기뻐하며 말했다.

"이것은 좋은 징조로구나."

부인은 그 청에 따랐다. 위붕과 빙빙은 부인이 온다는 것도 모르고
손을 어루만지면서 크게 웃으며 말했다.

"운화가 또 졌으니 금팔찌를 내야겠어."

위붕의 말이 끝나기도 전에 문득 바람에 도화꽃 하나가 바둑판 위로
떨어졌다. 빙빙이 깜짝 놀라 고개를 들어보니 멀리 두 시녀가 부인을
모시고 오고 있는 것이었다. 그들이 고의로 자리를 덮치는 것임을 알고
는 급히 위붕에게 눈짓하여 천림동(天林洞)으로 피하게 하였다. 하지만
바둑판은 미처 수습하지 못했다. 짐짓 달려나가 맞이하면서 둘러대었다.

"오랫동안 후원에 오지 않았는데 조금 전 수를 놓다가 피곤하여 복복
과 바둑판을 가지고 와서 소일하고 있었어요. 문득 꽃술이 두 개인 연
꽃을 보았는데 붉은 색과 흰색이 마주 하고 있는 것이 진실로 좋은 길
조더군요. 막 알리려고 하는데 이렇게 오셨네요."

춘홍과 난초는 그녀의 임기응변에 감탄했다. 하지만 얼굴을 맞대고
밝힐 수 없어 다만 서로 보며 냉소할 뿐이었다. 다행이 부인은 눈이 어
두워 그가 위붕이었다는 것을 몰랐다.

"꽃술이 두 개인 연꽃은 흔하지만 하나는 붉고 하나는 흰 것은 보기
어려운 일이다. 방금 춘홍의 그러한 말을 듣고 너를 불러 같이 보려 했
는데 뜻밖에도 네가 먼저 와 있었구나. 허나 여염집 처자는 규방을 벗
어나서는 안 되며 혹 나오더라도 얼굴을 가려야 한다. 지금 너는 나에

게 알리지 않고 맘대로 이곳에 왔으니 비록 본 사람이 없다고 하더라도 그러면 안 되느니라. 하물며 너는 책을 읽어 예를 아는데 어찌해서 바둑은 할 바가 아니라는 것을 모르느냐. 너는 마땅히 엄하게 스스로를 경계하여 다시는 그러지 않도록 해라.”

하지만 부인은 다만 그녀가 복복과 바둑을 두었다고 알 뿐 위붕과 함께 있었다는 것은 생각지도 못했다. 함께 정자로 가서 두루 구경했다. 부인이 위붕을 불러오라는 명을 내렸다.

“꽃이 아름답구나! 같이 완상하자고 위랑을 부르거라.”

춘홍이 막 입을 열려고 하자 빙빙은 그녀가 다른 말을 할까봐 몰래 발을 밟았다. 춘홍은 눈치를 채고 말했다.

“아름다운 꽃은 있으나 술과 안주가 마련되지 않았으니 내일 여기서 잔치를 열어 불러서 완상해도 늦지 않을 것이옵니다.”

부인은 고개를 끄떡이며 말했다.

“춘홍의 말이 옳구나.”

그리고 부인은 돌아갔다. 아침이 되자 과연 정자에 자리를 마련하고 군학(郡學)에서 가린(賈麟)을 불러 위붕과 함께 꽃을 감상하도록 하였다. 술이 어느 정도 돌자 부인이 아들인 가린을 보며 말했다.

“내 집안의 흥망성쇠는 화훼(花卉)에 나타난다고 들었다. 아마도 초목이 먼저 기를 받아서 그러하리라. 상서로운 일이 나타났으니 반드시 헛된 것이 아닐 것이야. 너는 이번 가을에 시험을 치르니 혹 합격한다면 이 연꽃의 길조 때문일 것이다. 시를 한 수 지어보아라. 너의 지기(志氣)를 보아야겠구나. 위제거(魏提擧)께서도 싫지 않으시다면 아름다운 시를 지어 이 꽃의 향기를 더해주시게나.”

가린과 위붕은 명을 받들고 일필휘지로 써서 부인에게 올렸다. 부인은 보고서 감탄했다.

“제거의 시는 진실로 절묘하구나. 내 아들의 입의(立意)도 취할 만한 것이 있고.”

부인은 빙빙에게 건네주면서 말했다.
"너는 이를 보고 네 동생의 가을 과거의 장본(張本)으로 남겨 두어라."

[魏鵬詩]
若耶溪裏萬紅芳,　　약야계(若耶溪)의 수많은 꽃 향기롭다 하여도
那似君家幷蒂祥.　　그대의 집 상서로운 병체화(幷蒂花)만 하리오
韓虢醉醒殊態度,　　한국부인, 괵국(虢國)부인 술 깬 뒤 요염한 자태요
英皇濃淡各梳妝.　　아황(娥皇) 여영(女英)이 머리빗은 모습이라
徒勞畵史丹靑手,　　헛되이 화공들의 손을 수고롭게 하고
謾費詞人錦繡腸.　　공연히 시인들의 시심 낭비하게 하겠네
向夜酒闌明月下,　　술자리 무르익는 늦은 밤 밝은 달 아래에
只疑神女伴仙郞.　　신녀(神女)가 선랑(仙郞)과 함께 있는 게 아닌가

[賈麟詩]
亭亭翠蓋蔭妁嬈,　　예쁜 푸른 덮개는 고운 자태에 그늘 드리우고
一種風流兩樣嬌.　　풍류 남아 하나에 교태로운 여자가 둘
飛燕洗妝迎合德,　　비연(飛燕)이 화장하고 합덕(合德)을 맞는가
彩鸞微醉倚文簫.　　채란(彩鸞)이 취하여 문소(文簫)에 기대는가
若敎解語應相妬,　　만약 연꽃으로 응당 시샘하게 해서
縱自無情也是妖.　　무정하다면 이 또한 이상하리
寄語品題高著眼,　　말로써 품평함에 높은 점수 주어서
直須留作百花標.　　모든 꽃의 표본으로 남기기라

빙빙이 읽은 뒤 빙그레 웃고는 소매에 넣으려고 하자 위붕이 부인에
게 청했다.
"소저께서도 짓지 않을 수 없으십니다."
그러자 부인은 빙빙에게 말했다.
"시험삼아 지어 도령께 가르침을 구하려무나."
"좋은 말들은 모두 오라버니께서 써 버렸으니 무슨 할 말이 있겠어

요. 하지만 억지로라도 하지 않을 수 없네요."
　빙빙은 「성성만(聲聲慢)」한 곡조를 읊었다.

太華峰頭,	태화산(太華山)봉우리
若耶溪上,	약야계(若耶溪) 위
秋波蕩漾嬋娟.	가을 물결 일렁일렁 고운데
翠蓋陰中,	푸른 덮개 그늘 가운데
佳人幷著香肩.	고운 님과 어깨 나란히
深盃怎禁頻勸傳,	깊은 잔 어찌 빈번히 권하길 막을 수 있으리
玉容霞臉爭姸.	옥 같은 얼굴 노을 빛 뺨 아름다움 다투니
眞個是,	진실로
善才龍女,	선재용녀(善才龍女)처럼
不染塵緣.	세속의 인연에 물들지 아니하였네

共說風流態度,	모두들 이르길 풍유스런 태도는
似鳳臺蕭史,	봉대(鳳臺)의 소사(蕭史)처럼
夫婦同仙.	부부가 함께 신선되었다는 뜻
描畵丹靑,	단청으로 그린다 해도
生綃難寫淸聯.	생초(生綃)에 나란한 모습 그리기 어려울 듯
鴛鴦也知相妬,	원앙도 시기하리니
却愛來,	사랑하여 날아와
比翼花邊.	꽃 옆에 나란히 머물다가
心更苦,	그만 샘이 나서
委淤泥絲又暗牽.	진흙 묻은 풀 물어다 덮고 또 몰래 잡아당기리

　위붕은 귀기울여 듣고 난 후 스스로 거기에 못 미침을 부끄러워하고 자리에서 나와 읍을 하였다.
　"풍류스럽고 뛰어나며 아름다운 것이 일가견을 이룰 만 하니 진실로 재주 있는 여자 사마상여(司馬相如)라고 할 수 있겠군요"

빙빙은 수건을 여미면서 황송해 했다.

"너무 과찬의 말씀입니다."

술자리가 끝나고 달이 밝아오자 부인은 술이 취해 잠자리에 들었다. 빙빙이 위붕에게로 와서 어제 바둑 사건을 들려주고 걱정했다.

"도화꽃이 떨어지지 않아 어머님이 보았다면 어찌할 뻔했겠습니까?"

"이는 하늘의 뜻이오. 하지만 그대의 임기응변이 아니었다면 우리들의 일이 발각되고 말았을 것이고 그러면 우리들이 어찌 다시 만날 수 있었겠소. 위태롭구려, 위태로워."

"어머니께서 제가 어제 후원에 간 일로 꾸중을 하셨으니 이제는 함부로 오지 못하겠습니다. 저번에 멀리 이별했다가 지금 다행히 상봉했건만 다시 저들이 백방으로 훼방을 놓으니 두렵습니다. 오라버니를 위해서 그들에게 몸을 굽혀 마음을 돌리기를 바래야겠습니다. 오라버니께서는 잘 참으며 지내시고 마음 졸이지 마세요. 하지만 이번 일도 오라버니께서 그들과 사통한 것에서 나온 일입니다. 『논어(論語)』에 '여자와 소인은 기르기 어려우나니 가까이 하면 불손하고 멀리하면 원망하느니라'라고 했으니 꼭 유념해 두시기 바랍니다."

위붕이 춘홍과 난초와 사통한 일을 풍자하여 경계시켰다. 위붕은 부끄럽고 당황하여 어떻게 대답해야 될지 몰랐다.

빙빙은 이로부터 규방에 깊이 머무르며 거의 나오지 않으니 서로 소식을 모르게 되었다. 위붕 역시 초조하고 불안하여 등에 가시가 배긴 것 같았다. 내원(內院)에서 모임이 있다고 해도 사양하고 가지 않았다. 빙빙은 비록 행동을 삼가는 척 했지만 그리움은 더욱 커져 갔다. 그래서 춘홍과 난초를 특별히 대해주고 바라는 것이 있다면 모두 들어주었다. 이후에 두 사람은 모두 빙빙의 술수에 넘어가 옛 앙금이 눈 녹듯 사라지고 도리어 심복이 되었으나 위붕만은 이 사실을 모르고 있었다. 혼자 한 달여를 보내자니 무료하기 그지없었다. 한참 우울해 있는데 문득 복복이 연밥 몇 개를 가져오면서 춘홍과 난초의 감정이 풀렸으니 조만간 만날

수 있을 것이라고 알려주었다. 위붕은 이 소리를 듣자 손발이 절로 춤을
출 정도로 기쁨을 억제치 못했다. 촉전(蜀箋)에다 자신이 지은 「하경규정
(夏景閨情)」을 쓰고 앞에 소인(小引)을 지어 빙빙에게 답했다.

　　외로운 밤 무료하여 잠에서 깨어 앉았소 현숙한 그대 모습 보이지 않으니 속
되고 천한 생각이 다시 생길 뿐이오 생각나는 대로 시 열 수를 지어 보내니 첫
째로는 간절한 이 마음을 보이기 위함이요 둘째로는 때때로 보아 아름다운 그
대가 옆에 있는 듯 위함이라오

香閨曉起淚痕多,　　　　새벽에 일어나니 눈물자국 많구나
倦理靑絲髮一縞,　　　　느릿느릿 머리를 손질하고
十八雲鬟梳掠遍,　　　　십팔운환(十八雲鬟) 두루 빗고 나서
更將鸞鏡照秋波.　　　　다시 거울로 은은한 눈 비춰 본다

侍女新傾盥面湯,　　　　시녀 아이 새로이 세숫물 부어 올리면
輕攘雪腕立牙床,　　　　눈 같은 팔 가볍게 움직여 침대에서 일어나
都將隔宿殘脂粉,　　　　어젯밤 남은 화장
洗在金盆徹底香.　　　　씻어내니 향기가 가득

紅綿拭鏡照窓紗,　　　　붉은 천으로 거울 닦아 창에 비춰 보고는
畵就雙蛾八字斜,　　　　아미 눈썹 그린다
蓮步輕移何處去,　　　　연꽃 걸음 가벼이 옮겨 어디 가는가
墀前笑折石榴花.　　　　계단 앞 웃으며 석류꽃을 꺾네

深園無人刺綉慵,　　　　인적 없는 깊숙한 정원에 자수도 게을러져
閑墀自理鳳仙叢,　　　　한가한 계단에서 홀로 봉선화 다듬네
銀盆細搗靑靑葉,　　　　은그릇에 푸른 잎 잘게 찧어다가
染得春葱指甲紅.　　　　손톱을 붉게 물들이네

薰風無路入珠簾,　　　　더운 바람은 길 없이도 주렴으로 들어오니

三尺冰綃怕汗粘, 　삼척의 빙초(冰綃) 땀에 끈적일까
低喚小鬢局綉戶, 　낮은 소리로 계집아이 불러 문닫게 하고
雙彎自濯玉纖纖. 　옥 같은 손으로 스스로 발을 씻네

愛唱紅蓮白藕詞, 　홍련(紅蓮) 백우(白藕)의 노래 좋아하나니
玲瓏七竅逗冰姿, 　총명한 마음 얼음같은 자태 감추었네
只緣味好令人羨, 　맛이 좋아 사람들 좋아하는데
花未開時已有絲. 　꽃 피기 전 이미 엽병(葉柄)이 나왔구나

雪爲容貌玉爲神, 　눈 같은 용모 옥 같은 마음
不遣風塵浼此身, 　풍진에 이 몸 더럽히지 않았네
顧影自憐還自歎, 　그림자 돌아보고 스스로 사랑타가 다시 탄식하나니
新妝好好爲何人. 　새로 곱게 화장하니 누굴 위해서인가

月滿鴻溝信有期, 　달이 차니 홍구(鴻溝)에 때 맞춰 소식 있으니
蹔抛殘錦下鳴機, 　잠시 짜던 베 버려 두고
後園紅藕花深處, 　후원 붉은 연꽃 만개한 곳에
密地偸來自浣衣. 　몰래 가서 홀로 옷을 빠네

明月嬋娟照畫堂, 　밝은 달 곱게 방을 비추는데
深深再拜訴衷腸, 　재배하며 속마음 하소연하오
怕人不敢高聲語, 　사람 두려워 큰 소리 내지 못하나
盡在慇懃一炷香. 　은근한 정은 모두 한 가닥 향에 들었어라

闊幅羅裙六葉裁, 　여섯 폭 넓은 비단 치마에
好懷知爲阿誰開. 　기쁜 맘으로 뉜 줄 알고 문 열었나
溫生不帶風流性, 　온생(溫生)은 풍류스런 성정 가지지 못해
辜負當年玉鏡臺. 　그때 옥경대(玉鏡臺)에서 실망시켰지

시 뒤에 다시 「청옥안(靑玉案)」이라는 사를 써넣었다.

合歡花下曾相見,　　합환화(合歡花) 아래 일찍이 서로 만나
猶記把毫題綵扇.　　붓 잡아 부채에 시 쓰던 일 아직도 생각나네
自別佳人冰雪面,　　님의 빙설(冰雪)같은 얼굴 이별하고부터
朝思暮想,　　　　　아침저녁 그리워서
依門挨戶,　　　　　문에 기대던 일
無慮千來遍.　　　　수천 번이라오

靈犀一点懸春線,　　두 사람의 마음 서로 그리워하고 있다가
殘夢驚回梁上燕.　　대들보 위 제비 소리에 선잠에서 깨었네
惆悵佳期成又變,　　슬퍼라! 아름다운 기약 이루어지다 변하니
雲箋都是蠅頭字,　　운전(雲箋)에는 모두 승두자(蠅頭字)
難寫張生怨.　　　　장생(張生)의 원(怨) 쓰기 어렵구나

다 쓰고 나서 복복에게 주어 갖다주게 했다. 빙빙이 그것을 받아 낭송하고 있는데 춘홍과 난초가 와서 물어보았다.

"아씨께서 읽고 계신 시는 누가 지은 것이기에 이토록 수려합니까?"

빙빙은 눈물을 줄줄 흘리며 말했다.

"오래도록 너희에게 말하고 싶은 시름이 있었는데 몇 번이나 말하려다가 망설이며 그만 두었다."

그러자 춘홍과 난초가 한 목소리를 냈다.

"저희들은 천한 몸으로 아씨의 은혜를 많이 받았습니다. 할 수 있는 일이라면 마땅히 온 힘을 다해 은혜를 갚겠습니다."

"이것은 위생의 시이니라. 내가 그분을 만난다는 것을 너희들은 잘 알고 있지. 중양절날 하마터면 낭패를 볼 뻔했다. 만약 어머니께서 보셨다면 나는 몸둘 곳도 없게 되었을 것인데 너희들의 도움을 받아 다른 일이 없었지. 그때 후로 지금까지 못 본 지 한 달이 되었어. 그 분에 대한 나의 그리움이 깊을 뿐 아니라 도련님도 내 생각이 매우 간절하실 거야. 하지만 서로 떨어져 있으니 이를 누구와 상의한담?"

그 둘은 일어나서 아뢰었다.

"지금 마님께서는 불공을 드리느라 매일 불당에 앉아 계시면서 불경을 암송하고 계시고 집안 일은 모두 아씨께 맡기셨으니 만약 하시고자 하는 일이 있다면 누가 감히 다른 소릴 하겠습니까? 혹 다른 말이 있다면 저희들이 맡겠습니다. 만약 저희들이 약속을 지키지 않으면 귀신이 살펴볼 것입니다."

"그러하다면 내 무엇을 한하겠느냐?"

그 날 저녁 비로소 위붕에게로 가서 이전처럼 지낼 수 있게 되었다. 원앙처럼 붙어서 운우의 기쁨을 다하거나 아니면 술을 들고 거문고를 연주하며 조용한 즐거움을 누렸다.

그러는 사이 어느덧 시간은 흘러가 다시 칠석날이 되었다. 빙빙은 부인을 모시고 내당 결채루(結綵樓)에서 직녀에서 걸교(乞巧)를 빌면서 과일을 차리고 주효를 마련하였다. 부인이 빙빙에게 일렀다.

"오랫동안 네가 시를 짓는 것을 보지 못했구나. 오늘 저녁은 하늘 나라의 아름다운 날이요 인간 세상의 좋은 밤이니 시나 사나 좋을 대로 지어보려무나. 내 위붕을 불러 너와 강론하도록 할 테니 잘해보거라."

빙빙이 대답하자 그때 위붕이 도착했다. 부인이 그에게 말했다.

"세상 사람들이 오늘밤은 직녀가 좋은 바느질 솜씨를 준다고 하니 딸아이도 속됨을 벗어나지 못해 다과의 자리를 열었네. 시를 지어 아름다운 시절을 기념하도록 시켰는데 다 지었는지 모르겠구만."

그러자 빙빙이 즉시 말했다.

"조금 전 분부를 받고 칠언 절구 두 수를 지었습니다."

라고 하며 소매에서 꺼내는데 먹 자국이 아직도 마르지 않았다. 부인은 받아서 보고 난 후 위붕에게 주었다.

"딸애의 졸작에 가르침을 아끼지 마시게."

위붕은 다 읽고 나서 칭찬하며 말했다.

"송약화(宋若華) 자매와 겨룰 만한 시로 진실로 쉽게 얻을 수 있는 것이 아니로군요. 저는 비록 불민하지만 마땅히 따라서 지어야겠으나 다만 너무 뛰어난 시인지라 화답하기 어려울까 두렵습니다.”

[娉娉詩]

梧桐枝上月明多,	오동나무 가지 위 달은 밝고
瓜果樓前艷綺羅,	누각 앞 오이와 과실은 비단을 펼쳐 놓은 듯
不向人間賜人巧,	인간 세상에 좋은 솜씨는 전해주지 아니하고
却從天上渡天河.	하늘 위에서 곧장 은하수 건너네

斜䯻香雲倚翠屛,	향기로운 머릿결 병풍에 비스듬히 기대자니
紗衣先覺露華零,	얇은 옷 이슬 떨어짐을 먼저 알았네
誰云天上無離合,	누가 천상에는 이별 없다 하였던가
看取牽牛織女星.	견우와 직녀성을 한번 보시라

[魏鵬詩]

流雲不動鵲飛多,	흐르던 구름 멈추고 까치들 날아올라
微步香塵滿襪羅,	사뿐히 걸으니 향긋한 먼지 비단 버선에 가득
若道神仙無配耦,	신선에게는 짝이 없다고 한다면
怎敎織女渡銀河.	어찌 직녀로 하여금 은하를 건너게 하는가
娟娟新月照圍屛,	초저녁 달빛은 병풍을 감싸고
井上梧桐一葉零.	우물가 오동은 한 잎 한 잎 떨어지네
今夕不知何夕也,	오늘 저녁은 무슨 저녁인가
雙星錯道是三星.	쌍성(雙星)이 삼성(三星)인 줄 알았네

그런데 세상사란 언제나 호사다마(好事多魔)라 만남은 어렵고 헤어짐은 쉬운 것이라 다음날 아침 위붕은 어머니의 부고를 알리는 전갈을 받았다. 그래서 결국 제거(提擧)의 자리에 오르지 못하고 어머니의 상을 치르러 돌아가게 되었다. 부인이 변노파를 불러서 일렀다.

“내 어떤 일을 자네에게 모두 맡길 테니 날 위해 힘써 주겠는가?”

변노파는 자리에서 일어나 대답했다.

"무슨 일인지 듣고 싶습니다. 가능한 일이라면 최선을 다하겠습니다."

"빙빙이 나이가 되었으니 좋은 사윗감을 찾고 싶네. 중매의 일을 맡아 주겠는가?"

"오랫동안 그러한 생각을 갖고 있었습니다만 감히 말씀드리지 않았습니다. 지금 마님 댁에 적당한 사람이 있는데 왜 다른 곳에서 찾고자 하십니까? 이는 입만 아프게 하는 것이니 진실로 이른바 길이 가까이 있는데 멀리서 찾는다는 격입니다."

"위붕을 말하는 것인가? 좋기는 좋네만 상황이 이렇다네. 그는 젊은 나이에 높이 급제하여 두루 벼슬길을 거칠 텐데 그에게 빙빙을 시집보낸다면 위붕은 반드시 내 딸을 데리고 떠날 것이야. 나에게 여식이라곤 그 애 하나밖에 없는데 나는 잠시라도 내 딸을 못 보면 안 될 것 같으니 타향으로 시집보내는 일은 죽으면 죽었지 못하겠네. 이전에 그가 왔을 때에 그 모친이 편지를 보내시어 옛날 배를 가리키며 혼사를 약속한 일을 말씀하셨지. 내 답서를 하려다가 곰곰이 생각하고 그만 두었다네. 그래서 그에게도 절대로 입 밖에 내지 않았던 것이니 맹세를 저버린 것은 아닐세. 지금 부인께서 돌아가시고 또 위생도 관직을 얻었으니 훗날 마땅히 절로 좋은 사람을 만나 배필로 삼으면 될 것이야. 우리 딸아이는 그에게 맞지 않다네. 내 그에게 직접 이야기하고 싶지 않으니 자네가 곡진히 내 뜻을 전해주어 다른 데를 알아보도록 해주게나. 내가 만약 명확하게 이야기하지 않으면 그도 예전의 이야기에 매달릴 것이야. 어떻게 하면 양쪽 다 일을 그르치지 않을 수 있겠나?"

변노파는 그 말을 그대로 위붕에게 알렸다.

"오래 전부터 알고 있었습니다. 그 쪽에서 지지부진 결단을 못 내리다가 오늘 이와 같이 명확하게 안 된다고 말씀하시는군요. 또 집안에 상을 당해 갈 길이 급박한 상황이니 어찌 다른 생각을 할 수 있겠습니까? 하지만 이것은 저희 어머니의 뜻이었으니 아주머니께서 저를 위해 마님께 잘 말씀드려 주십시오. 성인께서 '자고로 모두에게 죽음은 있는 것으로 사람은 신의가 없으면 입신(立身)할 수 없다'고 하셨습니다. 이미 약속을 했으니 꼭 지켜야 합니다. 천지신명께서 굽어 살펴보고 계시니 어찌 어머니께서 돌아가셨다고 해서 약속을 저버릴 수 있겠습니까? 민간의 천한 사람들도 식언을 하지 않습니다. 명부(命婦)라는 칭호를 받으셨는데 신의를 저버릴 수 있습니까? 아주머니께서 만약 의(義)로써 부인을 나무라신다면 허락하실 지도 모릅니다. 만약 우리 두 사람의 일이 이루어진다면 마땅히 천금을 드리겠습니다."

"나는 도련님이 가여워서 설득해 보겠습니다. 어찌 보답을 바라겠습니까?"

변노파는 부인에게로 가서 갖은 말로 다시 설득해 보았다.

"자네가 비록 소진(蘇秦)과 장의(張儀) 같은 유세객이라 하더라도 내가 안 듣겠다는데 어쩌겠나?"

부인의 이와 같은 대답을 듣자 변노파는 감히 다시 이야기를 꺼내지 못했다. 물러 나와서 위봉에게 이야기하니 눈물을 참으며 말했다.

"생리사별(生離死別)이 이로부터 시작되는구나!"

위봉은 급히 돌아갈 채비를 하였다. 빙빙은 이 소리를 듣고 부인이 곤히 잠든 것을 기다려 춘홍, 추선 등과 몰래 백범당에 자리를 열고는 위봉을 불러 들여 전별의 모임을 가졌다. 두 사람은 서로 붙잡고 혼백이 달아난 듯 슬피 울며 스스로를 억제치 못했다. 춘홍 등도 울면서 두 사람을 쳐다보지 못했다. 빙빙이 잔을 들고 위봉 앞으로 가서 절을 올렸다.

"오라버니께선 이번에 가시면 다시 오지 않으시겠지요. 평소에 오라버니와 잠시라도 떨어지지 않았는데 이 한을 어찌 감당할 수 있겠습니까. 또 삼년상을 치르셔야 하고 천 리 머나먼 길 떨어져 부부가 되지 못하니 이제부터는 남남이로군요. 바라건대 오라버니께서는 슬픔을 절제하시고 변화에 순응하시어 금옥 같은 몸을 아끼세요. 상이 끝나고 벼슬

길에 오르시면 따로 좋은 사람을 찾으세요. 대를 잇는 것은 중요한 일이니 오래도록 혼자로 계시면 안 됩니다. 저는 봄날의 얼음처럼 박명하고 가을날의 나뭇잎처럼 몸은 가벼웠으니 하늘의 구름과 땅의 진흙처럼 멀리 떨어지게 되었고 혼탁한 물과 맑은 티끌처럼 길을 달리하게 되었습니다. 하지만 이미 몸을 당신께 맡겼으니 어찌 다른 사람에게 시집가겠습니까? 죽음으로써 약속한 것이 아직도 귀에 쟁쟁하니 마땅히 구천에 목숨을 다하고 빈 나무에 해골을 맡기겠습니다. 이렇게 유한한 한이 어찌 끝이 있겠습니까? 평소에 오라버니께서 여러 번 저에게 노래를 불러 보라고 하셨지만 매번 부끄러워서 그만 두었지요. 이제 영원히 이별하게 되었으니 어찌 다시 사양하겠습니까? 한 번 불러 볼 테니 들어주세요. 당나라 사람이 '하만자(河滿子) 한 곡조에 님 앞에서 눈물 흘린다'라고 한 것과 같은 격이로군요."

빙빙은 「답사행(踏莎行)」 한 곡조를 불렀다.

隨水落花,	물 따라 흘러가는 낙화
離絃飛箭,	시위 떠난 화살
今生無處能相見,	금생에 다시 볼 수 없으니
長江縱使向西流,	장강이 서쪽으로 흐른다 해도
也應不盡千年怨.	천년의 원통함 다할 길 없으리
盟誓無憑,	맹세는 수포로 돌아가고
情緣無便,	인연은 맞지 아니하니
願魂化作銜泥燕,	혼백이라도 제비되어
一年一度一歸來,	일년에 한번씩 돌아와
孤雌獨入郞庭院.	홀로 님의 뜰로 날아갔으면

노래가 끝나자 대성통곡하더니 혼절해 버렸다. 좌우의 사람들이 부축해 일으켰는데 한참이 지나서야 깨어났다. 그 날 밤엔 끝내 사랑을 나

누지 못하고 자리가 끝났다.

다음날 아침 빙빙은 평소에 쓰던 거울을 깨뜨리고 타던 거문고 줄을 끊어 전날의 수건과 함께 복복을 시켜 위봉에게 주어 서로를 그리워하는 정표로 삼고자 하였다. 복복이 화를 내며 말했다.

"아씨는 타고난 성품이 따뜻하고 온유하며 문아하고 단정하여 성품은 다른 사람이 미치지 못하니 이것이 첫째입니다. 타고난 자태가 아름다워 세상에 비길 사람이 없어 그 미모는 다른 사람이 따라올 수 없으니 이것이 둘째입니다. 가사가 유려하고 문장이 청신하여 그 재주는 다른 사람이 따라올 수 없으니 이것이 셋째입니다. 음률에 밝고 말씀을 잘 하시어 그 총명함을 따라올 수 없으니 이것이 넷째입니다. 경사(經史)를 궁구하고 고금의 일을 평론하심에 일사천리 구슬을 꿴 듯하여 끊임이 없으니 마치 눈꽃과도 같습니다. 항차 또 계공(薊公)의 손녀에다 평장(平章)의 따님이며 어머니이신 형국부인께서는 현숙하시고 동생께선 영윤(令尹)의 귀하신 몸이십니다. 부녀자의 네 가지 덕을 모두 갖추었으니 일족이 함께 밀어 좋은 집안에서 배우자를 구한다면 어찌 좋은 사람이 없겠습니까? 그런데 아씨께선 담을 넘고 구멍을 파서 몸을 가볍게 버리시고 위생을 사랑하여 기어이 몸을 맡기시어 최앵앵(崔鶯鶯)과 왕교나(王嬌娜) 같은 음일한 여자가 되어 조상을 욕보이고 말았습니다. 게다가 위생은 상을 당해 정신이 없고 오장이 무너져 있으니 이것을 주는 것은 옳지 않습니다. 진실로 소위 '예로써 스스로를 처신하지 못하고 또 다른 사람도 대하지 못한다'는 것입니다. 저는 진실로 부끄러워 가져갈 면목이 없습니다."

빙빙은 이 소리에 길게 탄식을 했다.

"네가 나를 섬긴 이후로 늘 조심하고 삼갔으며 나도 너를 어여삐 여겨 동생같이 생각해 지난 십 년 간 잠시라도 떨어진 적이 없었다. 그런데도 나의 마음을 몰라주고 이와 같은 말을 하니 다른 사람들이 이러쿵저러쿵 이야기한다 해도 이상할 것이 없겠구나. 그런 비방을 듣고 사느니 차라리 죽어야겠구나."

그리고는 흰 명주로 스스로 목을 매려고 했다. 복복은 급히 말리고 그것들을 가지고 급히 갔다. 위붕은 받아서 짐 속에 넣고는 부인에게 인사하러 갔다. 부인이 백금 오십 냥을 주었다. 한사코 받으려하지 않자 이렇게 말했다.

"예에 어긋난다는 것을 알지만 나의 정성일세. 상중에 시간이 난다면 소식 전해 이 늙은 몸을 위로해주게나."

위붕은 무릎을 꿇고 말했다.

"수년간 문하에 있으면서 많은 은혜를 입었습니다. 귀한 손님 대하는 것을 넘어 마치 친아들 같이 여겨 주셨으니 죽었다가 살아나고 죽은 뼈에 살이 돋아날 듯 고마웠습니다. 그 은혜 각골난망이옵니다. 작은 관직이나마 얻어 보답하려했으나 불행히도 어머니께서 저희들을 두시고 돌아가시니 동쪽으로 상을 치르러 돌아가게 되었습니다. 멀리 떠나도 저의 마음은 변함이 없습니다. 부디 건강하십시오."

위붕은 섬돌에서 머리를 조아리며 눈물을 흘렸다. 부인도 슬퍼했다. 춘홍을 시켜 빙빙에게 나와서 전별하게 했는데 여러 번 재촉해도 한사코 나오려하지 않았다. 위붕도 굳이 청하지 않았으니 차마 서로 볼 수가 없어서였다.

그 해 가을 가린은 과연 절강의 향시에 붙었다. 부인은 희색이 만연하여 말했다.

"연꽃의 길조가 들어맞았구나."

부인은 중양정(重陽亭)을 서연정(瑞蓮亭)으로 이름을 바꾸게 하였다. 이듬해 진사시에 가서도 급제하여 섬서의 함녕윤(咸寧尹)에 제수받아 가족을 이끌고 가게 되었다. 빙빙은 위생과 헤어진 이후로 몸은 날로 말라갔다. 종일토록 음식을 먹지 않고 새벽까지 잠을 자지 않으며 인생이 덧없음을 한탄하면서 눈물 범벅이었다. 게다가 여정은 험하고 길은 멀어 고을에 도착해서 열흘이 되자 숨이 넘어갈 듯 하였다. 부인은 매우 걱정이 되었으나 무엇 때문에 병이 생긴 것인지 모르고 있었다. 집안 사람들에게 꼬치꼬치 물어보자 춘홍 등은 비로소 그 전말을 들려주었다. 부인은 맹세를 어긴 것을 후회했으나 형세는 이미 돌이킬 수 없는 일이었다. 다만 백방으로 달래어 억지로라도 탕약을 먹게 할 뿐이었다. 또 한 달이 지나 죽기 하루 전날 깨끗이 씻고 평소같이 몸단장을 하고는 부인에게 절을 올렸다.

"소녀 불행히도 병에 걸려 죽을 날이 멀지 않았습니다. 어머니의 은혜를 갚지 못하니 구천에서도 한이 되겠습니다. 다행히 아우 린이 있으니 어머니를 봉양할 것입니다. 원컨대 어머니께선 부디 억지로라도 은혜의 정을 베푸시어 소녀 때문에 상심하지 마세요"

또 가린에게 말했다.

"동생은 총명하고 재주 있어 일찍이 과거에 좋은 성적으로 급제하여 앞길이 원대하니 집안의 자랑이요 부모님의 영광이구나. 다만 조속히 좋은 배우자를 찾아 어머니를 잘 봉양하길 바래. 누나는 박명해서 동생이 높이 오르는 것도 보지 못하고 죽어서 누를 끼칠 뿐이구나. 내 죽은 후에 제발 화장하지 말고 작은 땅이나마 구해서 임시로 묻어 줘. 동생이 임기가 끝나 고향으로 돌아가게 될 때 유골을 수습해 가져가서 장사 지내주면 내 소원이 다하는 거야."

방으로 돌아와서 복복을 어루만지며 말했다.

"내 죽을 날이 멀지 않았구나. 너는 마님을 잘 모시고 내 생각은 마라."

빙빙은 편지를 춘홍에게 맡겼다.

"나를 위해 이것을 위생에게 보내 내가 불귀의 객이 되었다는 것을 알려주렴."

춘홍은 그것을 고이 간직하면서 위로했다.

"아씨께서는 평소에 영민하시고 사물에 통달하심이 과인하시어 비록 아녀자의 몸이나 도리를 깊이 아십니다. 또 예전에 초중경(焦仲卿) 내외

가 목숨을 버린 것을 천하다 하시고 순봉천(荀奉倩)이 아내의 죽음으로
슬퍼한 것을 비루하다 하시더니 어찌하여 오늘 그것을 잊어버리시고 스
스로 그 전철을 밟으십니까? 또 위생은 한 번 떠난 후로 소식이 끊기고
비록 상중에 있으나 머지않아 배우자를 구하겠지요 지금 매파가 빈번
히 오고가고 천하에 좋은 남자들이 많고 많은데 아씨의 재주와 미모라
면 뉘인들 원하지 않겠습니까? 하필 위생이어야 마음에 드시겠습니까?
마님께선 연세가 많으시고 사랑하시는 따님은 아씨 한 분뿐인데 만일
진짜로 돌아가시면 심정이 어떠하시겠습니까? 그러시면 안 됩니다! 제
가 천하다고 하여 저의 말씀 물리치지 마시고 미천한 말이나마 들으시
고 깨달으시어 이치로써 마음을 푸신다면 저의 행운도 아니요 아씨의
행운도 아닌 실로 마님의 큰 행운일 것입니다."

"아! 너는 잘못 생각하고 있는 거야. 내 어찌 세간의 어리석고 음탕한
여자이며 명을 모르는 자의 무리겠느냐. 나와 위생은 운명이 맞지 않아
서니라. 우리들이 아직 뱃속에 있을 때 혼약이 이루어졌고 그 후에 진
짜로 남녀가 태어나니 그 말과 그 맹세가 조금도 틀림이 없었다. 그러
한 즉 하늘의 뜻과 사람의 일을 분명히 알 수 있게 되었지. 그런데 어머
니께선 나를 너무 사랑하시어 그에게 시집보내시지 않았어. 비록 그것
이 어머니의 사랑으로부터 나왔지만 약속을 어긴 것은 면할 수 없어.
여자가 남자를 모시는데 오직 한 사람이어야 하지. 만약 다른 곳에 눈
을 돌린다면 세상 남자 모두가 지아비가 되는 셈이니 천지신명께서 나
를 어떻게 여기시겠니. 『시경(詩經)』에서 '살아서는 방을 같이 하고 죽어
서는 무덤을 같이 한다'라고 했으니 내 마음을 그 분은 잘 알고 계셔.
춘홍이 네가 나를 각별히 생각해주는 것이나 군자는 사람을 사랑함에
덕으로써 해야 하니 이것은 바뀔 수 없는 거야."

빙빙은 이 말을 마치고 눈물을 비오듯 흘렸다. 춘홍도 몹시 슬퍼하며
밖으로 나갔다. 빙빙은 저녁이 되자 마침내 숨을 거두고 말았다. 가린은
옻칠한 관으로 염을 하고 개원사(開元寺)의 승방에 안치해두고 임기가

차면 고향으로 가서 묻으려고 하였다. 그런데 현에 큰 도둑이 들었다가 양양(襄陽)으로 도망을 갔는데 관에서는 서리 강화(康鏵)라는 자를 그 쪽으로 파견하여 도둑을 잡도록 했다. 춘홍은 빙빙의 편지를 꺼내어 가린에게 이야기해서 강화를 통해 위붕에게 주게 하려 했다. 뜯어서 보니 당나라 사람의 시를 모아 칠언 절구로 만든 시 열 수로 위붕에게 영결을 고하는 내용이었다. 가린이 그것을 부인에게 알렸다.

"사람이 이미 죽었으니 그 뜻을 어기지 말아라."

부인은 허락하며 보내게 하였다. 그 시는 이러하였다.

<table>
<tr><td>兩行淸淚語前流,</td><td>두 줄기 눈물 말하기도 전에 흐르고</td></tr>
<tr><td>千里佳期一夕休.</td><td>천리의 기약 하루 저녁에 끝났네</td></tr>
<tr><td>倚柱尋思倍惆悵,</td><td>기둥에 기대니 심사는 더욱 처량하고</td></tr>
<tr><td>寂寥燈下不勝愁.</td><td>쓸쓸한 등불 아래 수심에 겨워하네</td></tr>
</table>

<table>
<tr><td>相見時難別亦難,</td><td>서로 만나기도 어렵더니 이별 또한 어려워</td></tr>
<tr><td>寒潮惟帶夕陽還.</td><td>찬 조수는 석양 띄고 돌아가네</td></tr>
<tr><td>鈿蟬金雁皆零落,</td><td>전선(鈿蟬)과 금안(金雁) 모두 영락하고</td></tr>
<tr><td>離別烟波傷玉顏.</td><td>빌려오는 이별에 옥 같은 얼굴 야위네</td></tr>
</table>

<table>
<tr><td>倚闌無語倍傷情,</td><td>난간에 말없이 기대노라니 슬픔은 더하고</td></tr>
<tr><td>鄕思撩人撥不平,</td><td>고향 생각 사람 어지럽히니 불평을 다스리네</td></tr>
<tr><td>寂寞閑庭春又晩,</td><td>적막한 정원은 봄날을 또 저무는데</td></tr>
<tr><td>杏花零落過淸明.</td><td>살구꽃 떨어지니 청명이 지났나</td></tr>
</table>

<table>
<tr><td>自從消瘦減容光,</td><td>그 후로 몸은 마르고 낯빛도 시들어</td></tr>
<tr><td>雲雨巫山枉斷腸.</td><td>무산(巫山)의 운우(雲雨)에 헛되이 애를 끊네</td></tr>
<tr><td>獨宿孤房淚如雨,</td><td>외로운 방 홀로 자려니 눈물은 비가 되고</td></tr>
<tr><td>秋宵只爲一人長.</td><td>가을 저녁 님 때문에 길기도 하구나</td></tr>
<tr><td>紗窓日落漸黃昏,</td><td>비단 창에 해 떨어져 황혼이 밀려오는데</td></tr>
</table>

春夢無心只擬雲,　봄꿈은 무심하여 구름 같구나
萬里關山音信斷,　만리 관산(關山)에 소식이 끊이었으니
將身何處更逢君.　이 몸 어디서 다시 님을 만날까

一身憔悴對花眠,　홀로 초췌하게 꽃을 대하며 잠드니
零落殘魂倍黯然.　영락한 혼백은 더욱 어두워라
人面不知何處去,　님의 얼굴 어디에 있는가
悠悠生死別經年.　생사 모른 채 한 해가 지났네

眞成薄命久尋思,　박복한 이내 운명 그리워만 할 뿐
宛轉蛾眉能幾時.　언제 다시 완연히 아미(蛾眉)눈썹 그릴까
漢水楚雲千萬里,　한수(漢水)와 초운(楚雲)은 천만리
留君不住益凄其.　님 붙잡을 수 없으니 처량함만 더하네

魂歸冥溟魄歸泉,　혼백이 황천으로 돌아가려니
却恨靑蛾誤少年.　젊은 날 잘못 보냄이 서러워라
三尺孤墳何處是,　삼 척의 외로운 무덤 어디인가
每逢寒食一凄然.　한식날마다 눈물 흘리리

物換星移幾度秋,　시절이 바뀌고 세월 가기 몇 번이던가
鳥落花啼水空流.　새는 낙화를 울고 물은 공연히 흘러가네
人間何處堪惆悵,　인간 세상 어디에서 슬픔을 감당하리
貴賤同歸土一坵.　귀천(貴賤) 모두 한 줌 흙으로 돌아가는 것을

一封書寄數行啼,　보내온 편지에 몇 번을 울었던가
莫動哀吟易慘悽,　슬픈 노래 부르지 않으려 해도 쓸쓸해지는 심사
古往今來只如此,　옛날은 가고 현재가 돌아옴이 다만 이와 같아
幾多紅粉委黃泥.　얼마나 많은 미인들 흙에 묻히었나

　　위붕은 상중인지라 하루가 일 년 같았다. 옛날의 즐거움을 생각해 보

았으나 다 지난 일이 되고 말았다. 하지만 여전히 빙빙이 죽었다는 것
을 모르고 있었다. 그래서 「모어아(摸魚兒)」 한 곡조를 지어서 그녀를 추
억했다.

記當年浪游江海,　지난 날 강호를 유랑하며
湖山佳處頻到.　호산(湖山)의 가처(佳處)에 빈번히 들렀네
緋桃紅杏春光媚,　복숭아 살구 봄빛에 곱고
駿馬驕嘶馳道.　준마는 기운차게 울며 길을 달렸지
親曾造,　친히 일찍이 나아가
拜第一仙人,　제일의 선녀 만나고
聽鼓朝飛操.　조비조(朝飛操) 들었지
風流音耗,　풍류의 소식
縱水隔蓬壺,　비록 약수가 봉래산을 막고
浪翻銀漢,　파도가 은하에 거세어도
青鳥解相報.　파랑새 서로의 소식 전해주었지

徒自悼,　다만 홀로 슬퍼하노니
憶刹那人情好,　찰나같이 짧았던 사랑
萬千心事難告.　수만 수천의 심사 고하기 어려워라
天涯回首成陳迹,　하늘가에서 머리 돌려보니 옛일이 되어 버렸건만
還想綠依紅靠,　다시 옛 사랑 생각에
空洒淚.　공연히 눈물 뿌리네
嘆暑往寒來,　세월은 흐르고 흘러
綠鬢愁成皓.　검은머리 수심에 희게 됨을 탄식하네
何時偎抱,　언제나 그대를 안고
把月下鸞簫,　달 아래 퉁소 잡고
花間鳳管,　꽃 사이 피리 들고
細寫斷腸套.　세세히 단장투(斷腸套)를 그려보나

사는 빙빙과의 만남의 전말을 약술한 것이었다. 막 사람을 시켜 보내

려고 하는데 갑자기 강화가 섬서에서 와서 빙빙의 흉보(凶報)와 집구시
(集句詩)를 받게 되었다. 그것을 읽자니 애통하고 원통하여 까무러쳤다가
다시 깨어났다. 현산(峴山)의 타루비(墮淚碑) 옆에 위패를 만들어 곡을 하
고 술을 부어 제를 지냈다. 또 빙빙이 전해주었던 거울과 거문고 줄을
꺼내놓고 하늘을 우러러 맹세하였다.

"그대가 이미 나 때문에 생을 버렸으니 나 또한 어찌 그대를 저버릴 수
있겠소 마땅히 종신토록 장가들지 않아 그대의 혼을 위로나마 하려오"

그 제문은 이러하다.

원나라 지정 12년 거록(鉅鹿)의 위붕은 술과 안주를 제물로 하여 멀리 고(故)
가운화(賈雲華)의 영혼에 제를 올리나이다. 오호라! 천지가 갈림에 음양이 나누
어졌고 부부가 합쳐지는 것은 인간 세상의 도리라. 한 사람을 따르고 죽는 것
을 정절이라고 하고 두세 사람을 따르는 것을 음란하다고 하네. 예전 나의 아
버지 참정과 평장 어른은 벼슬할 때의 동료로 금란지교 향기로웠네. 또 운화의
모친과 어머님도 정이 자매와 같아 서로 사이 좋았다네. 마침 함께 임신하니
하늘이 상스러움을 알려주심이요 배를 가리키며 맹세하니 아름다운 소리라. 이
에 그대와 내가 태어났으나 두 부친 이어서 돌아가셨고 그대는 절수에 남고 나
는 형양으로 돌아가니 서로 멀리 떨어져 각기 하늘 아래라. 세월은 흘러흘러
십 오 년 성상이 지나 천 리를 걷고 건너 전당으로 그대를 찾아왔네. 어머님 가
르침과 옛 언약 받들고 혼약을 이루어 부부가 되고자 했으나 인연이 박해서인
지 마침내 헛된 말 되어 버리고 한 번 갈라지더니 마침내 삼성(參星)과 상성(商
星) 같이 되어 버렸네. 오호라! 그대는 나로 인해 죽고 나는 그대 때문에 상심
하네. 하늘은 높고 땅은 두텁건만 애끓는 마음 어디에 하소연하리. 옥 같던 얼
굴 꽃 같던 모습 완연히 눈에 어리건만 현은 끊어지고 거울은 깨어지니 떨어져
빛을 잃었구나. 산천은 의구한데 사람은 가버리니 다만 눈물만 흐르네. 차가운
밤은 쓸쓸하고 아침해는 떠오르는데 내 님은 어디에 있나? 그대의 마음 잊을
수 없어라. 어떻게 그대를 부르며 누가 무양(巫陽)을 부를까? 어떻게 그대를 위
로하리. 내 홀로 살리라. 부디 이 말 구천에 전해지길 바라네. 산은 울창하고 강
은 흐르건만 산이 기울고 물이 말라도 이 한은 끝나지 않으리. 아! 그대여, 와서

내 잔을 받으라. 상향.

　얼마 후 위붕은 거상(居喪)이 만료되어 서울로 가서 섬서(陝西)의 유학
정제거(儒學正提擧)로 승진되고 봉의대부(奉議大夫)의 자리에 올랐다. 그런
데 가린이 임기가 끝나지 않아 그들과 다시 만날 수 있게 되었다. 중당
에 올라 부인께 인사드리니 부인은 더욱 연로해 있었다. 부인은 그를
보자 슬픔이 복받쳐 왔다. 탈환 같은 옛 하인들 중에는 이미 세상을 떠
난 자도 있었으나 춘홍 등 여러 하녀들은 모두 아무 일 없었다. 위붕은
영구가 있는 곳을 알아보고 찾아가서 통곡하였다. 손으로 승방의 문을
두드리며 울면서 말했다.
　"운화! 내가 여기 있소. 당신의 살았을 적의 정령(精靈)이 흩어지지 않
았다면 「화산기(華山畿)」처럼 될 수 없겠소?"
　그 날 저녁 공관에서 자고 있는데 꿈인 듯 생시인 듯 빙빙이 찾아와
서 말을 걸었다.
　"하늘이 과연 인간의 소원을 들어주실 수 있을까요?"
　위붕은 그녀가 죽었다는 것도 잊고 급히 가서 안았다.
　"오라버니 저를 안으시면 안 됩니다. 드릴 말씀이 있어요."
　그제서야 귀신임을 알고 물어보았다.
　"그대는 이미 세상을 떠났는데 지금 어찌해서 올 수 있었소?"
　"제가 죽은 뒤 명사(冥司)에선 제게 죄가 없다고 해서 금화궁(金華宮)에
들어가서 전주(箋奏)를 맡도록 하셨지요. 지금 명군(冥君)께서 오라버니가
장가들지 않겠다는 말에 감동하여 의로움이 유정식(劉庭式)만큼 높다고
하셨습니다. 또 '참정(參政) 같이 덕 있는 사람에게 후손이 없게 할 수 없
다'고 하시고 저의 혼을 돌려보내려고 하셨지요. 하지만 몸이 이미 훼손
되어 지금 다른 시신을 빌릴 것을 의논하고 있으나 아직 마땅한 것이
없습니다. 겨울 끝쯤에 소원을 이루어 다시 만날 수 있게 될 것예요."
　이렇게 말하고는 문득 날아가 버렸다. 위붕은 놀라서 깨어보니 맑은

달빛이 발 사이로 들어오고 서늘한 바람이 얼굴을 스치고 있었다. 사방을 둘러보아도 아무도 없는 것이 처연하여 눈물을 떨구었다. 「소렴담월(疎簾淡月)」을 지어 빙빙의 혼을 위로했다.

西湖皓月,	서호(西湖)의 밝은 달
從前歲別來,	지난 해 이별 뒤에
幾回圓缺.	몇 번을 차고 기울었나
何處凄然,	처량한 신세
怕近暮秋時節.	늦은 가을 다가옴이 두려워라
花顔一去成終古,	꽃 같던 얼굴 한 번 가니 옛일이 되어 버려
洒西風.	서풍에 뿌리나니
淚流如血.	피같이 흐르는 눈물
美人何在,	님은 어디에 있나
忍看殘鏡,	차마 님의 거울보고
忍看殘玦.	님의 패옥(佩玉)을 보네

忽今夕,	홀연 오늘 저녁
分明夢裏,	분명 꿈속에서
陡然相見,	님을 만나
手携肩接.	나란히 손잡았네
微啓朱脣,	붉은 입술 살며시 열어
耳畔低聲兒說.	귓가에 낮은 소리로 말하네
冥君許我返魂,	'명군(冥君)께서 저를 돌아가서
也教同心羅帶重結.	다시 만나도록 허락해주셨답니다'
醒來驚怪,	깨어보니 놀랍고 기괴해
還疑又信,	진실인가 거짓인가
枕寒燈滅.	베개는 차갑고 등불은 스러진다

위붕이 임지에 도착한 후 어느덧 눈꽃이 날리더니 매화가 피고 시간이 흘러 섣달 그믐이 되었다. 장안승(長安丞)인 송자벽(宋子璧)이라는 사람

에게 시집 안 간 열다섯 살 난 딸이 하나 있었는데 갑자기 죽고 말았다. 사흘이 되자 다시 깨어나더니 부모를 몰라보고 이런 말을 했다.

"나는 가평장의 딸 운화이며 지금 함녕현윤인 가린의 누나입니다. 죽은 지 두 해 되었지만 혼이 돌아올 운명이라 댁의 따님의 시신을 빌린 것으로 댁의 딸이 아닙니다."

부모가 목소리가 다른 것에 어리둥절해하는 사이 곧바로 가린의 집으로 들어갔는데 마치 평소에 와본 것 같았다. 부인과 가린을 보더니 혼이 돌아왔다는 이야기를 자세히 하였다. 부인과 가린이 그녀를 자세히 살펴보니 말소리도 빙빙이고 행동거지도 빙빙이었다. 하지만 여전히 믿지 못해 하였다. 곧이어 침실로 들어가서 춘홍 등 여러 시녀들의 이름을 부르고 살아있을 때의 옛 물건들을 찾아내었는데 조금도 틀리지 않아 마침내 믿게 되었다. 함녕과 장안은 모두 서안의 속현으로 관사가 서로 붙어 있었던 것이다. 송승도 가린이 임지에 도착했을 때 그 누이가 죽었다는 것을 들었으나 혼이 돌아왔다는 일은 세상에 드문 일이라 그 처 진씨(陳氏)와 함께 데리고 오려고 가린의 집으로 갔다. 그녀는 한사코 나가려 하지 않고 욕을 하며 말했다.

"어찌하여 망령되게 남의 딸을 자기 딸이라고 합니까?"

송씨 부부는 하는 수 없어 탄식하며 돌아갔다.

"이는 진실로 하늘이 짝을 지어주시는 것이구나."

부인은 이렇게 말하고 이 사실을 위봉에게 알렸다. 위봉 또한 꿈에 빙빙을 보았던 일을 두 모자에게 들려주었다. 부인은 기뻐서 말이 나오지 않을 지경이었다. 그래서 매파를 시켜 이 쪽의 뜻을 전하고 다시 전의 맹세를 맺어 다시 혼례를 거행하게 하였다. 위봉은 폐백을 가지고 신부를 맞이하러 갔다. 부인은 춘홍과 난초 등을 함께 딸려 보냈다. 빙빙은 화촉을 밝힌 밤 처녀의 몸이었다. 베갯머리에서 옛날 이야기를 하는데 하나도 빠뜨리지 않았다. 다음날 관사의 후당(後堂)에서 잔치를 열었고 송승의 집안에서도 참석했다. 위봉이 물어보았다.

"따님의 이름이 무엇입니까?"

그제서야 딸의 이름이 '월아(月娥)'라고 한다는 것을 알았다. 또 나이든 문지기에게서 이전 이야기도 들었다.

"후당에는 예전에 '쇄설(灑雪)'이라는 편액이 있었는데 이태백 시의 '맑은 바람 난초의 눈에 부네(淸風灑蘭雪)'에서 따온 것으로 전임 제거께서 가지고 가셔서 지금은 없습니다."

위붕은 그제서야 오상묘(伍相廟)의 꿈에서 신이 말한 것을 깨달았다. 위의 구는 결혼하는 장소를 말하고 아래의 구는 처의 이름을 말하는 것이었다. 이 사실을 자리에 참석한 사람들에게 고해 신의 말이 영험함을 알렸다. 이것이 관중(關中)에 퍼져 기이함을 감탄하지 않는 사람이 없었다. 어떤 사람이 「영우락(永遇樂)」이라는 사를 지어 위붕에게 축하해주었는데 아래와 같다.

傾國名姝,　　　　경국(傾國)의 미인
出塵才子,　　　　세상의 재자(才子)
眞箇佳麗.　　　　진실로 아름답구나
魚水因緣,　　　　물과 고기의 인연
鸞凰契合,　　　　난새와 봉황의 맺음
事如人意.　　　　일이 모두 뜻대로 되었네
貝闕烟花,　　　　패궐(貝闕)의 연화
龍宮風月,　　　　용궁의 풍월
謾託傳書柳毅.　　유의에게 편지 부탁하였지
想傳奇又添一段,　전기에 다시 일단을 더해
勾欄裏做還魂記　'구란(勾欄)'에서 환혼기 만들고 싶네

希希罕罕,　　　　희한하고 희한하게
奇奇怪怪,　　　　기괴하고 기괴하게
輳得完完備備.　　완전하게 다시 모였네
夢叶神言,　　　　꿈속 신선의 말처럼

婚諧腹偶,　　　　다시 만나 혼인하니
兩姓非容易.　　　두 성은 쉽지 않았네
牙床兒上,　　　　상아 침대 위
繡衾兒裏,　　　　비단 이불 속
渾似牡丹雙蒂.　　마치 쌍체(雙蒂)의 모란 같아라
問這番怎如前度,　묻노니 이번은 전과 어떠하오
一般滋味.　　　　똑 같은 자미(滋味)라오

　위붕은 후에 월아와 세 아들을 낳았는데 모두 높은 벼슬을 하였다.
위붕은 벼슬이 대희종연원사(大禧宗禋院使)와 병부상서(兵部尙書)에 이르렀
으며 팔십 삼 세를 일기로 숨을 거두었다. 월아 또한 선국부인(鄯國夫人)
에 봉해졌으며 칠십 구 세의 수를 누리고 죽어서 위붕과 합장되었다.
위붕과 월아가 평소에 지었던 작품들은 천여 편에 이르는데 제목이 『창
수집(唱隨集)』이며 산재(酸齋) 관운석(貫雲石)이 앞에 서문을 짓고 그들 부
부의 자서는 그 뒤에 붙였다. 별록(別錄)에 싣고 여기에는 싣지 않는다.

 ## 賈雲華還魂記[1)]

　魏鵬, 字寓言, 其先鉅鹿[2)]人, 九世祖飛卿, 宋高宗朝, 仕至御史[3)]中丞,
以論秦檜誤國, 貶襄陽令,[4)] 死葬白馬山,[5)] 子孫遂留居焉. 宗族蕃衍, 富

---

1) 이 이야기는 周淸原이 話本으로 개작하였다. 『西湖二集』제27권에 삽입되어 있으
　며 回目은 "灑雪堂巧結良緣"이다. 梅孝己도 戲曲『灑雪堂傳奇』로 개작하였다. 『南
　詞叙錄』에는 다만 溧陽 사람의 작품이라고 하면서 『賈雲華還魂記』에 대해 기록하
　고 있다. [周]
2) 鉅鹿(거록) : 지금의 河北省 巨鹿縣이다. [周]
3) 御史中丞(어사중승) : 官이름. 漢나라 때 御史大夫로는 二丞이 있었는데 한 명은 御
　史丞이고, 다른 명은 中丞이었다. 漢나라 이후로 御史大夫를 폐하고 中丞으로 御史臺
　를 통솔하였다. [周]
4) 襄陽令(양양령) : 湖北省 襄陽縣의 縣令을 말한다. [周]

擬封君,6) 迨元朝尤盛. 鵬父巫臣, 延祐初, 參政江浙7)行省,8) 生鵬于公廨, 而父卒. 母郢國蕭夫人9)携鵬曁二兄鸞、鷟, 扶櫬歸襄陽. 魏生五歲, 通五經, 七歲, 能屬文, 肌膚瑩然, 眉目如畫, 鄉里以神童稱之. 至正間, 累擧不偶, 深置恨焉, 嘗曰: "大丈夫當唾手以取功名, 而一第乃不可得耶!" 因撫几長嘆. 蕭夫人聞之, 恐其悒鬱成疾, 遂命之曰: "錢塘, 汝父桐鄉也, 凡此時名師夙儒, 多前日門生故吏, 汝往請業, 庶或有成. 矧東南大藩, 山水奇勝, 可以開豁心胸, 吟咏情性, 汝其行哉, 毋事一室." 乃于懷中出書一緘, 付之曰: "到彼讀書之暇, 當往訪故賈平章鈞眷邢國莫夫人,10) 以此呈之, 議汝姻事. 吾自有說, 愼勿妄開也." 生退, 私啓其封, 始知己未生時, 母氏與彼有指腹11)之約, 不勝忻喜, 促駕而行. 郢國書詞, 附錄于12)左:

　　懿恭歛袵再拜, 奉書邢國太夫人几前: 懿恭闊別十五年, 遠隔數千里, 各天一所, 杳不相聞. 緬想穹祇葉13)相,14) 茵鼎15)善調, 喜溢門闌, 福臻閨閫, 健羨

---

5) 白馬山(백마산) : 湖北省 襄陽縣 남쪽 10里에 위치한다. 『輿地紀勝』에 "산이름은 白馬泉에서 유래되었다"라는 문장이 보인다. 一名 白鶴山이라고도 한다. [周]

6) 封君(봉군) : 封建時代 封邑을 주던 것으로 곧 諸侯를 말한다. 또한 후세 자손이 귀하거나 높은 관직에 오르면 아버지나 할아버지가 封典을 주었는데 이것 역시 封君이라 하였다. [周]

7) 【校】 : [董]에는 淛로 되어 있다.

8) 江浙行省(강절행성) : 이 省은 杭州의 관할 소재지였다. 東으로는 바다에 이르고 西로는 鄱陽湖에 이르며 南으로는 汀州路에 이르고 北으로는 揚子江에 이른다. [周]

9) 郢國夫人(영국부인) : 郢은 楚의 서울이다. 현재 湖北省 江陵縣에 있다. 國夫人은 여자에게 封号를 내린 것이다. 唐나라 제도에서는 文武官 一品 및 國公의 어머니와 부인을 國夫人으로 정하였다. 魏鵬의 모친에게는 이러한 封號가 적절하지 않다. [周]

10) 邢國夫人(형국부인) : 邢은 지금의 河北省 邢臺縣이다. 周公의 넷째 아들이 이곳 지방에 봉해졌다. 國夫人은 앞의 설명과 같다. [周]

11) 指腹(지복) : 옛날에 남녀가 어머니 뱃속에서 아직 태어나지 않았을 때 뱃속의 아이를 가리키며 혼인을 약속하는 것을 말한다. [周]

12) 【校】 : [董]에는 如라고 되어 있다.

13) 【校】 : [董]에는 協으로 되어 있다.

14) 穹祇葉相(궁기엽상) : 가문이 좋고 훌륭한 것을 비유한다. 穹祇는 높고 큼을 뜻하고 相은 어떠한 성질을 의미한다. 『詩經』에 "금옥과 같은 성질이다(金玉其相)"라는 구절

何可勝言! 如懿恭者, 旣失所天,16) 苟存貞節, 一家長幼, 處此粗安, 無足爲太夫人道. 第念先平章與17)先夫參政, 官雖僚友, 情則弟兄; 妾荷太18)夫人, 視同娣妹. 始因有姙, 各發誓言, 夫人嘗擧漢光武、賈復19)故事, 指妾腹而言曰: "生子耶, 我女嫁之; 生女耶, 我子娶之." 厥後神啓其衷, 天作之配, 慶門誕瓦, 寒舍得雄. 不幸未期, 夫君薨逝, 妾提挈諸孤, 扶柩歸殯, 山遙水遠, 無地相逢. 今者, 幼兒已冠, 賢女諒亦及笄, 苟未訂盟, 願如夙誓. 故敢冒昧貢書, 布兹悃款, 仍令此子親齎奉聞. 倘到堦庭, 希垂顧盼. 竚聆金諾, 拱俟報音. 會晤未期, 臨緘于悒! 不具.

生奉命, 翌旦戒行. 踰兩月, 抵杭, 僦居于北關門邊嫗家. 嫗善延納, 生頗安之. 越數日, 舍館旣定, 乃漸出遊, 訪問故人, 無一在者. 惟見湖山佳麗, 清景滿前, 車馬喧闐, 笙歌盈耳. 生乃賦'滿庭芳'詞一関, 以紀其勝, 因題于寓舍紙窗之上. 詞曰20):

天下雄藩, 浙江名郡, 自來惟說錢塘. 水清山秀, 人物異尋常. 多少朱門甲第, 鬧叢裏, 爭沸絲簧. 少年客, 謾携綠綺, 到處鼓求凰.21) 徘徊應自笑, 功名

이 있다. [周]

15) 茵鼎(인정): 깔개 위에 놓인 솥을 의미한다. 벼슬아치 집안이어야만 (가재 도구의) 규모가 이러하였다. [周]

16) 所天(소천): 丈夫(남편)를 의미한다. [周]

17) 【校】: [董]에는 于로 되어 있다.

18) 【校】: [董]에는 탈락글자.

19) 賈復(가복): 字는 君文이다. 젊어서 학업을 좋아하여 『尙書』를 익혔다. 漢 光武帝(劉秀) 때에 都護將軍이 되었으며 황제가 그를 극진히 아꼈다. 靑犢을 공격하는데 그는 화살과 돌을 무릅쓰고 먼저 올라 점령하니 적이 패주하였다. 執金吾를 제수받고 좌장군으로 옮겼다. 그가 용기를 떨치며 싸움에 나가려 하자 광무제는 그를 잃을까 걱정하여 "듣자하니 자네의 아내가 회임하였다고 하는데 딸을 출산하면 내 아들에게 시집 보내고 아들을 낳으면 내 딸을 시집 보내겠네. 그러니 출산 후의 일은 걱정하지 말게"라고 하였다. 후에 光武帝가 즉위하고 나서 膠東諸侯에 봉해졌다. [周] 靑犢은 漢나라 新의 王莽 시기에 하북지방에 있던 강력한 농민 봉기군으로 후에 光武帝(劉秀)가 진압했다. [譯]

20) 【校】: [董]에는 云으로 되어 있다.

21) 求凰(구황): 司馬相如의 「琴歌」에 "鳳아, 鳳아! 고향으로 돌아오렴. 四海를 떠돌아다니며 凰을 구하러 다녔네(鳳兮鳳兮歸故鄉, 遨游四海求其凰)"라는 구절이 있다. 수컷

未就, 紅葉誰將. 且不須惆悵, 柳嫩花芳. 聞道藍橋路近, 願今生一飮瓊漿. 那時節, 雲英覰了, 歡喜殺裵航.

偶邊嫗見之, 問曰:"斯作郞君所綴乎?" 生未答. 嫗曰:"郞君豈以老婦爲不知音也耶? 大凡樂府蘊[22]藉爲先, 此詞雖佳, 尙欠嫵媚, 歐、晏、秦、黃,[23] 殆[24]不如是." 生聞之, 乃大驚, 因致謝曰:"淺陋之言, 獻笑多矣." 因諏嫗出處, 方知爲達睦丞相[25]寵姬, 丞相薨, 出嫁民家,[26] 今老矣, 通詩書, 曉音律, 喜笑談, 善刺繡, 多往來達官[27]家, 爲女子師, 皆呼爲邊孺人. 生曰:"然則承相正[28]與先公大參[29]及賈平章爲同輩人矣." 嫗駭曰:"郞君豈魏參政子乎?" 生曰:"然." 嫗曰:"眞韓子[30]所謂稱其家[31]兒者也." 因出盂款生, 生乃得備詢參政舊日僚寀,[32] 嫗曰:"俱無矣, 惟賈氏

은 鳳이고 암컷은 凰이다. 相如는 이것을 卓文君을 얻을 때에 노래하였다. 이것을 「求凰操」라 한다. 후세에 남자가 짝을 구하려는 것을 求凰이라 하였다. [周]

22) 【校】:[董]에는 醞으로 되어 있다.
23) 歐晏秦黃(구안진황): 모두 宋나라의 詞人들이다. 歐는 歐陽修다. 晏은 晏殊를 가리킨다. 秦은 秦觀을 가리키는데 字는 少游로 高郵 사람이다. 과거에 급제하여 定海主簿가 되었다. 元祐 연간 초에 太學博士를 제수받아 國史院編修官으로 옮겨갔고 오래 지나지 않아 黨籍으로 면직되어 橫州로 갔다. 宋 徽宗(趙佶)이 제위에 오르고 宣德郞으로 복위되어 藤州로 석방되어 가던 길에 죽었다. 黃은 黃庭堅으로 字는 魯直이며 號는 涪翁이다. 分寧 사람이다. 進士에 올라 太和縣 知事가 되었다. 哲宗(趙煦)이 校書郞으로 불러들여 『神宗實錄』의 검토관이 되었다. 佐郞으로 옮기었고 起居舍人으로 발탁되었다. 紹聖 연간에 鄂州知事가 되어 章惇, 蔡卞의 미움을 샀다. 그리하여 涪州別駕로 강등되었다. 黔州에 안치되었다가 戎州로 옮겨갔다. 徽宗 초에 太平州의 知事가 되었다가 다시 宜州로 폄적되었다가 죽었다. [周]
24) 【校】:[董]에는 迨로 되어 있다.
25) 達睦丞相(달목승상): 達識帖睦邇를 말한다. [周]
26) 【校】:[董]에는 間으로 되어 있다.
27) 達官(달관): 높은 관직에 오른 관리를 뜻한다. [周]
28) 【校】:[董]에는 政으로 되어 있다.
29) 大參(참정): 參政을 의미한다. [周]
30) 韓子(한자): 韓非子를 가리킨다. 戰國時代의 韓國의 諸公子로 刑名法術의 학문에 뛰어났다. 후에 秦國으로 출사하였다가 李斯에게 모함으로 받아 독약을 먹고 죽었다. [周]
31) 【校】:[董]에는 佳로 되어 있다.
32) 僚寀(요채): 벼슬을 하는 사람들을 말한다. [周]

一門在此耳." 生曰: "老母有書奉達于彼, 敢托爲之先容.33)" 嫗許諾. 生又問: "平章棄祿34)數年, 今有誰在? 生事35)若何?" 嫗曰: "平章一子名麟, 字靈昭. 一女名娉娉, 字雲華, 母夢孔雀銜牡丹蕊置懷中而生; 語顔色則若桃花之映春水,36) 論態度則若37)流雲之迎曉日; 十指削纖纖之玉, 雙鬟38)綰嫋嫋之絲; 塡詞度曲, 李易安難繼後塵, 織錦繡圖, 蘇若蘭詎容獨步! 邢國鍾愛之, 俾從余講學, 余自以爲弗如也. 且夫人勤勵, 治産有方, 珠履玳簪,39) 不減昔時之豐盛, 鍾鳴鼎食,40) 宛如向日之繁華." 生聞之, 知其必指腹之人也, 急欲一往; 會嫗病目, 弗能前, 遂止. 夫人訝嫗久不來, 乃遣婢春鴻往嫗家問焉. 時嫗目愈, 欲生偕行, 値生偶出, 嫗乃先隨鴻往, 詣夫人謝, 且道魏生母寄書事. 邢國駭愕, 曰: "正爾念之, 今焉至此, 亟爲我召來, 勿緩也!" 春鴻承命, 復至請生, 生便同行. 旣及門, 鴻先入. 俄而二靑衣導生至重堂, 卽東堨少立. 邢國服命服出, 坐堂中. 生再拜. 夫人曰: "魏郎幾時來耶?" 生曰: "數日耳." 命坐于西桯41)前鈿椅上. 茶罷, 夫人曰: "記得別時, 尙在襁褓, 今長成若是矣!" 慰勞甚至, 且問蕭夫人暨鸞、鶯安否. 生答以幸俱無恙. 夫人爲生道舊, 如在目前, 但不及指腹誓姻之說. 生疑之, 乃顧隨來老僕靑山解囊, 取母書投上; 夫人拆封, 觀畢, 納諸袖中, 亦不發言. 頃間, 一童子出, 娟娟如瓊瑤. 夫人命拜生. 生答拜. 夫人曰: "小兒子也, 當敎之, 乃答禮耶?" 復命侍妾秋蟾曰: "召娉娉來." 須臾, 邊嫗領二丫鬟擁一女子, 從繡幃後冉冉而至, 面生

---

33) 先容(선용) : 사람을 극구 칭찬하며 소개하다. [周]

34) 棄祿(기록) : 祿은 관리가 받는 俸祿을 의미한다. 따라서 棄祿은 그 관리의 사망을 의미한다. [周]

35) 生事(생사) : 生涯나 境遇. 집안의 형편을 의미한다. [周]

36) 【校】: [董]에는 氷으로 되어 있다.

37) 【校】: [董]에는 似로 되어 있다.

38) 【校】: [董]에는 鬢으로 되어 있다.

39) 珠履玳簪(주리대잠) : 귀하고 번성함을 의미한다. [周]

40) 鍾鳴鼎食(종명정식) : 옛날 부자 집안의 귀족들은 솥을 정렬하여 놓고선 밥을 먹었고, 식사시간에는 종을 쳤다고 한다. [周]

41) 桯(정) : 기둥을 말한다. [周]

前展拜. 生遂巡欲起避. 夫人曰 : "無妨! 小女子也."拜畢, 退立于夫人座右. 邊嫗亦侍座于隅. 生竊窺娉娉, 眞傾國色也, 雖西施·洛神,[42] 未可優劣. 生見後, 魂神飛越, 色動心馳, 恐夫人覺之, 卽起辭出. 夫人曰 : "先平章視先參政猶骨肉, 尊堂亦視老身如娣妹, 自二父云亡, 兩家闊別, 魚沉雁杳, 音耗不聞, 本謂此生, 無復再見, 豈意餘年, 得覩英妙, 老懷喜慰, 何可勝言! 郎君乃爾[43]寡情耶?" 生揖返席, 不敢復[44]辭. 邢國目娉入, 意若使治具[45]然. 于時開宴, 水陸[46]畢陳. 夫人親酌飮生, 生跪受而飮. 旣而命麟與娉娉, 更勸迭進. 娉酒至, 生辭以乍出遠方, 久疏麴[47]糵,[48] 今不勝杯酌[49]矣. 娉娉捧杯再拜. 生欲熟視之, 固辭不敢先飮. 夫人曰 : "郎君年長于汝, 自今以後, 旣是通家, 當爲兄妹, 汝宜跪勸." 娉遂跪. 生蒼皇遽接, 一吸而盡. 娉娉收盃, 至夫人前, 瀝餘酒于案曰 : "兄飮未釂,[50)51] 更告一杯[52]可乎?" 夫人笑曰 : "纔爲兄妹, 便鍾友愛之情, 郎君豈得戛然乎?" 邊嫗亦從傍[53]更相勸, 生乃盡飮. 夫人復讓邊嫗曰 : "郎君旣舍汝家, 乃不早以見告, 當滿進一觥." 嫗笑而飮. 宴罷, 告歸. 夫人曰 : "郎君毋還邱中, 只在寒舍安下." 生略辭. 夫人曰 : "貧家寂寥, 願勿嫌也." 卽呼家僕脫歡, 小蒼頭宜童, 引生于前堂外東廂房止宿. 生入門, 但見屛幃床褥, 書几盥盆, 筆硯琴棋, 靡一不備, 嫗家行李, 亦已在焉. 生旣得定居, 復遇

---

42) 洛神(낙신) : 宓妃(복비)를 말한다. 三國時代 曹植이 「洛神賦」를 지었는데 꿈에 낙신의 여신 宓妃(宓犧氏=伏犧氏의 딸)를 만났다고 했다. 후세에 미녀를 만났다는 의미로 쓰인다. [周]

43) 【校】 : [董]에는 耳로 되어 있다.

44) 【校】 : [董]에는 復敢으로 되어 있다.

45) 治具(치구) : 연회에 참석한 손님들에게 음식을 접대하는 器具들을 말한다. [周]

46) 水陸(수륙) : 바다와 육지에서 나는 음식물을 말한다. [周]

47) 【校】 : [董]에는 麯으로 되어 있다.

48) 麴糵(국얼) : 술을 말한다. [周]

49) 【校】 : [董]에는 杓로 되어 있다.

50) 【校】 : [董]에는 嚼으로 되어 있다.

51) 未釂(미조) : 술을 아직 다 마시지 않음을 뜻한다. [周]

52) 【校】 : [董]에는 盃로 되어 있다.

53) 【校】 : [董]에는 이 글자가 빠져 있다.

絶色, 且驚且喜, 睡不能成, 因賦『風入松』一詞, 乘醉書于粉壁之上. 詞云:

> 碧城十二瞰湖邊, 山水更淸姸. 此邦自古繁華地, 風光好, 終日歌絃. 蘇小[54]宅邊桃李, 坡公[55]堤上人烟. 綺窗羅幙鎖嬋娟, 咫尺遠如天. 紅娘不寄張生信, 西廂事, 只恐虛傳. 怎及靑銅羽鏡, 鑄來便得團圓.

是夕, 娉娉返[56]室, 亦厚屬生, 因呼侍女朱櫻曰: "魏兄臥否?" 櫻曰: "弗知也." 娉語之曰: "汝往廂房訶[57][58]之." 去良久, 反命云: "郎君微吟燭下, 若有深思, 旣而取筆, 題數行于壁間, 妾諦視之, 乃'風入松'詞也." 娉曰: "汝記憶乎?" 櫻曰: "已記之矣." 遂口占一過. 娉便濡毫, 展雙鸞霞箋, 次其韻, 頃刻而就, 封緘付櫻曰: "明晨汝奉湯與郎君盥面時, 以此授之." 櫻收于囊. 次日黎明, 如敎而往. 生盥沃竟, 櫻出緘畀生曰: "娉小娘致意郎君, 有書奉達." 生慌[59]亡取視之, 乃和生所賦壁間'風入松', 詞云:

> 玉人家在漢江邊, 才貌及春姸, 天敎分付風流態, 好才調, 會管能絃. 文采胸中星斗, 詞華筆底雲烟. 藍田[60]新鋸[61]璧娟娟, 日暖絢晴天. 廣寒宮闕應須到, 霓裳曲, 一笑親傳. 好向嫦娥借問, 冰輪怎不敎圓.

生讀之數過, 不忍釋手, 知娉之賦情特甚也, 遂珍藏于書笈中. 方欲細詢娉性情,[62] 而夫人已遣宜童召生矣. 生偕童入, 夫人見生來, 迎謂生曰:

---

54) 蘇小(소소): 六朝時代 南齊의 저명한 歌妓 蘇小小의 간칭이다. [周]
55) 坡公(파공): 宋나라 때의 詩人 蘇東坡를 말한다. [周]
56) 【校】: [董]에는 反으로 되어 있다.
57) 【校】: [董]에는 窺로 되어 있다.
58) 訶(형): 알아보다. 정탐하다. [周]
59) 【校】: [董]에는 荒으로 되어 있다.
60) 藍田(남전): 산이름. 陝西省 藍田縣 동쪽에 있으며 아름다운 옥이 생산된다. [周]
61) 【校】: [董]에는 産으로 되어 있다.
62) 【校】: [董]에는 情性으로 되어 있다.

“郎君奉命萱堂,[63] 遠來遊學, 不可虛度光陰, 玩時廢日. 此中有大儒何先生者, 及門之士, 常數百人, 郎君如從之遊, 必有進益. 贄見之禮, 吾已辦矣.” 食罷, 請行. 生覩娉後, 萬念俱灰, 不求聞達,[64] 惟雲華是念, 不虞夫人之逼令就學也, 黽勉[65]應承, 然亦不數數往也. 因念夫人雖甚見愛, 而挂口不及姻事, 且令與娉認爲兄妹, 蓋有可疑, 而無從質問. 乃潛往伍相[66]祠祈夢, 得神報云:“灑雪堂中人再世, 月中方得見嫦娥.” 旣覺, 莫曉所謂, 但私識之. 一日, 偶與朋友遊西湖, 娉伺生不在, 携侍姬蘭茗, 潛至其室, 遍閱簡牘, 見有『嬌紅記[67]』一冊, 笑謂茗曰:“郎君觀此書, 得無[68]壞心術乎?” 因戲題絶句二首, 于生臥屏上. 詩曰：

淨几明窗絶點塵, 聖賢長日與相親, 文房瀟洒無餘物, 惟有牙籤[69]伴玉人.
花柳芳菲二月時, 名園剩有牡丹枝. 風流杜牧還知否, 莫恨[70]尋春去較遲.

抵暮, 生歸, 見詩, 知爲娉作, 深悔一出, 不得相見. 乃賡其韻, 用趙松雪[71]體行楷, 書于花箋, 以答娉. 詩曰：

冰肌玉骨出風塵, 隔水盈盈不可親, 留下數聯珠與玉, 憑將分付有情人.

小桃纔到試花時, 不放深紅便滿枝, 只爲易開還易謝, 東君有意故敎遲.

---

63) 萱堂(훤당) : 어머니를 뜻한다. [周]
64) 聞達(문달) : 명예가 드높아짐을 의미한다. 즉 관리가 됨을 뜻한다. [周]
65) 黽勉(민면) : 억지로, 하는 수 없이. [周]
66) 伍相(오상) : 伍子胥를 말한다. 吳나라에서 벼슬을 하였다. [周]
67) 嬌紅記(교홍기) : 元나라 淸江의 宋梅洞이 지은 傳奇小說이다. 申純과 王嬌의 애정 이야기를 쓴 작품이다. 일찍이 鄭振鐸이『世界文庫』第3冊『古本戲曲叢刊』에 劉東生이 지은『金童玉女嬌紅記』를 수록한 바 있는데 이 이야기를 연출한 작품이다. [周]
68) 【校】 : [董]에는 毋로 되어 있다.
69) 牙籤(아첨) : 藏書의 표제를 달기 위하여 준비한 검사용 書標. 책을 대신 칭하는 용어로 사용한다. [周]
70) 【校】 : [董]에는 遣으로 되어 있다.
71) 趙松雪(조송설) : 趙孟頫. 송설노인이라고 불렸기에 이렇게 칭하였다. [周]

寫畢, 無便寄去. 躊躇72)間, 忽春鴻來, 謂生曰: "夫人聞郞君西湖歸, 懼爲酒困. 遣妾持武夷小龍團73)茶奉飮." 生喜甚, 卽啜一甌. 因移身逼鴻坐, 笑語鴻曰: "娉娉旣視我爲兄, 汝何惜暫爲吾婦?" 鴻變色曰: "夫人理家嚴肅, 婢妾只任使令, 豈敢薦枕于君? 以汚淸德." 生曰: "東園桃李, 片時春也. 何害?" 遂與鴻狎. 且謂鴻曰: "吾有一簡奉娉娉, 能爲我持去否?" 鴻曰: "敢不承74)命, 當亟遞去." 鴻入, 遇娉茶堂中, 卽以與之. 娉急置于懷, 囑鴻勿泄. 返室觀之, 乃和其絶句二首. 讀罷, 嘆曰: "淸楚流麗, 類其爲人." 言未已, 聞夫人呼曰: "有客." 娉趨出, 乃外兄莫有壬也, 自藁城75) 來省. 邢國因設宴待之, 生亦與坐, 夫人以久別有壬, 且悲且喜, 姑姪勸酬, 不覺至醉, 兼之有壬遠來, 驅馳鞍馬, 困憊不任酒, 急欲休息, 苦告夫人. 夫人乃令脫歡扶掖至禮賓堂之南小齋內歇臥. 生亦隨出, 獨立于重堂. 無何, 夫人亦眩暈思臥, 乃先就榻. 惟娉率諸婢收拾器皿, 鎖閉門戶. 朱櫻持燭, 伴娉出重堂巡邏, 見生孤立, 驚曰: "兄未寢乎? 何此延竚?" 生告以渴甚求漿弗能得. 娉卽令櫻入廚中取茶. 因代櫻執燭, 置案上, 燭爲風爍, 蠟液淚流, 娉以金剪剪之曰: "汝亦風流乎?" 生曰: "子不聞李義山76) 詩云: '春蠶到死絲方盡, 蠟燭成灰淚始乾'." 娉曰: "義山浪子耳, 何眷戀之深耶?" 生曰: "人同此心、心同此欲, 烏可以此病義山乎?" 娉曰: "然則兄亦義山之流亞乎?77)" 生曰: "風情幽思, 自謂過之." 娉曰: "若兄之言, 眞風流蘊78)藉之士也. 但佳句云勞心者, 果勞何事? 不

---

72) 【校】: [董]에는 躕로 되어 있다.

73) 龍團(용단): 茶이름. 宋丁이 처음 만들었다고 한다. 나라에 바치는 歲貢으로 40餠이 상을 넘지 못했다. 당시에 매우 유명하고 귀했다. [周]

74) 【校】: [董]에는 從으로 되어 있다.

75) 藁城(고성): 지금의 河北省 藁城縣을 말한다. [周]

76) 李義山(이의산): 李商隱을 말한다. 字는 義山, 號는 玉溪生이다. 唐 河內 사람이다. 開成(836~840) 연간에 進士에 올랐으며 관직이 工部員外郞에 이르렀다. 詩에 있어 溫庭筠과 이름을 나란히 하였다. [周]

77) 【校】: [董]에는 矣로 되어 있다.

78) 【校】: [董]에는 醞으로 되어 있다.

知商隱亦有是乎?” 生曰: “室邇人遐故也.” 娉不答, 指壁上琴曰: “兄善是耶?” 生曰: “幼耽此技, 小姐聞亦能之.” 娉曰: “謾寄指耳, 敢言能乎?” 俄朱櫻捧茶至, 娉起遞與生. 生謝曰: “何煩鄭重?” 娉曰: “愛親敬兄, 禮宜如是.” 生將促席79)與言, 娉遽斂身曰: “今夕夜深, 兄宜返室, 來宵有便, 當詣聽琴, 幸無他往也.” 遂80)道萬福81)而退. 次日, 夫人中酒不能起. 薄暮, 娉偸至廂房. 生正懸望, 竚俟堦前, 陡見娉來, 喜心翻倒, 卽擁娉入. 坐定, 生拂几焚香, 解錦囊出天風環珮82)琴, 請娉彈. 娉羞澀固辭. 生于是轉軫調絃, 鼓‘關雎83)’一曲以感動之. 娉曰: “吟猱綽注,84) 一一皆精, 但惜取聲太巧, 下指略輕耳!” 生甚服其言, 必欲觀娉之指法, 請之不已. 娉乃命朱櫻取琴, 放己前琅玕石卓上, 操‘雉朝飛85)’一調以答生. 生曰: “佳哉指法, 但此曲未免淫艷之聲多.” 娉曰: “無妻之人, 其詞哀苦, 其聲凄怨, 何淫艷之有?” 生曰: “自非牧犢子妻,86) 安能造此妙乎?” 娉無言,

---

79) 促席(촉석): 가까이 다가가 앉다. [周]

80) 【校】: [董]에는 各으로 되어 있다.

81) 萬福(만복): 옛날 아녀자가 행하던 예절을 말한다. [周]

82) 環珮(환패): 琴의 곡명이다. [周]

83) 關雎(관저): 『詩經·國風』의 첫 번째 편명. 淑女를 얻는 것을 생각한다는 뜻이다. [周]

84) 吟猱綽注(음노작주): 거문고의 연주 기법. 왼손으로 줄을 잡고 이동하며 연주한다. 소리를 작게 내는 것이다. 『初學操縵口訣』에 “綽注와 吟猱는 疾徐와 輕重을 나타낸다”라는 문장이 보인다. [周]

85) 雉朝飛(치조비): 崔豹의 『古今注』에 “치조비는 牧犢子가 지었다. 나이 오십이 되도록 아내가 없었고 들에 나갔는데 꿩의 암수가 서로 어울려 날아가는 것을 보고서 마음이 아팠다. 그리하여 雉朝飛 지었으니 스스로의 感傷을 읊은 것이다”고 되어 있다. 그러나 揚雄의 『琴淸英』에 치조비는 衛女의 유모가 지었다고 한다. 위녀가 太子에게 시집을 가던 도중 太子가 죽었다. 위녀는 유모에게 어찌해야 하는 지를 묻고선 상을 치루었다. 허나 상이 끝나도 집에 돌아가지 않고 결국에는 죽었다. 유모가 위녀의 죽음과 관련하여 애통해 하다가 琴을 잘 연주하는 여자를 찾아 위녀의 무덤 위에서 연주하게 하였다. 그러자 무덤 가운데서 홀연히 꿩이 나타났다. 유모는 꿩을 어루만지며 이는 위녀가 꿩이 된 것이라 믿었다. 이 말이 끝나기도 전에 꿩이 날아갔는데 그리하여 그 무덤에서 연주하던 곡조를 「雉朝飛」라 한다고 하였다. [周]

86) 牧犢子妻(목독자처): 崔豹의 『古今注』에 따르면 목독자는 나이 쉰이 되도록 아내가 없었는데 여기서 목독자의 처라고 한 것은 작자가 典故를 잘못 쓴 것이다. 「別鶴操(별학조)」에 나오는 商陵牧子를 牧犢子로 잘못 안 것이다. [周]

惟微哂而已. 是夕, 談話稍款, 言情頗深. 値夫人睡覺, 呼娉索人參湯, 娉惶恐走去. 生茫然自失, 魂魄俱喪, 面若死灰, 大失所望. 因枕上賦‘如夢令’一詞自悼. 詞云:

> 明月好風良夜, 夢到楚王[87]臺下, 雲薄雨難成, 佳會又成[88]虛話. 誤也誤也, 青著眼兒乾罷.

平旦, 生起, 整衣冠, 趨夫人閣, 問安否. 出至重堂, 轉從堂後, 循曲巷, 欲造娉室, 迷路而回, 至淸凝閣前, 少憩. 時娉政坐閣中, 低鬟束雙彎, 著繡鞋. 生卽屛身戶外, 窺于隙間, 爲娉小婢福福見之, 報與娉. 娉大憤, 將起白夫人. 生惶恐, 告娉曰:“向于夫人處問安, 路迷至此, 兄妹之情, 寧忍見窘?” 娉曰:“男子無故不入中堂, 況可直造人家閨閣乎? 今且恕兄, 後勿再至.” 生連揖不已. 娉曰:“聊恐兄耳, 毋勞深謝!” 因指閣前臨淸小瓦盆養瑞香一株, 命福福云:“送去兄臥房中, 爲幽人之伴.” 生曰:“得此一株, 當貯諸金屋.[89]” 娉笑而頷之. 福遂捧花送生出. 生知福乃娉之親隨, 卽探囊中金數星與之, 冀其傳遞簡帖, 潛通殷勤. 福拜而受之, 自此得其用矣. 然生自離家之後, 兩月有餘, 寒食初過, 淸明又到, 夫人備酒肴, 召隣曲及邊嫗, 幷拉生出郭掃墳, 惟娉娉以小疾新愈, 不得偕行. 生覘知娉不去, 乃佯出. 夫人留之. 生曰:“適何先生遣人見呼, 不敢不去, 弗及拜平章神道, 意甚缺然!” 夫人曰:“先生召無諾, 宜速往也.” 生去, 夫人亦登輿, 擧家畢從, 惟留福福及小女使蘭茗伴娉. 生度夫人行遠, 徐徐而歸, 至重堂, 門閉不得入, 徘徊廡下. 福福聞人履聲, 謂是客至, 啓門

---

87) 楚王(초왕): 楚襄王을 가리킨다. 陽臺雲雨의 일은 宋玉의 「高唐賦」 중 “내가 巫山의 남쪽에 있을 때 높은 언덕에 가로막히어 아침에는 구름이 되어 가고 저녁에는 비가 되어 갔다. 아침저녁으로 陽臺의 아래에 있었네”에서 나온 이야기이다. [周]

88) 【校】: [董]에는 爲로 되어 있다.

89) 金屋(금옥): 화려한 집을 말한다. 『漢武故事』에 “만일 阿嬌를 얻게 되면 마땅히 金屋에 둘 것이다(若得阿嬌, 當以金室貯之)”라는 문장이 보인다. [周]

問之, 乃生也. 生急持福裾, 問娉所在, 欲見之. 福曰 : “小姐敏慧聰明, 知書識禮, 持身謹愼, 不離閨房, 貞靜幽嫺,90) 凜不可犯, 妾安91)敢冒昧導君, 唐突西子!” 生曰 : “吾之遇汝, 自謂有緣, 雖張珙之紅娘, 不啻過也. 今汝乃有是言, 予之缺92)望甚矣!” 福沉吟半餉曰 : “彼雖以禮自持, 然幽情頗切, 吾嘗見其臨鏡自照, 回顧妾曰 : ‘我何如月中之嫦娥也?’ 妾覆之曰 : ‘不已夸乎?’ 彼乃曰 : ‘姮娥雖貌美, 叵93)耐只孤眠!’ 由是觀之, 可以情亂也.” 生曰 : “爲今之計, 將若之何?” 福曰 : “妾有吳綾94)手帕, 郎君試爲情詩, 染其上, 我當持與之觀. 郎君輕步踵妾後窺之, 彼若動心, 事諧必矣.“ 生欣然握管, 題以付之. 詩曰 :

鮫95)綃原自出龍宮, 長在佳人玉手中, 留待洞房花燭夜, 海棠枝上拭新紅.

福袖帕入 : 生尾福後, 至柏汎堂,96) 娉方倚檻, 玩庭前新柳, 曰 : “綠陰如許矣!” 因誦稼軒詞云 : “莫去倚危闌, 斜陽政在烟柳斷腸處.” 生遽前, 撫其背曰 : “斷腸何所爲乎?” 娉驚曰 : “狂生又至此耶?” 生曰 : “韓壽竊香, 相如滌器, 狂者固如是乎?” 娉乃命福取茶, 福佯墮手帕于地, 娉拾而觀之, 見詩, 怒曰 : “此必兄所爲, 小妮子何敢無忌憚如是? 吾將持以白夫人.” 生媿謝再三, 繼之以跪. 娉因回顔一莞,97) 收置懷中曰 : “毋多言, 姑此共坐, 少叙半餉之歡, 倘老母來歸, 則無及矣.” 生大喜, 就坐. 娉呼福出佳肴薦酒, 親持金荷葉杯, 酌以勸生. 生辭不飲. 娉固勸. 生謝曰 : “此

---

90) 【校】: [董]에는 閑으로 되어 있다.
91) 【校】: [董]에는 不로 되어 있다.
92) 【校】: [董]에는 觖로 되어 있다.
93) 【校】: [董]에는 叵로 되어 있다.
94) 吳綾(오릉): 吳나라 지방에서 나는 명주와 비단을 말한다. [周]
95) 【校】: [董]에는 絞로 되어 있다.
96) 柏汎堂(백범당): 『詩經』에 “저 측백나무로 만든 배를 띄워 놓다(汎彼柏舟)”라는 구절이 있다. 莫夫人이 守節하였으므로 여기에서 취하여 堂名을 지었다. [周]
97) 莞(완): 莞爾. 빙그레 웃는 모양을 말한다. [周]

意良已勤, 政昔人所謂, 雖吃椎子亦醉, 不煩酒." 略飮數杯, 因命撤98)去,
娉從之. 生乃促席與娉聯坐, 語娉曰 : "我奉命慈親, 爲此姻事, 艱難水
陸,99) 千里遠來, 今夫人了無一語道及前盟, 必有他謀, 事恐中變, 命爲
兄妹, 其意可知; 子復漠然, 路人相視, 殊無聊賴, 久擬賦歸, 但以未與子
言, 故遲遲不決耳. 今幸相逢, 難期再會, 予之心事, 子旣知之, 諧與不諧,
明以見告, 毋徒使我爲周南100) 留滯之客也." 娉聞之, 撫髀嘆曰 : "余豈
木石之人哉! 兄之此言, 豈知我者! 妾自遇兄來, 忘飧廢事, 心動神疲, 夜
寐夙興, 惟君子是念, 顧101)以葑菲, 得侍房帷, 偕老百年, 乃深幸也. 第
恐天不與人方便, 不能善始令終, 張珙、申純,102) 足爲明鑒. 兄如不棄菅
蒯,103) 妾可永執箕箒, 毋輕一擧, 當計萬全. 生曰 : "若待六禮告成, 則予
墓草宿104)矣. 子其憐之, 毋吝今夕!" 娉未及對. 而蘭茗報夫人回矣. 生
倉105)忙趨出. 是日, 三月丙午也.

丁未淸晨, 生入謁, 夫人曰 : "昨因祭掃, 就過湖上諸寺一行, 佳景滿前,
令人應接不暇, 所惜者, 寓言不在耳." 生唯唯而退. 至中堂側門, 與娉相
遇, 侍妾森然, 前遮後擁, 彼此注視, 莫交一言. 生歸室悶悶, 因誦崔
顥106)黃鶴樓詩云 : "日暮鄕關何處是? 烟波江上使人愁!" 適娉經窗外, 聞

---

98) 【校】: [董]에는 徹로 되어 있다.
99) 水陸(수륙) : 여기서는 水路와 陸路로 이해된다. [周]
100) 周南(주남) : 『史記』 중 司馬談이 周南에 체류하였던 典故를 사용한 것이다. [周]
101) 【校】: [董]에는 願으로 되어 있다.
102) 張珙(장공), 申純(신순) : 張珙은 『鶯鶯傳』의 張生이며 申純은 『嬌紅記』의 남자 주인
     공이다. 모두 처음에 사사로이 관계를 맺고 후에 여인을 버리게 되어 끝까지 사랑을 이
     루지 못하게 되는 인물들이다. [周]
103) 菅蒯(관괴) : 모두 풀이름이다. 菅의 뿌리는 수세미를 만들 수 있고 蒯의 줄기는 편직
     물을 만들 수 있다. 『左傳』에 "비록 絲와 麻가 있더라도 菅蒯를 버리지 말라(雖有絲
     麻, 無棄菅蒯)"라는 문장이 보인다. [周]
104) 墓草宿(묘초숙) : 사람이 일찍 죽는 것을 비유한다. 무덤 앞에 있는 풀이 모두 말라 있
     음. 『禮記』에 "친구의 묘에 풀이 모두 말라 있었으나 울지 않았다(朋友之墓, 有宿草而
     不哭焉)"라는 문장이 보인다. [周]
105) 【校】: [董]에는 蒼으로 되어 있다.
106) 【校】: [董]에는 灝로 되어 있다.

之, 因穴窗呼生曰 : "男兒何懷土之切乎?" 生曰 : "事屬參差, 終不能就,
處此無益, 莫若107)歸去.108)" 娉曰 : "少頃, 當令福福詣君." 言訖而去. 早
飯罷, 福果來, 謂生曰 : "娉小娘有簡奉君." 生拆而觀之, 乃詩一首云 :

春光九十恐無多, 如此良宵莫浪過, 寄語風流攀桂109)客, 直教今夕見姮娥.

讀畢, 生喜不自制, 顒顒110)然視日之斜, 汲汲然望夜之至. 豈期向午,
生之友人金在鎔來, 拉生過平康. 生以他事拒之, 金固不許, 不得已, 乃
與同行. 至彼. 妓有秀梅者, 頗曉詩詞, 素慕才俊, 見生灑落, 勸以巨觥,
金又與轟飲, 生意不在酒, 爲二人所困, 痛醉而歸, 展紫絲褥, 臥於房前
石欄杆111)側地上. 迨暮月明, 夫人睡熟, 娉乘便赴約, 不意生酣寢, 酒氣
逼人, 呼之不應, 乃悵然行于墻下, 徐入生室, 取宣毫, 寫絶句一首於生
練裙上, 投筆而去. 詩曰 :

暮雨朝雲少定踪, 空勞神女下巫峰, 襄王自是無情者, 醉臥月明花影中.

五更天明, 生酒亦醒, 起步花陰, 但見落紅沾袖, 墜露濕衣, 追省娉期,
滂然流淚. 正鬱鬱間, 忽風吹生衣裾, 裾翻字見, 生擧視之, 乃七言絶句,
娉所染也. 因大悵恨, 失此良會, 爲人所誤, 深負娉期. 因剪下裙幅, 裝潢
成軸, 懸於壁間, 仍賡原韻, 緘以寄娉. 詩曰 :

飄飄浪迹與萍蹤, 誤入蓬萊第幾峰, 凡骨未仙塵俗在, 罡風吹落醉鄉中.

---

107) 【校】: [董]에는 如로 되어 있다.
108) 【校】: [董]에는 休로 되어 있다.
109) 攀桂(반계): 옛날 과거에 급제하는 것을 이르던 말. 여기서는 引伸되어 향을 훔치는
    것으로 쓰였다고 이해된다. [周]
110) 顒顒(옹옹): 고개를 들어 위를 보는 것을 말한다. [周]
111) 【校】: [董]에는 闌干으로 되어 있다.

詩後復有一詞, 名'憶秦娥'112)云:

春蕭索, 可憐更負佳人約. 佳人約, 今番準定, 莫敎違却. 世間雖有相思藥,
應知難療身如削. 身如削, 盈盈珠淚, 夜深偸落.

一日, 忽聞夫人喚春鴻113)云: "平章忌辰在邇, 合照常規. 汝可往西隣
靖恭姚長者114)家, 問幾時建金山佛會, 亦欲附薦平章, 以徼115)冥福." 鴻
少選返命云: "只在此月二十五日爲始, 適廟忌辰, 凡三晝夜, 若欲與
薦116)善功, 必須先嚴齋戒, 至日, 請詣法筵,117) 炷香禮佛, 竣事方歸." 至
期, 夫人分付娉家事畢, 乃往姚宅. 娉與生俱送及門, 因得同行入內, 經
過生臥房前, 生苦邀入, 欲賦高唐. 娉懇辭曰: "蒲柳賤軀, 敢自吝惜. 但
今白晝, 僕妾衆多, 若交接之頃, 雲雨方濃, 妾於此時, 如醉如夢, 能保無
他慮118)乎? 莫若少待今宵, 兄宜親卽妾所, 妾當明燭啓門, 焚香迎候."
生深然之. 至暮, 娉戒諸奴僕曰: "夫人偶不在家, 汝等各宜早歇, 男僕不
許擅入中門, 女僕亦須不離內寢, 毋得輒便私相往來." 衆皆拱聽, 莫敢不
遵. 人旣定, 生乃尋向路, 由栢汎堂後轉, 過橫樓西, 適有兩巷相聯, 莫知
何者可達, 狐疑未決. 忽風送好香一炷, 逆鼻而來, 生心喜曰: "娉不遠
矣!" 徑趨右巷, 巷窮, 果得娉寢. 但見綠窗半啓, 絳燭高燒. 娉上服紫羅
衫, 下著翠文裙, 自拈生龍腦119)於金雀尾爐中焚之, 香烟縹緲, 燭影晶熒.

---

112) 憶秦娥(억진아): 曲調이름. 唐 文宗(李昻)의 宮人 沈阿翹는 노래를 잘 불렀는데 出
宮한 후에 金吾衛長史 秦誠에게 시집갔다. 秦誠이 新羅에 使節로 가니 그를 생각하
면서 詞를 만들었는데 그것이 바로 「憶秦郞」이다. 秦誠도 그날 꿈에서 이 곡의 박자를
익혔는데 돌아와서 대조해보니 다른 데가 없었다 한다. 후에 「憶秦娥」라는 곡이 있었
는데 여기서 나온 듯하다. 胡震亨의 『唐音癸簽』에 보인다. [周]
113) 【校】: [董]에는 紅으로 되어 있다.
114) 長者(장자): 佛家에서 十德을 갖춘 사람을 長者라고 부른다. 十德은 姓貴, 位高, 大
富, 威猛, 智深, 年高, 行淨, 禮備, 上歎, 下歸를 말한다. [周]
115) 【校】: [董]에는 邀로 되어 있다.
116) 【校】: [董]에는 建으로 되어 있다.
117) 法筵(법연): 佛法을 설명하는 자리를 말한다. [周]
118) 【校】: [董]에는 虞로 되어 있다.

驟得見娉, 疑與仙遇. 娉笑曰:"巨卿,120) 信人也." 出戶迎生, 延入室內,
室中安墨漆羅鈿屏風床, 紅羅圈金雜綵繡帳, 床左有一殷紅矮几, 几上盛
繡鞋二雙, 彎彎如蓮瓣, 仍以錦帕覆之. 右有銅絲梅花籠, 懸收香鳥121)一
隻, 餘外無長物. 房前寬闊僅丈許, 東壁挂二喬122)並肩圖, 西壁挂美人梳
頭歌, 壁下二犀皮桌123)相對, 一放筆硯文房具, 一放妝奩梳掠具, 小花瓶
插海棠一枝, 花箋數番, 玉鎭紙一枚. 對房則藕絲弔窻, 窻下作船軒,124)
軒外繚以粉牆, 牆內疊石爲臺, 臺上牡丹數本, 四傍佳花異草, 叢錯相間,
距臺二尺許, 磚甃125)一方池, 池中金魚數十尾, 護堦草籠罩其上. 生未暇
遍觀, 卽携娉就寢. 娉乃取白絨軟帕付生曰:"兄詩驗矣, 可謂'海棠枝上
拭新紅'也." 生笑爲娉解衣, 共入帳中. 娉低聲告生曰:"妾幼處深閨, 未
諳126)情事, 嬌歡之際, 第恐弗勝, 兄若見憐, 不爲已甚." 生曰:"姑且試
之, 庶幾他日見慣." 豈期娉之身體纖柔, 腰肢顫掉, 花心纔折, 桃浪已翻,
羞赧呻吟, 如不堪處. 而生蜂鑽蝶戀, 未肯卽休, 直至興闌, 將過夜半. 生
起, 持帕剪燭觀之, 乃與娉使藏焉, 留爲後日之驗. 娉曰:"賤妾陋軀, 爲
兄所破, 靜言思之, 有靦面目! 伉儷之約, 兄善圖之, 毋使妾爲章臺之柳

---

119) 龍腦(용뇌): 常綠喬木으로 일명 龍腦香이라 하는데 높이가 10여 丈이고 잎은 달걀
    모양이며 꽃은 合瓣花冠(통꽃부리)이며 향기가 농후하다. [周]

120) 巨卿(거경): 後漢 范式의 字이다. 太學에 있을 때 張劭와 친구가 되었는데 후에 京
    師를 떠나 집으로 돌아가면서 張劭에게 2년 뒤 찾아가겠다고 하고 날짜를 정했다. 그
    날이 되자 張劭는 집에서 닭을 잡고 밥을 해놓고 范式을 기다렸고 범식도 약속을 지켜
    찾아왔다. [周]

121) 收香鳥(수향조): 南方에서 나는 것으로 이것을 桐花鳳이라고 말하는 사람도 있다.
    虞集의 詩에 "海南에서 收香鳥를 새로 보내니 맑고 차가운 기운이 푸른 휘장 안으로
    들어오네"라는 구절이 있다. [周]

122) 二喬(이교): 喬는 橋라고 쓰기도 한다. 漢 太尉 橋玄의 두 딸로 大喬는 孫策에게
    小喬는 周瑜에게 시집갔는데 모두 경국지색이었다. 曹操가 그녀들을 사랑해서 鄴都
    에 銅雀臺를 짓고 吳를 쳐서 승리한 후에 그녀들을 취하여 臺에 데려다 놓고자 하였
    다. [周]

123) 【校】: [董]에는 卓으로 되어 있다.

124) 船軒(선헌): 배 모양을 본떠 만든 軒의 모양을 말한다. [周]

125) 甃(추): 벽돌로 쌓은 것을 말한다. [周]

126) 【校】: [董]에는 暗으로 되어 있다.

則幸矣! 不然, 當墜樓、赴水, 以死謝兄, 斷不能學流俗之人, 背盟他適,
以負所天." 生曰 : "我爲男子, 豈不能謀一婦人? 況有夙緣, 不必過爲之
慮." 乃於枕上口占『唐127)多令』一闋以贈娉. 詞云 :

深院鎖幽芳, 三星128)照洞房, 驀然間, 得效鸞凰.129) 燭下訴情猶未了, 開繡
帳, 解衣裳. 新柳未舒黃, 枝柔那耐霜, 耳畔低聲頻付囑. 偕老130)事, 好商量.

娉亦依韻, 和以酬生 :

少小惜紅芳, 文君在繡房, 馬相如賦就求凰. 此夕偶諧雲雨事, 桃浪起, 濕衣
裳. 從此褪蜂黃, 芙蓉愁見霜. 海誓山盟休忘却, 兩下裏, 細思量.

自此, 往來頻數, 無夕不歡, 雖連理之柯, 比翼之鳥,131) 奚以過也. 何
期光陰易逝,132) 樂極悲來, 夏暑將殘, 秋風又動, 忽收蕭夫人及二兄書,
取生回, 應鄕試.133) 生得書悒怏, 不遣娉知, 然言動之間, 屢有嗟歎之意.
娉察之, 生不獲隱, 出母書示之, 彼此流涕. 未數日, 二兄又遣一僕海仙,
馳書奉邢國夫人, 使促生早還. 夫人啓緘, 讀畢, 令人召生至, 以母書示
之, 且謂生曰 : "尊夫人相念之深, 二令兄促歸亦急, 且欲同應秋科,134)

---

127)【校】: [董]에는 糖으로 되어 있다.
128) 三星(삼성): 心星으로 數目이 3개가 있었는데 예전에는 尊卑, 父子, 夫婦의 상징으
　　로 보았다. 2월에 같은 자리에 들어가므로 시집보내는 집에서 이것을 통해 점을 보곤
　　했다. [周]
129)【校】: [董]에는 鳳으로 되어 있다.
130) 偕老(해로): 부부의 정이 깊어 함께 늙을 때까지 함께하기를 바라는 것을 의미한다.
　　[周]
131) 比翼鳥(비익조): 들오리 같은 모양의 새로 靑赤色에 하나의 눈과 하나의 날개가 서
　　로 나란히 있어야 날 수 있었다.『爾雅』에는 이 새는 南方에서 나는데 이름이 鶼鶼이
　　라 하였다. 일설에는 비익조는 눈과 날개가 하나가 아니라 암컷과 수컷이 날개를 나란
　　히 하고 날아서 比翼鳥라고 했다고도 한다.『爾雅·釋地』에 보인다. [周]
132)【校】: [董]에는 失로 되어 있다.
133) 鄕試(향시): 과거제도로 3년마다 한번 열리는데 各省의 선비들이 省城에 모여 鄕試
　　를 치렀다. [周]

實人間美事. 老身雖不忍遽舍郎君, 然母命兄書, 安可違越, 所願桂枝高
折, 早占鰲頭,135) 側耳捷音, 與有榮耀. 瓜期未及,136) 恭137)候再來." 遂
備辦行裝, 送生上路. 娉時侍夫人座側, 聞知此言, 淚落如注, 卽起入內.
其夜, 伺夫人睡靜, 乃潛出別生, 相視飮泣. 遂謂生曰: "正爾歡娛, 乃有
遠別, 天耶人耶! 何至此極也!" 生曰: "我爲母兄所逼, 且只蹔歸, 三兩月
間, 再圖相見, 子第寬心, 保攝眠食, 勿爲無益之悲, 徒損傾城之貌." 娉
掩涕138)曰: "兄途中謹愼, 早早到家, 有便再來, 勿爲長往. 妾醜陋之身,
乃兄所有, 倘139)念么麼140) 我遐棄,141) 雖死之日, 猶生之年." 乃面生再
拜曰: "只此別兄, 明日不能出矣." 生亦哽咽, 目送娉退. 次早, 娉又遣福
福叩門, 持手簡, 送鴉靑142)紵絲成鞋一雙, 綾襪一緉143)贈生. 簡曰:

　　薄命妾娉再拜, 白寓言兄前: 娉薄命, 不得奉侍左右, 爲久計. 今馬首欲
　東,144) 無可相贈,145) 手製粗鞋一雙, 綾襪一緉, 聊表微意, 庶步武146)所至, 猶
　妾之在足下也. 悠悠心事, 書不盡言, 伏楮緘辭, 涕淚交下! 不具.

---

134) 秋科(추과): 鄕試를 보는 시기가 仲秋였기 때문에 秋科라고 불렀다. [周]
135) 鰲頭(오두): 封建時代에는 황제 어전 앞에 있는 陛石에 乘龍과 巨鰲(큰 바다 거북)
　　가 조각되어 있었는데 시험에서 장원급제한 사람에게 그 돌 앞에서 서게 하여 관직을
　　수여했는데 그리하여 장원에 급제한 것을 鰲頭를 독점한 것이라 칭하였다. [周]
136) 瓜期未及(과기미급): 벼슬의 임기가 아직 차지 않았다. 瓜期는 벼슬의 임기가 찬
　　때를 이른다. 오이가 익을 무렵 부임했다가 이듬해 오이가 익을 때 교대한다는 의미
　　다. [周]
137) 【校】: [董]에는 拱으로 되어 있다.
138) 【校】: [董]에는 泣으로 되어 있다.
139) 【校】: [董]에는 儻으로 되어 있다.
140) 么麼(요마): 작은 것을 이른다. [周]
141) 遐棄(하기): 멀리 던져 버리는 것. 『詩經』에 "이미 군자를 보았으니 버릴 수 없다네
　　(旣見君子, 不我遐棄)"라는 구절이 있다. [周]
142) 鴉靑(아청): 靑黑色을 말한다. [周]
143) 緉(랑): 두 개를 말한다. [周]
144) 馬首欲東(마수욕동): 돌아가는 것을 가리킨다. 『左傳』에 "내 말머리가 동쪽으로 가
　　고자하니 돌아가리(吾馬首欲東. 乃歸)"라고 되어 있다. [周]
145) 【校】: [董]에는 贐으로 되어 있다.
146) 步武(보무): 步는 六尺이고 半步가 武이다. [周]

生覽畢, 惟墮淚而已, 遂收拾鎖于書笈. 旣登途, 凡道中風晨月夕, 水
色山光, 覩景懷人, 只147)增悲惋. 及抵家, 已迫槐黄148)矣. 遂偕二兄往就
試, 鷿、鷟失利, 惟鵬領高薦而歸. 賀客塡門, 雜遝149)數月. 迨冬末, 同
年150)促上禮闈151)生方欲托病不赴, 圖爲杭遊, 以踐夙約, 而母與二兄之
弗容, 府尹、縣侯之敦遣, 不獲已, 黽勉而行, 期在下第, 庶得卽歸. 詎意靑
錢萬選萬中,152) 會闈153)揭曉, 名次群英, 廷試154)又在甲榜,155) 擢應奉
翰林,156) 文字才名日起, 藉157)甚158)當時, 虞、揭159)諸公, 皆加愛重. 生
雖居淸要, 而心念雲華, 未嘗暫舍, 因求外補. 明年正月, 得江浙儒學副

---

147)【校】: [董]에는 秪로 되어 있다.
148) 槐黄(괴황) : 七月 이후. 『南部新書』에 "長安의 과거보는 사람들은 七月 이후 새로운
　　課에 들어가고 그 州府에서 선발을 거쳤다. 그리하여 사람들은 '홰나무가 노래지면 擧
　　子들은 바빠진다'라고 하였다"는 구절이 있다. [周]
149) 雜遝(잡답) : 사람이 많은 모양. 潘岳의 賦에 "오랫동안 많은 사람들이 모였다(長久雜
　　遝以交集)"는 구절이 있다. [周]
150) 同年(동년) : 같이 과거시험을 본 사람을 가리킨다. [周]
151) 禮闈(예위) : 漢나라 때는 尙書省을, 唐나라 때는 禮部를 일컫는다. 明나라 때는 禮部
　　에서 進士시험을 봤는데 禮闈라고 부르기도 하였다. [周]
152) 靑錢萬選萬中(청전만선만중) : 唐나라 때에 張鷟이 진사에 급제했을 때 公卿들이 그
　　의 문장이 만가지 중에서 뽑고 뽑은 靑銅錢보다 낫다고 칭찬하였는데 이때부터 靑錢
　　學士라고 불렀다. [周]
153) 會闈(회위) : 會試를 보는 곳을 갈한다. [周]
154) 廷試(연시) : 조정에서 보는 殿試를 말한다. [周]
155) 甲榜(갑방) : 進士를 뜻한다. [周]
156) 應奉翰林(응봉한림) : 翰林은 文學의 숲이다. 唐 初에 翰林院을 설치하여 內廷供奉
　　官으로 삼았다. 應奉은 바로 應內廷奉供을 말한다. [周]
157)【校】: [董]에는 籍으로 되어 있다.
158) 藉甚(자심) : 藉는 藉藉로 사람이 많거나 가득 찬 것을 가리킨다. 甚은 極의 의미이
　　다. [周]
159) 虞(우), 揭(게) : 虞는 虞集을 揭는 揭傒斯(게혜사)인데 모두 元代의 유명한 詩人이다.
　　虞는 虞集을 가리키며 字는 伯生이고 號는 道園이다. 元 崇仁 사람이다. 大德 초에
　　大都路儒學敎授를 제수 받았고 文宗(圖帖睦爾) 때에는 奎章侍讀學士를 지냈으며 세
　　상 사람들은 邵庵先生이라 일컬었다. 揭는 揭傒斯를 의미한다. 字는 曼碩이고 元 富
　　州 사람이다. 어려서 文으로 이름이 났다. 大德 연간에 翰林에 세 차례 들어갔고 天歷
　　연간 초에 奎章閣을 열었는데 최초로 授經郎으로 발탁되었다. 元統 초에 侍講學士로
　　승진하였고 經筵을 담당하였다. 『經世大典』 및 遼, 金, 宋 三史를 지었다. 사후에 豫
　　章郡公으로 봉해졌다. [周]

提擧,160) 正愜所願, 遂不歸襄漢, 徑赴錢塘. 需次待闕,161)162) 首具袍
笏,163) 詣賈氏, 拜夫人. 夫人見生來, 喜色溢面, 勞之曰 : “具164)審金榜
題名, 文臺165)列職, 平生之願, 一旦盡酬. 第恨靈昭年幼, 未歷江湖,166)
老病屛軀, 不能遠涉, 無由造賀, 作慶尊堂爲媿耳!” 生謝曰 : “末學荒疏,
謬登科目, 續貂167)之誚, 有媿於中. 然自別門下, 兩載光陰, 令女賢郎,
安否何似? 輒敢請見, 少慰下懷!” 夫人曰 : “小兒讀書郡學, 半月一回. 醜
女在家, 尋當上謁.” 遂命秋蟾召娉. 須臾出見, 流眄掠168)生, 悲喜交集.
夫人置酒, 邊嫗亦來. 邢國擧盃致賀, 生畢飮. 復命娉曰 : “魏兄高第顯官,
人間盛事! 汝旣在妹列, 豈可無一杯致賀乎?” 娉再拜領命, 乃酌酒勸生.
生復酬娉. 母女極歡而罷. 旣暮, 辭出. 夫人曰 : “幸未上官, 免尋邸舍, 吾
家舊寓, 謹以相延.” 生且謝且辭, 退就寢室, 風物依然, 一榻如故. 因賦
律詩一首, 題於壁以紀重來. 詩曰 :

不到仙家兩載餘, 竹窗幽戶尙如初, 梁懸徐孺前時榻, 壁寫崔生169)昔日書.

---

160) 江浙儒學副提擧(강절유학부제거) : 옛날에는 州縣府廳의 敎官을 儒學이라고 불렀다.
　　 提擧는 官名으로 관리하다라는 뜻이다. 宋나라 때에 처음 설치되었는데 元, 明 때도
　　 이것을 따랐다. [周]
161) 【校】 : [董]에는 缺로 되어 있다.
162) 需次待闕(수차대궐) : 임지로 가는 것을 기다리는 것을 말한다. [周]
163) 具袍笏(구포홀) : 公服을 입는 것을 말한다. [周]
164) 【校】 : [董]에는 且로 되어 있다.
165) 文臺(문대) : 文學과 관련된 관직을 말한다. [周]
166) 江湖(강호) : 여기서는 四方의 道路로 이해된다. [周]
167) 續貂(속초) : 자신이 받은 封爵은 넘치며 마땅하지 않다고 겸손하게 이르는 말이다.
　　 『晋書』에 “담비꼬리가 부족하여 개꼬리로 대신하였다(貂不足, 狗尾續)”라는 문장이 보
　　 인다. [周]
168) 【校】 : [董]에는 風으로 되어 있다.
169) 崔生(최생) : 唐나라의 崔護로 字는 殷功이며 博陵 사람이다. 그가 淸明節에 혼자 都
　　 城의 남쪽을 여행할 때 어느 시골을 지나다가 마실 것을 구하려고 문을 두드렸는데 한
　　 여인이 그에게 물을 주었다. 다음 해 청명절이 되어 다시 찾았는데 문은 예전과 그대로
　　 였지만 문은 잠겨져 있었다. 그래서 문짝에 시를 한편 남기고 갔는데 그 시는 “작년 오
　　 늘 이 문엔 얼굴과 복숭아 꽃 모두 붉었지. 사람은 어디 갔는지 보이지 않고 복숭아꽃
　　 만 옛날처럼 봄바람에 웃고 있네”라는 구절이었다. 며칠이 지나 한 노인이 나와서 “내

花柳謾爲新態度, 江山不改舊規模. 未知當日桓溫[170]幕, 還有風流此客[171]無.

次日, 生出謁. 夫人慮生寓所器物不備, 或乏人使令, 乃呼娉侍行, 過彼點檢. 及至, 凡百所需, 悉已完具, 宜童復專供役, 蓋娉已宿戒之矣, 而夫人弗知也. 周視間, 忽見生壁上新題, 讀之數過, 稱賞弗已, 且顧娉曰: "才子! 才子!" 又云: "此人器量弘深, 學問該博, 聰明敏捷, 少有比倫, 不出十年, 須當遠到, 提擧未足以掩[172]也. 女子識之." 夫人素有藻鑑, 愼許可; 娉見母譽生如此, 愈加愛重. 由是夜往晨回, 傾情倒意, 雖接翼之鸞鳳, 交頸之鴛鴦, 未足以喩其和協也. 無[173]何, 情愛所迷, 殊無顧忌, 朝歡暮樂, 婢妾皆知, 所未覺者, 惟邢國一人而已. 或日, 春鴻與蘭茗于淸凝閣前閑坐, 分食泉州鳳餠[174]香茶, 娉偶過見之, 默然不樂. 私念此茶夫人物也, 惟已嘗竊數餠與生, 計必生私二人, 自彼而得, 因詰問之. 鴻、茗不能隱, 以生與爲對. 娉大恨恚, 妬念頓生, 乃捃摭[175]他事, 白于夫人, 俱遭痛撻. 鴻輩銜恨, 謀發娉私, 乃覷娉與生于後園池上重陰亭前弈棋, 急趨白夫人云: "圃中池蓮, 有一花幷蒂,[176] 紅白二色, 開已一日, 請往

여식이 문에 쓴 시를 읽고 병이나 죽고 말았습니다"라고 하였다. 崔護는 가보자고 해서 도착해보니 정말로 그 여자가 죽어 침대에 누워있었다. 슬픔을 참지 못하고 울며 "내가 여기 왔소"라고 말하자 잠시 후 그 여인이 눈을 뜨며 다시 살아났다고 한다. 이에 노인은 崔護에게 그녀를 시집보냈다. [周]

170) 桓溫(환온): 字는 元子로 晋 龍亢 사람이다. 일찍이 南康長公主와 결혼해 駙馬都尉가 되었다. 明帝(司馬紹) 때 安西將軍, 荊州刺史가 되었다. 西로 蜀을 정벌하고 李勢를 항복시켰다. 江陵으로 돌아와 征西大將軍이 되어 殷浩를 폐위시키는 것을 주상하고 내외의 대권을 장악하였다. 분에 넘치는 것을 바라 河朔에서 공을 세우고자 하였고 九錫(대신에게 주는 특권)을 받았으나 燕을 정벌할 때 枋頭에서 패해 실권이 감소했으며 廢帝(司馬奕)가 폐위되고 簡文帝(司馬昱)가 옹립되자 위세가 더욱 심했다. 禪讓을 받지 못하자 분을 못 이기고 죽었다. [周]

171) 風流此客(풍류차객): 桓溫의 參軍인 孟嘉를 가리킨다. 字는 萬年이고 晋 江夏 사람이다. 그의 龍山落帽 故事는 사람들에 의하여 重陽節의 典故로 사용된다. [周]

172) 【校】: [董]에는 淹으로 되어 있다.

173) 【校】: [董]에는 夫로 되어 있다.

174) 鳳餠(봉병): 茶 이름. 福建에서 나는 것으로 龍團과 함께 차 중의 최상품으로 여겨진다. [周]

175) 捃摭(군척): 줍다라는 뜻이다. [周]

176) 幷蒂(병체): 줄기와 가지가 만나는 곳에 나란히 핀 두 송이의 꽃을 말한다. [周]

觀之, 恐久則謝177)矣." 夫人喜曰 : "此禎祥兆也!" 如其請. 生與娉不虞其
至, 方拊掌大笑曰 : "雲華姐又輸一局矣, 敢請子之金釧爲賭資, 可乎?"
言未已, 忽風撼敗桃一枚, 墜局中, 娉驚訝, 擧首視之, 遙見二人侍夫人
來, 知其故意相襲也, 急目生, 使入天林洞避去, 而博戲之具, 收拾弗及.
乃佯趨走, 迎語夫人曰 : "兒多時不到園中, 適因繡倦,178) 與福福携楸
枰179)來此, 以消長日. 忽見幷頭蓮花, 紅白二色相向, 眞嘉180)瑞也. 正擬
報知膝下, 而娘娘來矣." 鴻、茗雖善其支吾, 然未敢面斥, 惟相目冷笑而
已. 幸夫人眼昏, 莫辨其爲生也. 夫人曰 : "蓮花雙蒂者常有之, 但一紅一
白, 爲難得耳. 適聞春鴻言如此, 將欲呼汝同觀, 不意汝已先在此矣. 然
人家處子, 不離閨房, 偶或出遊, 擁蔽其面. 今汝不使我知, 輒行至此, 雖
無人見, 亦且不宜. 況汝讀書識181)禮, 豈不知博弈之爲非, 當痛以自懲,
後勿爾." 然夫人只知其與福福手彈, 不料其與生對壘也. 遂同至亭間, 徘
徊瞻企. 夫人命春鴻曰 : "佳哉花也! 可召魏郎君來此同玩." 鴻將啓齒,
娉恐其有言, 潛躡其足. 鴻會意, 乃給夫人曰 : "有此佳花, 而酒肴未備,
不若明旦于此開宴, 召之賞玩, 亦未爲晚." 夫人點頭曰 : "春鴻言是也."
遂回. 詰朝,182)183) 果于亭上設席, 且于郡學184)呼麟回, 同生賞花. 酒半,
夫人目麟曰 : "吾聞人家興替,185) 見于花卉, 蓋草木得氣之先, 且瑞應之
來, 必不虛也. 汝今秋文戰,186) 或者得捷, 雙蓮之瑞, 其在是乎! 宜賦一
詩, 以觀汝志氣. 魏提擧如不相棄, 亦請唾珠玉,187) 以重斯芳." 麟與生奉

---

177) 【校】: [董]에는 御로 되어 있다.
178) 【校】: [董]에는 繡綣으로 되어 있다.
179) 楸枰(추평) : 바둑에 속한다. [周]
180) 【校】: [董]에는 佳로 되어 있다.
181) 【校】: [董]에는 知로 되어 있다.
182) 【校】: [董]에는 旦으로 되어 있다.
183) 詰朝(힐조) : 둘째 날을 말한다. [周]
184) 群學(군학) : 科擧時代 官府의 學宮을 말한다. [周]
185) 興替(흥체) : 盛衰를 말한다. [周]
186) 文戰(문전) : 考試를 가리킨다. 시험 때 선비들이 文章으로 승패를 겨루었으므로 文
    戰이라 칭하였다. [周]

命, 一揮而就, 以呈夫人. 夫人覽而嘆曰 : "提擧絶妙好詞! 吾兒結意, 亦自可取." 因付娉曰 : "汝觀而藏之, 留爲汝弟秋科張本.188)" 二詩云 :

若耶溪189)裏萬紅芳, 那似君家並蒂祥. 韓·虢190)醉醒殊態度, 英·皇191)濃淡各梳妝. 徒勞畫史丹靑192)手, 謾費詞人錦繡腸. 向夜酒闌明月下, 只疑神女伴仙郎.

右鵬詩

亭亭翠蓋蔭妁嬈, 一種風流兩樣嬌. 飛燕洗妝迎合德,193) 彩鸞微醉倚文簫.194) 若敎解語195)應相妒, 縱自196)無情也是197)妖. 寄語品題高著眼, 直須留作百花標.

右麟詩

娉讀之, 微莞, 將收之袖中. 生乃請於夫人曰 : "小姐也不可無佳製."

---

187) 珠玉(주옥) : 詩文이 매우 아름다움을 비유한다. [周]
188) 張本(장본) : 다음을 위해 남겨두는 것을 말한다. [周]
189) 若耶溪(약야계) : 浙江의 紹興 남쪽 若耶山 아래에 있다. 이곳은 西施가 비단을 빨던 곳이다. [周]
190) 韓(한), 虢(괵) : 韓은 韓國夫人으로 楊貴妃의 큰언니이며 虢은 虢國夫人으로 楊貴妃의 셋째 언니를 가리킨다. [周]
191) 英(영), 皇(황) : 舜의 두 妃인 娥皇과 女英을 가리킨다. [周]
192) 丹靑(단청) : 그림. 그림에는 색이 나타나 있으므로 이렇게 칭하였다. [周]
193) 合德(합덕) : 趙飛燕의 동생을 말한다. [周]
194) 彩鸞(채란), 文簫(문소) : 唐나라 大和 末年에 文簫라는 선비가 鍾陵의 西山에 遊幄觀을 구경왔다가 천상에서 내려온 선녀 彩鸞을 만나 12년 간 함께 살았다. 裴鉶의 『傳奇』에 보인다. [周]
195) 解語(해어) : 蓮花를 가리킨다. 『開元天寶遺事』에 "황제가 양귀비와 太液池에서 千葉蓮을 함께 감상할 때 楊貴妃를 가리켜 좌우 사람들에게 어찌 이 解語花만 같겠느냐(帝與妃子共賞太液池千葉蓮, 指妃子謂左右曰 : 何如此解語花也)"라는 문장이 보인다. [周]
196) 【校】 : [董]에는 是로 되어 있다.
197) 【校】 : [董]에는 自로 되어 있다.

夫人命娉曰 : "汝試爲之, 請敎提擧." 娉對曰 : "好語皆爲兄所道, 尙何言
哉? 然亦不敢不勉强." 遂口占'聲聲慢'一闋. 詞云 :

太華[198]峰頭, 若耶溪上, 秋波蕩漾嬋娟. 翠蓋陰中, 佳人幷著香肩. 深盃怎
禁頻勸傳,[199] 玉容霞臉爭姸. 眞箇是, 善才·龍女,[200] 不染塵緣. 共說風流態
度, 似鳳臺[201]蕭[202]史, 夫婦同仙. 描畫丹靑, 生綃難寫淸聯. 鴛鴦也知相妬,
却愛來, 比翼花邊. 心更苦, 委淤泥絲又暗牽.

生傾聽之餘, 自媿弗及, 因出席揖之曰 : "風流俊媚, 的是當家, 眞可謂
才調女相如[203]也!" 娉歛繡巾拜謝曰 : "不敢當! 不敢當!" 酒散月明, 夫人
酣寢. 娉出就生, 具告以昨日圍棋之故, 且吐舌曰 : "非桃墜則夫人見矣,
奈何! 奈何!" 生曰 : "此天也! 然非子之臨機應變, 則罅隙呈露, 吾二人安
得復合耶? 危哉! 危哉!" 娉曰 : "夫人以妾昨過園中, 微賜呵[204]譴, 今不
敢再至矣. 所恨前時遠別, 今幸相遭, 復被匪人百端間阻, 當爲兄屈己下
之, 冀回其意. 兄且忍耐, 勿自憂煎. 然此亦由兄私之之過也! 論語曰 :
'惟女人[205]與小人爲難養也, 近之則不遜, 遠之則怨.' 不可不加之意也."
蓋微諷生寵春鴻、蘭茗事, 以箴之. 生慚悚交幷, 莫知爲對. 娉自此深居簡
出, 杳不相聞. 生亦踧踖[206]不安, 若有芒刺在背,[207] 凡遇內集, 多却不

---

198) 太華(태화) : 산 이름. 西岳華山으로 陝西省 華陰縣 남쪽에 있다. [周]
199) 【校】 : [董]에는 便으로 되어 있다.
200) 善才(선재), 龍女(용녀) : 관음보살의 좌우에서 侍立하는 佛弟子를 말한다. [周]
201) 鳳臺(봉대) : 陝西省 寶鷄縣 동남쪽에 있다. 春秋時代 秦穆公이 딸 弄玉을 蕭史에게
    시집보내고 鳳臺를 지어 그들을 살게 하였다. [周]
202) 【校】 : [董]에는 簫로 되어 있다.
203) 才調女相如(재조녀상여) : 隋 煬帝(楊廣)의 궁녀 吳絳仙을 가리킨다. 그녀가 시를
    지어 수 양제에게 바쳤더니 양제가 "강선의 재주는 여자 司馬相如와 같다"고 하였
    다. [周]
204) 【校】 : [董]에는 訶로 되어 있다.
205) 【校】 : [董]에는 子로 되어 있다.
206) 踧踖(축적) : 공경하며 불안해하는 모습을 가리킨다. [周]
207) 芒刺在背(망자재배) : 두렵고 불안하다. 등에 가시가 박힌 것 같음을 뜻한다. 漢 宣帝

來. 娉雖謬爲歛迹, 而盆重幽思, 故於鴻·茗, 特加禮待, 但其所欲, 擧以贈
焉. 爾[208]後二人俱圄娉術中, 夙怨冰釋,[209] 翻爲之用, 第生未知耳. 踽踽
月餘, 無聊特甚. 正憂悶中, 忽福福送新蓮數房[210]來, 且報鴻·茗釋憾, 早
晚可以相見. 生聞之, 手舞脚[211]蹈, 不任歡情, 因以蜀箋[212]寫所賦夏景
閨情十首, 爲小引於前, 以荅娉. 其詞曰:

孤館無聊, 睡起塊坐,[213] 不見賢淑, 豈止鄙吝復生[214]而已哉! 謾成閨思十
首奉寄, 一則以見此情之拳拳, 一則時自省覽, 猶佳麗之在側也.

香閨曉起淚痕多, 倦理靑絲髮一緺,[215] 十八雲鬟梳掠遍, 更將鸞鏡照秋波.

侍女新傾盥面湯, 輕攘雪[216]腕立牙床, 都將隔宿殘脂粉, 洗在金盆徹底香.

紅綿拭鏡照窗紗, 畵就雙蛾八字斜, 蓮步輕移何處去, 堦前笑折石榴花.

深院無人刺繡慵, 閑堦自理鳳仙叢, 銀盆細搗靑靑葉, 染得春葱指甲紅.

薰風無路入珠簾, 三尺氷綃[217]怕汗黏, 低喚小鬟扃繡戶, 雙彎[218]自濯玉纖

가 霍光을 보니 이러했다. [周]
208) 【校】: [董]에는 再로 되어 있다.
209) 氷釋(빙석): 얼음이 녹아 없어지듯이 흔적이 없음을 나타낸다. [周]
210) 蓮房(연방): 연밥이 들어 있는 外包. 갈라진 것이 마치 房과 같다. 속칭 蓮蓬이라고
　　도 한다. [周]
211) 【校】: [董]에는 足으로 되어 있다.
212) 蜀箋(촉전): 唐 나라 妓女 薛濤가 四川省 浣花溪에서 만든 종이를 말한다. [周]
213) 塊坐(괴좌): 외로이 홀로 앉아 있음을 뜻한다. [周]
214) 鄙吝復生(비린부생): 속되고 비천한 생각이 다시 생겨나다. 『後漢書·黃憲傳』에 "同
　　郡의 陳蕃과 周擧가 이르기를 세월이 흘러 黃生을 볼 수 없으니 속되고 비천한 생각
　　이 마음속에서 다시 생겨난다"라는 문장이 보인다. [周]
215) 一緺(일왜): 一捲. 다음 문장에 '十八雲鬟'은 李賀의 詩意를 사용한 것이다. [周]
216) 【校】: [董]에는 雲으로 되어 있다.
217) 氷綃(빙초): 색깔이 맑고 깨끗하기가 얼음과 같은 비단이다. [周]
218) 雙彎(쌍만): 옛날 여인들이 발을 동여 맨 것이 마치 활이 휘어진 모양과 같았다. 雙彎

纖.219)

愛唱紅蓮白藕詞, 玲瓏七竅逗氷姿, 只緣味好令人羨, 花未開時已有絲.

雪爲容貌玉爲神, 不遺風塵浣此身, 顧影自憐還自歎, 新妝好好爲何人.
月滿鴻溝信220)有期, 蹔抛殘錦下鳴機, 後園紅藕花深處, 密地偸來自浣衣.

明月嬋娟照畫堂, 深深再拜訴衷腸, 怕人不敢高聲語, 盡在殷勤一炷香.

闊幅羅裙六葉裁, 好懷知爲阿誰開. 溫生221)不帶風流性, 辜負當年玉鏡臺.

詩後, 復寫一詞, 名'青玉案'222) :

合歡223)花下曾相見, 猶記把毫題綵扇. 自別佳人氷雪面, 朝思暮想, 倚門挨戶, 無慮224)千來遍.
靈犀225)一點懸春線, 殘夢驚回梁上燕. 惆悵佳期成又變, 雲箋都是蠅頭226)字, 難寫張生227)怨.

書畢, 付福齋去. 娉得之啓誦. 而鴻、茗偶來, 問曰 : "小姐所詠詩, 誰人

은 여자의 두 발을 가리킨다. [周]

219) 玉纖纖(옥섬섬) : 원래 여자의 손가락을 비유하는데 여기서는 발가락으로 이해된다. [周]

220) 月信(월신) : 여자의 월경이 일정한 기간을 가지기 때문에 이렇게 칭하였다. [周]

221) 溫生(온생) : 晋나라 溫嶠를 말한다. [周]

222) 靑玉案(청옥안) : 詞調 이름. 案은 옛날의 椀字이다. [周]

223) 合歡(합환) : 落葉 喬木으로 산과 들에서 자생하고 잎은 홰나무 같다. 낮에 작고 붉은 꽃이 피어 아름답고 해가 저물면 곧 오므라든다. 속칭 夜合花라 한다. [周]

224) 【校】 : [董]에는 也로 되어 있다.

225) 靈犀(영서) : 犀角은 양끝이 통한다고 하여 通犀라 불렀다.『神州異物志』에 "犀는 靈異하고 角으로써 靈을 나타낸다. 그래서 靈犀라 한다"라는 문장이 보인다. 李商隱의 시에 "마음에 靈犀가 있는데 하나로 통한다(心有靈犀一點通)"라는 구절이 있다. 두 사람의 마음이 통한다는 것을 비유한 것이다. [周]

226) 蠅頭(승두) : 아주 微小함을 비유한다. [周]

227) 張生(장생) : 『西廂記』의 張珙을 가리킨다. [周]

之作? 乃爾俊麗耶?" 娉汪然流淚曰: "久有心事, 思與渠輩談之, 屢欲吐
辭, 復囁嚅228)而止." 鴻等同聲應曰: "某輩賤流, 受小姐厚愛多矣! 但可
爲地, 當盡力以報." 娉曰: "此魏生詩也. 吾之遇彼, 渠輩頗229)詳. 爰自
爾日重陰之遊, 幾于狼狽,230) 若爲夫人見之, 我無措身之地, 賴汝調護,
遂得無他. 今不見生者, 一月矣, 非惟我念之深, 生亦思我尤切. 彼此隔
越, 誰與爲謀?" 二人起謝曰: "今夫人受戒,231) 日坐佛閣, 誦內典, 家政
悉小姐所權, 苟有欲爲, 疇232)敢喘息?233) 若234)有異議, 某等任之. 脫不
踐言, 鬼神臨鑒!" 娉曰: "若然, 吾何恨." 是夕, 始復就生, 相與如故矣.
或偎紅倚翠, 盡雲雨之歡, 或擧白弄琴, 極從容235)之樂. 不覺流光奄
冉,236) 七夕又臨. 娉請于夫人, 于內堂結綵樓乞巧, 瓜果羅列, 肴羞備陳.
夫人謂娉曰: "久不見汝作詩詞, 今夕天上佳期,237) 人間良夜, 或詩或詞,
隨汝所爲. 吾當召魏生來, 與汝怨. 講論, 庶有新益." 娉唯命. 于時生至.
夫人曰: "世謂今宵天孫238)賜巧, 小女輩未能免俗, 謾設瓜果之筵. 亦嘗
命之賦小詩, 以紀佳節, 竟未知曾就否?" 娉卽前應曰: "適奉命, 綴得七
言絶句239)二首." 遂出諸袖間, 墨痕猶濕. 夫人接看畢, 遞與生曰: "小女
拙詩, 提擧無否見敎." 生讀竟曰: "宋若華240)241)姊妹之儔, 誠不易得也!

---

228) 囁嚅(섭유): 말하려다가 망설이고 그만두다라는 뜻이다. [周]
229) 【校】: [董]에는 備로 되어 있다.
230) 狼狽(낭패): 進退兩難을 의미한다. [周]
231) 受戒(수계): 원래는 出家하여 승려가 되는 것을 가리킨다. 여기서는 다만 집에서 奉
     佛하고 佛家의 戒律을 받는 것을 일컫는다. [周]
232) 【校】: [董]에는 儔로 되어 있다.
233) 喘息(천식): 여기서는 입을 열어 소리를 내다. 말을 함을 뜻한다. [周]
234) 【校】: [董]에는 萬으로 되어 있다.
235) 從容(종용): 여기서는 유유자적하며 유쾌해 함을 뜻한다. [周]
236) 奄冉(엄염): 荏苒과 같음. 세월이 덧없이 흐름을 뜻한다. [周]
237) 天上佳期(천상가기): 雙星은 일년에 한번 만나기 때문에 이렇게 칭하였다. [周]
238) 天孫(천손): 織女星을 말한다. [周]
239) 絶句(절구): 詩體 이름으로 네 句가 한 首를 이룬다. 齊나라와 梁나라의 新體詩에서
     시작되었는데 唐 이후에 처음으로 絶句라 칭하게 되었다. [周]
240) 【校】: [董]에는 蘭으로 되어 있다.
241) 宋若華(송약화): 唐나라 宋廷芬이 다섯 명의 딸을 두었는데 모두 총명하고 詩文을

鵬雖不敏, 當亦效顰,[242] 第恐白雪陽春, 難爲屬和耳!" 娉詩曰:

梧桐枝上月明多, 瓜果樓前艷綺羅, 不向人間賜人巧, 却從天上渡天河.

斜嚲香雲倚翠屏, 紗衣先覺露華零, 誰云天上無離合, 看取牽牛織女星.

鵬和詩曰:

流雲不動鵲飛多, 微步香塵滿襪羅, 若道神仙無配耦,[243] 怎敎織女渡銀河.

娟娟新月照圍屏, 井上梧桐一葉零. 今夕不知何夕也, 雙星錯道是三星.

詎意好事多乖, 會難離易. 次早, 生收家問, 報母訃音, 竟不及榮上提擧之任, 而丁憂[244]之行逼矣. 夫人乃召邊嫗告之曰:"吾有一切己事相托, 未審能爲我周全乎?" 嫗避席曰:"願聞何事? 苟可用情, 當爲極力." 夫人曰:"娉娉年長, 欲覓一快婿. 斧柯[245]之任, 相屬如何?" 嫗笑曰:"老拙久懷此意, 但未敢形言. 今夫人門下, 自有其人, 而欲他謀, 徒費齒頰, 眞所謂道在邇而求諸遠也." 夫人曰:"得非謂魏生乎? 佳則佳矣, 然有說焉: 生少年高擢, 歷[246]仕途, 若以歸之, 勢必携去. 吾止有此一息, 時刻不

잘 지었다. 若華(『新唐書』에는 若莘으로 되어 있다)는 장녀로서 여러 동생들을 맡아 엄숙한 스승처럼 가르쳤으며『女論語』10편을 지었다. 貞元 연간에 부름을 받아 宮에 들어갔는데 學士라고 불렸으며 秘禁圖籍을 담당하였다. 죽은 후에 河內郡君을 하사 받았다. [周]

242) 效顰(효빈): 모방하다. 顰은 눈살을 찌푸리는 것을 의미한다. 이전에 서시가 마음에 근심이 있어 병이 發할 때마다 눈살을 찌푸렸다. 그녀의 마을의 東施라는 추녀가 그녀를 보고 따라하고는 아름답다고 여겼다. 옆에 있던 이것을 보고는 모두 비웃고 싫어하였다. [周]

243) 【校】: [董]에는 偶로 되어 있다.

244) 丁憂(정우): 옛날 부모님의 상을 당한 것을 丁憂라고 하였다. 관리가 되었더라도 반드시 집으로 돌아가 효를 다해야 했다. [周]

245) 斧柯(부가): 중매를 비유한다. [周]

246) 歷(양력): 관리가 되어 지내는 것을 의미한다. [周]

面, 尙且念之, 若嫁他鄕, 寧死不忍! 正爲向者生來時, 乃母惠書及此, 且
擧昔日指腹之言, 我欲荅書, 深247)思而止, 是以對生亦絶口不曾道及者,
非背盟也. 今蕭夫人棄養,248) 生又得官, 他日當自有佳人, 求爲匹配, 醜
女不足以奉箕帚也. 吾不欲面談, 煩嫗委曲達及, 使之他圖. 我若不明言,
彼又膠于前語, 如之何其不兩誤耶?” 嫗如敎喻生. 生曰 : “余久知之, 彼
則遲疑未判, 今言若此, 明說不諧. 況寒門重罹荼毒,249) 行色匆匆 隕250)
越251)之餘, 寧暇爲計? 雖然, 此先堂意也, 煩嫗善爲我辭夫人. 豈不聞聖
人有言 : ‘自古皆有死, 民無信不立.’ 旣奉初言, 息壤在彼,252) 天地鬼神,
昭布森列, 豈可以吾母旣亡, 背盟棄好? 且閭閻253)下賤, 尙不食言, 曾謂
小君,254) 而可失信? 嫗若以義責之, 庶或可允. 萬一秦晉能諧, 當奉千金
爲壽.” 嫗曰 : “我哀王孫255)而緩頰,256) 豈望報哉?” 遂去, 備以言反覆勸
于夫人. 夫人曰 : “嫗雖巧爲說客如蘇張,257) 其如吾不聽何!” 嫗見如此,

247) 【校】: [董]에는 沉으로 되어 있다.
248) 棄養(기양): 부모님이 돌아가시다. [周]
249) 罹荼毒(이도독): 고통과 재난을 만나다. 어머니가 돌아가심을 일컫는다. [周]
250) 【校】: [董]에는 殞으로 되어 있다.
251) 隕越(운월): 일이 顚覆됨을 의미한다. [周]
252) 息壤在彼(식양재피):『史記』에 다음과 같은 문장이 보인다. “秦 武王과 甘茂가 息壤
    에서 맹약을 맺고 군사를 보내 宜陽을 정벌하는데 다섯 달이 되어도 함락되지 않았다.
    왕이 병사를 물리려고 하자 甘茂가 ‘息壤이 저기에 있다(식양에서의 맹약을 잊지말자)’
    라고 하였다. 왕이 ‘참, 그렇군!’이라고 하고는 군사를 크게 일으켜 마침내 宜陽을 함락
    시켰다.” 후세에 息壤은 맹약을 지키는 의미로 쓰였다. [周]
253) 閭閻(여염): 民間을 가리킨다. [周]
254) 小君(소군): 옛날에 제후의 아내를 칭했던 말이다. 命婦를 가리킨다. [周]
255) 哀王孫(애왕손): 韓信이 미천했을 때 매우 가난했는데 어느 옷을 빨던 여인이 항상
    그에게 밥을 가져다주었다. 한신은 매우 고마워하면서 “내 장차 반드시 후하게 보답해
    드리겠소”라고 하였다. 옷을 빨던 여인이 화를 내면서 “나는 가련한 王孫에게 식사를
    대접한 것뿐인데 어찌 보답을 바라겠습니까?”라고 하였다. 여기서 哀王孫은 당신 같은
    公子를 가련하게 여긴다는 의미이다. [周]
256) 緩頰(완협): 완곡하고 감동적인 말로 남을 설득하는 것을 의미한다. [周]
257) 蘇(소), 張(장): 蘇는 蘇秦을 말한다. 字는 季子이며 戰國時代 洛陽 사람이다. 張儀
    와 함께 鬼谷子에게 縱橫術을 배웠다. 趙, 韓, 魏, 燕, 齊, 楚 여섯 나라에게 合從하여
    秦나라에 대항하자고 말하였으며 六國相이 되었다. 후에 張儀에 의하여 약속이 깨어
    지고 客으로 齊國에 머물렀다. 齊나라 대부가 보낸 자객에 의해 목숨을 잃었다. 張은

不敢復言. 退而告生. 生忍淚曰 : “死生契闊,258) 從此始矣!” 乃促裝, 亟
爲歸計. 娉聞之, 與春鴻、秋蟬輩, 伺夫人困睡, 潛于柏汎堂設宴, 召生入,
爲別. 生至相持, 魂飛魄喪, 嗚咽不自勝. 鴻等亦哽塞,259) 不能仰視. 娉
乃擧盃于生前, 拜曰 : “兄行, 不來矣! 平昔260)與兄, 一日不握手, 此恨何
堪; 矧今守制261)三年, 俹離千里, 不諧伉儷, 從此途人. 惟兄節哀順
變,262) 保攝金玉之軀. 服闋上官, 別議佳偶, 宗祧263)爲重, 勿久鰥居.264)
妾命薄春氷,265) 身輕秋葉,266) 雲泥267)異路, 濁水淸塵.268) 然旣委身于
君子, 豈再托體于他人. 以死爲期, 言猶在耳, 行當畢命窮泉,269) 寄骸空
木.270) 長恨悠悠, 曷其有極!271) 平時兄屢命我歌, 每每怩恧而止, 今死生
永訣, 豈可復辭? 我試謳之, 兄其側耳. 政唐人所謂‘一聲河滿子,272) 雙淚

張儀를 가리킨다. 戰國時代의 魏 사람으로 秦 惠王을 섬기며 六國에 連橫之策을 말
하였다. 그들에게 蘇秦과의 從約을 깨뜨리고 秦을 섬기도록 하였다. 蘇, 張 두 사람은
모두 말을 잘하는 인물들이었다. 후세에 남을 대신하여 말을 해주는 객을 이렇게 칭하
였다. [周]

258) 死生契闊(사생계활) : 여기서는 살아서 이별하고 죽어서 이별한다는 의미로 이해된
다. [周]

259) 哽塞(경색) : 哽咽과 같은 뜻이다. 氣가 엉기어 목이 막힘을 의미한다. [周]

260) 【校】: [董]에는 時로 되어 있다.

261) 守制(수제) : 부모가 돌아가셨을 때 집에서 喪을 치르며 孝를 다하는 것을 의미한
다. [周]

262) 節哀順變(절애순변) : 상을 치르는 이를 조문할 때 하는 말. 슬픔을 절제하고 變故에
順應하라는 말이다. [周]

263) 宗祧(종조) : 祖宗의 祠堂을 가리킨다. 중국 전통 시기에 가장 중요한 일은 아들을 낳
아 제사를 지내게 하는 것이었다. 그리하여 “불효에는 세 가지가 있는데 아들이 없는
것이 가장 큰 죄이다”라는 말이 있었다. [周]

264) 鰥居(환거) : 남자가 아내를 맞이하지 않고 혼자 사는 것을 말한다. [周]

265) 春氷(춘빙) : 봄날의 얼음으로 아주 얇다. [周]

266) 秋葉(추엽) : 가을의 나뭇잎으로 아주 가볍다. [周]

267) 雲泥(운니) : 하늘의 구름과 땅의 진흙. 天地가 멀리 떨어져 있음을 의미한다. [周]

268) 濁水淸塵(탁수청진) : 혼탁한 물은 자신을 비유하고 맑은 티끌은 타인을 비유한다. 淸
濁은 서로 길이 다름을 의미한다. [周]

269) 窮泉(궁천) : 九泉의 아래. 곧 地下를 말한다. [周]

270) 空木(공목) : 棺木을 가리킨다. [周]

271) 【校】: [董]에는 “曷其有極, 長恨悠悠”로 되어 있다.

272) 河滿子(하만자) : 詞曲명이다. 「何滿子」라고도 한다. 원래는 唐 開元 때에 滄州에서

518   전등여화(剪燈餘話)

落君前'也." 乃歌『踏莎行』一関云:

隨水落273)花, 離絃飛箭, 今生無處能相見, 長江縱使向西流, 也應不盡千
年怨. 盟誓無憑, 情緣無便, 願魂化作銜泥燕, 一年一度一歸來, 孤雌獨入郞
庭院.

歌訖, 大慟274)數聲, 驀然仆地, 左右扶掖, 良久乃甦, 竟夕不成歡而
罷. 來早, 娉乃破所照匣中鸞鏡, 斷所彈琴上氷弦,275) 并前時手帕, 遣
福福持去付生, 爲相思紀276)念. 福福觓然277)曰: "小姐賦稟溫柔, 幽嫻
貞靜, 其性不可及, 一也. 天姿美豔, 絕世無雙, 其貌不可及, 二也. 歌
詞流麗, 翰墨淸新, 其才調不可及, 三也. 諳曉音律, 善措言辭, 其聰明
不可及, 四也. 至于考究經史, 評論古今, 纚纚278)然如貫珠, 灑灑279)然
若霏雪. 下至女事, 更不在言. 矧又爲薊公280)之孫, 平章之女, 母有邢
國之賢, 弟有令尹281)之貴, 四德俱282)備, 一族同推, 行配高門, 豈無佳
婿? 顧乃逾墻鑽穴,283) 輕棄此身, 戀戀魏生, 甘心委質, 流而爲崔鶯鶯、
王嬌娜284)淫奔之女, 以辱祖宗. 且生累然285)衰絰,286) 五內287)崩摧, 以

노래를 부른 사람의 이름이다. 그는 죄를 지어 감옥에 갇혀 있었는데 刑에 처해질 때에
이 노래를 바쳐 죽음을 면하려 했으나 성공하지 못했다. [周]

273) 【校】: [董]에는 飛로 되어 있다.
274) 【校】: [董]에는 痛으로 되어 있다.
275) 氷弦(빙현): 唐나라 때에 拘彌國이 푸른 결정의 누에고치 실을 헌납하였는데 이것으
로 弦을 만들었기에 氷弦이라고 칭하였다. [周]
276) 【校】: [董]에는 記로 되어 있다.
277) 觓然(불연): 성난 모습을 말한다. [周]
278) 纚纚(이이): 계속해서 좋고 아름다움을 의미한다. [周]
279) 灑灑(쇄쇄): 면면히 이어져 끊이지 않음을 의미한다. [周]
280) 薊公(계공): 賈雲華의 祖父로 薊國公에 봉해졌다. [周]
281) 令尹(영윤): 知縣. 여기서는 서로 맞아떨어지지 않는다. 賈雲華의 동생 賈麟이 咸寧
知縣에 봉해진 것은 다음 해의 일이다. 당시 賈麟은 아직 浙江의 鄕試에 합격하지 못
하였는데 어찌 미리 그를 令尹이라 예측할 수 있겠는가? [周]
282) 【校】: [董]에는 全으로 되어 있다.
283) 逾墻鑽穴(유장찬혈): 남녀가 封建 禮法에 따르지 않고 혼인한 것을 비유한다. [周]
284) 王嬌娜(왕교나): 王嬌를 말한다. 元나라 宋梅洞이 지은 傳奇小說『嬌紅記』의 여주

此與之, 毋乃不可! 誠所謂旣不能以禮自處, 又不能以禮處人, 妾實耻
之, 無面目將去也." 娉吁氣[288]長嘆曰: "爾自事吾, 小心謹愼, 我亦憐
汝, 不啻已生. 來往十年, 未嘗蹔舍, 然尙不知我心, 猶有此論, 則紛紛
外議, 無怪其然. 與其負謗而生, 莫若捐軀而死." 乃取白練, 將自縊,
福遽止之, 急足遞去. 生收置行李中, 入辭夫人. 夫人贈白金五十兩, 生
固却不受. 夫人曰: "知不成禮, 聊見微情. 想讀禮[289]之餘, 剩有閑暇,
毋惜惠音, 以慰老朽.[290]" 生跪曰: "數年門下, 深荷恩慈, 豈特待我如
賓, 眞乃視余猶子,[291] 死生骨肉, 鏤膽銘肝. 方獲微官, 冀圖少報, 不幸
禍延先妣, 遺棄諸孤, 守制東還, 遠違懿範, 素心[292]曷已, 黃髮[293]是
期!" 俯首堦庭, 不勝沾灑.[294] 夫人亦感愴, 使鴻呼娉出別, 促之至再,
堅不肯來. 生亦不苦請, 蓋不忍與之見也. 遂行.

其年秋, 麟果中浙江鄕試, 夫人喜動顏色, 曰: "雙蓮之祥驗矣." 遂改
重陰亭爲瑞蓮亭. 明年, 赴春官,[295] 亦得捷, 授陝西之咸寧尹,[296] 挈家偕
行. 娉自離生後, 柳悴花憔, 香消玉減, 終日不食, 達旦不眠, 咄咄書

인공이다. [周]

285) 累然(누연): 의지를 잃은 모양을 말한다. [周]

286) 衰絰(쇠질): 상을 당했을 때 입는 상복을 의미하는데 麻와 布로 만든 것이다. 絰은
　　　麻布帶를 말한다. [周]

287) 五內(오내): 五臟을 말한다. [周]

288) 【校】: [董]에는 聲으로 되어 있다.

289) 讀禮(독례): 옛날 사람들은 喪中에는 일체의 업무를 중단하고 오직 喪祭와 관련이
　　　있는 禮書만을 읽었다. 이로부터 居喪을 讀禮라고 칭하였다. [周]

290) 老朽(노후): 노인이 자기 자신을 낮추어 부르는 겸칭. 늙어서 아무 곳에도 쓸모가 없
　　　다는 뜻이다. [周]

291) 猶子(유자): 본래는 조카를 가리킨다. 그러나 여기서 猶字는 '마치~인 것처럼'으로
　　　해석된다. [周]

292) 素心(소심): 자기의 본심을 가리킨다. [周]

293) 黃髮(황발): 長壽를 비유한다. 『爾雅』에는 "黃髮은 長壽이다"라고 되어 있다. [周]

294) 沾灑(점쇄): 눈물이 흘러 옷을 적시다. [周]

295) 春官(춘관): 唐나라 때 禮部를 春官으로 바꾸었다. 후세에 進士考試를 칭하는 말로
　　　연용되었다. [周]

296) 咸寧尹(함영윤): 陝西지방의 咸寧縣令을 가리킨다. 咸寧은 옛 縣의 이름인데 지금
　　　은 陝西省 長安에 편입되어 있다. [周]

空,297) 盈盈滴淚. 兼之道途頓撼, 陸路艱難, 抵縣浹旬,298) 息299)將垂絶.
夫人憂損特甚, 莫曉其致病之由. 研問家人, 鴻等始略言其槩. 夫人懊恨
違盟, 勢已無及, 但百端寬喩, 使之勉進湯藥而已. 又月許, 將屬纊300)之
先一日, 沐浴梳飾, 具衣帨301)如常時, 于母前拜曰 : "兒不幸疾疢302)彌
留, 死在朝夕, 母恩未報, 飮恨黃泉. 賴有靈昭, 可爲終養, 願夫人割不可
忍之恩, 勿以女子自苦也." 又語麟曰 : "吾弟聰明才智, 早掇巍303)科, 步
武靑雲, 前程遠大, 家門有幸, 父母有光. 但願早尋佳偶, 以養夫人. 姊命
薄年促, 不及見賢弟聳壑昂霄,304) 徒以死相累耳! 我歿後, 千萬勿焚, 謀
一抔之土305)以權殯. 俟賢弟解官, 北歸幽州,306) 携骨還葬, 則志願永畢."
返室, 撫福福曰 : "我將溘先朝露,307) 只在朝夕. 汝善事夫人, 勿以我爲
念." 又有手書囑春鴻曰 : "爲我以是寄謝魏生, 俾知我爲泉下客矣" 鴻謹
藏而慰之曰 : "小姐平生穎悟, 通達過人, 雖在女流, 深知道理. 亦嘗賤焦
仲卿伉儷308)之傷生, 鄙荀奉倩夫妻之滅性,309) 豈今日忘之, 而自蹈其覆

---

297) 咄咄書空(돌돌서공) : 정신을 잃은 모양. 晉나라 때 殷浩라는 자가 파면을 당했는데
아무런 원망의 말은 하지 않고 대신 하루종일 책읽기로 시간을 보냈다고 한다. 이에 咄
咄怪事라는 사자성어가 만들어졌다. [周]
298) 浹旬(협순) : 열흘을 말한다. [周]
299) 息(식) : 氣息. 숨, 호흡을 말한다. [周]
300) 屬纊(속광) : 죽음이 들이닥친 때를 말한다. 纊은 솜으로 움직이고 날리기 용이하여
臨終시에 솜을 입과 코 위에 놓아 사망여부를 확인하였다. [周]
301) 帨(세) : 손수건을 말한다. [周]
302) 疢(진) : 질병을 말한다. [周]
303) 【校】 : [董]에는 危로 되어 있다.
304) 聳壑昂霄(용학앙소) : 높이 솟아오른 산골짜기와 높은 구름과 하늘. 즉 높은 지위를
상징한다. [周]
305) 一抔土(일부토) : 무덤을 가리킨다. [周]
306) 幽州(유주) : 河北省의 옛 명칭. 賈雲華의 고향이 河北 鉅鹿에 있었는데 역시 幽州에
속하였다. [周]
307) 溘先朝露(합선조로) : 사망을 의미함. [周]
308) 焦仲卿伉儷(초중경항려) : 古詩「孔雀東南飛」의 주인공인데 내용은 다음과 같다. 漢
末 廬江의 小吏 焦仲卿이 劉氏를 아내로 맞이하였는데 그의 어머니가 그녀를 매우 싫
어하여 초중경에게 그녀를 돌려보내게 한다. 아내는 재가를 하려하지 않았으나 가족들
의 핍박으로 인하여 물에 몸을 던져 죽게 된다. 이 소식을 전해들은 초중경도 뜰 앞의

轍[310]乎? 且生一去, 遽絶音徽,[311] 雖在制中, 諒亦謀配. 今紅葉[312]頻來, 紛紜·旁午,[313] 天下多奇男子、美丈夫, 以小姐才貌配之, 孰所不願? 何必魏生, 然後快意? 況夫人垂暮, 愛女只小姐一人, 萬一果致淪亡, 尊懷何以堪處? 竊爲小姐不取也! 惟小姐不以人廢言, 曲聽鄙語, 翻然省悟, 以理自遣, 則非春鴻之幸, 亦非小姐之幸, 實夫人之大幸也." 娉曰:"嘻! 爾過矣! 吾豈世間癡淫女子, 不知命者之流乎? 吾之與生, 蓋不偶也. 彼此在母, 先已締盟, 厥後二家, 果生男女, 斯言斯誓, 不爽毫釐, 則天意人事, 斷可知矣. 豈料萱親鍾愛, 不果命以歸生, 雖出恩慈, 不免負約. 且女子事人, 惟一而已, 苟圖他顧, 則人盡夫也, 鬼神其謂我何?『詩』曰: '穀[314]則異室, 死則同穴.' 吾之心事, 生實知之. 壽鴻雖厚我念我, 然君子愛人以德, 不可以姑息[315]也." 言訖, 淚落如雨. 鴻亦慘慘而出. 至晚竟逝. 麟以漆棺殮[316]之, 殯于開元寺僧舍, 期任滿載歸瘞焉. 無何, 縣有劇盜, 遁于囊陽, 官遣胥吏康鏵者往彼捕之, 春鴻乃出娉緘白麟, 俾因鏵寄去與魏生. 麟拆覽之, 乃集唐人詩成七言絶句十首, 與生爲訣之詞也. 麟以白母. 夫人曰:"人已逝矣, 勿違其意." 遂命寄去. 其詩曰:

나무에 목을 매어 자살하고 만다. [周]

309) 滅性(멸성): 性은 감정을 나타내고 滅은 애통함을 나타낸다. 晋나라 荀奉倩이 아내를 잃었을 때 울지는 않았으나 마음이 깊이 상해 있었다. 이 구절은 앞의 구절과 대구를 이루기 위하여 夫妻라고 쓴 것이라 하지만 사실과 부합되지 않는다. [周]

310) 蹈覆轍(도복철): 앞에 간 수레가 전복되었는데 뒤에 오는 수레 역시 앞의 수레의 자취를 밟고 가다가 전복됨을 의미한다. [周]

311) 音徽(음휘): 본래는 악기의 소리를 나타내는 말이지만 여기서는 消息이라는 뜻으로 쓰였다. [周]

312) 紅葉(홍엽): 唐나라 때에는 붉은 나뭇잎에 시를 적기도 했다. 여기서는 韓夫人의 "方知紅葉是良媒"라는 시 구절에서 볼 때 중매쟁이로 해석된다. [周]

313) 紛紜(분운), 旁午(방오): 모두 어지럽고 복잡하게 많다는 것을 의미한다. [周]

314) 穀(곡): 生存의 의미이다. 『詩經·大車』에 "살아서는 집을 달리하여도 죽어서는 무덤을 같이한다(穀則異室, 死則同穴)"라는 구절이 있다. [周]

315) 姑息(고식): 姑는 婦人을 가리키고 息은 자식을 가리킨다. 즉 부인이나 자식처럼 여겨 지나치게 책망하지 않음을 뜻한다. [周]

316) 【校】:[董]에는 歛으로 되어 있다.

兩行淸淚語前流, 千里佳期一夕休. 倚柱尋思倍惆悵, 寂寥燈下不勝愁.

相見時難別亦難, 寒潮惟帶夕陽還. 鈿蟬金雁皆零落, 離別烟波傷玉顔.

倚闌無語倍傷情, 鄕思撩人撥不平, 寂寞閑庭春又晚, 杏317)花零落過淸明.

自從消瘦減容光, 雲雨巫山枉斷腸. 獨宿孤房淚如雨, 秋宵只爲一人長.

紗窗日落漸黃昏, 春夢無心只似雲, 萬里關山318)音信斷, 將身何處更逢君.

一身憔悴對花眠, 零落殘魂倍黯然. 人面不知何處去, 悠悠生死別經年.

眞成薄命久尋思, 宛轉蛾眉能幾時. 漢水楚雲千萬里, 留君不住益凄其.

魂歸冥溟319)魄歸泉, 却恨靑蛾誤少年. 三尺孤墳何處是, 每逢寒食一潸然.

物換星移幾度秋, 鳥啼花落水空流. 人間何處堪惆悵, 貴賤同歸土一坵.
一封書寄數行啼, 莫動哀吟易慘悽, 古往今來只如此, 幾多紅粉委黃泥.

　生家居苫塊,320) 度日如年, 追念舊歡, 遽成陳迹, 然猶不321)知娉之死也. 因賦‘摸魚兒’一闋憶之. 詞曰:

　記當年浪遊江海, 湖山佳處頻到. 緋桃紅杏春光媚, 駿馬驕嘶馳道. 親曾造, 拜第一仙人, 聽鼓朝飛操.322) 風流音耗, 縱水隔蓬壺,323) 浪翻銀漢,324) 靑鳥

---

317)【校】:[董]에는 烟으로 되어 있다.
318)【校】:[董]에는 寂寥로 되어 있다.
319)【校】:[董]에는 漠으로 되어 있다.
320) 苫塊(점괴):喪 중의 예절. 풀을 엮어 자리를 만들고 흙구덩이를 베개로 삼는다는 뜻이다. [周]
321)【校】:[董]에는 未로 되어 있다.
322) 朝飛操(조비조):「雉朝飛」를 말한다. 崔豹의 『古今注』에는 나이 오십에도 아내가 없

解相報. 徒自悼, 憶刹[325]那人情好, 萬千心事難告. 天涯回首成陳迹, 還想綠
依紅靠, 空洒淚. 歎暑往寒來, 綠鬢愁成皓. 何時偎抱, 把月下鸞簫, 花間鳳管,
細寫斷腸套.

詞成, 蓋略述與娉相遇顚末. 方擬謀人寄去, 忽康鏵者自陝來, 得娉凶
問, 并所集古句絶詩, 讀之哀怨, 悶而復甦. 乃于峴山[326]墮淚碑[327]傍, 爲
位以哭, 酹酒以祭, 且出娉前時所贈破鏡、斷弦, 仰天誓曰：“子旣爲我捐
生, 我又何忍相負? 惟當終身不娶, 少慰芳魂.” 祭文就錄于左云：

維大元至正十二年[328]月日, 鉅鹿魏鵬, 顓[329]以淸酌肴羞[330]之奠,[331] 遙祭
于故賈氏雲華小娘子之靈. 嗚呼! 天地旣判, 卽分陰陽. 夫婦攸合, 人道之常.
從一而殉, 是謂貞良, 二三其德,[332] 是曰淫荒. 昔我參政, 曁先平章, 僚友之
好, 金蘭[333]其芳. 施及壽母. 與余先堂, 義若姊妹, 閨門頡頏.[334] 適同有姙,
天啓厥祥, 指腹爲誓, 好音琅琅. 乃生君我, 二父繼亡, 君留浙水, 我返荊襄,
彼此闊別, 各居一方. 日月流邁, 踰十五霜, 千里跋涉, 訪君錢塘. 佩服慈訓,

었던 牧犢子가 지었다고 하고 있고 揚雄의 「琴淸英」에는 太子에게 시집을 가던 도중
太子가 죽자 결국 따라서 죽은 衛女의 유모가 지었다고 되어 있다. [周]

323) 蓬壺(봉호): 바다 위의 三仙山 중 하나인 蓬萊山을 가리키는데 모양이 마치 호리병
   같아서 이렇게 불렀다. [周]
324) 銀漢(은한): 은하수를 말한다. [周]
325) 【校】: [董]에는 殺로 되어 있다.
326) 峴山(현산): 湖北省 襄陽의 남쪽 9리쯤에 있는 산. 峴首山이라고도 한다. [周]
327) 墮淚碑(타루비): 晋나라 때 羊祜가 襄陽을 다스릴 때 늘 峴山에 올랐었는데 그가 죽
   은 후 사람들이 그를 추모하여 산 위에다 기념비를 세웠다. 사람들이 비석을 보고 모두
   슬픔에 눈물을 흘렸기 때문에 墮淚碑라는 이름이 붙여졌다. [周]
328) 至正十二年(지정십이년): 1352년이다. [周]
329) 顓(전): 專과 같다. [周]
330) 淸酌肴羞(청작효수): 술과 안주를 말한다. [周]
331) 奠(전): 제사를 지낼 때 제수용품을 앞에 놓는다는 뜻이다. [周]
332) 二三其德(이삼기덕): 專一하지 않다. 즉 한결같지 않다는 의미이다. [周]
333) 金蘭(금란): 사귄 친구와 서로 잘 어울림을 뜻한다. [周]
334) 頡頏(힐항): 새가 위로 나는 것을 頡이라 하고 새가 아래로 나는 것을 頏이라 한다.
   새가 오르내리며 나는 것은 정해진 것이 아니기 때문에 힐항은 서로 우열을 가리기 어
   려울 만큼 뛰어나다, 아름답다라는 뜻으로 쓰인다. [周]

初言是將, 冀遂曩約, 得諧姬姜.335) 因緣淺薄, 遂墮荒唐,336) 一斥不復, 竟成
參商.337) 嗚呼! 君爲我死, 我爲君傷! 天高地厚, 莫訴衷腸! 玉容花貌, 宛在目
傍, 斷弦裂338)鏡, 零落無光. 人非物是, 徒有涕滂! 悄悄寒夜, 隆隆朝陽, 佳人
何在? 令德339)難忘! 曷以招子? 誰爲巫陽340)? 曷以慰子? 鰥居空房. 庶幾斯
語, 聞于泉鄉. 峴山鬱鬱, 漢水341)湯湯, 山傾水竭, 此恨未央!342) 嗚呼小姐!
來擧余觴. 尙饗!

未久, 生服滿赴都, 陞除陝西儒學正提擧, 階奉議大夫.343) 而麟尹咸
寧, 瓜期尚未及代,344) 復得相見, 升堂拜母, 而夫人益老矣. 見生, 祇加悲
悔. 舊僕若脫歡輩, 亦有物故者, 惟春鴻諸姬, 一一無恙. 生詢知殯宮所
在, 卽往痛哭, 以手叩墓門曰 : "雲華, 魏寓言在此. 想子平生精靈未散,
豈不能爲華山畿345)乎?" 生是夕, 宿公署, 似夢非夢, 彷佛見娉來曰 : "天
果從人願乎?" 生忘其死也, 遽擁抱之. 娉曰 : "兄勿見持, 當有奉告." 生
方悟其鬼也, 因問之曰 : "子已謝世, 今安得來耶?" 娉曰 : "妾死後, 冥司以

---

335) 諧姬姜(해희강) : 諧는 서로 合한다는 뜻이다. 姬姜은 부녀자의 아름다움을 일컫는
　　다. [周]
336) 荒唐(황당) : 여기서는 허황된 말로 풀이된다. 『紅樓夢』에 나오는 "滿紙荒唐言"의 구
　　절이 바로 그러한 뜻이다. [周]
337) 參商(삼상) : 두 별 이름. 商星은 동쪽에 있고 參星은 서쪽에 있는 별인데 두 별은 서
　　로 등지고 있기 때문에 영원히 서로 볼 수가 없다. [周]
338) 【校】 : [董]에는 絃破로 되어 있다.
339) 令德(영덕) : 美德을 의미한다. [周]
340) 巫陽(무양) : 옛날에 점을 아주 잘치는 사람의 이름. 「楚辭」에 보인다. [周]
341) 漢水(한수) : 湖北省 境內를 관통하여 흐르는 大川을 말한다. 陝西省 嶓冢山에서 발
　　원하여 長江으로 흘러 들어간다. [周]
342) 未央(미앙) : 아직 완결되지 않았다는 뜻이다. [周]
343) 奉議大夫(봉의대부) : 文官중의 散官. 元制에 따르면 奉議大夫는 正五品이었다. [周]
344) 【校】 : [董]에는 迨로 되어 있다.
345) 華山畿(화산기) : 樂府 吳聲歌曲이다. 南朝 宋 少帝(劉義符) 때에 어느 서생이 華山
　　畿에서 雲陽으로 가다가 여관 주인의 딸을 보고 사랑하게 되었으나 마음을 전할 방도
　　가 없어 마침내 상사병에 걸려 죽고 만다. 운구가 華山으로부터 그녀의 집 앞을 지날
　　때 갑자기 관이 저절로 열려 여자가 그 관속으로 뛰어 들어갔다. 그러자 관이 다시 닫
　　혀 합장하게 되었다. [周]

我無過, 命入金華宮, 掌箋奏之任. 今冥[346]君感子不娶之言, 以爲義高劉庭式.[347] 且曰: '不可使先烝政盛德無後.' 將命我還魂, 而屋舍已壞,[348] 今議假他屍, 尙未有便; 數在冬末, 方可遂懷, 彼時復得相聚也." 語畢, 倏然飛去. 生驚覺, 但見淡月侵簾, 冷風拂面, 四顧凄然, 泣數行下. 遂成『疏[349]簾淡月』詞一関以弔娉. 詞云:

西湖皓月, 從前歲別來, 幾回圓缺. 何處凄然, 怕近暮秋時節. 花顔一去成終古, 洒西風, 淚流如血. 美人何在, 忍看殘鏡, 忍看殘玦. 忽今夕, 分明夢裏, 陡然相見, 手携肩接. 微啓朱唇, 耳畔低聲兒說. 冥君許我返[350]魂, 也教同心羅帶重結. 醒來驚怪, 還疑又信, 枕寒燈滅.

生到任, 不覺雪花飄粉, 梅蘂舒瓊, 免走烏飛, 又當臘月. 有長安丞[351]宋子璧者, 一室女,[352] 年及笄, 忽暴卒; 已三日, 復甦, 不認其父母, 曰: "我賈平章女雲華, 今咸寧縣尹賈麟姊也. 死已二年, 數當還魂. 今假[353]汝女之屍, 其實非汝女也." 父母訝其聲音不類, 言語不倫, 正疑怪間, 女卽徑入賈尹宅, 如素曾到者. 見夫人及尹, 道還魂甚詳. 夫人與麟察之: 聲音語笑, 娉也; 擧止態度, 娉也. 然尙未信. 須臾, 入其寢室, 呼春鴻諸婢妾名字, 索其存日遺物, 絲髮皆不謬, 始深信之. 蓋咸寧與長安, 俱西安在城屬縣, 廨宇相隣. 宋丞亦聞賈尹到任時, 其姊氏亡故, 然還魂之事,

---

346)【校】: [董]에는 陰으로 되어 있다.

347) 劉庭式(유정식): 字는 得之로 宋나라 齊州 사람이다. 어릴 때 같은 마을의 여자와 정혼했는데 그가 進士가 된 후 그 여자는 병에 걸려 시력을 잃게 되었으나 그는 조금도 개의치 않고 아내로 맞아 들였다. 후에 그녀가 죽자 매우 상심했다. 程頤와 蘇軾도 그의 높은 의리에 감탄해 마지않았다. [周]

348) 屋舍已壞(옥사이괴): 佛家, 道家에서는 사람의 신체를 屋舍라 일컬었는데 사람이 죽은 후에는 시체가 부패하기 때문에 '屋舍已壞'라고 칭하게 되었다. [周]

349)【校】: [董]에는 疎로 되어 있다.

350)【校】: [董]에는 還으로 되어 있다.

351) 長安丞(장안승): 陝西 長安縣의 輔佐官을 말한다. [周]

352) 室女(실녀): 시집가지 않은 규방의 처녀를 말한다. [周]

353)【校】: [董]에는 借로 되어 있다.

世所罕有, 乃與其妻陳氏同詣賈宅取回. 女子堅不肯出, 且詬罵曰 : "何
爲妄認他人家女爲女耶?" 宋夫婦無計, 遂歎息而返. 夫人曰 : "此天作之
合也." 乃報魏生. 生亦以夢中見娉事告賈母子. 夫人忻怵難言, 于是命媒
妁, 通殷勤, 再締前盟, 重行吉禮. 生執雁帛354)往親迎焉. 夫人曁春鴻、
蘭茗等俱往送. 娉花燭之夕, 眞處子也. 枕上與生話舊, 一事不遺. 翌日,
設宴于提擧公廨後堂, 宋丞一門, 亦與禮席, 因詢丞女何名, 乃知呼爲月
娥. 又得之老門子355)云 : 廨宇後堂, 舊有扁名洒雪, 蓋取李太白詩淸風洒
蘭雪之義, 爲前任提擧取去, 今無矣. 遂悟伍相廟夢中神云者, 上句言成
婚之地, 下句言其妻之名. 生遍以告座人, 知神言之驗, 喧傳關中, 莫不
歎異. 有賦『永遇樂』詞以慶生者, 因錄于此 :

　　傾國名姝, 出塵才子, 眞箇佳麗. 魚水因緣, 鸞鳳356)契合, 事如人意. 貝闕烟
　　花, 龍宮風月, 謾託傳書柳毅. 想傳奇357)又添一段, 勾欄裏做還魂記.358) 稀
　　稀359)罕罕, 奇奇怪怪, 湊360)得完完備備. 夢葉神言, 婚諧腹偶, 兩姓非容易.
　　牙床兒上, 繡衾兒裏, 渾似牡丹雙蒂. 問這番怎如前度, 一般滋味.

生後與娥産三子, 皆列顯官.361) 生仕至大禧宗禋院使、362) 兵部尙
書,363) 年八十三方死. 娥亦封鄞國夫人,364) 壽七十九而歿, 與生合葬焉.

---

354) 雁帛(안백) : 옛날 혼례의 예절 가운데 하나. 신랑이 기러기와 비단을 손으로 들고 직
　　접 신부를 맞이하러 갔다. [周]
355) 門子(문자) : 문지기를 말한다. [周]
356) 【校】 : [董]에는 鳳으로 되어 있다.
357) 傳奇(전기) : 여기서는 戱曲을 가리킨다. [周]
358) 還魂記(환혼기) : 여기서는 唐나라 陳玄祐의 『離魂記』나 『剪燈新話』 중 「金鳳釵記」
　　를 제재로 하여 쓰여진 戱曲을 가리킨다. 그러므로 백여 년 후에 살았던 湯顯祖가 지
　　은 『牡丹亭還魂記』를 말하는 것은 아니다. [周]
359) 【校】 : [董]에는 希希로 되어 있다.
360) 【校】 : [董]에는 輳로 되어 있다.
361) 【校】 : [董]에는 宦으로 되어 있다.
362) 大禧宗禋院使(대희종인원사) : 元나라 때 종묘제례를 주관하던 관리로서 一品의 벼
　　슬이었다. [周]
363) 兵部尙書(병부상서) : 옛 官制인 六部尙書 중의 하나로서 外武官을 발탁하며 임명하

生與娥平昔吟咏賡和之作, 多至千餘篇, 題曰 : 唱隨集; 酸齋貫雲石365)
爲序于其前, 生夫婦自序于其後, 載于別錄, 此不著云.

　　는 일을 담당하였고 핵심적인 군사업무를 주관하였다. [周]
364) 鄯國夫人(선국부인) : 鄯은 鄯州로 지금의 甘肅省에 있다. 혹은 鄯善郡을 가리키기
　　도 하는데 지금의 新疆에 있다. 國夫人은 앞에서 보인다. [周]
365) 酸齋貫雲石(산재관운석) : 元나라 때의 유명한 詩人으로 號는 酸齋이다. 樂府詩에
　　능했다. 元 仁宗이 재위했을 때에 翰林侍讀學士, 制誥知事로 임명되었다. 후에 병을
　　핑계로 辭職하고 江南으로 돌아가 錢塘市에서 약초를 팔면서 이름을 바꾸고 服色도
　　바꾸어 그를 알아보는 이가 아무도 없었다. [周]

부록

전등삼종(剪燈三種)의 전파와 영향 관련 연표
전등삼종(剪燈三種) 원전자료 목록

연도	관련 내용(중국·한국·일본·베트남)
1347	瞿佑(1歲 / 1347~1433) 杭州 출생(丁亥年 음력 7月 14日, 양력 8월 20일).
1348	方國珍 擧兵(元末의 動亂시작).
1351	徐壽輝 거병.
1352	朱元璋 거병하여 郭子興軍에 참가.
1353	張士誠 거병.
1356	朱元璋, 金陵을 應天府로 개칭하고 본거지로 삼음.
1362	瞿佑(16歲) 湖山을 舟遊함.
1363	瞿佑(17歲) 父親사망.
1364	朱元璋이 陳友諒을 滅함.
1366	瞿佑(20歲) 吳江別業에 寓居.
1367	朱元璋이 張士誠을 滅함.
1368	明나라 建國(朱元璋, 洪武元年).
1376	李禎(1歲 / 1376~1452) 江西 廬陵 螺岡에서 출생(1月 20일).
1377	瞿佑(31歲) 秋, 明經으로 천거되어 奏薦, 京師로가서 命을 받음.
1378	瞿佑(32歲) 「剪燈新話」 창작, 仁和縣 訓導에 임명됨.
	瞿佑(32歲) 「剪燈新話序」(洪武 11年).
1380	瞿佑(34歲) 西湖의 北山을 유람.
	凌雲翰 「剪燈新話序」(洪武 13年).
1381	吳植 「剪燈新話引」(洪武 14年).
	金冕 「剪燈新話跋」(洪武 辛酉).
	初刊本 「剪燈新話」, 이 무렵에 刊行됨.
1389	桂衡 「剪燈新話詩並序」(洪武 己巳).
1395	瞿佑(49歲) 江西에서 돌아옴.
1396	瞿佑(50歲) 河南 宜陽縣 訓導로 임명됨.
1400	瞿佑(54歲) 國子監 助教가 됨.
1402	燕王이 南京을 함락하고 永樂帝로 즉위.
1403	瞿佑(57歲) 周王府의 右長史로 임명됨.
1404	李禎(29歲) 會試, 廷試, 進士로 급제, 翰林院庶吉士가 됨.

1408   瞿佑(62歲) 周王府에서 표를 올리려 상경했다가 錦衣衛에 拘禁, 下獄됨.

1410   瞿佑(64歲) 獄中에서 「通鑑綱目集覽鐫誤」를 지음, 保安(今河北涿鹿)으로
        귀양.

1412   李禎(37歲) 江寧長干寺에서 董役, 桂衡의 「柔柔傳」을 보고 「賈雲華還魂
        記」 지음.

1417   李禎(42歲) 廣西 左布政使로 임명됨.

1419   李禎(44歲) 河北房山으로 좌천되어 服役, 「剪燈新話」를 읽고 좋아하여
        「剪燈餘話」 짓고자 함.

1420   胡子昂 「剪燈新話卷後紀」(永樂 18年).
        晏璧 「秋香亭記跋」(永樂 庚子).
        唐岳 「剪燈新話卷後志」(永樂 庚子).
        瞿佑(74歲) 「剪燈新話」를 再校勘함.
        李禎(45歲) 「剪燈餘話」 완성하고 「序文」을 씀.

1420   曾棨 「剪燈餘話序文」.

1421   瞿佑(75歲) 「重校剪燈新話後序」(永樂 19年), 「題剪燈錄後絶句四首」를 씀.
        이 해에 成祖(永樂 19年) 北京으로 遷都함.
        朝鮮의 成任 出生(1421~1484).

1425   瞿佑(79歲) 「歸田詩話自序」, 겨울에 赦免받고 歸京, 張輔 公館에서 訓長.

1428   瞿佑(82歲) 사직하고 九月에 귀향, 南京의 長子집에 기거, 「樂全詩集」을
        지음.

1428   趙弼 「效顰集」의 서문을 씀(25篇).

1433   瞿佑(87歲) 사망.

1433   「剪燈餘話」에 劉敬의 서문, 張光啓(建寧縣知事) 간행[宣德癸丑](후에 上
        杭知縣으로 옮긴 뒤 「剪燈新話」와 合刊했다고도 함).

1442   國子監祭酒 李時勉이 「剪燈新話」 같은 책(「여화」 포함) 禁止를 주청함.
        「剪燈新話」 「剪燈餘話」 合刊本 출현. 正統七年(1442), 黃氏集義精舍新
        刊, 書名은 ≪新刊剪燈新話四卷續集一卷≫, 日本天理大學圖書館에 소장.

1445   朝鮮 「龍飛御天歌」 註釋에 「剪燈餘話・靑城舞劍錄」 일부 내용 절록.

1450   都御史 韓雍(1422~1478), 李禎이 「剪燈餘話」를 지었다는 이유로 鄕賢祠
        에 配享을 못하게 함.

1452   李禎(77歲) 사망.

1462   朝鮮 成任 編纂 「太平廣記詳節」 50卷(世祖 8年).

1464   金時習(1435~1493) 이에 앞서 「剪燈新話」 보고 「題剪燈新話後」 詩를 씀.

1465~1471 金時習 이 무렵(31歲~37歲)에 慶州 金鰲山에서 「金鰲新話」 저술.

1467 成化 丁亥刊本「剪燈新話」「剪燈餘話」나옴.

1473 李邊(1391~1473)「訓世評話」 저술,「羅愛愛」(「剪燈新話·愛卿傳」) 포함됨.

1482 日本禪僧 周麟「翰林葫蘆集」중에 "讀鑑湖夜泛記"의 구절 있음.

1484 朝鮮 成任 사망(64세).

1486 朝鮮 徐居正「筆苑雜記」 간행(成宗 17년).

1488 朝鮮 徐居正 사망(1420~1488 / 89세).

1492 朝鮮 刊行奉獻「太平通載」 100권(成宗 23년 / 成任 死後 8년).

1506 燕山君 謝恩使에게「剪燈新話」 구입 요청, 燕山君「剪燈新話」「剪燈餘話」를 간행하여 진상하라고 지시.

1506 燕山君「重增剪燈新話」 중의「聯芳集(聯芳樓記)」와「剪燈餘話」의「賈雲華還魂記」 언급.

1511 福建 建陽 楊氏淸江堂刊「新增補相剪燈新話大全」(北京圖書館藏本) 출현, 上圖下文.

1511 朝鮮 朝廷에서「剪燈新話」 價值論 토론(「薛公瓚傳」 禁書論辯 중에서).

1530~1547 越南 阮嶼「傳奇漫錄」(1530~1547) 창작, 혹은 1520~1530년경의 成書說도 있음.

1540 日本禪僧 策彦周良「策彦和尙初渡集」에 明나라 寧波에서「剪燈新話」「餘話」 구입.

1547 越南 何善韓이 阮嶼「傳奇漫錄」의 서문을 씀(永定初年).

1547 이전 [朝鮮前期]「剪燈新話」(四卷附錄一) 木活字本 간행(忠南大).

1547 이전 [朝鮮前期]「剪燈新話」(上下二卷, 作者後序) 木版本 간행(日本 東洋文庫).

1547 朝鮮, 林芑가「剪燈新話句解」에 착수.

1549 林芑「剪燈新話句解」 완성하여 宋冀이 木活字로 刊行.

1559 尹繼延의 품신으로 林芑가「剪燈新話句解」重校, 尹春年이 訂正하고 尹繼延이 써서 木版本으로 刊行.
　　　　 垂胡子(林芑)「剪燈新話句解跋」(嘉靖己未),「剪燈新話句解」(奎章閣本).

1564 尹春年「題註解剪燈新話後」(嘉靖甲子),「剪燈新話句解」(內閣文庫本, 林羅山의 필사).

1565 이전 朝鮮, 尹春年(1514~1517) 이보다 앞서「金鰲新話」 편집, 木版本간행. 후에 日本 養安院藏書에 소장, 현재는 大連圖書館 大谷文庫에 소장.

1569 朝鮮 奇大升「剪燈新話」의 외설성 비판, 전파 금지 요청.

1574 越南 嚴行簡「殊域周咨錄」題詞, 越南 당시의「剪燈新話」와「餘話」 언급.

1576 이전　朝鮮刊本「剪燈餘話」淳昌에서 木板으로 刊行, 후에 日本의 內閣文庫에
　　　　　소장, 日本 元和本과 合綴됨.

1592　　　邵景詹 自序「覓燈因話」(2卷 8篇), 문중에 「剪燈新話」 모방 인정.

1593　　　萬曆刊本「剪燈叢話」에 「剪燈新話」「餘話」 포함.

1601　　　日本 林羅山「剪燈新話句解」(조선판) 購入, 朱墨으로 구두점.

1602　　　日本 林羅山「剪燈新話句解」를 읽고 後志 씀. 原書에 11種의 序跋文 초
　　　　　록함.

1606　　　黃正位 刊本「剪燈新話」(北京圖書館藏本).

1600 초기　日本의 「奇異雜談集」(寫本39, 刊本34) 나옴, 그 중 3편이 「剪燈新話」에
　　　　　서 옴.

1641　　　朝鮮 仁祖 19年, 日本使臣「剪燈新話」 요청, 朝廷에서 賜書(이는 「剪燈
　　　　　新話句解」일 것임).

1648　　　日本 慶安元年 二條鶴屋町書林仁左衛門에서 「剪燈新話句解」 간행.

1648~1652 日本번역서「靈怪草」(14篇)에 「剪燈新話」 8篇을 수록.

1653　　　日本 (道春訓點本)「金鰲新話」(承應本) 간행.

1655　　　朝鮮 金集(1574~1655)「愼獨齋手澤本傳奇集」에 「金鰲新話」 2篇. 필사.

1660　　　日本 (覆刻本)「金鰲新話」(萬治本) 간행.

1666　　　日本 淺井了意「伽婢子」(68篇) 씀, 그 중에 「剪燈新話」에서 온 것 18篇,
　　　　　「餘話」에서 온 것 2篇, 「金鰲新話」에서 온 것 2篇 等이 있음. 이후 仿作
　　　　　이 양산됨, 「新御伽婢子」, 「御前於伽」, 「拾遺御伽婢子」 等.

1673　　　日本 (覆刻本)「金鰲新話」(寬文本) 간행.

1683　　　日本 西村市郞右衛門「新御伽婢子」에 「幽靈討敵」은 「牡丹燈記」에서 옴.

1687　　　日本「奇異雜談集」 간행.

1702　　　日本「倭板書籍考」 중에 「金鰲新話」 기록.

1712　　　越南 永盛八年, 書坊紅蓼阮自信鋟梓, 松州阮立夫 編, 類庵會註本「舊編
　　　　　傳奇漫錄」, 후에 각종 중간본이 나옴.

1762　　　朝鮮 英祖 38年, 完山李氏「中國小說繪模本」의 서문에서 「剪燈新話」,
　　　　　「聘聘傳」(「剪燈餘話·賈雲華還魂記」 고사, 즉 娉娉傳) 언급, 총 128폭
　　　　　삽화 수록, 「剪燈新話」와 관련되는 그림으로는 「牡丹燈記」(108), 「金鳳釵
　　　　　記」(109), 「水宮大宴」(110), 「申陽洞記」(127) 4폭이 있음.

1768　　　日本 上天秋成(1734~1809)「雨月物語」를 탈고함.

1776　　　日本 大阪의 書肆에서 「雨月物語」 간행함.

1777　　　朝鮮 兪晚柱「剪燈新話」 탐독함(9月 15日 日記「欽英」).

1782　　朝鮮 兪晩柱 「剪燈新話」 탐독함(8月 24日 日記 「欽英」).

1791　　乾隆 辛亥刊本 「剪燈新話」 「剪燈餘話」가 나옴.

1809　　日本 山東京傳作, 歌川豊廣畵 「浮牡丹全傳」 4책, 「戲場花牡丹燈籠」. 鶴屋
　　　　南北 「阿國御前化粧鏡」, 上演(7幕 12場).

1811　　越南 段氏點(1705~1748) 「傳奇新譜」, 樂善堂에서 刊出됨.

1860 이전　朝鮮 李圭景(1788~卒年未詳) 「五洲衍文長箋散稿」에서 「剪燈新話」 소
　　　　개함.

1863　　朝鮮 「剪燈新話句解」 癸亥仲秋武橋新刊(滄洲訂立, 12行20字).

1871　　同治 辛未, 鎭江 文盛堂刊本 「剪燈餘話」 나옴.

1880 이전　朝鮮 後期 出現 「剪燈新話」 언해(現存 9篇, 檀國大 소장).
　　　　朝鮮 後期 出現 「剪燈新話」 언해(총5권 完譯, 現存 13편, 서울大 소장).

1884　　日本 三遊亭圓朝(1839~1900) 口述 「怪談牡丹燈籠」, 東京稗史出版社.
　　　　日本刊行(評點本) 「金鰲新話」(明治本), 日本東京梅月堂刊行評點本(依
　　　　田百川序文, 蒲生重章跋文, 朝鮮李樹廷跋文).

1885　　大阪 朝日座 「牡丹燈籠」 공연하였음.

1889　　日本 石川鴻齋 漢文說集 「鬼窓夜談」 出版, 그 중에 「牡丹燈」 一篇 있음.

1916　　韓國 京城唯一書館·新舊書林刊行 「諺文懸吐剪燈新話」(上下, 朴頤陽
　　　　懸吐), 실제는 「剪燈新話句解」임.

1917　　中國 董康이 日本慶長 활자본 「剪燈新話句解」, 註釋을 삭제하고 「剪燈
　　　　新話」로 간행, 日本元和 활자본으로 「剪燈餘話」 간행, 「誦芬室叢刊」에
　　　　넣음.

1921　　日本 鹽谷溫 「剪燈新話」 번역함(國譯漢文大成本).

1927　　韓國 崔南善 日本明治刊本 「金鰲新話」를 근거로 「啓明」 雜誌 19號에
　　　　介紹.

1931　　上海 華通書局 「剪燈新話」 排印本 간행.

1936　　鄭振鐸 生活文庫 간행 「世界文庫」, 「剪燈新話」 수록함.

1936　　梁白華 「剪燈新話」(수필), 「月刊野談」 제20호에 발표함.

1950　　韓國 尹泰榮의 번역 「(中國怪談)剪燈新話」(上, 10篇), 서울 眞誠堂에서
　　　　出版.

1953　　日本 溝口健二(1889~1956) 영화 「雨月物語」, 베니스영화제 은사자상 수상.

1957　　周夷校注 「剪燈新話」(外二種), 上海 古典文學出版社出版. 附錄으로 「寄
　　　　梅記」 추가. 권두에 「明刊本剪燈新話書影(二張)」, 「明刊本剪燈餘話書影
　　　　(二張)」 실음, 上海圖書館藏本.

1959 　『剪燈新話』의 독일어 번역본『*Die Goldene Truhe*』(황금상자)이 뮌헨(Munich)에서 나옴. Wolfgang Bauer와 Herbert Franke의 공역임.

1962 　周夷校注 「剪燈新話」(外二種), 中華書局 출판, 古典文學出版社本과 같음.

1964 　日本 飯塚郎 번역 「剪燈新話」 「餘話」, 東京平凡社에서 간행.

　　　　『剪燈新話』의 영어 번역문『*The Golden Casket*』(황금상자)이 수록된『*Chinese Novelles of two Millennia*』(pp.214~301)가 뉴욕(New York)에서 나옴. 역자는 Christopher Levenson, 이는 독일어 번역(1959)을 영문으로 재번역한 것임

1971 　韓國 李慶善 번역 「剪燈新話」(全譯 21篇), 서울 乙酉文化社 출판.

1972 　『金鰲新話』의 러시아어 번역본『*Novye rasskazy s gory Golotoi cherepakhi**(황금자라 산에서의 새로운 이야기)』이 모스크바(Moscow)에서 나옴. 역자는 V. S. Sorokina(Sorokin)와 D. N. Voskresenskogo(Voskresensky). 서문은 B. L. Riftina(Riftin)가 씀.

1978 　『剪燈新話』의 「金鳳釵記」 한 편이 「The Golden Phoenix Hairpin」(역자 Kroll, Paul W.)의 제목으로『*Traditional Chinese Stories*』(편자 Y. W. Ma and Joseph S. M. Lau 등, New York, pp.400~403)에 수록됨.

1981 　周楞伽교주본 「剪燈新話」(外二種), 上海古籍出版社 출판.

1985 　臺灣 天一出版社 영인 「明淸善本小說叢刊」에 「剪燈新話句解」 수록.

1986 　『전등이종』의 프랑스어 번역본『*En mouchant la chandelle*』(nouvelles chinoises des Ming; Qu You, Li Zhen), 역자는 de Jacques Dars revue par Tchang. 파리(Paris)에서 간행됨. 이 책에는『剪燈新話』14편과『剪燈餘話』7편의 번역문이 수록되어 있다.

1988 　『剪燈新話』의 러시아 번역본『*Rasskazy u svetil'nika*(등불의 이야기)』모스크바(Moscow)에서 나옴. 역자는 K. I. Golyginoi(Golygina).

1989 　尙基淑 「剪燈新話集證」(香港遠東學院 博士論文).

1990 　北京中華書局 영인 「古本小說叢刊」에 「剪燈新話句解」 수록.

1990 　上海古籍出版社 영인 「古本小說集成」에 「剪燈新話句解」 수록.

1995 　顔洽茂 번역 「白話全本剪燈新話」, 上海古籍出版社出版.

1997 　王汝梅·朴在淵 主編 「韓國藏中國稀見珍本小說(2)」에 「剪燈新話句解」 排印本(日本內閣文庫藏本) 수록함, 中國大百科全書出版社.

1999 　崔溶澈 朝鮮刊本 「金鰲新話」 발굴(原書는 양안원장서, 大連圖書館 소장).

2002 　李炳赫 「剪燈新話」 번역 간행, 太學社.

2003 　鄭容秀 「剪燈新話句解譯註」 간행, 푸른사상.

　본 부록에서는 지금까지 역자가 조사한 '전등삼종(剪燈三種)' 관련 자료의 일부를 영인(影印)으로 실어 원전에 대한 구체적인 이해를 돕고자 하였다. 주로 초기 판본인 삽화가 실린 명대(明代)간본과 더불어 후대의 주요 판본의 표지를 실었다. 북경도서관(北京圖書館)에서 조사한 명대(明代) 장광계(張光啓)간본의 영인을 실었는데 특히 상도하문(上圖下文)의 형태에서 명대 전기의 판본 상태를 볼 수 있으며 후에 나온 황정위(黃正位)간본에서는 각 편별 삽화를 별도로 한 장씩 만들어 싣고 있음을 볼 수 있다. 또『전등신화』의 깊은 영향하에 나온『효빈집』과『화영집』이 모두 조선(朝鮮)간본이어서 의미가 있기에 함께 수록했다. 일본에도 많은 자료가 있는데 여기선 원록(元祿)간본을 소개하며 앞으로 좀더 보충을 하고자 한다. 특히 일본 내각문고에 소장된 조선간본『전등여화』(일본간본과 합철됨)는 새로운 자료라고 하겠다. 우리나라의 관련 자료도 가능한 한 중요한 것으로 선별하였는데 우선 김시습(金時習)의 독서시와『금오신화』(최근 발굴된 조선간본)를 실었고 '전등삼종'의 일부 작품을 싣고 있는『훈세평화』,『태평통재』의 부분과 임진왜란 이전의 주석 없는『전등신화』판본 2종, 명종 연간에 나온『전등신화구해』(규장각본, 내각문고본)를 싣고 조선후기의 것으로는『구해』가 매우 다양한 종류가 전해지고 있으나 특이한 인쇄모습을 가진 연화무늬 목판본과 필사본 하나씩만을 선별했다. 영조(英祖) 때 완산이씨(完山李氏)에 의해 김덕성(金德成)의 손으로 다시 그려진『중국소설회모본』에서 관련 삽화를 선별했는데 중국판본의 삽화와의 비교가 가능할 것이다.『전등신화』의 번역으로는 그 동안 알려진 것이 없었는데 최근 조선 시기의 언해본이 2종 확인되어 앞으로 주목된다. 20세기 초에 널리 유행한 언문현토본(諺文懸吐本)의 견본과 1950년 한국동란 직전에 상권만 간행된 윤태영(尹泰榮)의 최초 현대 번역

본은 현재 일반인이 구해보기 어려우므로 여기에 소개하며 이경선(李慶
善)번역본을 비롯한 최근 나온 번역본에 대한 소개는 생략한다.

 1. 「剪燈新話」合刻本(淸江書堂), 北京圖書館.
 2. 明刊本「剪燈新話」(上圖下文本) 삽화, 北京圖書館.
 3. 「剪燈餘話」合刻本(淸江書堂), 北京圖書館.
 4. 明刊本「剪燈餘話」(上圖下文本) 삽화, 北京圖書館.
 5. 「剪燈餘話」上圖下文本(淸江書堂), 北京圖書館.
 6. 明刊本(10行19字本)「剪燈新話」, 北京圖書館.
 7. 明刊本(10行19字本)「剪燈餘話」, 北京圖書館.
 8. 明 黃正位刻本「剪燈新話」, 北京圖書館.
 9. 黃正位刻本「剪燈新話」삽화, 三山福地志, 北京圖書館.
10. 黃正位刻本「剪燈新話」삽화, 龍堂靈會錄, 北京圖書館.
11. 黃正位刻本「剪燈新話」삽화, 太虛司法傳, 北京圖書館.
12. 黃正位刻本「剪燈新話」삽화, 修文舍人傳, 北京圖書館.
13. 明刊本「剪燈新話」華亭逢故人記 삽화, 北京圖書館.
14. 明 黃正位刻本「剪燈餘話」, 北京圖書館.
15. 黃正位刻本「剪燈餘話」삽화, 秋夕訪琵琶亭記, 北京圖書館.
16. 日本 元祿五年刊本(七卷)「剪燈餘話」卷頭, 上杭縣知縣張光啓.
17. 日本 元祿五年刊本(七卷)「剪燈餘話」卷末, 元祿五年壬申(1692)十月之吉.
18. 遙靑閣本「覓燈因話」표지와 권두, 서울대학교.
19. 董康의 誦芬室간본「剪燈新話」표지, 日本慶長활자본 근거.
20. 董康의 誦芬室간본「剪燈餘話」표지, 日本元和활자본 근거.
21. 朝鮮刊本「效顰集」卷首, 日本 蓬左文庫.
22. 朝鮮刊本「花影集」序文, 日本 早稻田大學.
23. 「周夷校注本」초간본, 古典文學出版社, 1957.
24. 「周夷校注本」재간본, 上海 : 中華書局, 1962.
25. 「周楞伽校注本」수정본, 上海古籍出版社, 1981.
26. 世界文庫(四部刊要)「剪燈新話」표지, 臺灣世界書局.
27. 朝鮮 金時習의「題剪燈新話後」, 梅月堂集.
28. 金時習의 朝鮮刊本(尹春年刊行)「金鰲新話」, 大連圖書館.

29. 朝鮮 李邊의 「訓世評話」 수록 愛卿傳(羅愛愛).

30. 朝鮮 成任의 「太平通載」에 실린 巫馬期仁(長安夜行錄).

31. 朝鮮 壬亂以前 「剪燈新話」 白文本(목활자), 忠南大學.

32. 朝鮮 壬亂以前 「剪燈新話」 白文本(목판본), 日本 東洋文庫.

33. 朝鮮 壬亂以前 「剪燈新話」 瞿佑 後序, 日本 東洋文庫.

34. 朝鮮 尹春年訂正, 林芑集釋(1559) 「剪燈新話句解」, 奎章閣.

35. 朝鮮 滄洲訂正, 垂胡子集釋 「剪燈新話句解」 卷首, 奎章閣.

36. 朝鮮刊本 「剪燈新話句解」, 瞿佑의 後序, 奎章閣.

37. 尹春年 「題註解剪燈新話後」, 日本 內閣文庫, 林羅山抄錄.

38. 朝鮮刊本 「剪燈餘話」(日本刊本과 合綴) 瓊奴傳 부분, 日本 內閣文庫.

39. 朝鮮 後期 「剪燈新話句解」 刊本(10行18字), 한국학중앙연구원.

40. 朝鮮 後期 「剪燈新話句解」 寫本(10行24字), 한국학중앙연구원.

41. 朝鮮 完山李氏 「中國小說繪模本」, 水宮大宴(水宮宴會錄) 삽화.

42. 朝鮮 完山李氏 「中國小說繪模本」, 金鳳釵記 삽화.

43. 朝鮮 完山李氏 「中國小說繪模本」, 牡丹燈記 삽화.

44. 朝鮮 完山李氏 「中國小說繪模本」, 申陽洞記 삽화.

45. 朝鮮 後期 「剪燈新話」 飜譯文, 서울대학교.

46. 朝鮮 後期 「剪燈新話」 飜譯文, 단국대학교.

47. 「諺文懸吐 剪燈新話(句解)」, 京城唯一書館·新舊書林.

48. 「諺文懸吐 剪燈新話(句解)」, 東溪朴頤陽懸吐.

49. 尹泰榮 飜譯, 「中國怪談 剪燈新話(上)」, 1950, 眞誠堂.

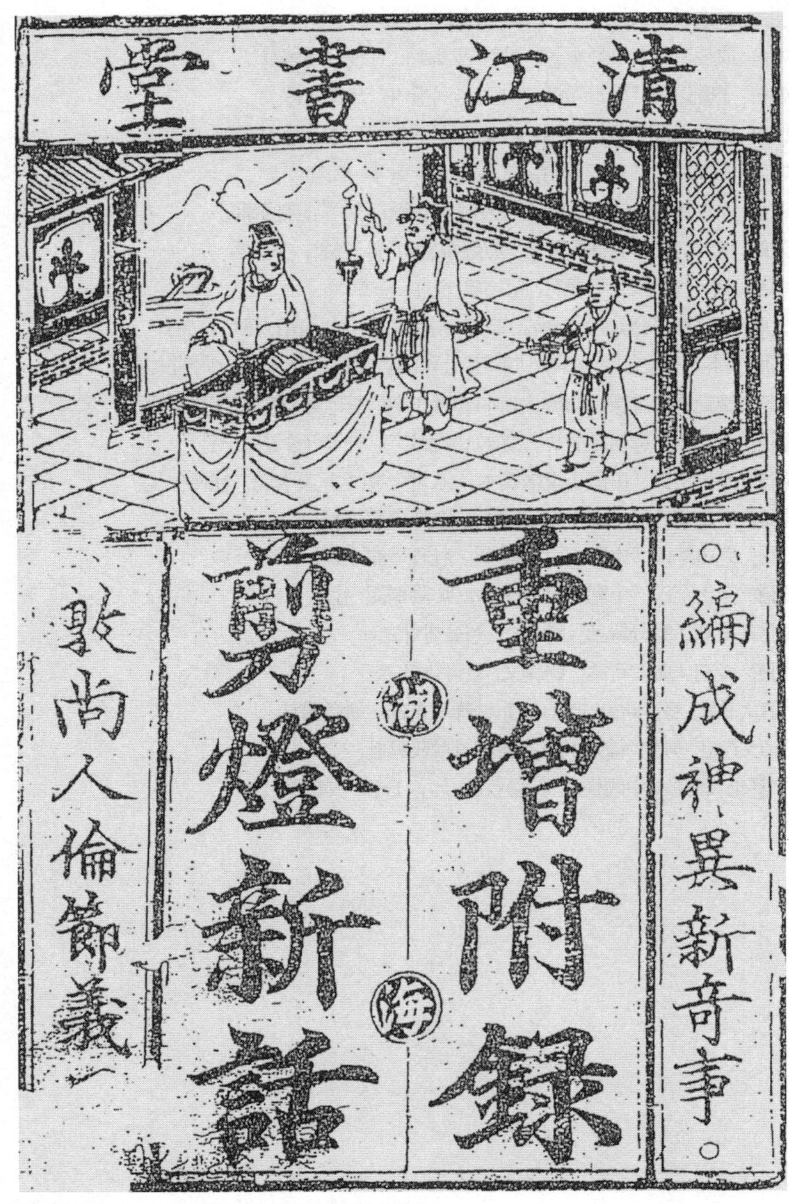

① 「剪燈新話」 合刻本(清江書堂), 北京圖書館.

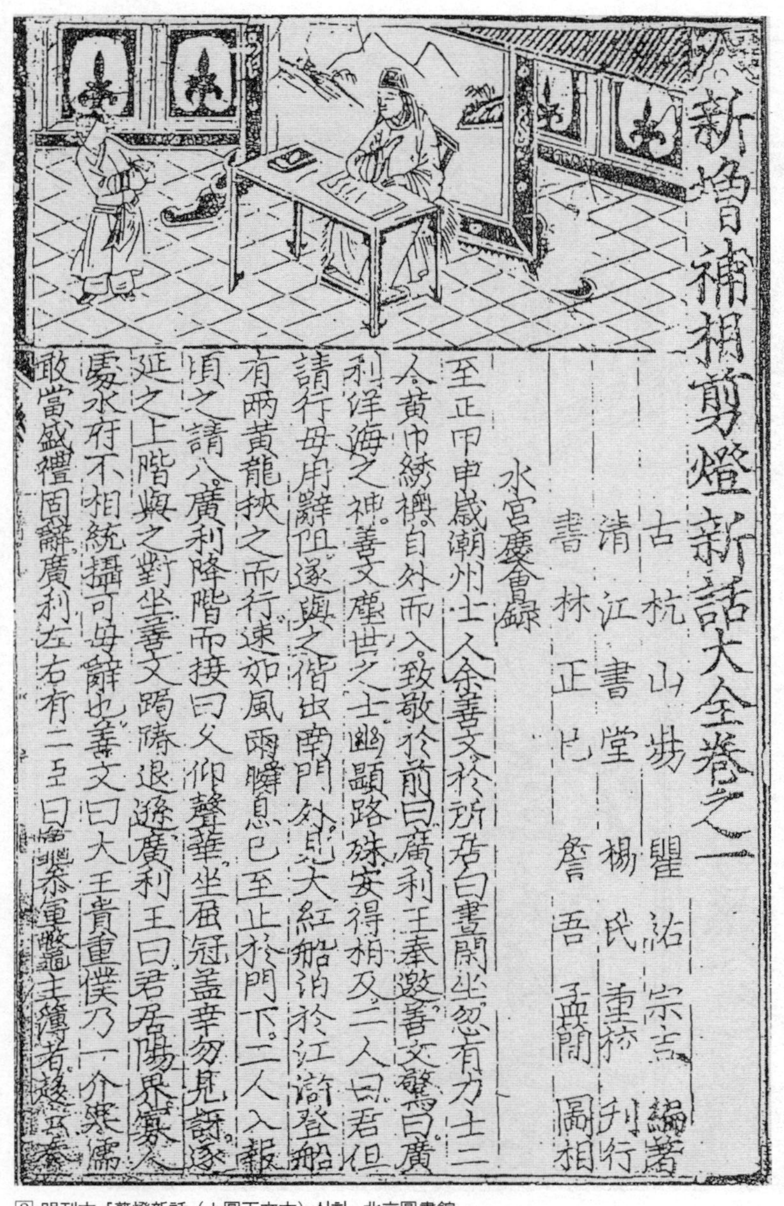

② 明刊本「剪燈新話」(上圖下文本) 삽화, 北京圖書館.

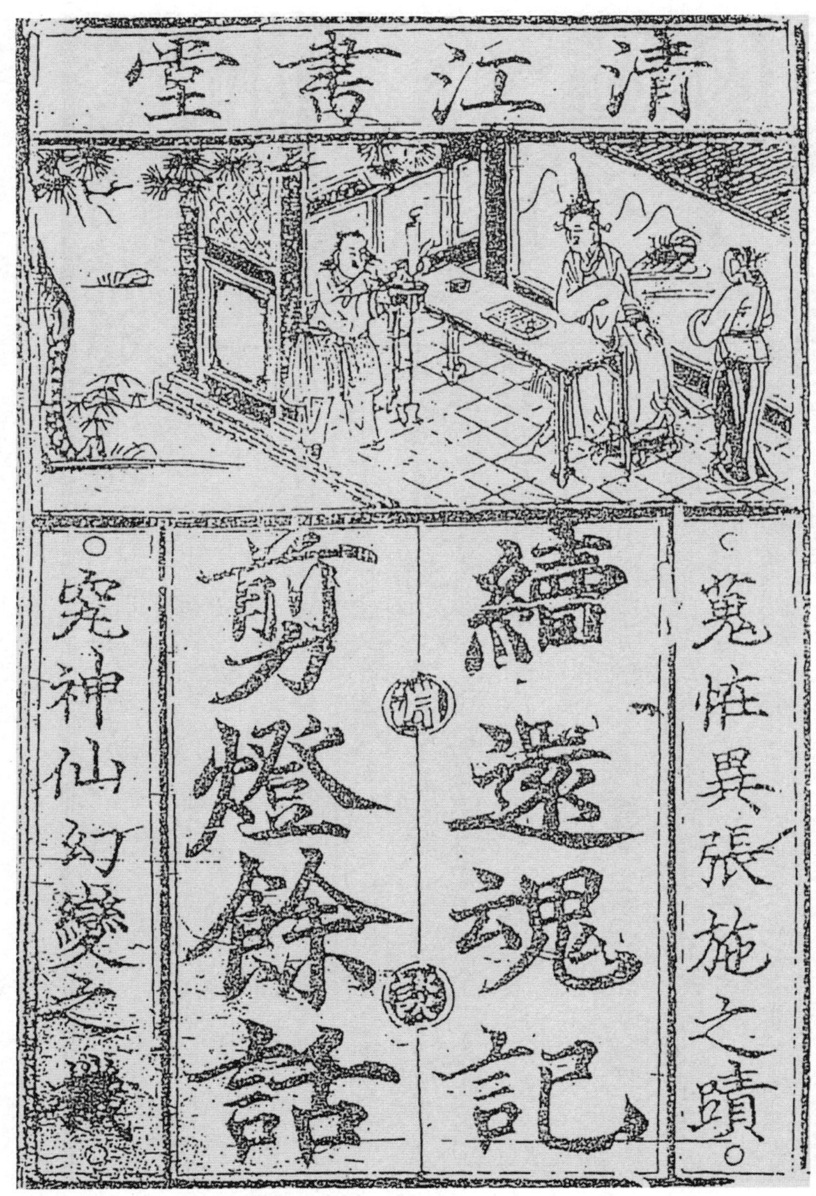

③「剪燈餘話」合刻本（淸江書堂），北京圖書館.

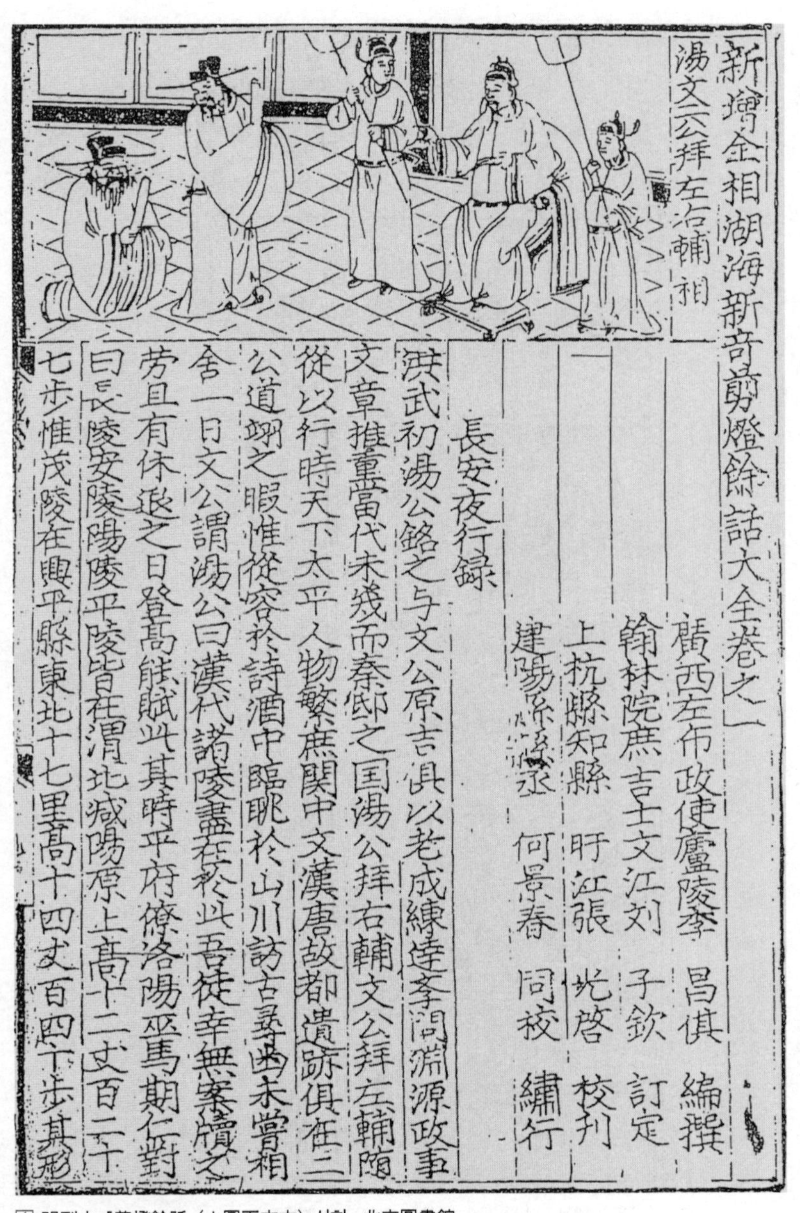

新增全相湖海新奇剪燈餘話大全卷之一

湯文公拜左冶輔相

廣西左布政使廬陵李　昌祺　編撰
翰林院庶吉士文江劉　子欽　訂定
上杭縣知縣　盱江張　光啓　校刊
建陽縣縣丞　　何景春　同校　繡行

長安夜行錄

洪武初湯公銘之与文公原吉俱以老成練達孝問淵源政事
文章推重當代未幾而秦邸之国湯公拜右輔文公拜左輔隨
從以行時天下太平人物繁庶関中文漢唐故都遺跡俱在二
公道翊之眼惟從容於詩酒中臨眺衿山川訪古尋幽未嘗相
舍一日文公謂湯公曰漢代諸陵盡在於此吾徒幸無案牘之
劳且有休退之日登高能賦此其時平府傍洛陽巫篤期仁對
曰長陵安陵陽陵平陵皆在渭北戚陽原上高十二丈百二十
七步惟茂陵在興平縣東北十七里曑高十四丈百四十下步其形

④ 明刊本 「剪燈餘話」(上圖下文本) 삽화, 北京圖書館.

⑤ 「剪燈餘話」 上圖下文本(淸江書堂), 北京圖書館.

544   전등삼종 (하)

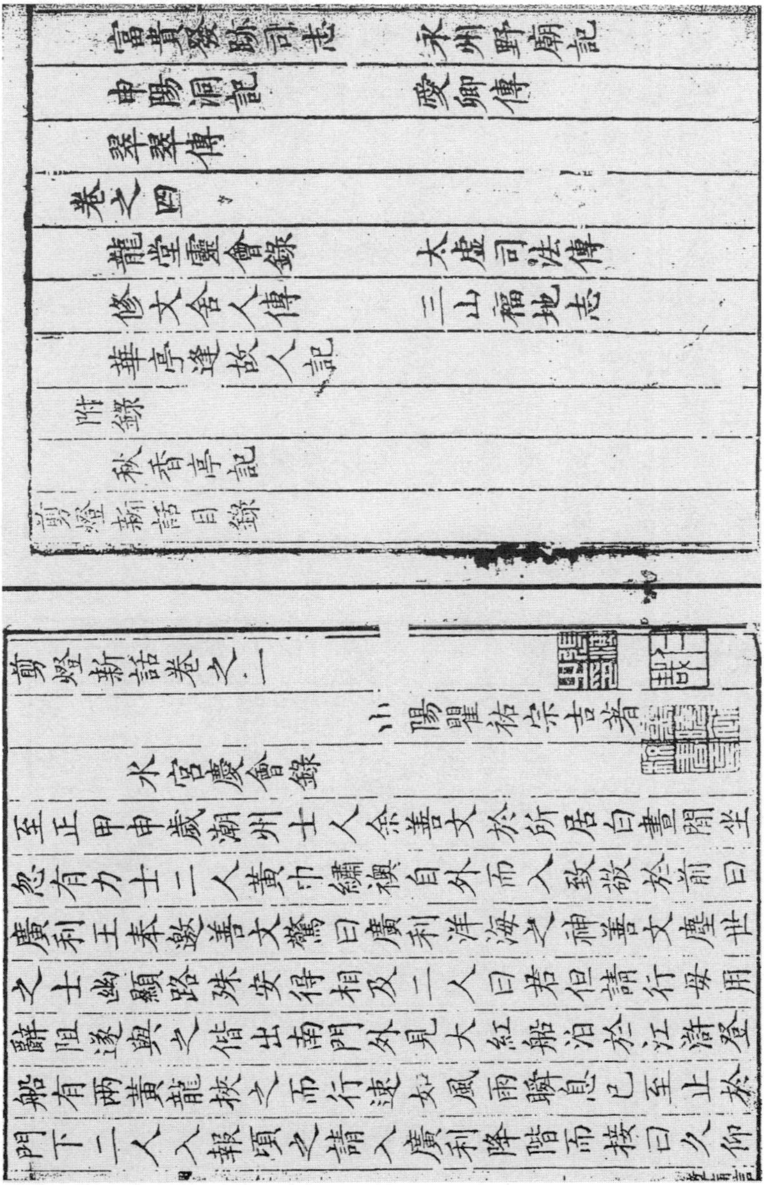
富貴發跡司志　永州野廟記
申陽洞記　愛卿傳
翠翠傳
卷之四
龍堂靈會錄　太虛司法傳
修文舍人傳　三山福地志
華亭逢故人記
附錄
秋香亭記
剪燈新話目錄

剪燈新話卷之一
山陽瞿祐宗吉著
水宮慶會錄
至正甲申歲潮州士人余善文於所居白晝閒坐
忽有力士二人黃巾繡襖自外而入致敬於前曰
廣利王奉邀善文驚曰廣利洋海之神善文塵世
之士幽顯路殊安得相及二人曰君但請行毋用
辭阻遂與之偕出南門外見大紅船泊於江滸登
船有兩黃龍挾之而行速如風雨瞬息已至止於
門下二人入報頃之請入廣利降階而接曰久仰

⑥ 明刊本(10行19字本)「剪燈新話」, 北京圖書館.

剪燈餘話目錄

武平靈怪錄　　鳳尾草記
幔亭遇仙錄　　瓊奴傳
　　　　　　　胡媚娘傳
卷之四
泰山御史傳　　洞天花燭記
芙蓉屏記　　　江廟泥神記
　　　　　　　鞦韆會記
附錄
元白遺音　　　賈雲華還魂記

剪燈餘話卷之一

廣西左布政使廬陵李昌祺編撰
翰林院庶吉士文江劉子欽訂定

長安夜行錄

洪武初湯公銘之與文公原吉俱以老成練達學
問淵源政事文章推重當代未幾而秦邸之國湯
公拜右輔文公拜左輔隨從以行時天下太平人
物繁庶關中又漢唐故都遺蹟俱在二公導轍之
暇惟從容於詩酒中臨眺恭山川訪古尋幽未嘗
相舍一日文公謂湯公曰漢代諸陵盡在於此吾

⑦ 明刊本(10行19字本)「剪燈餘話」, 北京圖書館.

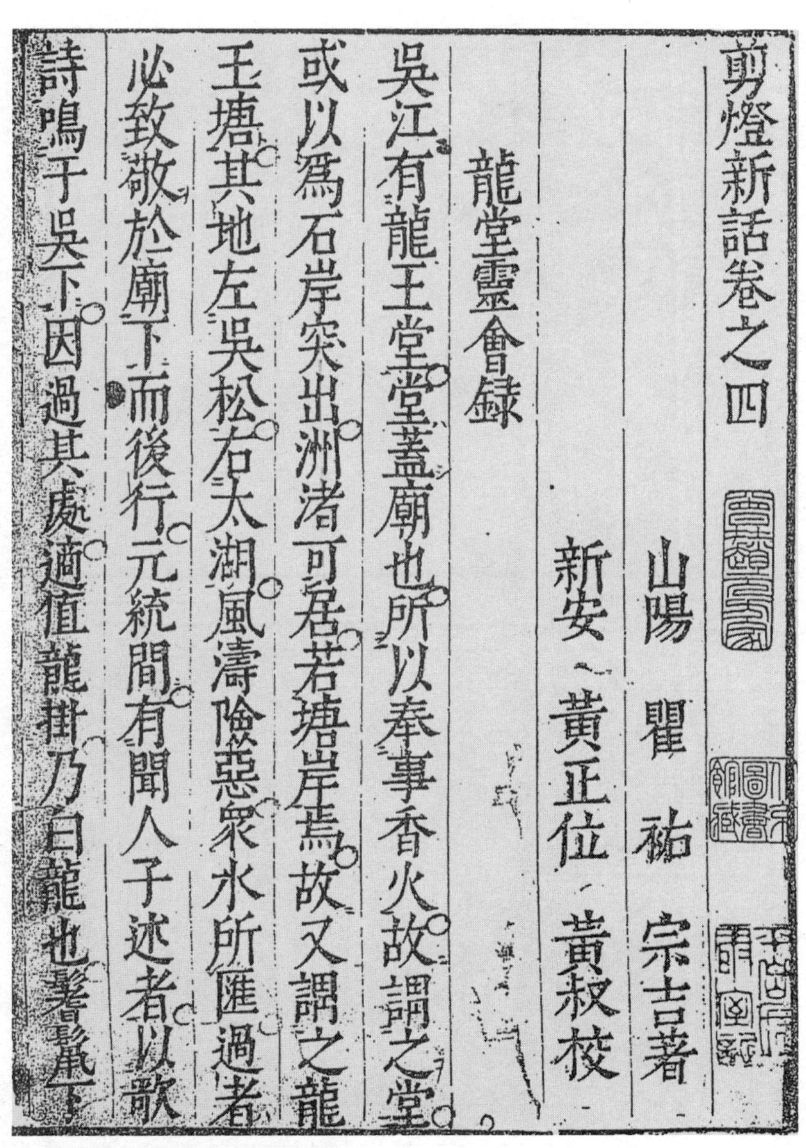

⑧ 明 黃正位刻本「剪燈新話」, 北京圖書館.

⑨ 黃正位刻本「剪燈新話」삽화, 三山福地志, 北京圖書館.

⑩ 黃正位刻本「剪燈新話」삽화, 龍堂靈會錄, 北京圖書館.

⑪ 黃正位刻本「剪燈新話」삽화, 太虛司法傳, 北京圖書館.

⑫ 黃正位刻本「剪燈新話」삽화, 修文舍人傳, 北京圖書館.

[13] 明刊本「剪燈新話」華亭逢故人記 삽화, 北京圖書館.

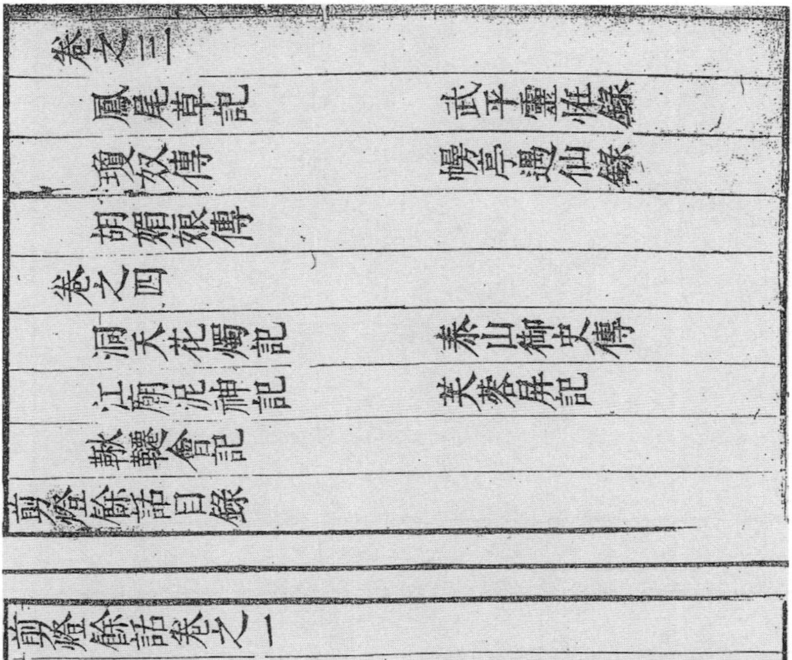

卷之三

　　鳳尾草記　　　　　武平靈怪錄
　　瓊奴傳　　　　　　幔亭遇仙錄
　　胡媚娘傳

卷之四

　　洞天花燭記　　　　泰山御史傳
　　江廟泥神記　　　　芙蓉屏記
　　鞦韆會記

剪燈餘話目錄

剪燈餘話卷之一

　　　　　　　　廬陵　李昌祺編撰
　　　　　　　　新安　黃正位訂定

　　長安夜行錄

洪武初。湯公諱和字鼎臣濠人。俱以老成練達學問
淵源。政事文章推重當代。未幾而秦府之國。湯公拜
右輔。文公拜左輔。隨從以行。時天下大平。人物萃庶
關中。文漢唐故都。遺跡俱在。二公議詠之暇。維從容
於詩酒中。眺眺於山川。訪古尋幽。未嘗相合。一日文

14　明　黃正位刻本「剪燈餘話」，北京圖書館.

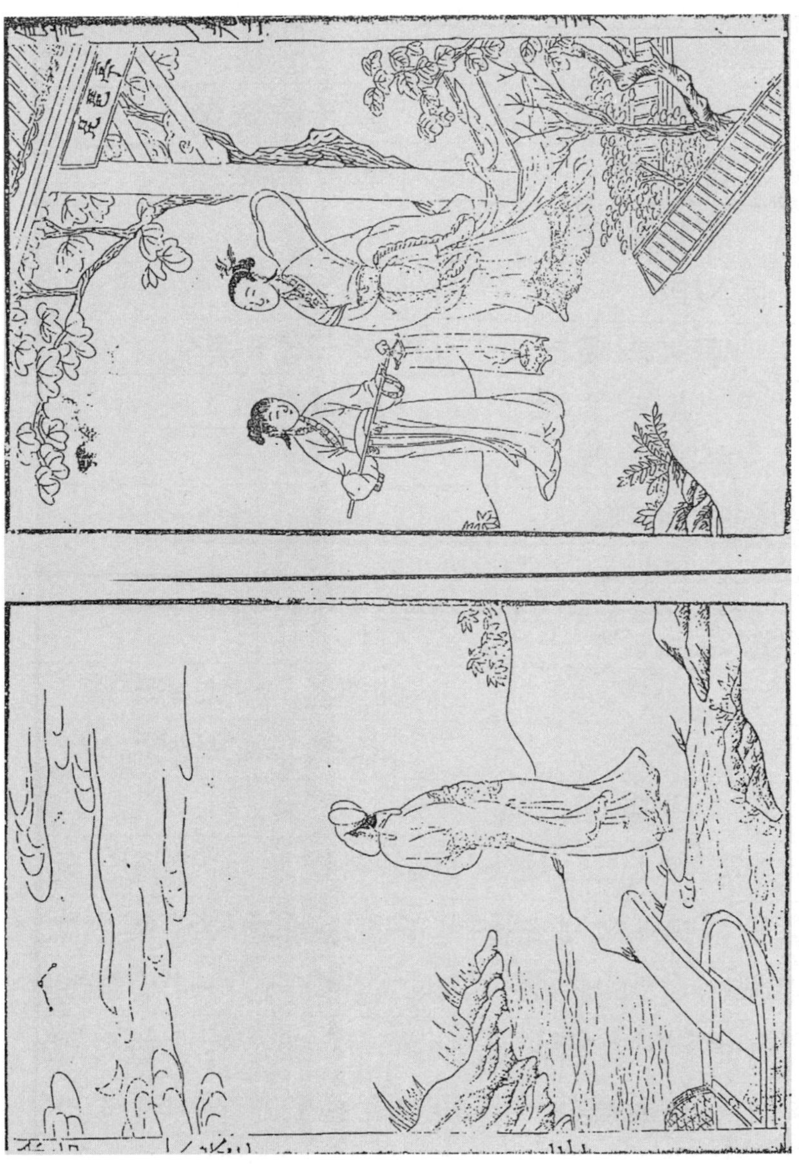

⑮ 黃正位刻本「剪燈餘話」 삽화, 秋夕訪琵琶亭記, 北京圖書館.

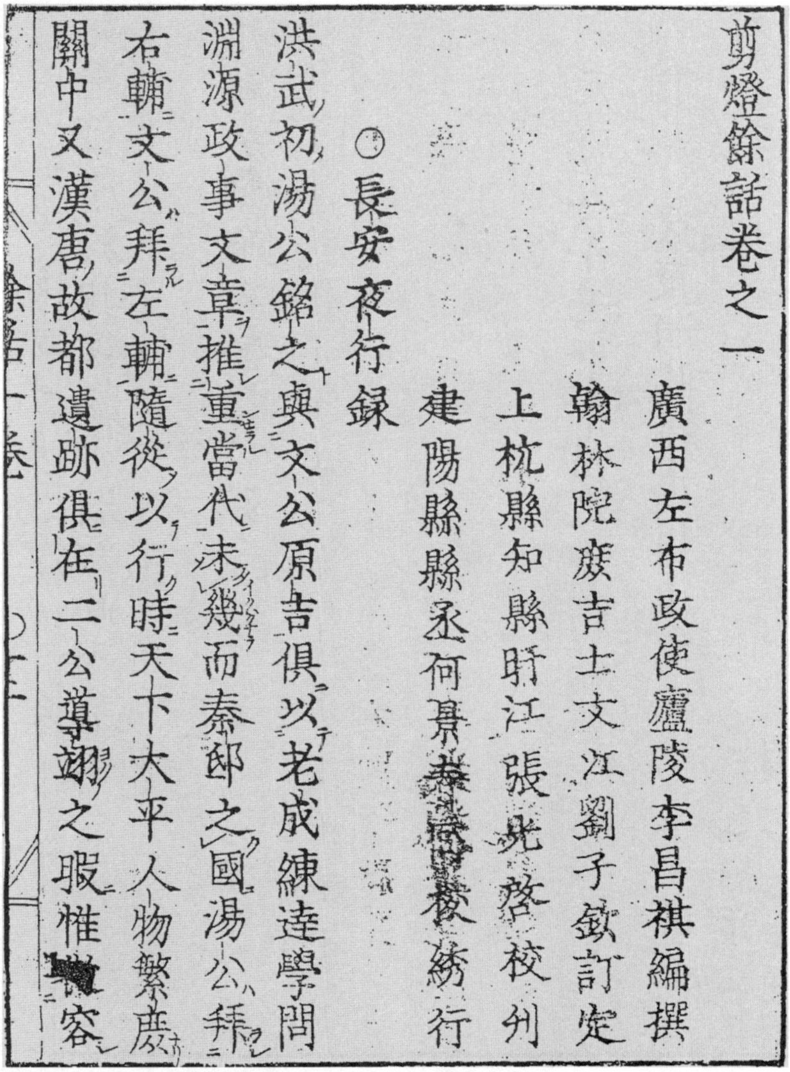

剪燈餘話卷之一

廣西左布政使廬陵李昌祺編撰
翰林院庶吉士支江劉子欽訂定
上杭縣知縣旴江張光啓校列
建陽縣縣丞何景春綉行

○長安夜行錄

洪武初湯公銘之奧文公原吉俱以老成練達學問
淵源政事文章推重當代未幾而泰郎之國湯公拜二
右輔文公拜二左輔隨從以行時天下大平人物繁庶
關中又漢唐故都遺跡俱在二公導翼之服惟容

16 日本 元祿五年刊本(七卷) 「剪燈餘話」卷頭, 上杭縣知縣張光啓.

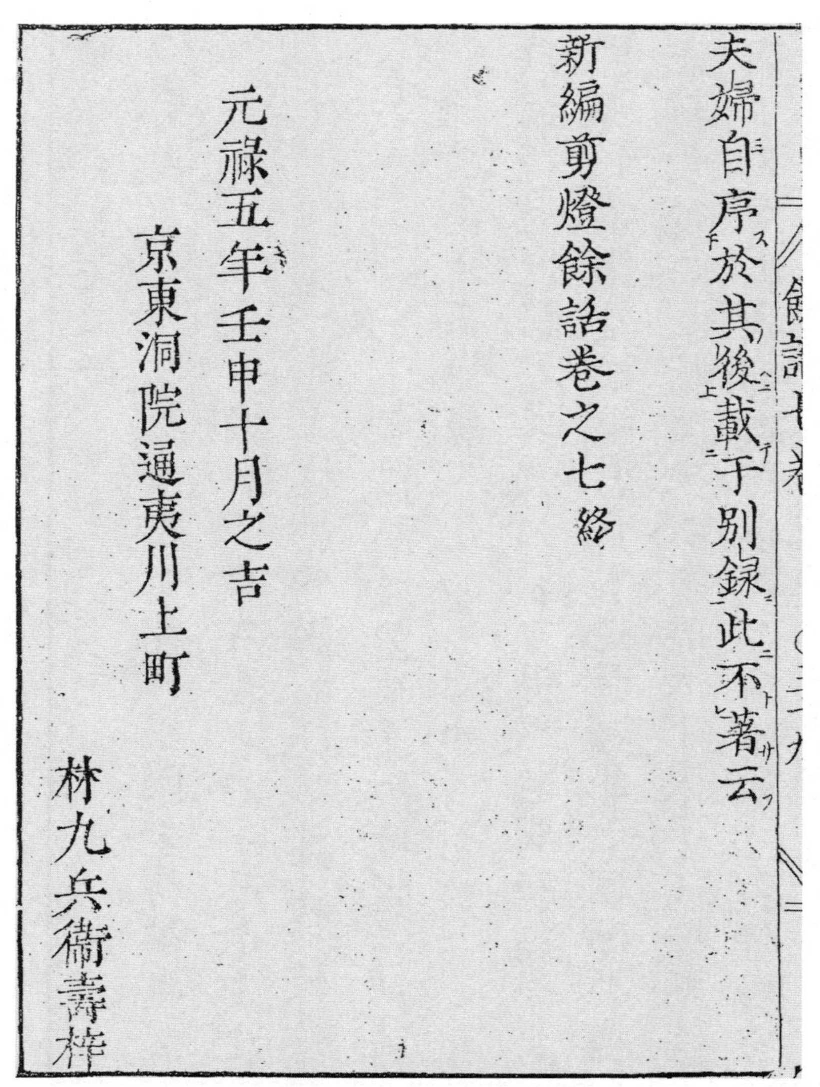

⑰　日本　元祿五年刊本(七卷)「剪燈餘話」卷末, 元祿五年壬申(1692)十月之吉.

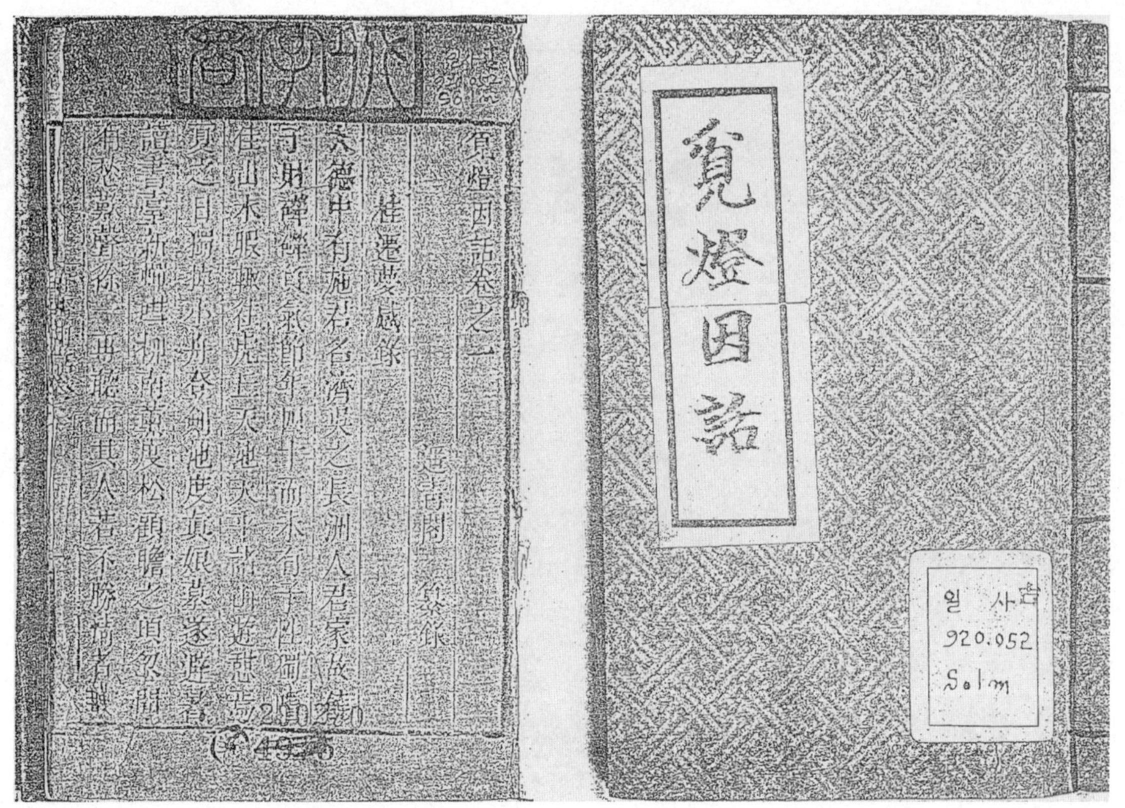

18 遙靑閣本「覓燈因話」표지와 권두, 서울대학교.

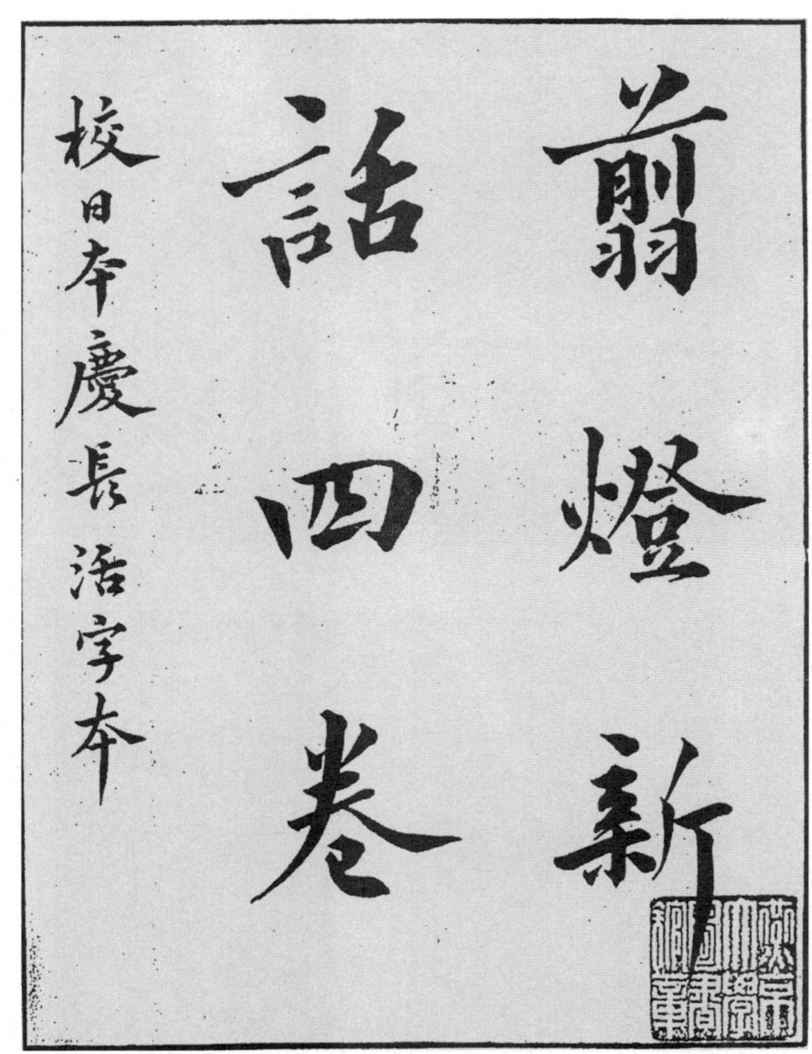

⑲ 董康의 誦芬室간본 「剪燈新話」 표지, 日本慶長활자본 근거.

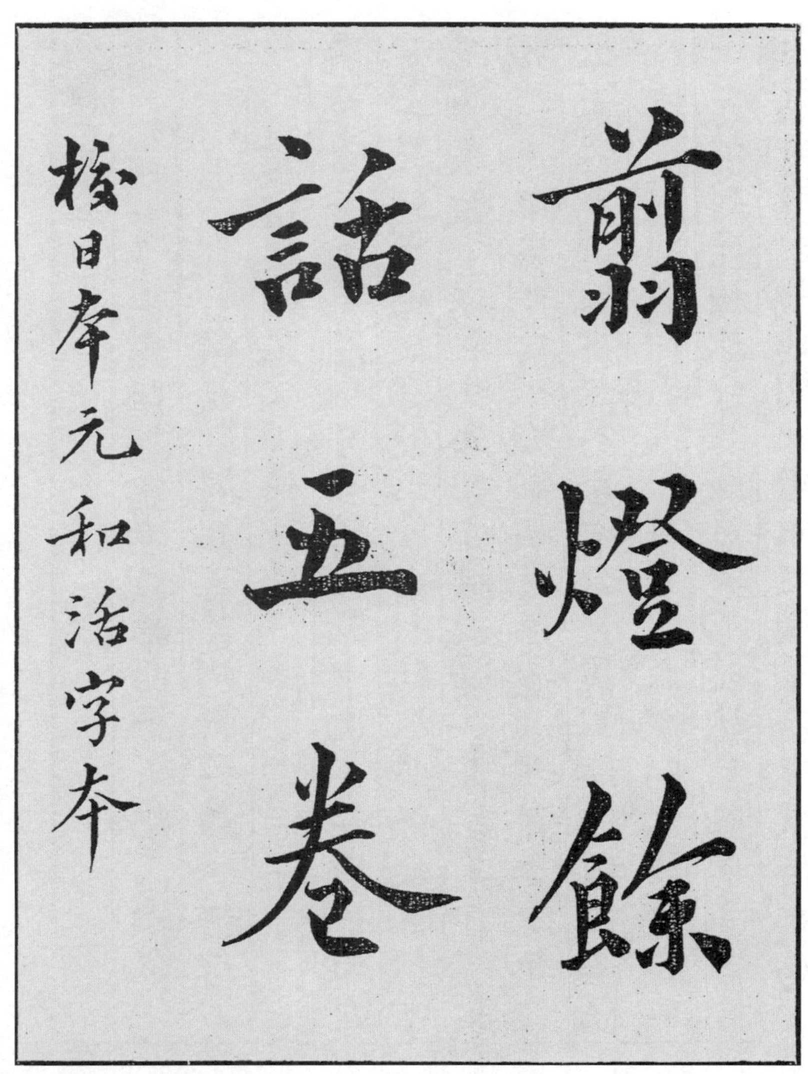

20 董康의 誦芬室간본 「剪燈餘話」 표지, 日本元和활자본 근거.

效顰集上卷

漢陽縣儒學教諭南平趙弼　撰述

漢陽府知府新安王靜　　訂正

續宋丞相文文山傳

至元壬午十二月八日有僧從閣中東言於省曰近
日士卒犯帝庭殺有釁未幾中山狂人薛保住自辯宗
王聚眾數千欲取文丞相亦有授匿名書言某日燒蘂
城之苦卒兩翼兵入城丞相可無憂元史紀丞相拘者文
公天祥也世祖召公入殿中公長揖不拜世祖曰汝欲
何言公厲聲對曰我大宋自藝祖太宗以堯舜之道平
一天下列聖相承守其成憲天下晏然上無不道之君
下無可吊之民迄朝以過隙之國雲擾中原侍戎馬之

21　朝鮮刊本「效顰集」卷首，日本　蓬左文庫.

22 朝鮮刊本 「花影集」 序文, 日本 早稻田大學.

剪 燈 新 話

外 二 种

〔明〕瞿佑 等 著

周 夷 校 注

古 典 文 学 出 版 社

一九五七·上 海

23 「周夷校注本」초간본, 古典文學出版社, 1957.

剪灯新話

外 二种

〔明〕瞿佑等著
周夷校注

中華書局

② 「周夷校注本」 재간본, 上海 : 中華書局, 1962.

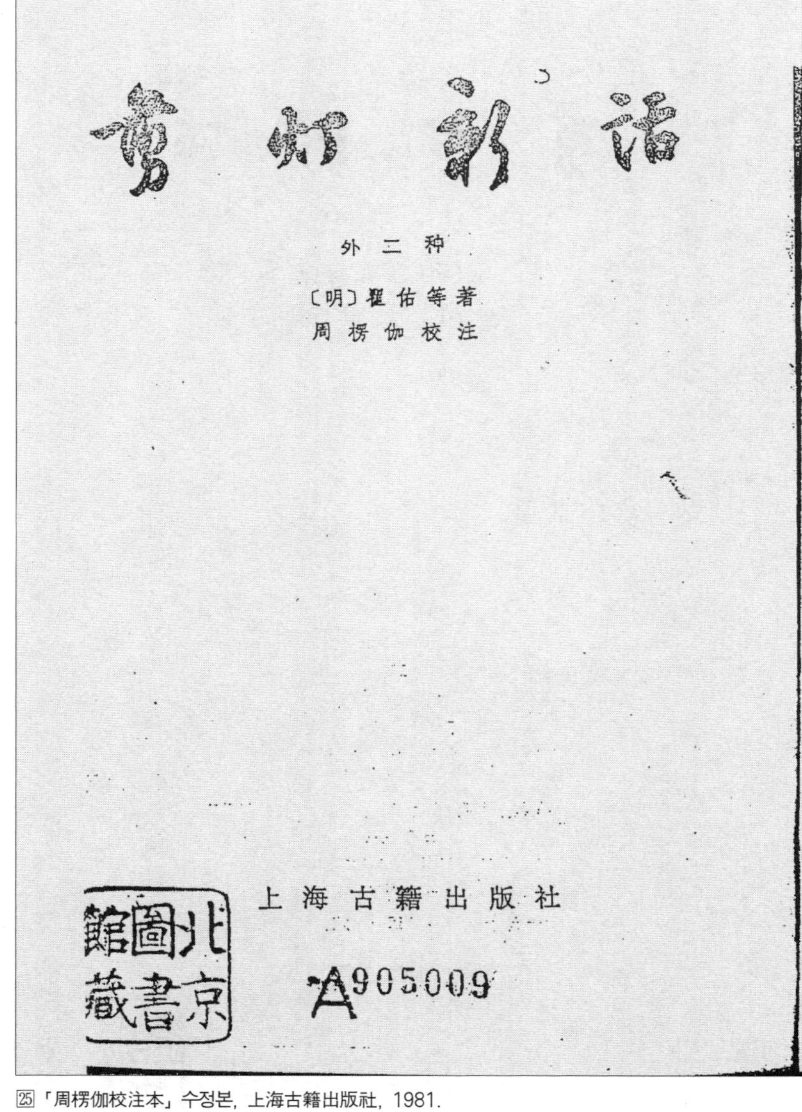

25 「周楞伽校注本」 수정본, 上海古籍出版社, 1981.

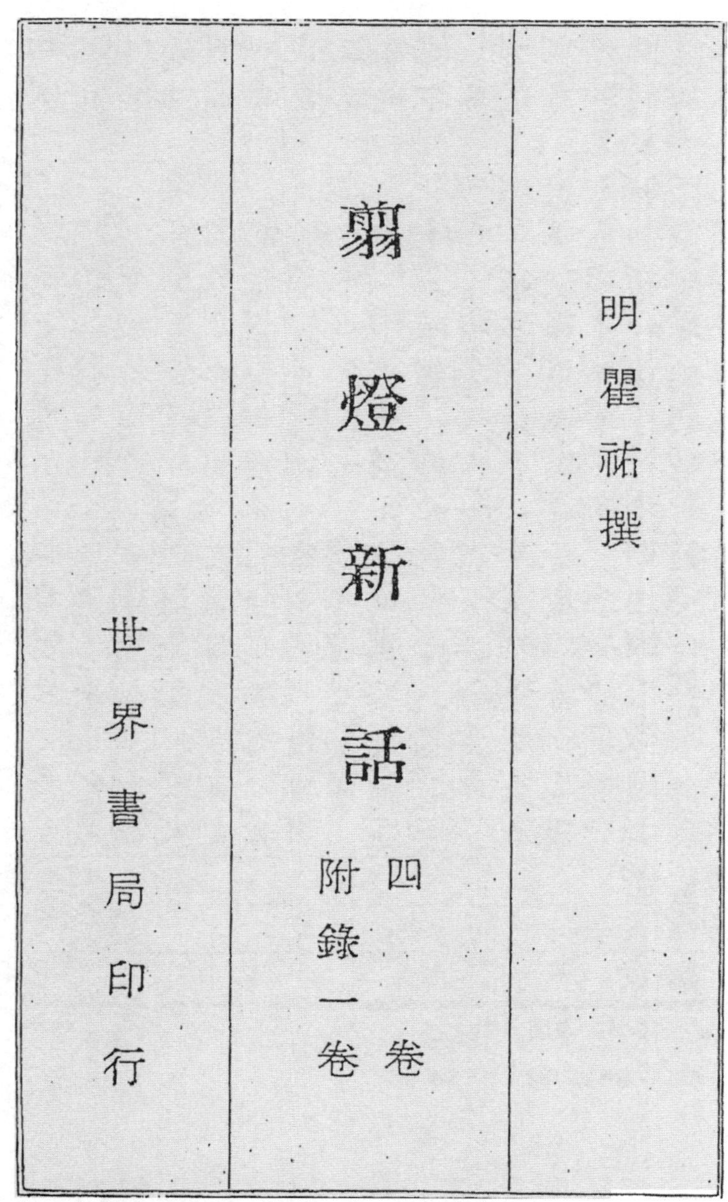

26 世界文庫(四部刊要)「剪燈新話」표지, 臺灣世界書局.

梅月堂集 卷四 詩

〔27〕 朝鮮 金時習의 「題剪燈新話後」, 梅月堂集.

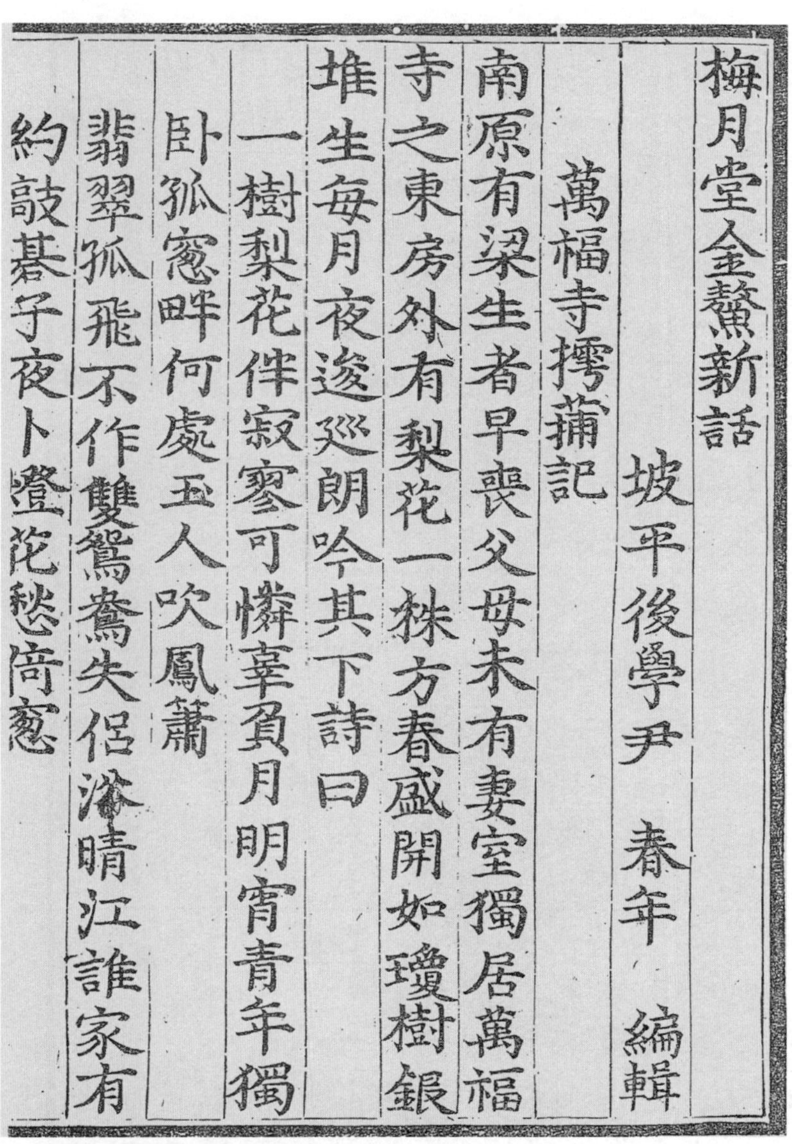

梅月堂金鰲新話　坡平後學尹春年　編輯

萬福寺樗蒲記

南原有梁生者早喪父母未有妻室獨居萬福
寺之東房外有梨花一株方春盛開如瓊樹銀
堆生每月夜逡巡朗吟其下詩曰
　一樹梨花伴寂寥可憐辜負月明宵青年獨
　臥孤窓畔何處玉人吹鳳簫
　翡翠孤飛不作雙鴛鴦失侶溧晴江誰家有
　約敲碁子夜卜燈花惱倚窓

28 金時習의 朝鮮刊本(尹春年刊行)「金鰲新話」, 大連圖書館.

會當有死縱復驗延數年何可得焉況逃之人欣
然詩之遂不復治療數日而終新詩

巫馬期仁

洪武初湯公銘之與文公原吉俱以老成練達學
問淵源政事文章推重當代未幾而素卿之國湯
公拜右輔文公拜左輔隨從以行晴天下太平人
物繁庶關中又漢唐故都遺蹟俱在二公導觀之
殷雅從容於詩酒中臨眺於山川訪吾壽經未嘗
唐一日文公謂湯公曰漢代諸陵盡存於此吾後
華盍察牘之勞且有休退之日登高能賦此其時

30 朝鮮 成任의 「太平通載」에 실린 巫馬期仁(長安夜行錄).

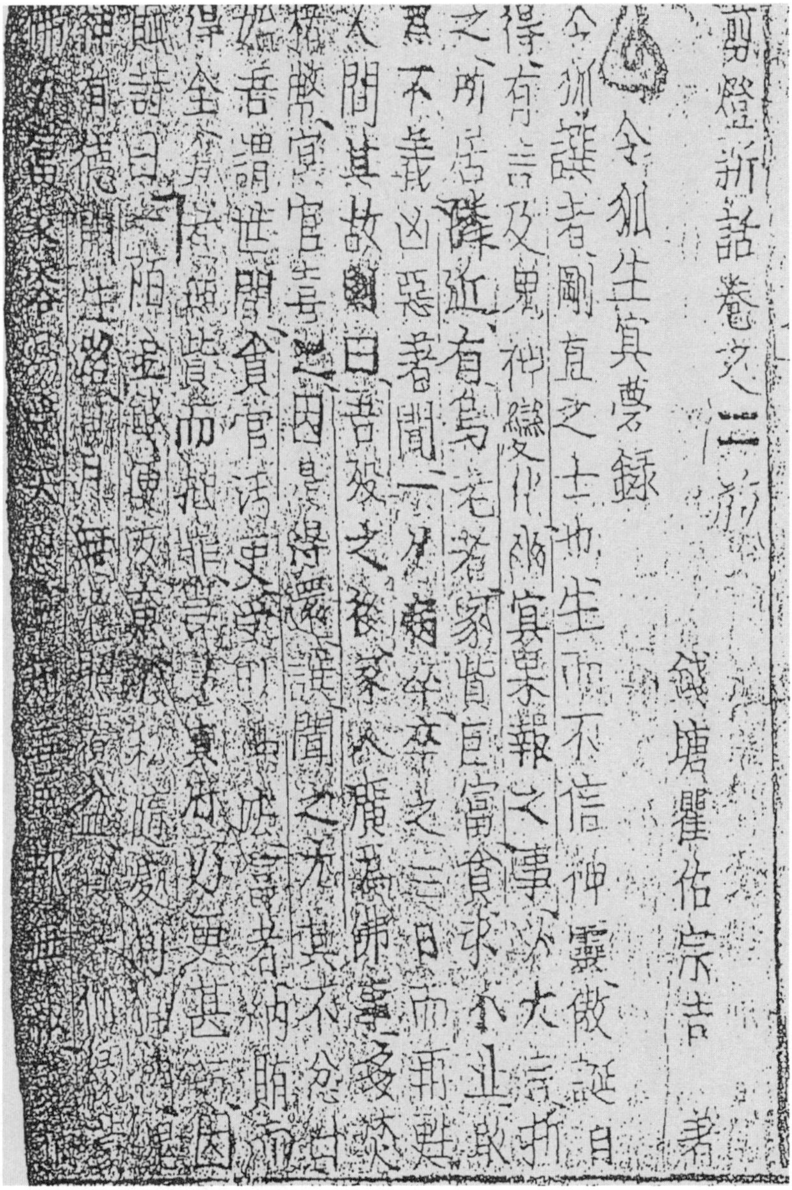

剪燈新話卷之二

錢塘瞿佑宗吉 著

令狐生冥夢錄

令狐譔者剛直之士也生而不信神禳禱徼
得有言及鬼神變化禍福之事以大言自負
之所居隣近有烏老者家貲巨富貪求不止
罸不義凶惡著聞一旦病卒卒之
人聞其故問曰吾發之後家設佛事多
楮錢冥官之吏因是得還遷薦聞之尤
如吾謂世間貪官污吏[illegible]
[illegible]
[illegible]
[illegible]
[illegible]
[illegible]

31 朝鮮 壬亂以前 「剪燈新話」 白文本(목활자), 충남대학교.

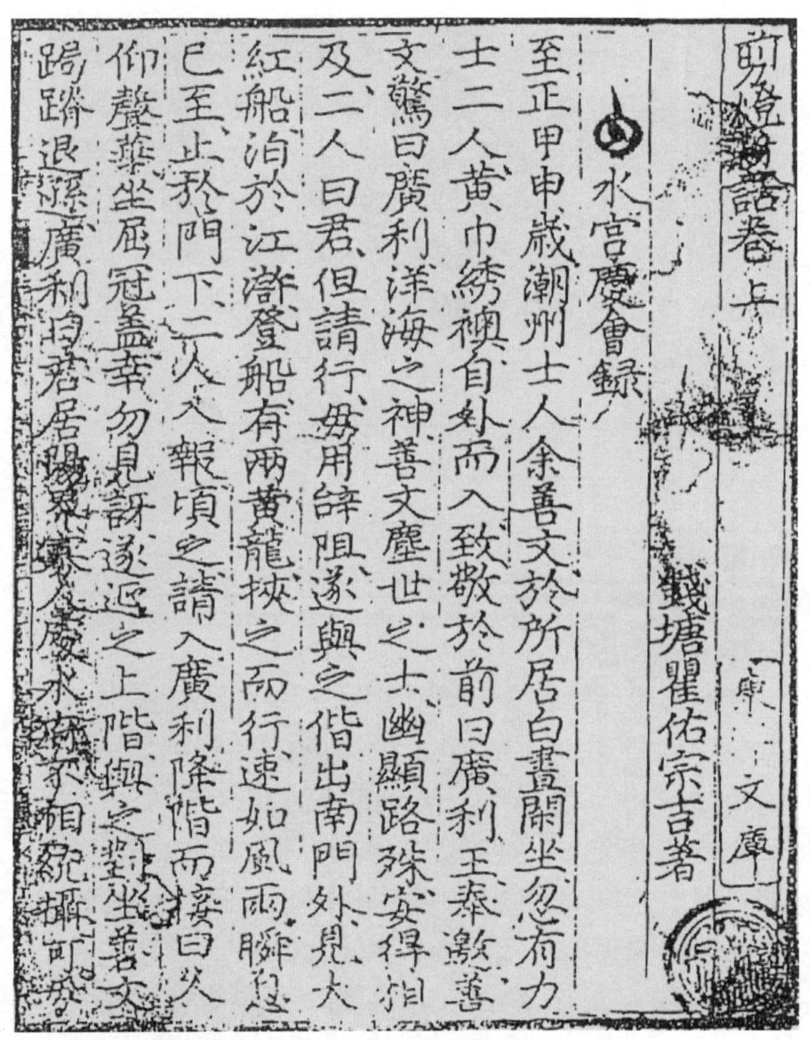

剪燈新話卷上　　　錢塘瞿佑宗吉著　　　〔庫　文　庫〕

◉水宮慶會錄

至正甲申歲潮州士人余善文於所居白晝閒坐忽有力
士二人黃巾綉襖自外而入致敬於前曰廣利王奉邀善
文驚曰廣利洋海之神善文塵世之士幽顯路殊安得相
及二人曰君但請行毋用辭阻遂與之偕出南門外見大
紅船泊於江滸登船有兩黃龍挾之而行速如風雨瞬息
已至此門下二人又報頃之請入廣利降階而迓曰久
仰馨藥坐屈冠盖幸勿見訝遂迎之上階與之並坐善文
跼蹐退遜廣利...

③32　朝鮮　壬亂以前「剪燈新話」白文本(목판본)，日本 東洋文庫.

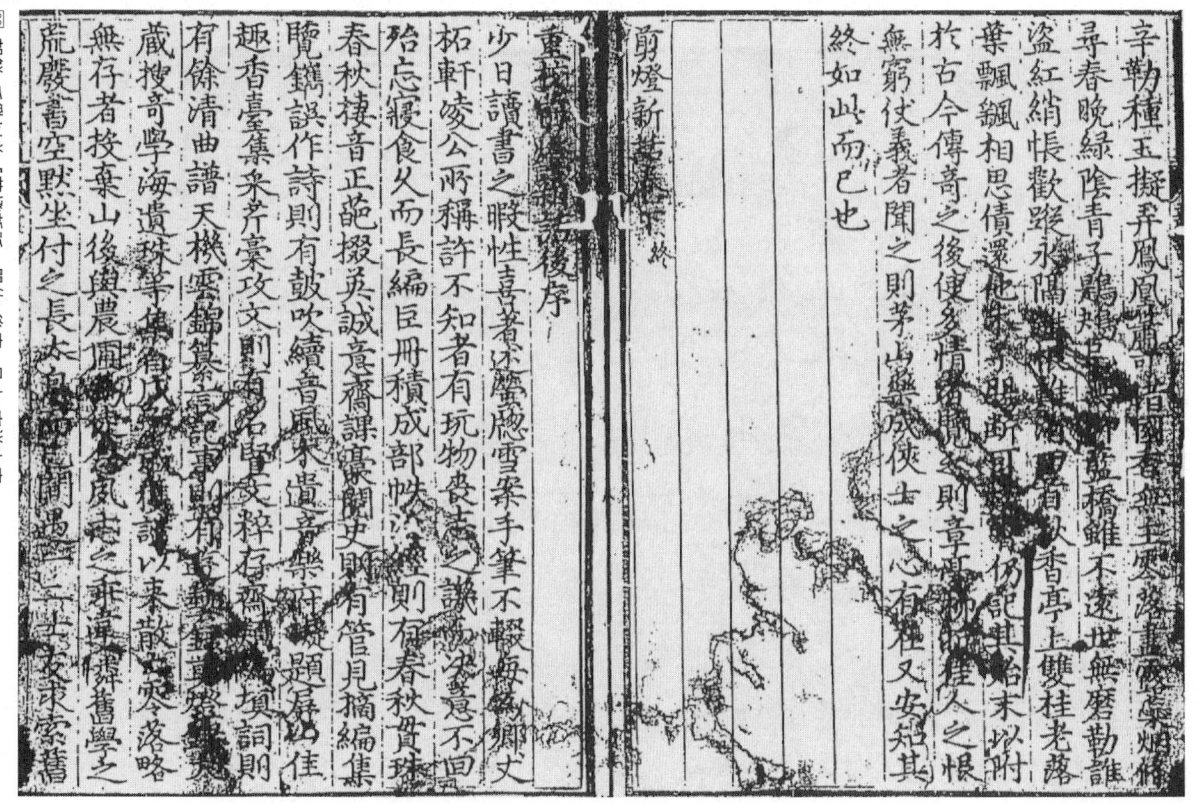

剪燈新話　終

終如山而已也
無窮伏義者聞之則茅山藥成俠士之心相種又安知其
於古今傳奇之後便多情□□則章□□仿記其始末以附
葉飄飄相思債還他生□□斷可□□香亭上雙桂老落
盗紅綃帳歡躞永隔□□橋雖不遠世無磨勒誰
尋春晚綠陰青子雞鳴□□□□□□
辛勤種玉擬弄鳳凰庸□□圖書無主□□落畫

重校□燈新話後序

少日讀書之暇性喜著述慮□雪案手筆不輟海內縉紳丈
拓軒凌公所稱許不知者有玩物喪志之誚決意不回
殆忘寢食久而長編巨冊積成部帙□□則有春秋貫珠
春秋樓集采芥豪攻文則有名臣文粹存焉□□題屏山
覽鑴誤作詩則有鼓吹續音風雅遺音樂府□□佳
趣香臺集□□天機雲錦纂□記事即有□□詞期
有餘清曲譜□□□□□□□詩以來散□寒落略
蔵搜奇學海遺珠□□□□□□
無存者投棄山後與農圃□□□
荒廢書空默坐付之長太□□開過□□交求索舊

33 朝鮮 壬亂以前「剪燈新話」瞿佑 後序, 日本 東洋文庫.

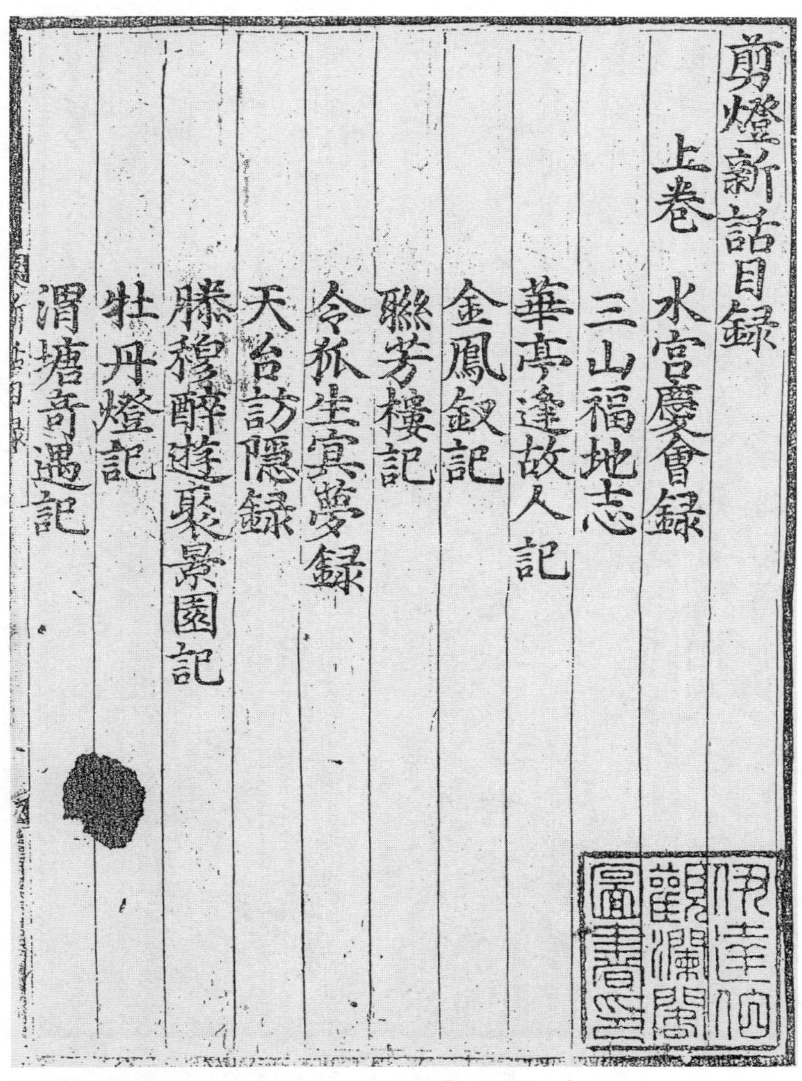

剪燈新話目録

上卷　水宮慶會錄
三山福地志
華亭逢故人記
金鳳釵記
聯芳樓記
令狐生冥夢録
天台訪隱録
滕穆醉遊聚景園記
牡丹燈記
渭塘奇遇記

34　朝鮮 尹春年訂正, 林芑集釋(1559)「剪燈新話句解」, 奎章閣.

剪燈新話句解卷之上

山陽瞿祐宗吉著

滄洲　訂正

垂胡子　集釋

○水宮慶會録

至正（元順帝年號）年甲申歲潮州（古閩越之地。今隸廣東布政司。）有士人余（氏。余音奧。秦由余之後也。）善文於所居白晝閒坐忽有力士二人黃巾繡襖（繡為袍也。以）自外而入致敬於前曰廣利王（寶唐天十……）奉邀善文驚曰廣利洋海之神（載正月。詔以南海神祝融。封為廣利王。）善文塵世之士幽顯路殊安得相及二人曰君但請（里五）行毋用辭阻遂與之偕出南門外見大紅船（如今河……有）泊所

文字待得燈花半夜開

花落銀缸午夜深。手書細字苦推尋。不知異目燈

窓下還有人能識此心

辛苦編書百不能搜奇述異費溪藤。近來陸覽虛

名著往往逢人問剪燈

昔在鄉里編輯剪燈錄前後續別四集每集

甲至癸分為十卷又自為一詩題於集後今此

集不存而詩尚能記憶因閱新話遂附寫於卷

末云存齋

姪瞿暹刊行

剪燈新話後序終

〔37〕 尹春年 「題註解剪燈新話後」, 日本 內閣文庫, 林羅山抄錄.

38 朝鮮刊本 「剪燈餘話」(日本刊本과 合綴) 瓊奴傳 부분, 日本 內閣文庫.

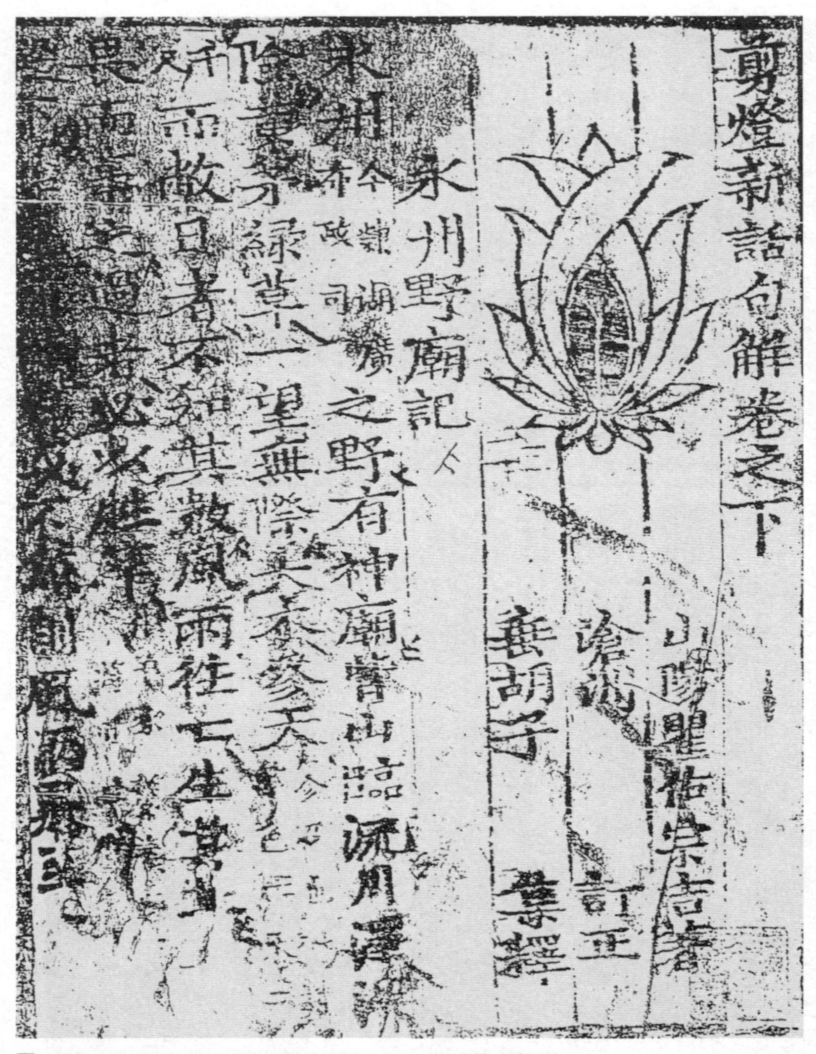

山陽瞿佑宗吉著

滄洲　　訂正

壽胡子　集釋

水宮慶會錄

至正（元年號　順帝）甲申歲潮州（古閩越之地　今）隸廣東布政司　士人余（余氏之後善）善

文於昨居白晝閒坐忽有力士二人黃巾綵（音兵以繡）為袍也　自外

而八致敬於前曰廣利（南海神祝融封為廣利王）奉邀善文

驚曰廣利洋海之神善父塵世之士幽顯懸殊安得相及二人

曰君但請行毋用辭阻遂與之偕出南門外見大紅船（如今河伯昨有）

40　朝鮮 後期「剪燈新話句解」寫本（10行24字）, 한국학중앙연구원.

41 朝鮮 完山李氏「中國小說繪模本」, 水宮大宴(水宮宴會錄) 삽화.

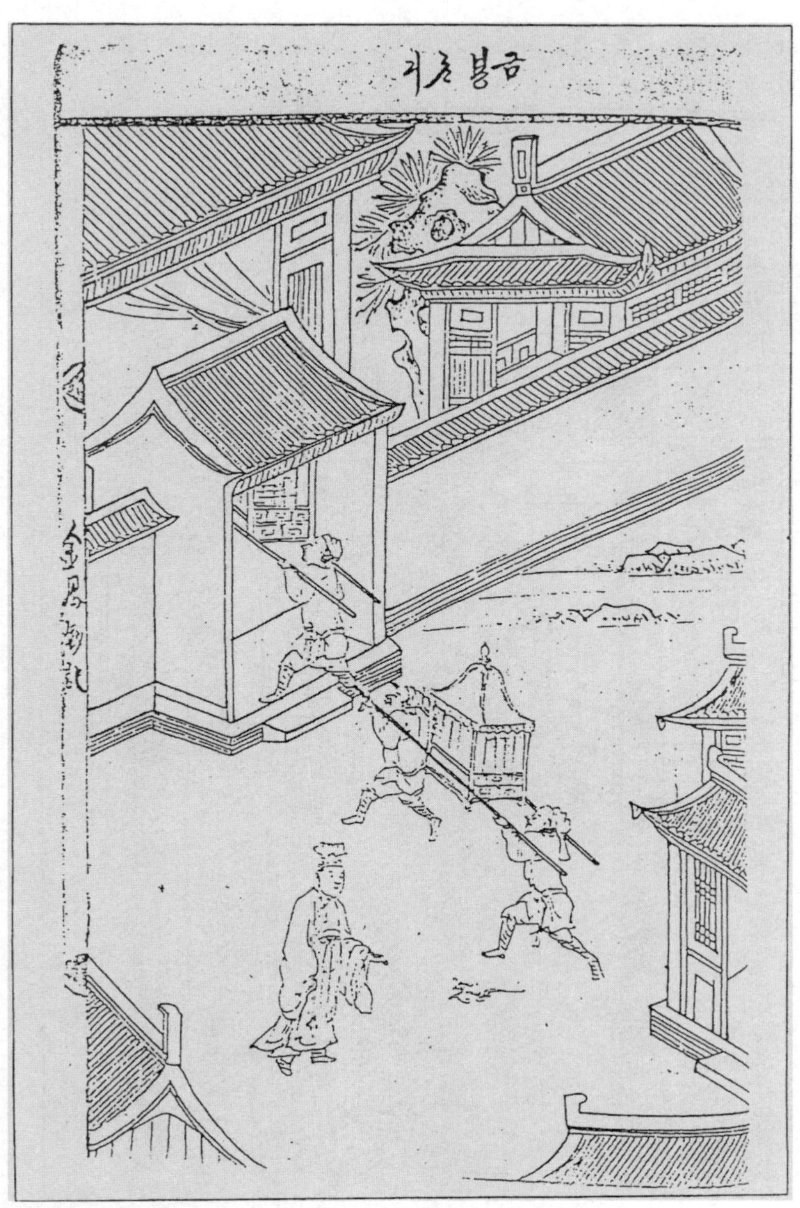

42　朝鮮　完山李氏「中國小說繪模本」, 金鳳釵記　삽화.

43 朝鮮 完山李氏「中國小說繪模本」, 牡丹燈記 삽화.

44 朝鮮 完山李氏 「中國小說繪模本」, 申陽洞記 삽화.

45 朝鮮 後期 「剪燈新話」 飜譯文, 서울대학교.

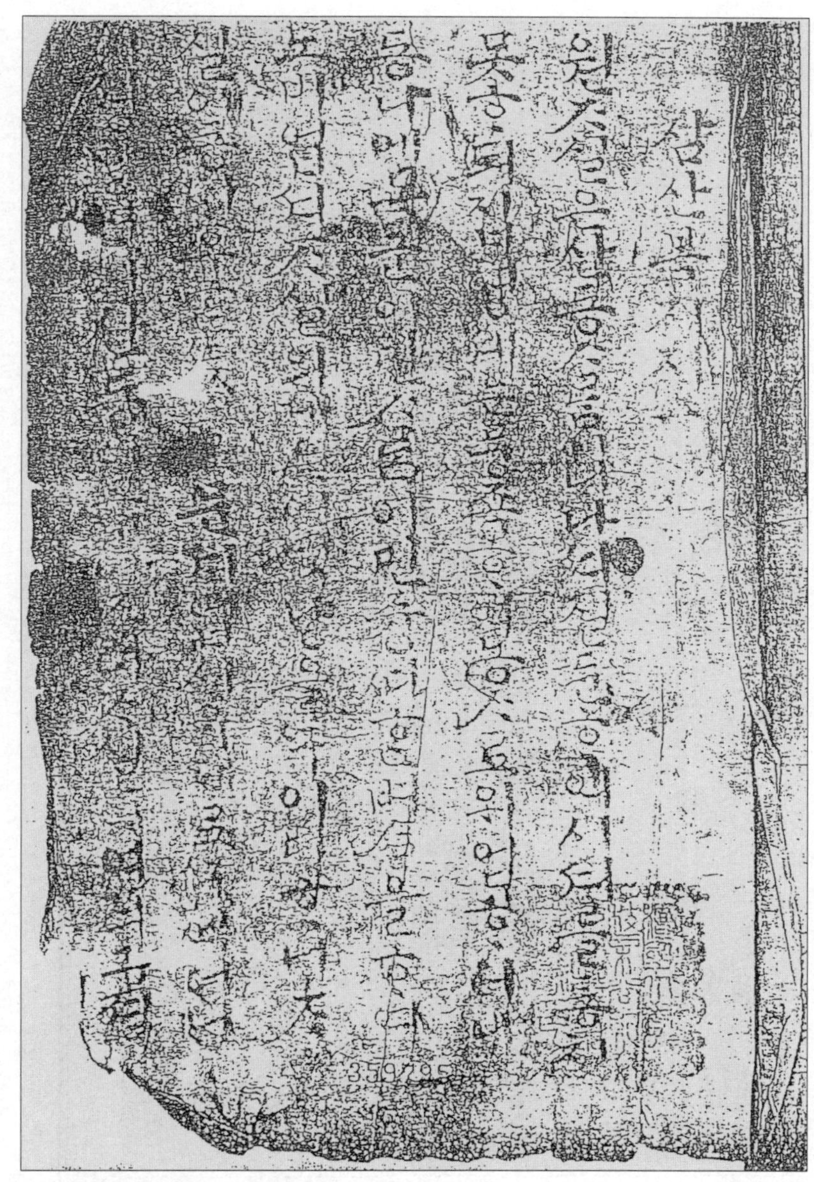

46 朝鮮 後期 「剪燈新話」 飜譯文, 단국대학교.

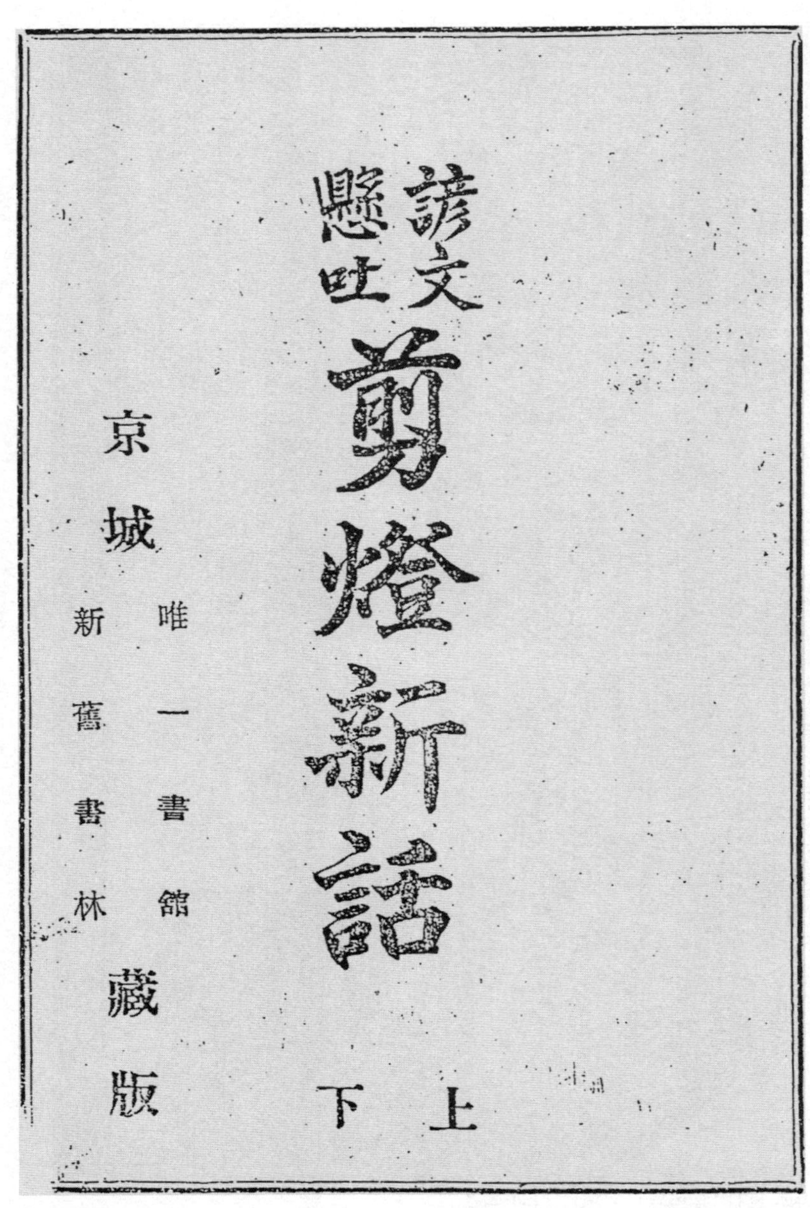

47 「諺文懸吐 剪燈新話(句解)」, 京城唯一書館・新舊書林.

山陽瞿佑宗吉著
滄洲　　訂正
垔胡子　集釋
東溪朴頤陽懸吐

永州野廟記

永州는 今隷湖廣 布政司 之野에 有神廟ᄒᆞ야 背山臨流ᄒᆞ니 川澤이 深險ᄒᆞ고 黃茅綠草ㅣ 一望無際ᄒᆞ고 大木이 參天[參及也ㅣ오 杜詩에 黛色參天二千尺이라] 而蔽日者ㅣ 不知其數ㅣ라 風雨ㅣ 往往生其上ᄒᆞ니 人皆畏而事之ᄒᆞ야 過者ㅣ 必以牲牢로[牛羊豕家繁養曰牢ㅣ오 將用曰牲이라] 獻於殿下ᄒᆞ야 始克前往ᄒᆞ되 如或不然則風雨ㅣ 暴至ᄒᆞ고 雲霧ㅣ 晦冥ᄒᆞ야 咫尺不辨ᄒᆞ야 人物行李를 隨皆失之ᄒᆞ니 如是者ㅣ 有年矣ㅣ라 大德間에 書生畢應祥이 有事ᄒᆞ야 過衡州ᄒᆞᆯ셔[今隷湖廣布政司] 道由廟下에 橐囊이 貧匱ᄒᆞ야[有底曰橐無底曰囊이오 匱乏之也ㅣ라] 不能設奠ᄒᆞ고 但 致敬而行이러니 未及數里에

48 「諺文懸吐　剪燈新話(句解)」, 東溪朴頤陽懸吐.

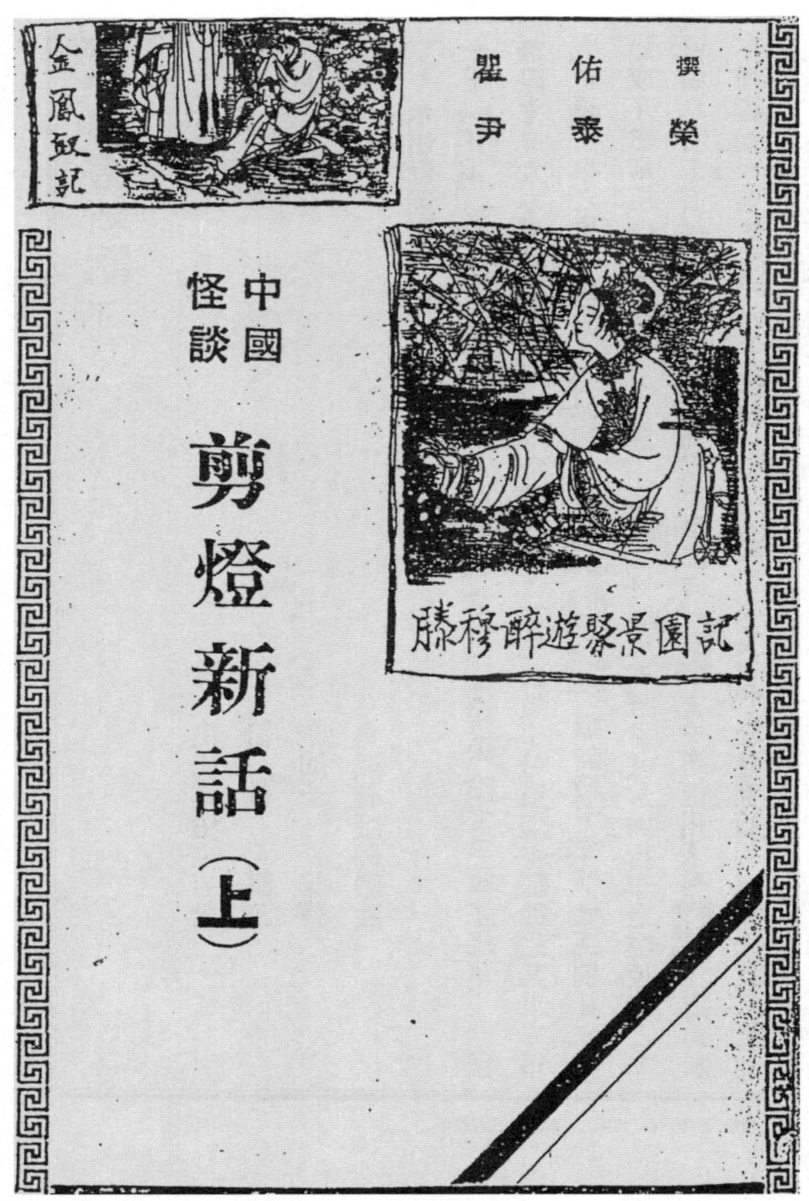

49 尹泰榮 飜譯, 「中國怪談 剪燈新話(上)」, 1950, 眞誠堂.

　　역자가 처음 『전등신화』를 접한 것은 대학시절에 을유문화사에서 나온 이경선 번역본이었다. 후에 중국 고전소설을 전공하고 한중비교문학에도 관심을 갖게 되면서 이 소설이 우리나라 고전에 지대한 영향을 끼치고 수많은 문인들이 언급했었던 점에 비하면 실제로 연구와 번역이 매우 미흡하다고 생각하게 되었다. 조선조에는 번역 자체가 없었던 것으로 알았는데 근년에 이르러 겨우 단국대 소장본과 서울대 소장본의 존재가 있음을 알게 되어 매우 다행으로 여겼지만 역시 희귀한 예에 불과한 것이었다. 이 책에 대한 연구는 한국이나 일본에서 관심의 대상이었고 오히려 중국에서는 그 동안 별로 관심을 쏟지 않았다. 그래서 새로운 간행본의 출현도 거의 없었다. 1957년판을 1981년 거의 그대로 찍어낸 것이 전부였다. 본 번역본도 자연히 그것을 저본으로 삼을 수밖에 없었으며 다른 교감본을 구할 수가 없었다. 우리나라의 『전등신화구해』가 가장 중요한 판본 중의 하나로 부각되고 있음이 자랑스러웠지만 역시 제대로 유통되지 않고 있어서 역자가 별도로 영인하여 참고하였다. 본 서를 탈고할 무렵 정용수 번역본이 나온 것은 비로소 이 분야에 대한 적극적인 관심의 표명이라는 점에서 크게 위안이 된다.

하지만 여전히 관심의 대상은 『전등신화』에게만 제한되었고 그에 이어 나온 『전등여화』, 『멱등인화』에 대해서는 연구도, 번역도 우리나라에서는 완전히 전무한 상태이며 중국에서도 겨우 한 두 사람을 찾을 수 있을 뿐이었다. 그러나 기왕에 주릉가교주본에서 '전등삼종'을 함께 묶어 놓은 마당이므로 이를 동시에 번역하여 우리 학계에 선뵈어야 하겠다는 생각은 처음부터 변함이 없었다.

이미 수년 전부터 역자는 이를 준비하여 오면서 대학원 강의에서 토론도 거치고 학부강의에서도 강독과 역주를 함께 진행하기도 했다. 처음에 학생들은 비교적 난해한 문언문에다 수없이 쏟아져 나오는 전고 때문에 애를 먹었지만 차츰 세상에 이야기는 어떻게 만들어지고 전파되며 재생산되어 가는가 하는 것을 어렴풋이 이해하게 되었다. 기이하고 괴상하지 않으면 이야기가 될 수 없다는 평범한 진리를 깨달아 가면서 왜 이 시대에 여전히 고스트와 마법과 괴담이 난무하고 있는지를 생각해보게 되었다. 서구적 소설의 패턴에 익숙해져 버린 현대인에게 동양적 이야기의 틀과 글쓰기의 방식에 대해 좀더 진지한 생각도 하게 되었다. 중국소설사에서 당대 전기소설에만 집중하던 문언소설 연구가 송원을 거쳐 명대 문언소설의 세계에서 어떻게 전승되고 변모되었는가, 그리고 청대로 어떻게 전해주고 있는가를 살펴보는 계기도 마련하게 되었다. 등불의 심지를 자르면서 밤이 이슥하도록 환상적 이야기의 세계에 빠져들던 서생들의 모습을 살펴볼 수 있게 된 것이다.

본 번역본이 나오게 되기까지 많은 사람들의 도움이 있었다. 『전등신화』에 대한 역자의 지대한 관심을 옆에서 지켜보면서 필요한 자료를 조사하여 찾아주고 초고의 번역에 많은 힘을 써준 김태훈 동학에게 특히 고마움을 표하며 개인적인 사정으로 끝내 공부의 길을 접게 된 것을 가장 마음 아프게 생각한다. 인생에는 여러 가지 길이 있으므로 반드시 성공할 것으로 믿는다. 지난 수년 동안 역자와 더불어 작품을 감상하고 주석을 달아가며 함께 공부해준 고려대 중문과 대학원 및 학부학생들과의 즐거운 시간도 잊을 수 없다. 그것을 계기로『전등여화』를 자신의 연구과제로 삼아 구체적으로 도와준 이승연 동학이 더 넓고 깊은 연구 성과를 얻게 되길 기대하며 함께 도와준 여러 동학에게도 고맙게 생각한다. 어려움과 불편함을 견뎌준 가족들에게 미안함과 더불어 고마움을 전하며 아직도 조석으로 자식 걱정하고 계시는 구순(九旬)의 노모께서 오래오래 강건하시길 빈다. 평소 동방문학비교연구회에서 늘 따뜻하게 가르침을 주시는 존경하는 정규복(丁奎福) 선생님은 교정지를 받아보시고 너무나 반가워하시며 꼼꼼하게 읽어보시고 흔쾌히 「축간사(祝刊辭)」를 써 주셨다. 이 책을 더욱 빛나게 해 주신 선생님께 크나큰 감사의 마음을 올린다.

끝으로 무엇보다도 동서양학술명저 번역지원으로 실질적인 계기를 주고 채찍질해준 한국학술진흥재단에게 감사드리며 한자투성이의 동양학 고전 명저의 간행에 힘을 기울이고 있는 소명출판에 경의를 표하고 특히 꼼꼼하게 편집을 맡아주신 편집부에 고마운 마음을 전한다.

교정의 서편 누각 위에 자리잡은 역자의 작은 연구실에선 앞으로도 밤늦게 등불을 밝히고 '전등삼종'의 흥미로운 세계를 계속 천착해나가게 될 것이다.

2005년 가을
연등루(研燈樓)에서
최 용 철